Über den Autor

Anthony A. Goodman ist außerordentlicher Professor der Medizin an der Montana State University in USA. »Die Mauern von Rhodos« ist sein erster Roman. Ein Aufenthalt auf Rhodos, bei dem ihn das Aufeinanderprallen der drei großen monotheistischen Religionen dieser Region fasziniert hat, lieferte ihm die Inspiration zu diesem Buch. Anthony A. Goodman lebt in Bozeman, Montana, USA.

ANTHONY GOODMAN
DIE MAUERN VON RHODOS

Aus dem Amerikanischen
von Peter A. Schmidt

BASTEI LÜBBE TASCHENBUCH
Band 15108

Erste Auflage: März 2004

Bastei Lübbe Taschenbücher ist ein Imprint der Verlagsgruppe Lübbe

Deutsche Erstveröffentlichung
Titel der amerikanischen Originalausgabe: THE SHADOW OF GOD
© 2002 by Anthony A. Goodman
© für die deutschsprachige Ausgabe: 2004 by
Verlagsgruppe Lübbe GmbH & Co. KG, Bergisch Gladbach
Umschlaggestaltung: Guido Klütsch, Köln
Titelbild: College Pierre d'Aubusson/Buchmalerei 1482/83 Bacchiacca, Sieg
des Hl. Achatius, AKG, Berlin
Satz: hanseatenSatz-bremen, Bremen
Druck und Verarbeitung: Ebner & Spiegel, Ulm
Printed in Germany
ISBN 3-404-15108-9

Sie finden uns im Internet unter
www.luebbe.de

Der Preis dieses Bandes versteht sich einschließlich
der gesetzlichen Mehrwertsteuer.

Ohne die Liebe und die Unterstützung meiner Frau Maribeth
und meiner Kinder Katie und Cameron
hätte ich dieses Buch niemals schreiben können.

Nie betreiben die Menschen das Böse
so umfassend und freudig
wie aus religiöser Überzeugung.

Blaise Pascal

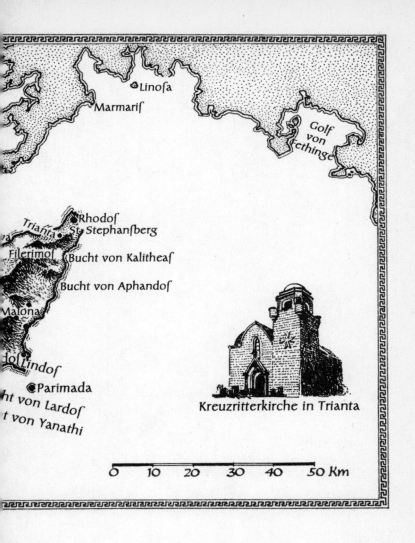

INHALT

- Vorwort 11
- Die Personen 15

PROLOG: Der Verräter 21

ERSTES BUCH:
... NIE WERDEN SIE SICH VEREINEN 27

1. Der Sohn des Selim 29
2. Der Schatten Gottes 70
3. Der Großmeister 95
4. Der Verräter 110
5. Die Festung 175
6. Das Kriegslager 213
7. Der Sturm zieht auf 231

ZWEITES BUCH:
ZWEI STARKE MÄNNER 251

8. Die Armee des Sultans 253
9. Erstes Blutvergießen 270
10. Das Ende des Anfangs 305
11. Das Gemetzel 327
12. Der Kampf unter der Erde 364

13. Die Bresche 382
14. Kriegsrat 401
15. Das Schwert des Islam 431
16. Der Atem der Könige 452
17. Der letzte Verräter 463
18. Schulter an Schulter 481
19. Der Anfang vom Ende 492
20. Der Waffenstillstand 515
21. Von Angesicht zu Angesicht 527
22. Vom Ende der Welt 538

Epilog: »Nichts ward je so gründlich verloren« 544

Dichtung und Wahrheit 547
Glossar 549
Bibliografie 553
Danksagung 555

VORWORT

In den fünfzig Jahren um die Wende zum sechzehnten Jahrhundert erlebte die Menschheit Veränderungen wie in kaum einer Periode der Weltgeschichte zuvor. An einer Tausende von Kilometern langen Grenze kam es zu einem Zusammenprall von Ost und West, der Hunderttausende von Menschenleben forderte.

Nach fünf Jahrhunderten näherte sich im Nahen Osten die Ära der Kreuzritter ihrem Ende. Die europäischen Ritterheere, die in mehreren Wellen zum Schutz der nach Jerusalem pilgernden Christen und zur Vernichtung der muslimischen Ungläubigen aufgebrochen waren, befanden sich auf dem Rückzug. Das Schießpulver fand immer ausgiebigeren und raffinierteren Gebrauch. Riesige Kanonen wurden gegossen, die gewaltige Kugeln mit bemerkenswerter Treffsicherheit verschießen konnten. Um der wachsenden Feuerkraft zu begegnen, wurden die Befestigungsanlagen massiv verstärkt. Neben Armbrust und Lanze waren Musketen und Gewehre allgemein in Gebrauch gekommen.

Im Heiligen Land waren nacheinander Jerusalem, Akkon und der syrische Krak des Chevaliers unter dem Ansturm der muslimischen Armeen gefallen. Die christlichen Kreuzritter im Morgenland mussten sich für die jeweils nächste Auseinandersetzung mit dem Islam in immer weiter zurückliegende Festungen zurückziehen. Nach der Eroberung Ägyptens 1517 nahmen die osmanischen Sultane den Titel des Kalifen an. Muslime und Christen, Ost und West waren mit dem Heraufdämmern des sechzehnten Jahrhunderts zum Endkampf um die Vorherrschaft angetreten.

Dies ist die Geschichte jener letzten Tage.

Auch wenn es sich hier um einen frei erfundenen Roman handelt, gründen sich fast sämtliche Charaktere auf historische Gestalten. Glücklicherweise haben wir heute Zugriff auf die Schriften vieler zeitgenössischer Beobachter, die damals Zeugen der Ereignisse waren. Als Botschafter und Gesandte hatten sie Jahrzehnte in den inneren Zirkeln am Hof des Sultans verbracht. Ferner gab es schriftstellerisch tätige Soldaten, die umfangreiche Tagebücher geführt und ausführliche Briefe nach Hause geschrieben haben. Diese Dokumente sind vielfach bis in unsere Tage erhalten geblieben. So können wir Heutigen ein sehr ausgeglichenes und mannigfaltiges Bild dieser Epoche gewinnen, auch wenn der Blickwinkel des einen oder anderen Zeitzeugen von seiner gesellschaftlichen Stellung bestimmt gewesen sein mag.

Nach meiner Überzeugung können historische Romane dem doppelten und keineswegs widersprüchlichen Zweck der Unterhaltung *und* Wissensvermittlung dienen. Die Geschichte wurde leider viel zu oft den Autoren der Geschichtsbücher überlassen, wurde mit Jahreszahlen und Einzelfakten überfrachtet. Bei der Schilderung der Ereignisse kommen die Menschen eines geschichtlichen Schauplatzes oft nur am Rande vor. Ich hoffe, dass mein Roman »Die Mauern von Rhodos« ebenso viel Einblick in die Herzen der handelnden Personen gewährt wie in die Ereignisse, an denen sie beteiligt waren.

Die Epoche, in der dieses Buch spielt, liegt fast fünfhundert Jahre zurück. Vieles hat sich seither verändert, aber viele Dinge sind auch gleich geblieben. Leider begegnen viele orthodoxe Anhänger der großen Weltreligionen den Vertretern einer anderen Glaubensrichtung immer noch mit wenig Toleranz. Die Unduldsamkeit scheint sich im Laufe der Jahrhunderte sogar noch verstärkt zu haben. An vielen Fronten der Auseinandersetzung scheint den Religionen die Verwurzelung in der Spiritualität abhanden gekommen, scheint die Nächstenliebe von Vorurteilen verdrängt worden zu sein. Doch es gab immer wieder Perioden, in denen in den Herzen der Frommen auch Platz für Andersgläubige war. Wollen wir hoffen, dass solche Zeiten bald wiederkommen.

Anthony A. Goodman, 2002

Die Personen

Die Osmanischen Türken

Suleiman der Prächtige, *Kanuni*: der Gesetzgeber. Sohn Selims des Grausamen
Piri Pascha, Großwesir Selims und Suleimans. Nachfahre von Mohammeds Gefährten Abu Bakr
Mustafa Pascha, Suleimans Schwager, Seraskier, Oberkommandeur. Wesir, eine Rangstufe unter Piri Pascha
Ibrahim, griechischer Sklave, Suleimans Jugendgefährte, später sein Haushofmeister
Ali Bey, Agha der Azabs
Bali Agha, Agha der Janitscharen, der »wütende Löwe«
Achmed Agha, dritter Wesir, Albaner, nach der Einnahme von Belgrad zum Beglerbeg von Rumelien befördert
Ayas Agha, Albaner, früherer Agha der Janitscharen
Quasim Pascha, Sohn eines Sklaven von Bayasid II. Angesehenster anatolischer Kriegsheld. Kommandeur der Streitkräfte gegenüber dem Festungsabschnitt von England
Pilaq Mustafa Pascha, *Kapudan* (Admiral) der Seestreitkräfte
Cortoglu, Seeräuber, Stabsadmiral unter Pilaq, in Wirklichkeit jedoch für die gesamten Seestreitkräfte vor Rhodos verantwortlich
Ferhad Pascha, wird nach Siwas geschickt, um die Revolte der Schiiten unter Suwar Oghli Bey zu ersticken
Hafiz, Selims Witwe und Suleimans Mutter, genannt *Valide Sultan*
Gülbhar, die »Frühlingsblüte«, Suleimans Favoritin, Mutter seines ersten Kindes, des Sohnes Mustafa

Kürrem, Suleimans zweite Favoritin, die »Lachende«, wird später Ruselanna genannt, geht als Roselanan (die Russin) in die Geschichte ein

Moses Hamon, Leibarzt des Sultans, Sohn des Josef Hamon, Stammvater einer Dynastie von sephardischen Leibärzten der osmanischen Sultane

Die Ordensritter der Johanniter

Großmeister:
Philippe Villiers de L'Isle Adam, Frankreich

Die Ordensritter und ihre *Langues*:
Andrea d'Amaral, Portugal, Kanzler
John Buck, Philippes Adjutant, *Turkopilier* (Kommandeur der Kavallerie), geschickter Unterhändler
Prejan de Bidoux, Provence, Prior von St. Giles, Ballivus von Kos
Pierre de Cluys, Frankreich, Großprior
Michel d'Argillemont, Frankreich, Kommandeur der Galeeren
Jacques de Bourbon, Ritter aus der Provence
Antoine de Grollée, Frankreich, Waffenstillstandsunterhändler
Nicolas Hussey, Provence
Juan de Barabon, Kommandeur des Festungsabschnitts von Aragon
Gregoire de Morgut, Prior von Navarra
Fra Jean de Bauluoys, der »Wolf«, kapert unterwegs nach Rhodos eine türkische Brigg
Gabriel de Pommerols, Leutnant des Großmeisters
Fra Emeric Depreaulx, wird mit Ersuchen um Hilfe nach Neapel geschickt
Fra Lopes de Pas, Aragon, Unterhändler für Waffenstillstand
Fra Didier de Tholon, Frankreich, Kommandeur der Artillerie
Blasco Diaz, Portugal, Adjutant des Kanzlers d'Armand

Thomas Dowcra, England
Nicholas Fairfax, England
Jean Bin de Malicorne, Frankreich
Henry Mansell, England, Bannerträger des Großmeisters Fra Raimondo Marquet, Unterhändler
Nicholas Roberts, England
Thomas Sheffield, England, Seneschall des Großmeisters und sein Palastkommandeur
Gabriele Tadini de Martinengo, italienischer Militäringenieur, Spezialist für Gegenminen
Jean Parisot de la Valette, Frankreich, Tadinis Adjutant, zukünftiger Großmeister

Bürger von Rhodos

Leonardo Balestrieri, römischer Bischof von Rhodos
Bischof Clemens, griechischer Bischof von Rhodos
Apella Renato, Arzt am Hospital der Ritter
Bonaldi, Schiffskapitän, stellt den Belagerten Güter und Leute zur Verfügung
Basilios Carpazio, griechischer Fischer, spioniert für die belagerten Ritter
Domenico Fornari, wird samt seinem Schiff zum Kriegsdienst für die Johanniter gepresst

Gestalten der Legende

Jean de Morelle, Ritter aus der *Langue* von Frankreich
Melina, rhodische Griechin, Jeans Frau
Ekaterina und Marie, Zwillingstöchter von Jean und Melina

Fiktive Gestalten

Hélène, Geliebte des Großmeisters
Nicolo Ciocchi, Fischer
Petros Rivallo, Fischer
Marcantonio Rivallo, Fischer

Oh, Ost ist Ost und West ist West,
nie werden sie sich treffen
bis Erd' und Himmel sind bestellt
vor Gottes Richtersessel.
Doch gibt es weder Ost noch West
noch Grenz', noch Abkunft, noch Geburt,
wenn Aug' in Aug' zwei Starke stehn,
und kämen sie von den Enden der Welt.

– Rudyard Kipling, *Ballade von Ost und West*

PROLOG

Der Verräter

**Rhodos, In der Festung der Johanniter
Oktober 1522**

Wie der Hase, der reglos verharrt, sich aber durch seinen Lidschlag verrät, riskierte auch der Mann seine Entdeckung, als er den schwarzen Umhang zurückschlug, um die Armbrust hervorzuholen, auch wenn in der rabenschwarzen Nacht kaum die Hand vor den Augen zu erkennen war. Lediglich durch eine sehr unbedachte Bewegung hätte sich der Mann auf der Brustwehr verraten können.

Die Dienst habenden Wachen, die auf den hohen Mauern der Festung ihre Runden gingen, kümmerten sich wenig um die Gefahr, gesehen zu werden. Seit einigen Tagen schon hatte es weder aufs Geratewohl abgeschossene Pfeile noch Beschuss durch Scharfschützen gegeben. In Anbetracht der großen Entfernung hatte der Feind zweifellos die Vergeblichkeit seiner Bemühungen eingesehen. Die Mauern der Festung waren hoch, ihre Gräben breit und tief. Im Dunst der dräuenden Winterwolken hatten die wachhabenden Ritter auf den Mauern das Gefühl, unsichtbar zu sein – eine zweischneidige Sache, wie sie wussten.

Der Befehlshaber der Wachmannschaft war vor einer Stunde vorbeigekommen und hatte höchste Wachsamkeit angeordnet. Die Verluste waren schwer genug. Erst am Vormittag hatten die

Johanniter wieder drei ihrer Kameraden zu Grabe tragen müssen. Zusätzliche Einbußen aus Leichtsinn, Unaufmerksamkeit oder Nachlässigkeit konnten sie sich wahrlich nicht leisten.

Mit größter Vorsicht verließ der Mann seine Deckung am Turm der Italiener an der Ostseite des Festungsabschnitts der Provence. Er hatte die Kapuze seines schwarzen Umhangs hochgeschlagen, und der Saum schleppte fast über den Boden, als er nun tief geduckt, die Armbrust an die Seite gepresst, in der Finsternis die Brustwehr entlangschlich. Immer wieder hielt er inne, um sich mit dem Rücken an das massive Mauerwerk zu drücken, das vom Niederschlag des Nebels feucht und schlüpfrig geworden war. Reglos wartend verharrte er. Sobald die Wachpatrouillen in der Dunkelheit verschwunden waren, schlich er weiter durch die Schattenwelt der windstillen Nacht. Er war dankbar dafür, denn die Windstille würde ihm einen genaueren Schuss erlauben.

Genauigkeit war bei diesem Schuss allerdings das geringste Problem.

Plötzlich und völlig unerwartet wäre er am Abschnitt der Engländer fast gegen drei Ritter geprallt, die sich leise unterhielten. Mitternacht war längst vorbei. Eigentlich hätte dort alles in tiefem Schlaf liegen sollen. Wenn er den Rittern so spät in der Nacht in die Hände lief, war ein Verhör unvermeidlich. Furcht stieg in ihm auf. Kalter Schweiß rann ihm unter der Kleidung über den Körper und staute sich am Hosenbund, bis ihn der Stoff seines Hemdes aufgesogen hatte. Die unangenehm kalte Feuchte drängte sich in sein Bewusstsein. Starr vor Angst versuchte er einen klaren Gedanken zu fassen.

Endlich trollten sich die Ritter. Leise trat der Mann aus der Dunkelheit und stieg eilends von der Mauer über eine hölzerne Leiter hinunter zur Straße. Er beschloss, seinen Weg durchs Judenviertel in der Altstadt zu nehmen, durch das Gewirr der engen, gewundenen Gassen mit den vielen Durchgängen und den heruntergekommenen Häuschen aus grauem und braunem Mauerwerk, die sich unter durchgehenden Dächern Wand an

Wand aneinander drückten und oft mehreren Familien Obdach boten. Gelegentlich öffneten sich Durchgänge zu einem Platz, der von armseligen und schäbigen Gebäuden umstanden wurde.

Zu dieser späten Stunde lagen die dunklen Straßen und Gassen still und verlassen da. Immer wieder zwangen Schutthaufen den Mann zu Umwegen. Wenn er hier aufgegriffen würde, könnte er leicht mit einer Erklärung aufwarten. Er kannte hier einige Frauen mit Namen. Er würde einfach behaupten, er sei auf dem Weg zu einem nächtlichen Stelldichein. Man würde es ihm unbesehen glauben. Nach drei Monaten des allgegenwärtigen Todes begann das Keuschheitsgelübde der Ordensritter allmählich zu bröckeln. Viele junge Ritter hatten mehr oder weniger heimlich eine Gefährtin in der Stadt. Wer würde da an seinen Worten zweifeln?

Er musste hinüber zu den Mauern der Auvergne, um seinen Armbrustbolzen abzuschießen. Das Lager von Ayas Pascha lag genau vor diesem Abschnitt zwischen dem St.-Georgsturm und dem Turm von Aragon.

Er legte noch einen Schritt zu. Sein Weg führte ihn am Abschnitt von Aragon und dem Marienturm an der Ecke des englischen Abschnitts vorbei. Er verbarg die Armbrust wieder und eilte weiter. Keuchend verzog er sich von Zeit zu Zeit in einen dunklen Eingang oder Durchlass. In Anbetracht der nicht allzu großen Anstrengung ging sein Atem viel zu schwer. Er spürte das dumpfe Pochen seines Herzens. In der Stille der Nacht glaubte er das Echo seines Herzschlags von den Häuserwänden widerhallen zu hören. Er hielt inne, bis sich sein Puls und sein Atem beruhigt hatten. Der Schweiß kühlte seine Haut. Er fröstelte. Seine Kleidung wurde zusehends feuchter, von innen wie von außen. Er schob seine Empfindungen beiseite und schlich weiter. Sein Weg führte ihn in die Mitte der Mauer des Festungsabschnitts der Auvergne.

Er war genau am gewünschten Ziel angelangt. Hier hatte er diesen Schuss schon oft getan. Während er auf der Straße unter der Mauer den Durchgang der nächsten Wachpatrouille abwartete, spannte er die Armbrust, um sie mit dem Bolzen zu laden. Er brauchte jetzt nur noch auf die Festungsmauer hinaufzusteigen, in den Himmel zu zielen und den Abzug zu drücken. Am Tage hatte er schon eine Anzahl Übungsschüsse abgegeben, wobei jedermann ihm hatte zusehen können. Die Zuschauer hatten natürlich angenommen, er nähme die Heiden aufs Korn, die ihre Stadt belagerten. Nach den vielen Probeschüssen wusste er, dass sein Geschoss vor den Füßen der Wachposten des Lagers von Ayas Pascha herunterkommen würde.

Er zog den Bolzen aus seinem Hosenbund und vergewisserte sich, dass das Pergament mit der Botschaft fest genug um den Schaft gewickelt war. Es wäre fatal gewesen, würde sich das Pergament durch die ungeheure Beschleunigung beim Abschuss des rüstungssprengenden Geschosses lösen. Die Vorstellung, dass die Nachricht sich im Flug selbstständig machen und gemächlich in die Hand eines Ritters flattern könnte, ließ ihn schaudern. Das Bild ging sogleich in ein anderes über: wie sein Körper auf der Folterbank in quälender Langsamkeit in Stücke gerissen wurde – und genau das würde ihm blühen, wenn er sich erwischen ließ.

Schaudernd verscheuchte er den Gedanken und zog den Umhang enger um sich. Die Schwärze seines Gewandes ging nahtlos in die Schwärze der Nacht über. Nirgends war ein Lichtschein zu sehen. Der Mann nutzte die Gunst der Stunde, um ungesehen die Straße zu überqueren. Er kannte die Örtlichkeit so gut, dass er sich mit einer Sicherheit bewegte, als wäre helllichter Tag.

Sein Plan war einfach. Der Mann würde zur Tat schreiten, sobald die Schritte des Wachpostens, der zwischen dem knapp zweihundert Meter entfernten St.-Georgsturm und dem Turm von Aragon hin- und herpatrouillierte, in der Nacht verklungen waren. Der Mann und der Wächter würden einander weder hören noch sehen können. Er würde auf die Festungsmauer steigen, zielen, seine Botschaft ins Lager des Feindes hinüberschießen und sofort verschwinden. Das Ganze würde höchstens zwanzig Atemzüge dauern, länger auf keinen Fall.

Er verfolgte, wie der Wächter am St.-Georgsturm umkehrte und sich wieder nach Süden wandte, zum Turm von Aragon. Mit angehaltenem Atem wartete er, bis der Wachposten vorüber war. Die Schritte verhallten allmählich in der Finsternis. Das steinerne Mauerwerk warf ein schwaches Echo zurück. Als die Silhouette des Wächters in der Nacht verschwunden und alle Schrittgeräusche erstorben waren, handelte der Mann. Auch wenn der Wächter vorzeitig umkehrte, würde er ihn dennoch einige Augenblicke lang nicht bemerken.

Der Mann schnellte die hölzerne Leiter hinauf und huschte geduckt über den Wehrgang zu den Zinnen. Er sah die Feuer im türkischen Lager brennen und konnte sogar einzelne Gestalten vor den Zelten erkennen. Wie sauber und ordentlich das Lager wirkte! Wie gut es nach so vielen Monaten des Krieges, des Sterbens und des schlechten Wetters noch in Schuss war! Der Mann hielt die Armbrust in der Rechten, das Geschoss bereits in die Rinne gelegt, den starken Abzugshebel noch gesichert. Er hob die Waffe an die Schulter und visierte eine Flugbahn an, die den Bolzen im hohen Bogen bis mitten in die Küchenfeuer des feindlichen Lagers tragen würde. Er wusste, dass die Wachen in Ayas Lager bereits auf den dunklen Schatten warteten, der mit einer Botschaft für ihren Sultan aus der dunklen Nacht heruntergesaust kam. Er holte tief Luft und erhöhte den Druck auf den Abzugshebel, wobei er langsam ausatmete.

Ein unerwarteter schmerzhafter Hieb presste dem Mann den letzten Atem aus den Lungen. Er krachte mit der linken Schulter gegen das Mauerwerk. Lodernder Schmerz jagte durch seine Schulterblätter. Sterne tanzten vor den Augen des Mannes, als er rückwärts fiel und mit Schultern und Kopf auf die Steinplatten des Wehrgangs schlug. Die Armbrust wurde ihm gegen die Brust gepresst. Der hölzerne Sicherungshebel bohrte sich in sein Brustbein. Er rang nach Luft und versuchte sich freizustrampeln. An seiner Kehle spürte er den Druck der scharfen Spitze des noch nicht abgeschossenen Bolzens.

Zwei behandschuhte Hände drückten die Waffe fest gegen den Mann, der mit der Faust den gespannten Abzug zu schützen suchte. Der geringste Druck auf den Abzugshebel würde den Schuss auslösen und dem Mann den Bolzen in die Kehle jagen. Er hätte kämpfen und vielleicht freikommen können, aber wenn sich dabei der Schuss löste, konnte es ihn oder auch den auf ihm liegenden Ritter, der Gott weiß aus welchem Grund ausgerechnet hier auf der Mauer herumgestanden hatte und ihn nun wie einen Plattfisch auf den Boden presste, das Leben kosten. Weder für das eine noch für das andere hatte er jetzt noch die Nerven. Als der Ritter Hilfe herbeirief, wusste der Mann, dass alles vorbei war.

Er ließ die Armbrust los und ergab sich. Zwei weitere Ritter in voller Rüstung kamen herbeigerannt. Auf ihren scharlachroten Umhängen prangte das weiße achtspitzige Johanniterkreuz. Einer von ihnen griff sich die Armbrust und nahm den Bolzen aus der Schussrinne. Der Ritter bemerkte die Pergamentrolle und begriff sofort. Er wickelte die Nachricht vom Bolzenschaft, glättete das Pergament und las es im gelblichen Schein der Laterne, mit der ihm der dritte Ritter leuchtete. Dann kniete er sich zu dem Mann in Schwarz, der schicksalsergeben in sich zusammensackte, und ließ ihm ins Gesicht leuchten.

Die drei Johanniter erstarrten. Der Ritter mit der Laterne rang fassungslos nach Luft. »Gnädiger Gott!«, stieß er hervor.

Erstes Buch

... NIE WERDEN SIE SICH VEREINEN

1.

Der Sohn des Selim

Edirne, im europäischen Teil des
osmanischen Reiches,
21. September 1520

Selim *Yavuz* – Selim der Grausame.

Selim, Sultan des Osmanischen Reiches, lag in unruhigem Schlaf unter einem Berg von Seidenbrokatdecken in seinem Zelt. Als er sich auf die Seite wälzte, glitt ein Stück Pergament von seinem Lager auf den teppichbedeckten Boden. Piri Pascha, der Großwesir, war am Bett seines Herrn niedergekniet, um die Zipfel der Decken wieder ins Bett zu stopfen. Er bückte sich nach dem Stück Pergament. Als er es im Schein des nahen Kohlenbeckens glättete, erkannte er sogleich die unverwechselbare Kalligrafie seines Herrn. Lächelnd registrierte er, dass Sultan Selim sogar in der vielleicht letzten Stunde seines Lebens die Zeit gefunden hatte, noch ein Gedicht zu schreiben. Piri hatte darauf geachtet, dass der vergoldete Behälter mit den Schreibutensilien stets griffbereit neben dem Bett stand. Wenn Selim in der Nacht von Schmerzen gepeinigt wach wurde, pflegte er oft zu schreiben.

Die Verse waren in Persisch abgefasst, der Sprache der Dichter. Tintenspritzer übersäten das Pergament. Die Hand des Sultans hatte heftig gezittert, doch die Worte waren deutlich lesbar. Piri hielt das Blatt in den warmen gelblichen Lichtschein und begann zu lesen:

Fragt sich der Jäger, der nächtens dem Wild nachstellt,
wem er selbst zur Beute fallen könnte?

Als Großwesir des Sultans war Piri Pascha der ranghöchste Beamte im Osmanischen Reich und damit einer der mächtigsten Männer seiner Zeit. Er nahm in dem abgedunkelten Zelt auf einem niedrigen *Diwan* Platz und beobachtete den Schlaf des Sultans. Der wärmende rote Glutschein des Kohlebeckens fiel auf Piris schlafenden Herrn, doch Piri selbst fröstelte. Leise vernahm er den schweren und krampfhaften Atem des Sultans und sah, wie er vor Schmerz das Gesicht verzog.

Janitscharen standen vor dem Zelt Wache. Zwei flankierten den Eingang, sieben andere umstanden das Zelt. Weitere zwanzig einsatzbereite Janitscharen bildeten als eindrucksvoller Wall von Kriegern einen zweiten äußeren Ring. Die jungen Männer trugen dunkelblaue Jacken, dazu weiße Pluderhosen und nach oben spitz zulaufende weiße Kappen, in deren Band eine weiße Reiherfeder steckte. An den Füßen hatten sie hohe Stiefel aus weichem braunem Leder. Ihre Bewaffnung bestand aus einem juwelenverzierten Dolch im Gürtel; manche hielten zusätzlich einen spitzen Speer mit eins achtzig langem Schaft in der Hand. Alle trugen lange Krummschwerter, in die auf Arabisch die Worte »Ich vertraue auf Gott« eingraviert waren.

Piri rückte das schwere Kohlebecken noch näher an Selim heran. Es war warm im Zelt, doch Selim zitterte in unruhigem Schlaf. In den vergangenen Monaten hatte der Schmerz in seinem Körper gewütet. Neuerdings jedoch verbrachte der Sultan die meiste Zeit schlafend. Der Leibarzt hatte ihm in immer höheren Dosierungen Opium verabreicht, weshalb der Schlaf seltener durch Schmerzanfälle unterbrochen wurde. Dennoch kam es immer wieder vor, dass der Sultan nachts schreiend aus dem Schlaf fuhr, während der Krebs ihn innerlich zerfraß.

Piri wusste, dass das Ende des Sultans nicht mehr fern sein konnte. Er hatte sämtliche erforderlichen Vorbereitungen getroffen. Das Leben vieler Menschen hing von Piris richtiger Einschätzung der Lage ab. Ein einziger Fehler konnte den Zusammenbruch des ganzen Reiches nach sich ziehen.

Piri Pascha war der Großwesir des Hauses der Osmanen, die das Osmanische Reich seit dem Jahre 1300 nach Christus beherrschten. Seit acht Jahren war er das Ohr und die rechte Hand des Herrschers gewesen, Freund und Vertrauter von Selim *Yavuz*. Vom ersten Tag seines Amtes an hatte Piri sich des Vertrauens, das Selim in ihn gesetzt hatte, als würdig erwiesen.

Selim hatte ihn den »Bürdenträger« genannt, denn jeder geringere Mann wäre unter der gewaltigen Last, die Piri zu schultern hatte, längst zusammengebrochen. In den acht Jahren seines Amtes hatte er keinen einzigen Gedanken an etwas anderes als das Wohl seines Herrschers und des Reiches vergeudet. Nun, da Selims Ende unmittelbar bevorstand, hatte Piri viel zu tun.

Die Geschichte von Selims kurzem Leben war mit Blut geschrieben. Es war das Blut seiner Zeitgeschichte und das Blut seines Volkes, aber auch das Blut seines Vaters und seiner erdrosselten Brüder, deren Tod auf ein Gesetz zurückzuführen war, das sein Großvater Mehmet *Fatih* – Mehmet der Eroberer – offiziell verkündet hatte.

Eine alte, ungeschriebene osmanische Regel verlangte vom neugekrönten Herrscher, alle seine Brüder und deren Kinder umzubringen. Die Thronfolge ging aber keineswegs notwendigerweise auf den ältesten Sohn über. Indem der neue Sultan als mögliche Erben nur seine eigenen Abkömmlinge zuließ, hoffte man, kriegerischen Auseinandersetzungen mit den Brüdern um die Thronfolge vorzubeugen, die das ganze Reich in Gefahr bringen konnten. Selims Großvater Mehmet hatte diese ungeschriebene Tradition als »Gesetz des Brudermordes« kodifiziert. Es schrieb vor, sämtliche möglichen Thronfolger mit einer seidenen Bogensehne zu erdrosseln. Messer oder Schwert waren unzulässig, denn königliches Blut zu vergießen war ein Sakrileg. Sofort nach der Thronbesteigung hatte Mehmet seine unmündigen Brüder mit eigener Hand erdrosselt.

Als Selims Vater Bayasid II. den Thron bestieg, musste auch er sich diesem Gesetz der Osmanen beugen, doch mit einer von ihm kaum erwarteten Wendung.

Bayasid war ein besonnenerer und sanfterer Mann als sein Vater Mehmet. Er war wenig geneigt, in Mehmets Fußstapfen zu treten und die unablässigen Kriege zur Erweiterung des Reiches fortzuführen. Mehmet hatte sich mit der Großmacht der schiitischen Muslime in Persien angelegt und war gegen ihren Herrscher Schah Ismail zu Felde gezogen. Er betrachtete die schiitische Lehre als bedrohlichen Dolch im Rücken der orthodoxen türkischen Sunniten.

Seinem Sohn Bayasid jedoch stand der Sinn nicht nach Krieg. Nachdem er Mehmet auf dem Sultansthron gefolgt war, zog er sich in den Palast von Istanbul zurück.

Selim war der jüngste von Bayasids fünf Söhnen und zudem sein Liebling. Zwei seiner Söhne waren bereits in der Kindheit gestorben. Selim schien als Einziger zum Nachfolger geeignet. Doch Selim hatte keine Geduld mit seinem Vater und sehnte sich danach, die von seinem Großvater begonnenen Feldzüge fortzuführen. Mit vierzig Jahren zog er sich nach einer fehlgeschlagenen Rebellion gegen Bayasid ins selbst gewählte Exil auf der Krim am Nordufer des Schwarzen Meeres zurück. Seine Frau Hafiz war die Tochter eines Tatarenkhans. Mithilfe seines Schwiegervaters gelang es Selim nach einiger Zeit, eine beträchtliche Streitmacht aufzustellen.

Bayasid und Selim schlugen bei Edirne eine gewaltige Schlacht um den Thron. Nur dank der Schnelligkeit seines legendären Hengstes »Schwarze Wolke« gelang es Selim, dem Schwert des Vaters zu entrinnen. Selim hatte die Schlacht zwar verloren, doch bei der Janitscharenarmee seines Vaters hatte sein Heldenmut großen Eindruck hinterlassen. Die Legendenbildung um Selim begann.

Als Bayasid alt wurde, wuchs der Druck des Hofadels, seinen

Sohn herbeizurufen und ihn als Thronfolger zu bestätigen. Die Janitscharen wollten nichts von Bayasids beiden ältesten Söhnen wissen, die als ebenso sanft und friedliebend bekannt waren wie ihr Vater. Sie wollten Selim *Yavuz*. Gleich ihm sehnten sie sich danach, den Krieg wieder aufzunehmen und abermals gegen die Glaubensabtrünnigen zu reiten und den schweren Geruch des Blutes und der Brände einzusaugen.

Der innere Frieden seines Reiches lag Bayasid mehr am Herzen als alles andere. Ein paar Monate nach der Niederlage und Flucht seines Sohnes schickte er deshalb nach ihm und ließ ihn bitten, in seine Heimatstadt Istanbul zurückzukehren. Das Sendschreiben erreichte Selim mitten in einem furchtbaren Winter. Abermals mit der Hilfe seines Schwiegervaters rief er eine Streitmacht von dreitausend Reitern zusammen und machte sich unverzüglich auf den Weg in die Hauptstadt. Unbarmherzig trieb er die Männer in mörderischer Kälte und blendenden Schneestürmen täglich achtzehn Stunden lang voran. Reiter und Pferde fielen zu Hunderten der Kälte zum Opfer und blieben unbestattet am Wegesrand liegen. Um Zeit zu sparen, mied Selim den langwierigen Umweg über die Dnjesterbrücke und jagte seine Armee unter Zwang durch den breiten Fluss. Die eisige schwarze Strömung trug die Leichen der Erfrorenen in Massen davon. Mit den erschöpften Resten seiner heruntergekommenen Armee erreichte Selim Anfang April Istanbul.

In steter Furcht vor einem Hinterhalt näherte er sich den Stadttoren. Als die zehntausend Janitscharen von Bayasids Palastwache Selim auf seinem berühmten Hengst heranreiten sahen, eilten sie ihm jubelnd entgegen und riefen ihn zum Sultan aus. Sie umringten sein Pferd, warfen die Hüte in die Luft, balgten sich darum, seine Steigbügel zu berühren und feierten seine Ankunft. Schon nach wenigen Tagen übergab Bayasid seinem jüngsten Sohn den Inbegriff der Macht des Osmanischen Reiches, das juwelenbesetzte Schwert des Hauses Osman. Selim war endgültig zum Herrscher der Osmanen geworden.

Am nächsten Tag wurde der bettlägerige Bayasid auf einer Bahre zu den Toren der Stadt hinausgetragen. Selim schritt an der Seite des alten Mannes und hielt seine Hand. Tränen standen den beiden Männern in den Augen.

Hinter einem Wall bewaffneter Janitscharen und berittener *Sipahis*, der Elitereiterei des Sultans, folgte den beiden Männern schweigend die Menge des Volkes. Nach der Übergabe der Macht an Selim wollte Bayasid in seinen Geburtsort Demotika bei Edirne zurückkehren, um dort fernab vom Trubel Istanbuls und der politischen Palastintrigen seine letzten Tage zu verbringen. Während der alte Vater von dem kleinen Gefolge von Leibdienern, die einige Karren seiner persönlichen Habe mit sich führten, des Weges getragen wurde, kehrten Selim und die Janitscharen schweigend um und zogen zurück in die Hauptstadt.

Bayasids letzter Wunsch sollte nicht in Erfüllung gehen. Drei Tage nach seinem Auszug verstarb er plötzlich unterwegs in einem kleinen Dorf. Einige meinten, er sei an gebrochenem Herzen gestorben, nachdem sein Lieblingssohn sich seiner so unbarmherzig entledigt hatte, aber das Gerücht, man habe ihn auf Selims Befehl vergiftet, gewann ebenfalls an Gewicht. Die meisten hegten diesbezüglich ohnehin wenig Zweifel, denn Selim war zu schrecklicher Grausamkeit fähig und kannte bei der Absicherung seiner Thronfolge keine Skrupel.

Bayasid war kaum unter der Erde, als Selim sich schon daranmachte, seine Herrschaft zu festigen. Sein Vater Bayasid war dem vom Großvater erlassenen Gebot zum Brudermord nie nachgekommen, weshalb es noch ältere Brüder Selims mit Thronansprüchen gab.

Selim hatte sich in Istanbul noch nicht richtig niedergelassen, als er bereits seine Riege von Attentätern herbeizitierte – sechs Taubstumme, die ihm in der Vergangenheit schon mehrfach zur Hand gegangen waren. Sie versammelten sich vor ihrem neuen Sultan und drückten demütig die Stirn auf den Boden. Von einem Diener am Arm genommen, wurden sie rückwärts an die Wand des Saales geführt, um dem Sultan nicht den Rücken zuzukehren. Während die sechs Taubstummen an der Wand auf die Knie gekauert ihren Meister anstarrten, erhob sich Selim, um zur gegenüberliegenden Seite des Saales zu schreiten und dort einen Bogen von seiner Halterung an der Wand zu nehmen. Die doppelt geschweifte Waffe in der Hand stellte er sich vor die Taubstummen und presste das Bogenholz zusammen, bis die seidene Sehne schlaff wurde und abgenommen werden konnte. Den Taubstummen konnte nicht verborgen bleiben, welch enorme Körperkraft für dieses Tun erforderlich war. Langsam ging Selim auf die knienden Männer zu, wobei er jeden im Auge behielt. Keiner erwiderte seinen Blick. Selim sah keine Gefühlsregung, keine Angst, keine Zuneigung. Nichts.

Selims Blick war beim Letzten der Reihe angelangt. Mit katzenhafter Geschwindigkeit und Präzision trat er hinter den Taubstummen und schlang die Bogensehne um den Hals des Mannes. Der Kreuzgriff seiner starken Hände zog die Würgeschlinge zu. Während der Taubstumme versuchte, die Schlinge um seinen Hals zu ergreifen, und seine Beine unter ihm hervorschnellten, damit er auf die Füße kommen und sich besser wehren konnte, blieb Selim unbewegt, nur seine Hände zogen die seidene Schlinge noch enger.

Der Taubstumme fuhr sich mit den Fingern an den Hals, riss an der Haut, um unter die Schlinge zu greifen und die Strangulation zu lockern. Doch die tief ins Fleisch gegrabene Bogensehne bot den Fingern keinen Angriffspunkt. Während der Taubstumme sich noch wehrte, wurde sein Gesicht scharlachrot, dann purpurn. Die Adern quollen ihm hervor, seine Augen weiteten sich vor Angst, während seine Gesichtsfarbe allmählich in ein blasses Blau überging. Das Weiß der Augäpfel sprenkelte sich mit kleinen Blutergüssen. Gleichsam vom Farbwechsel des Körpers gesteuert, erlahmte die Gegenwehr des Taubstummen. Nach nicht einmal drei Minuten endete sie völlig. Die Hände des Erdrosselten fielen vom Hals herab, sein Körper sank schlaff zu Boden. Seine

Haut war grau geworden, der Glanz aus den hervorgequollenen Augen gewichen. Er sah aus wie eine von Selim, dem Puppenspieler, hochgehaltene Marionette.

Selim hatte die ganze Zeit fast reglos dagestanden. Als der Mann sich nicht mehr rührte, lockerte Selim den Würgegriff, löste die Bogensehne vom Hals des Toten und ließ ihn nach vorn aufs Gesicht fallen. Er spannte die Sehne wieder auf den Bogen und legte die Waffe behutsam zurück auf die Halterung.

Auf einen Wink führte der Diener die verbliebenen fünf Taubstummen hinaus. Vier Janitscharen eilten vom Korridor herein und schleiften die Leiche des Erdrosselten fort.

Die fünf Taubstummen wurden zur Erfüllung von Mehmets Gebot in die Quartiere der beiden älteren Brüder Selims beordert. Mit seidenen Bogensehnen erdrosselten sie die Brüder in ihren Betten, wobei sie darauf achteten, bei der Gewalttat keinen Topfen königlichen Blutes zu vergießen. Sofort nach begangener Tat ließen sie den Palast benachrichtigen. Keiner der taubstummen Attentäter war darauf erpicht, dem Sultan persönlich unter die Augen zu treten, sofern es nicht unabwendbar war.

Doch Selim war noch nicht zufrieden. Die fünf Söhne der beiden ermordeten Brüder waren noch am Leben. Selim befürchtete, sie könnten irgendwann zum Widerstand gegen sein Sultanat rüsten, weil ihre Väter ältere Rechte auf den Thron gehabt hätten als er. Immerhin waren ihre Väter die beiden älteren Söhne Bayasids gewesen. Wieder schickte Selim seine Meuchelmörder los, diesmal sogar von ihm selbst begleitet. Vom Nebenraum des Schlafzimmers der kleinen Neffen aus wollte er Zeuge ihres Todeskampfs werden. Selim soll geweint haben, als er Augen- und Ohrenzeuge der Erdrosselung des Jüngsten wurde, seines kleinen Lieblingsneffen, der erst fünf Jahre alt war – aber wer wird das je bestätigen können, zumal die einzigen Tatzeugen, die Attentäter, taubstumm waren?

Als Selim nun, dem Krebstod geweiht, in seinem Zelt daniederlag, hatte er in achtjähriger Regierungszeit sämtliche Neffen, zweiundsechzig Blutsverwandte und sieben Großwesire umbringen lassen.

Der spanische König Ferdinand und Königin Isabella hatten 1492 die Juden aus ihrem Land vertrieben, nachdem die Juden zuvor schon von der spanischen Inquisition unaufhörlich drangsaliert worden waren. Zum Zeitpunkt der Vertreibung hatte man bereits Tausende spanischer Juden wegen der ihnen unterstellten Verfälschung der Lehre Christi zu Tode gefoltert. Diese sephardischen Juden, wie man sie nannte, flüchteten nach Portugal, Nordafrika, Mitteleuropa, in den Nahen Osten und ins Osmanische Reich. Die Portugiesen verordneten den Neuankömmlingen die Zwangstaufe, und die mitteleuropäische Christenheit verfolgte sie nicht weniger grausam als zuvor die Spanier. Nur bei den Muslims wurden die Juden mit offenen Armen aufgenommen. Bald blühten ihre neuen Gemeinden wieder auf.

Joseph Harmon gehörte zu den sephardischen Juden, die im späten fünfzehnten Jahrhundert an den türkischen Gestaden gelandet waren. Als geschickter Arzt brachte er es zum Leibarzt des Sultans Bayasid und dessen Sohn Selim. Josephs Sohn Moses hatte seine Nachfolge als Selims Leibarzt angetreten und wurde schließlich zu einem der einflussreichsten Männer des Osmanischen Reiches. Seine Söhne führten die Dynastie der jüdischen Leibärzte der Sultane fort.

Piri Pascha verließ Selim, um zum Zelt von Moses Hamon zu gehen, dem Leibarzt des Sultans. Seit Selims Leben vor mehreren Monaten allmählich zu verlöschen begann, hatte Hamon den Sultan unablässig betreut.

Moses Hamon beendete soeben seine Mahlzeit, als Piri Pascha sein Zelt betrat. Der Arzt erhob sich von seinem Sitzpolster und begrüßte den Großwesir.

»*Salam Aleikum*, Piri Pascha«, sagte er auf Arabisch.
»*Schalom Alechem*«, antwortete Piri auf Hebräisch.

Lächelnd nahm Hamon zu Kenntnis, dass Piri aus Höflichkeit die hebräische statt der arabischen Begrüßungsfloskel gewählt hatte. Er wies einladend auf die Sitzgelegenheiten. Die beiden Männer nahmen Platz. Ein Diener brachte eine Schale Obst und zwei Pokale Wein. Beim Wein winkte Piri dankend ab, doch eine Rebe Weintrauben aus der Obstschale nahm er gern an.

»Piri Pascha, wie ist das heutige Befinden des Sultans?«

»Unverändert, oder vielmehr schlechter, wie mir scheint. Er wacht kaum noch auf. Ich kann ihn inzwischen nicht mehr zum Essen oder Trinken bewegen. Ich glaube, sein Ende steht unmittelbar bevor.«

»Der Schlaf ist ein Geschenk Gottes für ihn. Für jemand, der unter den furchtbaren Schmerzen des Krebsfraßes leiden muss, ist die Opiumtinktur ein Segen. Aber Ihr dürftet Recht haben. Wenn der Sultan nicht mehr isst und trinkt, wird es bald mit ihm zu Ende gehen.«

»Doktor, kommt bitte mit. Ihr müsst mir bestätigen, dass es dem Sultan an keiner Bequemlichkeit mangelt. Außerdem müsst Ihr mir sagen, wann mit seinem Ende zu rechnen ist. Ihr habt Euch um meinen Sultan sehr verdient gemacht – gleich Eurem Vater Joseph.«

Hamon bedankte sich mit einem stummen Nicken, sagte aber nichts. Er spürte, dass Piri noch etwas auf dem Herzen hatte. Das Schweigen währte einige Minuten, in denen die beiden Männer zögernd dem Obst zusprachen. Schließlich ergriff Piri das Wort.

»Doktor Hamon«, sagte er, »ich weiß, dass ich mich auf Eure Verschwiegenheit verlassen kann wie bei niemand sonst. Die Hamons haben ihre Stellung in unserem Haushalt nie ausgenützt und dienten uns stets mit größter Gewissenhaftigkeit.«

Wieder nickte Hamon und wartete ab.

»Ich möchte Euch bitten, mir eine Bürde abzunehmen.«

Hamon lächelte. »Aber Piri, der ›Bürdenträger‹ seid doch Ihr, oder etwa nicht? Oft genug habe ich gehört, wie der Sultan Euch mit dieser Bezeichnung belegt hat.«

»In der Tat bin ich ein Bürdenträger.« Piri lächelte. »Aber ich bin alt geworden und muss die Last mit jemand teilen. Ihr seid der Einzige, an den ich mich vertrauensvoll um Hilfe wenden kann.«

»Sagt mir, was zu tun ist, und ich werde es tun.«

»Als Erstes müsst Ihr beim Sultan ausharren, bis das Leben von ihm gewichen ist.«

»Das ist mir ein Leichtes. Es ist mein Beruf, meine Pflicht.«

»Und wenn er gestorben ist, darf zehn Tage lang niemand außer mir allein etwas davon erfahren. Bis es mir gelungen ist, seinen einzigen Sohn Suleiman nach Istanbul zu holen, müssen wir so tun, als wäre der Sultan noch am Leben. Suleiman weilt derzeit als Statthalter in Manisa. Ich werde zwei bis drei Tage brauchen, um ihn zu benachrichtigen, und es wird noch einmal fünf Tage dauern, bis Suleiman in der Hauptstadt sein kann. Ich muss dafür sorgen, dass Suleimans Thronbesteigung glatt vonstatten geht und seiner Machtübernahme nichts in den Weg gelegt wird.«

»Ich verstehe, Piri Pascha. Ihr könnt Euch auf mich verlassen.«

»Ich weiß, Doktor. Lasst uns nun sogleich zum Zelt des Sultans gehen. Wenn wir uns um ihn gekümmert haben, werdet Ihr Weiteres erfahren.«

Die beiden Männer erhoben sich und gingen miteinander hinaus.

Die letzten Monate waren für Piri Pascha nicht leicht gewesen. Selim kränkelte schon seit Jahren, doch als es auf sein Ende zuging, hatte der Schmerz seinen Jähzorn und Mutwillen weiter angestachelt. Viele von denen, die ihm nahe standen, hatten schwer darunter leiden müssen. Piri hatte nach Möglichkeit beschwichtigend eingegriffen, wenn sein Herr grausame und ungerechte Strafen über seine Untertanen verhängte. Es war ihm sogar gelungen, die Vollstreckung einiger Todesurteile abzuwenden, aber allzu weit konnte auch er sich nicht vorwagen, ohne sein eigenes Leben zu gefährden.

Piri wusste, dass der Arzt für seinen sterbenden Herrn nicht mehr tun konnte, als ihm das Schicksal ein wenig zu erleichtern. Er betrat mit Hamon das Zelt, vor dem die beiden jungen Janitscharenwächter standen. Piri führte den Arzt an das Bett, um dann abwartend ins Halbdunkel zurückzutreten. Auf den Teppich gekniet, untersuchte Hamon den Sultan. Nachdem er Selim an beiden Armen den Puls gefühlt hatte, hob er behutsam die Lider des Kranken, um die Augen zu betrachten. Mit einem Wink bat er, die Lampe näher zu rücken. Prüfend blickte er in Selims vom Opium verengte Pupillen.

Als der Arzt den Sultan berührt hatte, war Piris Hand reflexhaft an den Knauf seines Schwerts gefahren. Wann immer jemand seinen Herrn berührte, musste er an sich halten. Er war stets auf dem Sprung, sich schützend vor den Sultan zu werfen. Nach all den Jahren als der dem Sultan nächste Waffenträger war es Piri in Fleisch und Blut übergegangen, niemand ohne ausdrückliches Einverständnis auf Schwertstreichlänge an seinen Herrn heranzulassen. Es gab eine unsichtbare Linie, die keiner zu überschreiten wagen durfte, und ihr Verteidiger Piri bestimmte, wo diese Linie sich befand.

Hamon untersuchte den Sultan auffallend lange Zeit. Nachdem er die Hand auf Selims Brust gepresst hatte, schob er sie unter die Gewänder des Sultans, um den Herzschlag zu fühlen. Schließlich legte er lauschend das Ohr auf Selims inzwischen entblößte Brust, auf die er zuvor ein dünnes Seidentuch gebreitet hatte, um nicht die bloße Haut des Herrschers zu berühren. Auch in der Halsbeuge, am Puls der Handgelenke und im Kieferwinkel lauschte er nach dem Geräusch des durch die Adern strömenden königlichen Blutes. In der arabischen Welt hatte man den Blutkreislauf schon längst verstanden, bevor das Wissen darum in den Westen gelangte.

Die Hand auf den Leib des Sultans gelegt versuchte Hamon, eine Veränderung der Körpertemperatur zu erfühlen. Abermals streifte er Selims Lider zurück. Die Pupillen waren starr und weit. Ein Ausdruck des Erschreckens glitt über Hamons Gesicht. Mit resigniertem Blick wandte er sich Piri Pascha zu.

Piri Pascha, der herbeigetreten war, kniete sich neben ihm auf ein Kissen.

»Nun?«

Der Arzt schlug die Augen nieder. »Mein Gebieter, ich bedaure, aber der Sultan lebt nicht mehr.«

»Ihr seid Euch gewiss?« Piris Stimme war flach und ausdruckslos.

»Das bin ich, Herr.«

Piri erhob sich so abrupt, dass Hamon instinktiv zurückwich. Einen schlimmen Augenblick lang befürchtete er, der Großwesir würde sein langes Krummschwert ziehen, um ihn als den Überbringer der üblen Nachricht zu erschlagen. Doch Piri Pascha stand reglos mit geballten Fäusten und völlig ausdrucksloser Miene hoch erhoben über ihm.

Der Großwesir wusste genau, was jetzt zu tun war. Er war erleichtert, endlich damit anfangen zu können. Sein Herrscher hatte ausgelitten. Nun galt es, keine Minute zu verlieren.

»Bleib beim Leichnam des Sultans. Gestatte niemandem, das Zelt zu betreten oder auch nur vom Eingang aus einen Blick ins Innere zu erhaschen!« Piri sprach wie der Herr zu seinem Knecht – als hätte er es mit einem gewöhnlichen Untertanen zu tun. Hamon hörte ihm gleichmütig zu. »Hilf mir, das Feuer zu löschen und das Kohlebecken vom Leichnam wegzurücken«, fuhr Piri fort. »Ich will, dass nur die Öllampe ein wenig Licht spendet.«

Piri streute Sand in die Glut. Niedergekauert versuchte Hamon die schwere Kohlenpfanne mit ihrer immer noch heißen Fracht aus erloschener Glut zu bewegen. Gemeinsam mit Piri Pascha gelang es ihm, das Becken beiseite zu ziehen. Piri sah sich im Zelt um. Er legte ein paar Kleidungsstücke zurecht und ordnete Selims persönliche Habseligkeiten. Es sollte im Zelt so aussehen wie immer. Alles sollte so wirken, als wäre der Sultan noch am Leben und würde lediglich ruhen.

»Ich werde den Leibwächtern des Sultans Befehl geben, dein Essen hierher zu bringen. Sie werden es draußen vor dem Zeltvorhang abstellen. Niemand darf erfahren, dass unser Sultan tot ist. Niemand! Das gilt für die nächsten zehn Tage! Hast du verstanden?«

Hamon nickte, sagte aber nichts. Vom geachteten Leibarzt des Sultans war er abrupt zu einer Art besserem Wachhund herabgesunken. Aber er hatte gelernt, seinen Zorn zu zügeln, denn er kannte die prekäre Stellung eines Juden im muslimischen Hofstaat und wusste, wie viel für die Juden des Osmanischen Reiches von seiner gleichwohl einflussreichen Stellung abhing.

Piri begab sich an die Seite des Zelts, wo die Besitztümer des Sultans Selim in reich verzierten hölzernen Truhen und Kästen aufbewahrt wurden. Sie waren mit der *Tugra* versiegelt, dem Herrscherwappen. An einem länglichen schmalen Kasten löste Piri das Siegel, hob den Deckel ab und legte ihn behutsam auf den Teppich. Er schlug das Seidentuch auseinander. Es barg das Schwert des Hauses Osman. Die Waffe steckte in einer mit kostbaren Edelsteinen reich besetzten Scheide aus Silber. Schon der kleinste dieser Steine hätte einen rechtschaffenen Mann und seine Familie mehrere Lebzeiten lang ernähren können. Piri zog das Schwert ein Stück weit aus der Scheide und reckte die Waffe hoch empor. Der rötliche Reflex der Öllampe, der sich auf der Stahlklinge spiegelte, huschte über die Wandungen des Zelts. Mit lautem *Klack* stieß Piri das Schwert zurück in die silberne Scheide. Während er sie mit einem Seidentuch blank rieb, dachte er: *Die Macht und die Autorität des Reiches sind hier besiegelt. Wer dieses Schwert an seiner Seite trägt, beherrscht die Welt.*

Sorgfältig schlug er die Waffe wieder ins Tuch ein und verschnürte sie fest mit den angewebten Seidenkordeln. Er kniete sich hin, stülpte den Deckel auf den leeren Kasten und stand auf. Das eingewickelte Schwert steckte er in seine Leibbinde und schlug die Gewänder darüber. Er würde das Schwert des Hauses Osman so lange an seiner Seite tragen, bis Suleiman, Selims einziger lebender Sohn und Erbe des osmanischen Reiches, das Schwert von ihm in Empfang nahm.

Piri ließ Hamon im Zelt zurück und trat durch den Türvorhang hinaus zu den beiden Janitscharenwächtern am Eingang. Den Blick stur geradeaus gerichtet nahmen die beiden Männer Haltung an.

»Der Sultan schläft«, sagte Piri zu ihnen. »Der *Tabib* wird bei ihm bleiben und ihn füttern.« Um den Arzt vor den Soldaten nicht beim Namen nennen zu müssen, hatte er ihn mit dem arabischen Wort *Tabib* bezeichnet. »Der *Tabib* wird dem Sultan die Arznei gegen die Schmerzen verabreichen. Sorgt dafür, dass für unseren Herrn und für den *Tabib* Essen zum Zelt gebracht wird. Ihr sollt es vor dem *Serail* abstellen und den *Tabib* herausrufen, damit er es sich holen kommt. Niemand außer mir darf das Zelt betreten, auch ihr nicht. Niemand! Ist das klar?«

Die Janitscharen salutierten zum Zeichen des Verständnisses und nahmen wieder Haltung an. Die schwer bewaffneten jungen Männer würden für ihren Sultan ohne zu zögern das eigene Leben hingeben. Auf der ganzen Welt gab es keine getreuere Leibgarde als die Janitscharen des osmanischen Herrschers.

Piri Pascha schritt gemessen zwischen den Zelten seiner Männer durch das Lager. Er hielt kurz inne. »Der Sultan schläft jetzt, Allah sei Dank«, rief er den Dienst tuenden Männern zu. »Ich werde mir jetzt selbst ein bisschen Ruhe gönnen. Der Sultan ist bestens bewacht. Ich wünsche, dass er auf keinen Fall gestört wird. Sorgt dafür, dass jeder das weiß!«

Er schlenderte weiter zum Rand des Lagers, wo die angepflockten Pferde von Sipahis bewacht wurden. Die Sipahis waren die Elitekavallerie des Sultans, die beste Reitertruppe der Welt. Dreihundert Jahre zuvor hatte Dschingis Khan die Welt von China bis zu den Küsten des Schwarzen Meeres erobert. Seine mongolischen Reiterheere waren bis an die Grenze Europas gesprengt und hatten den Westen mit einer Kriegsmaschine das Fürchten gelehrt, wie die Welt sie bis dahin nicht gesehen hatte. Die Reitertruppen des Khans konnten in weniger als drei Tagen in rauem Gelände knapp fünfhundert Kilometer bewältigen und waren am

Ziel ohne jede Rast sofort kampfbereit. Auf ihren starken Ponys sitzend, verschossen sie im vollen Galopp ihre rüstungssprengenden Pfeile auf zweihundert Meter mit tödlicher Zielsicherheit. Oft genügte schon die Kunde vom Anrücken der Mongolenstreitmacht, um die Gegner des Khans in heilloser Flucht auseinander stieben zu lassen.

Die Sipahis ritten in die Schlacht wie einst die Reitertruppen Dschingis Khans. Auch sie vermochten den Gegner so sehr einzuschüchtern, dass einige Schlachten schon mit der Meldung ihres Anmarsches entschieden waren. Ganze Armeen hatte sich aufgelöst, als sie vernommen hatten, dass Sultan Selims Janitscharen und Sipahis gegen sie aufmarschierten.

Piri schlenderte durch das Lager, als wollte er in der frischen Bergluft lediglich tief durchatmen. Das furchtbare Ereignis dieses Tages war ihm nicht anzusehen. Hier vor Edirne lagen über zehntausend Janitscharen und Sipahis. In der friedvollen Nacht waren die gedämpften Geräusche eines großen geordneten Heerlagers zu vernehmen. Wasserkarren rumpelten vorbei, andere Karren entsorgten die Latrinen. Im ganzen Lager herrschte peinliche Ordnung. Die Zeltreihen waren schnurgerade ausgerichtet, nicht eine Spur von Unrat verunzierte den Boden.

Unter riesigen Kupferkesseln knisterten die Küchenfeuer. Piri bemerkte, dass die Männer sich respektvoll murmelnd unterhielten, um den Schlaf ihres Gebieters nicht zu stören. Nirgendwo war Gelächter zu hören. Es hätte in dieser schweren Stunde des regierenden Sultans den Zorn des Paschas erregen können.

Rauch zog durch die Zeltgassen ins Geäst der Bäume und verwehte in der lauen Brise, die an diesem frühherbstlichen Abend von den sich langsam verfärbenden grünen Hügeln herabstrich. Noch lag eine Weichheit in der Luft, die bald den nasskalten Winterwinden würde weichen müssen.

Piri trat ins Lager der Sipahis. Zwei Sipahis hatten schon seit einigen Tagen auf die Nachricht Piri Paschas gewartet. Sie hatten ihren Posten niemals verlassen und nie länger als eine Stunde am

Stück geschlafen. Die Verpflegung war auf Piris Befehl zu ihnen hinausgebracht worden. Sie waren jederzeit zum Aufbruch bereit.

Er stellte sich neben eine Kochstelle, wo zwei Reiter im Schein des ersterbenden Feuers stumm mit einem Würfelspiel beschäftigt waren. Eine Weile sah er ihnen wortlos zu. Er hatte sie persönlich ausgesucht. In der sinkenden Dämmerung glichen die beiden Männer den anderen Uniformierten. Der eine, Abdullah, ein junger Schwertkämpfer, war der beste Reiter einer Truppe, die ihrerseits als die beste berittene Streitmacht auf Erden gelten konnte. Der andere war keineswegs ein einfacher Sipahi, sondern Achmed Agha, der Befehlshaber. Er hatte den Umhang über die Uniform gezogen und sah für jedes normale Auge aus wie eine ältere Ausgabe des Sipahi, mit dem er gerade würfelte.

Piri ließ ein paar Minuten verstreichen. Er war inzwischen ein alter Mann und spürte sämtliche Jahre seines Alters einzeln in den Knochen. Nie hätte er gedacht, dass ausgerechnet ihm diese Aufgabe zufallen würde. Stets hatte er damit gerechnet, noch lange vor dem Sultan das Zeitliche zu segnen. Aber der Krebs, der Selims Organe zerfraß, kümmerte sich nicht um das Lebensalter. Er setzte Selims Leben ein Ende, als dieser noch im vierten Lebensjahrzehnt stand.

Piri seufzte in der Dunkelheit und streckte seine schmerzenden Schultern. Wie sehr sehnte er sich nach einem friedvollen Leben! Wie gern wäre er nach Hause zu seiner geliebten Tulpenzucht zurückgekehrt! Er sah sich seinen Garten pflegen – dieses Jahr könnte er vielleicht auch ein paar Rosen ziehen. Zu gern hätte er wieder einmal den wunderbaren Blick über das Goldene Horn hinüber nach Istanbul genossen, aber zuvor musste noch diese eine Aufgabe erledigt werden. Er, und nur er, konnte die Thronfolge sichern. Nur er konnte für das Überleben des Reiches sorgen.

Er trat zu den beiden Soldaten. »Diese *Stunde* ist für derlei Spiele ungeeignet!«, sagte er mit heftiger Betonung des Wortes *sa'at* für Stunde. Es war das vereinbarte Zeichen, dass der Sultan gestorben war. Die beiden unterbrachen sofort ihr Spiel. Abdullah versenkte die hölzernen Würfel in einem Ledersäckchen, das er in seinem Gewand verschwinden ließ. Achmed Agha senkte den Kopf. »Möge Allah seiner Seele lächeln«, flüsterte er, »... und auch der Euren, Piri Pascha, und uns allen ...« Als hochrangiger Offizier wusste er die Brisanz der nächsten Tage sehr wohl einzuschätzen.

Piri steckte Abdullah ein Stück Papier zu. Einige Worte in seiner persönlichen Handschrift waren darauf geschrieben. »Zählt die Pferde nach und vermerkt die genaue Zahl!«, herrschte er die beiden so laut an, dass die Umstehenden es hören mussten. Sie mussten annehmen, die beiden Sipahis würden gescholten, weil sie dem Spiel gefrönt hatten, während der Sultan krank daniederlag. So hatten sie einen Vorwand, unverzüglich zu ihren wartenden Pferden zu laufen und das Lager zu verlassen. Niemandem war aufgefallen, dass ihre Reittiere bereits gesattelt, die Satteltaschen mit Verpflegung und Wasser wohl versehen waren. Im gestreckten Galopp jagten die beiden Reiter aus dem Lager. Achmed Aghas Ziel Istanbul lag zweihundertfünfzig Kilometer weiter östlich. Er hatte dort bis zu Piri Paschas Ankunft für friedliche Verhältnisse zu sorgen und unter allen Umständen das Oberkommando über die Janitscharen der Palastwache zu übernehmen. Die beiden Reiter würden eine Weile zusammen reiten, dann musste Abdullah nach Süden schwenken, an der engsten Stelle der Dardanellen übersetzen und nach Kleinasien hineinreiten, wo er seinen neuen Herrscher Suleiman aufsuchen und die Nachricht an ihn übergeben sollte.

Piri Pascha musste an seine Jahre als Selims Großwesir zurückdenken. Mit Selim auszukommen war immer schwierig gewesen – immer. Das Leben eines Großwesirs war nie unkompliziert und oft sehr kurz. Er mochte zwar der zweitmächtigste Mann des Reiches sein, aber der Preis dafür war unangemessen hoch. Piri war erst Anfang sechzig, aber er fühlte sich ausgelaugt, als wäre er viel älter. Vor Piri hatten sieben Großwesire Selim gedient und alsbald anlässlich eines Wutanfalls ihres Herrschers den Kopf eingebüßt. Wenn unter Sultan Selim ein Türke einem anderen den Tod wünschte, pflegte er zu sagen: »Mögest du Selims Wesir werden!«

Einer der Wesire war mit der Bitte vor Selim getreten, der Sultan möge ihm den Tag seiner Hinrichtung verraten. »Mein Sultan«, hatte er gesagt, »lasst mich wissen, wann Ihr mich zu töten gedenkt, damit ich vorher meine Angelegenheiten ordnen und meiner Familie Lebewohl sagen kann.«

»Ich überlege schon seit geraumer Zeit, dich töten zu lassen«, hatte Selim lachend geantwortet, »aber ich habe im Augenblick niemand, der dein Amt übernehmen kann. Sonst wäre ich dir gern gefällig.«

Die Entbehrungen der langen Kriegszüge hatten einen hohen Tribut von Piri gefordert. Sein Körper gehorchte ihm nur noch widerwillig. Selims Feldzüge, in denen Piri stets an der Seite seines Herrn gewesen war, hatten ihn in die entferntesten Winkel des Reiches geführt, das sich inzwischen von den Gestaden des Nils bis an die Donau, von Asien bis Europa und vom Mittelmeer bis ans Schwarze Meer erstreckte.

Jetzt war Selim tot. Piri Pascha fiel es zu, für einen friedlichen Thronwechsel zu sorgen. Der Schein, dass der Sultan noch am Leben war, musste unbedingt gewahrt bleiben. Piri brauchte eine Frist von zehn Tagen, bis Suleiman benachrichtigt und nach Istanbul zurückgekehrt war. Dann musste der neue Sultan am Grabmal des Ayyub vor den Mauern der Hauptstadt mit dem Schwert des Hauses Osman gegürtet werden. Abu Ayyub Al-Ansari war der Bannerträger des Propheten Mohammed gewesen – des Boten Allahs. Ayyub war bei der ersten Belagerung Konstantinopels im siebten Jahrhundert gefallen. Sein Grabmal vor den Mauern Istanbuls war eine der heiligsten Stätten der Moslems des Osmanischen Reiches. An diesem Ort musste Suleimans mit dem Schwert gegürtet werden. Erst dann würden ihn Volk und Janitscharen als Sultan anerkennen.

In den folgenden fünf Tagen mischte Piri sich immer wieder unter die Mannschaften, blieb aber stets in Reichweite des Zelts des Sultans. Sorgfältig lauschte er auf die Gerüchteküche des Lagers, wusste er doch, dass er unbedingt die Janitscharen und die Sipahis unter Kontrolle halten musste. Lebhaft erinnerte er sich an Selims Rückkehr nach Istanbul. Bayasids Janitscharen hatten an diesem Tag im Handumdrehen ihren alten Sultan im Stich gelassen und Selim die Treue geschworen, von dem sie wussten, dass er sie wieder in den Krieg führen und mit dem Gold und sonstigen Schätzen belohnen würde, die bei den Eroberungen geplündert würden.

Die Tage verstrichen. Es blieb Piri nicht verborgen, dass die Spannung im Lager stieg. Gerüchte breiteten sich aus. Piri wollte auf keinen Fall, dass die Janitscharen die Wahrheit selbst herausfanden. Sie sollten Selims Tod durch niemand anderen als den Großwesir erfahren und nicht das Gefühl bekommen, man habe sie hinters Licht geführt. Zehntausend derzeit noch disziplinierte Bewaffnete wollten mit Respekt behandelt sein.

Vor Anbruch des fünften Tages ließ Piri Pascha sich seine Janitscharenuniform bringen. Er wollte gekleidet sein wie einer der Ihren. Nachdem er sich gewaschen und angekleidet hatte, ging er zum Sultanszelt hinüber. Als er am Eingang den Vorhang zurückschlug, sah er Hamon still im Licht der Öllampe sitzen und lesen. Übel riechende Luft schlug Piri entgegen. Der unaufhaltsame Verwesungsprozess, der auch einen Sultan nicht verschont, hatte bei Selims Leiche bereits eingesetzt. Piri trat ins Zelt und ließ sich neben Hamon nieder.

»Ihr könnt hier nichts mehr tun«, sagte er in respektvollem Tonfall. Hamon meinte fast, einen gewissen entschuldigenden Unterton herauszuhören. »Wenn Ihr wollt, könnt Ihr in der nächsten Stunde schon Eure Sachen packen und in die Hauptstadt zurückkehren. Ich werde Euch eine kleine Eskorte mitgeben, die für die Sicherheit Eurer Heimreise sorgt. Ihr habt meinem Sultan die Schmerzen gelindert, und dafür möchte ich Euch danken. Es ist zu erwarten, dass Ihr auch seinem Sohn Suleiman dienen werdet. Doch bitte, auch wenn Ihr abreist, wahrt das Stillschweigen, gegenüber wem auch immer! Allah sei mit Euch. *Schalom Alechem.*«

Hamon erhob sich und verließ wortlos das Zelt.

Piri begab sich aus dem Sultanszelt zu der Erhebung, auf der die Kriegsflagge des Herrschers, der *Buntschuk*, aufgepflanzt war. Auf dem kleinen Erdhügel stand eine goldene Fahnenstange, mit einem großen goldenen islamischen Halbmond gekrönt. Acht schwarze Pferdeschwänze wehten unter dem Halbmond an einem geschnitzten Querholz, von dem Stränge aus kleinen leichten Silberglöckchen baumelten, die in der leichten Brise bimmelten. Jedes Regiment und jeder Agha hatten eine solche Standarte, wobei die Anzahl der Pferdeschwänze dem jeweiligen Rang entsprach. Ein Buntschuk, an dem acht Schwänze prangten, kam allein dem Sultan zu. Der Buntschuk verkörperte die Autorität. Von hier aus wollte Piri zu seinen Truppen sprechen.

Er stellte sich unter die Standarte. Sofort scharten die Janitscharen sich um ihn. Die Sipahis verharrten bei ihren Pferden, die Zügel in der Hand, bereit, sofort aufzuspringen. Die Janitscharen standen in voller Kriegsausrüstung, die Schwerter gegürtet, die Lanzen an der Seite. Erwartungsvoll drängten sie dem Pascha entgegen. Nur ein gelegentliches Hufestampfen auf dem weichen Grund oder das Wiehern eines ungeduldigen Pferdes waren zu vernehmen. Immer noch abwartend versuchte Piri die Stimmung seiner Männer zu erspüren. Schließlich erhob er die Stimme.

»Unser Sultan Selim ist tot. Allah möge wohlgesonnen auf seine Grabstätte herablächeln.«

Wie ein Mann zogen die Janitscharen in einer tausendfachen

und doch einzigen Bewegung die Krummschwerter, dass ein lautes, zischendes Geräusch zu hören war. Piri blickte in das Meer des tödlich schimmernden Stahls der emporgereckten Waffen. Mit den Schwertern hieben die Janitscharen die Spannleinen ihrer Zelte durch. Während die weißen Zelte wie Hunderte von Haufen schmutziger Wäsche in sich zusammensackten, erhoben sich Trauergeheul und Wehklagen aus den Kehlen Tausender junger Soldaten. In kürzester Zeit war das Lager dem Erdboden gleich gemacht. Wo zuvor ein geordnetes Heerlager gestanden hatte, gab es nur noch eine große Staubwolke und den Tumult der Männer, die sich zum Ausdruck der Trauer die weißen Federhüte vom Kopf rissen und zu Boden schleuderten.

Die Sipahis taten es ihnen gleich und erhoben das Schmerzgeheul von Männern, die ein schwerer Verlust getroffen hatte. Die verschreckten Pferde stampften und bäumten sich auf. Das Schmerzgeheul übertönte alle anderen Geräusche des anbrechenden Tages.

Piri beobachtete das Schauspiel, das sich vor ihm entfaltete. Die tausendfache Trauerbezeigung der Männer, die acht Jahre lang so schwer unter dem Jähzorn ihres Herrschers gelitten hatten, überraschte ihn. Aber genau hierauf hatte er gehofft. Das Durchhauen der Zeltleinen war das traditionelle Zeichen der Trauer und der Ergebenheit beim Tod eines Sultans. Die Männer würden sich von nun ab Piri Paschas Befehlen unterordnen und tun, worum er so lange gebetet hatte.

Inch' Allah. Gottes Wille geschehe.

Während das Trauergeheul im Frühlicht des Tages seinen Fortgang nahm, kehrte Piri Pascha zu seinem *Serail* zurück. Er begab sich zu den schwer bewachten Zelten, in denen die Schatztruhen des Sultans ruhten, und machte sich daran, sie der Reihe nach sorgfältig mit Selims Siegelring zu versiegeln. Er informierte die Wachmannschaft, dass er das Oberkommando über die Streitkräfte auf Bali Agha übertragen werde, den *Seraskier*, den Befehlshaber der Janitscharen.

Piri trat unangemeldet in Bali Aghas Zelt. Bali Agha war dabei, seine Uniform anzulegen, und ließ sich beim Wickeln der Leibbinde nicht stören. Schließlich steckte er das Schwert hinein und wandte sich Piri Pascha zu.

»Bali Agha, hast du es schon vernommen?«, sprach Piri ihn an.

»Das habe ich, Piri Pascha.« Als Bali Agha in seinem Zelt vom Tod des Sultans gehört hatte, war er gerade damit beschäftigt gewesen, sich den langen schwarzen Bart zu kämmen.

»Dann weißt du, was zu tun ist.«

Bali Agha nickte.

»Du wirst am heutigen Vormittag den Oberbefehl über die Armee übernehmen«, fuhr Piri fort. »Brich heute Abend das Lager ab und mach dich morgen früh mit dem ersten Tageslicht auf den Weg. Ich habe den Staatsschatz versiegelt. Er ist transportbereit. Das Siegel werde ich bei mir führen.«

Bali Agha ließ der offenkundige Misstrauensbeweis ungerührt.

Piri fuhr fort: »Du sollst langsam, aber beständig nach Istanbul marschieren. Ich werde vorausreiten, durch Verkleidung getarnt, und mich um die Vorbereitungen für die Ankunft von Selims Sohn kümmern. Wenn mein Kurier ihn wie geplant erreicht, werde ich ungefähr gleichzeitig mit ihm in der Hauptstadt eintreffen. Ich habe Achmed Agha vorausgeschickt. Er soll die Palastwache in Bereitschaft halten und für Ruhe sorgen, bis wir uns vor den Toren der Stadt vereinigen. Die Kunde vom Anrücken der Armee wird für Willfährigkeit sorgen. Ich weiß, dass unsere Widersacher Spione haben, die ihnen melden werden, wie wir vorankommen. Diese Meldungen können uns nur nützen, denn jeder wird wissen, dass du mit der Armee im Anmarsch bist. Ich brauche lediglich ein bis zwei Tage Vorsprung. Bewege dich vorsichtig, aber lass dich von nichts und niemand aufhalten!«

Bali Agha erwiderte nichts. Als Piri Pascha geendet hatte, nahm er Haltung an und salutierte. Piri ging zu seinem Zelt zurück. Nun konnte er sich auf den Weg in die Hauptstadt machen, dicht gefolgt von der Hauptmasse der schlagkräftigsten Streitmacht der

Welt. Jetzt konnte er seinen Männern nach Istanbul vorausreiten und die Ankunft von Selims Sohn abwarten.

Achmed Agha und der junge Sipahi Abdullah waren in scharfem Tempo aus dem Lager geritten. Anfangs hatten sie sich befehlsgemäß in Richtung der Koppeln für die Pferde gehalten, waren dann aber nach Osten abgeschwenkt. Schweigend jagten die beiden Männer, über die Mähnen ihrer Pferde gebeugt, Seite an Seite auf der trockenen Straße dahin. Die Reiter sahen aus wie Vater und Sohn, wobei Achmeds bullige und starke Erscheinung einen augenfälligen Kontrast zu Abdullahs gedrungenem sehnigem Körperbau bildete. In schnellem Trab trieben sie ihre Pferde nach Osten. Knapp fünfundzwanzig Kilometer ritten sie durch die letzten Weizenfelder des Sommers und durch Sonnenblumen, deren schon herbstlich welke Blüten die Kerne auf den Boden fallen ließen. Als die Männer im Morgengrauen durch die verschlafenen Dörfer jagten, wurden die Bewohner soeben wach. Grasendes Kleinvieh stob vor den Hufen der Pferde auseinander. Nur wenig Baumbestand zierte die rollenden Hügelketten, doch noch hatte sich der eisige Nordwestwind nicht erhoben, der im Winter vom Schwarzen Meer herüber wehte.

An einer Weggabelung in einem der vielen gesichtslosen Dörfer hielten die beiden Sipahis an. Sie tränkten die Pferde, bevor sie sich selbst aus ihren ledernen Trinkflaschen labten, um sie sogleich wieder aufzufüllen. Achmed Agha umarmte seinen jüngeren Begleiter. »Guten Ritt, mein Bruder«, flüsterte er ihm ins Ohr. »Bring Selims Sohn unbeschadet zu uns zurück. Allah sei mit dir!«

»Und mit Euch, Achmed Agha.«

Sie schwangen sich wieder in den Sattel. Der Agha nahm den linken Weg nach Osten direkt in die Hauptstadt. Abdullah lenkte sein Pferd nach rechts in den Weg nach Süden zum Übergang über die Dardanellen. Er trieb es so schnell voran, wie er es in vernünftiger Einschätzung der Leistungsfähigkeit des Tieres und des langen noch bevorstehenden Ritts verantworten konnte.

Am Spätnachmittag wurde das Hügelland steiler. Abdullah näherte sich dem Pass nach Koru Dagi, dessen Scheitel mehr als dreihundert Meter über den Dardanellen liegt. Es war der schwierigste Abschnitt, bevor es in sanftem Abstieg hinunter ging zum Ufer der Dardanellen und der Fähre hinüber nach Kleinasien, wo die lange Schlussetappe nach Manisa zur Karawanserei seines neuen Sultans beginnen würde. Im zügigen Trab ließ Abdullah sein Pferd die lange Steigung nehmen.

Eine Meile vor dem Reiter warteten zwei Männer am Wegesrand. Sie trugen lange Kaftans aus schmutziger grauer Wolle und ein schwarzes Käppi. Ihre alten Filzstiefel waren fast völlig durchgelaufen. Schon aus mäßiger Entfernung waren die beiden kaum zu unterscheiden.

Auch sie hatten Pferde, die allerdings nirgendwo zu sehen waren. Die Männer hatten sie bei einer kleinen Baumgruppe angebunden, wo die Tiere das dürftige Gras abweideten, das mit dem Ende der Wachstumsperiode allmählich braun wurde. Die Rippen der Gäule traten an den Flanken deutlich hervor, an den Scheuerstellen des verschlissenen Zaumzeugs hatten sich eitrige Geschwüre gebildet.

Die Männer hockten in dem niedrigen Buschwerk am Wegesrand. Einer von ihnen spähte blinzelnd nach Norden, wo soeben eine Staubwolke über den Horizont glitt. Er erhob sich. Um besser sehen zu können, stellte er sich auf die Zehenspitzen. Ein Lächeln glitt über sein Gesicht. Mit einem leichten Fußtritt stieß er seinen dösenden jüngeren Partner an. Der schläfrige Mann fuhr zusammen. Unter Flüchen auf den Älteren, der die Straße hinunter nach Norden deutete, rieb er sich die Augen.

Keiner der beiden sagte etwas, während sie die Staubwolke beobachteten, die sich allmählich in ein Pferd und seinen Reiter auflöste. Der Reiter, der den Steilanstieg zur Passhöhe nahm, hatte zur Schonung seines Pferdes das Tempo verlangsamt.

Die Wegelagerer pflegten nach einem ebenso einfachen wie wirkungsvollen Plan zu verfahren. Im Gebüsch versteckt warteten sie, bis sich ihnen ein Opfer näherte. War der Reisende zu Fuß, sprangen die Banditen plötzlich mit gezücktem Krummdolch hervor und umstellten ihr Opfer, das sich in der Regel gar nicht wehrte. Wenn sie alles an sich gebracht hatten, was irgendwie von Wert war, ritten sie davon, um ein paar Stunden später wieder an dieselbe Stelle zurückzukehren. Viel gab es an diesem Straßenstück nicht zu erbeuten, aber die Ordnungsmacht war weit, und kaum ein Reisender hatte je gewagt, zurückzukommen, um die Banditen auf eigene Faust zur Rechenschaft zu ziehen.

Wenn ein Reisender sich wehrte, musste er meist am Wegesrand sterben, denn die beiden Männer hatten große Übung und arbeiteten gut zusammen. Bei berittenen Reisenden sprangen die Räuber erst im letzten Moment heraus, damit das Reittier scheute und den Reiter möglichst abwarf. Der eine packte die Zügel, während der andere den Reiter herunterzerrte, sofern dieser nicht ohnehin schon am Boden lag. Falls ihnen ein Opfer entwischte, machten sie sich mit ihren alten Kleppern selten die Mühe, die Verfolgung aufzunehmen, zumal sie selber auch nicht mehr die Jüngsten waren. Bald würde der nächste Reiter auftauchen – und die beiden hatten viel Geduld.

Der Berittene war jetzt deutlich zu erkennen. Die Wegelagerer duckten sich tiefer in die Büsche. Der Gang des Pferdes war auf der langen Steigung verhaltener geworden. Es schien auf jeden Schenkeldruck zu reagieren. Die Überraschungstaktik würde hier vermutlich nicht funktionieren. Die Banditen stellten sich offen auf die Straße und taten, als mache ihnen ihr Tornister zu schaffen. Sie hatten vor, den Reiter anzuhalten und ihn um Rat und Hilfe zu bitten, um dann einen Überraschungsangriff zu starten.

Der Sipahi spähte zwischen den Ohren seines Pferdes hindurch voraus. Er bemerkte die Männer am Straßenrand. Fremdlinge bedeuteten immer Gefahr. Abdullah wurde hellwach. Eine innere Stimme sagte ihm, dass er sich nicht getäuscht hatte. Die Knie in die Rippen des Pferdes und die Hacken in seine Flanken gepresst, trieb er es zu schnellerer Gangart. Während es in Schritt fiel, nahm

Abdullah die Zügel locker in die linke Faust, die in der Mähne steckte. Das Pferd war mit diesem Zeichen vertraut. Der Reiter ließ die Zügel schießen, damit das Tier den Hals strecken und weiter ausschreiten konnte. Es tat, was der Sipahi von ihm wollte.

Langsam fiel es in Galopp. Der Reiter hatte die Beschleunigung der Gangart seines Pferdes so abgestimmt, dass es bei den beiden Männern sein größtes Tempo erreicht haben würde. Seine rechte Hand glitt zum Griff seines langen Krummschwerts. Er zog es langsam aus der Scheide und hielt es den Blicken der Männer verborgen locker flach gegen die Flanke des Pferdes.

Die Banditen konnten den Reiter jetzt klar erkennen. Was sie nicht erkannten, war das Hellblau der Uniform eines Sipahis des Sultans, das sich unter einer dicken Schicht aus Staub und Schmutz verbarg. Dass der Reiter plötzlich schneller wurde, brachte sie aus dem Konzept. Planlos verzogen sie sich an den Straßenrand. Sie hatten das Überraschungsmoment verloren. Der größere der beiden hob schließlich drohend den Dolch in der Hoffnung, den Lauf des Pferdes zu hemmen. Der andere rannte ein Stück voraus. Er wollte einen zweiten Angriff starten, falls sein Kumpan keinen Erfolg hatte.

Der junge Sipahi duckte sich noch tiefer auf den Hals seines Pferdes. Das Tier hob die Kruppe und schnellte übergangslos im gestreckten Galopp voran. Braune Erdklumpen flogen von den schwarzen Hufen. Der Räuber streckte den Dolch vor, bereit, die Schulter des nahenden Pferdes aufzuschlitzen, doch Ross und Reiter stürmten unbeirrbar in gerader Linie auf ihn los. Der Arm des tief nach rechts geduckten Sipahi schnellte hoch. »Mein Glaube ruht in Gott« blitzte in arabischen Schriftzeichen auf der durch die Luft sausenden Klinge auf, doch viel zu schnell, als dass der Wegelagerer es hätte sehen können.

Noch bevor er den Schmerz fühlte oder überhaupt begriffen hatte, was geschehen war, sah der Räuber in fassungslosem Erstaunen seinen Dolch samt der immer noch um den Griff geklammerten Faust zu Boden fallen. Ein Blutschwall schoss aus seinem

Armstumpf, dann explodierte der Schmerz in seinem Gehirn. Der Räuber riss den Mund zu einem stummen Schrei auf. Die Linke um den grässlichen Stumpf geklammert, sank er zu Boden. Die galoppierenden Hufe katapultierten die abgehauene Hand samt dem Dolch in hohem Bogen ins Gebüsch. Der Straßenstaub um den allmählich verblutenden Räuber verwandelte sich vor seinen brechenden Augen in eine dunkelbraune Gallerte.

Sein Kumpan zögerte einen Moment. Er versuchte zu begreifen, was geschehen war. Doch bevor er etwas zu seiner Rettung unternehmen konnte, war der Reiter schon bei ihm. Der Hieb des Sipahi kam mit solcher Geschwindigkeit, dass in der Welt des Räubers augenblicklich das Licht verlosch. Sein Kopf kullerte zu Boden. Die Leiche stand auf gespreizten Beinen noch ein paar Sekunden aufrecht. Dann kippte der Torso vornüber und verdunkelte den Wegesrand mit seinem Blut.

Und der Sipahi des Sultans ritt unbeirrbar weiter.

Der Arzt Moses Hamon saß auf einem Sitzpolster in seinem Zelt und blätterte in einem neuen Buch über die Anatomie des Menschen. Der Großteil der naturwissenschaftlichen und speziell der medizinischen Forschung wurde in der arabischen Welt betrieben. Das auf Arabisch verfasste Werk war die aktuellste Neuerscheinung zum Thema. Hamon konnte diese Sprache mühelos lesen; außerdem sprach er fließend Spanisch, Französisch, Griechisch, Hebräisch und Türkisch. Während seiner Ausbildung zum Arzt hatte er auch Latein gelernt, doch nie Gelegenheit gehabt, diese Sprache im täglichen Umgang zu benutzen. Im Schein der Öllampe blätterte er in seinem neuerworbenen Schatz. Die ausgezeichneten Illustrationen boten klare Details und lieferten neue Einblicke in den Aufbau des Blutkreislaufs. In seiner Heimatstadt Istanbul hatte Doktor Hamon im Lauf der Jahre eine der bestausgestatteten wissenschaftlichen Bibliotheken zusammengetragen. Nur wenige private Bibliotheken konnten sich mit der Qualität und Vollständigkeit der Werke über Medizin, Naturwissenschaft, Geschichte und Philosophie in Hamons Sammlung messen.

Doch Hamon konnte sich nicht auf sein neues Buch konzentrieren. Immer wieder spielte er in seinem Kopf die verschiedenen Möglichkeiten seiner Zukunft unter dem neuen Sultan durch. Selim war tot, und Suleiman würde ihm bestimmt unangefochten auf dem Thron folgen. Als Selims Leibarzt hatte Hamon kein einfaches Leben gehabt. Andererseits war es bei Weitem nicht so gefährlich gewesen wie das Leben des Großwesirs. Immerhin war es nicht Brauch geworden, den Leibarzt über die Klinge springen zu lassen. Vielleicht hatte Selim auch nur befürchtet, er würde das Geschick und das Wissen seines Arztes eines Tages noch brauchen, und sich gescheut, sich einem neuen und unerprobten Arzt auszuliefern. In einer Welt, in der selbst die besten Vertreter der Heilkunst nur der wenigsten Krankheiten Herr werden konnten, dürfte sogar der Sultan des Osmanischen Reiches davor zurückgeschreckt sein, das Schicksal herauszufordern.

Nachdem Moses' Vater Jakob vor der Spanischen Inquisition nach Istanbul geflohen war, hatten die Hamons kein schlechtes Leben gehabt. Die jüdische Bevölkerung der Stadt fand problemlos einen Platz in der muslimischen Mehrheit und übernahm nach und nach wichtige Funktionen im Alltagsleben. Ihr Beitrag als Kaufleute, Handwerker und Gelehrte war bei weitem umfangreicher als der von anderen nicht-muslimischen Untertanen des Sultans.

Es gab bereits eine Tradition, Nicht-Muslimen den Aufstieg zur Macht zu gestatten, wie zum Beispiel im Fall der Wesire – meistens in der Kindheit ausgehobene Nicht-Türken, die unter staatlicher Obhut ausgebildet worden waren. Die *Devschirmé* – die Knabenlese – sorgte nicht nur für einen reichlichen Nachschub an Soldaten, sie lieferte auch das Reservoir für eine umfangreiche Oberschicht von führenden Staatsbeamten. Alle fünf Jahre zogen Emissäre des Sultans durch die Lande und zogen gewaltsam die jungen Söhne von christlichen Familien ein, allerdings nie den einzigen Sohn. Die Kinder wurden nach Istanbul geschafft, wo sie zum Islam bekehrt, in die Schule geschickt, eingehend auf ihre besonderen Begabungen geprüft und ausgebildet wurden. Die Mehrzahl der Knaben kam zum Militär und wurde zu Janitscharen – den *yeni cheri*, der jungen Kämpferschar – gedrillt. Andere erhielten eine sesshaftere Rolle im Palast zugewiesen. Die Klügsten und Ehrgeizigsten kamen in den Staatsdienst und konnten sich mit harter und zuverlässiger Arbeit in hohe und höchste Machtpositionen emporarbeiten. Die Großwesire waren in der Tat zumeist bei der *Devschirmé* ausgehobene und zum Islam umerzogene ehemalige Christen. Hier lag ein großer Unterschied zu Europa, wo der Stand eines jeden Menschen schon mit der Geburt festgelegt war. Das Osmanische Reich war eine echte Meritokratie. Hier konnte jeder einen seinen Verdiensten und Fähigkeiten entsprechenden Rang erklimmen.

Das galt auch für die Welle der jüdischen Einwanderer, die vor der Inquisition und der grassierenden und an Gewalttätigkeit zunehmenden Judenfeindschaft aus Europa geflohen waren. Vielen jüdischen Bankiers war es gelungen, einen Teil ihres Kapitals aus Spanien herüberzuretten. Die Künstler hatten ihre Kunstfertigkeiten im Gepäck, Händler und Kaufleute eröffneten wieder ihre Geschäfte.

Die muslimischen Sultane nahmen die Einwanderer wegen des damit verbundenen Nutzens für ihr eigenes Land sehr bereitwillig auf. Im Islam gab es für die *Dhimmis*, die »Völker des Buches«, sehr wohl einen Platz. Der Islam, das Christen- und das Judentum waren allesamt monotheistische Religionen mit dem gleichen Gott und vielen gemeinsamen Propheten. Moses und Jesus wurden auch von den Muslimen als große Lehrer verehrt. Alle drei Religionen kannten strenge Vorschriften zur Regelung des gesellschaftlichen Umgangs. Bei Christen und Juden waren es die Zehn Gebote, ein guter Muslim führte sein Leben nach den Regeln des Korans. Muslims und Juden nahmen gemäß Abrahams Bund mit

Gott bei ihren Söhnen die Beschneidung vor, auch kannten beide das Verbot des Verzehrs von Schweine- und Kamelfleisch.

Allen Nicht-Muslimen des Reiches wurden bestimmte Freiheiten garantiert. Sie durften Eigentum erwerben und besitzen und ihre Religion ungehindert ausüben, sofern sie die dafür festgesetzte Religionssteuer bezahlten.

Neben diesen Freiheiten gab es aber auch gewisse Einschränkungen. Es durften keine neuen Kirchen oder Synagogen gebaut werden. Vor Gericht hatte die Aussage eines Nicht-Muslimen keine Beweiskraft gegen das Wort eines Muslims. Ein Moslem durfte für die Tötung eines Nicht-Muslimen zwar bestraft werden, aber nicht mit dem Tode. Nicht-Muslime durften keine Waffen tragen und keine Pferde als Reittier benutzen. Die nachhaltigste Einschränkung bestand allerdings in den Kleidervorschriften, durch die Nicht-Muslime in der Öffentlichkeit sofort erkennbar waren. Sie durften keine grünen Kleider oder weißen Turbane tragen. Unter bestimmten Umständen waren ihnen rosa Kleider und Schuhe vorgeschrieben, um sie deutlich vom Rest der Bevölkerung abzugrenzen.

Im Osmanischen Reich galten Juden und Christen zwar als *Dhimmis*, als schutzbefohlene Völkerschaften, doch sie lebten nicht ohne gewisse Einschränkungen. Das Privileg, im Reich wohnen zu dürfen, mussten sie mit einer Steuer abgelten. Völker, denen Gott sich nicht in der Heiligen Schrift offenbart hatte, wurden als Götzendiener betrachtet und waren keine *Dhimmis*. Wer sich von ihnen nicht zum Islam bekehren ließ, wurde getötet.

Angesichts der Bedrängnisse seines Volkes in Spanien und im übrigen Europa erschien Hamon das Leben unter den Muslimen als Geschenk Gottes, und er dachte viel über den Thronerben Suleiman nach, auch wenn sein Kontakt mit dem jungen Prinzen sporadisch gewesen war. Hamon hatte sich immer in unmittelbarer Nähe des Vaters Selim aufhalten müssen, während Suleiman fast seine gesamte Jugend in entlegenen Provinzen verbracht hatte, um als Statthalter das Handwerk des Regierens zu erlernen. Im

Palast wurde gemunkelt, er habe sich zu einem hervorragenden jungen Mann entwickelt, der sich mit fünfundzwanzig Jahren bereits durch seine Gelehrsamkeit, Dichtkunst und ausgewogene Rechtsprechung hervortue. Jetzt, da Selim *Yavuz* gestorben war, könnte das Leben für Hamon sogar noch besser werden.

Wieso hatte Piri Pascha sich so beunruhigt?, fragte er sich. Wozu war es notwendig, Selims Tod so lange geheim zu halten? Die Janitscharen würden sich zweifellos loyal verhalten. Wegen der ununterbrochenen Kriegszüge und der damit verbundenen Beute war Selim bei ihnen natürlich sehr beliebt gewesen. Hamon hatte die mit den unablässigen Kriegszügen verbundene Reiserei nie gemocht. Er hasste die Trennung von seiner Familie in Istanbul. Er hatte einen halbwüchsigen Sohn, Joseph, der nach dem Großvater benannt war. In diesem Alter brauchte ein Junge die Führung durch die väterliche Hand. Wie alle Hamons vor ihm würde sein Sohn natürlich Arzt werden. Mit ein wenig Glück und dem guten Ruf des Vaters als Empfehlung konnte auch er es vielleicht zum Leibarzt des Herrschers bringen. Ja, es mochte durchaus sein, dass er Leibarzt von Suleiman und Suleimans Sohn wurde. Die Artzdynastie der Hamons würde zusammen mit der Herrscherdynastie der Osmanen aufblühen. *Warum auch nicht?*, dachte Hamon gleichmütig.

Moses Hamon klappte bedächtig sein kostbares Anatomiebuch zu und schlug es in ein schweres Tuch ein, um es in seiner Reisetruhe zu verschließen. Während er sich im Zelt umsah, ob noch etwas herumlag, das die Diener einzupacken vergessen hatten, hörte er den *Muezzin* die Gläubigen zum Gebet rufen. In seinem Kopf entstand das Bild der unzähligen Menschen, die sich jetzt im ganzen Reich anschickten, auf dem Gebetsteppich niederzuknien, nach der heiligen Stadt Mekka gerichtet. Überall würden die arabischen Worte des Gebets aufklingen, mit denen sie ihren geliebten Glauben bekannten. *Es gibt keinen Gott außer Gott, und Mohammed ist sein Prophet.*

Inmitten der Gebete der muslimischen Soldaten stand Hamon

verlassen in seinem Zelt und lauschte. Er nahm die Tefillin mit den Sprüchen aus dem Fünften Buch Mose aus ihrem bestickten blauen Seidenbeutel und schlang die langen Gebetsriemen um den Kopf. Die zweite Kapsel legte er auf den Oberarm und wand die Gebetsriemen um Arm und Hand. Sein Blick schweifte ins Unbestimmte. »*Shemah Israel, Adonoy eloheynu. Adonoi echod*«, sprach er im Stimmenmeer der Gläubigen. »Höre, Israel, der Ewige, unser Gott, ist einzig.«

Piri Pascha beschloss, im Schutz der Dunkelheit aufzubrechen. Er brauchte so viel Vorsprung wie möglich, denn er wusste, dass er die Belastung des bevorstehenden Ritts nicht mehr so leicht wegstecken konnte wie früher bei den vielen Missionen für seinen Sultan.

Er ging zu seinem *Serail* und ließ sich von seinen Dienern Zivilkleidung und einen schweren Umhang bringen, die er sorgfältig zusammengelegt in den Satteltaschen verstaute, dazu Proviant und Wasser, die ebenfalls eingepackt wurden. Was übrig blieb, verzehrte er hastig noch im Zelt. Die Wachen führten sein bestes Pferd herbei und legten ihm den gepackten Sattel auf. Piri nahm die Zügel und schwang sich in seiner frischen und sauberen Uniform in den Sattel, ohne sich helfen zu lassen. Außer Sichtweite des Lagers würde er zur Tarnung die neutrale Kleidung anlegen.

Piri winkte den Wachen, den Weg freizugeben. Gravitätisch ließ er sein Pferd durch das Lager schreiten. Mit der ernsten Würde eines Großwesirs, der soeben seinen Herrn verloren hatte, winkte er grüßend den Janitscharen. Gemessen strebte er dem Rand des Lagers zu und weiter über die nahen Hügel. Nach knapp zwanzig Minuten konnte er sicher sein, sich außer Sichtweite der vorgeschobenen Wachposten zu befinden. Er stieg ab, holte seine mitgebrachten Kleider aus den Satteltaschen und warf sich rasch in seine Verkleidung. Binnen kurzem saß er wieder auf. »Hatta! Hatta!«, rief er, die Hacken in die Flanken des Pferdes gepresst. Das Pferd fiel aus dem Stand in den Galopp. Über die

Mähne gebeugt, die Knie gegen das Leder des Sattels gepresst, lenkte Piri Pascha sein Ross der Hauptstadt entgegen: Istanbul.

Zu Beginn des langen Ritts war die Straße noch sehr bequem, doch Piri Pascha war das Reiten ohne Begleitung nicht mehr gewohnt. Jahrelang hatten ihm bei nächtlichen Ausritten Hunderte von Berittenen mit Fackeln den Weg geleuchtet, sodass es hell war wie am lichten Tag. Jetzt ritt er in die hereinbrechende Nacht. Er wusste, dass sein Pferd vom Weg abkommen konnte, wenn er das Tempo nicht drosselte. Schlimmer noch, es konnte straucheln und sogar fallen; es bestand die Gefahr, dass Piri Pascha sich verletzte und am Ende nicht mehr in der Lage war, das Schwert des Hauses Osman an Selims Sohn zu übergeben.

Gegen Mitternacht spürte der Pascha allmählich sein Alter. Sein Pferd war kräftig und bewegte sich mit der legendären Kraft und Ausdauer der Araberhengste, aber wegen seiner ungleichmäßigen Gangart konnte der Pascha nicht entspannt im Sattel sitzen. Um das Gleichgewicht zu halten, musste er die Schenkel gegen die Flanken des Reittiers pressen. Sie taten ihm schon seit Stunden weh. Es war ein Ritt für einen jüngeren Mann mit jüngeren Knochen. Inzwischen fühlte er die Beine so gut wie überhaupt nicht mehr; sein Sitzfleisch war von den Stößen des Pferderückens zermürbt und die Nackenmuskeln völlig verkrampft von der unnatürlichen Haltung, in die er sich geflüchtet hatte. Weder im Trab noch im Handgalopp konnte er eine halbwegs bequeme Sitzposition finden, und an einen gestreckten Galopp war nicht zu denken, auch des Pferdes wegen.

So quälte Piri Pascha sich schmerzgepeinigt weiter voran, in dem wenig erhebenden Bewusstsein, dass er in dieser ersten Nacht einer vermutlich zum Viertagesritt ausfernden Reise erst einen Bruchteil der Strecke schaffen würde. Er hielt die Zügel straff und tröstete sich damit, das – *Inch' Allah* – es auch reichen würde, wenn sein Sultan und er gleichzeitig am Grabmal des Ayyub eintrafen.

Abdullah bewältigte die Strecke zwischen Edirne und der Küste in wenig mehr als vierundzwanzig Stunden. Am Tag nach seinem Aufbruch erreichte er bei Einbruch der Dunkelheit die Fähre.

Als Abdullah ankam, hatte der Fährmann sein Fahrzeug gerade am europäischen Ufer festgemacht. Er hatte seine Siebensachen gepackt und samt dem mageren Tageserlös in einen groben Sack gesteckt. Er freute sich auf eine warme Mahlzeit und ein paar Stunden Schlaf, bevor er am nächsten Tag im Morgengrauen wieder die Arbeit aufnehmen musste.

Müde stapfte er das Ufer hinauf, als ihm der Sipahi in scharfem Tempo entgegengeritten kam. Pferd und Reiter waren mit einer dicken Schlammschicht bedeckt. Furchtsam starrte der Fährmann dem heranstürmenden Reiter entgegen. Er ließ seinen Schnappsack fallen und rannte Schutz suchend davon. Abdullah hatte ihn rasch eingeholt und parierte das Pferd neben dem Flüchtenden, der gestolpert war und am Boden lag, alle viere von sich gestreckt.

»Zurück auf deinen Posten, Alter! Du wirst mich übersetzen, und zwar sofort!«

Der gestürzte Fährmann verdrehte den Hals und schaute zu dem Reiter hinauf. »Es ist schon dunkel, Herr, und in der Nacht ist es gefährlich da draußen. Ich kann nichts sehen, und es scheint kein Mond, und ich ...«

»Genug! Ich bin ein Sipahi des Sultans. Du wirst mich jetzt hinüberfahren! Los!«

Der Alte wollte widersprechen, doch der Blick des jungen Mannes, der auf seinem tänzelnden Pferd über ihm thronte, ließ ihn anderen Sinnes werden. »Ja, Herr. Sofort, Herr. *Inch' Allah.*«

Der Fährmann machte sein Boot wieder los. Abdullah war abgestiegen und hatte sein Pferd zum Strand hinuntergeführt. Während der gut zwei Kilometer langen nächtlichen Überfahrt über die engste Stelle der Dardanellen döste er ein bisschen. Das asiatische Ufer war bald erreicht. Kaum dass das Fährboot über den Kies des asiatischen Ufers schurrte, war der Sipahi schon wieder im Sattel. Er warf dem Alten eine Goldmünze im Gegenwert von mindestens tausend Überfahrten zu. »Allah sei mit dir, mein Freund.«

»Und mit Euch!«, rief der Alte. Er machte es sich im Ufersand bequem und schlief zum ersten Mal im Leben eine ganze Nacht in Asien.

Abdullah wandte sich abermals gen Süden. Im schärfsten Tempo, das die Dunkelheit zuließ, nahm er die letzte Etappe nach Manisa zur Karawanserei seines neuen Sultans in Angriff. Die Geschichtsträchtigkeit des Bodens unter den Hufen seines Pferdes interessierte ihn nicht. Vor fast zweitausend Jahren war der junge Alexander, den Abdullah unter dem Namen *Sikander* kannte, in Mazedonien aufgebrochen, um Asien zu erobern. Auf seiner Wendung nach Süden in die spätere Türkei war er fast genau den gleichen Weg gezogen, den der junge Sipahi jetzt nahm. Alexander hatte die Dardanellen an der gleichen Stelle überschritten und war von dort mit seinen Schiffen nach Troja gefahren, wo er die Flotte Halt machen ließ. In voller Rüstung war er mit wehendem Helmbusch ins Meer gesprungen und ans Ufer gewatet, wo er sein Schwert zog und mit den Worten in den Boden stieß, er werde Asien, das er zu erobern gedenke, ebendieses Schwert ins Herz stoßen. Alexander begab sich zum Tempel der Stadt, wo man ihm einen Schild zeigte, der angeblich dem griechischen Helden Achilles gehört hatte. Alexander warf seinen eigenen Schild beiseite und ergriff den Schild seines Vorbilds. Es war der Auftakt eines Eroberungsfeldzugs nach Asien, der das Antlitz der Welt für immer verändern sollte.

Doch nichts von alledem beschäftigte den Sipahi. Er kam an Çanakkale vorbei, wo Selims Großvater Mehmet zum Schutz der Dardanellendurchfahrt die Schüsselfestung erbaut hatte. In der Abenddämmerung passierte er den Ruinenhügel Trojas, den Schauplatz von Homers Erzählung vom gekränkten Zorn des Achilles, der Schönheit Helenas und der List mit dem berüchtigten hölzernen Pferd. Der Sipahi schaute jedoch weder rechts noch links, sondern nur geradeaus nach vorne, dem Ziel seines Auftrags entgegen.

Das Land war jetzt flacher und trockener geworden. Mit dem Trinkwasser konnte es Probleme geben, wenn er nicht jede Gelegenheit zur Tränke nutzte. An jedem Quellbach und jedem spätsommerlichen Rinnsal hielt er, labte sich und sein Pferd und füllte die Wasserflasche auf. Er aß nur wenig von dem Proviant in seinen Satteltaschen und hoffte, dass die Verpflegung bis in die Nähe von Manisa reichen würde. Als die zweite Nacht in die Morgendämmerung überging, wurde es ihm allmählich schwer, im Sattel wach zu bleiben. Er befürchtete zwar nicht, im Schlaf vom Pferd zu fallen – er hatte schon oft im Sattel geschlafen –, aber die Gefahr durch Wegelagerer bestand weiterhin. Wenn er inmitten seines Reiterkorps ritt, konnte er im Schutz der Waffenbrüder gefahrlos ein Nickerchen machen. Aber jetzt war er auf sich selbst gestellt und für seine Sicherheit – möglicherweise die des ganzen Reiches – allein verantwortlich.

Abdullah eilte weiter nach Süden durch die Landschaften Kleinasiens mit ihrer bewegten Geschichte. Olivenhaine säumten seinen Weg, doch er nahm sich nicht die Zeit für eine Nachlese der Früchte, die bei der Ernte hängen geblieben waren. Lange Abschnitte mit trockenem steinigem Boden wechselten ab mit sanft geschwungenen grünen Hügeln. Jede Durchquerung eines Flusses war für Pferd und Reiter ein erfrischendes Bad und verlieh ihnen neue Energie. Doch am dritten Tag ließen beider Kräfte dramatisch nach. Das Pferd geriet immer häufiger ins Stolpern und brauchte eine Rast. Einmal stürzten Ross und Reiter beim Abstieg von einem steilen Hügel. Nur Allahs Gnade war es zu verdanken, dass das Pferd nicht den jungen Reiter unter sich begrub und erdrückte.

Da der Reiter sein Reittier gut kannte, ließ er es seinen eigenen Bedürfnissen folgen, was das Rasten und andere Dinge anging. Er selbst döste ungeachtet der Gefahren immer häufiger im Sattel ein. Auf den letzten fünfzig Meilen konnte er sich kaum noch auf dem Pferderücken halten. Das Tier blutete aus mehreren Beinwunden, die es sich beim Straucheln in steinigem Gelände zugezogen hatte. Abdullah verlor allmählich das Gefühl für Zeit und Raum, doch Ross und Reiter quälten sich weiter voran – der Reiter getrieben von der Dringlichkeit und Wichtigkeit seiner Mission, das Ross von seiner Ergebenheit gegenüber seinem Reiter.

Am Abend des dritten Tages machte die vorgeschobene Wache von Suleimans Karawanserei ein Pferd mit Reiter aus, das ihnen langsam entgegengetaumelt kam. Die Männer sprangen auf ihre Pferde und sprengten im gestreckten Galopp, die Waffen in Bereitschaft, dem Eindringling entgegen, um eine mögliche Gefahr für ihren Prinzen abzufangen.

Erst als sie nur noch wenige Meter entfernt waren, erkannten sie an der ehedem so stattlichen blauen Uniform und dem Krummschwert den Reiter als einen der ihren. Den typischen weißen Federhut, der schon aus der Ferne leicht zu erkennen gewesen wäre, hatte der junge Sipahi längst verloren. Einer der Janitscharen sprang vom Pferd und nahm dem jungen Reiter die Zügel ab, der in seiner Verwirrung sofort zum Schwert zu greifen versuchte. Der Janitschare packte sein Handgelenk. »Ruhig, mein Freund«, sagte er, »kein Grund, zur Waffe zu greifen. Wir dienen beide dem Sultan Selim!«

Abdullah nahm die Hand vom Schwertgriff. Er hatte ohnehin nicht mehr die Kraft zu kämpfen. Schnell begriff er, dass er in Sicherheit war. Endlich konnte er seine Botschaft abliefern und sich der schweren Last seines Auftrags entledigen.

Die Janitscharen führten das Pferd des Sipahi in Suleimans Karawanserei, wo die inneren Wachen es zum Füttern und Ausruhen übernahmen. Von einem der Janitscharen gestützt, stolperte der junge Reiter zum Zelt von Suleimans Busenfreund und Ratgeber Ibrahim. Die Nachricht von der Ankunft des Sipahi war bereits zu Ibrahim gedrungen, und er brannte darauf zu erfahren, was der Reiter zu melden hatte.

Abdullah verneigte sich und fiel auf die Knie. Sein Auftrag lautete zwar, das Schreiben nur dem neuen Sultan persönlich auszuhändigen, doch angesichts des Mannes vor ihm erlahmte sein Widerstand. Er griff in die Uniform und holte Piri Paschas Brief heraus, den abzuliefern der einzige Zweck seiner übermenschlichen Anstrengung gewesen war.

Der Janitschare nahm das Schreiben an sich und reichte es Ibrahim, der den Blick einige Augenblicke auf dem Sipahi ruhen ließ. Der junge Bote konnte kaum älter sein als achtzehn Jahre. Das auffällige Ebenmaß und die Klarheit seiner schönen Gesichtszüge waren trotz der dicken Schmutzschicht deutlich zu erkennen. Ibrahim entrollte das Pergament und hielt es in den Schein der Öllampe. Schweigend las er die Botschaft. Dann stand er auf und ging zum Eingang. »Wir müssen diesen Brief sofort zu unserem Herrn bringen. Der junge Mann soll mitkommen. Es wird Fragen geben, da bin ich sicher.«

Auch Suleiman hatte schon von dem ungewöhnlichen Ankömmling gehört. Er wartete bereits auf Ibrahim, war allerdings doch überrascht, wie schnell der sich bei ihm eingefunden hatte. Auch die Berater hatte Suleiman bereits in sein Zelt rufen lassen.

»Tritt ein, mein Freund. Was hast du für mich?«

Ibrahim verbeugte sich vor Suleiman; dann bedeutete er dem Wächter, den Sipahi hereinzubringen. Der junge Bote taumelte herein, fiel auf die Knie und presste die Stirn auf den dicken Teppich, der vor Suleiman ausgebreitet lag. Ibrahim übergab seinem Herrn das Pergament.

Suleiman entrollte das Dokument und las. Er blickte auf und las noch einmal laut vor.

»Das Schwert des Hauses Osman wartet am Grabmal des Ayyub auf Euch.«

Das war alles. Kein Siegel. Keine Unterschrift.

Sofort begannen die Ratgeber durcheinander zu reden. Manche erhoben Freudengeschrei, dass ihr Herr jetzt Sultan war, andere befürchteten eine Finte, mit der man Suleiman aus dem Schutz seiner Janitscharen fortlocken wollte. Ein paar Ratgeber flehten ihn gar an, auf keinen Fall Manisa zu verlassen und die Wachen zu verstärken.

»Das Ohr lässt sich täuschen, aber das Auge enthüllt«, sagte einer von ihnen zu Suleiman.

»Schickt einen Boten aus, vielleicht sogar Ibrahim«, schlug ein anderer vor.

Wortlos hörte sich Suleiman die Vorschläge an, sagte aber nichts. Er blickte zu Ibrahim und hob fragend die Brauen. »Und was meinst du, Ibrahim?«

Der betrachtete noch einmal die Botschaft, um sich dann dem jungen Sipahi zuzuwenden, der immer noch in demütiger Haltung vor seinem Prinzen lag.

»Was hast du uns zu sagen? Wer hat die Botschaft geschrieben, die du uns überbracht hast?«

Der Sipahi hob den Kopf, nicht aber den Körper. Aus Furcht, dem Blick von Selims Sohn zu begegnen, schaute er nur Ibrahim an. »Piri Pascha hat eigenhändig diese Worte geschrieben und mir befohlen, loszureiten und Euch die Botschaft zu überbringen. Ich schwöre es vor Euch im Namen Allahs.«

Suleiman nahm von seinem Tischchen einen Beutel voll Goldmünzen und warf ihn dem jungen Mann zu. »Bringt ihn hinaus und sorgt dafür, dass er zu essen bekommt und versorgt wird. Der *Tabip* soll ihn untersuchen und sich um ihn kümmern – das gilt auch für sein Pferd.«

Von den Wachen gestützt erhob sich der Sipahi, ohne den Blick vom Boden zu heben. Zwei Diener nahmen ihn an den Ellbogen und führten ihn rückwärts aus dem *Serail* des Sohns des Selim – man wendet dem Sultan niemals den Rücken zu. Während einige Diener die Ärzte holen liefen, geleiteten andere den Sipahi zu einem Schlaflager aus Decken, das unter einem Olivenbaum ausgebreitet war.

»Herr, ich glaube, der junge Mann spricht die Wahrheit«, sagte Ibrahim.

»Und weshalb glaubst du das?«

Ibrahim trat näher an Suleiman heran. »Wenn das eine Finte wäre«, sagte er mit gesenkter Stimme, »und wenn man Euch von Eurer Leibgarde weglocken wollte, hätte man meiner Meinung nach die Botschaft klarer abgefasst. Man hätte ohne Umschweife geschrieben, dass Euer Vater Selim tot ist, und man hätte mit dem Namen von Piri Pascha operiert oder mit seinem Siegel. Stattdessen ist lediglich vom Schwert des Hauses Osman und vom Grabmal des Ayyub die Rede.«

Suleiman nickte. Er schritt zum Zeltvorhang, den die Janitscharen vor ihm zurückschlugen, und trat in die Nacht hinaus. Ibrahim hielt sich dicht an seiner Seite.

Sie spazierten zu dem Olivenbaum, wo der junge Sipahi schlief. »Ibrahim, sieh nur, er hat nicht einmal mehr die Kraft gehabt, aus den Kleidern zu schlüpfen oder etwas zu essen. Er schläft so fest, dass man ihn selbst mit Kanonendonner kaum aufwecken könnte.«

»Ja, und schaut, das Gold, das Ihr ihm gegeben habt, liegt einfach so neben seiner Decke auf dem Boden. Er war noch nicht einmal in der Lage, seinen Lohn einzustecken. Jeder könnte ihn stehlen.«

Suleiman nickte und ging zum Zelt zurück. »Der Sipahi des Sultans hat die Wahrheit gesprochen«, sagte er zu seinen Ratgebern. »Mein Vater ist tot. Ich muss mich zum Grabmal des Ayyub begeben, um das Schwert des Hauses Osman entgegenzunehmen. Macht euch fertig. Mit dem ersten Tageslicht brechen wir auf.«

2.

Der Schatten Gottes

Auf der Straße von Manisa nach Istanbul
24. September 1520

Suleiman saß entspannt auf seinem braunen Hengst. Seit dem Sonnenaufgang hatte er ein zügiges Tempo eingehalten. Um besser voranzukommen und die Pferde zu schonen, wollte auch er die flache Küstenstraße nehmen, die der Sipahi geritten war. Die Zügel locker in der Hand, bewegte er sich im Einklang mit dem schaukelnden Gang seines Pferdes. Tausende im Sattel verbrachte Stunden hatten aus ihm einen exzellenten und sicheren Reiter gemacht.

Suleiman war ein schlanker, drahtiger junger Mann mit einem eleganten schwarzen Schnurrbart. Er hatte einen langen schlanken Hals und dunkelbraune Augen mit schwarzen Brauen. Von seinem Urgroßvater Mehmet, dem er angeblich mehr glich als seinem Vater Selim, hatte er die Gewohnheit übernommen, den Turban tief in die Stirn gerückt zu tragen, was ihm oft ein finsteres und strenges Aussehen verlieh. Meist legte er ein ruhiges und beherrschtes Gebaren an den Tag, doch wenn die Dinge außer Kontrolle zu geraten drohten, konnte das Temperament seines Vaters zum Durchbruch kommen.

Suleimans auffallendstes Merkmal war die scharfe Adlernase mit dem hohen Rücken, die an seine geliebten Falken für die Vogelbeiz erinnerte – doch darauf wagte in seiner Gegenwart niemand anzuspielen.

Seine Haut war ungewöhnlich blass, Hände und Gesicht allerdings waren gebräunt von den stundenlangen Ausritten in der Sommersonne mit Ibrahim, seinem Oberfalkner und Stallmeister. In all den Jahren hatte Suleiman mit Ibrahim viele Tage auf gemeinsamen Ritten durch das Land verbracht, wobei die Janitscharengarde so weit zurückbleiben musste, wie seine Sicherheit es eben noch zuließ. Bei diesen Gelegenheiten hatte er oft das Verlangen verspürt, dem Pferd die Sporen zu geben und die Wächter – samt dem Bewusstsein, wer er war und was aus ihm werden sollte – hinter sich zu lassen, und sei es nur für ein paar Stunden.

Als Suleiman aus der Provinz nach Istanbul zurückritt, um das Schwert des Hauses Osman in Empfang zu nehmen, war er gerade fünfundzwanzig Jahre alt geworden. Er war zu seinem Namen gekommen, indem sein Vater den Koran an einer beliebigen Stelle aufgeschlagen hatte und dort auf den Namen »Salomon« gestoßen war – der, dem Gott »Wissen und Weisheit geschenkt hat«. Suleiman wurde ein frommer Muslim, doch jeder Fanatismus war ihm fremd. Seine Regierung zeichnete sich durch ihre Toleranz gegenüber Juden und Christen aus, und das zu einer Zeit, als Toleranz in der übrigen damals bekannten Welt noch ein Fremdwort war.

Acht lange Jahre war Suleiman von seinem Vater und Istanbul getrennt gewesen, nachdem Selim ihn mit fünfzehn Jahren in die Provinz geschickt hatte, wo er die Kunst des Regierens erlernen sollte und all die anderen Fertigkeiten, die zur Erziehung eines jungen Prinzen gehören. Er hatte Geschichte, Sprachen, Rechtskunde und Politik studiert und sein Lieblingshandwerk erlernt, die Goldschmiedekunst. In jenen Jahren war er nur einmal zu einem Besuch des Vaters nach Istanbul zurückgekehrt. Nie hatte er sich wie andere Heranwachsende rat- und trostsuchend an den Vater wenden können. Auch seine Mutter Hafiz, die *Valide Sultan*, wurde von ihm fern gehalten und verblieb stets in Selims Palast. Während Suleiman zum Mann heranreifte, hatten viele erwartungsvolle Blicke auf ihm gelegen. Man hatte verfolgt, wie er die alltäglichen Verwaltungsaufgaben dieser abgelegenen Region seines zukünftigen Reichs bewältigen würde. Unter ständiger Beobachtung zu stehen und sich dauernd bewähren zu müssen, hatte ihm stets missfallen, aber das war nun einmal das Los eines osmanischen Prinzen.

Der Morgen wurde warm. Suleiman entledigte sich des schweren goldbestickten Capes, das er über seinem weißen Seidenkaftan trug, und übergab es einem der Pagen, die ein paar Meter hinter ihm ritten. Ein anderer führte Suleimans juwelenbesetzte Trinkflasche mit sich, ein dritter sein Schwert. Abgesehen von den braunen Reitstiefeln aus weichem Leder, war Suleiman ganz in Weiß gekleidet. Sein mächtiger weißer Turban schimmerte hell im Sonnenlicht, das allmählich vom Rosa des Frühlichts in das strahlende Weiß des Vormittags hinüberwechselte. Eine mit Rubinen, Smaragden und Diamanten besetzte Spange hielt drei Reiherfedern an seinem Turban, die mit der Bewegung seines Pferdes wehten wie ein Kornfeld in einer sanften Brise. Aus dem Sand der Straße stieg nach und nach die Hitze, und der aufgewirbelte Staub hing noch lange über den Reitern in der Luft.

Suleiman und sein Gefolge hatten die Karawanserei vor Tagesanbruch verlassen. Seither waren sie ohne Pause unterwegs. Suleiman hätte eigentlich längst müde sein müssen, aber der Gedanke, dass er jetzt faktisch Sultan des Osmanischen Reiches war, ging ihm nicht aus dem Kopf. Er war im Begriff, der mächtigste Mann der Welt zu werden. Es galt lediglich, eine kurze Zeremonie zu absolvieren, dann war es Realität. Er musste sich nur noch mit dem Schwert des Hauses Osman gürten lassen.

Es fiel Suleiman schwer, sich nicht im Wirrwarr der vielen Gedanken zu verlieren, die ihm durch den Kopf schossen. Das behagliche Leben eines Provinzstatthalters würde er aufgeben müssen, ein Leben, das ihm viel Zeit für geruhsame Stunden mit seiner Familie und seinem Freund Ibrahim gelassen hatte. Sein kleiner Sohn Mustafa war eine seiner größten Freuden. Er liebte die gemeinsamen Stunden auf dem Lande zusammen mit dem Kind und seiner Frau Gülbhar. Aber vor allem trieb ihn der Gedanke um, wie die Freundschaft mit Ibrahim in Zukunft weitergehen sollte. Wie würde sich das Palastleben auf ihre Freundschaft auswirken? Gab es in der komplexen Struktur des Reiches eine Rolle, die Ibrahim übernehmen konnte?

Wie durch Suleimans Gedanken herbeigerufen, erschien Ibrahim plötzlich an seiner linken Seite. Für Ibrahims heftig schnaubendes Pferd schien der Ritt anstrengender zu sein als für Suleimans Reittier.

»Ein wunderbarer Tag steht uns bevor, Herr, nicht wahr?«

»So ist es, in der Tat. Ich wüsste nur zu gern, wohin der Weg uns führt.«

»Ich glaube, darüber brauchen wir uns keine Sorgen zu machen. Eure Wachen reiten voraus und sorgen für unsere Sicherheit.« Ibrahim war nur ein Jahr älter als Suleiman, doch seine große Gestalt und der gewaltige Brustkorb ließen ihn wesentlich älter erscheinen. Er hatte sehr dunkles Haar, olivfarbene Haut und tief liegende Augen mit buschigen Brauen.

»Das habe ich nicht gemeint. Wir werden viele Straßen gehen müssen, und manche werden lang und beschwerlich sein – und gefährlich obendrein. Da ist zunächst diese Straße, die uns zum Grabmal des Ayyub führt, wo Piri Pascha mich mit dem Schwert meiner Ahnen gürten wird. Dann gibt es die Straße zum Thron im Neuen Palast, wo mein neues Reich seinen Mittelpunkt hat. Meine Mutter, die *Valide Sultan*, und meine *Kadin*, meine Favoritin Gülbhar, die Frühlingsblüte, werden mich dort erwarten. Aber danach gibt es noch viele Straßen, und ich fürchte, auch viele Kreuzwege, an denen wir nicht wissen werden, wohin. Was meinst du?«

Ibrahim antwortete nicht sogleich. Suleiman kannte ihn als ernsthaften Mann, der seine Worte sorgfältig wählte. Er vertraute Ibrahims Urteil nicht weniger als dem eines älteren Mannes. Ibrahim zögerte nicht aus Berechnung, sondern um seinem Herrn ein guter und redlicher Ratgeber sein zu können. Seit ihrer Kindheit waren die beiden stets zusammen gewesen.

Ibrahim war in Parga an der Westküste Griechenlands als Kind christlicher Eltern zur Welt gekommen. Als kleiner Junge fiel er Piraten in die Hände und wurde als Sklave an eine Witwe verkauft, die in der Nähe von Magnesia in Kleinasien lebte. Die Frau hatte sich bemüht, dem Jungen eine gute Erziehung angedeihen zu lassen, damit er hoffentlich eines Tages das Sklavendasein würde abschütteln können. Als Selim den damals siebzehnjährigen Suleiman als Statthalter nach Manisa geschickt hatte, hatte die Witwe Ibrahim als Sklaven in die Dienste des jungen Prinzen gegeben. Von Stund an waren die beiden unzertrennlich.

Für Suleiman, der eine Kindheit und Jugend ohne Freunde hinter sich hatte, war Ibrahim ein Geschenk des Himmels. Schon als Halbwüchsiger war Ibrahim ein Sprachgenie. Er sprach fließend Griechisch, Französisch und Türkisch und obendrein passabel Italienisch und Persisch. Da er außerdem ein musikalisches Naturtalent war, unterhielt er Suleiman mit seinem Gesang und Violspiel. Als inoffizieller Spielgefährte und fast so etwas wie ein Bruder des Prinzen nahm er an dessen Unterricht teil und war auch sonst bei allem dabei. Die Jungen gingen gemeinsam auf die Jagd, zum Angeln und zum Schwimmen, ritten, schossen mit Pfeil und Bogen und spielten Polo. Sie aßen zusammen, schliefen im gleichen Zelt und oft sogar im gleichen Bett. Ihre gegenseitige Erforschung der Sexualität wurde als ganz natürlich empfunden, jedenfalls solange Suleiman den Thron noch nicht bestiegen hatte. Von da an wurde erwartet, dass sein Interesse sich dem Harem und der Erzeugung eines Thronfolgers zuwandte. Bis dahin war es ein süßes und aufregendes Leben für die beiden Jungen.

Auch als junge Männer verbrachten sie immer noch die meisten Tage und Nächte gemeinsam, doch schlug ihre unterschiedliche Herkunft im Lauf der Jahre durch. Am Hof sah man den Tag kommen, an dem der Prinz seinem Jugendfreund den Laufpass würde geben müssen, um sich den Pflichten eines Regenten zuzuwenden.

Aber nichts dergleichen geschah. Suleiman wollte die jahrelange verlässliche Freundschaft nicht aufgeben. Er behielt Ibrahim an seiner Seite. Da die Männer oft gemeinsam zur Jagd gingen, wurde Ibrahim bald Suleimans Oberfalkner und später auch Stallmeister. Als nunmehr hochrangigem Hofbeamten stand ihm auch ein Titel zu, und er wurde zum Haushofmeister ernannt. Aber völlig unabhängig vom Titel war Ibrahim stets Suleimans engster Freund, Ratgeber, Ersatzbruder und manchmal auch Liebhaber. Die Sitten der osmanischen Türken unterschieden sich kaum von denen der Krieger im antiken Sparta, wo man glaubte, dass in einer Streitmacht aus unverheirateten Kriegern ein Mann sich in der Schlacht in Gegenwart seines Liebhabers ganz besonders bewähren würde.

Auch wegen Mehmets Gebot des Brudermordes war Ibrahim in seiner Rolle als Ersatzbruder für Suleiman von höchstem Wert, denn einen leiblichen Bruder, den Suleiman glücklicherweise nicht hatte, hätte er nach der Thronbesteigung töten müssen. Für Ibrahim seinerseits bedeutete die Freundschaft mit dem Prinzen mindestens ebenso viel, und das keineswegs nur wegen der Reichtümer und Privilegien, die sie ihm einbrachte. Er wäre für den Sultan nicht weniger bereitwillig in den Tod gegangen als für den Freund.

Am Morgen beim Aufbruch aus der Karawanserei hatte ein muslimischer Derwisch Suleimans Pferd in die Zügel gegriffen, noch bevor die Leibgarde ihren Schutzwall für die bevorstehende Reise gebildet hatte. Die Janitscharen waren mit gezückten Schwertern herbeigestürmt, um den alten Mann in Stücke zu hauen, doch Suleiman gebot ihnen mit erhobener Hand Einhalt. Der Derwisch hatte die Zügel kurz hinter dem Maul des Pferdes ergriffen und schickte sich an, seinen Herrn anzureden. Das war gegen jede Sitte, und Ibrahim hätte eingegriffen, hätte er nicht den weichen Blick gesehen, mit dem Suleiman den Alten ansah.

»Was möchtest du mir sagen, *Dede*?«, fragte Suleiman. Er sprach das Wort *Dede*, Großvater, wie einen Ehrentitel aus, ohne jeden abschätzigen Unterton.

Als der Derwisch sprach, klang es fast wie ein Gedicht oder ein Gebet. »Du trägst den Namen Salomons, des weisesten aller Könige, den Namen Salomons, den der ganze Weltkreis seiner Weisheit wegen gerühmt hat.«

Suleiman nickte dem Alten auffordernd zu.

»Als der zehnte Herrscher des Hauses Osman bist du aufgerufen zu herrschen in der Morgenröte des zehnten Jahrhunderts des Islam. In jedem Zeitalter ist immer nur einer dazu berufen, in das Rad der Geschichte zu greifen ...«

Die Zahl zehn hatte für die Türken eine große Bedeutung. Zehn ist die Zahl der Abschnitte des Heiligen Korans; zehn die Zahl der Gebote im Fünften Buch Mose; Mohammed, der Prophet Gottes, hatte zehn Jünger, und zehn ist die Zahl der Finger und Zehen. Zehn war die vollkommene Zahl, und Suleiman war im ersten Jahr des zehnten Jahrhunderts der moslemischen Zeitrechnung geboren, die mit der *Hegira*, der Flucht des Propheten aus Mekka beginnt.

Suleiman beugte sich aus dem Sattel, um die schwache Stimme des Alten besser zu hören, doch dieser sagte nichts mehr. Er schien erschöpft zu sein von der Mühe und Anstrengung, zu seinem Sultan zu sprechen. Er ließ die Zügel fahren und wandte sich zum Gehen. Ibrahim gab einem Diener ein Säckchen voll Münzen und schickte ihn dem alten Derwisch hinterher. Suleiman blickte Ibrahim an. Die Verwunderung stand ihm ins Gesicht geschrieben.

»Ibrahim, waren die Worte des Derwisch eine Prophezeiung für meine Zukunft?«

Ibrahim konnte nur nicken. Er war kein abergläubischer Mensch und sein Herr auch nicht, wie er wusste. »Das war es, Herr, und eine günstige obendrein.«

»Dieser alte Mann verfügt über eine Weisheit, von der wir nur hoffen können, sie eines Tages zu erlangen. Sein Alter ist größer als deines und meines zusammen. Stell dir nur vor, wie viel Weisheit und Erfahrung er in seinem Kopf und in seinem Herzen angesammelt hat!«

Wieder konnte Ibrahim nur nicken.

In der Nacht vor dem Aufbruch hatten Suleimans Offiziere die Befehle für den Umzug von Suleimans Haushalt und Familie nach Istanbul ihrem Befehlshaber zur Unterschrift vorgelegt. Suleiman hatte den Federkiel genommen und unterzeichnet. Als er aufblickte, bemerkte er, dass die Blicke aller Offiziere auf ihm ruhten. Etwas hatte sich verändert, ohne dass er den Finger darauf legen konnte. Später hatte er Ibrahim darauf angesprochen. »Ihr seid nicht mehr der gleiche Mensch wie gestern, mein Herr«, hatte Ibrahim gesagt. »Sie wissen es bereits, und Ihr wisst es auch. Als Ihr gestern aufgewacht seid, wart Ihr noch Statthalter einer unbedeutenden Provinz in einem unbedeutenden Teil Kleinasiens, aber heute ...«

Suleiman machte für einen Moment ein gekränktes Gesicht. Ibrahim lächelte ihn an. »Blickt nicht zurück, Majestät«, sagte er. »Ihr seid in der Tat vom Glück begünstigt. Ihr habt keine Brüder, denen Ihr in der Hauptstadt zuvorkommen müsst und keine Feinde, die Euch Knüppel zwischen die Beine werfen wollen. Die Macht wartet auf Euch, Ihr braucht nur noch danach zu greifen. Sogar Selims Großwesir Piri Pascha wartet darauf, das Haupt vor dem Schatten Gottes auf Erden zu beugen. Wenn jemand so viel Glück hat wie Ihr, kann er alles erreichen. Alles!«

Suleiman lächelte dem Freund zu, dann drehte er sich im Sattel um und blickte zurück. »Alles!« Er lachte. »Außer umkehren und diese Straße zurückreiten!« Er gab seinem Pferd die Sporen und jagte dem verdutzten Ibrahim gen Istanbul davon.

Suleimans kleine Reisegesellschaft zog noch drei Tage die ägäische Küste entlang nach Norden, bevor sie nach Osten ins Land abbog, um parallel zu den Dardanellen ihren Weg zu nehmen. Suleiman bemerkte, wie sich mit dem Wechsel der Landschaften auch die Lebensweise der Menschen änderte. Hier wurde mühevoll die Weizen- und Gerstenernte eingebracht, dort trieb man die Schafherden über zerklüftetes Gelände auf besseres Weideland, an anderer Stelle schufteten die Leute in Olivenhainen.

Suleiman dachte über diese Menschen und ihr hartes Leben nach. Die türkische Landbevölkerung des Osmanischen Reiches lebte fortwährend am Rande des Existenzminimums. Ein einziger Hagelsturm, ein einziger Blitzschlag, eine plötzliche Überschwemmung oder eine der vielen unheilbaren Krankheiten konnten ihre schmale Lebensgrundlage auf einen Schlag vernichten. Das Leben war hart, stets wartete der Tod vor der Tür. *Wie kannst du als ihr Sultan ihr Los verbessern?*, fragte sich Suleiman. *Während du in Istanbul im Überschwang lebst, darben diese Leute in Lumpen und Armut. Während du dich jeden Tag satt essen und trinken kannst, nagen sie allzu oft am Hungertuch. Wie kannst du das ändern? Was kannst du unternehmen?* Es gab so viel für ihn zu tun, so viele Entscheidungen mussten getroffen werden! Suleiman schüttelte den Kopf und zwang seine Gedanken wieder in die Gegenwart der Reise zurück.

Während die Prozession der Stadt allmählich näher kam, wurde offenbar, dass die Menschen inzwischen über den Tod ihres Sultans Selim im Bilde waren und wussten, dass sein Sohn gekommen war, um sein Schwert – sein Reich – in Besitz zu nehmen. Aus den kleinen Gruppen friedvoller Bauern wurden lärmende Menschenmengen, die die Straße säumten und versuchten, einen Blick auf den neuen Herrscher zu erhaschen, sein Gesicht zu sehen, seine Steigbügel zu berühren.

Die Janitscharen und die Sipahis hatten mit dem Zurückdrängen der Menschenmassen alle Hände voll zu tun. Umgeben von Bauern, Handwerkern und Tagelöhnern bekam die Leibgarde allmählich Angst um die Sicherheit des Sultans, denn ringsum drängten sich Leute, die alle mit eisernem Werkzeug ausgestattet waren: Acker- und sonstigen Geräten, die leicht zur Waffe werden konnten. Kaum ein Mann war in der Menge, der nicht ein Messer mit sich geführt hätte, viele sogar Äxte, Sicheln oder wenigstens einen starken Knüppel.

Um die Sicherheit ihres Herrn zu gewährleisten, formten die berittenen Sipahis und die Fußsoldaten der Janitscharen einen drei Mann tiefen menschlichen Schutzwall. Die Janitscharen bildeten dicht gedrängt den inneren Ring um ihren Herren, die Sipahis auf ihren Kampfrössern den äußeren. Auch die Pferde spürten die Anspannung. Von ihren Reitern am kurzen Zügel gehalten, stampften sie schnaubend mit den Hufen. Nur Suleimans Reittier schien das Getümmel nicht zu bemerken und bewegte sich im gleichmäßigen Schritt gemessen voran. Die Prozession zog weiter, ohne dass es zu einem Zwischenfall gekommen wäre.

Als sie an der alten Hauptstadt Bursa vorbeizogen, der grünen Stadt, erblickten sie zum ersten Mal das Marmarameer. Sie kamen am See bei Nicäa vorüber, wohin Selim nach seinen Feldzügen nach Afghanistan und Persien zurückgekehrt war. Damals hatte er Handwerker mitgebracht, die Manufakturen für Töpferwaren eingerichtet hatten, von denen die ganze Welt beliefert wurde.

Schließlich erreichte die Reisegesellschaft die Anlegestelle der Fähre bei Üsküdür gegenüber von Istanbul auf der anderen Seite des Bosporus. Während Suleimans Leibgarde, um zehntausend Palastjanitscharen verstärkt, die Bali Agha aus der Hauptstadt herübergeschickt hatte, die Massen in Schach hielt, stieg Suleiman von seinem ermatteten, staubbedeckten Pferd und schritt zur wartenden Fähre hinunter. Durch den Dunst über dem Wasser konnte er die Wahrzeichen der großen Stadt gerade noch erkennen. Er sah die schlanken Minaretttürme, die die heilige Moschee Hagia Sophia flankierten. Die Mauern und die Gebäude des *Yeni Sarai*, des Neuen Palasts, der bald seine Wohnung sein würde, waren kaum auszumachen. Dieser Palast würde später unter dem Namen Topkapi bekannt werden, als Palast am Kanonentor. Suleiman stieg in die Fähre und nahm auf den bestickten Sitzkissen

Platz, die man für ihn auf die prächtigen Teppiche gelegt hatte, welche die hölzerne Sitzbank verdeckten.

Die Wachen konnten zwar die Menge in Schach halten, nicht aber das Freudengeschrei. »Allah segne dich! Gott schütze den Sohn des Selim!«

Suleiman atmete auf. Er spürte die Freude der türkischen Bevölkerung über seine Rückkehr. Seine unterschwellige Angst hatte sich schnell gelegt. Keine feindliche Armee stellte sich ihm in den Weg, kein rebellischer Janitscharen-Agha, inszenierte einen Staatsstreich, keine Palastrevolution betrieb seinen Untergang. Bald würde er zu Hause sein, im Schoße seines angestammten Erbes. Er war Suleiman, der Schatten Gottes auf Erden.

Mit Ibrahim an seiner Seite schritt Suleiman die Gestade Europas hinauf. Istanbul. Die Stadt. Die Stadt seines Vaters. Das Herz des Osmanischen Reiches. Nach einem Augenblick der unbehaglichen Stille erklang plötzlich frenetisches Freudengeschrei die rasenbewachsenen Hänge des Palastgartens herab. Die Sicheln und Beschneidemesser über den Köpfen schwingend, kamen ihnen die Gärtner entgegengelaufen. Auch die Janitscharen der Palastwache liefen herbei, sprangen unter Hochrufen auf ihren Befehlshaber über die sorgfältig getrimmten Heckenskulpturen und drängten sich in einer Mischung aus Schutz- und Ergebenheitsgebärde um Suleiman. Bald hatten sie ihn vollkommen von der jubelnden Menge abgeschnitten und forderten lautstark die Morgengabe, mit der ein neuer Sultan seine Janitscharen zu beschenken hatte. »Die Gabe! Die Gabe! Wir wollen unser Gold!«, skandierten sie aus vollem Halse. Jede Zurückhaltung war vergessen.

Suleiman störte sich nicht in dieser öffentlichen Bekundung von Habgier. Es war eine altehrwürdige Tradition. Nur ein Narr würde sich darüber hinwegsetzen, doch Suleiman hatte nicht daran gedacht, der Vorhut seines Trosses das Gold mitzugeben. Diese zähen, muskulösen und hervorragend ausgebildeten Soldaten waren das Rückgrat der Macht eines jeden Sultans. Das Leben dieser ehelosen Kämpfer bestand einzig und allein aus dem treuen Dienst für den Herrscher. Sie kannten nichts anderes als das Kriegshandwerk und den Schutz ihres Sultans. Ohne diese Streitmacht war Suleiman so gut wie machtlos.

Suleiman strebte auf eine kleine hölzerne Tribüne zu, die eigens für ihn errichtet worden war. Die Massen fluteten hinterher, doch die Wachen sorgten dafür, dass niemand ihn berühren konnte. Er stieg hinauf, blickte auf die wogende Menschenmenge herab und warf triumphierend die Arme in die Höhe. Die Janitscharen schrien unvermindert nach ihrem Lohn. Der unbeschreibliche Lärm machte es dem Sultan unmöglich zu sprechen.

Suleimans Blick glitt über die Gärten. Er suchte Piri Pascha. Doch von dem war nirgendwo etwas zu sehen. Ein Anflug von Angst regte sich tief in Suleimans Magengrube, denn ohne den ergebenen Piri, der in Selims Regierungszeit an jeder Entscheidung beteiligt gewesen war, stand seine Macht auf tönernen Füßen. Hatte Piri Pascha Suleiman in seiner Botschaft nicht aufgefordert, sofort nach Istanbul zu kommen? Wieso war er nicht da, um den neuen Sultan zu begrüßen?

Am Rande der Menschenmenge entstand Bewegung. Suleiman hoffte, Piri Pascha auftauchen zu sehen, aber als sich das Meer aus Menschenleibern auftat, zwängte sich eilig der Janitscharenkommandeur Bali Agha heraus, schritt durch seine Truppe aufs Podium zu und stieg hinauf bis zur letzten Stufe vor dem Sultan. Noch ein wenig atemlos streckte er den Arm aus und gab Suleiman einen leichten Klaps auf die Schulter. Es war die traditionelle Begrüßungsgeste, durch die Suleiman vom Agha der Armee als ihr *Seraskier* anerkannt wurde, als ihr Oberbefehlshaber und Sultan. Bali Agha reckte die rechte Hand in die Luft. Ein großer leuchtend roter Apfel kam zum Vorschein. Die Menge verstummte. Der Agha erhob das Wort. »Sohn des Selim, kannst du diesen Apfel verzehren?«, rief er mehr der Menge als Suleiman zu.

Für die Osmanen symbolisierte der Apfel den traditionellen Feind der Janitscharen: Die Armeen Roms, des Papstes, der Christen.

Lächelnd nahm Suleiman den Apfel aus Bali Aghas Hand und hielt ihn hoch in die Luft. »Alles zu seiner Zeit! Alles zu seiner Zeit!«, rief er aus.

Unter dem frenetischen Gebrüll der Menge ringsumher biss Suleiman in den Apfel und warf ihn hoch in die Luft. Die Janitscharen prallten vor. Jeder versuchte, den Apfel aufzufangen. Plötzlich blitzte ein Krummschwert auf, und zwei Apfelhälften fielen zu Boden.

»Die Gabe, die Gabe, wir wollen unsere Gabe!«, riefen die Janitscharen im Chor. Doch Suleiman stieg von der Plattform und trat inmitten seiner Leibgarde den Weg zum Palast an.

Die Männer verstummten. Bali Agha blickte enttäuscht. Er hatte gehofft, Suleiman würde diese einmalige Gelegenheit nutzen, um das Gold zu verteilen. Es wäre der ideale Moment gewesen, den Bund mit diesen Männern zu besiegeln. Während die Menge sich schweigend zerstreute, folgte der Agha Suleiman zum Palast.

Achmed Agha hatte unauffällig in der Nähe im Schatten gesessen. Er war froh, dass der Sultan sich vor der Palastwache so furchtlos gezeigt hatte. Er hatte sich jedoch mehr versprochen. Der Sultan hatte die Gunst der Stunde nicht genutzt.

Ibrahim stocherte in der Kohle, um die Glut des Kohlebeckens in dem kleinen Raum tief im Innern des dritten Palastbezirks anzufachen. Die Gemächer des Sultans schlossen sich an den Harem an und wurden neben den Janitscharen auch von bewaffneten Eunuchen bewacht. Suleiman lehnte sich auf dem *Diwan* zurück und zog sich die weißen Seidengewänder enger um den Leib. Die frühherbstliche Luft hatte sich rasch abgekühlt. Die Feuchtigkeit kroch sogar in die Gemächer des Sultans. Seit dem Geschehen nach der Landung der Fähre hatte Suleiman nichts mehr gesagt. Ibrahim wusste, dass es besser war, seinen Herrn alleine über den

Vorfall nachgrübeln zu lassen. Wenn Suleiman Ibrahims Rat hören wollte, würde er es schon sagen.

Die Diener räumten das Geschirr ab und verschwanden schweigend aus dem Raum. Bis auf ein paar Schluck Fruchtnektar hatte Suleiman die Speisen nicht angerührt. Er hatte den Pilaw stehen lassen, und sogar der Duft des würzigen Lammbratens schien ihn zu stören. Ibrahim dagegen hatte wie gewöhnlich nichts auf den goldenen Tellern und keinen Wein in dem Trinkgefäß aus Jade zurückgelassen.

»Vor acht Jahren hat mein Vater mich zum Regieren in die Provinz geschickt«, sagte Suleiman. »Ich sollte ein Staatsmann werden, sollte in die ›Schule des Reiches‹ gehen. Seit damals habe ich ihn praktisch nicht wiedergesehen. Ich habe keine Ahnung, wer er war, und ich glaube nicht, dass er auch nur im Entferntesten wusste, wer ich bin.«

»Ihr wart sein Lieblingssohn, so viel ist gewiss.«

»Immerhin bin ich noch am Leben. Ich nehme an, das hat schon etwas zu bedeuten. Weißt du, was die letzten Worte waren, die er zu mir sagte?«

»Nein, Majestät, leider nicht.«

»Er hat sich von mir verabschiedet, und dann sagte er noch, als ob ich es mir hinter die Ohren schreiben sollte: ›Wenn ein Türke vom Pferd steigt und sich auf den Teppich setzt, wird er zu einem Nichts.‹ *Ein Nichts!*«

Ibrahim hörte wortlos zu.

»Hier sitze ich nun auf einem Teppich«, fuhr Suleiman fort. »Und solange Piri Pascha nicht hier erscheint und mich vor den Aghas mit meinem Familienschwert gürtet, bin ich tatsächlich *nichts!* Gar nichts!«

»Ihr seid der Schatten Gottes auf Erden, Herr!«

»Erst wenn mir dieses Schwert umgehängt worden ist! Und die Befugnis dazu haben andere! Wie kann ich der Schatten Gottes auf Erden sein, wenn mich vom Tod durch den Seidenstrang lediglich das Gutdünken anderer Männer trennt? Ich könnte genauso gut schon tot sein, und ein anderer Schatten Gottes würde die Osmanen regieren. Ist das der Wille Allahs? Der Plan Gottes? Meine Macht entspringt lediglich dem Willen einer Sklavenmeute, die von meiner Familie erzogen und ausgebildet wurde und uns nur deshalb ergeben ist, weil sie einen Haufen Gold von uns bekommt! Die Janitscharen sind das Ergebnis der *Devschirmé*, und die Aghas auch! Sie sind Christenkinder, die man von ihren Familien weggeholt hat, damit sie unsere Armee auffüllen. Sklaven!«

Ibrahim wartete darauf, dass Suleiman fortfuhr, doch die Tirade schien beendet zu sein.

»Herr, auch ich bin ein Sklave«, sagte Ibrahim ruhig. »Ich habe die Erfüllung meiner Pflichten im königlichen Haushalt gelernt. Ihr kennt meine Treue und wisst, dass sie nicht vom Gold abhängt.«

Suleiman ging auf Ibrahims Bemerkung nicht ein. Er stand auf, ging in dem kleinen, düsteren Raum auf und ab und verkroch sich noch tiefer in seinen Gewändern. Seine Pantoffeln schlurften über den Teppich. »Wir haben sie erzogen. Wir haben sie ausgebildet. Wir haben sie hinter einem Pflug hervorgeholt und sie auf die besten Pferde der Welt gesetzt. Als Kinder waren sie in Lumpen gekleidet und haben am Hungertuch genagt. Sie konnten weder lesen noch schreiben. Sie hatten keine Zukunft außer der, bis zu ihrem letzten Tag zu schuften und dann zu verhungern. Jetzt tragen sie Schwerter mit Edelsteinen, und Reiherfedern wehen von ihrem Hut. Wir haben aus ihnen eine Streitmacht gemacht, die in der Lage ist, die ganze Welt zu erobern. Und diese gewaltige Waffe zeigt jetzt auf *meine* Brust! Ich bin den Launen und dem Unmut von zehntausend Sklavenbuben ausgeliefert, die unter dem Kommando einer Hand voll alter Männer stehen!

Und mein Vater gibt mir den Rat, nicht vom Pferd zu steigen und mich auf den Teppich zu setzen! Das sagt ein Mann, der im ganzen Reich jeden orthodoxen Christen umbringen wollte, weil er es für gottgefällig hielt! Weil er glaubte, es würde ihm den Segen

Allahs eintragen!« Suleimans Stimme war immer schriller geworden.

Ibrahim nickte bedächtig. »Und wenn Ali Dschemali nicht gewesen wäre, wären sie alle umgebracht worden«, meinte er. Ali Dschemali war der Großmufti, das geistliche Oberhaupt der Hochschule des Islam und die letzte Autorität für die Auslegung der islamischen Lehre und des Gesetzes. »Er war der Einzige, der es gewagt hat, Eurem Vater zu widersprechen. Ich glaube, Selim hat gedacht, Ali hätte unmittelbar mit dem Propheten gesprochen ... oder vielleicht sogar mit Allah höchstpersönlich, sonst hätte er bestimmt zusammen mit all den anderen seinen Kopf verloren. Aber letztlich konnte auch er nicht verhindern, dass Selim in Ost-Anatolien vierzigtausend glaubensabtrünnige Schiiten über die Klinge springen ließ – und das nur, weil Selim sich des allgemeinen Beifalls sicher sein konnte.

Wenn ich nur daran gedacht hätte, das Gold bei mir zu führen!« Suleiman seufzte. »Als mir unten an der Fähre alle zujubelten, hätte ich es bei mir haben müssen. Ich hätte mir den Jubel und die Begeisterung zunutze machen müssen. Nur ein paar Beutel Gold in die Menge zu werfen hätte genügt, sozusagen als Anzahlung auf die Großzügigkeit des neuen Sultans. Schon das bisschen, das ich persönlich bei mir getragen habe, hätte als Geste ausgereicht!«

Plötzlich kam von der Tür her ein Geräusch. Suleiman fuhr herum, um sich der Bedrohung zu stellen. Ibrahim sprang von *Diwan* auf und riss das Schwert aus der Scheide, die klappernd zu Boden fiel. Niemand durfte unangemeldet bis zum Sultan vordringen. Suleiman konnte der Befürchtung, dass ein Palaststreich, eine Revolte der Janitscharen ausgebrochen war, die vermutlich seinen Tod bedeutete, gar nicht so schnell in Worte fassen, wie sie ihm durch den Kopf schoss.

»Sultan Suleiman Khan!«, dröhnte eine Stimme in die Stille. In der Tür stand der einzige Mann auf der Welt, der ohne Eskorte und Bewachung bis hierher vordringen konnte, der einzige Bewaffnete außer Ibrahim, der dem Sultan so nahe kommen konnte, ohne sich mit dem Schwert eine Gasse durch die Palastwache zu hauen.

»Piri Pascha!«, rief Suleiman erleichtert aus, denn jemand anders konnte es nicht sein. Der Anblick ließ Suleimans Herz höher schlagen, auch wenn der Mann abgekämpft und erschöpft aussah – waren doch nicht zehntausend Janitscharen zum Attentat auf den Sultan angetreten! Stattdessen stand der alte Piri Pascha auf der Schwelle, der Mann, dem Suleimans Vater vertraut hatte wie keinem sonst – Selims Großwesir, der jetzt auch Suleimans Großwesir war.

Piri war von oben bis unten verdreckt und machte den Eindruck, als könnte er jeden Augenblick vor Erschöpfung zusammenbrechen – aber da stand er mit einem Grinsen im Gesicht, breitete die Arme aus und stapfte auf seinen neuen Herrn zu. Er ergriff Suleimans Hand und drückte sie auf sein Herz. Dann kniete er nieder und küsste dem Ärmelaufschlag des Sultans.

»Herr, verzeiht, dass ich nicht zugegen war, Euch willkommen zu heißen. Ich bin hierher geeilt, so schnell meine Kraft und meine Jahre es erlaubten. Aber wie Ihr seht«, er wies auf seine verschmutzten Kleider, »bin ich zu alt für derlei Gewaltritte. Die alten Knochen halten nicht mehr so viel aus wie früher. Ich bin auf geheimen Wegen gekommen, aber sogar Bali Agha, der mit seinem großen Heerwurm eine längere Strecke nehmen musste, war schneller hier als ich ...« Piri Paschas Stimme bebte von innerer Bewegung. Eine Träne kullerte ihm über die Wange. »Doch allein Euer Anblick richtet mich wieder auf. Wie Ihr gediehen und gewachsen seid! Als ich Euch das letzte Mal sah, wart Ihr fast noch ein Knabe – und jetzt seit Ihr Sultan Suleiman, Herrscher der Osmanen!«

Piri winkte seinen Dienern. Sie brachten einen geschnitzten Holzkasten. Der Pascha hob den Deckel ab und nahm einen Turban, drei lange, rot gefärbte Reiherfedern und eine mit einem riesigen Brillanten besetzte goldene Turbannadel heraus, mit der er die Federn an dem Turban feststeckte. »Die Zeit der Angst ist vorbei, und die Zeit der Hoffnung hat begonnen. *Inch' Allah*.«

»Die Zeit der Hoffnung, Piri Pascha?«

Piri war erschöpft auf einem seitlich aufgestellten *Diwan* niedergesunken. Er schickte seine Diener mit einer Handbewegung hinaus und nahm den Turban ab. Sein Blick wanderte von Suleiman zu Ibrahim und wieder zurück zum Sultan.

»Ja? Sprich frei heraus, mein Freund«, sagte Suleiman lächelnd. »›Die Zeit der Angst ist vorbei‹?«

Piri nickte. »Ihr wisst, dass Euer Vater im ganzen Reich seine Spione hatte«, sagte er mit niedergeschlagenen Augen. »Nein, in der ganzen Welt! Die Informanten, die er nach Manisa geschickt hatte, damit sie Euch dort beim Regieren beobachten, haben ihm jeden Monat getreu Bericht erstattet.«

Suleiman schaute Ibrahim an, der resigniert die Achseln zuckte.

»Ihr und Ibrahim habt unter Beobachtung gestanden«, fuhr Piri fort. »In den Berichten an Euren Vater hieß es, Eure Regierung sei tadellos und Eure Gerichtsentscheidungen von unbestechlicher Gerechtigkeit. Andererseits hieß es aber auch, Ihr würdet zu viel Zeit mit Jagen, Reiten und Segeln an der Küste verbringen. In den Berichten war auch vom Müßiggang junger Männer die Rede, doch Eurem Vater war bekannt, dass Ihr ein weiser und gerechter Richter seid und dass Muslime, Christen und Juden bei Euch gerechtes Gehör finden, egal worum der Streit geht. Majestät, Ihr seid Eurem Namen gerecht geworden, denn Salomon, der Sohn Davids – Allah schenke ihm seinen Segen –, war weise und gerecht.«

Suleiman nahm das Kompliment zur Kenntnis. »Was hat mein Vater gesagt, als ihm zur Gewissheit wurde, dass er nicht mehr lange zu leben hat?«, erkundigte er sich bei Piri. »Hat er nach mir gefragt?«

Piri zögerte. »Vor dem Tod Eures Vaters war ich die ganze Zeit bei ihm«, sagte er und schüttelte traurig den Kopf. »Deshalb bin ich der Einzige, der seine letzten Worte gehört hat. Und nun sollt Ihr diese letzten Worte von mir erfahren.«

Suleiman sah ihn erwartungsvoll an.

»Er hat gesagt: ›Ich werde keine Reise mehr antreten, außer ins Jenseits‹«, fuhr Piri fort. »Das waren die letzten Worte, die über seine Lippen gekommen sind, bevor er starb. Majestät, ich bedaure, aber etwas anderes kann ich Euch von Eurem Vater nicht berichten.« Piri verstummte. Er glaubte, mit seiner Bemerkung über die ungezügelte Jugend seines Herrn zu weit gegangen zu sein. Der graue Bart sank ihm auf die Brust, während er sich erschöpft noch tiefer in die Kissen des Diwans sinken ließ.

»Piri Pascha, sei nicht traurig und hab keine Angst, denn du hast mir Hoffnung gemacht! Auch ich bete, dass Allah mir die Kraft gibt, in Weisheit und Gerechtigkeit zu regieren. Die ›Zeit der Angst‹ soll ein für alle Mal vorüber sein.«

Piri erhob sich schnaufend vom Diwan und kniete vor Suleiman nieder, der inzwischen eine neue golddurchwirkte Tunika und darüber eine schwarze Robe angelegt hatte. Ibrahim setzte dem Sultan den neuen Turban aufs Haupt. Die drei roten Reiherfedern wogten sanft. Piri ging rückwärts zur Tür hinaus. Auf seinem Weg aus dem Palast begrüßte er die Aghas der Janitscharen und die anderen versammelten Würdenträger und umarmte viele alte Freunde. Ein »neuer Salomon« sei im Neuen Palast, flüsterte er bei jeder Begrüßung. Bald war das Wort in aller Munde und drang bis zur Menge vor den Toren des Palasts. »Die Zeit der Angst ist vorüber. Die Zeit der Hoffnung hat begonnen. Ein neuer Salomon sitzt auf unserem Thron!«

In schwarze Trauerkleider gehüllt ritten Suleiman und Piri Pascha Seite an Seite zum Stadttor hinaus. Die schweigende Menge konnte unter dem schwarzen Umhang des neuen Sultans Goldbrokat hervorblitzen sehen. Vor den Toren warteten sie auf die Ankunft des Trauerzuges, der langsam aus Edirne herbeigezogen kam. Als der schlichte Holzsarg von je vier Offizieren der Janitscharen und der Sipahis herangetragen wurde, stiegen Piri und Suleiman ab, übergaben ihre Pferde wartenden Pagen und reihten sich hinter dem Sarg ein. Zum Schutz des verstorbenen Sultans vor den Einwirkungen des Bösen war der Weg den Hügel hinauf zur Begräbnisstätte rechts und links mit Feuerbränden gesäumt. Entsprechend einem altehrwürdigen Zeremoniell wurde der Leichnam von den acht Offizieren aus dem Sarg gehoben und in einer schlichten Zeremonie in die bloße Erde gebettet. Jede Prachtentfaltung, die man beim Begräbnis des mächtigsten Herrschers der Welt hätte erwarten können, blieb aus.

Suleiman und Piri standen gesenkten Hauptes inmitten einer schweigenden Menge am Grab, während der in Tücher gewickelte Leichnam des verstorbenen Sultans in den Boden gesenkt wurde. Janitscharen und Sipahis salutierten, den Blick fest nach vorn gerichtet. Das Weinen und Wehklagen von Edirne, das eingesetzt hatte, als Piri Pascha Selims Tod verkündete, war verklungen. Die Männer waren jetzt als Suleimans Armee angetreten, um Selim die militärischen Ehren zu erweisen.

Einem alten Brauch folgend erhob Suleiman am offenen Grab des verblichenen Sultans die Stimme. »Lasst uns ein Grabmal bauen und daneben eine Moschee. Lasst uns neben der Moschee ein Spital errichten für die Kranken und eine Herberge für die Wanderer.« Nach diesen Worten stieg er auf sein Pferd und schickte sich an, mit Piri Pascha in die Stadt zurückzureiten, hielt dann aber inne, als hätte er etwas vergessen. Er wandte sich wieder der Menge und den Soldaten zu. Noch hatte niemand seinen Platz verlassen. Suleiman hob den Kopf, als wäre ihm soeben ein Gedanke gekommen. »Und eine Schule«, rief er, »ja, eine Schule, dort drüben!« Er zeigte auf die verfallenen Ruinen eines alten byzantinischen Palasts. Hier liegen genug Marmor und behauene Steine und Säulen herum, Baumaterial in Hülle und Fülle, zumindest für den Anfang. »Jawohl, genau da drüben!«

Suleiman und Piri Pascha wandten die Pferde und begannen den traditionellen langsamen Ritt die Stadtmauer entlang. Ibrahim schloss sich ihnen an und ritt gemessen hinterher. Durch ein Spalier von Bewaffneten zogen sie an der Menge vorbei zum

Grabmal des Ayyub, wo endlich Suleimans Gürtung mit dem Schwert der Osmanen stattfinden sollte. Piri Pascha, der eigentliche Planer und Verantwortliche für die Ereignisse, die zu diesem Höhepunkt des Tages geführt hatten, würde sich mit der Rolle des Zuschauers begnügen.

Am Grabmal des Ayyub angekommen, stiegen sie abermals vom Pferd. Piri und Ibrahim traten zurück, als Suleiman den Vorplatz der kleinen Moschee überquerte, die sich an die Mauern der Stadt duckte. Sie wirkte wie ein Schmuckkästchen für Abu Ayyub Al-Ansari, den Gefährten und Bannerträger des Propheten Mohammed. Ein verschrumpelter alter Mann mit langem Bart erwartete Suleiman bereits. Er war das geistliche Oberhaupt der Mevlevis-Derwische. Traditionsgemäß konnte das Schwert des Hauses Osman nur durch ihn an den neuen Sultan weitergegeben werden. In den Jahrhunderten der Herrschaft der Osmanen über die Türkei hatten stets die Mevlevis die Gürtungszeremonie vorgenommen. Kein Sultan hatte je ohne dieses symbolische Ritual die Herrschaft angetreten.

Der Alte war in Bauerntracht gehüllt. Der Kontrast zur Pracht des kostbaren Krummschwerts, das er jetzt über seinen Kopf reckte, war unübersehbar. Ohne das Schwert sinken zu lassen, das immer noch in der juwelenbesetzten Scheide stak, ergriff er Suleimans Hand und führte ihn auf eine erhöhte Bühne hinauf, damit die Massen das bevorstehende Schauspiel der Gürtung mit dem Schwert besser verfolgen konnten. Er steckte das Schwert in den Gürtel des Sultans, wandte sich dann an das Volk, Suleimans Hand immer noch fest in der seinen, und rief: »Wir, die wir von Alters her gläubig sind, überreichen dir die Schlüssel für das Ungesehene. Rechtens seist du gegürtet, denn wenn nicht, wird dir alles misslingen.«

Schweigend verfolgte die Menge den großen Augenblick. Jeder hätte gern ins Herz des neuen Sultans geblickt. Gerüchte über sein Regiment in Manisa waren bis in die Hauptstadt gedrungen, aber nur ganz wenige kannten seine Seele wirklich. Sie hatten alle schrecklich unter dem Regime Selims des Grausamen gelitten. Für die meisten osmanischen Türken waren Leid und Entbehrung ein normaler Bestandteil des Lebens. Wie viel würden sie wohl unter diesem neuen Sultan zu leiden haben?

Nur die wenigsten in der Menge hatten die Worte des gebrechlichen Alten hören können, aber alle hatten gesehen, wie der Sultan mit dem Schwert des Hauses Osman gegürtet wurde. Viele fragten sich, ob auch er das Schwert erheben und wie Selim zu neuen endlosen Feldzügen aufbrechen würde. Oder würde er seine Macht dazu benutzen, das beschwerliche Alltagsleben der gemeinen Türken ein wenig leichter und angenehmer zu machen?

Gesang stieg aus den Massen der Zuschauer empor. Anfangs konnte Suleiman die Worte kaum verstehen. Lauschend neigte er den Kopf. Der Gesang wurde lauter, bis die ganze Bevölkerung wie aus einem Munde zu singen schien. Der Tradition folgend boten sie dem neuen Sultan in endlosen Wiederholungen den überkommenen Rat: »Sultan, verfalle nicht in Stolz, denn Allah ist größer als du!«

Bedächtig nickend streckte Suleiman zum Zeichen des Einverständnisses mit dem Rat seines Volkes die Hände mit den Handflächen gen Himmel.

Der Zug bewegte sich wieder zurück in den Palast. Ibrahim betrachtete Piri Pascha. Der alte Wesir schien in seinem Sattel immer größer zu werden. Es war, als hätte jemand ihm einen Mühlstein vom Hals genommen. Piri konnte sich wieder aufrecht halten und frei atmen. Ibrahim fragte sich, ob er wohl mit dem alten Mann in Konkurrenz würde treten müssen. Piri hatte Selim acht lange Jahre trefflich gedient. Er war die Verkörperung des ergebenen und weisen Dieners, den jeder Sultan sich sehnlichst wünschte. *Kann Piri wirklich diese einzigartige Treue auf den Sohn des Selim übertragen?*, dachte Ibrahim im Stillen. *Er ist alt und gebrechlich. Suleiman aber braucht jemand, der belastbar ist und voller Energie ...* Er versagte sich, den Satz zu vollenden: *... so wie du.*

Piri hatte Selims Befehl aufs Genaueste ausgeführt. Die friedliche Thronfolge war gesichert. Jetzt hoffte er nur noch, den Rest seiner Tage in Ruhe und Frieden mit der Pflege seiner Tulpen und Rosen in seinem Haus auf der anderen Seite des Bosporus verbringen zu dürfen. Mit ein bisschen Glück brauchte er sein Schwert nie wieder umzuschnallen, es sei denn, sein Sultan erteilte ihm den Befehl. *Hoffentlich braucht der Sultan nie wieder deine Dienste oder gar dein Schwert. Inch' Allah.*

Doch Allah hegte bereits Pläne für Piri Pascha.

Piri und Suleiman machten sich auf den Rückweg zum neuen Palast. Ibrahim ritt mit ihnen. Als die Rufe der Menge schließlich verklangen, wandte Piri sich an den Sultan. »Herr«, sagte er, »an Eure ersten Amtshandlungen werden die Menschen sich besser erinnern als an alles, was danach kommt. Jetzt ist der Moment, ihnen zu zeigen, wer der Mann ist, der in den Gewändern des Sultans einhergeht und das Schwert des Hauses Osman schwingt.« Piri wusste, dass er es mit einem Sultan zu tun hatte, der einen guten Rat gern annahm.

Suleiman sagte nichts darauf, konnte aber nicht umhin zu konstatieren, dass Ibrahim fast wörtlich dasselbe zu ihm gesagt hatte.

Nach vielleicht zehn Minuten wandte Suleiman sich an Piri Pascha. »Ich habe gehört«, sagte er, »dass mehr als sechshundert ägyptische Kaufleute in den Gefängnissen meines Vaters schmachten. Man sagt mir, ihr einziges Verbrechen sei gewesen, dass Selim sich über sie ärgern zu müssen glaubte. Lass nachprüfen, ob das stimmt. Wenn dem so ist, sollen sie auf freien Fuß gesetzt werden. Sie mögen nach Belieben in unserer Stadt bleiben und ihre Geschäfte wieder aufnehmen oder ungehindert nach Ägypten zurückkehren. Sieh zu, dass dies geschieht.«

Piri nickte.

»Außerdem ist mir zu Ohren gekommen«, fuhr Suleiman fort, »dass es in meiner Armee Offiziere gibt – und in meiner Flotte einen Admiral –, die die Gesetze des Reiches mit Füßen getreten haben. Sie haben betrogen, gestohlen und ungerechtfertigte und grausame Strafen über jene verhängt, die sie hätten schützen sollen. Bring sie vor Gericht. Falls die Vorwürfe berechtigt sind, sollen sie öffentlich geköpft werden. Das Volk muss wissen, dass in dieser Nation die Gesetze eingehalten werden.« Piri machte sich einen Vermerk. Er wusste genau, wer der Admiral und wer die hohen Offiziere waren, die in Bälde öffentlich den Kopf verlieren würden.

»Meine Freunde, kennt ihr die *Katadgu Bilig*?«, wandte Suleiman sich an Ibrahim und Piri. »Vor nunmehr fast fünfhundert Jahren hat der türkische Herrscher der Karakalpaken ein Buch über die ideale Herrschaft verfasst.« Ibrahim nickte lächelnd. Er hatte das Buch gemeinsam mit seinem Herrn gelesen. »Er schrieb Folgendes«, fuhr Suleiman fort. »›Die Beherrschung des Staates erfordert eine große Armee, der Unterhalt einer großen Armee erfordert großen Reichtum, und großer Reichtum entsteht nur, wenn das Volk gedeiht, und das Volk kann nur gedeihen, wenn die Gesetze gerecht sind. Wenn nur eine einzige dieser Bedingungen vernachlässigt wird, bricht das Reich zusammen!‹ Wir werden dafür sorgen, dass die Gesetze gerecht sind und unser Volk gedeiht, damit unser Reich nicht zusammenbricht.«

Suleiman sollte sich an seine Worte halten. In Europa wurde er zwar »der Prächtige« genannt, sein eigenes Volk jedoch nannte ihn *Kanuni*, den Gesetzgeber.

Kurz darauf erreichte der Zug das Stadttor. Suleiman sah die Janitscharenwachen an den Eingängen der Stadt. Er beugte sich zu Ibrahim hinüber. »Die Gabe, die Gabe!«, äffte er das Geschrei nach, das an der Fähre aufgebrandet war. »Jawohl, wir werden ihnen die verfluchte Gabe zukommen lassen!«

Ibrahim und Piri lachten auf, insgeheim erleichtert, dass Suleiman ohne ihr Zutun daran gedacht hatte.

»Von meiner Leibwache soll jeder so viel bekommen, wie Selim ihm gezahlt hat, aber keinen Asper mehr. Lasst jedem Mann meiner Armee einen Zuschlag zukommen, der seinem Rang entspricht.«

Als die Auszahlungen angekündigt wurden, konnte Suleiman nicht sagen, ob die Janitscharen zufrieden gestellt waren oder nicht. Seine Leibwächter standen unbewegt in Hab-Acht-Stellung auf ihren Posten, den Blick stur geradeaus gerichtet, und wenn sie vor ihrem Sultan salutierten, verrieten sie mit keiner Miene, was sie dachten. Eine großartige Armee, und schmuck mit ihren blauen Baumwolluniformen und dem weißen Filzhut, dachte Suleiman im Vorüberreiten. Ihre frisch geschärften, blank polierten Schwerter glänzten im strahlenden Sonnenlicht. Aber wer konnte schon in die Herzen dieser Männer blicken? Wie sollte der neue Sultan Suleiman vergessen, dass sie mit der Geschwindigkeit eines Schwertstreichs von seinem Großvater Bayasid abgefallen waren, um Selim Gefolgschaft zu leisten?

3.

Der Großmeister

Marseille, Frankreich
Im September 1521

Die sechsspännige Kutsche rumpelte viel zu schnell die schlammige Straße zum Hafen hinunter. Schnaubend stürmten die Pferde über den unsicheren Grund, auf dem sie kaum Fuß fassen konnten. Der aufspritzende Schmutz war mit dem Schaum aus ihren Mäulern zu einer dicken Schicht verkrustet. Auch an der Kutsche war die schwierige Überlandpassage von Paris nicht spurlos vorübergegangen.

Der Kutscher legte sich hart in die Zügel, damit das Tempo nicht zu schnell wurde und ihm die Pferde auf dem letzten Stück zum Hafen am Ende noch durchgingen. Er lenkte die Kutsche auf die hölzerne Pier und brachte das Gespann abrupt vor zwei Rittern zum Stehen, die in schimmernder Rüstung, das Schwert an der Seite, in makellos sauberen schwarzen Umhängen unruhig auf und ab gegangen waren.

Die Räder der Kutsche standen noch nicht still, als der Schlag auch schon aufschwang und ein Ritter in voller Rüstung heraussprang. Er trug den gleichen schwarzen Umhang wie die Ritter auf dem Pier. Der Mann war Philippe Villiers de l'Isle Adam, der Großprior der französischen Sektion des Johanniterordens, ein Mann mit verwitterten Gesichtszügen, der älter war als die beiden anderen. Strähniges weißes Haar fiel ihm bis fast auf die Schultern.

Die Reise von Paris war lang und beschwerlich gewesen. Philippes Knochen schmerzten von der holprigen Fahrt, und seine Gelenke waren noch steif vom langen Sitzen. Nur zum Wechseln der Pferde – und um Proviant für die Kutscher zu kaufen – hatte er anhalten lassen, obwohl die Strecke nicht ungefährlich und in der Nacht, so wie jetzt, völlig unbeleuchtet war. Ein paarmal hätte die Reise fast durch einen Zusammenstoß ein vorzeitiges Ende genommen. Die Kriege zwischen Karl dem Fünften, dem Herrscher des Heiligen Römischen Reiches, und Franz dem Ersten von Frankreich hatten die gesamte Region im Chaos versinken lassen. Niemand kümmerte sich um die Straßen, und Banden von Marodeuren machten die Gegend unsicher.

Nach einer Gewalttour von mehr als vier Tagen war Philippe unbeschadet an der Pier in Marseille eingetroffen, wo er bereits von seinen schwer bewaffneten Rittern erwartet wurde.

»Schnell, Herr«, sagte der Anführer der Ritter, »die Schiffe sind bereit, in See zu stechen. In wenigen Stunden können wir lossegeln. Eure Ritter sowie Proviant und Wasser für die Reise sind bereits an Bord.«

Philippe starrte angestrengt in die Nacht. Von den wartenden Schiffen war nichts zu erkennen. Die Erinnerung an eine andere lange Reise ging ihm durch den Kopf.

»Welche Schiffe warten hier auf uns?«

»Die *Sancta Maria*, Herr, das größte Schiff unserer Flotte. Es ist das Schiff, das wir von den Ägyptern gekapert und in Rhodos neu bewaffnet haben. Außerdem haben wir einen Geleitschutz von vier mit Rittern und Kanonen bestens bestückten Galeeren.«

Der Komfort des großen Schiffes war Philippe sehr willkommen. Die Karacke *Sancta Maria* war das Flaggschiff des Johanniterordens, eines der am schwersten bewaffneten Segelschiffe der Welt. Als Träger von Kanonen, Männern und Nachschub leistete dieses seefähige Hauptquartier des Großmeisters der Johanniter hervorragende Dienste. Der Segler hatte zuvor *Mogarbina* geheißen und war in einem Gefecht vor Kreta in der Nähe von Candia im Jahr 1507 von den ägyptischen Mameluken erbeutet worden. Allein die an Bord mitgeführten Schätze waren den Kampf wert gewesen. Das Schiff mit seinen vier Masten und den viereckigen Rahsegeln war schlanker und schneller als die alten, extrem bauchigen Schiffstypen. Eine große Kabine hoch oben auf dem Heck diente als Kapitänswohnung und Konferenzraum in einem. Mit seinen neuen, weit tragenden Kanonen konnte das Schiff ganze Städte in Schutt und Asche legen, ohne in den Feuerbereich der Küstenbatterien zu geraten. Die *Sancta Maria* mit ihrer Besatzung von über zweihundertfünfzig kampferprobten Männern war eine regelrechte Kampfmaschine.

Philippe nickte anerkennend, als er das am Pier wartende Tenderboot bestieg, das von einer Gruppe Rittern gerudert in die Dunkelheit glitt. Er atmete jetzt freier als knapp fünf Tage zuvor bei seinem Aufbruch. Die Abreise aus Paris war so überstürzt gewesen, so schmerzhaft. Er war nicht mehr dazu gekommen, das zu tun, was hätte getan werden müssen. *Immer hat man zu wenig Zeit*, dachte er.

Die Johanniter auf der Inselfestung Rhodos hatten zwei Ritter losgeschickt, die Philippe die Nachricht brachten, dass der Orden ihn zu seinem Großmeister gewählt hatte. Der vorige Großmeister Fabrizio del Caretto war acht Monate zuvor im Januar nach langer Krankheit gestorben. In dem Schreiben war auch eine Warnung vor den Schwierigkeiten enthalten, die in Bälde auf Philippe zukommen würden. »Die Wahl war nicht einfach«, stand da zu lesen. »Von den drei Kandidaten lagen Thomas Docwra aus England und Ihr selbst nur eine Stimme auseinander. Während Thomas Docwra die Niederlage mit der Hochherzigkeit und dem Gleichmut trug, die man von einem Ritter des Johanniterordens erwarten darf, war dies bei dem dritten Kandidaten – dem Kanzler Andrea d'Amaral – nicht der Fall.«

Philippe musste zugeben, dass sich hier in der Tat ein schwieriges Problem auftat. D'Amaral war eine unangenehme und überhebliche Führungspersönlichkeit und selbst bei den eigenen Landsleuten sehr unbeliebt.

»Die Lage wird zusätzlich erschwert«, hieß es in dem Brief weiter, »dass d'Amaral keine einzige Stimme erringen konnte. Er hat sich beleidigt in sein Quartier zurückgezogen, wo er sich dem Unmut über die angebliche Kränkung hingibt, wie wir hörten.«

D'Amaral war Portugiese von Geburt. Sein Verhältnis zu dem französischstämmigen Philippe war bestenfalls distanziert zu nennen. Als Kanzler und Führer der spanischen *Langue*, der Landsmannschaft der Ritter aus Spanien, besaß er eine nicht unerhebliche Macht. Sein gekränkter Zorn konnte sich zu einer schweren Belastungsprobe der Einigkeit der Ritter auswachsen.

Philippe war gerade achtundfünfzig Jahre alt geworden, als man ihn nach Rhodos zurückbeorderte. Er war ein Hüne von einem Mann, über einen Meter achtzig groß und fast zweihundert Pfund schwer. Sein weißes Haar und der weiße Vollbart ließen ihn älter erscheinen, aber die strenge körperliche Ertüchtigung der Ritter hatte ihn aktiv und leistungsfähig erhalten. Hohe Wangenknochen und eine Adlernase kennzeichneten sein Gesicht. Seine Bewegungen waren von einer Geschmeidigkeit, die man bei einem so großen Mann nicht vermutet hätte, und seine Reflexe waren von den Jahrzehnten des Kampfes Seite an Seite mit seinen Ordensbrüdern geschärft. Er trug den schwarzen Friedensumhang der Johanniter mit dem weißen, achtfach gespitzten Tatzenkreuz auf der linken Brustseite und auf dem Rücken. Das Schwert hing an einem ledernen Gürtel griffbereit mit leicht nach vorn weisendem Griff an seiner linken Seite.

Zu Beginn der Kreuzzüge hatten die Ritter des Johanniterordens an verschiedenen Orten des Vorderen Orients und Kleinasiens Festungen errichtet, um ihrem Ordensauftrag gemäß die ins Heilige Land fahrenden Pilger zu beschützen und zu beherbergen und die Kranken in Hospitälern zu pflegen. Im Verlauf der fünf Jahrhunderte andauernden Kreuzzüge hatten die Muslims die christlichen Eroberer des Heiligen Landes von einer Festung zur anderen zurückgedrängt. Nach langen und verlustreichen Kämpfen kam es zu mehreren schrecklichen Niederlagen. Im Jahr 1187 fiel Jerusalem, 1271 die Festung Krak des Chevaliers in Syrien, und im Jahr 1291 wurden die Kreuzritter aus ihrer letzten Festung bei Akkon an der Küste des Mittelmeeres vertrieben. In den Flammen der brennenden Festung kamen fast sämtliche Verteidiger um, darunter auch ihr englischer Anführer William de Henley. Nur sieben Johanniterrittern gelang es zu entkommen. Sie flohen nach Zypern, wo sie ihren »Orden St. Johannis vom Spital zu Jerusalem« wieder aufbauten. Im Jahr 1309 landeten sie schließlich auf der Insel Rhodos, wo sie über zweihundert Jahre bleiben sollten. Während sich die Johanniter um gesunde und kranke Pilger kümmerten, machten sie den muslimischen Schiffsverkehr auf dem Mittelmeer zwischen Ägypten und der Türkei mit Kaperfahrten unsicher, erbeuteten unermessliche Reichtümer und verkauften die Schiffsbesatzungen in die Sklaverei.

Philippe stammte aus einem vornehmen Haus und war mit Jean de Villiers verwandt, der in Akkon die Eroberung durch die Muslime miterlebt hatte. Kaum der Jugend entwachsen, trat er der Familientradition folgend in den Dienst des Johanniterordens und traf kurz nach der Belagerung von 1480 auf Rhodos ein. Im Alter von sechsundvierzig Jahren hatte er es zum Befehlshaber der Galeerenflotte gebracht; mit fünfzig wurde er zum Großprior der *Langue* von Frankreich gewählt, die er acht Jahre lang von Paris aus geleitet hatte.

Fast fünfhundert Kreuzritter des Johanniterordens waren aus Frankreich, aus der Provence, England, Aragon, aus der Auvergne, Kastilien, Italien und Deutschland nach Rhodos gekommen. Jede der nach dem französischen Wort für Sprache *Langue* genannten Landsmannschaften war in einer eigenen palastähnlichen Unterkunft einquartiert, der ebenfalls französisch bezeichneten *Auberge*, der Herberge.

Die Ritter ließen sich kaum davon beeindrucken, dass ihre

muslimischen Nachbarn sie für ordinäre Piraten hielten. Unverdrossen lauerten sie buchstäblich jedem Schiff auf, das an ihrer rhodischen Festung vorbeisegelte, und raubten es aus. Die Ritter waren ausgezeichnete Seeleute und konnten es mit fast jeder Kaperprise aufnehmen, die ihnen in die Augen stach. Die Festung auf Rhodos war ein idealer Ausgangspunkt für die Kaperfahrten gegen die osmanischen Kauffahrerflotten zwischen Afrika, Kleinasien und Europa. Zudem hatten die Kreuzritter in der regionalen Inselwelt Beobachtungsposten und Flottenstützpunkte errichtet, wo sie kleinere Verbände von Schiffen und Bewaffneten in Bereitschaft hielten. Die Ritter enterten die Kauffahrerschiffe praktisch im Spaziergang, raubten die Ladung und oft auch das ganze Schiff. Die Besatzungen wurden zu Arbeitssklaven der Ritter gemacht oder auf den Sklavenmärkten Afrikas und Kleinasiens verkauft. Die Muslims schienen dem üblen Treiben machtlos zusehen zu müssen.

Schließlich, im Jahr 1480, griff Suleimans Urgroßvater Mehmet der Eroberer Rhodos mit einer gewaltigen Flotte an. Er hoffte, die Ritter vertreiben und die Ägäis wieder als osmanisches Binnengewässer in Besitz nehmen zu können. Doch die Belagerung schlug fehl, und Mehmets Streitmacht musste in Schimpf und Schande nach Istanbul zurückkehren. Mehmet selbst starb auf dem Heimweg, keine hundert Kilometer von seiner Hauptstadt entfernt. Als Suleimans Vater Selim in Edirne starb, hatte er sich mitten in den Vorbereitungen für einen neuerlichen Angriff auf Rhodos mit Armee und Flotte befunden.

Während Philippe nach Rhodos unterwegs war, um die Kreuzritter des Johanniterordens bei der Verteidigung ihres Inselreiches anzuführen, waren die Angriffsvorbereitungen des Gegners bereits in vollem Gang.

Philippe stand im Heck des kleinen Tenderbootes und grübelte über die Schwierigkeiten nach, die ihm mit seinem Kanzler Andrea d'Amaral noch bevorstehen mochten. Der Zwist zwischen

Philippe und d'Amaral war vor elf Jahren entstanden, als sie noch keine hohen Ordensämter innehatten. Im Jahr 1510 hatte Suleimans Großvater Bayasid die portugiesischen Schifffahrtslinien von seiner nördlich von Zypern gelegenen kleinasiatischen Flottenbasis Laiazzo aus angegriffen. Die dortigen Werften des Sultans wurden mit Bauholz aus den dichten Wäldern bei Edirne in Rumelien versorgt. Die Kreuzritter planten, die türkische Flotte, welche die lukrative Handelsroute ins Rote Meer und den Indischen Ozean unsicher machte, außer Gefecht zu setzen, um anschließend die Werften und den Flottenstützpunkt des Sultans in Laiazzo zu zerstören.

Der Orden sandte von Rhodos einen großen Schiffsverband aus, der die Marinebasis angreifen und die Flotte zerstören sollte. D'Amaral befehligte die langen und schlanken, mit drei Reihen von Ruderern bestückten Galeeren, die eigentliche Angriffswaffe der Flotte. Der Antrieb durch Ruder verlieh ihnen völlige Bewegungsfreiheit und machte sie von den Launen des Windes unabhängig. Die Galeeren waren an der Wasserlinie mit einem spitzen Bugspriet zum Rammen feindlicher Schiffe ausgerüstet. Enterbrücken mit scharfen Klauen hielten den gerammten Gegner fest. Nach einem Pfeilregen stürmten die Ritter in ihren Rüstungen das gekaperte Schiff und überwältigten den Gegner im Nahkampf mit ihren schweren Schwertern. Manche Galeeren trugen auf dem Vorschiff auf einer gedeckten Brücke leichte Kanonen, doch ihre eigentliche Schlagkraft lag in der Besatzung aus Rittern, die im Prinzip von einer seegängigen Plattform aus einen Landkrieg führten. Als Kommandeur der Galeeren war d'Amaral technisch gesehen der Befehlshaber des gesamten Flottenverbandes.

Philippe war Kommandeur der segeltragenden Schiffe. Diese größeren Einheiten hatten ebenfalls Ritter an Bord, waren aber zusätzlich reichlich mit Kanonen bestückt. Ihre Feuerkraft war beträchtlich, doch waren sie der Gnade des Windes ausgeliefert. Die geruderten Galeeren hingegen konnten in ruhigem Wasser ausgezeichnet manövrieren, waren bei starkem Wind und rauer See aber nur von begrenztem Wert.

An diesen unterschiedlichen Einsatzbedingungen hatte sich der Konflikt der beiden Kommandeure entzündet, als sie sich am Abend vor dem geplanten Angriff an Bord von Philippes Flaggschiff in der Kapitänskajüte zur Einsatzbesprechung trafen. Philippe war in voller Rüstung; sein Schwert hing wie immer griffbereit an einem Holzpflock neben der Tür. Er saß an einem kleinen Wandtisch.

D'Amaral war ein großer, kräftiger Mann mit starkem Knochenbau und breiten Schultern, einem gewaltigen Brustkorb und mächtigen Armen, die er im Kampf bestens zu gebrauchen wusste. Er hatte eine dunkle Haut, und das schwarze Haar fiel ihm über Ohren und Nacken.

Die nicht gerade geräumige Kajüte bot nur wenig Bewegungsfreiheit. Um nicht auf Philippes Koje Platz nehmen zu müssen, war d'Amaral stehen geblieben und ging die ganze Zeit unruhig auf und ab. Das gespannte Verhältnis zwischen den beiden Männern war mit Händen zu greifen – es war schon getrübt, bevor d'Amaral darauf bestanden hatte, mit seinen Galeeren den Angriff auf den gut verteidigten Hafen zu führen. Die beiden Männer waren von der Auseinandersetzung erregt, die nun bereits in die zweite Stunde ging.

D'Amaral machte erneut in ungeduldigem Tonfall seine Argumente geltend, als hätte er es mit einem bockigen Schüler zu tun, was Philippe keineswegs entging. »Wir können in den Hafen eindringen und wieder draußen sein, bevor die Türken überhaupt begriffen haben, was los ist! Meine Schiffe und meine Ritter werden die Sache im Handstreich erledigen, während Eure Schiffe die Küste und die türkischen Schiffe bombardieren, den Stützpunkt zerstören und das Bauholz in Flammen aufgehen lassen. Noch vor Morgengrauen sind wir wieder auf und davon!«

Philippe ließ ihn ausreden. »Und was ist mit den unberechenbaren Windverhältnissen im August?«, wandte er ruhig ein. »Bei

einer Flaute könnten meine Schiffe im Hafen in der Falle sitzen.«
D'Amaral wollte widersprechen, doch Philippe hob abwehrend die Hand. »Schlimmer noch, es könnte geschehen, dass wir hineinsegeln, und der Wind schlägt um und bläst uns in den Feuerbereich der Küstenbatterien. *Ihr* könnt wieder heraus, aber meine Männer müssten sich abschlachten lassen. Auf dieses Wagnis werde ich mich nicht einlassen. Ebenso wenig würde unser Großmeister es gutheißen, unsere stärksten Kräfte der Willkür unbeständiger Augustwinde auszuliefern.«

»Unser Großmeister d'Amboise sitzt auf Rhodos, aber ich bin hier und habe das Kommando!« D'Amarals Gesicht hatte sich vor Zorn gerötet. Er ballte die Fäuste, Speichelbläschen zerplatzten in seinen Mundwinkeln. Nur mühsam zügelte er seinen Zorn. Einen Augenblick befürchtete Philippe, d'Amaral würde auf ihn losgehen.

»Ich werde nicht zulassen«, antwortete Philippe ganz ruhig, was d'Amaral noch mehr in Rage brachte, »dass der Stolz unserer Flotte für einen leichtsinnigen Angriff mit ungewissem Ausgang aufs Spiel gesetzt wird. Ich bin nicht bereit, meine Schiffe zur Zielscheibe der Küstenbatterien der Türken und Mameluken zu machen!«

Der Streit wogte noch stundenlang. Obwohl d'Amaral faktisch der Flottenbefehlshaber war, konnte Philippe sich am Ende durchsetzen.

Am nächsten Tag lagen die Schiffe der Kreuzritter abwartend vor dem Hafen auf Reede. Die türkischen und mamelukischen Flottenkommandeure konnten der anscheinend so leichten Beute nicht widerstehen. Mit dem ersten Tageslicht drängten sie aus dem Hafen, um sich auf offener See auf die Ordensritter zu stürzen. Als die Ritter die heranstürmenden Schiffe mit einigen Salven der schweren Geschütze ihrer Segelkaracken begrüßten, wurde das Gefecht im Handumdrehen zu einem einseitigen Gemetzel. Die Kanonen auf den angreifenden Galeeren der Ritter taten ein Übriges. Kurz bevor die Enterbrücken herunterkrachten, ließen die

Bogenschützen einen Pfeilhagel auf die ihnen schutzlos ausgelieferten Türken herunterschwirren. Kettengeschosse zerfetzten die Takelage der türkischen Schiffe. Als die Ritter sie enterten, entbrannte ein wilder Kampf, doch die Truppen des Sultans waren kein ebenbürtiger Gegner. Nach zwei grausamen und blutigen Stunden ergaben sich die Türken mit elf Segelschiffen und vier Galeeren. Die Überlebenden wurden gefangen genommen. Der Neffe des Sultans fand als Kommandeur der Galeerenflotte den Tod.

Nun fielen Philippes Schiffe über den Hafen her. Knapp außer Schussweite der Batterien der Verteidiger schossen sie sämtliche Befestigungen ohne Hast in Grund und Boden und zerstörten systematisch den gesamten Hafen. Schließlich wurde ein Rollkommando der Ritter an Land gesetzt, das den restlichen Verteidigern, soweit sie nicht schon ihr Heil in der Flucht gesucht hatten, den Garaus machte und den riesigen Vorrat an Bauholz in Brand setzte.

Mit ihrer um die erbeuteten Schiffe vergrößerten Flotte stachen die Ritter Richtung Rhodos in See. Die Galeeren waren zum Teil mit den Gefangenen bemannt, die an die Ruder gekettet waren. Doch die Heimreise nach Rhodos hatte kaum begonnen, als Ordenskundschafter meldeten, dass eine große ägyptische Flotte vor Gallipoli gesichtet worden sei, die versuchen wolle, die Kreuzritter auf offener See zu stellen. Wieder wollte d'Amaral sich in den Kampf stürzen, aber auch diesmal konnte Philippe sich durchsetzen, der dem Feind davonfahren wollte.

»Andrea, wir sind jetzt nicht in der Lage, es mit einer großen Flotte aufzunehmen. Unsere Männer sind abgekämpft, und viele Schiffe haben mehr Gefangene an Bord als Besatzung. Bei einem Kampf könnten sie uns in den Rücken fallen – auf alle Fälle würden sie uns behindern. Lasst uns im Schutz der Dunkelheit entwischen. Kämpfen können wir an einem anderen Tag.«

Die Kreuzritter hatten es immer schon vorgezogen, ihre Galeeren mit freien Ruderknechten zu bemannen, auf die sie sich verlassen konnten. Die Türken hingegen setzten Sklaven ein, die nur von ihren Ketten und der Peitsche des Aufsehers an den Rudern gehalten wurden.

Die Ritter kehrten in ihre Festung auf Rhodos zurück. Philippes Beurteilung der Lage hatte sich grandios bestätigt. Unter den Rittern waren kaum Verluste zu beklagen, und die Flotte des Ordens hatte neue Schiffe und Sklaven dazugewonnen. Philippes Reputation als besonnener und geschickter Führer bekam gewaltigen Auftrieb.

D'Amaral dagegen bekam den bitteren Geschmack der Niederlage zu kosten, einen Geschmack, den er nie zu vergessen und zu vergeben schwor.

Philippe starrte in die Dunkelheit, während seine Männer der wartenden *Sancta Maria* entgegenruderten. Nach einer Weile tauchte der Umriss der großen Karacke aus der Nacht auf. Zwei Kriegsgaleeren mit geöffneten Kanonenpforten lagen rechts und links dicht daneben. Die Ritter standen in voller Rüstung auf den hölzernen Plattformen entlang der Decks, die nach außen über die Ruder auskragten und zum Entern der feindlichen Schiffe dienten, und erwarteten ihren neuen Großmeister.

Philippe stieg an Bord seines Schiffes. Er war froh, dass er d'Amaral erst nach seiner Ankunft in Rhodos würde gegenübertreten müssen. Er musste über Paris nachdenken, sich mit seinen Zweifeln und Sorgen auseinander setzen, und dazu brauchte er Zeit. Auf der angenehmen Seereise zu seiner Inselfestung lagen Tage der Erholung von der Gewalttour von Paris nach Marseille vor ihm – dachte er.

Eine Stunde darauf lichtete die kleine Flottille den Anker. Das ablaufende Wasser trug die Schiffe geschwind nach Südosten aufs offene Meer hinaus, wo sie Kurs zur Spitze Italiens nahmen. Von dort würde die Reise um den südlichen Zipfel Griechenlands herum nach Rhodos weitergehen.

Philippe starrte in die Nacht. Die Schwärze des Himmels verschmolz übergangslos mit der Schwärze des Meeres. Das Schiff schien nicht im Wasser, sondern in einem schwarzen Nichts dahinzusegeln. Philippes Gedanken schweiften zurück nach Paris. Beklemmung legt sich auf seine Brust. Hatte er erst vor fünf Tagen Lebewohl gesagt? Inzwischen war so viel geschehen, hatte er so viele Meilen zurückgelegt, dass der Abschied in einem anderen Leben stattgefunden zu haben schien. Er strich sich mit den Fingern durch den Bart, um die salzige Feuchte auszukämmen, die sich auch in seinen grauen Haaren ausbreitete.

Er stieg zur Reling des erhöhten Achterdecks über seiner Kabine hinauf und starrte über das Heck ins Kielwasser. Auf dem Rücken einer sanften Welle, die in der Stille durch das schwarze Wasser rollte, spiegelten sich ein paar Lichter der immer weiter zurückbleibenden Stadt Marseille. Nach ein paar Minuten begannen sie zu flackern, wurden schwächer; dann erlosch ein Licht nach dem anderen im Meer. Allein in der Dunkelheit wurde Philippe vom Strom seiner Gedanken überwältigt, der ihn immer wieder nach Paris zurücktrug. So sehr er sich auch bemühte – er konnte sich nicht von dem quälenden Druck befreien, der sich wie ein Stein auf sein Herz gelegt hatte. In bewusst langsamen, tiefen Zügen sog er die salzige Luft in seine Lungen und versuchte, leichteren Sinnes zu werden.

Er hatte gewusst, dass dieser Tag kommen würde. Als er noch Großprior von Frankreich gewesen war, hatte er jahrelang mit dem Wissen gelebt, der aussichtsreichste Kandidat für das Amt des Großmeisters des Johanniterordens zu sein. Die Namen von d'Amaral und John Docwra würden gewiss auch vorgeschlagen, und auch noch andere konnten ins Spiel kommen. Doch Philippe wusste, dass seine Wahl zum Großmeister im Grunde beschlossene Sache war.

Als die Kuriere an seine Tür geklopft hatten, war ihm augenblicklich klar, dass ihm ein ganz neues Leben bevorstand. Doch bevor er in die Rolle des Großmeisters schlüpfte, musste er mit einem bislang nie gekannten Schmerz fertig werden. Paris und alles, wofür es stand, lag jetzt hinter ihm und würde sich nie mehr zurückholen lassen. Fast ebenso sicher stand fest, dass er wohl niemals Vergebung finden würde. Konnte Hélène ihm jemals verzeihen? Würde er sie je wiedersehen?

Drei Tage darauf passierte die kleine Flotte bei schlechtem Wetter die Straße zwischen Malta und Syrakus an der Südostecke Siziliens. Wegen des aufkommenden Sturms fuhren die Schiffe in enger Formation. Philippe stand neben dem Steuermann. Sein grauer Vollbart war von der überkommenden Gischt nass und salzig geworden, sein langer schwarzer Umhang hing durchnässt und schwer vom Regen an ihm herunter.

»Wird Zeit, dass wir unsere Insel wiedersehen, nicht wahr?«, sagte er zum Steuermann, während sie in den auffrischenden Ostwind hineinfuhren.

»*Oui, Seigneur.* Wir waren lange genug fort. Und das Wetter wird gewiss noch schlechter.« Der Mann sprach zwar französisch, doch sein portugiesischer Akzent war unüberhörbar. Er musste ein Landsmann von d'Amaral sein. Der Alte hatte die schwieligen Hände locker um die lange hölzerne Ruderpinne gelegt, die hinter ihm nach unten schwang, dann wieder nach oben zum Scharnier des Mittelruderblatts am Heck.

Philippe betrachtete den aufziehenden Sturm. »Du hast Recht, *mon vieux*«, sagte er. »Meine alten Knochen haben mir schon vor ein paar Stunden gemeldet, dass es Sturm geben wird. Und so, wie sie mich piesacken, wird es wohl mächtig blasen. Dort vorn in der Waschküche blitzt es ganz ordentlich – genau voraus, kannst du es sehen?«

»*Oui*, Herr, ich sehe es. Aber bei diesem Wind und Wetter bleibt mir bloß noch der Weg mitten hindurch. Ich hoffe nur, dass wir bald wieder unbeschadet auf der anderen Seite herauskommen, *grâce à Dieu*, so Gott will.«

»*Peut-être, mon ami, peut-être*«, sagte Philippe geistesabwesend. Vielleicht, mein Freund, vielleicht.

Der Sturm nahm zu, die Blitze kamen näher; zwischen Blitzschlag und Donner verging kaum eine Sekunde. Einige Blitze schlugen mit blendend hellem Strahl zwischen den Schiffen ins Wasser. Das Krachen der Donnerschläge ließ selbst die Erfahreneren unter den Seeleuten unruhig werden, die sich inzwischen fast alle an Deck drängten, um sofort eingreifen zu können, wenn für Schiff oder Mannschaft Hilfe vonnöten war, und um bei einem Schiffbruch nicht im Bauch des Schiffes eingeschlossen zu werden.

Die Gesichter im Wind, trotzte die Mannschaft den Elementen. Philippe war vom Ruder zurückgetreten und versuchte das Gleichgewicht zu wahren, während sich die *Sancta Maria*, vom alten Steuermann mühsam auf Kurs gehalten, durch die Brecher kämpfte. Die gewaltigen Schläge der See gegen den Rumpf ließen das Schiff bis in den hölzernen Kiel erbeben. Die Blitze schlugen in immer dichterer Folge ins Wasser. Plötzlich krachte der ohrenbetäubende Donnerschlag gleichzeitig mit dem Aufflammen des blendend hellen Blitzstrahls. Die Männer waren fast eine Minute lang geblendet. Ozongeruch schwängerte die salzige Luft. Strahlend grüne Büschel von Elmsfeuer tanzten um Rahen und Segel.

Als Philippe wieder etwas erkennen konnte, wollte er seinen Augen nicht trauen. Um ihn her lagen die Leichen von neun Männern, darunter der alte Steuermann, mit dem er Augenblicke zuvor noch gesprochen hatte. Die verkohlte Kleidung der Männer rauchte noch. Aus dem Mundwinkel des toten Steuermanns rann dunkelrotes Blut. In den Ozongeruch mischte sich der Gestank von versengtem Stoff und verbranntem Fleisch. Die Ruderpinne schlug im Wellengang wild hin und her, während das steuerlose Schiff sich allmählich in den Wind legte. Der Donnerschlag hatte jedermann an Bord der *Sancta Maria* vorübergehend taub gemacht. Einige Ritter bildeten einen reglosen stummen Kreis um Philippe und ihre toten Kameraden.

Dann sah Philippe, dass alle Blicke starr auf ihn gerichtet waren – nein, nicht auf ihn, sondern auf seine um den Knauf seines

Schwerts geklammerte rechte Hand. Rauchwölkchen stiegen vom Handschutz und dem kurzen Stummel auf, der von der Klinge noch übrig geblieben war. Der Rest der Waffe war zu einem Häuflein Asche auf den angekohlten Planken zu Philippes Füßen verschmort. Immer noch rot glühende Reste des geschmolzenen Stahls sengten eine schwarze Narbe ins nasse Holz.

Philippes Faust brannte. Der Schmerz strahlte bis in seine Schulter aus. Er versuchte, den heißen Schwertgriff loszulassen, doch die im Krampf erstarrten Muskeln seines Unterarms hielten das Heft des geschmolzenen Schwerts in unfreiwilliger Umklammerung eisern umschlossen.

In diesem Augenblick wurde eine Legende geboren. Die Männer werteten es als Zeichen Gottes, auch wenn sie Philippe nie direkt darauf ansprachen: Das Ereignis war ein Zeichen, dass Gott der Allmächtige Philippe Villiers de l'Isle Adam gesandt hatte, die Ritter des Johanniterordens zum Sieg über die Muslims zu führen. Er hatte den neuen Großmeister mit himmlischem Feuer getauft. Sie hatten es alle gesehen, keiner konnte es leugnen.

Philippe ging hinunter in seine Kabine. Er ließ sich auf seiner Koje nieder und versuchte, für seine verbrannte Hand eine bequeme Haltung zu finden, was ihm aber nicht gelang. Der Schiffsarzt hatte ihm zwar versichert, dass die Verbrennungen ausheilen würden, aber der Schmerz pochte immer noch in seiner Hand. Er schloss die Augen und versuchte zu schlafen. Während sein Körper sich entspannte, bemerkte er mit leisem Erstaunen, wie sehr ihn die Ereignisse der vergangenen Tage in Anspruch genommen hatten. Seit seinem Aufbruch aus Paris war es das erste Mal, dass er sich in Gedanken nicht wenigstens vorübergehend mit Hélène beschäftigt hatte. Während er im schützenden Bauch seines Schiffes und der Obhut seiner Ritter in den seit Tagen ersten wirklich tiefen Schlummer glitt, sah er wieder das Gesicht, mit dem Hélène ihn angeschaut hatte, als er ihr Wohngemach in Paris für immer verließ.

4.

Der Palast am Kanonentor

Istanbul, Topkapi-Palast
September 1521

Nimm diesen Brief und überbringe ihn dem Gesandten höchstpersönlich. Du darfst ihn niemand anderem aushändigen! Ist das klar?«

»Jawohl, Majestät!« Der Janitschare erhob sich von den Knien und nahm den Brief an sich, um ihn in einer ledernen Umhängetasche zu verstauen, bevor er sich rückwärts gehend zurückzog. Nachdem er vom Türsteher das Schwert zurückerhalten hatte, machte er sich auf den Weg zum Ausgang des Palasts.

Ibrahim war überrascht, dass der Sultan mit jemand gesprochen hatte, der so weit unter ihm stand wie ein Janitschare. Normalerweise herrschte in der Umgebung des Sultans strenges Sprechverbot, das lediglich die engsten Ratgeber und der Großwesir nicht einzuhalten brauchten. Nach einer Jahrhunderte alten osmanischen Familientradition hatte im inneren Palastbereich Schweigen zu herrschen. Die Welt des Sultans musste frei sein vom Missklang alltäglicher Geräusche, wie er auf den Straßen des Reiches herrschte. Suleiman hatte sich deshalb eine als »Ixarette« bezeichnete Zeichensprache angeeignet, die er von zwei stummen Gärtnern des Inneren Hofes gelernt hatte. Die Zeichensprache machte die sprachliche Verständigung mit der Dienerschaft überflüssig und unterstrich gleichzeitig den unermesslichen Abstand zwischen dem Sultan und seinen Lakaien. Im Laufe der Zeit machte Suleiman von Ixarette immer umfänglicheren Gebrauch, und es kam nur noch sehr selten vor, dass er sich der gesprochenen Sprache bediente, außer bei seinen engsten Beratern.

Suleiman saß auf dem Diwan und trank aus seinem Lieblingsbecher aus Jade. Die osmanischen Sultane hatten seit Generationen nur aus Jadegefäßen getrunken. Die Hofwissenschaftler waren der Überzeugung, dass die meisten Gifte den empfindlichen Stein verfärbten. Mit einem gelegentlichen Blick in den Becher ließ Suleiman den Fruchtnektar darin kreisen. Die Wandungen behielten ihr schimmerndes Grün.

»Nun, Ibrahim? Was hältst du von unserem Brief?«

Ibrahim nickte. Lächelnd erhob er sich vom Diwan und begann, auf und ab zu gehen. Suleiman duldete diese enervierende Angewohnheit, denn er wusste, dass Ibrahim die verschiedenen Aspekte eines Problems besser betrachten konnte, wenn er auf und ab schritt.

Ibrahim dachte kurz nach. »Dieser Brief muss abgeschickt werden«, sagte er. »Der Koran schreibt uns vor, unsere Feinde zu warnen und ihnen die Gelegenheit zur Unterwerfung zu geben. Ja, dieses Schreiben ist unerlässlich.«

Suleiman wiegte bedächtig den Kopf. »Aber es wird ohne jede Wirkung bleiben. Niemals werden die Kreuzritter ihre Festung kampflos übergeben. Aber ich habe immerhin alles getan, was der Koran von mir verlangt.«

Die beiden Männer befanden sich im Privatgemach des Sultans, das für den Tagesgebrauch als Audienzzimmer hergerichtet war.

»Herr, seid Ihr besorgt, dass dem jungen Soldaten als dem Überbringer der Botschaft etwas zustoßen könnte?«

»Ja. Man weiß nie, was den Ungläubigen einfällt, wenn sie eine schlechte Nachricht erhalten. Weißt du noch, was dem Kurier geschehen ist, den ich nach Ungarn geschickt habe?«

»O ja. Zum Lohn für seine Mühe haben sie dem armen Kerl

Nase und Ohren abgeschnitten! Nur der Gnade Allahs – und unseren Hofärzten – ist es zu verdanken, dass er nicht gestorben ist. Aber ich denke, der Großmeister wird Eure Botschaft richtig zu deuten wissen. Er kann dieses ›Siegesschreiben‹ nur als Drohung auffassen, auch wenn ich selbst noch nicht recht weiß, ob dieses Unternehmen ratsam ist.«

»Wieso? Haben wir uns bei der Einnahme der Weißen Stadt Belgrad nicht mit Ruhm bedeckt? Haben unsere Armeen der Welt nicht bewiesen, dass man uns nicht aufhalten kann? Hat man nicht gesehen, dass Suleiman, der Krieger, den Vergleich mit Selim nicht zu scheuen braucht? Warum also sollten wir jetzt nicht gegen Rhodos ziehen?«

»Ich bin ganz Eurer Meinung, dass die ungläubigen Kreuzritter ein für alle Mal von dieser Insel vertrieben werden müssen. Sie haben sich lange genug an unserem Handel und unserer Schifffahrt vergriffen.«

»Lang genug? Seit zweihundert Jahren betreiben sie ihre Piraterie gegen unsere Schifffahrtslinien im Mittelmeer und der Ägäis!«

»Vergebt mir, Majestät, ich habe mich wohl zu milde ausgedrückt. Jawohl, seit zweihundert Jahren sind sie nichts anderes als Piraten – oder ›Korsaren‹, wie ihr neuer Großmeister es zu bezeichnen vorzieht – und machen unsere Handelsrouten unsicher. Ich habe sogar schon vernommen, dass *unsere* Gewässer als ›See der Johanniter‹ bezeichnet werden! Durch ihre Kriegsgaleeren haben wir viele Millionen an Schätzen und Handelsgütern eingebüßt, ganz zu schweigen von der Versklavung unserer Leute. Ja, wir müssen diese Gewässer wieder zur ›See der Osmanen‹ machen.«

»Es ist höchste Zeit, dass diesen Burschen das Handwerk gelegt wird!«, schaltete Suleiman sich ein. Seinem Vater Selim war die Position der Johanniter zwischen Istanbul und Ägypten stets ein Dorn im Auge gewesen. Als er starb, hatte er sich mitten in den Vorbereitungen zu einem Angriff befunden. »Mein Krieg gegen Ungarn war die Weiterführung des Krieges meines Vaters. Ich musste meine Armee in den Griff bekommen. Ohne die Eroberung Belgrads wüsste ich immer noch nicht, ob ich mich auf die Loyalität meiner jungen Truppen wirklich verlassen kann. Glaubst du, ich hätte mich nur aus einer Laune heraus als Janitschare besolden lassen?«

»Nein, Herr, gewiss nicht!« Ibrahim rief sich den Tag in allen Einzelheiten ins Gedächtnis, an dem der Sultan einen so überzeugenden Beweis seiner Klugheit und Weitsicht geliefert hatte.

Vor einiger Zeit hatte Piri Pascha sich Sorgen gemacht, ob die Janitscharen Suleiman wirklich als ihren eigentlichen Anführer akzeptieren würden. »Diese jungen Männer sind unzufrieden«, hatte er gesagt. »Sie sehnen sich nach dem Krieg. Krieg ist ihr ganzer Lebensinhalt. Sie haben keine Frau und keine Familie. Ihre einzigen Freunde sind die anderen Janitscharen. Sie hocken in der Kaserne und machen den lieben langen Tag nichts anderes, als zu üben, wie man kämpft und tötet. Und wenn es keinen Krieg gibt, dann gibt es keine Beute, keinen Lohn für die Mühsal und keinen Ruhm. Den Janitscharen bekommt das Stadtleben nicht, wo sie sich dem Stumpfsinn von Drill und Disziplin fügen müssen und in Küchengebäuden und nicht im Freien verpflegt werden, wie im Feldlager. Majestät, Ihr müsst ihr Anführer sein. Die Janitscharen müssen in Euch ihren *Seraskier* sehen, ihren Oberbefehlshaber.«

Am nächsten Vormittag waren die *yeni cheri* zum Empfang des Soldes zusammengetrommelt worden. Entgeistert sahen sie, dass der Sultan in ihrer Mitte zu Fuß einherging und nicht beritten war. Das hatte es noch nie gegeben. Sie nahmen Haltung an und richteten sich wie für eine morgendliche Marschier- und Kampfübung zu exakten Karees aus. An Zahltagen pflegten die Janitscharen normalerweise alle Disziplin zu vergessen und in wildem Gedränge auf den Zahlmeister einzustürmen. Heute jedoch war der Sultan mitten unter ihnen. Heute würden sie nicht das übliche Durcheinander veranstalten. Offiziere und Mannschaften standen stocksteif in Hab-Acht-Stellung. Die Kolonnen waren schnurgerade ausgerichtet. Kein Mucks war zu hören, obwohl mehr als fünftausend Mann im großen Zweiten Hof des Palasts versammelt waren. Keiner bewegte sich, keiner gab einen Laut von sich. Selbst ein Flüstern wäre in der Stille von allen gehört worden.

Suleiman trug nicht etwa die sonst bei seinen öffentlichen Auftritten üblichen Gewänder aus Goldbrokat und Seide, sondern steckte von Kopf bis Fuß im Kampfanzug der gewöhnlichen Janitscharen. An der Spitze der Kolonnen wartete er wie alle anderen auf die Zuteilung durch den Zahlmeister. Der Sultan erhielt den Sold eines Unteroffiziers der Leibgarde!

Bali Agha, der *Seraskier* der Janitscharen, stand einige Schritte abseits und strich sich über die Hängebacken und den langen schwarzen Seehundbart. Er nickte Ibrahim zu, der abwartend ein Stück hinter den Truppen auf seinem unruhigen Rappen saß.

Suleiman nickte dem Zahlmeister zu und bekam eine Hand voll silberne Asper ausbezahlt, die er in seiner Ledertasche verstaute. Ibrahim wusste, dass die jungen Janitscharen von jetzt ab willig für ihn in den Tod gehen würden. Der Sultan war kein Sipahi, kein Matrose – er war einer von ihnen, ein Janitschare! Von nun an konnte ein Janitschare mit hoch erhobenem Kopf an den berittenen Sipahis vorbeigehen, denn der Sultan würde in eigener Person mit ihnen in den Krieg ziehen.

Fast unmittelbar nach der Thronbesteigung hatte Suleiman seine Armee gegen Belgrad geführt und die Stadt nach drei Monaten eingenommen. Der fünfundzwanzigjährige Sultan konnte seinen ersten großen Sieg verzeichnen. Als die Könige Europas die Kunde von der Macht und Tapferkeit der Truppen des Sohns des Selim vernahmen, erzitterten sie. Das gesamte christliche Lager wartete in Furcht und Schrecken, gegen wen Suleiman sich als Nächsten wenden würde. Der Sultan aber und seine Armee waren mit Schätzen und Sklaven schwer beladen nach Istanbul zurückgekehrt, nach nicht einmal einem halben Jahr.

»Ja, Majestät«, sagte Ibrahim, »das war ein Tag!«

Der Sultan lächelte seinem Freund zu. »In der Tat.«

Ein Diener trat ein, kniete an der Schwelle nieder und presste die Stirn auf den Boden. Ohne sich zu erheben, gab er dem Sultan Signale in seiner Zeichensprache.

Ibrahim war in der Zeichensprache des Sultans bestens bewandert, benutzte sie jedoch kaum zur Verständigung mit Suleiman. Er sah, dass der Diener den Kämmerer des *Hazine* ankündigte, den Verwalter der Schatzkammer. Suleiman gab Zeichen, den Besucher eintreten zu lassen. Der alte Mann trug einen reich bestickten Kaftan aus Seidenbrokat, und rote Reiherfedern wehten an seinem Turban. Von offensichtlichen Beschwerden geplagt, kniete er vor dem Sultan auf dem Teppich nieder und drückte die Stirn auf den Boden. Suleiman streckte den Arm aus und bat den Schatzkämmerer, sich zu erheben. Der alte Herr berührte mit der Stirn den Ärmelaufschlag des Sultans, um sich dann mühsam aufzurichten. Ibrahim konnte an den Augen des Alten ablesen, welch schmerzliche Anstrengung das Begrüßungszeremoniell seinen arthritischen Knien abverlangte.

»Majestät«, hob er an, »wenn es Euch genehm ist, möchte ich Euch und den Haushofmeister zu einer Besichtigung des königlichen *Hazine* einladen.« Gesenkten Hauptes wartete er auf die Antwort.

Nach einem Seitenblick zu Ibrahim, der bestätigend nickte, wandte Suleiman sich wieder dem alten Kämmerer zu. »Wohlan denn«, sagte er. »Lasst uns sehen, was das Haus Osman uns nach all den Jahren zu bieten hat.«

Der Kämmerer verbeugte sich und ging voran. Die kleine Gruppe trat aus den Privatgemächern des Sultans, um zum Schatzhaus hinüberzugehen. Sofort bildeten die Janitscharen der Leibgarde ihren menschlichen Schutzwall um den Sultan. An der Schwelle des Steinbaus mit seinen vielen Kuppeln blieben die Wächter in Formation aufgestellt wartend zurück.

Als Suleiman die Schatzkammern betrat, spürte er zum ersten Mal mit einem gewissen Unbehagen die riesige Verantwortung seines Amtes auf den Schultern ruhen. Er fühlte sich von der gewaltigen Last geradezu körperlich in den Steinboden gedrückt.

Ibrahim konnte ihm seine Befindlichkeit an den Augen ablesen, sagte aber nichts.

»Majestät, als Erstes sollten wir uns den Inbegriff Eurer Machtvollkommenheit ansehen«, sagte der Verwalter und griff in eine Wandnische, um ein augenscheinlich sehr schweres Bündel hervorzuziehen, das er auf beiden Armen zu einem Tisch trug, um es dort abzusetzen. Sorgsam löste er die seidenen Schnüre, wickelte den Gegenstand aus seiner Brokatumhüllung und schlug die Tücher auf dem Tisch auseinander. Als er beiseite getreten war, lag vor Suleiman groß und massig *Fatih*, das Schwert seines Urgroßvaters Mehmet. Nur ein Mann von gewaltiger Körperkraft hatte ein solches Schwert im Kampf schwingen können. Die Klinge war nur ganz leicht gekrümmt, weitaus weniger als bei den traditionellen *Skimitaren*, den Krummschwertern der Janitscharen. Die großartige Waffe verkörperte gleichsam die auf Suleiman überkommene Macht der Sultane des Osmanischen Reichs.

In der stickigen kleinen Kammer brach Suleiman allmählich der Schweiß aus. Er trat einen Schritt vor und legte die Hand auf das geschnitzte Heft des großväterlichen Schwerts. Das flackernde Licht der Öllampen wurde glitzernd von den Edelsteinen der Scheide und der blanken stählernen Klinge mit der arabischen Inschrift zurückgeworfen.

»Mein Glaube ruht in Allah«, las Suleiman laut.

Ibrahim und der Kämmerer hatten erwartet, dass der Sultan den gewaltigen Inbegriff seines Reiches mit beiden Händen ergreifen und einem symbolischen Hieb führen würde, doch Suleiman ließ die Hand nur leicht über die Waffe gleiten, dann wandte er sich ab, nickte Ibrahim zu und bedeutete dem Schatzkämmerer fortzufahren.

Nachdem der Alte das Schwert wieder in die Umhüllungen gewickelt und an seinen Platz in der Wandnische verstaut hatte, ging er zur nächsten Station. »Und hier, Majestät«, sagte er, »sind einige Kleidungsstücke Eurer Ahnen. Diese Reiherfedern schmückten einst den Turban des großen Sultans Murad, und diese goldenen Gewänder und Kaftane, die dort hängen, hat Euer Vater Selim getragen.« Er deutete auf mehrere Reihen hölzerner Puppen, auf die prunkvolle Kleidungsstücke drapiert waren. »Sie sind aus den großartigsten, aus Gold gewirkten Stoffen gefertigt, die es gibt.« Der Kämmerer wies auf die reihenweise angehäufte Pracht der kostbarsten Gewänder jeder Farbe und Art. Es war nicht ungewöhnlich, dass der Sultan ein solches Gewand nur ein einziges Mal trug.

Von Erklärungen des Kämmerers begleitet, wandelten die Männer langsam von einem Schatz zum anderen: Geschenke der Monarchen Europas an die Herrscher des Osmanischen Reiches, Uhren aus Gold und Edelsteinen, mit kostbaren Juwelen besetzte Schwerter und Dolche, kunstvoll gefertigte, von Edelsteinen funkelnde Ledersättel mit silbernen Steigbügeln, goldgefüllte Schatztruhen mit den Tributzahlungen fremder Herrscher, eine mit Rubinen besetzte Fliegenklatsche, Porzellangeschirr aus dem fernen China, eine geschnitzte Gürtelschnalle aus Elfenbein ...

»Was für ein Jammer, dass diese Schätze hier in der Dunkelheit vor sich hin schlummern«, sagte Suleiman zu Ibrahim. Er wandte sich an den Schatzkämmerer. »Sorg dafür, dass dieses Geschirr in den Palast gebracht wird. Es soll benutzt werden! Fertige eine Liste sämtlicher Gegenstände an, die praktische Verwendung finden können. Sie sollen in meine Gemächer geschafft werden. Und lass diese Golddukaten aus Venedig zählen und ins Schiffsarsenal bei Tophane bringen. Ich will, dass mit diesem Geld Kanonen zur Bewaffnung meiner Schiffe gegossen werden.«

Der Kämmerer nahm mit einer Verbeugung den Befehl zur Kenntnis, bevor er Suleiman und Ibrahim in eine tiefer im *Hazine* gelegene Kammer führte. Sie war dunkler als die übrigen Räume, nur zwei kleine Öllampen spendeten karges Licht. In einer Ecke hingen auf einfachen Holzgestellen einige Kleidungsstücke aus schwerem weißem Filz mit derbem Pelzbesatz aus schwarzem Lammfell – nicht im Entferntesten zu vergleichen mit der Pracht der Gewänder Murads, Mehmets und Selims. Auch Suleimans schlichter Alltagsaufzug bildete einen augenfälligen Gegensatz zur Schmucklosigkeit der Kleidungsstücke auf den Gestellen.

»Und was ist das?«, erkundigte er sich.

»Das, Majestät, sind die Kleider Ertoghruls und Osmans, des Begründers des osmanischen Reiches.«

Suleiman und Ibrahim betrachteten die Kleidungsstücke in tiefem respektvollem Schweigen. Der Kämmerer, der darauf wartete, gefragt zu werden, was es mit den Kleidungsstücken auf sich hatte, wagte nicht, das Wort zu ergreifen. Gewiss hatten die beiden Männer die Geschichte schon tausend Mal gehört – wie jeder, der im Reich der Osmanen aufgewachsen war. Auch sie mussten im Schoß der Familie davon erfahren haben, wie vor mehr als zweihundert Jahren Stämme von Steppenvölkern unter dem Druck der mongolischen Armeen aus der asiatischen Steppe westwärts gezogen waren, darunter der Kriegerhäuptling Ertoghrul, der mit seinem Stamm in die riesigen Ebenen und Bergregionen Kleinasiens gelangt war.

Suleiman kannte die Geschichte des von Ertoghrul geführten Stammes, der, von Hunger und Krankheit bedroht, jahrelang unter größten Entbehrungen umhergezogen war. Doch Ertoghrul hatte es verstanden, sein Volk in diesen Jahren der Not und des Elends beieinander und am Leben zu halten. Suleiman hatte von seiner Mutter die Legende vom Urvater der osmanischen Dynastie gehört. Sie hatte ihm als Kind als Gutenachtgeschichte immer wieder davon erzählt, wie Ertoghrul eines Tages Zeuge einer Schlacht wurde, die nicht allzu fern in der Ebene tobte. Eine große Schar Berittener schien der Vernichtung nahe, als Ertoghrul beschloss, mit seinen Leuten den fast schon geschlagenen Reitern im Tal zu Hilfe zu eilen.

Als die Schlacht vorüber war, erfuhr er, dass er zum Retter des seldschukischen Sultans Kaikosru geworden war, der beinahe von einer der vielen mongolischen Invasionsarmeen geschlagen worden wäre.

Zum Dank schenkte der Sultan Ertoghrul ein kleines Stück

Land in Zentralanatolien. Der erste Schritt zum glückhaften Aufbau des Osmanischen Reiches war getan. Es war der Anfang eines Stammes von Kriegern, der nach eigenem Gutdünken entschied, mit wem er in den Kampf zog, manchmal an der Seite der Seldschuken, manchmal mit den Byzantinern. Es war eine Truppe, die sich von keinen Strapazen und Entbehrungen aufhalten ließ, die ihr vom Schicksal in den Weg gelegt wurden – eine Armee, die eines nicht fernen Tages die gesamte kleinasiatische Landmasse beherrschen und mit der Eroberung Konstantinopels, des Zentrums des Byzantinischen Reiches, unter Mehmet dem Eroberer ihren einstweiligen Höhepunkt erreichen sollte. Der kleine Nomadenstamm, der am Anfang des Osmanischen Reiches gestanden hatte, sollte zu unvorstellbarer Macht aufsteigen und die Grenzen seines Reiches bis weit nach Europa hinein ausdehnen.

Für den Schatzkämmerer bestand keine Veranlassung, die Geschichte für den Sultan zu wiederholen. Suleiman kannte sie bestens und bis ins kleinste Detail. Es war ihm bewusst, dass er der Zehnte in einer Reihe von außergewöhnlichen Führern war, der zehnte Sultan des Hauses Osman. Keiner dieser Männer hatte je vor der Aufgabe verzagt, das Reich zu erhalten, zu stärken und zu vergrößern. In die Betrachtung der derben Gewänder seiner Vorfahren versunken, fragte sich Suleiman, ob er als Repräsentant einer neuen Sultansgeneration die Entschlossenheit und das Geschick aufbringen würde, das Reich noch einmal zu vergrößern.

Ertoghrul kleidete sich noch mit den frisch abgezogenen Bälgern der Tiere, dachte er, *während Selim sich von seinen Schneidern goldene Gewänder fertigen ließ. Jeder deiner Vorfahren besaß die Stärke, das Reich weiter auszubauen, aber jeder hatte auch Schwächen, an denen das Reich hätte zugrunde gehen können. Murads Eroberungsdrang war schrankenlos; gleichzeitig hat er mit Erfolg eine Armee aufgebaut, wie die Welt sie bis dahin noch nicht gesehen hatte. Dein Vater Selim war über alle Maßen grausam; dennoch war es ihm gelungen, Ländereien zu erobern, die so groß waren wie das Alexandrinische Weltreich. Eroberungszüge und Ausdehnung unseres Reiches sind ein Grundton, der sich durch die Stärken – und Schwächen – deiner Ahnen zieht. Wie wirst du in dieses Webmuster der Geschichte hineinpassen? Was wird dein Sohn empfinden, wenn er sich eines Tages vom Schatzkämmerer hierher bringen lässt? Wird er sich an dich als einen Vater erinnern, dessen Kämpfe das Reich vergrößert haben? Wirst du dich wie Bayasid in deinem Palast verkriechen? Als was wird man sich deiner erinnern? Als Krieger? Als Gesetzgeber? Als Liebhaber? Als Goldschmied? Als Dichter? Kannst du nur eines davon sein? Oder alles?*

Ibrahim stand schweigend neben seinem Herrn, der in Gedanken an die Zukunft des Reiches versunken war. Der Schatzkämmerer hatte den Blick gesenkt und wartete auf eine Regung des Sultans. Suleiman betrachtete noch einmal die Kleidungsstücke aus Filz und Schaffell, die vor ihm hingen. Seine Hand berührte den hart gewordenen Filz, das immer noch weiche Fell. Er nickte, dann drehte er sich auf dem Absatz um und verließ das *Hazine*.

Um das Jahr 1521 erreichte das Leben im Neuen Palast unter Suleiman einen Glanz und eine Prachtentfaltung, die sich keiner seiner Vorgänger hätte vorstellen können. Was im dreizehnten Jahrhundert unter den Herrschern des Byzantinischen Reiches die Stadt Konstantinopel gewesen war – die Stadt Konstantins –, hieß jetzt Istanbul, die Stadt der Osmanischen Sultane. Diese Stadt wurde von ihren fast hunderttausend Einwohnern mit vielerlei Namen belegt, doch seit sie sich in muslimischen Händen befand, war ihre gebräuchlichste Bezeichnung die türkische Aussprache des griechischen Ausdrucks *eist in polin*, was so viel bedeutet wie »in die Stadt«. Für die Einwohner der Türkei war es in der Tat die Stadt schlechthin – ihre Stadt Istanbul.

Es war die Stadt mit dem größten Völkergemisch in Europa, eine wahrhaft multinationale Hauptstadt. Auf den Straßen mischte sich der Klang des Griechischen mit dem Italienischen, Bulgarischen, Serbischen, Persischen, Türkischen, Arabischen, Albanischen, Französischen, Englischen und noch vielen anderen Idiomen des damaligen Geschäfts- und Handelsverkehrs.

Kurz nachdem Mehmet zur Mitte des fünfzehnten Jahrhunderts die Stadt den Byzantinern abgenommen hatte, erbaute er den Palast am Kanonentor, der später Topkapi-Palast genannt wurde, doch für die Bürger von Istanbul noch jahrzehntelang der »Neue Palast« bleiben sollte. Selim hatte der Stadt eine führende Rolle als Zentrum der islamischen Welt zugedacht, wobei jedoch die vom ihm beanspruchte zeremonielle Prachtentfaltung gegenüber den Belangen der Religion und der Kriegsführung von nachgeordneter Bedeutung geblieben war. Der Prophet hatte gesagt: »Trinkt nicht aus Gefäßen aus Gold und Silber und kleidet euch nicht in Gewänder aus Seide und Brokat, denn auf *dieser* Welt gehören sie den Ungläubigen, in der *nächsten* Welt aber werden sie euch gehören.«

Suleiman war mit den Worten des Propheten wohl vertraut, doch als er den Thron bestieg, war dieser Ausspruch trotz aller Frömmigkeit in Vergessenheit geraten. Der Schatten Gottes auf Erden begann ein Leben inmitten von Reichtümern, vor denen das Inventar der meisten Schatzhäuser verblassen musste.

Der Palast war eine eigene, gewaltige, mauerumgürtete Stadt, die über dem Bosporus thronte. Die Gärten zogen sich die Hänge hinunter bis zum Meer. Die Fenster bezeichnete man als die Augen des Sultans, mit denen er in die Außenwelt schauen konnte.

Neben den Stallungen für viertausend Pferde und einem Spital gab es Stände, an denen bezahlte Berufsschreiber für Bürger, die mit ihren Beschwerden an den Sultan oder die Wesire herantreten wollten, Bittschriften und Eingaben verfassten. Auch die Erlässe des Sultans wurden hier aufgeschrieben und unters Volk verteilt. Der erste Vorhof war der Ausgangspunkt der vielen bei den Osmanen so beliebten Paraden und Umzüge. Bei der Beerdigung Mehmets des Zweiten nahmen fünfundzwanzigtausend berittene Soldaten und zweihundert Leibpagen Aufstellung, um dem verstorbenen Sultan das Totengeleit zu geben – und der riesige Hof war immer noch nicht voll. Hier herrschte eine stets aufgeladene, erregte Atmosphäre, in der es kaum auffiel, wenn ein Tierwärter einen Elefanten oder einen Leoparden spazieren führte. Beim Umzug anlässlich der Thronbesteigung Suleimans wurden unter anderem Elefanten und Giraffen mitgeführt.

Linker Hand im Zweiten Vorhof befand sich die *Kubbealti*, der Reichs-Diwan. Es war der Versammlungsort der Wesire und der hohen Staatsbeamten. An vier Tagen in der Woche traten sie hier nach dem Morgengebet zusammen und erörterten das Tagesgeschehen. Hier wurden auch die von den Bürgern vorgetragenen Beschwerden und Rechtsstreitigkeiten verhandelt. Es hieß, dass jedem Türken der Zugang zu diesem Rechtssystem offen stand, das schnell und entscheidungsfreudig arbeitete. Ohne lange Verhandlung und ohne eine Möglichkeit zur Berufung wurden Streitfälle an Ort und Stelle entschieden und die Urteile verkündet.

Der Turm der Gerechtigkeit war ein kleiner, mit einem Vorhang abgeschlossener Raum über dem *Diwan*, in dem der Sultan unbemerkt Platz nehmen konnte, um den Verhandlungen seiner Berater und Richter zuzuhören. Die unten Sitzenden wussten sinnigerweise nie, ob der Sultan ihnen zuhörte oder nicht. Wenn ihm ein Urteil missfiel, konnte er den Angeklagten zum Tode verurteilen, indem er mit dem Fuß aufstampfte oder lediglich ein Gitterfensterchen über dem *Diwan* öffnete. Der Delinquent wurde sofort zur Hinrichtung durch Erwürgen, Köpfen oder Erdolchen zum Brunnen des Scharfrichters abgeführt, der sich links unweit des Mittleren Tores befand.

Der Zorn des Sultans konnte auch Frauen treffen. Um ihnen nicht die Gewaltsamkeit des Erdrosselns zuzumuten, wurden sie in einen Sack eingenäht und mit Steinen beschwert im Bosporus ertränkt. Der Gezeitenstrom schwemmte die Leichen hinaus ins offene Meer.

Selbst die Wesire wussten nie, ob der Sultan nicht lauschte. Wenn sie sich etwas zuschulden kommen ließen, konnten auch sie das Opfer seines Zornes werden. Ungeachtet ihres Ranges waren die Wesire in ständiger Gefahr. Nur wenige starben eines natürlichen Todes, und noch weniger Wesire lebten lange genug, um sich zur Ruhe zu setzen. Wenn sie das Missfallen des Sultans erregt hatten, wurde ihnen der Kopf abgehauen und auf weißen Säulen im Ersten Vorhof öffentlich zur Schau gestellt. Oft wurde unter dem abgehauenen Kopf die Anklageschrift angeschlagen und dazu noch der vom Opfer eigenhändig unterzeichnete Hinrichtungsbefehl. Wenn der Platz für abgehauene Köpfe knapp wurde, wurden bei weniger hochrangigen Opfern nur kleinere Körperteile wie Nasen und Ohren zur Schau gestellt.

Hinter dem Reichs-Diwan befand sich der Eingang zum königlichen Harem mit den Gemächern der Frauen des Sultans. Es gab eine Zeit, da wies der Harem mehr als vierhundert einzelne Räume auf. Seine Belegung schwankte zwischen vierhundert Frauen zu Suleimans Zeiten und über neunhundert während der Regierungszeit eines seiner Ahnen.

Suleiman bewohnte umfangreiche Gemächer, die sich unmittelbar an den Harem anschlossen. Ein Geheimgang gewährte ihm leichten und unbeobachteten Zugang zu seiner Mutter Hafiz, deren Gemach auf der anderen Seite der Haremsmauer dem seinen genau gegenüberlag.

In den Zimmerfluchten des Sultans befanden sich zahlreiche Springbrunnen. Die Kaskaden plätscherten Tag und Nacht, nicht nur weil es schön aussah, sondern auch um zu verhindern, dass unbefugte Ohren die Gespräche des Sultans belauschen konnten.

Suleimans Gemach wurde am Tage zum Thronsaal umgestaltet und diente nachts als Schlafzimmer. Wenn der Sultan sich am Abend zurückziehen wollte, besorgten fünfzehn Kammerdiener den Umbau.

Am Morgen wurden das königliche Lager und der Betthimmel zusammengefaltet und in einer Ecke des Saales abgelegt, damit der Thron den Ehrenplatz einnehmen konnte. Im Thronsaal herrschte ein strenges Protokoll. Nur der Sultan durfte sitzen; jeder andere, egal welchen Ranges, musste mit vor dem Leib gefalteten Händen bewegungslos stehen. Gesandte wurden von bewaffneten Wächtern zum Sultan geführt, vor dem sie sich dreimal zu Boden werfen mussten, bevor der Sultan ihnen erlaubte, den Saum seines Gewandes und manchmal auch die Hand zu küssen. Bittsteller, vor allem niederen Ranges, ergriffen manchmal zum Zeichen ihrer Ergebenheit den gestiefelten Fuß des Sultans, um ihn sich in den entblößten Nacken zu setzen, wobei ihre Stirn immer noch auf den Boden gepresst war.

Suleiman hatte seine Mahlzeit mit Obst zum Nachtisch beendet und begann, auf und ab zu gehen. Ibrahim, dem die Ruhelosigkeit seines Herrn nicht entgangen war, verzichtete darauf, seine Schlussfolgerungen über den Krieg laut zu äußern. Dazu war noch genug Zeit, wenn der Sultan den *Diwan* einberufen hatte.

»Ibrahim, wir sind schon zu lange in diesen vier Wänden eingesperrt. Lass Vorbereitungen für einen Jagdausflug nach Norden treffen, in die Gegend von Edirne, beim Fluss Maritza. Nur eine kleine Eskorte von Janitscharen und ein paar Träger sollen uns begleiten. Wir werden dort unser Lager aufschlagen und solange bleiben, wie die Jagd ergiebig ist – ein paar Nächte vielleicht.«

Mit einer Verbeugung machte Ibrahim sich auf den Weg.

Er war kaum gegangen, als ein Diener erschien. Er kniete vor dem Sultan nieder und drückte die Stirn auf den Boden. »Majestät, ich habe getan, was Ihr mir befohlen habt. Der Sipahi, nach dem Ihr geschickt habt, ist hier«, gab er in Zeichensprache zu verstehen. Kurz darauf wurde der Sipahi angekündigt. Nachdem er hereingeschickt worden war, presste auch er die Stirn auf den Boden und wartete bewegungslos auf die Anweisungen des Sultans.

»Du darfst dich auf die Knie aufrichten«, sagte Suleiman zu dem Sipahi, der nicht wie die Dienerschaft des Haushalts die Zeichensprache beherrschte. »Du hast dich des Vertrauens als würdig erwiesen, das mein Großwesir Piri Pascha in dich gesetzt hat. Er hat mir berichtet, er habe dich ausersehen, mir die Nachricht vom Tod meines Vaters zu überbringen, weil er wusste, dass dich nichts aufhalten kann, nur der Tod. Du hast dich gut bewährt. Piri Pascha hat mir auch gesagt, dass du dich vor Belgrad sehr tapfer geschlagen hast. Das ist sehr gut. Du gereichst deinen Kameraden und deinem Sultan zur Ehre.«

Abdullah schwieg. Er hatte die Augen auf die Füße des Sultans gerichtet und wagte kaum zu atmen, geschweige denn, den Blick zu heben.

Suleiman betrachtete den jungen Mann, dessen körperliche Wohlgestalt ihn beeindruckte. Der Sipahi war jetzt in eine saubere und frisch gebügelte Uniform gekleidet und hatte nichts mehr gemein mit dem verdreckten und erschöpften Burschen, der in die Karawanserei von Manisa getaumelt war. »Ich habe wieder einen Auftrag für dich«, fuhr Suleiman fort. »Er muss aber ein Geheimnis bleiben, von dem nur wir beide wissen. Was immer auch geschieht, du wirst mit niemandem darüber sprechen und deinen Auftrag ohne jede fremde Hilfe erfüllen.«

Der junge Mann nickte. Er wagte immer noch nicht aufzublicken.

»Mein Haushofmeister Ibrahim ... du weißt, von wem ich rede?«

»Ich weiß, wer Ibrahim ist, Majestät.«

»Gut. Dann wirst du keine Schwierigkeiten haben, ihn zu erkennen, wenn er den Palast verlässt.«

»Gewiss nicht, Majestät.«

»Man hat beobachtet, dass er ungefähr einmal in der Woche zu ungewöhnlichen Zeiten den Palast verlässt – nachts, wenn alles schon längst schläft. Als Haushofmeister ist ihm das zwar nicht verwehrt, aber man hat mir berichtet ...« Suleiman erhob sich vom *Diwan* und begann auf und ab zu gehen. Der Sipahi verharrte weiterhin regungslos. »Ich möchte, dass du jeden Abend am Palasteingang wartest, bis du ihn den inneren Palastbezirk verlassen siehst. Dann wirst du ihm folgen, aber hüte dich davor, dass er dich sieht. Ibrahim trägt schöne Gewänder und bekleidet eine hohe Position, aber man darf ihn nicht unterschätzen. Er ist sehr stark und könnte dich töten, bevor du überhaupt begriffen hast, wie dir geschieht. Wie auch immer, du wirst jede seiner Bewegungen verfolgen. Finde heraus, was er bei seinen geheimen Ausflügen treibt und erstatte mir Bericht. Unter keinen Umständen darfst du Ibrahim Aug in Aug gegenübertreten. Und falls man dir auf die Schliche kommt, wirst du zu niemandem ein Sterbenswörtchen sagen. Ist das klar?«

»Jawohl, Majestät.«

»Gut. Mach dich jetzt auf den Weg und komm nicht wieder zurück, bevor du deinen Auftrag erfüllt hast.«

Abdullah drückte wieder die Stirn auf den Boden und verließ rückwärts gehend den Saal. Suleiman blieb stehen, in düstere Gedanken versunken.

Der Sultan fand keinen Schlaf. Bis spät in die Nacht quälte ihn die Vorstellung, dass sein engster Berater – sein engster Freund – vielleicht ein Spion sein könnte. Schließlich war Ibrahim Grieche von Geburt. War es denn ausgeschlossen, dass er nach all den Jahren für die Griechen spionierte? Oder schlimmer noch, für die Kreuzritter von Rhodos? *Du hast anscheinend keinen einzigen wahren Freund auf der ganzen Welt,* überlegte Suleiman. *Alle, die dir nahe stehen, könnten sich ebenso gut nur des eigenen Vorteils willen um dich bemühen. Jede Freundschaft könnte in Wahrheit nur auf deine Macht und deinen Reichtum zielen. Das ist der Fluch des Herrschers!*

Er erhob sich vom Bett und warf einen Umhang über sein Schlafgewand. Nachdem er dem inzwischen herbeigerufenen Diener aufgetragen hatte, seiner Mutter Hafiz im Harem sein Kommen anzukündigen, wartete er auf die Meldung, dass sie bereit sei, ihn zu empfangen. Kaum ein Machtträger des Topkapi-Palasts konnte es mit der *Valide Sultan* aufnehmen, der Königinmutter. Gewiss, ihr Herrschaftsbereich war der Harem, aber ihr Einfluss reichte weit über dessen Grenzen hinaus. Als Mutter des Sultans war sie auch dessen Vertraute und Ratgeberin. Sie war die einzige Person auf Erden, der er sich rückhaltlos anvertrauen konnte.

Der schwarze Obereunuch trat ein und verbeugte sich vor dem Sultan. Er war ein Koloss von einem Mann, muskelbepackt und fett dazu, bekleidet mit einem hermelingesäumten scharlachroten Kaftan. Sein weißer Seidenturban war fast neunzig Zentimeter hoch. In seinem goldenen Kummerbund steckte ein juwelenbesetzter Dolch in einer goldenen und ebenfalls mit Edelsteinen besetzten Scheide. Der Schwarze Eunuch trug die Verantwortung für das Wohlverhalten der Haremsdamen und hatte in Belangen der Haremsdisziplin sogar die Verfügungsgewalt über Leben und Tod. Seit den Tagen Selims übte er sein Amt aus, und niemand, der auch nur einen Funken Verstand besaß, hätte sich mit ihm angelegt.

Sämtliche Eunuchen des Palasts, schwarze wie weiße, hatten sich der schmerzhaften und entwürdigenden Prozedur unterziehen müssen, die sie erst zu verlässlichen Haremswächtern werden ließ. In je engerem Kontakt sie zu den Frauen des Sultans kamen, desto tief greifender war der chirurgische Eingriff. Sklaven, die im Harem lediglich Handlangerdienste zu leisten hatten, wurden kastriert. Bei Wächtern, die auch über Nacht im Harem verbleiben mussten, wurde als zusätzliche Vorkehrung gegen eine Schändung der Schätze des Sultans der Penis entfernt. Diese Eingriffe waren außerordentlich schmerzhaft und gefährlich. Die meisten der für den Dienst als Eunuchen ausersehenen Kandidaten starben am schweren Blutverlust oder an Wundinfektionen. Von den Überlebenden wiederum hätten viele den Tod vorgezogen. Zum Obersten Schwarzen Eunuchen des Sultans ausersehen zu sein war eine sehr zweifelhafte Ehre, für die der Betroffene einen gewaltigen Preis zu zahlen hatte.

Der Eunuch verbeugte sich vor Suleiman, drehte sich wortlos um und schritt seinem Herrn durch den Geheimgang in den Harem zum Gemach der *Valide Sultan* voran. Im Harem waren über zweihundert Frauen in allem Luxus als Sklavinnen zur persönlichen Verfügung des Sultans einquartiert. Die Türken hatten die Polygamie den Arabern abgeschaut. Viele Sultane widmeten ihrem Harem einen enormen Aufwand an Zeit und Geld. Suleimans Großvater hatte noch einen Harem mit über neunhundert Frauen als notwendig erachtet, doch Suleiman betrachtete die Polygamie bereits als Ausschweifung und machte nur relativ wenig Gebrauch davon. Von den zweihundert Personen waren viele lediglich die leiblichen Kinder der Sklavinnen; andere waren ältere Frauen – vielleicht fünfundzwanzig Jahre alt –, die man mit verwitweten Höflingen zu verheiraten pflegte, wenn diese für die eigenen Kinder eine neue Mutter brauchten. Die meisten Haremsdamen lebten zu dritt oder viert in kleinen Gelassen, wo ihnen etwa fünfzehn Dienerinnen zur Verfügung standen.

Suleiman folgte dem Eunuchen in die prächtig ausgestatteten marmornen Räumlichkeiten, in denen seine Mutter, von zwanzig schwarzen Eunuchen bewacht und von fünfundsiebzig Sklavinnen Tag und Nacht bedient, ein Leben in beispiellosem Luxus führte. An die Gemächer schlossen sich ein beheiztes Marmorbad und im weiteren Verlauf ein abgeschlossener Garten mit Blumen und Bäumen an, dessen Pflege einer eigenen Gärtnerriege oblag.

Als Suleiman das Gemach seiner Mutter betrat, saß Hafiz gebadet und wohlgekleidet auf ihrem *Diwan*, als wäre es irgendwann am Nachmittag und nicht mitten in der Nacht. Sie trug Lidschatten aus Kohlenstaub und mit Henna rötlich-braun bemalte Nägel. Keine Spur von Körperbehaarung verunzierte ihre Haut, die von den Dienerinnen täglich auf das Sorgfältigste gezupft und geschabt wurde. Die Dienerinnen waren jeden Tag viele Stunden damit beschäftigt, Gesicht und Körper der Königinmutter zu waschen und zu pflegen. Ihre Haut wurde massiert und eingeölt, ihr Haar mit den feinsten Düften des Fernen Ostens parfümiert.

Beim Eintreten des Sultans zogen die Dienerinnen sich rückwärts gehend zurück und ließen Mutter und Sohn allein.

»Mutter, ich bedaure, deinen Schlaf zu stören und danke dir, dass du mich zu so später Stunde noch empfangen hast.« Suleiman beugte sich vor und gab Hafiz einen Kuss auf die Stirn. Er atmete die tröstlichen vertrauten Düfte seiner Kindheit ein.

Hafiz ließ die Fingerspitzen leicht über Suleimans Wange gleiten. Die inzwischen Zweiundvierzigjährige alterte mit einer ihrem hohen Stand angemessenen Würde und Vitalität. »Das macht nichts, mein Sohn«, sagte sie. »Ich bin immer für dich da. Was raubt dir den Schlaf und hält dich so spät in der Nacht noch auf den Beinen?«

»Mir geht so viel im Kopf herum, dass es mir für den Rest meines Lebens den Schlaf rauben könnte. Ich weiß nicht mehr, wem ich vertrauen soll. Ich habe den Eindruck, dass außer dir jeder in meiner Umgebung meint, etwas durch mich gewinnen zu können. Jeder Ratschlag, den man mir gibt, könnte ebenso gut von Profitgier bestimmt sein. Ich weiß nicht, wer mein Freund ist, und wer nicht.« Er beschloss, nicht auf seine Befürchtungen mit Ibrahim einzugehen. Seine Mutter hätte ihm nur wieder einen Vortrag gehalten. Sie war nicht begeistert davon, dass der Jugendfreund ihres Sohnes im Herrscherhaushalt zu so hohen Würden aufgestiegen war, und sie befürchtete, dass Ibrahims Höhenflug im Windschatten von Suleimans Regentschaft das Ende noch nicht erreicht hatte – eine Entwicklung, von der sie ganz und gar nicht begeistert war. Für sie war Ibrahim stets nur ein gut erzogener Spielkamerad gewesen, der ihrem Sohn Gesellschaft leisten sollte.

»Das ist die Bürde eines Sultans des Hauses Osman. Wärst du Oberhaupt eines kleineren Staates, wäre auch deine Bürde kleiner. Aber da du nun einmal das mächtigste Reich auf Erden befehligst, ruht auf dir auch die schwerste Bürde der Welt. Die Größe deines Misstrauens entspricht der Last deiner Verantwortung.«

»War es bei Selim genauso? Ist er auch nachts vor Ungewissheit wach geworden und durch die Flure des Palasts gewandert wie ich jetzt?«

»Dein Vater war Selim *Yavuz*, der Grausame, der Furchtbare, der Beschützer der Rechtgläubigen ... Er hatte sehr viele Titel. Er war Selim, aber du bist Suleiman. Ich glaube, dein Name passt gut zu dir, denn der Salomon der Bücher war weise, so wie du es bist. Noch nie war ein Sohn so anders als sein Vater. Hätte ich dich nicht selbst zur Welt gebracht, würde ich mich fragen, wer dein wirklicher Vater ist.«

Suleiman stand unbehaglich vom *Diwan* auf und setzte sich zögernd wieder. Hafiz rutschte an seine Seite. »Nun, mach dir *darüber* keine Gedanken. Dein Vater *war* Selim. Aber du bist aus einem anderen Holz geschnitzt, und du brauchst keine Angst zu haben, der Mann zu sein, der du bist. Du solltest nicht versuchen, wie Selim zu sein, das wird nicht gut gehen. Ich weiß, dass du vor Belgrad gezogen bist, um der Welt zu zeigen, dass das Haus Osman in starken und zupackenden Händen ruht – und um den Janitscharen zu beweisen, dass du nicht Bayasid bist.«

Hafiz legte die Hände auf die Suleimans und drückte sie sanft. Nur sie selbst und Suleimans Vertraute hatten das Privileg dieser innigen Berührung. Ausgerechnet die Vorschriften zu seinem Schutz waren es, die Suleiman von aller menschlichen Zuwendung abschnitten. »Du musst dir selbst treu bleiben. Du bist ein Gesetzeskundiger, ein Dichter, ein Kunstliebhaber, ein Goldschmied, ein begabter Handwerker und Jäger. Und du bist freundlich und gerecht.«

Suleiman nickte, gab aber keine Antwort.

»Ja«, fuhr Hafiz fort, »ich weiß, dass du manchmal jähzornig bist. Was das betrifft, schlägst du nach deinem Vater. Aber wo er aus nichtigem Anlass getötet hat, da weißt du dich zu beherrschen und die Dinge wieder ins Lot zu bringen, wenn du darüber nachgedacht hast. *Das* ist der große Unterschied zwischen euch beiden.«

»Wie bist du mit ihm zurechtgekommen, Mutter? Du hast mit ihm gelebt, ich nicht. Ich kann mich kaum an ihn erinnern. Ich habe ihn ja kaum gesehen, abgesehen von den wenigen Malen, die ich ihn zwischen seinen Feldzügen vor meinem Weggang nach Manisa getroffen habe.«

»Bei mir war es nicht viel anders. Als ich seine *Kadin* war, befand er sich ja fast ständig auf Kriegszügen. Ich blieb im Alten Palast und habe mich um dich gekümmert, als du noch klein warst. Ich habe deinen Vater zwischen den Feldzügen erlebt und dabei einen anderen Mann kennen gelernt als du. Ich habe Seiten an ihm erlebt, die niemand kannte.«

»Welche zum Beispiel?«

»Er ist immer gut zu mir gewesen, und ich glaube, er hat mich sehr geliebt. Ich gehöre zu den wenigen Menschen in diesem Palast, die nicht als Sklave gefangen genommen worden sind. Das ist ungewöhnlich, meinst du nicht auch? Wie du weißt, war ich eine Prinzessin, bevor er mich kennen lernte – eine Tatarenprinzessin. Mein Vater war Mengli Giray, der Khan einer großen und mächtigen Armee. Auch wenn es niemand laut zu sagen wagt, ist er nicht weniger dein Großvater gewesen als Bayasid. Deshalb pulsiert auch das Blut von Dschingis Khan in deinen Adern. Ich hatte ein gutes Leben, bevor dein Vater mich zu seiner Braut gemacht hat – danach aber auch.«

»Und wie ist es dir hier im Harem mit ihm ergangen? Ich habe gehört, dass er sich oft Odalisken aus dem Harem ins Bett geholt hat. Hat dich das nicht gekränkt?«

»Lieber Sohn, so sind unsere Sultane eben. Dass du in dieser Hinsicht nicht in die Fußstapfen deines Vaters und Großvaters trittst, ändert nichts daran. Es ist dein eigener Entschluss, und ich glaube, dass die *Kadin*, deine Favoritin Gülbhar, die Frühlingsblüte, Allah dankbar sein darf. Es ist zu schade, dass Gülbhar nicht lesen gelernt hat«, sagte Hafiz nachdenklich. »Sie bewahrt deine Gedichte als ihren persönlichen Schatz in einer Tasche aus Seidenbrokat auf. Gülbhar würde die größte Freude haben, könnte sie die Verse selbst lesen.«

»Das ist wohl wahr«, sagte Suleiman und nickte.

»Weißt du«, fuhr Hafiz fort, »ich habe mich immer darüber amüsiert, dass ein Sultan sich an viele Traditionen und Vorschriften halten muss, mit denen der gemeine Mann nichts zu tun hat. Wenn Selim eine Nacht mit einer Frau verbringen wollte, war das bisschen Vergnügen den ganzen Aufwand kaum wert. Er musste am Tag zuvor den Schwarzen Eunuchen kommen lassen und ihm seine Wünsche unterbreiten – für den *kommenden* Tag! Dann wurden die Mädchen gebadet und fein angezogen und im Haupthof des Harems in einer Reihe aufgestellt, damit Selim sie begutachten und diejenige aussuchen konnte, mit der er den ›goldenen Spaziergang‹ antreten wollte. Manchmal erschien er auch zu Pferde, war er doch der Einzige, der beritten das *Bab-I-Salam* passieren durfte, das Tor der Begrüßung.

Meistens jedoch schritt er zu Fuß die Front der Mädchen ab, der schwarze Eunuch immer drei Schritte hinter ihm.« Hafiz lachte. »Er tat immer so, als wäre er nur mäßig interessiert. Er begrüßte die Mädchen einzeln, aber wie nebenbei, und schäkerte ein bisschen mit ihnen. Wenn ihm eins gefiel, zog er ein seidenes Taschentuch aus seinem Gewand und legte es dem Mädchen über die Schulter.«

Hafiz führte in stummer Pantomime die Parade vor, indem sie nacheinander den Sultan, den Schwarzen Eunuchen und die Mädchen nachahmte. Suleiman musste an sich halten, um nicht laut herauszulachen. Lächelnd verfolgte er die Vorführung. Er hatte das Unterhaltungstalent seiner Mutter immer geliebt. »Ein Taschentuch, man stelle sich vor!«, rief sie. »Und dann, als hätte er eigentlich nur ein bisschen Luft schnappen wollen und als wären die Mädchen nur eines der Spaliere im Garten – ich sollte vielleicht sagen, eines der Rosenspaliere –, spazierte er mit dem Eunuchen weiter und bewunderte die wilden Tiere, fütterte die Pfauen und scheuchte die Straußenvögel durch die Gegend. Manchmal alberte er auch mit einem Elefanten herum. Oder einem Leoparden.« Hafiz lief zu großer Form auf. Suleiman hatte fast vergessen, weshalb er überhaupt gekommen war.

»Später dann – ich kann mir vorstellen, dass es spät geworden ist und er schon keine Lust mehr hat – geht er zu Bett und schickt seinen Diener das Mädchen holen, damit sie ihm das Taschentuch zurückbringt. Der Eunuch bringt das Mädchen und das Taschentuch – Allah sei Dank, er hat sein Taschentuch wieder! –, und dann wird der Eunuch fortgeschickt, bis es Zeit ist, das Mädchen wieder in den Harem zurückzuschaffen.« Hafiz kicherte. »Ja, Allah sei Dank für das Taschentuch. Am nächsten Tag lässt er dem Mädchen ein schönes Kleid schicken und ein paar *Asper*, und vielleicht noch ein oder zwei weitere Sklavinnen zu ihrer Bedienung. Er pflegte dann ein paar Tage in seinem *Serail* zu verbringen, ließ sich manchmal noch ein oder zwei Mädchen zuführen, um dann wieder zu mir zurückzukehren oder zu seinen Kriegszügen.«

Hafiz hielt inne. Vielleicht war sie mit ihrem Spott über einen Brauch, den möglicherweise auch ihr Sohn übernahm, zu weit gegangen. *Du bist die Valide Sultan, dachte sie, du kannst sagen, was du willst. Du brauchst dich nicht davor in Acht zu nehmen, dass der Sultan sich an deinen Worten stören könnte. Er ist immer noch dein Sohn.*

»Aber hat dich das denn nicht verletzt, Mutter?« Suleiman war ernst geworden. Er konnte die Beschämung und den Schmerz nachfühlen, die seine Mutter empfunden haben musste.

»Mein Sohn, es ist für eine Mutter nicht leicht, mit ihrem Kind über diese Dinge zu sprechen. Aber dein Vater ist tot, und du bist mittlerweile ein erwachsener Mann und hast selbst eine *Kadin*. Du bist der Sultan.« Einen Moment überlegte sie angestrengt, ob sie ihren Sohn tiefer in ihre Gefühle einweihen sollte. Im Harem spendeten die Frauen sich gegenseitig Rat und Trost. In ihrer völligen Abgeschiedenheit vom Rest der Welt bildete sich zwischen ihnen ein festes Band der Freundschaft. Auch wenn sie um die Aufmerksamkeit des Sultans konkurrierten, gab es doch unverkennbar eine starke schwesterliche Verbundenheit. Sie führten zwar ein Leben in Müßiggang und Luxus, doch der Preis dafür war hoch.

»Ich will dir reinen Wein einschenken«, sagte Hafiz schließlich. »Ich habe deinen Vater geliebt, aber in meinem Bett war er mir nicht willkommen.«

Osmanische Sultane gingen mit ihren Frauen kein Ehebündnis

ein. Sie kannten nicht wie der gewöhnliche Muslim ein Hochzeitszeremoniell, das Mann und Frau miteinander verband. Die *Kadin* konnte jederzeit von einer anderen Frau verdrängt werden. Nur die Frau, die dem Sultan seinen Lieblingssohn geboren hatte, konnte sich in einer gewissen Sicherheit wiegen.

»Er hat für mich zwar Liebes- und Kriegsgedichte geschrieben«, sagte Hafiz, »aber wenn er in mein Bett kam, war er weder zärtlich noch auf meine Gefühle bedacht. Mir war es recht, wenn er sich die Nächte mit den Mädchen im Harem um die Ohren schlug – dann musste ich mich nicht mit ihm abgeben. Solange ich die *Kadin* war, gab es für mich nichts daran auszusetzen. Ich war siebzehn, als ich dich zur Welt gebracht habe, aber damit wurde ich die *Valide Sultan*, und meine Stellung war gesichert, weil mein Sohn der Thronerbe war. Ich weiß nicht, ob Selim auch von anderen Frauen Kinder hatte – und falls dem so ist, weiß ich nicht, was aus ihnen geworden ist. Vielleicht sind sie dem Gesetz deines Großvaters zum Opfer gefallen. Mein Sohn, es tut mir Leid, wenn es dich verletzt, aber das ist nun mal die Wahrheit.«

Suleiman grübelte über die Worte seiner Mutter nach. Das Verhältnis des Sultans zu seinem Harem hatte ihn eigentlich gar nicht beunruhigt, doch jetzt war die Flut der aufwühlenden Gedanken sogar noch angeschwollen. Er war zu seiner Mutter gekommen, um Staatsangelegenheiten mit ihr zu besprechen, und jetzt steckte er auf einmal mitten in den Bettgeschichten des Harems, oder vielmehr, seines Vaters. Nein, schlimmer noch, seiner Mutter!

»Vielen Dank, Mutter«, sagte er und berührte zärtlich ihre Wange, »damit wollen wir es jetzt gut sein lassen. Deswegen bin ich nicht gekommen. Ich habe deinen Rat immer geschätzt, sehr sogar, und nun brauche ich ihn mehr denn je. Morgen habe ich eine Ratssitzung mit dem *Diwan* des Reiches über die Situation mit den Kreuzrittern von Rhodos. Diese Ungläubigen machen unsere Handelsrouten zwischen Istanbul und Ägypten nun schon länger unsicher, als ich mich erinnern kann. Sie töten und versklaven unsere Seeleute, kapern unsere Schiffe und Galeeren!« Hafiz bemerkte die wachsende Erregung ihres Sohnes, auch wenn er sich äußerlich ruhig und beherrscht gab. »Sie sitzen in ihrer Festung auf Rhodos und tanzen uns auf der Nase herum. Wir sind die stärkste Macht auf Erden, und diese Hand voll Christen labt sich ohne Furcht und Reue an unserem Herzblut!

Aber meine Ratgeber sind sich uneins. Einige wollen nichts von einem Krieg gegen die Kreuzritter wissen und verweisen auf die Belagerung durch Mehmet vor zweiundvierzig Jahren. Sie sagen, wenn Mehmet der Eroberer es nicht geschafft hat, Rhodos einzunehmen, schaffen wir es auch nicht. Du hast diese Reden doch bestimmt schon vernommen.«

»Ja. Aber was wüsste ich, womit ich dir bei deiner Entscheidung weiterhelfen könnte, mein Sohn? Ich bin deine wohlmeinende Freundin, aber in dieser Sache kann ich dir keinen Rat geben. Keine Mutter möchte ihren Sohn in den Krieg ziehen sehen – aber das ist die Betrachtungsweise einer Mutter. Wären die Frauen an der Macht, gäbe es viel weniger Kriege. Aber leider, leider gehört uns die Macht nicht.«

Suleiman sprang auf und ging vor seiner Mutter unruhig auf und ab. Sie schwieg, zeigte aber keinerlei Beunruhigung. »Mutter, die Welt wird von Männern regiert. Wir herrschen und ziehen in den Krieg. Die Frauen werden niemals an die Macht kommen.« Er stieß einen langen Seufzer aus. »Glaubst du an Träume und Prophezeiungen?«

»Ja, sicher.«

»Dann möchte ich dir erzählen, was ich letzte Nacht geträumt habe. In meinem Traum warst du bereits gestorben, aber du bist mir als Geist erschienen. In dem Traum hast du mir versichert, dass ich den Sieg davontragen würde, deshalb sollte ich unbedingt in den Krieg ziehen.«

»Suleiman, ich weiß nicht, was dieser Traum bedeuten soll. Träume können die Wahrheit sagen, sie können aber auch täuschen. Wenn ich in deinem Traum schon gestorben war – heißt das nun, dass der Traum die Wahrheit sagt, oder bedeutet es, dass er dich täuscht? Ich weiß es nicht. Du solltest eine Entscheidung von solcher Tragweite nicht auf etwas stützen, was ein beunruhigter Geist – oder vielleicht eine schwer verdauliche Abendmahlzeit – im Schlaf hervorgebracht haben. Berate dich mit deinem *Diwan*, höre deine Ratgeber an, und wäge alles sorgfältig ab. Dann fälle deine Entscheidung. Aber wenn sie gefallen ist, dann halte dich mit allem Nachdruck daran.«

Suleiman neigte das Haupt und umarmte seine Mutter. »*Salaam Aleikum*, Mutter. Der Friede sei mit dir.«

»Und mit dir, mein Sohn.«

Suleiman saß in seinem Privatgemach auf dem *Diwan*. Er hatte von dem Mann, der ihm auf einem Sitzkissen unmittelbar gegenübersaß, schon viel gehört. »Ich glaube, mein Vater hat Euch vor vielen Jahren mit mir bekannt gemacht – bei einem meiner kurzen Besuche im Palast.«

»Jawohl, Majestät«, antwortete Moses Hamon, der inzwischen oberster Leibarzt des Sultans geworden war. »Ich erinnere mich noch sehr gut daran. Ihr wart aus Manisa angereist, um Euren Vater bei der Rückkehr von einem seiner Feldzüge zu begrüßen. Es kam zu einem Zusammentreffen vor der Stadt. Wie ich mich recht entsinne, habt Ihr damals einen wunderbaren braunen Hengst geritten.«

Suleiman lächelte. »Ich reite ihn immer noch.«

»Meine Karawane zog zufällig ebenfalls vorbei«, fuhr Hamon fort. »Euer Vater ließ mich anhalten, um mich Euch vorzustellen. Er war sehr stolz auf Euch. Wenn er gesehen hätte, wie wunderbar Eure Thronbesteigung verlaufen ist, wäre er bestimmt sehr zufrieden gewesen.«

Suleiman nickte. »Meine Mutter hat mir berichtet, dass Ihr unserer Familie hervorragende Dienste geleistet habt. Bevor Ihr vor langer Zeit an unseren Gestaden gelandet seid, waren die Sultane des Hauses Osman nicht gerade mit guten Ärzten gesegnet. Die Königin und der König von Spanien haben uns mit der Vertreibung der Juden aus ihrem Land einen großen Gefallen getan – wenn auch unbeabsichtigt!«

»Majestät, Ihr seid sehr freundlich.«

»*Inch' Allah*, gebe Gott, dass ich Eure Dienste nie benötige«, sagte Suleiman mit verhaltenem Lachen.

»Majestät, ob Ihr es glaubt oder nicht, das haben auch schon andere zu mir gesagt. Jeder möchte den besten Arzt haben und hofft zugleich, ihn nie zu brauchen.«

Suleiman lächelte. »Habt Ihr hier in Istanbul eine Familie?«, erkundigte er sich.

»Ja, Majestät. Ich habe eine Frau und einen Sohn, und ich hoffe, ich werde mich demnächst häufiger bei ihnen aufhalten können. Mein Vater Joseph starb in Damaskus. Er hat Eurem Großvater Bayasid und auch Eurem Vater als Leibarzt gedient. Er hat Selim bei seinem Feldzug gegen die Mameluken nach Ägypten begleitet und ist auf dem Rückweg gestorben.«

»Ich habe ihn leider kaum gekannt. Er musste sich stets in unmittelbarer Nähe meines Vaters aufhalten, und ich war ja fast immer an einem anderen Ort. Aber am Hof haben alle sehr große Stücke auf ihn gehalten. Und was ist mit Eurem Sohn?«

»Mein Sohn heißt Joseph, nach seinem Großvater. Er braucht mich jetzt. Ich muss ihm viele Dinge beibringen, die er nicht auf der Schule lernen kann. In einem Gelehrtendasein ist kaum etwas so wichtig, wie das Weitergeben der Gelehrsamkeit an die nächste Generation. Für mich ist es so wichtig wie die Gelehrsamkeit selbst.«

»In Eurem Volk hat das Lernen immer eine große Rolle gespielt, nicht wahr?«

»Ja, Majestät, so ist es. Wir sind überzeugt, dass nichts den Erfolg besser fördert als eine gute Ausbildung. Jüdische Eltern sind zu fast allem bereit, damit ihre Kinder eine gute Ausbildung bekommen. Die gelehrten Berufe haben für uns natürlich die größte Anziehungskraft, da wir uns ja auf den meisten Gebieten von Handel und Gewerbe nicht betätigen dürfen. Landbesitz war uns über Jahrhunderte verwehrt. In ganz Europa gibt es Vorschriften, die uns den Zugang zu den meisten Brotberufen verwehren. In unserer Familie gab es kaum eine andere Möglichkeit, als Arzt zu werden, zu lernen, zu dienen und Kranke zu heilen. Es ist ein Geschenk Gottes. Zurzeit stehen in Eurem Palast zweiundsechzig Ärzte in Diensten. Einundvierzig davon sind Juden.«

Suleiman nickte.

»Vor langer Zeit«, fuhr Hamon fort, »in der Regierungszeit Eures Urgroßvaters Mehmet, war der beste Arzt an Eurem Hof Jakob von Gaeta. Auch er war Jude. Ich glaube, er ist später zum Islam konvertiert. Er ist sogar Wesir geworden.«

»Die Türkei ist für Euer Volk ein guter Ort. Die Christen haben sich allerdings den veränderten Verhältnissen nicht so bereitwillig angepasst. Sie hoffen immer noch, sie könnten die Muslims unterwerfen und allen ihre Ansichten aufzwingen.«

»Man hat mein Volk in Spanien abgeschlachtet«, sagte Hamon, »und dann in Portugal. Die Inquisition hat sich in ganz Europa ausgebreitet. Die Christen machen kein Hehl daraus, dass sie die Juden in ihren Landen nicht am Leben lassen wollen.«

»Meine Vorfahren haben die Juden mit anderen Augen betrachtet, Doktor. Wir sehen *Nayas* in euch, Mitglieder der gleichen Herde. Meine Vorfahren waren Nomaden, Hirten. Die Osmanen wissen, dass man aus einer Herde die minderwertigen Tiere aussondern muss, aber man darf die Herde dadurch nicht gefährden. Die europäischen Christen glauben, dass in einem Land alle die gleiche Religion haben sollen. Der König nimmt für sich in Anspruch, über die Religion seiner Untertanen zu entscheiden. Wer sich nicht fügt, wird umgebracht. In unseren Augen ist Eure Vertreibung aus Spanien, als hätte man ein trächtiges Muttertier getötet. Ihr seid hier mit Eurem Wissen und Euren Fähigkeiten fruchtbar geworden. Wieso sollten wir eine solche Gabe zerstören?«

Hamon antwortete nicht. Er senkte den Blick auf den Teppich und überlegte, ob der Sultan ihn in eine Diskussion verwickeln wollte, die gefährlich werden konnte. »Doktor Hamon«, fuhr Suleiman fort, »sagt mir, seht Ihr in unserer Stadt etwas, das nach Eurer Meinung geändert werden sollte? Ich versuche zwar so oft wie möglich, mich unter die Bevölkerung zu begeben, aber das wahre Alltagsleben bleibt mir trotzdem verschlossen. Meine Leibwachen schützen mich vor gewaltsamen Angriffen, aber sie schützen mich auch vor der Wirklichkeit. Was seht Ihr dort draußen?«, fragte Suleiman mit einer weit ausholenden Geste über die Gärten und den Bosporus.

»Majestät«, sagte Hamon nach kurzem Nachdenken, »auch ich habe keinen rechten Zugang zur wirklichen Welt. Auch ich halte mich infolge meiner Stellung als Arzt des Hofes meistens innerhalb des Palasts auf. Dennoch habe ich einiges gesehen und gehört, das ich Euch ans Herz legen möchte.«

»Bitte, Doktor, nur frei heraus, scheut Euch nicht, offen zu sprechen. Euch droht keinerlei Gefahr. Meine Familie hat Eurer Familie ihr Leben anvertraut, ist es nicht so? Ich wünsche mir, dass wir weiterhin in einer für beide Seiten ersprießlichen Freundschaft verbunden bleiben. Gebt Euch einen Ruck. Sagt mir, was Ihr mir raten würdet, damit ich es wohl erwäge und Eurem Volk helfen kann.«

Nach kurzem Nachdenken schaute Hamon dem Sultan direkt in die Augen. »Majestät«, sagte er, »was Ihr sagt, ist richtig. Mein Volk hat in Eurem Reich eine Heimat gefunden, von der wir niemals zu träumen gewagt hätten. Wir sind mit nichts als unseren Kenntnissen und Fähigkeiten hierher gekommen, und Ihr habt uns bei Euch aufgenommen. Es war kein leichter Weg, aber den wollten wir auch nicht. Wir wollten einen Weg, den man nur mit harter und geduldiger Arbeit bewältigen kann. Ich kann gar nicht genug hervorheben, welches Glück es für uns bedeutet, dass wir uns durch eine Steuerzahlung das Recht zur freien Ausübung unserer Religion sichern können. In Spanien und Portugal mussten wir in Kellern und im Verborgenen beten. Beim Gespräch mit Gott erwischt zu werden bedeutete den Tod – einen grausamen und schmerzhaften Tod. Doch jetzt üben wir unsere Religion inmitten der Muslims aus und werden im Großen und Ganzen in Ruhe gelassen. Unsere Steuerzahlung befreit uns zudem vom Militärdienst, und auch das ist für uns ein Segen, denn dadurch können wir selbst unsere Berufswahl treffen. Wir sind nie ein kriegerisches Volk gewesen.«

»Für uns besteht kein Anlass, Doktor, die Jugend Eures Volkes in den Krieg zu schicken. Durch die Knabenlese haben meine Armeen mehr als genug Nachwuchs.«

»Majestät, wenn ich Euch um etwas bitten darf, dann darum, Euch mit einer Quelle der Unterdrückung zu beschäftigen, unter der mein Volk immer noch zu leiden hat.«

»Und die wäre?«

»Die Blutgerichtsbarkeit, Majestät. Es kommt immer wieder vor, dass meinem Volk rituelle Morde vorgeworfen werden – nebenbei bemerkt meist von christlicher Seite. Diese Vorwürfe entbehren jeder Grundlage, denn Mord hat im Judentum keinen Platz. Euer Urgroßvater Mehmet *Fatih* hat dieses Problem erkannt und einen Erlass herausgegeben, dass derlei Fälle nicht in die Gerichtsbarkeit des örtlichen Statthalters und Richters fallen, sondern dem *Diwan* vorbehalten sind. Auf diese Weise entscheidet ein Gericht, das nicht in die jeweilige Lokalpolitik verwickelt ist und das, wie ich hinzufügen möchte, frei ist von Aberglauben und Vorurteilen gegen die Juden. Neuerdings jedoch kommen unsere Leute in zunehmendem Maße vor lokale Gerichte und vor Richter, die von den Leuten, in deren Dienst sie stehen, leicht beeinflusst werden können. Majestät, könntet Ihr Euch dazu verstehen, den Erlass Eures Urgroßvaters offiziell zu bestätigen und auf diese Weise einem Gesetz königlichen Nachdruck zu verleihen, das zurzeit allenfalls durch seine Nichteinhaltung erwähnenswert ist?«

»Was Ihr sagt, Doktor, ist einleuchtend. Meine Position als Herrscher des Reiches muss sich auf ein Rechtssystem gründen, das keinen meiner Untertanen vernachlässigt. Wenn die Christen auch nur gegen einen einzigen Angehörigen Eures Volkes falsche

Mordanklagen vorbringen, sei es hier in der Stadt oder in den Provinzen, wird ihnen Einhalt geboten. Euer Volk wird unter dem Schutz meines Gerichtes stehen. Bei Verhandlungen vor dem Obersten *Diwan* herrscht *mein* Wille, ob ich nun anwesend bin oder nicht. Ich werde Eurer Bitte entsprechen.«

Hamon neigte das Haupt. »Ich danke Euch, Majestät, für dieses außerordentliche Geschenk.«

Kanuni, der Gesetzgeber, nickte zustimmend, während Moses Hamon sich anschickte, rückwärts gehend den Raum zu verlassen.

Vor der Zusammenkunft des *Diwan* hatte Suleiman sich zum Morgengebet in die Hagia Sophia begeben. Er saß über den Menschenmassen auf einem kleinen Balkon. Die Janitscharen versuchten, sich unauffällig im Hintergrund zu halten, doch ihre Anwesenheit blieb nicht unbemerkt. Bewaffnete fielen in der unbewaffneten Menge der Gläubigen notwendigerweise auf. Als die Gebete beendet waren, wandte sich der Vorleser mit Gesicht und Stimme an den Sultan, nachdem er in Suleimans Nähe Aufstellung genommen hatte. In der Rechten hielt er ein Schwert, in der Linken den Koran. Angesichts des erhobenen Schwerts hatte sich der am nächsten stehende Janitschare zum Sultan geschoben. Er versagte sich zwar, unmittelbar einzuschreiten, doch um die Bedrohung durch das Schwert zu entschärfen, pflanzte er sich unübersehbar zwischen dem Sultan und dem Vorleser auf. Schwert und Koran emporreckend, hob der Vorleser zu beten an. »Die Gnade Allahs, des Allgütigen, des Allverzeihenden, ruhe auf dem Sultan der Sultane, dem Herrscher der Herrscher, dem Schatten Gottes auf Erden, dem Gewährer der Kronen dieser Welt, dem Herrn des Weißen Meeres und des Schwarzen Meeres, Sultan Suleiman Khan, Sohn des Sultans Selim Khan.« Die große Gemeinde kniete auf den Gebetsmatten nieder, drückte die Stirn auf den Boden und betete.

Nach Beendigung des Gottesdienstes erhob sich Suleiman zum Gehen. Durch die von den Wachen in Schach gehaltenen Massen verließ er die Moschee und schritt zu seinem Pferd, das von seinem Leibwächter am Zügel gehalten wurde, während er aufstieg. Ihm zur Linken ritt schweigend Piri Pascha.

Die riesige Menge war wie immer außer sich vor Begeisterung, den Sultan aus der Nähe sehen zu können. Suleiman ritt in stiller Würde, das Pferd sicher in der Hand.

Ein paar Meter hinter dem Sultan ritt Ibrahim. Er betrachtete den Herrscher des Osmanischen Reiches auf dem Rücken seines großartigen Pferdes mit dem edel geschwungenen Hals und das Spiel der Muskeln unter dem glänzenden Fell. Er lächelte still in sich hinein und fragte sich, ob Suleiman überhaupt wusste, wieso sich sein sonst so energiegeladener Araberhengst mit so leichter Hand dirigieren ließ. Wusste er, dass man das Tier zwei Tage lang hatte hungern lassen? Dass der Hengst die ganze Nacht in einem Ledergeflecht gehangen hatte, das an Flaschenzügen an der Stalldecke aufgehängt war, damit das schwebende Tier keinen Schlaf finden konnte? Dass der edle Hengst im Grunde kurz vor dem Zusammenbruch stand und die Strecke vom Palast zur Moschee und wieder zurück gerade noch mit letzter Kraft bewältigen konnte? Kein Wunder, dass der Gaul so zahm war!

Der Sultan drehte sich um und nickte Ibrahim, seinem engsten Freund und Berater, lächelnd zu. Aus seinen Gedanken aufgeschreckt, spürte Ibrahim die Röte in sein Gesicht steigen, beschämt, dass er seinem Herrn sogar derlei Nichtigkeiten vorenthielt.

Auf der kurzen Strecke zurück zum Palast verteilte Suleiman, wie es ihm zur Gewohnheit geworden war, zweiunddreißig Goldstücke unter die Menge, die seinen Weg säumte. Jeden Morgen steckten ihm seine Diener diese Anzahl von Goldmünzen in die Tasche seines Kaftans, damit der Sultan auf allen seinen Wegen stets etwas an die Leute zu verschenken hatte.

Die Ritte zur Moschee und zurück und die wenigen anderen Dienstgeschäfte in Istanbul waren die einzigen Gelegenheiten, bei denen Suleiman mit dem gemeinen Mann auf der Straße in Berührung kam. Die Ferne seines Lebens hinter den Mauern des Palasts vom Leben seiner Untertanen beunruhigte ihn. Suleiman brannte darauf zu erfahren, wie der gewöhnliche Türke seinen Alltag verbrachte. Bei jenen kleinen Ausflügen in die Stadt nahm Suleiman von Ibrahim oft keine Notiz, damit er alles, was um ihn her geschah, in sich aufnehmen konnte. Ibrahim verstand das Verhalten des Sultans sehr wohl.

Auf ihrem Heimritt von der Moschee kamen sie an einem kleinen Markt vorüber. Eine heftige Auseinandersetzung zur Linken erregte Suleimans Aufmerksamkeit. Die berittene Wachmannschaft umdrängte den Sultan, doch Suleiman winkte sie zurück. Nur Piri Pascha blieb dicht bei seinem Herrn und deckte dessen Rücken. Ein Ordnungshüter war gerade dabei, einen Bürger zu verhaften, weil er ein neues verbotenes Getränk zu sich genommen hatte, das von der Arabischen Halbinsel kam und in Istanbul Furore machte.

»Mein Sultan, helft mir!«, rief der Verhaftete, als er den Kordon des Sultans sah. »Ihr seid der *Kanuni*, der Gesetzgeber. Helft mir, Majestät, ich habe nichts Unrechtes getan!«

Suleiman wendete sein Pferd und ließ es langsam auf den Verhafteten und den Polizisten zugehen. Wann immer der Sultan seinen Ritt unterbrach, gab es sofort einen Menschenauflauf, der die Janitscharen und Sipahis unruhig werden ließ. Sie hassten diese unvorhergesehenen Aufenthalte, denn solche Situationen hatten immer etwas Unberechenbares. Die Hand locker am Griff der Waffe versuchten sie, einen Ring um den Sultan zu bilden. Suleiman, der die beiden Männer ansprechen wollte, musste die Wachen beiseite winken. Die Menge drängte näher. Man wollte hören, was der Sultan zu sagen hatte.

»O Herr, ich habe nichts Unrechtes getan!«, ließ der Verhaftete sich abermals vernehmen.

Suleiman sah den Polizisten an, der sehr unruhig wurde und errötete. Er ließ den Arm des Verhafteten los und verbeugte sich tief vor dem Sultan.

»Mein Sultan, dieser Mann hat Kaffee getrunken, ein verwerfliches Getränk! Man nennt es auch ›den schwarzen Feind des Schlafes und der Liebeslust‹.«

»Herr«, erklärte der Beschuldigte, »es gibt kein Gesetz, das dieses Getränk verbietet. Man hat mir erzählt, dass es aus Mokha im Lande des Propheten kommt, und sein Entdecker muss fürwahr ein heiliger Mann gewesen sein. Hat uns Mohammed, Allahs Prophet, dieses Getränk etwa verboten? Verbietet es der Koran?«

»Vor tausend Jahren«, erwiderte Suleiman lachend, »zur Zeit des Propheten, gab es noch keinen Kaffee. Wie hätte der Prophet uns den Genuss verbieten können?«

Der Mann hob hilflos die Achseln und blickte zu Boden.

»Sag mir«, fuhr Suleiman fort, »glaubst du, dass der Prophet Gottes auf der Straße gesessen und Kaffee getrunken hätte?«

»Nein, das hätte er wohl nicht, mein Sultan«, sagte der Mann kaum hörbar und ohne den Blick zu heben.

»Bestimmt nicht! Und sollen wir nicht alle in unserem täglichen Gebaren dem Pfad des Propheten folgen?«

»Ja, Majestät, das sollen wir.«

Suleiman nickte gemessen. Nach einer Kunstpause, in der er nachzudenken schien, wandte er sich dem Polizisten zu, der jetzt mit stolz geschwellter Brust und im Vollgefühl der Pflichterfüllung neben dem Verhafteten stand.

»Lass den Mann frei!«, rief Suleiman dem plötzlich schreckensstarren Ordnungshüter zu, wendete sein Pferd und ritt weiter zum Palast. Auch Ibrahim gab seinem Pferd die Sporen. Er setzte sich rechts neben den Sultan, ohne etwas zu sagen.

»Nun, Ibrahim«, sagte Suleiman nach einer Weile, »haben wir heute Gerechtigkeit ergehen lassen? Hat der *Kanuni* sich der Gnade und Weisheit befleißigt?«

»Oh, gewiss, mein Herr. Dieser Mann hat nicht verdient, wegen einer Tasse Kaffee hinter Gitter zu kommen. Ich habe dieses Getränk übrigens auch schon probiert.«

»Das hast du? Und wie ist es dir bekommen?«

»Es hat mir gemundet, und es hat mich bis tief in die Nacht wach gehalten. Was allerdings die Liebeslust angeht ... ich glaube nicht, dass es ihr abträglich wäre.«

»Dann werde ich darauf achten, dass wir in dieser Angelegenheit eine eindeutige Gesetzeslage schaffen«, sagte Suleiman und lachte. »Sonst werden meine Ausflüge noch zu einem reisenden Berufungsgericht.«

Als Suleiman den *Kubbealti* betrat, den Tagungsraum des osmanischen Staatsrats, wurde er von den versammelten Mitgliedern bereits erwartet. Die an den Wänden aufgestellten Diwane waren leer. Niemand durfte sich herausnehmen, sich zu setzen, bevor der Sultan eingetreten war und Platz genommen hatte. Als er über die Schwelle trat, erstarb das Hintergrundgeräusch der vielen leise geführten Gespräche. Eine Gasse tat sich vor dem Sultan auf; die Versammelten froren zu einem Gruppenbild gebeugter Häupter und niedergeschlagener Augen ein. Suleiman wurde von Piri Pascha und auf der anderen Seite von seinem Zweiten Wesir Mustafa Pascha flankiert. Sie geleiteten den Sultan zum Thron, um dann ihrerseits eine Stufe tiefer Platz zu nehmen. Es war keine alltägliche Versammlung, denn mit den Staatsräten hatten sich auch sämtliche Kommandeure der Streitkräfte des Sultans eingefunden, wodurch der Saal fast bis auf den letzten Platz gefüllt war.

Ibrahim saß abgeschieden zur Rechten des Sultans auf einem *Diwan*, auf dem drei Männer Platz gefunden hätten. Es war ein stillschweigendes Zugeständnis an die Militärs und die Staatsräte. Ibrahim hatte zwar das Ohr und das Vertrauen des Sultans, aber er gehörte immer noch nicht der Machtelite an.

Schweigend ließ Suleiman den Blick über die Versammlung schweifen. Seine Entscheidung, den Feldzug gegen Rhodos zu unternehmen, stand bereits fest. Er hatte sich nicht damit aufgehalten, die Meinung der einzelnen Mitglieder des Staatsrats einzuholen. Es ging ihm nur noch darum, seine Generäle und Ibrahim zu befragen, wie der bevorstehende Feldzug ihrer Meinung nach am besten zu führen sei. Die vor ihm Versammelten verkörperten die Summe der militärischen Macht und Erfahrung, die sein Reich aufzubringen imstande war. Es waren die Männer, auf deren Urteilskraft und strategisches Geschick er sich verlassen wollte. Die Erfahrungen vor Belgrad hatten Suleiman vieles gelehrt, vor allem, dass er den Sieg auf Rhodos nicht ohne den Rat und die Hilfe dieser Männer erringen konnte.

Piri Pascha saß unmittelbar zur Linken Suleimans. Zu seinem eigenen Entsetzen war er immer noch Großwesir – wie viel lieber wäre er der »unlängst in den Ruhestand getretene Großwesir« gewesen! Mit dem Ausruhen bei seinen Tulpen im Garten über dem Bosporus würde es wohl so bald nichts werden.

Auf dich wird der Sultan bei seinem Krieg gewiss nicht verzichten, dachte er.

Suleiman sah Piri Pascha in die Augen. Falls er das Unbehagen seines Großwesirs gespürt hatte, ließ er es sich nicht anmerken. »Piri Pascha, es freut mich, dass du so gut aussiehst, und es erfüllt mich mit Befriedigung, dass du auch für mich die Regierungsgeschäfte führen wirst, wie du es für meinen Vater getan hast. Möge Allah uns unter deinem Banner endlose Siege gewähren!«

Piri nickte seinem Sultan lächelnd zu. »*Inch' Allah.*«

»Mögen deine Vorväter mit uns in die Schlacht reiten, mein Freund«, sagte Suleiman, immer noch an Piri gewandt. Es war eine Anspielung auf Abu Bakr, einen der verehrtesten und wichtigsten Männer in der Geschichte des Islam, Weggefährte, Berater und Schwiegervater des Propheten Mohammed, mit dem Piri Pascha in direkter Abstammung blutsverwandt war.

»Herr, ich hoffe, stets mit Euch in die Schlacht reiten zu können, denn nur wenigen Großwesiren war es vergönnt, an der Seite ihres Sultans sterben zu dürfen. Noch geringer ist die Zahl derer, die im Dienste Allahs zu sterben sich glücklich schätzen durften, Friede seinem Namen.«

Suleiman nickte gemessen.

»Ich bin sicher«, fuhr Piri fort, »Ihr kennt die Geschichte von dem Großwesir, der einen Scheich der Derwische gefragt hat: ›Wer ist der größte Tor auf dieser Welt?‹, und der Derwisch antwortete: ›Du natürlich, großmächtiger Wesir, denn hast du nicht alles unternommen, um in dein Amt zu gelangen, obwohl du am aufgespießten blutigen Kopf deines Vorgängers vorbeigeritten bist – und hat nicht daneben auch der blutige Kopf von *dessen* Vorgänger auf einem Spieß gesteckt?‹«

Außer Suleiman lachte niemand im Raum. Einige Köpfe drehten sich und sahen Achmed Pascha an, von dem man annahm, dass er auf Piris Amt aus war, doch Achmed schaute unverwandt den Sultan an.

Piri ergriff wieder das Wort. »Der Sieg unseres Sultans bei Belgrad sollte zwei Dinge klargemacht haben. Erstens: Die *Ferenghi*, die Europäer, fürchten sich vor uns. Sogar jetzt, in diesem Moment, wo wir über sie sprechen, tun sie so, als könnten sie im Nichtstun verharren, und warten ab, wer als Nächster an der Reihe ist, wenn unsere gewaltige Armee sich wieder in Bewegung setzt. Ihre Könige beten alle zu ihrem Jesus, es möge doch bitte den Nachbarn treffen.«

Suleiman lächelte seinem Großwesir zu.

»Zweitens hat der Feldzug gegen Belgrad klargemacht, dass die Europäer einander *nicht* zu Hilfe kommen. Ich habe den begründeten Verdacht, dass sie den Kreuzrittern auf Rhodos keine Hilfe zukommen lassen werden. Vielleicht schicken sie ihnen ein paar Soldaten oder Waffen und ein bisschen Verpflegung. Aber sie werden die Insel nicht mit massiven Maßnahmen stärken. Wie wir von unseren Spionen erfahren haben, hat ihr Papst Hadrian es abgelehnt, Geld oder Männer zu ihrer Verteidigung bereitzustellen. Und die Venezianer werden uns mit ihrer Flotte keine Schwierigkeiten machen. Sie lieben uns zwar nicht, aber sie kennen ihre Verwundbarkeit, wenn sie den Zorn des Sultans auf sich ziehen.«

Schweigend wartete Suleiman darauf, dass Piri fortfuhr.

»*Andererseits*, Herr, müssen wir zur Kenntnis nehmen, dass

Rhodos die stärkste und am besten verteidigte Festungsanlage der Welt ist. Diese Johanniter haben bei vielen Angriffen bewiesen, dass sie zu unglaublicher Tapferkeit fähig sind. Selbst die Truppen Eures Urgroßvaters – möge Allah seinen Segen über ihn ausgießen – waren nicht in der Lage, ihre Mauern zu bezwingen. Die Kreuzritter sind zwar Natterngezücht, das in der Hölle schmoren soll, doch ihre Tapferkeit und ihren Kampfesmut sollten wir nicht unterschätzen. In der Vergangenheit sind sie entweder mutig gestorben und haben dabei zahllose tapfere muslimische Soldaten mit in den Tod gerissen, oder sie haben obsiegt und alles abgeschlachtet, was ihnen an unschuldigen Frauen und Kindern in den Weg gekommen ist. Selbst ihre Weiber stürzen sich am Ende in den Kampf. Es wird erzählt, dass vor zweihundert Jahren ihre Frauen sechstausend türkische Kriegsgefangene massakriert haben, wobei eine wahnsinnige Engländerin in ihrem Blutrausch eigenhändig tausend Mann einen Kopf kürzer gemacht haben soll! Ob Sieg oder Niederlage, es wird sehr viel türkisches Blut fließen und den Sand von Rhodos tränken.«

Mit einer leichten Verbeugung zu Piri wandte sich der Sultan nun Mustafa Pascha zu, der noch weiter links neben Piri Pascha saß. Mustafa war groß und massig, mit einem gewaltigen Schnauzbart, der in einen üppigen, bis auf die Brust fallenden schwarzen Vollbart überging. Durch die Heirat mit Suleimans ältester Schwester Ayse war er mit Suleiman verschwägert. Schon vor Suleimans Thronbesteigung hatten die beiden Männer jahrelang in einem engen Verhältnis gestanden. Suleiman hatte Mustafa zum Oberbefehlshaber der Streitkräfte ernannt und inzwischen auch zum Zweiten Wesir. Niemand bezweifelte Mustafas Fähigkeit, seinen Ämtern als militärischer Führer und Suleimans vertrauter Berater gerecht zu werden. Er war mutig bis zur Tollkühnheit. Angst war ihm völlig unbekannt, auch in Situationen, in denen andere Männer verzagt hätten. Sein jähzorniges Temperament war berüchtigt. Seine Soldaten achteten peinlich darauf, seine Befehle buchstabengetreu auszuführen. Mehr als einmal war er mitten ins dichteste Schlachtgetümmel vorgedrungen und hatte seine Soldaten wie ein Berserker unter Flüchen mit den Hieben der flachen Schwertklinge vorangeprügelt.

»Nun, Mustafa, mein *Seraskier*? Was hältst du von unseren Planungen gegen diese Johanniter?«

»Majestät, diese Söhne des *Scheitan* haben uns lange genug geschunden. Euer Urgroßvater hat Recht daran getan, dass er den Versuch unternahm, sie auf ihrer Insel der Rosen auszutilgen. Und Euer Vater, Allah schaue lächelnd herab auf sein Grab, hätte sie angegriffen, nur hat ihn leider der Krebs vorzeitig dahingerafft. Die Kreuzritter haben weitere acht Inseln des Dodekanes an sich gerissen und benutzen sie als Ausguck und Nachschubbasen für ihre Flotte. Es steht zu befürchten, dass sie ihren Machtbereich weiter ausdehnen. Schon jetzt kundschaften ihre Spähposten auf der Insel Kos unsere Schiffsbewegungen aus, und ihre Galeeren drangsalieren unsere Schiffe. Ich plädiere für den sofortigen Aufbruch. Sultan Selim hat den Aufbau der erforderlichen Flotte bereits in Angriff genommen. Wir müssen ihn nur noch zu Ende bringen. Unsere Waffenschmieden in Tophane haben die besten Kanonen gegossen, die es je gegeben hat. Mit dieser Artillerie sollte es uns möglich sein, die Festung der Kreuzritter in ein paar Tagen in Grund und Boden zu schießen. Ich bin jederzeit bereit, wenn Eure Majestät mich ruft.«

»Sehr gut, Mustafa. Versetze deine Truppen in Bereitschaft. Sobald du den Befehl von mir erhältst, wirst du mit unserer Flotte direkt nach Galipoli segeln. Dort wirst du dich mit den Kräften unseres *Kapudan* vereinigen, des Admirals Pilaq Mustafa Pascha. Ich werde auch Cortoglu mit seinen kleineren Verbänden dort zu euch stoßen lassen.«

»Cortoglu, der Pirat? Verzeiht, Majestät, aber Cortoglu hat in der Vergangenheit schon einmal versagt, und ich fürchte, es wird wieder geschehen. Er kämpft nur für sich und seinen eigenen Gewinn. Ich bin der Ansicht, wir sollten uns nicht auf ihn verlassen. Seine Leute haben keinen Respekt vor ihm. Er kann sich nur halten, indem er seine Mannschaft einschüchtert. Als ihm damals bei Malta der jetzige Großmeister durch die Lappen ging, hatten wir durch ihn schon einmal das Nachsehen.«

Einige Jahre zuvor – Philippe war noch Flottenkommandant – hatte Cortoglu Philippes unterlegene Flotte angegriffen, doch die Kreuzritter waren ihm im Schutz der Dunkelheit entkommen, und der wütende Cortoglu konnte nur noch den leeren Horizont verfluchen.

»Mustafa, deine Worte sind nur zu wahr, aber ich glaube, Cortoglus Schiffe und seine Männer werden uns gute Dienste leisten. Sie werden unsere Flotte verstärken und vergrößern. Er soll sich lediglich um die Blockade der Schiffe kümmern, die versuchen, das Eiland der Kreuzritter zu verlassen oder anzulaufen. Er soll ihre Nachrichten abfangen und den Nachschub für die Insel sperren. Dadurch werden deine Männer und Schiffe für wichtigere Aufgaben frei. Ich beabsichtige, dich und deine Truppen gegen die Bastionen der Provence einzusetzen, sobald wir dort unsere Stellungen bezogen haben. Falls Cortoglu wieder versagt, blüht ihm das Ende eines Piraten. Ich werde seinen Kopf auf einen Spieß aufpflanzen lassen. So ergeht es jedem, der bei der Erfüllung seiner Pflichten versagt.«

Im *Diwan* herrschte Stille, doch Suleiman erwartete offenbar, dass jeder Agha sich hinstellte und eine Erklärung abgab. Keiner würde darum herumkommen.

»Bali Agha, mein ›Wütender Löwe‹! Du bist heute so still. Quälen dich noch die Wunden, die du dir vor Belgrad zugezogen hast?«

»Nein, mein Sultan, sie sind verheilt. Wenn die Kreuzritter den Stahl meiner Janitscharen zu kosten bekommen, werden sie schnell begreifen, auf welchen Kampf sie sich eingelassen haben. Sie werden im Meer ihres eigenen Blutes ersaufen, und zu Eurer Erbauung werden wir Euch auf den Spitzen unserer Krummschwerter ihre Köpfe bringen! Wenn es sein muss, werden die Leichen meiner gefallenen Janitscharen ihren Brüdern als Trittsteine dienen, über die sie in die Bresche stürmen! Wir sind die Söhne des Sultans!«

Suleiman nickte ihm zu und erlaubte sich ein Lächeln. »Du bist ein Draufgänger, auf den ich mich stets verlassen kann, mein lieber Bali Agha! Deine Begeisterung und dein Kampfesmut sollen uns allen Vorbild sein. Wie wir wissen, sind das keine leeren Worte, die sich in der Sicherheit des *Diwan* leicht dahersagen lassen. Mit dir an der Spitze werden deine Janitscharen Heldentaten vollbringen! *Inch' Allah* – es komme, wie du gesagt hast!«

Suleiman wandte sich nach rechts zu Achmed Pascha, seinem Dritten Wesir. Achmed war Albaner und hatte sich ehrgeizig emporgearbeitet. Er war ein verschlagener Mann, den seine Kollegen oft als hochfahrend erlebt hatten, und von dem man wusste, dass er die Anerkennung des Sultans für andere schlecht vertrug. Nach dem Feldzug gegen Belgrad, bei dem seine Truppen sich bewährt hatten, war er rasch aufgestiegen. Suleiman hatte ihn zum *Beglerbeg* gemacht, zum Statthalter von Rumelien, ihn inzwischen aber wegen der neuerlichen Kriegsvorbereitungen nach Istanbul zurückgerufen. Die anderen Aghas wussten, dass Achmed Pascha nach dem Amt des Großwesirs schielte. Ob er lange genug am Leben blieb, um seinen Traum Wirklichkeit werden zu sehen, stand auf einem anderen Blatt.

»Mein Sultan, meine Männer und ich stehen bereit, Euch zu dienen. Überall. In jedem Krieg. Wir werden die Johanniter lehren, dass Allah in seiner Macht auf unserer Seite steht und dass wir unsere Schwerter unter dem Banner Seines Propheten mit Seiner Kraft zu führen wissen!«

Lächelnd wandte Suleiman sich an Ayas Agha. Ayas war klug und in der Regel sehr ausgeglichen. Vor allem war er ein Mann, der niemals lockerließ, bis er seinen Auftrag erfüllt hatte. Andererseits gehörte er nicht zu denen, die ihre Leute mitreißen konnten, was Suleiman ebenfalls in seine Überlegungen einfließen ließ. »Und du, Ayas Agha, was meinst du?«

»Majestät, wenn wir uns diese Höllenhunde vom Hals schaffen

wollen, gibt es nur einen Weg: Mit überlegenen Kräften angreifen, angreifen und immer wieder angreifen, solange es eben dauert. Euer Reich ist nicht sicher, solange dieses Natterngezücht sich mitten unter uns unangreifbar wähnen darf. Die Johanniter hatten zweihundert Jahre, um Rhodos zu befestigen, und sie haben die Zeit gut genutzt. Euer Urgroßvater, der Segen Allahs ruhe auf ihm, hat die Belagerung der Insel mit unzureichenden Kräften unternommen und zudem den Krieg von seinen Schiffen aus zu gewinnen versucht, anstatt vom Land aus. Wir sollten nicht vergessen, dass wir im eigenen Volk starke Fürsprecher für dieses Unternehmen haben. Wenn diesen Piraten auf Rhodos nicht das Handwerk gelegt wird, drohen Istanbul die Kaufleute rebellisch zu werden. Einige von ihnen haben durch die Raubzüge der Kreuzritter so hohe Einbußen erlitten, dass sie mit Freuden zu jeder erdenklichen Unterstützung unserer Truppen bereit sein werden. Ich bin überzeugt, wir werden siegen, wenn wir unsere gesamte Militärmacht – Fußtruppen, Reiterei und Flotte – in die Waagschale werfen.«

Der Blick des Sultans fiel auf Quasim Pascha, den Sohn eines Sklaven Bayasids. Er befehligte ein großes Kontingent Sipahis, die mit Landbesitz ausgestattet waren. Seine Männer hatten für ihre Dienste eine Parzelle Land zugeteilt bekommen und stellten als Gegenleistung ihre Pferde und Bewaffnung selbst. Quasim Pascha, ein ruhiger und verlässlicher Mann, genoss bei seinen Kämpfern wegen seines Mutes und Draufgängertums hohes Ansehen.

»Quasim Pascha, bist du bereit, gegen die Ungläubigen in den Krieg zu ziehen?«

Angesichts der Entschlossenheit seines Sultans und der einhelligen begeisterten Zustimmung zum Angriff blieb Quasim Pascha gar nichts anderes übrig, als sich anzuschließen. »Jawohl, Herr, meine Männer und ich sind jederzeit bereit, mit Euch aufzubrechen.«

»Sehr gut. Ihr habt alle Eure Meinung gesagt. Verlasst jetzt den

Diwan und macht Euch mit Euren Männern und Eurem Material bereit.«

Mit einer tiefen Verbeugung strebten die Männer rückwärts zum Saal hinaus. Nur Piri Pascha blieb. Suleiman wartete, bis alle gegangen waren; dann bedeutete er Piri Pascha, sich neben ihn zu setzen. Piri jedoch blieb stehen und sagte kein Wort.

»Piri Pascha, dich beschäftigt doch etwas. Willst du deine Besorgnis nicht mit mir teilen?«

»Herr, ich habe diese Männer reden gehört. Sie sind Euch treu ergeben und haben alle schon mit beträchtlichem Erfolg für unser Reich gekämpft. Sogar Cortoglu als *Seraskier* der Flotte ist eine gute Wahl, egal was manche davon halten. Er brennt auf Rache an dem Großmeister Philippe de l'Isle Adam, der ihn damals in der Straße von Malta an der Nase herumgeführt hat. Cortoglu vergisst so etwas nicht. Er wird unserer Sache nützen, auch wenn er vielleicht manchmal Ärger machen wird.

Aber ich betrachte es als meine Pflicht, auch ein Wort der Warnung zu sprechen. Wir sind gerade erst von Belgrad zurückgekehrt. Die Kriegsausgaben lasten immer noch schwer auf unserer Staatskasse. Wir haben zwar reichlich Sklaven und Schätze nach Hause gebracht, aber ein neuer Krieg wird uns große Opfer abverlangen – ich fürchte, nicht nur an Gold, sondern auch an Menschenleben. Die Kreuzritter sind nun schon seit zweihundert Jahren ein Stachel in unserem Fleisch, den auch ich lieber heute als morgen herausziehen würde, aber sollten wir uns nicht klugerweise die Zeit nehmen, in jeder Hinsicht wieder zu Kräften zu kommen, bevor wir uns auf dieses Unternehmen einlassen?«

»Mein alter Freund, ich weiß, dass ein lauteres Herz aus dir spricht. Aber ich glaube auch, dein lauteres Herz ist älter als meins und vielleicht der Kriegszüge überdrüssig. Ich weiß, dass du meinen Vater geliebt hast und ihm ein treuer Diener warst. Er hat dich acht lange Jahre von deinem Zuhause fern gehalten. Es wäre dir gewiss lieber, wenn du dich in Frieden in deinem Garten über dem Meer mit deinen Tulpen und Rosen beschäftigen könntest.«

Piri quittierte die Worte des Sultans mit einem matten Lächeln.

»Aber ich brauche dich jetzt noch dringender, als Sultan Selim dich gebraucht hat«, fuhr Suleiman fort. »Ich habe niemand, dem ich so rückhaltlos vertrauen kann wie dir. Ibrahim ist zwar seit den wilden Tagen der Jugend mein Gefährte, aber er hat sich noch nicht bewähren können. Er ist noch nicht genügend gereift für das Amt des Großwesirs.«

Piri hob verwundert die Brauen. Einen Jugendgespielen für ein solches Amt auch nur in Erwägung zu ziehen, wie der Sultan es eben getan hatte, war für ihn jenseits aller Vorstellungen. »Majestät, aus den Reihen der Aghas stehen Euch viele hervorragende Anführer und Kämpfer zur Verfügung, auch wenn ich gern zugebe, dass der eine oder andere für das Amt eines Großwesirs nicht besonders geeignet sein mag. Ayas Agha zum Beispiel könnte sich in einem Amt von solcher Machtfülle wahrscheinlich nicht besonders lange halten …«

Suleiman schnitt ihm das Wort ab. »Im ganzen *Diwan* befindet sich kein Einziger, der dieser Verantwortung gewachsen ist. Der Großwesir ist nicht nur Soldat, er muss auch loyal sein bis zur Selbstaufgabe, so wie du es warst und immer noch bist, wie ich weiß. Ein Großwesir muss sich auskennen – nicht nur im Kriegführen, das können meine Aghas auch. Nein, Piri, mir geht es um jene Weisheit, die nur mit den Jahren kommt. Ich brauche die verehrungswürdige Erfahrung und den Schatz an Wissen, die du für dieses Amt mitbringst. Ich habe das Glück, nicht nur dieses Reich zu erben, sondern auch den Großwesir, der meinem Vater so trefflich und weise gedient hat. Ich brauche dich ebenso dringend als Lehrer wie als Großwesir.«

Für einen Moment sprachlos, fasste der Pascha sich sogleich wieder. »Mein Herr, es gibt noch ein paar Dinge, in die Ihr nicht eingeweiht seid.«

Suleiman nickte Piri aufmunternd zu.

»Wie unsere Spione berichten, sind die Kreuzritter über die Kriegsvorbereitungen Eures Vaters bestens im Bilde. Sie haben die große Flotte gesehen, die Euer Vater vor seinem Tod auf Kiel gelegt hat, und sie müssen auch mitbekommen haben, dass wir die Vorbereitungen weiterführen. Den Kreuzrittern kann die Bedrohung ihrer Insel nicht entgangen sein, denn sie sind dabei, ihre Verteidigungsanlagen zu verstärken. Vermutlich haben sie schon einen Hilferuf für mehr Geld und Waffen nach Europa geschickt, obgleich ich denke, dass sie von dort kaum etwas zu erwarten haben.«

»Ist uns ein christlicher Spion ins Netz gegangen?«

»Nein, Herr, keineswegs. Bei der Zahl der Kaufleute, die täglich unsere Häfen und Städte passieren, würde uns ein gefangener Spion kaum etwas nützen. Ich glaube, dass vor allem griechische Seeleute, aber auch andere, im Zuge ihrer ganz normalen Geschäfte Informationen sammeln, die sie den Kreuzrittern zukommen lassen. Die Ritter brauchen gar keine hauptamtlichen Spione bei uns unterzubringen. Jeder, der hier mit einem Handelsschiff vorbeisegelt und die Augen offen hält, kann unsere Vorbereitungen beobachten.«

»Und was wissen wir über die Kreuzritter?«

»Herr, das ist der Punkt, über den ich mit Euch sprechen wollte. Es ist unbedingt erforderlich, dass Ihr darüber im Bilde seid, was Euer Vater in dieser Hinsicht unternommen hat.«

»Mein Vater? Piri, sag mir alles, was du darüber weißt.«

»Uns ist bekannt, dass die Kreuzritter von unseren Plänen wissen und zurzeit ihre Verteidigungsanlagen ausbauen. Sie verstärken die Befestigungen und legen Vorratslager an. Die griechischen Einwohner von Rhodos bereiten ihren Rückzug in die Stadt vor und wollen sich den Kreuzrittern als Hilfstruppen zur Verfügung stellen. Man stellt sich auf eine lange Belagerung ein.«

»Und woher wissen wir das alles?«

»Auch wir haben einen Spion, Herr.«

Die Ellbogen auf die Knie gestützt, legte Suleiman die Fingerspitzen zusammen und beugte sich vor. »Wer ist dieser Spion? Ist er verlässlich? Wie oft meldet er sich bei uns?«

»Majestät, Euer Urgroßvater litt unter einem Mangel an Informationen. Das hat Selim begriffen. Als er Sultan wurde, war deshalb eine seiner ersten Handlungen, den Kreuzrittern einen Agenten ins Nest zu setzen. Er wusste zwar, dass bis zu einem Kriegszug noch geraume Zeit vergehen würde, aber eines Tages würde es so weit sein. Er hat seinen Schachzug gut geplant und sorgfältig durchgeführt. In den acht Jahren seiner Regierungszeit erreichte uns fast jeden Monat ein Bericht. Die Informationen kamen mündlich oder schriftlich mit Handelsschiffen, deren Routen Rhodos und Istanbul berührten, und sie waren stets verlässlich.«

»Wer ist unser Mann?«

»Das weiß ich nicht, Majestät. Ich weiß nur, dass Selim den Informationen stets vertraut hat.«

Suleiman erhob sich und ging auf und ab. Es kam ihm merkwürdig vor, dass Selim ihn nicht eingeweiht hatte und er erst durch Piri Pascha von dem Vorgang erfuhr. Andererseits hatte er mit seinem Vater so gut wie keinen Kontakt gehabt, und zu Selims Lebzeiten hatte man den Spion auch nicht gebraucht.

»Können wir uns mit diesem Mann in Verbindung setzen?«

»Nein, Herr. Selim war der Ansicht, es würde den Mann gefährden, wenn wir ihm unsererseits Nachrichten zuspielen. Die Kontaktaufnahme geht immer von unserem Spion aus, und er benutzt jedes Mal einen anderen Kanal.«

»Wann haben wir die letzte Information von ihm bekommen?«

»Diesen Monat erst. Er hat uns durch den Kapitän eines Handelsschiffs aus der Levante mit Ziel Istanbul ein Pergament zukommen lassen, aber ich bin mir nicht sicher, ob alle seine Informationen stimmen, denn wir hören von anderen Quellen, dass der neue Großmeister aus Frankreich alt und gebrechlich sein soll, von schlechter körperlicher und geistiger Gesundheit. Noch andere Berichte sprechen von einem starken und fähigen Anführer, der Schulter an Schulter mit seinen Männern kämpft. Dann wieder heißt es, die Verteidigungsanlagen seinen baufällig und könnten leicht überwunden werden, und die Kreuzritter hätten nicht genügend Waffen und Vorräte herbeischaffen können. Das wiederum steht im Widerspruch zu den Informationen, die wir von Selims Spion erhalten. Außerdem gibt es noch einen zweiten Spion, der sehr gut platziert zu sein scheint. Wir haben allerdings keine Ahnung, wer es sein könnte.«

»Wie ist das möglich?«

»Wir wissen lediglich, dass von Zeit zu Zeit noch ein zweiter Informant detailliert über die Vorbereitungen der Kreuzritter berichtet. Die Nachrichten sind stets in der gleichen Handschrift verfasst, treffen nie mit dem gleichen Schiff ein und werden bei den Janitscharen im Ersten Vorhof abgegeben. Wir haben aber keine Ahnung, von wem sie kommen. Wir stufen auch diesen zweiten Spion als glaubwürdig ein, weil seine Nachrichten sich mit denen von Selims Spion ziemlich gut decken. Außerdem finden unsere Handelskapitäne die in diesen mysteriösen Briefen enthaltenen Informationen allemal bestätigt, wenn sie in Rhodos landen. Vielleicht handelt es sich um ein und denselben Mann, der seine Nachrichten in zweierlei Handschrift verfasst, um seine Identität zu verschleiern. Es könnte auch sein, dass es sich um zwei verschiedene Männer handelt, die nichts voneinander wissen. Wir tappen völlig im Dunkeln.«

»Und was haben uns die geheimnisvollen Briefe in jüngster Zeit verraten?«

»Dass die Mauern fast überall in *gutem* Zustand sind – allerdings mit ein paar Schwachstellen, die wir uns zunutze machen können. Wichtiger allerdings ist, dass es heißt, ein Teil der Pulvervorräte sei nachts entwendet und so gut versteckt worden, dass sie unauffindbar sind.«

»Warum das?«

»Der Quartiermeister führt über die Pulvervorräte Buch. Anhand seiner Listen glauben die Kreuzritter, sie hätten genug Pulver für ein ganzes Jahr. Der Großmeister ist der Meinung, wir würden den Winter nicht überstehen. Er nennt uns eine ›Sommerarmee‹, die sich zurückzieht, sobald das Wetter schlecht wird. Bei

Mehmets Belagerung vor zweiundvierzig Jahren ist genau das passiert, Majestät.« Piri hielt inne. »Vergebt mir, Majestät«, hob er dann wieder an, »aber ich musste das sagen, denn es gehört zum Plan des Großmeisters. Er glaubt, er kann es einfach aussitzen, bis der kalte Winterregen uns von seiner Insel vertreibt. Aber wenn wir ihn ernsthaft belagern, wird sein Schießpulver nur für ein paar Monate reichen. Doch das wird den Kreuzrittern erst nach einer Weile auffallen, und wenn sie es merken, ist es schon zu spät, und sie müssen sich ergeben. Andererseits ist Rhodos inzwischen stärker befestigt als je zuvor. Die Kreuzritter haben mit unserem Angriff gerechnet und sich darauf vorbereitet. Ihr neuer Großmeister ist nicht alt und schwach, sondern stark und entschlossen. Aber es ist auch richtig, dass er sich wenig Hoffnungen auf Unterstützung durch die *Ferenghi*, machen kann, seine europäischen Brüder – was wir im Übrigen ja auch erwartet haben.«

Da Suleiman nichts sagte, fuhr Piri fort: »Unter streng militärischen Gesichtspunkten erscheint der Angriff allerdings ein wenig unklug. Es ist für uns nicht ungefährlich, Streitkräfte dieser Größe auf einer kleinen Insel zu konzentrieren, die buchstäblich keinerlei Möglichkeiten zu ihrer Versorgung bietet. Die Kreuzritter sind geschickte Seefahrer. Sie könnten uns möglicherweise von unseren Nachschubbasen in Anatolien abschneiden.«

»Noch etwas?«

»Ja, Majestät. Unser größter Trumpf ist die Stärke unserer berittenen Truppe, der Sipahis. Unsere Kavallerie ist nahezu unschlagbar. Sie hat es mit einigen der besten Armeen der Welt aufgenommen und den Kampf mit Bravour gewonnen. Doch in einem Belagerungskrieg gegen eine mit hohen Mauern und tiefen Gräben gesicherte Festung sind die Reiter nutzlos. Sie werden tatenlos im Lager sitzen und Vorräte aufbrauchen. Wir werden den Kampf ohne die Hilfe unserer stärksten Waffe führen müssen. Warum wenden wir uns nicht wieder Europa zu und ziehen noch weiter die Donau hinauf bis nach Wien? Wir könnten dort unsere Position ausbauen und nach und nach auf dem gesamten Kontinent das Ruder übernehmen. Anschließend könnten wir Rhodos mit der Seidenschnur der Isolation die Luft abdrehen.«

Suleiman dachte lange und sorgfältig über Piris Worte nach. Er ließ sich auf den *Diwan* fallen und bediente sich an einer Obstschale. Piri sah geduldig zu, wie Suleiman eine Hand voll Trauben verzehrte, bevor er sich wieder seinem Wesir zuwandte.

»Piri Pascha, du hast gut gesprochen, und ich bin überzeugt, dass du die Wahrheit sagst. Aber dieser Spion interessiert mich nicht. Ob seine Informationen zutreffen oder nicht, macht wenig Unterschied. Dieser Philippe Villiers de l'Isle Adam mag ein schlauer Fuchs sein oder auch nicht, er mag ein Tattergreis sein oder nicht, ein Schwachkopf oder nicht – all das interessiert mich nicht. Ich bin der Sultan der Sultane, und ich fürchte niemand, so wenig wie meine Streitmacht jemand fürchtet!«

Suleiman ließ sich in die Polster sinken und atmete ein paarmal tief durch, um seine Gedanken zu sammeln. »Wir sind sehr gut auf die Belagerung vorbereitet. Mehr als hunderttausend Mann stehen bereit, um es mit diesem jämmerlichen Haufen Kreuzritter aufzunehmen. Wie viele Männer können sie zur Verteidigung dieser Hochburg der Höllenhunde auf die Beine bekommen? Fünfhundert Kreuzritter? Vielleicht tausend Söldner? Und vielleicht noch einmal tausend Griechen?«

Piri nickte zu den Worten des Sultans. Sie rechneten die Zahlen im Kopf zusammen. »Wir werden es mit zwei- bis dreitausend Mann zu tun bekommen«, sagte Suleiman. »Gut, sagen wir fünftausend, aber mehr auf keinen Fall. Dann sind wir ihnen immer noch zwanzigfach überlegen. Und *wir* haben die Möglichkeit, unsere Verluste durch Nachschub übers Meer auszugleichen, während *sie* auf ihrer kleinen Insel in der Mausefalle sitzen.« Er hielt kurz inne; dann fuhr er fort:

»Unser Sieg in Belgrad hat uns den Brückenkopf nach Europa gesichert. Aber die Kreuzritter zapfen die Handels- und Versorgungslinien meines Reiches an. Mein Urgroßvater musste sich noch durch seine Niederlage von den Kreuzrittern demütigen lassen. Der Feldzug meines Vaters hätte ihr Ende bedeutet. Vergiss nicht, dass er mir eine Armada von mehr als dreihundert Schiffen hinterlassen hat, die sich zurzeit darauf vorbereiten, von Galipoli nach Rhodos auszulaufen. Zehntausend Mineure und Sappeure stehen bereit, die Festungsmauern zu unterwühlen und niederzulegen. Im Zangengriff unserer Minen und unserer neuen Belagerungskanonen wird die Festung Rhodos zerbröckeln. Unsere Männer werden in die Stadt einfallen wie die Heuschrecken. Wie sollten die Kreuzritter sich *dagegen* wehren?«

Piri senkte den Kopf und blieb in dieser Haltung stehen. Es gab kein Zurück mehr. Mit dem Tulpenzüchten und den lauen Nächten mit Gartenblick über dem Bosporus war es vorbei. Es war ausgemachte Sache, dass es Krieg auf der Insel der Rosen geben würde – einen furchtbaren Krieg obendrein. Nur Allah selbst mochte wissen, wie er ausging.

Eine Woche lang hatte der junge Sipahi Abdullah jeden Abend im Schatten der zahlreichen Bäume des Neuen Palasts auf der Lauer gelegen und sein Augenmerk keine Sekunde vom Tor des Inneren Hauses gelassen. An sieben Abenden hatte er nur gewürztes Mehl mit Wasser zu sich genommen, während er im Zwielicht unter den Bäumen wartete. Er hatte kaum geschlafen, nur hier und da im Schutz der Gartenanlagen an die Palastmauer gelehnt ein paar Minuten mit geschlossenen Augen gedöst. Da vom Befehl des Sultans natürlich niemand wusste, war er genötigt, tagsüber wie immer die Reit- und Gefechtsausbildung seiner Kompanie zu absolvieren.

Am siebten Tag seiner Wache erschien nach Mitternacht eine von den Öllampen von hinten beleuchtete Silhouette in der Toröffnung. Der Mann sah sich vorsichtig um und lief in die Sträucherarkade, die vom Inneren Haus nach draußen führte. In der schlechten Beleuchtung war Abdullah sich anfangs nicht sicher, wen er vor sich hatte, dann aber erkannte er Ibrahim an seinem Gang.

An die Mauern gedrückt folgte der Sipahi Ibrahim durch die verschiedenen Palasttore. Ibrahims Ziel schien zunächst die Hagia Sophia zu sein, doch er ließ die Eingänge der Moschee links liegen und strebte fast eine Stunde lang immer weiter vom Wasser und dem Palast fort Richtung Innenstadt. Ein paarmal schien Ibrahim sich im Kreis zu bewegen, doch Abdullah ließ sich nicht abschütteln. In der Innenstadt konnte er problemlos in der Menge untertauchen, da selbst zu dieser späten Stunde die Straßen wesentlich belebter waren als zuvor das Palastgelände. Uniform und Waffe hatte er unter einem Überwurf verborgen.

Nach einiger Zeit strebte Ibrahim auf direktem Weg dem ärmlichsten Viertel der Stadt zu. Erstaunt beobachtete der Sipahi, wie Ibrahim sich unter den im Rinnstein und an Brunnentrögen schlafenden Gestalten umsah. Nach einiger Zeit schien seine Suche von Erfolg gekrönt, und er rüttelte einen offensichtlich Betrunkenen wach, der die leere Flasche noch in der Hand hielt. Er legte sich den Arm des Mannes über die Schulter, erhob sich aus seiner gebückten Haltung und zog den Betrunkenen auf die Füße. Abdullah sah die beiden einen Augenblick schwanken, dann nahm Ibrahim den Mann, der inzwischen das Gleichgewicht gefunden hatte, in beide Arme und drückte ihn an sich.

Die beiden schlurften zu einem Brunnen in der Nähe, aus dem ein dünnes kaltes Rinnsal plätscherte. Ibrahim setzte den Mann auf die Pflastersteine und lehnte ihn mit dem Rücken gegen den Brunnentrog, dann entledigte er ihn sorgsam seiner Lumpen, wusch ihn behutsam mit einem kleinen Stück Seife, das er im Gewand mitgebracht hatte, warf die verschmutzten Fetzen fort und zog dem Mann schlichte saubere Sachen an, die er ebenfalls bei sich führte. Als er den Mann gewaschen und neu eingekleidet hatte, stellte er ihn auf die Füße, stützte ihn und entfernte sich mit ihm die Gasse hinunter. Da Ibrahim viel zu beschäftigt war, um seinen Verfolger zu bemerken, wagte Abdullah sich jetzt näher heran.

Nach einem beschwerlichen Gang durch die Gassen der Stadt

hielten die beiden vor einer Herberge inne. Ibrahim zog einige Silbermünzen aus der Tasche und steckte sie in den Beutel des Mannes. Dann schob er die Tür auf und half dem Mann über die Schwelle. Eine Stunde darauf – die Abdullah wartend in der Kälte verbracht hatte – kam Ibrahim wieder auf die Straße hinaus.

Abdullah eilte zum Palast zurück, um noch vor Ibrahim dort anzukommen, und bezog seinen Beobachtungsposten am Tor zum Inneren Haus. Nach einer Weile sah er Ibrahim von seinem nächtlichen Ausflug zurückkommen, doch Abdullah wurde noch nicht beim Sultan vorstellig. Diese erste Nacht hatte zu wenige Erkenntnisse erbracht.

Er setzte seine Nachtwachen weitere vierzehn Tage fort, in denen er Ibrahim noch dreimal folgen konnte. Ibrahim stöberte den gesuchten alten Mann jedes Mal woanders auf, einmal in einem Reparaturschuppen für Boote unten am Bosporus, ein andermal an den Stufen der Hagia Sophia. Der Alte war jedes Mal betrunken und völlig zerlumpt, und jedes Mal vollzog sich das gleiche Schauspiel. Ibrahim wusch ihn fürsorglich, zog ihm neue Kleider an, gab ihm zu essen, steckte ihm Geld zu und besorgte ihm eine Herberge für die Nacht. Manchmal verbrachte Ibrahim nur ein paar Stunden bei dem alten Mann, manchmal die ganze Nacht. Abdullah konnte von Mal zu Mal ein bisschen näher herankommen, bis er endlich zu belauschen vermochte, was die beiden miteinander sprachen.

Nach Ibrahims vierter Exkursion konnte Abdullah seinen Auftrag als erledigt betrachten und seinem Sultan Bericht erstatten.

Vor vier Tagen hatte die Reisegesellschaft des Sultans Istanbul verlassen und war nach Nordwesten nach Edirne geritten. In Suleimans bevorzugtem Jagdgebiet an den Ufern der Maritza hatte man das Lager aufgeschlagen. Suleiman liebte es, die Monate August und September nicht in Istanbul, sondern im angenehmeren Klima des Nordens seines Landes zu verbringen. Nachdem der

Lagerplatz ausgewählt worden war, verwandelten die Bediensteten das Gelände meilenweit in einen Garten, pflanzten Rosen und wilde Quittenbäume. Die prächtig ausgestatteten Zelte standen den Räumen des Palasts in nichts nach. Suleiman hatte zwar nur eine kleine Wachmannschaft mitgenommen, doch an Dienern bestand in dem Zeltlager, das fast genau nach dem Plan des Topkapi-Palasts aufgebaut wurde, kein Mangel.

Suleimans Quartier befand sich im Zentrum eines von den Janitscharen bewachten Bereichs. Dicke Teppiche und *Kelims* bedeckten den Boden; die Zeltwände waren mit Kunstwerken behängt, die man aus dem *Hazine* mitgebracht hatte. Es gab Springbrunnen und Zieranlagen und sogar einen im Schatten eines großen Baumes aufgebauten Thronsitz im Freien. Das *Serail* des Sultans war so ausgerichtet, dass Suleiman von seinem Sitzplatz vor dem Zelt den Sonnenaufgang und den Sonnenuntergang beobachten konnte.

Er hatte mit Ibrahim Stunden im Gespräch über die alten Zeiten verbracht, den gemeinsamen Lebensabschnitt, als sie noch viel Zeit zum Lesen, Musizieren und Jagen gehabt hatten. Ibrahim hatte wie immer Schreibzeug zur Hand, um gegebenenfalls das Diktat seines Herrn aufzunehmen, falls es dem Sultan gefiel, ein Gedicht zu verfassen.

Am Tage der Falkenjagd ließ Suleiman nach der Rückkehr ins Lager für sich und Ibrahim das Nachtmahl unter einem Baum vor dem Zelt auftragen. Ibrahim holte sein Viol hervor und spielte leise im Halbdunkel griechische Weisen. Keiner sagte ein Wort. Die beiden Männer schienen sich nach den Tagen zu sehnen, da alles noch viel einfacher gewesen war. Suleiman fragte sich im Stillen beunruhigt, welches Geheimnis der junge Sipahi wohl über Ibrahim herausfinden mochte.

Sie waren gerade dabei, das Mahl – kalten Yoghurt und frisches Obst – zu beenden, als ein Diener sich näherte. Suleiman bedeutete ihm, sich kundzutun.

Der Diener kniete vor dem Sultan nieder. »Majestät«, signalisierte er in Ixarette, »Eure Mutter, die *Valide Sultan*, ist eingetroffen. Sie bittet um Euren Besuch, sobald es Euch genehm ist.«

Suleiman nickte.

»Und Eure Frau Gülbhar ist ebenfalls angekommen«, signalisierte der Diener eifrig weiter. »Auch sie bittet um eine Audienz.«

Mit erhobenen Brauen sandte Suleiman Ibrahim einen Seitenblick, doch sein Gefährte hob lediglich die Achseln. Der Diener wurde entlassen, und die beiden Männer waren wieder allein.

»Wir haben also Besuch von der *Valide Sultan* und der *Kadin* Gülbhar. Was für ein Tag! Ibrahim, ich bin froh, dass wir heute Morgen schon zur Jagd gegangen sind, denn der Rest des Tages wird wohl nicht mehr so erholsam sein. Was, glaubst du, hat uns die Gnade dieser Besuche eingetragen?«

»Darüber kann ich leider nur mutmaßen, Majestät.«

»Also gut. Ich werde als Erste meine Mutter aufsuchen. Die *Kadin* kann warten.«

Ibrahim stand auf, während Suleiman sich von seinem Platz erhob und durch das Spalier der Janitscharen zu den Haremszelten schritt.

Er betrat den mit scharlachroten Läufern belegten Gang zwischen den Sichtschutzwänden, die von einer Flucht kostbarster Wandteppiche gebildet wurden. Am Eingang zum Harem, der von sechs Janitscharen bewacht wurde, erwartete ihn mit einer tiefen Verbeugung der Oberste Schwarze Eunuch. Suleiman nahm die Ehrerbietung mit einem leichten Kopfnicken entgegen. Die Janitscharen salutierten vor ihm als einem ihrer Offiziere, um sich dann als ihrem Sultan vor ihm zu verbeugen. Suleiman schritt zwischen ihnen hindurch in den Hofbereich des Harems und ging direkt zum Zelt seiner Mutter, während ihm einige ihrer Dienerinnen aufgeschreckt voranflatterten, um seine Ankunft zu melden.

Hafiz hatte sich auf dem Teppich niedergelassen und ruhte auf behaglichen Sitzkissen. Dienerinnen waren damit beschäftigt, ihr Haar mit edelsteinbesetzten Spangen zu schmücken. Bei Suleimans Eintritt fielen die Zofen auf die Knie und huschten rückwärts davon.

Als sie allein waren, wandte Hafiz sich ihrem einzigen Sohn zu. Sie senkte den Kopf zu einer angedeuteten Verbeugung und streckte die Hand aus, die Suleiman an seine Stirn führte. Sie umarmten sich und küssten einander zart auf die Wange.

»Ah, Mutter, was führt dich nach Edirne? Ich dachte, du wolltest in der Stadt bleiben.«

»Es hat uns neidisch gemacht, dass du hier an der Maritza das Kommen des Herbstes erleben darfst, während wir in der Stadt in der Hitze der letzten Sommertage schmoren müssen. Da sind wir hergekommen.«

»Und wer genau ist ›wir‹?«

»Gülbhar hat mich begleitet. Und eine ausreichende Zahl Haremsdamen, die uns zu Diensten sein können ... und dir, falls du es wünschst.«

»Und wie viele sind eine ›ausreichende Zahl‹, wenn ich fragen darf?«

»Noch nicht einmal einhundert, mein Sohn. Das sollte reichen.«

Suleiman lachte. Hundert Haremsdamen bedeutete mindestens noch einmal das Doppelte an Dienerinnen, Köchen und Wächtern. Aber er würde sich niemals eine Kritik an seiner Mutter erlauben. Niemals.

»Und Gülbhar? Was macht sie?«

»Sie wartet darauf, dass du sie besuchst. Sie wird dir selbst sagen, was sie bewegt. Dein Sohn Mustafa ist im Palast geblieben. Sein Näschen hat wieder angefangen zu laufen. Wir sagten uns, dass die Reise zu gefährlich für ihn sein könnte, angesichts der Luftveränderung und der aufkommenden Herbstwinde hier oben. Zu viel Klimawechsel ist nicht gut für Kinder.«

»Ja, Mutter, aber er fehlt mir trotzdem. Vielleicht reisen wir ein paar Tage früher in die Stadt zurück, damit ich ihn noch besuchen kann. Ich habe ihn schon einige Zeit nicht mehr gesehen, und wenn ich gegen Rhodos ziehe, kann es bis zu einem Wiedersehen vielleicht sehr lange dauern.«

Hafiz zog die Stirn kraus, sagte aber nichts. Sie hatte nichts übrig für einen neuerlichen Kriegszug, für neuerliche Verluste von türkischen Menschenleben auf dem Schlachtfeld. Doch sie behielt ihre Meinung für sich, denn sie wusste, wie sehr ihr Sohn darauf brannte, die Ungläubigen von ihrer Insel zu vertreiben. Außerdem gab es für den Schatten Gottes keine wirkliche Gefahr, stand er doch rund um die Uhr unter dem Schutz seiner Janitscharenleibgarde. Mochten die Anführer der Kreuzritter Seite an Seite mit ihren Männern auf dem Schlachtfeld kämpfen – gewiss nicht der Sultan des Osmanischen Reiches!

Suleiman wollte sich setzen, doch Hafiz scheuchte ihn wieder hoch wie ein unartiges Kind. »Nein, nein, nein!«, sagte sie ungeduldig und drängte ihn mit beiden Händen wedelnd zum Ausgang – eine Geste, die sich im ganzen Reich niemand sonst hätte erlauben dürfen. »Geh zu Gülbhar und leiste ihr Gesellschaft. Ich glaube, sie hat ein Geschenk für dich.«

»Ein Geschenk?« Suleimans Augen strahlten wie die eines kleinen Jungen.

»Nun geh schon zu ihr, dann kannst du selbst herausfinden, was es ist.«

Lächelnd umarmte Suleiman seine Mutter abermals. Er beugte sie zu ihr herab und küsste sie auf den Scheitel. Beglückt roch er den vertrauten Rosenduft, den er von Kindesbeinen an kannte, den Duft, der für ihn das Zuhause bedeutete.

Beim Betreten von Gülbhars Unterkunft bemerkte Suleiman erstaunt, welche Erregung das Auftauchen seiner Familie bei ihm ausgelöst hatte. Er war zwar ein wenig traurig, dass der kleine Mustafa nicht mitgekommen war, doch tief im Innern wusste er, dass ihm dadurch mehr Zeit für die vertraute Zweisamkeit mit

Gülbhar blieb. Anders als sein Vater, sein Großvater und sein Urgroßvater suchte Suleiman den Harem nur sehr selten auf.

Geschwinden Schrittes begab er sich zu Gülbhars Raum, wo er sie still auf dem *Diwan* sitzend vorfand. Keine Zofe war zu sehen. Mit einem edlen Seidengewand angetan hatte sie unverkennbar auf ihn gewartet. Ihr juwelengeschmücktes Haar duftete, aber ganz anders als bei Hafiz.

Als Suleiman auf sie zutrat, glitt sie auf den Teppich und drückte die Stirn auf den Boden. Er nahm sie an der Hand, geleitete sie auf den *Diwan* zurück und setzte sich zu ihr. Gülbhar sagte immer noch nichts, doch ihr Blick ruhte unverwandt auf ihm. Beglückt bemerkte Suleiman den Ausdruck tiefer Freude und Liebe in ihren Augen.

Bevor er sie aufzustehen bat, betrachtete Suleiman seine Erste Frau. Für eine Tscherkessin war sie hoch gewachsen und außerdem wesentlich schlanker als die meisten Damen im Harem. Ihr helles, geschmeidiges Haar und ihre frische Haut hatten ihr den Kosenamen »Frühlingsblume« eingetragen. Lächelnd tätschelte Suleiman ihr weiches Haar. Als sie sich erhob, roch Suleiman den Duft ihres Parfüms, der sie umwehte.

Gülbhar ließ Suleimans Hand los, um ein flaches, in blutroten Samt eingeschlagenes Päckchen mit goldenem Saum vom Teppich aufzuheben. »Das habe ich für Euch gefunden, Majestät«, sagte sie und reichte es ihm. »Ich hoffe, es wird Euch zu Eurer Sicherheit gereichen.« Mit niedergeschlagenen Augen wartete sie darauf, dass er das Geschenk öffnete.

Suleiman lächelte. Er bewunderte diese Frau, der es gelang, ein Geschenk für einen Mann zu finden, der bereits alle Schätze dieser Welt besaß. Was mochte sie aufgetrieben haben, das er nicht bereits sein Eigen nannte?

Er löste die Verpackung und ließ sie auf den Boden fallen. Ein gewirktes weißes Baumwollhemd mit kurzen Ärmeln kam zum Vorschein. Es war frisch gebügelt und ohne das geringste Fältchen. Das Kleidungsstück war vorn und hinten und sogar unter den Ärmeln mit einem Muster aus Hunderten kleiner schwarzer Quadrate bemalt, in die in arabischer Schrift Buchstaben und Wörter hineingeschrieben waren.

Suleiman hielt das zarte dünne Gewirk ans Licht. Auch wenn er die Buchstaben lesen konnte, hatte er noch nie etwas Ähnliches gesehen.

»Gülbhar, was ist das? Was hast du da für mich gefunden?«

Sie lachte und nahm ihm das Kleidungsstück aus der Hand, um es an den Schultern hochzuhalten. »Es ist ein medizinisches Hemd, Majestät. Ich habe es von einem heiligen Mann. Er hat mir erzählt, er hatte einen Traum, in dem der Prophet – seine Seele ruhe immerdar in Frieden – zu ihm gekommen sei und ihn angeleitet habe, dieses Hemd anzufertigen. Der Prophet hat ihm die heiligen Namen und Worte gesagt, die Euch beschützen werden. Der heilige Mann sagte, das Kleidungsstück könne sogar Geschosse und Pfeile abwenden. Herr, es hat wahre Zauberkraft. Wenn Ihr demnächst in die Schlacht zieht, müsst Ihr es unbedingt tragen.«

Suleiman nahm das Hemd und hielt es sich an. »Es wird wie angegossen unter meine Gewänder passen, sogar unter meine Rüstung. Ich werde es bei jedem meiner Kriegszüge tragen. Ich danke dir für dieses wunderbare Geschenk, und ich danke dem Propheten, seine Seele ruhe in Frieden, dass er dem heiligen Mann diesen Traum gesandt hat.«

Er legte das Hemd auf dem *Diwan* ab und nahm Gülbhars Hand. »Wer außer dir könnte ein solches Geschenk für mich aufspüren? Ich danke dir! Aber wie geht es Mustafa?«

»Gut, mein Herr. Er kann schon laufen und rennt seinen Aufsehern davon, so oft er kann. Er versucht, sich vor ihnen zu verstecken, und sie tun so, als könnten sie ihn nicht finden. Er ist ein kleiner Schatz und möchte seinen Vater nur allzu gern wiedersehen, aber ich hielt es nicht für geraten, ihn hierher zu Euch mitzubringen. Er ist ja noch ein kleines Kind und könnte auf einer so beschwerlichen Reise krank werden. Es ist besser, er bleibt vorerst im Palast.«

»Ja, das hat mir die *Valide Sultan* auch schon gesagt. Aber ich freue mich, dass du hier bist, und wir werden ja in absehbarer Zeit wieder in der Stadt zurück sein. Wenn du zu Abend gegessen hast, werde ich nach dir schicken. Lass uns heute die Nacht zusammen verbringen – es ist ja schon viel zu lange her.« Suleiman küsste Gülbhar auf die Wangen, stand auf und ging.

Kaum dass er fort war, stürzten Gülbhars Zofen herein und machten sich daran, Gülbhar für die Nacht mit dem Sultan zurechtzumachen. Haare wurden gezupft und geschabt, dunkelbraune Holzkohle auf die Lider getupft, Perlen ins Haar geflochten. Gülbhar würde ein durchsichtiges Seidengewand mit Goldbesatz tragen, das sie von Suleiman nach der letzten gemeinsamen Nacht im Bett als Geschenk erhalten hatte.

Dieserart vorbereitet würde sie von den Zofen umsorgt in ihrem Zelt auf dem *Diwan* sitzen und ergeben warten, bis der Sultan bereit für sie war.

Abdullah trat in das Zelt mit dem Privatgemach des Sultans und drückte die Stirn auf den Boden.

»Junger Mann, ich habe vier Wochen lang nichts von dir gehört und gesehen. Ich hoffe, du kannst mir etwas melden, womit diese Angelegenheit aus der Welt ist!«, sagte Suleiman und forderte den Sipahi auf, sich zu erheben und zu sprechen.

»Das hoffe auch ich, Majestät. Ich bin dem Haushofmeister an vier Tagen in ebenso vielen Wochen gefolgt, wie Ihr mir aufgetragen habt. Er hat mich kein einziges Mal ertappt. Einmal hat er allerdings sehr lange zu mir hergesehen. Ich glaube, er hätte sich am liebsten mit mir geschlagen, aber er hatte wohl Angst um die Sicherheit des alten Mannes, der bei ihm war.«

»Was für ein alter Mann? Du greifst vor! Berichte gefälligst der Reihe nach!«

Der junge Sipahi riss sich zusammen und erzählte in allen Einzelheiten von seinen Beobachtungen in den jeweiligen Nächten: wie Ibrahim den heruntergekommenen schlafenden Alten in verschiedenen Gegenden der Stadt aufgestöbert hatte, wie er ihn gewaschen und eingekleidet, ihm etwas zu essen und eine Unterkunft besorgt hatte und manchmal die ganze Nacht bei ihm geblieben war.

Suleiman blickte unbehaglich drein. »Und? Wer ist der Mann? Hast du das herausgefunden?«

»Jawohl, Majestät. Beim letzten nächtlichen Ausflug habe ich mich so nahe heranschleichen können, dass ich ihr Gespräch belauschen konnte. Ich war ihnen zu einem schäbigen Gasthaus in einem heruntergekommenen Stadtviertel gefolgt. Sie saßen an einem Tisch in der Nähe des Fensters, und ich hatte mich während ihrer Mahlzeit draußen unters Fensterbrett gekauert, wo ich allerdings nicht jedes Wort der Unterhaltung verstehen konnte. Anfangs sprachen sie nur übers Meer, und es war schnell klar, dass der Alte ein Seemann gewesen sein musste – aus Griechenland, wie ich annehme.«

Suleiman hob die buschigen Brauen. »Was hat dich darauf gebracht, dass er Grieche ist?«

»Sie unterhielten sich zwar meist auf türkisch, Majestät, aber der Alte hatte einen starken griechischen Akzent. Ich habe gehört, wie er von seinen alten Seemannstagen erzählt hat und von seinem Wunsch, endlich von hier fortzusegeln. Manchmal verfiel er in eine Sprache, die mir fremd ist, aber ich glaube, es war griechisch. Jedenfalls hat es geklungen wie die paar Wörter in der griechischen Sprache, die ich gelernt habe, als ich auf Euren Schulen war.«

»Und wer ist nun dieser griechische Seemann? Ein Spion? Verkauft mein Haushofmeister meine Pläne an einen griechischen Seemann? Kommt der Kerl gar aus Rhodos?«

»Nein, Majestät, bestimmt nicht. Euer Haushofmeister ist kein Spion, dessen bin ich gewiss. Er hat den Mann an diesem Abend immer wieder ›Baba‹ genannt. Der arme Alte ist sein Vater!«

Nach einem leichten Abendessen – Lammfleisch mit Reis – lehnte Suleiman sich betulich in einen Kissenberg zurück, der in der Mitte des schwach erleuchteten Zelts aufgebaut war, und ließ sich von der Glut eines Kohlebeckens wärmen. Er kostete gerade sein Zitronensorbet, als sich ein Page meldete, eintrat und die Stirn auf den Boden presste. Suleiman bedeutete ihm aufzustehen und wartete auf seine Botschaft.

Der Page signalisierte, dass die *Kadin* Gülbhar, vom Obersten Schwarzen Eunuchen begleitet, aus dem Harem eingetroffen sei. Suleiman nickte und winkte den Pagen hinaus.

Nach einer kurzen Pause vernahm Suleiman gedämpfte Schritte. Gleich darauf erschien der Schwarze Eunuch und verkündete mit einer Verbeugung Gülbhars Ankunft. Suleiman stellte das Sorbet ab, ordnete seine Kleidung und gab Zeichen, Gülbhar hereinzuführen.

Gülbhar hatte ihre Zofen schon am Eingang zu Suleimans Quartier entlassen. Ohne Begleitung trat sie über die Schwelle. Einem alten osmanischen Zeremoniell folgend, kniete sie nieder und kroch stumm die paar Meter herbei, die sie vom *Diwan* des Sultans trennten. Die Stirn auf den Teppich gedrückt, griff sie nach der Ferse des Sultans, um sich seinen Fuß in einem Akt der Unterwerfung und zum Zeichen ihrer eigenen Verwundbarkeit in den Nacken zu setzen und dort einige Sekunden festzuhalten, bevor sie ihn wieder losließ.

Suleiman griff zu ihr hinab. Ohne ein weiteres Wort nahm er ihre Hand und zog sie sanft hoch auf die Polster. Ihre Geste der Unterwerfung rührte ihn. In den Jahren ihrer Beziehung hatte Gülbhar rasch alle übertriebene Förmlichkeit abgelegt. Sie durfte sich nach Belieben zu ihm gesellen und erschien oft praktisch unangemeldet und meist ohne Begleitung. Aber das war in Suleimans Tagen als Statthalter von Manisa gewesen, als er den Sultansthron noch nicht bestiegen hatte. Von dem Tag an, als er mit dem Schwert des Hauses Osman gegürtet worden war, hatte ihr Verhältnis sich irgendwie und ohne jede Absprache geändert. Doch hier in seinem Zelt fiel die Spannung von Suleiman ab, und er wurde wieder zum Liebhaber seiner *Kadin*.

Suleiman fühlte, wie Gülbhar sich auf dem *Diwan* an ihn schmiegte. Er spürte die Wärme ihres Schenkels, roch den kaum wahrnehmbaren Duft des Parfüms auf ihrer Haut. Es fiel kein einziges Wort, denn alles, was sie einander zu sagen hatten, war zuvor schon längst gesagt. Abgesehen vom Wohlbefinden des kleinen Sohnes und Thronerben Mustafa gab es wenig, das Suleiman mit Gülbhar zu besprechen gehabt hätte.

In der Stille des Sommerlagers versuchte das Paar sich dem Gefühl völliger Abgeschiedenheit hinzugeben. Suleiman hatte besser als Gülbhar gelernt, sich darüber hinwegzusetzen, dass sich jederzeit und überall Dutzende von Wachen und Dienern in Hörweite befanden. Die Zeltwände waren dicker und reicher geschmückt als bei gewöhnlichen Armeezelten, doch Geräusche konnten dennoch nach außen dringen. Gülbhar fiel es schwer, sich zu entspannen, wusste sie doch, dass man ihre Worte und Laute draußen mithören konnte. Der Sultan war das Leben in einer zu seinem Schutz überwachten Umgebung gewohnt, seiner achtzehnjährigen *Kadin* jedoch machte diese Situation noch zu schaffen.

Eine nach ihrem Empfinden endlos langen Zeitspanne wartete Gülbhar auf eine Reaktion ihres Herrn und Meisters auf ihre Gegenwart. Endlich spürte sie, wie sein Körper sich sanft an den ihren schmiegte und ihr so nahe kam, dass ihr das würzige Aroma seines zuvor genossenen Lammbratens in die Nase fächelte. Sie selbst hatte an diesem Abend nichts zu sich genommen, damit sich kein störender Geruch auf ihre Zunge legen oder in ihren Atem mischen konnte. Der ganze Tag war vollständig darauf angelegt, dem Sultan zu Gefallen zu sein. Ihre Zukunft, ihr ganzes Leben und das Leben ihres Kindes waren einem Mann anempfohlen, auf den fast zweihundert andere Frauen warteten, um seine Gelüste und Launen zu befriedigen.

Ein tiefer Seufzer Suleimans war für Gülbhar das Zeichen seiner Bereitschaft. Sie beantwortete diese kaum merkliche Einladung, indem sie aus ihrem Kaftan schlüpfte. Ein rosafarbenes durchsichtiges Oberteil kam zum Vorschein, das den sanften

Schwung ihrer Brüste und ihre Brustknospen erahnen ließ. Suleiman blickte lächelnd in ihre Augen. Er legte die Hand auf ihren Schenkel und streichelte sie sanft durch den seidenen Stoff ihres langen Gewandes. Nun begann sie, ihn ihrerseits zum ersten Mal in gleicher Weise zu liebkosen. Sein Atem ging schneller, und sie spürte die wachsende Erektion unter seinen weiten Gewändern. Sie hielt einen Augenblick inne, um weit aus dem Lager gelehnt die nächste Öllampe auszublasen.

Dann löste sie das Perlengeschmeide, mit dem ihr Haar auf den Kopf hochgebunden war. Als es sich in den Haaren verfing, drückte Suleiman ihre Hände sanft beiseite, um selbst den Knoten zu entwirren. Das Geschmeide löste sich, und Suleiman ließ es zu Boden fallen. Das Gefühl ihres weichen Haars, das ihr nun üppig über die Schultern fiel, erregte ihn noch stärker als zuvor die Berührung. Er küsste ihren Scheitel und sog den Duft ihres Parfüms ein.

Gülbhar griff nach einer bereitliegenden Decke und breitete sie über ihre und Suleimans Beine, bevor sie in dem schwachen Dämmerlicht die Knöpfe ihres Oberteils öffnete und es heruntergleiten ließ. Während sie sich aus den noch verbliebenen zahllosen Schichten hauchdünner Seide schälte, die ihren Körper umhüllten, beugte Suleiman sich über sie und küsste ihren entblößten Busen. Sie zog die Decke höher um ihren nunmehr völlig nackten Körper, bis sie selbst und Suleiman, der sich ebenfalls der Kleidung entledigt und sie neben dem *Diwan* fallen gelassen hatte, gleichsam in einen seidenen Kokon gehüllt waren. Sie verharrten einem Moment, in dem sie einander stumm und bewegungslos umfangen hielten. Noch immer war kein Wort zwischen ihnen gefallen.

Gülbhar löste sich aus der Umarmung und glitt langsam tiefer unter die Decke. Während sie langsam aus Suleimans Blickfeld verschwand, überließ er sich widerstandslos den Empfindungen, die auf ihn einströmten. Das Gefühl von Gülbhars Mund und Zunge, die seinen Körper erforschten, verdrängten sämtliche Gedanken an sein Reich und den bevorstehenden Krieg.

Gülbhar umschlang die Hüften ihres Geliebten und nahm liebkosend sein Glied in den Mund. Ihre Finger spielten auf seinem Rücken und seinem Gesäß. Binnen kurzem explodierte in Suleiman das aufgestaute Verlangen, das so lange nicht befriedigt worden war. Gülbhar kroch wieder hoch und schmiegte sich an seinen schweißbedeckten Körper. Sie spürte, wie er einnickte und schlief selbst ein Weilchen. Einige Zeit später wachte sie von Suleimans Liebkosungen auf. Es war dunkel geworden; auch die einzige noch verbliebene Öllampe war inzwischen verloschen. Als Gülbhar Suleimans Zärtlichkeiten erwiderte, war er rasch wieder erregt und drang in sie ein. Wie zwei jung Verliebte liebten sie sich bis tief in die Nacht und fielen dann erneut in den Schlaf. Als der Schein der Morgensonne den Himmel des Zeltes erhellte, fand Suleiman sich nackt und entspannt unter der seidenen Decke in seinen Kissen wieder – allein wie zuvor.

5.

Die Festung

Rhodos, Festung der Johanniter
Mai 1522

Als der neugewählte Großmeister Philippe Villiers de l'Isle Adam am neunzehnten September 1521 endlich auf der Insel Rhodos eingetroffen war, war er im Handelshafen beim Naillac-Turm an Land gegangen. Er hatte zu den Zinnen hinaufgeblickt, wo er den größten Teil seiner Jugend verbracht hatte.

Philippe war der Spross einer vornehmen Familie aus Beauvais in Frankreich und blutsverwandt mit Jean de Villiers, einem der berühmtesten Großmeister des Ordens. Bei der Vertreibung der Kreuzritter aus ihrer Festung in Akkon im Jahre 1291 hatte Villiers das Kommando gehabt.

Philippe war schon als Halbwüchsiger in den Kreuzritterorden der Johanniter aufgenommen worden. Viele Jahre zuvor war er schon einmal an gleicher Stelle von Bord gegangen, als kaum flügge gewordener Jungritter, als die Festung noch die Wunden leckte, die ihr die furchtbare Belagerung durch Mehmet den Eroberer im Jahre 1480 geschlagen hatte.

Als Philippe im vergangenen September auf sein geliebtes Rhodos zurückgekehrt war, hatte er sich im Schatten der gewaltigen Mauern bereitgemacht, den Befehl über die stärkste Festung der Welt zu übernehmen. Jetzt, nur ein Jahr später und bloß wenige

Seemeilen entfernt, bereitete sich Suleimans Armee – die größte Streitmacht der Welt, von fast dreihundert Kriegsschiffen unterstützt – darauf vor, den Krieg wieder auf Philippes Inselheimat zu tragen.

Die befestigte Stadt Rhodos liegt am Nordostzipfel der länglichen Insel, die sich über gut siebzig Kilometer Länge und ungefähr siebenundzwanzig Kilometer Breite von Südwesten nach Nordosten erstreckt. In der Mitte der Insel verläuft wie ein Rückgrat ein Bergrücken, der an seiner höchsten Stelle fast zwölfhundert Meter über dem Meer aufragt. Die Stadt Rhodos besitzt zwei künstlich angelegte Häfen. Nördlich vor der Stadt liegt wie ein aufgerissenes Maul der Porto Mercantile, der Handelshafen, dessen Eingang auf der Festlandseite vom Naillac-Turm und auf der Ostseite durch den Mühlenturm auf der künstlich aufgeschütteten Mole geschützt war. Die Einfahrt ist keine dreihundert Meter breit und konnte durch eine Kette mit Balkenschwimmern leicht unpassierbar gemacht werden. Noch weiter nördlich liegt ein zweiter, kleinerer Hafen, der Porto del Mandraccio oder Galeerenhafen, über dessen Einfahrt in der Antike der legendäre Koloss von Rhodos gestanden hatte. Die Kolossalstatue galt damals als eines der sieben Weltwunder, war aber längst verschwunden.

Die befestigte Stadt lag auf einem kleinen Hügel und bedeckte eine Fläche von gut fünfzehnhundert Metern im Quadrat. In die gewaltigen Mauern waren in regelmäßigen Abständen Wehrtürme eingefügt. Die Ordensritter hatten die Mauern und Verteidigungswerke ihrer Stadt zweihundert Jahre lang unablässig verstärkt und nach der erfolgreich überstandenen Belagerung von 1480 die Modernisierung und den Ausbau der Befestigungen sogar noch gesteigert.

Viele Veränderungen waren vorgenommen worden, um den jüngsten Entwicklungen der Belagerungskriegführung zu begegnen. Der ursprüngliche Mauergürtel war vor der Entwicklung starker Belagerungskanonen erbaut worden. Er musste lediglich schwer zu überklettern sein, damit keine feindlichen Soldaten in die Stadt eindringen konnten. Die neuen Mauern jedoch mussten einem Dauerbeschuss mit den von den Türken inzwischen eingesetzten großkalibrigen Stein- und Metallkugeln widerstehen können. Man hatte die alten Mauern bis auf zwölf Meter Dicke verstärkt und teilweise durch Bastionen ersetzt, die weit aus dem Mauergürtel vorsprangen, um die Zugänge zur Stadt auch von der Seite unter Feuer nehmen zu können. Die ohnehin gewaltigen Festungsgräben waren verbreitert und vertieft und zusätzlich mit einem zweiten Grabensystem umgeben worden.

Die Wachtürme, die zuvor lediglich zur Beobachtung des Feindes und gelegentlich als Stellung für Bogenschützen gedient hatten, wurden als Ecktürme auf die Bastionen vorversetzt. Siedendes Öl und Pech waren durch modernere Waffentechnik ersetzt worden. Die Verteidiger konnten jedem Versuch der Angreifer, mit Rammböcken eine Bresche in die Mauer zu schlagen oder die Mauern mit Leitern zu stürmen, mit einem mörderischen Kreuzfeuer der Bogen-, Armbrust- und Feuerwaffenschützen begegnen. Zur der Zeit, als Philippe das Kommando übernahm, gab es auf der ganzen Welt keine Festung, die besser für eine längere Belagerung gerüstet war.

Wie überall sonst auf der Welt waren die Kreuzritter auch auf Rhodos nach Landsmannschaften organisiert. Sie unterteilen sich in *Langues*, dem französischen Wort für Zunge oder Sprache. Es gab die *Langue* von England, Frankreich, Deutschland, der Auvergne, der Provence und Italiens. Aragon und Kastilien bildeten gemeinsam die *Langue* von Spanien. Frankreich stellte die bei weitem einflussreichste *Langue*.

Zwischen den verschiedenen Nationen herrschte große Rivalität. Die Eifersüchteleien entzündeten sich vor allem am unterschiedlichen finanziellen Rückhalt der einzelnen Landsmannschaften, von denen Frankreich am besten gestellt war. Ihr Quartier, die *Auberge*, war am luxuriösesten ausgestattet. Die *Langues* teilten sich auch die Verantwortung für die Befestigungen. Der Festungsabschnitt der Franzosen war am aufwändigsten gesichert, während die Abschnitte der ärmeren *Langues*, zu denen auch England gehörte, gewisse Schwächen aufwiesen.

Der französische Ritter Jean de Morelle war der jungen Griechin Melina zum ersten Mal auf dem Markt vor den Mauern der Stadt begegnet. Sie hatte mühsam versucht, ihrem Esel einen schweren Korb mit Früchten aufzuladen, und Jean hatte ihr dabei geholfen.

Melina hatte diesen Kreuzritter bislang noch nicht gesehen. Sie achtete ohnehin wenig auf die vielen Männer, die mit Schwertern bewaffnet in ihren Umhängen durch ihre Stadt stolzierten. Die Kreuzritter waren schon zwei Jahrhunderte auf Rhodos, doch für Melina waren sie immer noch Eindringlinge. Rhodos war Melinas Stadt; daran konnten auch die vielen Besatzungsmächte nichts ändern, die sich hier im Lauf der Jahrhunderte ein Stelldichein gegeben hatten.

Ohne viel Konversation zu machen, hatte Jean den Korb auf dem Rücken des Esels festgezurrt und sich angeschickt, Melinas Tragtier am Zügel zu führen. Melina hatte derweil den auf etwas sperrige Weise gut aussehenden Ritter gemustert, dessen Gesicht verwitterter wirkte, als es seinem wirklichen Alter entsprechen mochte. Melina wusste, dass alle Ritter eine Weile auf den Galeeren und den großen Kriegsschiffen ihres Ordens Dienst tun mussten. Vielleicht war das, was sie sah, auf den jahrelangen Dienst auf See zurückzuführen. Der Ritter hatte dunkelbraunes Haar und blaue Augen. Als er sie ansah, konnte Melina seinem Blick nur schwer standhalten. Es lag etwas darin, das sie die Augen niederschlagen ließ. Um ihn nicht anblicken zu müssen, befingerte sie das Zaumzeug des Esels. *Warum macht dieser Ritter dich so nervös?*, fragte sie sich.

Sie gingen miteinander in die befestigte Stadt zurück. Jean, der den Esel führte, schritt voraus. *Sie ist bestimmt Griechin*, überlegte er. Ihr schwarzbraunes Haar, die dunklen Augen und die olivfarbene Haut wiesen eindeutig in diese Richtung. Als sie auf Griechisch ein paar Worte wechselten, hatte sie keinen Akzent. Aber das galt auch für ihn, und er war Franzose.

Jean ließ sich von Melina durch die engen und verwinkelten Gassen führen, bis er sich schließlich im jüdischen Viertel auf der Straße der Synagoge wiederfand. Das *Kathal Kadosch Gadol*, das heilige große Gebetshaus, war bei der Belagerung von 1480 zerstört, dann aber unter Mithilfe der Kreuzritter als Anerkennung für die Hilfe der jüdischen Inselbewohner während der Belagerung wieder aufgebaut worden. Mehmets Streitmacht hatte das jüdische Viertel von See her mit steinernen Kanonenkugeln fünf Wochen lang ohne Unterlass bombardiert. Mit dem Schutt der zerstörten Häuser der Juden hatte man damals die Festungsmauern wieder instand gesetzt.

Durch eine Mauerbresche waren die Türken in das jüdische Viertel eingedrungen. Als es unvermeidlich schien, dass die Türken die Stadt überrennen und Kreuzritter und Juden unterschiedslos abschlachten würden, geschah etwas gänzlich Unerwartetes. Aus unerfindlichem Grund wandten die Türken sich plötzlich zur Flucht und stürzten aus der Stadt. Juden und Christen glaubten, das Eingreifen Gottes hätte sie aus der Hand der Ungläubigen gerettet. Doch die Freundschaft zwischen den Christen und den Juden auf Rhodos sollte nicht von langer Dauer sein.

Mit Beginn des sechzehnten Jahrhunderts verschlechterte sich das Verhältnis zusehends. Die Welle der christlichen Intoleranz gegenüber den Juden, die über ganz Europa gerollt war, schwappte schließlich auch an die Gestade von Rhodos. Der Großmeister Pierre d'Aubusson befahl, die Juden von der Insel auszuweisen. Man gab ihnen fünfzig Tage, um ihre Besitztümer zu veräußern und die Insel zu verlassen. Aus Furcht, die Türken könnten in den Juden willige Spione finden, durften sie sich nicht in der Türkei ansiedeln. Nur wer sich taufen ließ und zum Christentum übertrat, durfte auf der Insel bleiben. Am härtesten traf die Juden die von d'Aubusson verordnete Zwangstaufe aller Kinder, unabhängig davon, ob die Eltern die Insel verlassen oder hier bleiben wollten. Die Ausreisewilligen wurden mit dem Schiff nach Nizza geschafft, viele wurden gefoltert und ermordet.

Die Reaktion der Juden auf den Ausweisungsbefehl erfolgte prompt. Sie strömten auf die Straße, zerrissen sich die Kleider und zogen die Fetzen wieder an, das Innere nach außen gekehrt. Sie bestreuten sich mit Asche aus den Küchenfeuern, und ihr Wehklagen erfüllte die Luft. Die jüdischen Würdenträger flehten d'Aubusson um Milde an, worauf er sämtliche Juden, die nicht zum Christentum übergetreten waren, in ein tiefes Loch werfen ließ, wo man sie ohne Nahrung und Wasser bis auf einige wenige zugrunde gehen ließ. Mit dem Gebet *Schmah Israel, Adonoi eloheynu, Adonoi echod* auf den Lippen – höre, o Israel, der Herr, unser Gott, ist der einzige Gott – kamen am Ende auch diese Standhaften ums Leben.

In den darauf folgenden Jahren betrieben die Kreuzritter wie eh und je ihre Piraterie im Mittelmeer und erbeuteten ganze Schiffsladungen von Sklaven, darunter eine große Zahl Juden. Es war eine Ironie der Geschichte, dass im Jahr 1522 die Anzahl der Juden auf Rhodos größer war als die Zahl derer, die der Großmeister d'Aubusson vertrieben oder umgebracht hatte.

Jean und Melina gingen an der Synagoge vorbei und bogen in die nächste Gasse ein, wo Melina zu Hause war. Ihr Häuschen aus grobem Mauerwerk zwängte sich zwischen zwei andere Häuser; die kleinen Fenster waren mit Schlagläden verschlossen. Die Häuser an der Gasse mit dem schwarz-weißen Kieselpflaster glichen einander wie ein Ei dem anderen. Vor der Tür sprossten Blumen aus einem Fleckchen ungepflasterter Erde. »Habt Ihr sie gepflanzt?«, fragte Jean.

»Nein, das sind Wildblumen«, antwortete Melina auf Griechisch.

So wie du, dachte Jean. Er wunderte sich, dass eine Griechin im Judenviertel wohnte, sagte aber nichts. Er lächelte und tippte an die Krempe seines Hutes. »*Au revoir, Mademoiselle*«, sagte er, wandte sich um und ging zurück zum *Collachio*, dem Viertel der Kreuzritter.

Während er die Gasse hinunterging, sah Melina ihm von der Schwelle aus nach. Der schwarze Umhang mit dem weißen Kreuz betonte seine breiten Schultern. Obwohl er sehr kraftvoll auf sie wirkte, bewegte er sich viel geschmeidiger, als sie erwartet hatte. Bevor Jean unten um die Ecke bog, hielt er kurz inne, schaute zurück und tippte noch einmal an seinen Hut. Melina konnte ihn trotz der Entfernung lächeln sehen. Dann war er um die Ecke verschwunden. Melina schloss die Tür und verriegelte sie hinter sich. Ein Lächeln spielte auf ihrem Gesicht.

Zwei Wochen darauf, an einem Sonntag, war Melina wieder einmal auf dem Heimweg vom Markt, wo sie Gemüse gekauft hatte. Jean machte sich in der *Auberge de France* auf den Weg, um seinen Pflegerdienst im Hospital der Ritter anzutreten. Nachdem er an der *Loggia* um die Ecke geschwenkt war, nahm er einen langen Umweg in Kauf, um an Melinas Haus vorbeizugehen. Als er an ihrer Tür vorüberkam, verhielt er den Schritt, um einem Wiedersehen mit Melina eine größere Chance zu geben. In der Hoffnung, dass ihre Wege sich abermals kreuzten, hatte er diesen Umweg schon des Öfteren auf sich genommen, zu jeder Tages- und Nachtzeit. Nachts konnte er Lichtschein durch die Ritzen der Läden kriechen sehen. In seiner Fantasie sah er Melina an einem kleinen Feuer sitzen. Am liebsten hätte er an die Tür gepocht, fand aber nie den Mut dazu.

Als Melina in ihre heimatliche Gasse bog, sah sie den Ritter zögerlichen Schrittes an ihrem Haus vorbeigehen. Er wandte den Kopf seitwärts zur Tür. Melina musste lächeln, denn es war offensichtlich, dass er sie zu sehen hoffte. Als er zaudernd den Weg zum Hospital wieder aufnahm, erblickte er sie. Lächelnd gingen sie aufeinander zu. Als sie nur noch wenige Schritte trennten, blieb Jean stehen und zog den Hut.

»*Bonjour, Mademoiselle*«, sagte er.
»*Bonjour, Monsieur le Chevalier.*«

Sie standen sich in der engen Gasse gegenüber und wussten nicht, was sie einander sagen sollten, war es doch in der Tat nicht einfach, die Gefühle auszudrücken, die sie bewegten. »Vielen Dank, dass Ihr mir neulich geholfen habt«, sagte Melina schließlich auf Französisch. »Das ist sehr nett gewesen.«

Jean legte den Kopf schief. »*De rien*«, sagte er und nickte.

Melina war um weitere Worte verlegen, die sie diesem Fremden hätte sagen können. Lächelnd wandte sie sich zum Gehen.

»*Mademoiselle!*«, sagte Jean hastig, um dann betreten innezuhalten. Er sah ratlos aus. Melina schaute ihn abwartend an. »Ich bin auf dem Weg zum Hospital«, sagte er endlich. »Am Sonntag habe ich dort Dienst bis Montag früh.«

»Die ganze Nacht?«

»Ja. Manchmal kann man zwischendurch ein Stündchen schlafen. Aber meistens hat Doktor Renato eine ganze Menge Arbeit für uns. Zurzeit haben wir viele Patienten, um die man sich kümmern muss. Manchmal sind es einfach zu viele.«

»Und was macht *Ihr* dort?«

»Alles.« Er lachte. »Oh, natürlich keine Operationen, aber ich helfe überall. Das letzte Mal war es etwas ruhiger, und ich habe nur Verbände gewechselt und die Kranken gefüttert. Manchmal helfe ich auch dem *docteur* beim Operieren und verbinde die Leute. Ich mache alles, wozu er keine Zeit hat.«

Melina holte tief Luft. Zögernd nahm sie ihren ganzen Mut zusammen. »Gibt es dort auch Arbeit, die ich tun könnte?«, fragte sie.

Jean sah sie verdutzt an. Sein Blick verlor sich in der Schwärze ihrer Augen. Ihre Kühnheit machte ihn sprachlos. »*Bien sûr!* Aber natürlich!«, sagte er, als er wieder klar denken konnte. »Ihr könntet uns bei vielen Dingen helfen, besonders bei den Frauen, die bei uns liegen. Sie brauchen oft Hilfe, die wir Ritter nur schlecht leisten können. Ja, gewiss, wir wären für Eure Hilfe sehr dankbar. Und ich bin sicher, Doktor Renato ebenso!«

Ohne ein weiteres Wort wandte Melina sich zum Gehen und

trat zum ersten Mal mit Jean den Weg zum Hospital an, den sie noch oft gemeinsam gehen sollten.

Unangemeldet trat Kanzler Andrea d'Amaral in den Empfangsraum des Großmeisters. Philippe blickte den Portugiesen an, wobei er dessen offenkundige Respektlosigkeit überging. Er gab d'Amaral Zeit, eine Verbeugung anzudeuten. »Ja, Kanzler?«, sagte er dann.

»Großmeister, diese Botschaft ist uns soeben zugegangen. Wie ich höre, ist sie vom Sultan Suleiman eigenhändig abgefasst.«

Philippe hob die Brauen. »Zugegangen? Auf welchem Wege?«

»Sie wurde bei unserem Gesandten in Istanbul abgegeben und uns von dort per Kurier übers Meer zugeleitet. Man hat sie mir in eben dieser Stunde überreicht.« D'Amaral trat mit dem zusammengerollten Dokument zwei Schritte vor – keinen Schritt weiter als nötig –, um es dem Großmeister mit ausgestrecktem Arm auszuhändigen. Dann trat er mit einer knappen Verbeugung wieder zurück.

Philippe beendete sein Aktenstudium und sah auf. »Kennt Ihr den Inhalt des Schreibens bereits, Andrea?« Als Geste des guten Willens sprach er d'Amaral mit dem Vornamen an; sie waren jetzt schon so viele Jahre verfeindet, dass Philippe die Zeit für gekommen hielt, endlich die eisige Korrektheit zwischen ihnen beiseite zu lassen. Der Johanniterorden konnte sich eine zerstörerische Fehde seiner beiden ranghöchsten Führer auf Dauer nicht leisten. Sollte es so weit kommen, dass die Ritter sich eines Tages gezwungen sahen, für eine der beiden Seiten Partei zu ergreifen?

»Nein, Großmeister, ich weiß nicht, was in dem Schreiben steht.« Wie Philippe sehr wohl registrierte, ging d'Amaral nicht auf die angebotene Vertraulichkeit ein.

»Also gut. Bleibt einen Augenblick und setzt Euch. Ich werde Euch das Schreiben vorlesen.« Philippe erbrach das Siegel und entrollte das Dokument. Ein aufwändiges goldenes Monogramm, die *Tugra* des Sultans, zierte den Kopf des Dokuments. Unter der

Tugra folgte der auf Türkisch und Französisch abgefasste Text. Nach einer kurzen Pause las Philippe vor:

»Suleiman, der Schatten Gottes auf Erden und durch die Gnade Gottes Herrscher der Herrscher, König der Könige, höchster Kaiser von Byzanz und Trapezunt und sehr mächtiger König von Persien, von Arabien, von Syrien und Ägypten und Herr von Jerusalem, an Philippe Villiers de l'Isle Adam.

Ich beglückwünsche Euch zu Eurer neuen hohen Würde und Eurem Rang. Ich hoffe, dass Ihr in Frieden herrschen und gedeihen werdet. Ich tue Euch kund, dass ich in die Fußstapfen meines Vaters getreten bin und Belgrad, die stärkste aller Festungen, erobert habe, sowie viele andere wohl befestigte Städte mehr. Ich habe diese Städte mit Feuer und Schwert zerstört, in Asche gelegt und versklavt. Ich werde im Triumph an meinen Hof in Istanbul zurückkehren. 10. September 1521.«

Philippe blickte d'Amaral an. »Das Schreiben ist mit einer sehr kunstvollen Unterschrift gezeichnet und mit einem Siegel versehen. Es dürfte die Paraffe des siegreichen Sultans Suleiman sein. Was haltet Ihr davon?«, sagte er und reichte d'Amaral das Dokument.

»Das ist eine Drohung, was sonst? Sie nennen ein solches Schreiben eine *Fethname*, einen Brief des Siegers. Ich weiß allerdings nicht, wie ernst Suleiman die Drohung meint. Die missglückte Belagerung von 1480 durch seinen Urgroßvater dürfte er kaum vergessen haben.«

»Bestimmt nicht. Ich glaube allerdings, dass er gerade deshalb darauf brennt, Rhodos zu erobern. Diese erfolglose Belagerung muss ihn wie ein Stachel im Fleisch brennen. Ich habe mir sagen lassen, dass Mehmet uns die ›verdammenswürdigsten *Kaffar*‹ genannt hat, ›Söhne des Bösen, Verbündete des *Scheitan*‹. Nein, ich glaube nicht, dass er unserem Orden besonders wohlwollend gegenübersteht.«

D'Amaral nickte langsam und gedankenverloren. »Ich habe vernommen, dass Suleimans Vater Selim eine Flotte zusammengestellt hat, die gegen uns segeln sollte. Nur sein Tod hat den Angriff auf uns verhindert. Ich habe jedoch den Eindruck, dass Suleiman seinen Großvater und seinen Vater noch übertrumpfen möchte.«

»Und wie sollen wir uns verhalten, Andrea?«

»Wir bauen weiter unsere Befestigungen aus und verhalten uns, als würde Suleiman bereits gegen uns marschieren – was nach allem, was wir wissen, auch der Fall sein dürfte. Wir sollten ihm postwendend antworten, uns aber hinsichtlich unserer Absichten bedeckt halten. Großmeister, wir werden in absehbarer Zeit türkisches Blut vergießen, darauf könnt Ihr heute schon Gift nehmen!«

Nach kurzer Bedenkpause rief Philippe einen Adjutanten herein. Ein junger Ritter erschien und nahm vor Philippe Haltung an.

»Macht Euch sofort fertig, nach Istanbul zu reisen. Ihr sollt ein Schreiben im Palast des Sultans Suleiman abliefern.« Die Augen des jungen Mannes weiteten sich. »Nehmt noch einen Ritter zu Eurer Begleitung mit«, fuhr Philippe fort, »und lasst Euch durch nichts daran hindern, das Schreiben bestimmungsgemäß abzuliefern!«

Philippe nahm Papier, Feder und Tinte zur Hand und schrieb bedächtig seine Antwort nieder. D'Amaral sah schweigend zu, wie der Ältere einen knappen und unmissverständlichen Brief zu Papier brachte. Als Philippe geendet hatte, unterzeichnete er das Dokument und las es dem Kanzler vor.

»Bruder Philippe Villiers de l'Isle Adam, Großmeister von Rhodos, an Suleiman, Sultan der Türken.

Euren Brief, der mir durch unseren Gesandten zugeleitet worden ist, nehme ich zur Kenntnis. Ich danke Euch für Euren Bericht über Eure jüngsten Siege und beglückwünsche Euch und Eure Armee. Die Aussicht, dass zwischen uns Friede herrschen soll, gereicht mir zur Freude. Ich kann nur hoffen, dass Eure Worte mit Euren Taten übereinstimmen. Friede sei mit Euch.

Philippe Villiers de l'Isle Adam.«

Philippe rollte den Brief zusammen, versiegelte ihn und reichte ihn d'Amaral. »Hier ist *unser* Brief des Siegers. Ich bin gespannt, wie Suleiman darauf reagiert.«

D'Amaral nahm den Brief an sich. »Ich werde dafür sorgen, dass unsere beiden Ritter das Schreiben mit der gebührenden Eile abliefern, Herr.« Er wandte sich zum Gehen, zögerte jedoch und sah Philippe einen bedeutungsschweren Augenblick lang schweigend an.

»Gibt es noch etwas, Andrea?«, erkundigte sich Philippe.

»Großmeister ...« Andrea zögerte. »Wenn wir die Lage richtig beurteilen und der Sultan die Scharte auswetzen will, die der gescheiterte Angriff seines Urgroßvaters bei den Türken hinterlassen hat, was werden wir dann tun?«

Philippe wollte seinen Ohren nicht trauen. Aus dem Munde des Kanzlers des Johanniterordens durfte eine solche Frage gar nicht kommen! »Andrea, was soll diese Frage? Kann es denn Zweifel geben, welches Verhalten jetzt geboten ist?«

»Bitte, Großmeister, einen Moment. Der Sultan kann die mächtigste Armee der Welt aufbieten. Wir haben Informationen, dass er dreihundert Schiffe mobilisieren kann ... Vielleicht ist seine Flotte sogar noch größer. Es heißt, seine Armee hätte hunderttausend Mann, manche sagen sogar *zweihunderttausend*. Und das ist kein Sauhaufen, sondern hervorragend ausgebildete Kämpfer – Berufssoldaten wie wir.«

Philippe wartete, aber d'Amaral sagte nichts mehr.

»Was sollten wir Eurer Meinung nach tun? Vor dieser Horde Ungläubiger davonlaufen? Unsere Insel und die Festung kampflos übergeben? Andrea, es ist mir unbegreiflich, wie Ihr eine solche Frage stellen könnt!«

D'Amaral zuckte unter den Worten des Großmeisters zusammen, gab aber nicht klein bei. »Großmeister, oft schon hat unser Orden in weiser Beurteilung der Lage einen strategischen Rückzug angetreten. Wo andere in einem aussichtslosen Kampf den Tod vorgezogen haben, sind unsere Führer angesichts überlegener Kräfte geflohen und haben überlebt, um den Kampf zu gegebener Stunde wieder aufzunehmen. Wir haben uns aus Jerusalem zurückziehen müssen, aus Krak des Chevaliers, aus Akkon. Dies wäre nicht das erste Mal, dass unser Orden den Rückzug antritt, um sich irgendwo anders neu zu formieren. Ist es denn besser, bis zum letzten Mann zu kämpfen und unseren Orden vom Antlitz der Erde verschwinden zu sehen? Ist das denn nicht genau das, was der Sultan erreichen möchte? Denkt doch einmal nach! Es könnte dazu kommen, dass hunderttausend gut ausgebildete Soldaten gegen unser Häuflein Ritter und ein paar Söldner antreten. Das Blutbad könnte schlimmer werden als alles, was wir uns je vorgestellt haben. Und was ist mit der Bevölkerung von Rhodos? Was soll aus den Leuten werden?«

Philippe holte tief Luft und stieß sie schnaubend wieder aus. Sein Gesicht rötete sich. D'Amaral merkte, dass er zu weit gegangen war. »Es ist nicht erforderlich«, brüllte Philippe, »dass der Kanzler dem Großmeister die Geschichte unseres Ordens erläutert. Unsere verlorenen Schlachten und die Namen unserer begrabenen Brüder sind mir nur allzu geläufig. Ihr braucht nicht zu glauben, mich über meine Pflichten belehren zu müssen. Wir werden unsere Insel und ihre Bewohner verteidigen. Meine Ritter sind dieser Aufgabe durchaus gewachsen. Wir befinden uns in der am besten befestigten Stadt der Welt, und unsere Ritter sind die schlagkräftigste und opferwilligste Truppe, die man sich vorstellen kann. Wir werden diesem Suleiman begreiflich machen, warum sein Urgroßvater sich an unseren Mauern die Zähne ausgebissen hat und die Flucht antreten musste, nur um auf dem Heimweg in Damaskus zu sterben. Herr Kanzler, es wird dem Sultan noch Leid tun, den Johanniterorden und die Macht Christi herausgefordert zu haben, merkt Euch das!«

»Gewiss, ganz wie Ihr meint«, sagte Andrea mit kaltem Blick. Seine Stimme war wieder eisig geworden. Philippe musste einsehen, dass ihre Feindschaft niemals enden würde. *Du willst es nicht anders, Andrea*, dachte er, während sich die Tür hinter dem Kanzler schloss.

Andrea war kaum gegangen, als Philippe seinen Leutnant Gabriel de Pommerols holen ließ. Er hatte uneingeschränktes Vertrauen in den Mann, neben dem er jahrelang gekämpft hatte. De Pommerols erschien binnen Minuten. Er hatte sich in der *Auberge de France* aufgehalten, der Unterkunft der französischen Ritter, die sich nur ein paar Schritte vom Großmeisterpalast entfernt befand.

Pommerols nahm den Hut ab. »*Seigneur?*«

»Gabriel, tretet ein! Ich habe soeben zwei Ritter mit einem Brief an den türkischen Sultan losgeschickt. Für mich besteht kein Zweifel, dass er Krieg im Schilde führt und dass wir uns auf eine lange und schwere Belagerung einrichten müssen.« De Pommerols, der stehen geblieben war, hörte schweigend zu. »Ich habe einen wichtigen Auftrag für Euch«, fuhr Philippe fort. »Ihr müsst sofort nach Frankreich aufbrechen. Ich werde Euch zwei Galeeren und ein ausreichendes Begleitkontingent von Rittern mitgeben, die für Eure sichere Passage sorgen werden. Wir müssen sämtliche abwesenden Ritter unseres Ordens nach Rhodos zurückbeordern. Doch was noch wichtiger ist – Ihr müsst bei König Franz vorstellig werden und ihm meinen Brief übergeben. Wir brauchen Verstärkung an Männern und Waffen und alles, was er an Geld für uns lockermachen kann, um Vorräte einzukaufen. Nehmt bitte Platz, bis der offizielle Brief für Euch fertig ist.«

Philippe setzte sich an seinen Arbeitstisch, entrollte ein unbeschriebenes Stück Pergament, tauchte die Feder in die Tinte seines Schreibzeugs und begann zu schreiben. Laut mitlesend gab er de Pommerols den Inhalt des entstehenden Schreibens zur Kenntnis:

»Sire, Ihr sollt wissen, dass der Türke Briefschaften geschickt hat, in denen er uns unter dem Deckmantel einer friedlichen Nachricht zu wissen gibt, dass er die Stadt mit Gewalt zu nehmen gedenkt ...«

Neugierig auf de Pommerols Reaktion sah Philippe auf. »Wie gesagt, ich werde um Geld, Truppen und Vorratsgüter bitten, aber ich weiß nicht, wie Franz zu unserer Zwangslage steht. Er ist zurzeit selbst sehr beansprucht. Macht Euch schon fertig zum Aufbruch. Sobald ich mit diesem Brief fertig bin, werde ich ihn in Eure *Auberge* bringen lassen.«

De Pommerols nickte und eilte aus dem Palast.

Jean und Melina ritten Seite an Seite auf der nördlichen Küstenstraße nach Westen. Um der Spätsommerhitze zu entgehen, hatten sie die Stadt schon früh am Morgen verlassen. Die Tage begannen kühl und klar, doch gegen Mittag hatte die Sonne die Luft und den Boden so stark aufgeheizt, dass es unangenehm wurde.

Bald waren sie an der unteren Küstenstraße angelangt und wandten sich nach Süden. Die sandigen Strände unter ihnen waren von der Flut überschwemmt; kurzer Wellengang kräuselte das Wasser. Als sie den eigentlichen Stadtbereich verlassen hatten, erstiegen sie die steilen Klippen auf der Nordseite der Insel. Linker Hand erhob sich sanft der St.-Stephansberg, dessen graswachsene Hänge noch feucht waren vom Tau.

Melina trieb ihr Pferd mit Fersenstößen in die Flanke zum Trab an. Jean schnalzte mit der Zunge und ließ sein Tier aufschließen.

»Wozu die Eile, *Chèrie*?«, wollte er wissen.

»Ich möchte im schattigen Tal sein, bevor es zu heiß wird«, sagte Melina. Sie waren bereits eine Stunde unterwegs und näherten sich dem Abzweig, der ins Landesinnere nach Petaloudes führte.

»Wohin entführst du mich?«, neckte Jean.

»Nach Petaloudes. Für mich ist das ein besonderer Ort. Wir sind mit meinem Vater und der ganzen Familie immer dorthin gezogen, vor allem zu dieser Jahreszeit.« Ihre Stimme wurde brüchig. Jean streckte die Hand aus und legte sie auf Melinas Rechte.

»Ich weiß. Ohne sie ist nichts mehr so wie früher. Es kann nicht mehr so sein.«

Melina drückte Jeans Hand und lächelte ihn an. »Ich liebe diesen Ort. Du wirst gleich sehen, warum.«

Sie bogen von der Küstenstraße nach Kalamonas ab und strebten nach Süden ins Landesinnere der Insel. Die Landschaft wurde grüner und hügeliger, die Luft wärmer und feuchter. Die Straße senkte sich in einige Täler und stieg an der anderen Seite wieder hinauf, bis sie zuletzt in einem Talgrund weiterlief. Sie verengte sich zu einem Weg, der nur einem Reiter Platz bot, bis schließlich nur noch ein Saumpfad durch den Wald blieb.

Jean stieg ab und half Melina aus dem Sattel. Sie führten die Pferde im Gänsemarsch den schattigen Pfad entlang, überquerten ein Flüsschen auf den Trittsteinen, die in der seichten Strömung lagen, und gelangten endlich zu einer kühlen Lichtung. Die Sonne spielte in den Zweigen, ein Bach plätscherte im Halbschatten.

Melina nahm Jean bei der Hand und führte ihn ans Bachufer. »Setz dich ein Weilchen hierher. Ich bin gleich zurück.« Sie half ihm, die Stiefel auszuziehen, und deutete auf den Bach. Jean streckte wohlig die Füße ins Wasser. Melina ging zu den Pferden und kam mit dem Picknickkorb, einer Flasche Wein und einer kleinen Matte unter dem Arm zurück, die sie am Ufer ausbreitete. Nachdem sie die Stiefel abgestreift hatte, setzte sie sich neben Jean und ließ ebenfalls die Füße im Wasser baumeln.

Träge rieb sie im Wasser ihren Fuß an dem seinen und hakte sich bei ihm unter. Jean rückte noch ein Stückchen näher und legte den Arm um ihre Schulter. Eine Zeit lang genossen sie stumm den Augenblick. Das Zirpen der Grillen und das Murmeln des Wassers im steinigen Bachbett waren die einzigen Geräusche.

»Das also ist dein geheimer Lieblingsplatz«, meinte Jean.

»Ja, aber auch der von anderen Leuten. Meistens aber kann man hier den ganzen Tag allein sein, besonders an Werktagen wie heute.«

»Melina, hier ist es wunderbar! Ich bin so froh, dass du mich mitgenommen hast.«

Sie lächelte und schaute ihn unverwandt an.

»Was gibt es?«

Ihr Lächeln wurde breiter.

»Sag schon!«

Sie lachte.

»Frau, was lachst du? Nun sag schon!«

Sie gab ihm einen Kuss auf den Mund. Dann lehnte sie sich zurück und lachte aus vollem Halse. »Du weißt es nicht, nicht wahr?«

»Was weiß ich nicht?«

»Lieber, schau dich doch einmal um. Du brauchst nur hinzuschauen.«

Jean betrachtete die Bäume und die Blumen und das Wasser, das ihnen über die Füße plätscherte. »Wohin denn? Du machst mich ganz verrückt! Was ist denn?«

»*Petaloudes!* So heißt doch dieser Ort. Das bedeutet ›Schmetterlinge‹. Wir sind im Tal der Schmetterlinge.«

»Na, und?«

»Klatsch mal kräftig in die Hände!«

Jean sah Melina verständnislos an.

»Los, klatschen!«

Zögernd holte Jean aus und schlug mit einem scharfen Knall die Handflächen zusammen. Der Boden und die Baumstämme schienen sich schlagartig in einen bräunlichen Wirbel aufzulösen. Im Bruchteil einer Sekunde flogen Hunderttausende brauner Schmetterlinge auf und flatterten in Formationen durch die Luft, als wären ihre Flügel aneinander geheftet. Es war, als hätte jemand eine riesige, braun gesprenkelte Decke hochgerissen, die in sanften Wellen zur Erde zurückglitt, als die aufgescheuchten Tiere sich wieder niederließen. So schnell, wie sie aufgeflogen waren, verschmolzen sie wieder mit den Bäumen und dem Boden. Jean bemerkte, dass die gesamte Lichtung mit einem Teppich aus braunen Schmetterlingen bedeckt war. Ihre Tarnung war so perfekt, dass sie für den ahnungslosen Betrachter unsichtbar blieben, doch hatte man sie erst einmal entdeckt, waren sie allgegenwärtig.

»Lieber Gott, das müssen ja Abertausende von Schmetterlingen sein!«

Lachend umarmte Melina ihren Ritter. »O ja. Um diese Jahreszeit kann man sie hier etwa zwei Monate lang antreffen. In der

Nacht schwärmen sie aus und am Tag schlafen sie – wenn nicht ein Trampel von einem französischen Ritter kommt und sie stört. Jean, sind sie nicht wunderbar?«

»Das sind sie. So wie du! Aber ich komme um vor Hunger. Können wir nicht endlich mit dem Essen anfangen?«

Melina holte die in Tücher eingeschlagene Mahlzeit aus dem Korb und brachte ein zerlegtes kaltes Hühnchen zum Vorschein. Die Weinflasche stellte sie zur Kühlung in den Bach, bevor sie Jean das Obst hinlegte. Jean schnitt einen Apfel auf und reichte Melina ein Stück. Schmausend und sich gegenseitig fütternd verbrachten sie die nächste Stunde.

Sie beendeten ihr Mahl mit Käse. Auch der Wein ging langsam zur Neige. »Was haben wir für ein Glück, dass wir einander gefunden haben«, sagte Jean. »Wer hätte damit gerechnet, dass wir uns eines Tages auf dem Markt über den Weg laufen würden – und dass wir uns danach noch einmal zufällig begegnen!«

»Wenn du nicht Tag und Nacht meine Tür belagert hättest, wären wir uns wohl kaum ›zufällig‹ wiederbegegnet!«

»Gut, dass ich das getan habe, oder?« Jean wies mit einer ausholenden Geste auf den Bach, die Schmetterlinge und die Reste des Mahls. »Es ist wie im Traum, *n'est-ce pas?* Wer hätte das gedacht! Vor ein paar Jahren wäre das noch nicht möglich gewesen. Als Ordensritter haben wir alle ein Keuschheitsgelübde abgelegt. Unsere früheren Großmeister hätten so etwas nicht geduldet.«

»Wohl kaum.«

»Wir hatten sehr strenge Vorschriften. Die jungen Ritter durften sich nur zu zweit oder dritt in die Öffentlichkeit begeben, und auch nicht einfach nur mit einem Freund, sondern mit einem, den der Großmeister bestimmt hatte, als Anstandswauwau, verstehst du?«

Melina lachte. »Belauert uns vielleicht so ein Anstandswauwau im Gebüsch?«

»Natürlich nicht. Aber damals wurde das sehr streng gehandhabt. Frauen waren in der *Auberge* nicht zugelassen, noch nicht einmal zum Bettenmachen. Oder zum Haarewaschen. Das ist übrigens heute noch so. In den Vorschriften steht, dass wir nicht nackt schlafen dürfen, sondern nur vollständig mit einem wollenen Gewand bekleidet!«

Melina kniff Jean lachend in den Arm.

»Oder hör dir das mal an, wir mussten es nämlich alle auswendig lernen: ›Wenn ein Bruder – möge es nie geschehen – von üblen Leidenschaften bezwungen in Unzucht verfällt, soll er, so er im Geheimen gesündigt hat, auch im Geheimen bereuen und sich selbst eine entsprechende Buße auferlegen.‹«

Quietschend vor Vergnügen ließ Melina sich rückwärts auf die Matte fallen. »Oh, Jean, hast du auch brav im Geheimen deine Buße getan?«

»Warte, es kommt noch besser. ›Wenn seine Unzüchtigkeit ruchbar geworden und bewiesen ist, soll er von einem Oberen mit Stock oder Peitsche schwer gezüchtigt und ein Jahr lang aus dem Orden ausgeschlossen werden.‹«

Melina packte Jean an den Schultern und zog ihn zu sich herab. Er versuchte sich zu wehren, doch sie hielt ihn fest umschlungen.

»*Sacré Coer! Mon Dieu!* Frau, was machst du mit mir?«, tadelte er und ahmte dabei den Tonfall des Großmeisters nach. »Kennst du keinen Anstand? Wo ist meine Peitsche?«

Melina hielt ihn fest umklammert. Sie wurden beide still. Melina küsste Jean zart auf den Mund, und er sank auf sie herab. »Die Zeiten haben sich geändert«, sagte er. »Und das war auch nötig.«

»Gott sei Dank!«, flüsterte sie.

»Wir sollten nie wie die Mönche abseits vom Alltag ein Leben in einer Zelle führen. Unser Auftrag lautete, den Armen zu dienen und die Kranken zu heilen, und meiner Meinung nach genügt das vor Gott. Warum kettet man uns an so ein unnatürliches Gelübde?«

»Es ist wirklich unnatürlich, Jean. Männer und Frauen sind nicht zu einem Leben in Einsamkeit geboren.«

»Deinetwegen wäre ich aus den Orden ausgetreten, Melina, das schwöre ich!« Jean verstummte gedankenverloren. Melina bedrängte ihn nicht. »Weißt du eigentlich, warum ich diesen Extradienst im Hospital mache?«

Melina schüttelte den Kopf.

»Weil es mich betrübt, was aus unserem Orden geworden ist. Ja, sicher, wir kümmern uns immer noch um Arme und Kranke. Aber im Grunde sind wir nichts anderes als Piraten. Wir segeln übers Meer und holen uns Beute, wo es uns beliebt. Wir kapern jedes Schiff, das uns in die Fänge gerät, und machen Passagiere und Besatzung zu unseren Sklaven.«

Melina hörte stumm zu.

»Wir sind nicht besser als dieser Gauner Cortoglu, über den unser Großmeister so gern herzieht«, fuhr Jean fort. »Sind wir etwa dazu berufen? Wir sind nun schon über zweihundert Jahre hier auf dieser Insel. Sie ist ein Paradies! Hier gibt es genug Getreide und Früchte, dass jeder satt werden kann. Das Klima ist günstig, und außerdem führen die reichsten Handelsrouten der Welt hier vorbei. Wir könnten uns als anständige Handelsherren einrichten und als ehrliche Kaufleute übers Meer segeln. Stattdessen betätigen wir uns als ...«, Jean schüttelte erbittert den Kopf, »... als Sklavenhändler!«

Melina berührte sanft seine Lippen. »Lieber, du musst aufpassen, dass dich nicht der Falsche hört. Das sind verräterische Gedanken.«

»Das ist nicht mehr der Orden, in den ich vor langer Zeit eingetreten bin. Ich mag solche Sachen nicht. Ich habe ein Gelübde abgelegt, weiß aber nicht mehr, wie ich mich verhalten soll. Der Dienst an den Armen und Kranken und die Verteidigung unserer Stadt sollen mir recht sein, aber wenn man mich das nächste Mal zum Dienst auf den Galeeren abkommandiert ... ich weiß nicht, wie ich mich dann verhalten werde.«

Melina hatte auch keine Lösung für Jeans Dilemma. »Jean, wird man uns in Ruhe lassen?«, fragte sie besorgt. »Wird es so weitergehen? Wird der Großmeister uns weiterleben lassen wie bisher?«

»Wir können nicht darauf hoffen, dass er je einer legitimen Heirat zustimmt. Er kann die Augen davor verschließen, dass seine Ordensritter auf dieser Insel mit Frauen zusammenleben, aber eine richtige Hochzeit in der Kirche wäre ein Verstoß gegen unser Gelübde der Ehelosigkeit, das wir immerhin abgelegt haben. Er selbst hat ja auch dieses Gelübde abgelegt. Aber bei uns wird gemunkelt, dass er in Paris eine Frau zurückgelassen hat. Ich weiß nicht, ob das nur Gerüchte sind, oder ob etwas daran ist. Sie heißt angeblich Hélène. Wenn dem so ist, würde das einiges erklären.«

Melina lehnte sich zurück und sah Jean an. »Was erklären?«

»Seine Verbissenheit. Man könnte meinen, um keinen Gedanken an Paris mehr aufkommen zu lassen, hätte er sich mit solcher Wut auf seine neue Aufgabe geworfen. Um seine Schuldgefühle zu übertünchen, die er vor Gott wegen seinem gebrochenen Gelübde hat, bestraft er sich mit unmenschlichen Arbeitszeiten und gefährlichen Unternehmungen.«

»Ich hoffe nur, dass die Schuldgefühle nicht sein Urteil trüben, Jean.«

»Das hoffe ich auch. Aber eine Hochzeit zwischen uns wird er nie genehmigen. Schließlich habe auch ich mein Gelübde gebrochen.«

»Gibt es denn gar keinen Ausweg?«

»Wenn es dir so viel bedeutet, könnten wir uns in aller Heimlichkeit von einem griechischen Priester kirchlich trauen lassen.«

Melina blickte zur Seite. Sie schien nicht in der Lage, Jean in die Augen zu blicken. Er zog sie an sich und küsste sie. »Was hast du, *Chérie*?«

»Oh, Jean, es ist alles viel schwieriger, als du denkst. Ich habe bislang noch nicht den Mut gehabt, dir reinen Wein einzuschenken, weil ich dir nicht alles noch schwerer machen wollte. Ich habe geglaubt, es wäre bedeutungslos, solange wir uns nur lieben. Ich habe geglaubt, mehr brauchen wir nicht zu unserem Glück.«

»Was ist denn?«

»Jean, dass ich zur griechischen Kirche gehöre und du zur römischen, ist längst noch nicht alles.«

»Dann ist es an der Zeit, dass du es mir sagst. Also, was ist?«

Seite an Seite saßen sie am Ufer. Melina ließ die Beine im kühlen Wasser baumeln und spielte mit den Zehen. Jean betrachtete angelegentlich die Muster der Schmetterlinge auf Boden und Baumstämmen.

»Jean, meine Familie stammt nicht aus Rhodos«, begann Melina schließlich. »Es ist eine sehr lange Geschichte. Wir kommen ursprünglich aus Spanien. Wir sind sephardische Juden.«

Jean richtete sich kerzengerade auf und starrte Melina an.

»Mein Vater und meine Mutter sind vor der Inquisition geflohen. Ihre Familien wurden ausgerottet. Sie sind als einzige Überlebende hierher gelangt. Zuerst waren sie nach Nordafrika gegangen, aber dort war die Lage sehr schwierig. Sie haben dann auf einem Fischerboot angeheuert und sind mit der Mannschaft hierher gekommen. Meine Mutter war der Schiffskoch. Sie sind in Lindos an Land gegangen, aber dort gab es nicht genug Arbeit für sie. Sie waren nun einmal Stadtmenschen. Mein Vater war Bankier gewesen. Er hat alles verloren und in Lindos als Fischer neu angefangen. Aber es reichte vorn und hinten nicht zum Leben, deshalb sind sie in die Stadt gezogen und haben im Judenviertel gelebt. Mein Vater hat gefischt und alle möglichen Arbeiten verrichtet. Auch meine Mutter hat alles gemacht, was irgendwie Geld brachte. Schließlich bekam sie eine gute Arbeit in der Seidenherstellung. Ich bin in dem kleinen Haus direkt neben der Synagoge zur Welt gekommen.«

Melina hielt inne und schaute über den kleinen Bach. Jean wartete, dass sie weiter erzählte.

»Eine Weile ging alles gut. Dann verfügte der Großmeister – damals war es d'Aubusson –, dass alle Juden die Insel zu verlassen hätten. Meine Eltern gehörten zu den wenigen, die weder gehen noch ihren Glauben aufgeben wollten. D'Aubusson hat damals befohlen, dass alle Kinder den Eltern weggenommen und getauft werden sollten. Ich wurde meinen Eltern entrissen, als ich noch ganz klein war, deshalb habe ich überhaupt keine Erinnerung an sie. Ich weiß, dass sie in dieser fürchterlichen Grube umgekommen sind ... und ihren Glauben haben sie bis zum Ende nicht verleugnet.«

Jean griff nach ihrer Hand und drückte sie. Melinas Tränen nahmen ihren freien Lauf. Als sie Jean ansah, bemerkte sie, dass auch er weinte.

»Jean, sie sind als Juden gestorben, und mich hat man einer christlichen Familie übergeben. Ich wurde getauft und christlich erzogen, bis ich zwölf Jahre alt war. Dann starb mein Adoptivvater, und meine neue Mutter wurde sehr krank. Sie waren immer sehr lieb zu mir, sodass ich sie für meine richtigen Eltern hielt. Erst kurz vor ihrem Tod hat meine Pflegemutter mir die Geschichte von meinen wirklichen Eltern erzählt und dass ich als Jüdin geboren wurde.

Als meine Pflegeeltern gestorben waren, hatte ich niemand mehr auf der Welt, keinen Bruder und keine Schwester. Meine gesamte Blutsverwandtschaft hatte man in Spanien oder hier auf Rhodos umgebracht. Als ich die Geschichte gehört habe, konnte ich sie einfach nicht glauben. Ich lief herum und fragte alle Leute. Wir sind hier auf einer kleinen Insel mit einer kleinen Bevölkerung, aber niemand wollte mir Auskunft geben. Schließlich bin ich zur Synagoge gegangen und habe den Rabbi gefragt, und der hat mir alles bestätigt. Da wollte ich auf einmal wieder ich selbst sein, wollte mein wahres Ich wiederhaben, und ich habe den Rabbi gefragt, ob ich wieder Jüdin werden könnte. Er hat mir gesagt, dass er mir viel über das Judentum beibringen kann, aber wenn man das Kind einer jüdischen Mutter ist, ist man ohnehin Jude. Somit war ich also schon Jüdin und musste nur noch die Lehren meiner Ahnen erlernen.«

Jean zog Melina an sich und umarmte sie fest. Sie legte den Kopf an seine Schulter und erzählte weiter.

»Ich bin Jüdin, Jean. Mein ganzes Erwachsenenleben habe ich

die Kreuzritter und die Christen gehasst. Ich habe sie gehasst, weil sie auf meiner griechischen Insel Eindringlinge sind, und ich habe sie gehasst, weil sie Christen sind, die mein Volk gequält und umgebracht haben. Ich wollte nichts als Jüdin sein und mich in meinem jüdischen Viertel verschanzen. Es ist mir gelungen, mein Geburtshaus zu finden. Die Familie, die darin wohnte, hat mich aufgenommen und zu ihrem Mitglied gemacht. Als die Leute gestorben sind, blieb ich dort wohnen. Und dann hast du mich getroffen. Oh, Jean, wie habe ich die Kreuzritter gehasst und alles, wofür sie stehen! Aber Jean, ich war so einsam, als du erschienen bist. Ich hatte nichts in meinem Leben, bis ich dich dort stehen sah. Der liebe Gott hat uns zusammengeführt, mein Geliebter, ich weiß es genau.«

Jean saß stumm da, wischte sich die Augen und versuchte sich zu sammeln. »Melina«, sagte er, »das mag sein wie es will. Für mich ist das alles ohne Bedeutung. Ich habe mich in dich verliebt, nicht in die Jüdin oder die Griechin oder die Christin. Mein eigener Orden lässt dich allein deshalb schon nichts gelten, weil du griechisch-orthodox getauft bist und nicht römisch-katholisch! Ist das nicht absurd? Bis jetzt hat mir noch keiner das Recht streitig gemacht, nachts der *Auberge* fernzubleiben. Es ist kein Geheimnis, dass ich mit dir zusammenlebe, aber es scheint niemand zu interessieren. Also bleiben wir in unserem Haus, und ich bleibe Ordensritter. Und wenn uns einer Schwierigkeiten machen will, wird er was erleben!«

Melina legte den Kopf an die Brust des Geliebten. Sie sanken ins Gras der Uferböschung und verschliefen den ganzen Nachmittag, bis sie feucht geschwitzt vom Schlaf bei Sonnenuntergang von der zunehmenden Kühle erwachten. Jean zog sich aus. Er half Melina aus ihren Kleidern, die sie auf dem Teppich aus Schmetterlingen ausbreiteten, der die Lichtung bedeckte. Sie hielten sich an der Hand und glitten in den Bach. Beim Eintauchen jagte ihnen die Kühle des dahinströmenden frischen Wassers einen Kälteschauer über den ganzen Körper. Jeans Fingerspitzen ertasteten

Melinas kühle feuchte Haut. Wortlos hielten sie sich umschlungen und genossen das murmelnde Wasser, das sie sanft umspülte. Als sie allmählich den Körper des anderen wieder warm werden spürten, erwachte ihre Sehnsucht. Sie stiegen aus dem Wasser und liebten sich im Sand der Uferböschung. Zwei kleine Leben, deren Ankunft sie sehnlichst erwarteten, wuchsen bereits in Melinas Schoß heran.

Ermüdet trat der Großmeister in sein Gemach und warf Schwert und Umhang aufs Bett, ebenso die Handschuhe und den Rest der Prunkrüstung. Auf einem Tischchen neben dem Bett stand eine inzwischen halb leere goldene Karaffe mit Rotwein, die der Diener aufzufüllen pflegte. Philippe trank den Rest aus und schnitt sich ein Stück Brot und etwas Käse ab, die man ihm ebenfalls hingestellt hatte. Er nahm einige Papiere von seinem Arbeitstisch zur Hand, blätterte darin und warf sie wieder hin, bevor er sich schließlich in einen ausladenden gepolsterten Lehnstuhl fallen ließ und die Füße auf eine Fußbank legte.

Ein Diener trat ein.

»Schaff mir sofort Antonio Bosio herbei!«, befahl Philippe.

Der Diener wirbelte herum und sauste aus dem Raum. Durch die offenen Fenster wehte eine angenehme Frühlingsbrise ins Innere. Philippe erhob sich und ging auf und ab. Von Zeit zu Zeit schaute er zu einem der Fenster hinaus, die in die dicke Mauer des Gebäudes eingelassen waren. Er blickte in den weitläufigen ummauerten Bereich der Ordensbauten, den Collachio, der fast ein Viertel der von Festungsmauern geschützten Fläche der Stadt Rhodos einnahm. Die Fenster auf der anderen Seite seines Gemachs gewährten ihm den Blick aufs Meer. Er war dankbar, dass er sich von hier aus am Anblick der endlosen Weite des Meeres laben konnte.

Er wurde allmählich ungeduldig. Mangels einer sinnvolleren Beschäftigung schenkte er sich aus einem Krug Wasser ein und schnitt noch ein wenig Brot und Käse ab.

Jemand klopfte an die angelehnte Tür. Philippes Adjutant Antonio Bosio trat ein und nahm auf der Schwelle Haltung an. Philippe winkte ihn herein und forderte ihn auf, Platz zu nehmen.

»Antonio, noch einen von diesen zeremoniellen Empfängen stehe ich nicht mehr durch. Ich werde hier auf Rhodos von einem Bankett zum anderen herumgereicht, und ein Gesandter nach dem anderen macht mir seinen Antrittsbesuch. Ich verfette noch vor lauter Festmählern, und vom Ausbringen der vielen Trinksprüche bin ich jedes Mal halb betrunken. Und dann diese Paraden in der Hitze des Nachmittags! Haben die Rhodier eigentlich nichts zu tun? Müssen sie sich denn nicht um ihre Ernte kümmern?«

»Ja, *Seigneur*, es ist schon eine Last. Aber das Gepränge gehört nun mal dazu, damit die Leute Euch ernst nehmen, die Griechen genauso wie unsere Ordensbrüder. Und bei den Kirchenvätern – den griechischen und den römischen – müsst Ihr Euch ebenfalls unbedingt sehen lassen.«

»Es ist mir ja durchaus ein Vergnügen, die alten Kameraden von den Schiffen und die Ritter wiederzusehen, die mit mir im Gefecht gestanden haben. Das Wiedersehen mit alten Freunden wärmt mir das Herz. Aber wenn ich noch eine Messfeier und noch ein Tedeum über mich ergehen lassen muss, bekomme ich Schwielen am Hintern.«

Bosio nickte Philippe lächelnd zu. »Ich glaube, wir haben das Schlimmste überstanden, Herr. Mir scheint, die Bischöfe – griechische und römische – gehen uns langsam aus, genauso wie die Vorsteher der *Langues*, die Ballivi und die Richter. Fehlt sonst noch jemand?«

»Ich habe immer noch nicht mit dem Schatzmeister Bestandsaufnahme gemacht, und die Truppeninspektion steht auch noch aus. Aber die Inspektion wird mir ein Vergnügen sein. Ich freue mich darauf, unsere Ritter in ihren Rüstungen und mit ihren Waffen zu sehen.«

»Wir sollten nicht vergessen, das Hospital zu inspizieren«, sagte Bosio.

»Richtig, das habe ich mir als Nächstes vorgenommen. Ich muss unbedingt mit Doktor Renato reden, um zu sehen, ob er gut vorbereitet ist.«

Philippe warf sich wieder in die Ausgehuniform, nahm sein Schwert, schnallte es umständlich um und betrachtete sein Werk in einem kleinen Wandspiegel. Er nickte Bosio zu. »*On y va!*« Gehen wir! »Wir haben noch etwas Tageslicht. Lasst uns unseren Doktor und seine Pfleger aufsuchen.«

Die beiden Männer verließen den Großmeisterpalast und machten sich Seite an Seite im Gleichschritt auf den Weg zum Hospital am anderen Ende der Ritterstraße.

Bei ihrem Gang durch die Stadt wurden sie von rhodischen Bürgern begrüßt, die in kleinen Gruppen beisammenstanden. Manche tippten an ihren Hut, andere salutierten militärisch oder riefen ein Grußwort. Vor der *Auberge* der Franzosen hatte sich ebenfalls eine Gruppe eingefunden. Als Philippe vorbeimarschierte, hob er grüßend die behandschuhte Hand, aber die Männer blickten ihn nur abweisend an. Er legte Bosio kurz die Hand auf die Schulter und schritt auf die Gruppe zu. Bosio wollte ihn zurückhalten, doch es war zu spät. Philippe stand schon bei den Männern und sagte etwas, das Bosio nicht hören konnte, worauf der größte der Männer nach vorn trat und sich vor Philippe aufbaute. Die Hand am Schwertgriff, eilte Bosio an die Seite seines Großmeisters. Ohne den Blick von seinem Gegenüber zu wenden, machte Philippe Bosio ein beruhigendes Zeichen mit der Hand, doch Bosio wich nicht von Philippes rechter Seite. Er würde nicht einmal eine feindliche Geste gegen den Großmeister dulden.

»... wir sind Eure Verbündeten«, hörte er Philippe sagen.

Der Mann stieß verächtlich die Luft aus. »Ihr seid nur die Verbündeten von euch selbst, und sonst von niemand, Monsieur. Wir sind schon lange vor euch auf dieser Insel gewesen, und wir werden noch lange nach euch hier sein. Wenn ihr nicht hier wärt, würden die Türken uns in Ruhe lassen! Wenn ihr nicht hier wärt, könnten wir mit den Türken in Frieden leben und mit ihnen Handel treiben wie mit allen, die diese Gewässer befahren! Aber *ihr* zieht den Zorn der Türken auf unsere Insel. Und dann verbrennt ihr auch noch unsere Bauernhöfe und zerstört unsere Häuser, und ...«

»Wir haben die Bauernhöfe verbrannt und die Häuser zerstört«, fiel Philippe ihm ins Wort, »weil sonst die Türken sie benutzt hätten. Wir hätten ihnen Nahrung und Obdach geliefert, und das kann man sich bei einer Belagerung nicht leisten!«

»Würdet Ihr mit Euren Rittern verschwinden, gäbe es keine Belagerung!«, rief der Mann. Die anderen murmelten beifällig. Bosio spürte, dass die Situation allmählich brenzlig wurde. Er wollte keinesfalls, dass es zu Handgreiflichkeiten oder Schlimmerem kam. In den bevorstehenden Monaten würde man die Rhodier noch bitter nötig haben.

»Großmeister«, flüsterte er Philippe zu, »wir müssen uns beeilen. Für solche Sachen haben wir keine Zeit.«

Zögernd wandte Philippe sich ab. Er konnte nur hoffen, dass man in der Stadt nicht mehrheitlich der Meinung dieser Leute war.

Das Hospital der Ritter war ein großer, eindrucksvoller Bau, der unter dem Großmeister d'Aubusson im Jahre 1484 fertig gestellt worden war. Das Baumaterial hatte man aus den Ruinen eines römischen Gebäudes gewonnen, das an derselben Stelle gestanden hatte.

Doktor Renato hatte den Großmeister schon beim Eintreten in den Krankensaal an seiner militärischen Aufmachung erkannt. Der Arzt war aufgesprungen und stand nun in voller Größe vor dem Großmeister. Er erwies sich als ebenso hoch gewachsen wie Philippe, der immerhin über einen Meter achtzig maß. »Doktor, es tut mir Leid, dass wir Euch aufgeschreckt haben«, brach Bosio das peinliche Schweigen, »aber erlaubt mir, dass ich Euch den neuen Großmeister Philippe Villiers de l'Isle Adam vorstelle.«

Renato schlug die Hacken zusammen und verbeugte sich tief. Die beiden Männer schüttelten einander die Hand. »Ich freue mich, Eure Bekanntschaft zu machen, Herr«, sagte der Arzt. »Darf ich Euch unser Hospital zeigen?«

Sie gingen durch den Krankensaal. Rechts und links an den Wänden waren in ordentlichen Reihen Betten aufgestellt. Zufrieden nahm Philippe die perfekte Sauberkeit des Saals zur Kenntnis. Boden und Wände waren frisch geschrubbt, die Betten frisch gemacht. Nirgendwo lagen alte Verbände oder sonstiger Unrat, wie Philippe es in nur allzu vielen europäischen Hospitälern gesehen hatte. Es roch nach einer Medizin, deren Geruch Philippe nicht genau einordnen konnte. Er wollte sich erkundigen, doch Renato ergriff das Wort.

»*Seigneur*, wie Ihr sehen könnt, liegt zurzeit keiner von Euren Rittern hier. In kampflosen Zeiten bleiben sie zum Glück kerngesund. Unsere Patienten sind vorwiegend Bauern oder Leute aus der Stadt, aber auch ein paar Reisende, die in der näheren Umgebung oder beim Besuch unserer Insel erkrankt sind.«

Sie waren am Fußende eines Bettes stehen geblieben. Der Arzt trat zu seinem Patienten, einem weiß gewandeten älteren Mann, der mit einem dick eingewickelten Armstumpf im Bett lag. Ein Ritter, der den frischen Verband angelegt hatte, räumte die schmutzigen alten Binden beiseite. Neben dem Alten stand mit dem Rücken zu Philippe eine junge Frau und hielt den verbundenen Arm des Patienten.

»Herr«, sagte Renato und wies auf den Ritter, »darf ich Euch den Ritter Jean de Morelle vorstellen?«

Philippe nickte. »Ja, aber Monsieur de Morelle ist mir bereits bestens bekannt.«

»Ach, natürlich.« Renato lächelte der Frau kurz zu, stellte sie aber nicht vor. Melina kümmerte sich weiter wortlos um den Alten und dankte dem Arzt im Stillen für seine Diskretion. Je weniger der Großmeister von ihrer Verbindung mit Jean mitbekam, umso weniger war es nötig, ihr Verhältnis zu verschleiern.

Philippe trat näher an den alten Mann heran. Melina fühlte seine Nähe und schaute sich kurz zu ihm um. Als ihre Blicke sich kreuzten, sah sie den Großmeister zusammenzucken. Seine Augen, die Melina zu verschlingen schienen, verengten sich wie in schrecklichem Schmerz. Sein Atem stockte; er ballte die Fäuste, und sein ganzer Körper erstarrte. Melina konnte seinen Blick nicht ertragen und wandte sich wieder dem Alten zu, um sich mit dem Verband zu beschäftigen. Sie spürte den bohrenden Blick des Großmeisters im Rücken. Ihre Hände begannen unkontrolliert zu zittern und verdarben ihre ganze Arbeit.

Philippe konnte sich nicht von dem Anblick losreißen. Sein Herz raste. Schweißperlen glitzerten auf seiner Oberlippe. Er war sicher, dass jeder im Saal das wilde Pochen in seiner Brust vernahm. Offenbar hatte die Frau seinen Gefühlssturm bemerkt, denn ihre Hände zitterten unübersehbar.

Wie ist das möglich? Wie können sich zwei wildfremde Frauen wie Zwillinge gleichen? Hélènes Zwillingsschwester steht vor dir! Philippes Gedanken weilten bereits wieder in Paris.

In Philippes Räumlichkeiten in Paris herrschte fast völlige Dunkelheit, sah man vom Licht eines blakenden Kerzenstummels ab. Bald würde das Licht ganz verlöschen und das Zimmer in Dunkelheit versinken. Der Befehl, sich als neu gewählter Großmeister umgehend nach Rhodos zu begeben, lag neben dem Bett auf dem Boden, wohin er Stunden zuvor gefallen war. Philippe hatte das Dokument so oft gelesen, dass er es auswendig hersagen konnte. Einige Worte waren inzwischen unleserlich geworden. Salzige Tränen hatten die Tinte der Buchstaben verlaufen lassen.

Nachdem Hélène das Dokument gelesen und zu Boden geschleudert hatte, war sie in die zerwühlten Laken gesunken und hatte den Kopf in den Kissen vergraben. Philippe lag über sie gebeugt und versuchte sie tröstend in die Arme zu nehmen. Doch sie hatte sich ihm entzogen und war schutzsuchend an die Bettkante des kleinen Lagers geflüchtet. Wie sollte es nun weitergehen?

»Hélène, ich kann mich unmöglich über diesen Befehl hinwegsetzen!«

Hélène antwortete nicht.

»Ich muss ihm folgen, und ich weiß nicht, wann ich wiederkomme.«

Hélène drehte sich auf den Rücken, umschlang Philippe und schmiegte sich an ihn. Ihre Haut war noch feucht von Schweiß und Tränen. Ihr wildes, zerzaustes dunkles Haar fiel ihr ins Gesicht.

»Philippe, kann ich nicht mit dir nach Rhodos gehen?«

Philippe schloss die Augen und wiegte den Kopf. »Ausgeschlossen, *Chérie*. Das ist unmöglich.«

Hélène ließ ihn los und wandte sich wieder von ihm ab.

Jetzt ist alles vorbei, hatte er damals gedacht, *wir werden uns nie wiedersehen.*

Die Kerze hatte ein letztes Mal geflackert, und das Zimmer war in Finsternis versunken.

Philippe spürte, dass alle ihn anstarrten.

»Herr, ist Euch nicht wohl?«, erkundigte sich Bosio. »Macht Euch der Geruch zu schaffen?«

Philippe riss sich aus seinen Gedanken los und zwang sich, Melina nicht mehr anzusehen. Er neigte fragend den Kopf, als hätte er Bosio nicht recht verstanden. Er trat näher an den Alten heran, der zu ihm und seinem Helfer aufblickte, sie aber nicht zu kennen schien.

»Dieser Bauer hat sich bei der Ernte eine schwere Handverletzung zugezogen«, erläuterte Renato. »Er bekam eine Blutvergiftung, an der er beinahe gestorben wäre. Das Gangrän war schon weit fortgeschritten, als ihn seine Familie aus Lindos in unser Hospital gebracht hat. Leider musste der Arm unterhalb des Ellenbogens amputiert werden. Das war vor einem Monat, und wir mussten manche Krise meistern.« Renato sah den Alten an. »Nicht wahr, das mussten wir, *philo moo*?« Mein Freund. Der Alte lächelte trübsinnig und nickte schwach.

»Der Tod ist ihm erspart geblieben, Gott sei's gedankt«, sagte Renato, »aber das Leben wird schwer für ihn werden, fürchte ich. Wie will einer ohne seine rechte Hand Bauer bleiben? Und außer seiner alternden Frau hat er keine Angehörigen mehr. Seine Söhne sind bei der letzten Belagerung ums Leben gekommen. Wer soll jetzt für ihn sorgen?«

Der Großmeister stand stocksteif da. »Der Herrgott wird für ihn sorgen, *Dottore*, und wir werden der Arm und die Hände Gottes sein. Bosio, kümmert Euch darum, dass diesem Mann und seiner Frau alles Nötige zuteil wird. Bringt sie in die Mauern der Stadt, falls nötig, und gebt ihnen Obdach. Ihre Söhne haben in unseren Diensten ihr Leben gelassen. Wir werden dafür sorgen, dass dieser alte Mann und seine Frau deswegen nicht zu darben brauchen.«

Am Ende des Krankensaales angekommen streckte Philippe die Hand aus. »Ich danke Euch, *Dottore*. Ich bin sehr mit dem zufrieden, was Ihr hier geleistet habt. Unser Orden muss sich zwar meistens mit militärischen Unternehmungen beschäftigen, aber unsere Hauptaufgabe hier auf Erden ist immer noch die Sorge für die Kranken. Scheut Euch nicht, meine Ritter heranzuziehen, um dieses Maß an Fürsorge aufrecht zu erhalten. Wir werden Euch mit allem versorgen, was Ihr braucht.« Philippe senkte die Stimme. »Und nun hört mir gut zu«, fuhr er in vertraulichem Ton fort. »Wie Ihr wisst, rechnen wir damit, dass die Türken unsere Festung angreifen. Ich weiß nicht, wann es dazu kommt, aber wir müssen gut darauf vorbereitet sein. Meine Ritter werden den militärischen Teil der Vorbereitungen übernehmen, aber Ihr müsst darauf eingestellt sein, dass es viele Verwundete und Kranke geben wird. Lasst alles an Arzneien herbeischaffen, was Ihr braucht, ebenso Heilkräuter, Verbandsmaterial und Opium. Ganz besonders Opium. Lasst alles, was Ihr braucht, sofort besorgen.«

»Herr, ich werde mich darum kümmern. Aber sagt mir, für wie lange soll ich vorausplanen?«

»Ich denke, Ihr solltet Vorräte für ein ganzes Jahr anlegen«, sagte der Großmeister zu Renato, der die Augen aufriss.

Philippe und sein Adjutant verließen das Hospital und gingen zum Palast zurück.

Als Renato sich wieder in den Krankensaal begab, stieß er auf Jean und Melina, die in einem Waschbecken Instrumente reinigten, um sie anschließend zu trocknen und zu sortieren.

»Jean, du hast den neuen Großmeister also schon kennen gelernt?«

»*Oui, Docteur*, das habe ich. Er betrachtet es als seine Pflicht, jeden Ritter persönlich zu kennen. Da wir der gleichen *Langue* angehören, sehe ich ihn sogar ziemlich oft, zumal ich einer seiner Offiziere bin.«

Renato machte sich daran, Melina zu helfen. »Und du, meine Gute? Hast du ihn auch schon einmal getroffen?«, fragte er sie.

»*Non, Docteur*, noch nie! Ich habe ihn bei seinen Amtshandlungen gesehen, aber persönlich begegnet sind wir uns noch nie.« Sie versuchte, Jeans Blick auszuweichen. Das Verhalten des Großmeisters hatte sie sehr beunruhigt. Da sie keine Erklärung dafür hatte, schwieg sie lieber.

»So wird es wohl sein«, meinte Renato. »Es ist ja kaum möglich, dass er sämtliche Leute auf Rhodos kennt, nicht wahr?«

»Anzunehmen«, sagte Melina. Sie sandte Jean einen Hilfe suchenden Blick, doch Jean tat beschäftigt.

Schließlich wandte Renato sich zum Gehen. An der Tür hielt er inne. »Jean, Melina«, sagte er, »ihr liegt mir beide sehr am Herzen. Ihr habt mir schon viel geholfen, und ich brauche jede Hilfe, die ich bekommen kann. Außerdem habe ich guten Grund zu der Annahme, dass ich euch bald noch dringender brauchen werde. Ihr wisst doch – als das wunderbare Paar, das ihr seid, habt ihr von mir nichts zu befürchten. Euer Geheimnis – falls es in diesem kleinen Städtchen noch ein Geheimnis ist – ist bei mir sicher aufgehoben. Ich würde euch niemals einem Risiko aussetzen ...« Er schien noch etwas sagen zu wollen, überlegte es sich aber anders und ging.

Melina schaute Jean an.

»Weiß er Bescheid?«

»Wer?«, fragte Jean.

»Nicht Doktor Renato – natürlich weiß er Bescheid! Ich meine den Großmeister. Glaubst du, er weiß etwas?«

»Wir sind nicht das einzige Liebespaar auf dieser Insel. Viele Ritter haben in der Stadt eine Frau. Solange es nicht zur Vernachlässigung unserer ritterlichen Pflichten führt, scheint es weder das Ordenskapitel noch den Großmeister zu stören. Aber ob er etwas *weiß*? Ich habe keine Ahnung. Doktor Renato jedenfalls hat nicht die Absicht, ihm etwas zu verraten.«

»Ich mag Renato. Er ist ein sehr guter Arzt und kümmert sich um jeden Patienten mit gleicher Hingabe. Es interessiert ihn nicht, ob der Kranke ein Ritter, Grieche, Muslim, Christ oder Jude ist. Er behandelt jeden, als wäre sein Leben etwas ganz Kostbares.«

»Ich weiß gar nichts über ihn«, sagte Jean. »Du vielleicht?«

»Nur dass er schon da war, als ich damals in die Stadt gezogen bin«, sagte Melina. »Ich habe gehört, dass er vor acht Jahren gekommen ist. Er ist Jude gewesen und zum Christentum übergetreten, in die römische Kirche der Kreuzritter, glaube ich. Er hat hier weder Verwandte noch Familie. Aber ich habe keine Ahnung, woher er gekommen ist.«

»Ich habe ihn fließend Französisch, Englisch und Griechisch sprechen hören, mit manchen Patienten auch Türkisch, aber weil ich selber kein Türkisch kann, weiß ich nicht, ob es gutes Türkisch war oder nicht. Er scheint weit herumgekommen zu sein, bevor er hier gelandet ist. Er hat von Spanien und Istanbul erzählt und sehr oft auch von Griechenland.«

»Er ist sehr freundlich zu uns beiden gewesen. Außerdem halte ich viel von seinem Können. Er hat mich sogar immer wieder bezahlt – mit Nahrungsmitteln und Dingen, von denen er geglaubt hat, ich könnte sie im Haushalt gebrauchen. Er ist ein hochanständiger Mann.«

Sie beendeten die Reinigung der Gerätschaften. Kurz vor dem Abendläuten machten sie sich zusammen auf den Heimweg zu der Gasse, in der Melina wohnte. Renato sah ihnen aus dem Fenster nach, bis sie um eine Ecke der gewundenen Straße verschwunden waren. Nickend lächelte er vor sich hin, um sich dann wieder mit seinem neuen Anatomiebuch zu beschäftigen.

Von den Würdenträgern der acht *Langues* flankiert stand Philippe in militärischer Haltung auf der Empore des Großmeisterpalasts. Rechts und links von ihm standen die Ritter aus höchstem Adel. Die übrigen hochrangigen Ritter einschließlich der Konventualkapläne und der Adjutanten waren auf der breiten Freitreppe angetreten, die aus dem großen Hof hinauf zum Palast führte. D'Amaral und sein Adjutant Blasco Diaz standen etwas abseits, ganz am Rande des geländerlosen steinernen Treppenaufgangs.

Die Hauptmacht von ungefähr fünfhundert Kreuzrittern war in voller Rüstung in exakt ausgerichteten Reihen vor den jeweiligen *Auberges* angetreten. Statt des üblichen schwarzen Umhangs trugen sie jetzt den scharlachroten Schlachtumhang mit dem vorn und hinten aufgenähten achtzackigen weißen Johanniterkreuz. An ihrer linken Hüfte hing das mächtige Schwert, dessen Spitze fast den Boden berührte. Jeder trug unter dem rechten Arm seinen schwarzen Eisenhelm. Ihre Hände steckten bis über den Ellbogen in Panzerhandschuhen aus Kettenpanzer; an den Füßen trugen sie schwarze Lederstiefel. An ihrer rechten Seite lehnte ein länglicher lederbezogener Schild, der in einer Spitze auslief.

Zur Inspektion durch den Großmeister waren sie in Hab-Acht-Stellung auf der Ritterstraße angetreten, wo es aussah wie auf einem Exerzierplatz.

Auf der *Loggia* zwischen dem Großmeisterpalast und der Ritterstraße hatten sich die Söldner sowie die in eigenen Kampfeinheiten zusammengefasste Miliz der griechischen Bewohner von Rhodos versammelt. Alles in allem standen etwa dreitausend Mann bereit, ihre Inselfestung gegen Suleimans mehr als hunderttausend Mann starke türkische Streitmacht zu verteidigen, die bereits durch Kleinasien im Anmarsch war.

Auf dem Großen Platz vor dem Großmeisterpalast hatten sich die restlichen Bürger von Rhodos eingefunden. Es waren noch einmal dreitausend Frauen, Kinder und alte Leute, die in den Mauern der Stadt Zuflucht gesucht hatten.

Als Armee und Bevölkerung vollzählig versammelt waren, trat Philippe an die Brüstung der Empore. Die Menge verstummte, auch wenn die meisten seine Worte nicht würden hören können.

»Ritter des heiligen Johannes, Bürger von Rhodos!«, begann Philippe langsam in französischer Sprache. »Ihr alle wisst, warum wir uns hier versammelt haben. Eine Armee muslimischer Türken schickt sich an, diese Insel zu überfallen, die wir unsere Heimat nennen. Die Ritter unseres Ordens haben seit über zweihundert Jahren mit euch auf dieser Insel zusammengelebt und den Armen und Kranken gedient. Die Angriffe vieler kleiner und großer Armeen haben wir zurückgeschlagen – und werden es auch diesmal tun! Auch wenn unsere Zahl nicht so groß ist wie die der Türken, sind wir auf ihren Angriff gut vorbereitet. Wir haben unsere Befestigungen verstärkt und große Vorräte angelegt. Die Kampfkraft unserer Ritter ist denen der muslimischen Horden, die von ihrem Despoten gegen uns in den Kampf gezwungen werden, weit überlegen. Wir haben vor den Mauern der Stadt alles zerstören müssen, was dem Feind als Obdach oder zur Nahrung dienen könnte. Wenn der Kampf vorüber ist, werden deshalb viele von euch vor besonderen Schwierigkeiten stehen. Sobald wir die Türken vertrieben haben, werden wir alle zusammenstehen und unsere Insel, unsere Häuser und unser Land gemeinsam wieder aufbauen!«

Philippes Stimme wurde feierlich. »Wir werden niemals kapitulieren, denn der Tod ist immer noch besser als ein Leben in Ketten. Gott der Allmächtige wird den Sieg an unsere Fahnen heften!«

Er hob den Arm zum Zeichen, dass die Parade der Ritter ihren Anfang nehmen sollte. Die vor den Herbergen der *Langues* angetretenen Ritter setzten sich in Viererreihen zum Palast des Großmeisters in Bewegung. Sie marschierten durch die Ritterstraße zur *Loggia* und von dort zum Platz vor dem Großmeisterpalast. Die Söldner und die rhodische Miliz reihten sich hinter ihnen ein. Bald war der Platz mit Bewaffneten überfüllt, umjubelt von den dicht gedrängt stehenden Bürgern. Griechische, italienische, französische, spanische und englische Hochrufe hallten von den steinernen Mauern wider. Einige Alte, die sich noch an den Schrecken und das Blutvergießen der Belagerung von 1480 erinnern konnten, murmelten stille Gebete.

Philippe blickte in die Runde der ihn umgebenden hochrangigen Ritter. Hinter ihm standen Thomas Docwra, Antonio Bosio und John Buck; ein Stück seitlich war Thomas Sheffield zu sehen, der Seneschall des Ordens. »Nun, Thomas, Antonio? Ist das nicht eine Armee, mit der man rechnen muss?«

»Durchaus, Herr«, meinte Antonio Bosio.

Philippe sah Thomas Docwra an, der stumm geblieben war. Auf seinen Lippen spielte ein Lächeln, ja, er schien beinahe zu grinsen.

»Thomas, was gibt es?«

»Das ist in der Tat eine gewaltige Armee, Herr«, sagte Dowcra und lachte auf. »Wenn wir lange genug hier oben stehen, wird sie so groß wie die türkische.«

Philippe lächelte, doch Bosio schaute ein wenig ratlos drein. »Wie meint Ihr das, Thomas?«, erkundigte er sich.

»Wenn meine Augen mich nicht täuschen, sind die Ritter aus Deutschland und die aus der Auvergne schon zweimal vorbeimarschiert«, meinte Docwra trocken.

John Buck sagte nichts, aber auch er begann zu grinsen.

Rasch schaltete Philippe sich ein. »Ist ja gut, Thomas, nun aber genug davon. Ich bin der Meinung, dass der Anblick von ein paar zusätzlichen Bewaffneten den Leuten nur Mut machen kann. Je größer die Streitmacht, desto überzeugender die Machtdemonstration. Ein kleiner Trick wie dieser kann niemand schaden. Lasst uns nun mit dem offiziellen Teil zu Ende kommen und uns wieder mit den wirklichen Problemen beschäftigen.«

6.

Das Kriegslager

Üsküdar, Türkei
Juni 1522

Die Sonne vertrieb die letzten Reste des Morgennebels aus den Gefilden vor den Mauern von Istanbul. Der Sommer zeigte allmählich seine Kraft. Schon zwei Stunden nach Tagesanbruch war es trocken und warm. Der vom geschäftigen Treiben der Männer und Zugtiere aufgewirbelte Staub hing in der stillen Luft.

Barken und Ruderboote pendelten unaufhörlich über den Bosporus hin und her und setzten Mannschaften, Zug- und Reittiere sowie Tonnen von Material und Ausrüstung ins gut anderthalb Kilometer entfernte Üsküdar auf dem anderen Ufer über. Eine nach Zehntausenden zählende Schar von Männern und Frauen schlug unter Einsatz sämtlicher Kräfte ein Ausgangslager für den bevorstehenden Feldzug gegen Rhodos auf.

Die Zelte des Sultans wurden zuerst errichtet, weiße, rote und blaue Zelte aus dickem Filz und kräftigem Segeltuch mit einer großen Mittelstütze, stark wie ein Schiffsmast. Sie boten selbst unter extremen Klimabedingungen eine behagliche Unterkunft und waren mit Wandbehängen und Gemälden ausgestattet, die einem Museum zur Ehre gereicht hätten. Manche Zelte besaßen mehrere Innenräume; viele waren mit Regimentsstandarten ausstaffiert. Auf dem Boden lagen Teppiche, die Wände waren mit *Kelims* behängt. Für die höheren Offiziere wurden statt Feldbetten Diwane und komfortable Bettstätten aufgebaut.

Die Zelte der Wesire waren im Kreis um die des Sultans angeordnet und wurden ihrerseits wieder von den Zelten der Janitscharen umringt. Die Zelte der restlichen Dienstgrade waren in konzentrischen Ringen um diesen Kern verteilt. Der Hofstaat und die Handelsleute hatten ihren Platz an äußersten Rand, ebenso die Nahrungsmittelmärkte und Trossfahrzeuge.

Zwischen dem Zelt des Großwesirs und dem des Sultans stand ein einzelnes Zelt, das *Serail* des obersten Leibarztes Moses Hamon, das stets in unmittelbarer Nähe des Sultans aufgebaut wurde. Dutzende weitere Feldärzte waren neben dem Krankenrevier am Rand des Janitscharenlagers untergebracht.

Vor dem Pavillon des Sultans stellten die Janitscharen den *Buntschuk* auf, die Kriegsstandarte des Sultans mit dem goldenen Halbmond und den acht Rappenschwänzen. Nachdem auch die Standarten der einzelnen Regimenter aufgepflanzt worden waren, bezogen die einzelnen Waffenkategorien der Armee des Sultans nacheinander das Lager.

Zuerst kamen die Janitscharen und bauten ihre Zelte im üblichen Verteidigungsring um die Zelte der Leibgarde herum auf. Das Lager war ein Muster an Präzision. Nirgendwo konnte das Auge des Betrachters auch nur eine Spur von Unordnung oder gar Abfall entdecken. Das Bild unterschied sich himmelweit von dem der Feldlager der *Ferenghi*, in denen es schon wenige Tage nach ihrer Errichtung überall nach Exkrementen stank.

Der tägliche Drill der Janitscharen bewegte sich so nahe wie irgend möglich an den Bedingungen des Ernstfalls. Er zeichnete das gewaltsame Geschehen auf dem Schlachtfeld wirklichkeitsgetreuer nach als bei sonst einer Armee der Welt. Verletzungen waren an der Tagesordnung. Die *Tahib* hatten mit der Behandlung der bei der Ausbildung erlittenen Verwundungen stets alle Hände voll zu tun. Wenn kein Drill stattfand, musste im Lager auf Anordnung Suleimans eine so völlige Stille herrschen wie im Palast.

In der Mitte der einzelnen Janitscharenregimenter thronte neben der Regimentsstandarte ein fast mannshoher kupferner Kochkessel. Er war der Versammlungsort der Regimenter und symbolisch genauso bedeutsam wie die Regimentsstandarte. Dort kam man zusammen, nahm die Mahlzeiten entgegen und begrüßte die Offiziere. Die gute Verpflegung der Janitscharen genoss einen legendären Ruf. Sogar die Rangbezeichnungen der Vorgesetzten waren dem Küchendienst nachgebildet. Die Feldwebel nannte man Chefköche, die Unteroffiziere Oberkellner. Der Regimentskochtopf hatte im osmanischen Kriegswesen einen so hohen Stellenwert, dass selbst Rebellionen hier ihren Ausgang nahmen. Bei großer Unzufriedenheit pflegten die Janitscharen traditionsgemäß den Kochkessel umzustoßen und ihre Verpflegung auf den Boden zu gießen. Es war ein Zeichen mangelnden Einverständnisses mit Entscheidungen des Agha und des Sultans persönlich, und es bedeutete, dass auch der treueste Krieger nicht mehr an der ausgezeichneten Beköstigung durch den Sultan interessiert war. Die geballte Macht von zehntausend hoch ausgebildeten Bewaffneten war für den Sultan oder die Aghas allemal Grund genug, sich mit den Ursachen der Unzufriedenheit zu befassen.

Nach der reichlichen Kost im Kriegslager begnügten sich die Janitscharen auf Märschen oder auf dem Schlachtfeld mit einer sehr dürftigen Ernährung. In einem Ledersack führten sie Mehl, Salz und Gewürze mit. Zweimal am Tag wurde daraus mit Wasser ein Brei angerührt und ungekocht verzehrt. Der Brei quoll im Magen auf und rief trotz des geringen Nährwerts ein gewisses Sättigungsgefühl hervor. Außerdem hatten die Janitscharen eine kleine Ration Butter und getrocknetes Rindfleisch dabei, die sie vor dem Aufbruch in die Schlacht zu sich nahmen.

Die Leibkavallerie des Sultans bestand aus einer mit Lanze, Krummschwert und Bogen bewaffneten Sipahitruppe. Im Gegensatz zu den Ritterarmeen, die den Feind im konzentrierten Frontalangriff niederzuwerfen trachteten, hieben die Sipahis sich mit ihren messerscharfen Krummschwertern durch die Reihen der Angreifer. Der von den westlichen Armeen praktizierten Holzhammermethode des massiven Frontalangriffs setzten die Tuppen des Sultans Präzision und perfekte Koordination der Kräfte entgegen, um die Geschlossenheit des Gegners aufzubrechen und ihn dann zu vernichten.

Von der Krim und aus der Ukraine kamen die wilden Reiter des Tatarenkhans. Hinter jedem Reiter trabte an einer Leine eine Reihe von derben stämmigen Ponys einher, die mit bunten Satteldecken geschmückt waren. Die Reiter wirkten für die kleinen Tiere viel zu groß, doch die Kraft und Ausdauer dieser kurzbeinigen Pferderasse strafte den Anschein Lügen. Die Tartaren waren mit einem kräftigen kurzen Bogen bewaffnet, dessen Machart noch aus der Zeit des Dschingis Khan stammte. Sie standen der legendären Kampfkraft der Horden aus den Steppen Asiens in nichts nach. Diese leichte Kavallerie wurde als Stoßtruppe eingesetzt, die den Feind festnageln und mit Informationen über seine Stärke und Aufstellung aus dem Scharmützel zurückkehren sollte. Der schreckliche Ruf, der diesen Männern vorauseilte, ließ die feindlichen Armeen oft in Panik auseinander stieben, noch bevor der erste Pfeil abgeschossen war.

Nach den Tataren trafen die regulären Sipahis unter der Führung des *Beglebeg* Quasim Pascha ein, des Provinzstatthalters im kleinasiatischen Anatolien. Sie führten den Angriff als kompakte Masse aus Reitern und Pferden gegen das Zentrum feindlicher Fußtruppen. Im Moment des scheinbaren Zusammenpralls ließen sie im vollen Galopp einen Pfeilhagel auf die gegnerischen Truppen niedergehen, der zu schweren Ausfällen führte und Löcher in die Phalanx der anrückenden Fußsoldaten riss. Die Überlebenden wurden in wilder Jagd mit dem Krummschwert aus dem Sattel niedergemacht.

Zum Schluss erschien Agha Ali Bey mit seinen Azabs im Lager.

Die Azabs waren leichte Infanterie, die wie in vielen anderen Armeen der damaligen Welt als Kanonenfutter diente. Sie wurden zu Fuß gegen den Feind geworfen und mussten in die von der Artillerie des Sultans gerissenen Mauerbreschen stürmen. Ihre Stärke bestand in ihrer großen Zahl. Sie waren ein reiner Verschleißposten. Oft dienten ihre Leichen den Janitscharen als Trittsteine.

Als mit dem Eintreffen der letzten Soldaten der Aufbruch der Armee heranrückte, fuhren einige Händler und Handwerker über den Bosporus nach Istanbul zurück, um dort wieder ihre üblichen Geschäfte aufzunehmen. Eine große Zahl blieb jedoch, um dem riesigen Heerwurm nach Rhodos zu folgen, wo am Rande der Kriegslager wieder die Stände aufgebaut wurden wie hier in Üsküdar. Die Geschäfte der Händler gingen weiter, auch mitten im schlimmsten Kriegsgeschehen.

Sobald sämtliche Truppenteile versammelt und marschbereit waren, würde der Sultan benachrichtigt und der Befehl zum Aufbruch ins endgültige Kriegslager gegeben.

Der Sultan verließ den Palast mit einem riesigen Gefolge von mehr als sechstausend Reitern aus seinem persönlichen Wachregiment. Sie ritten auf arabischen Vollblütern und trugen einen Kopfputz mit schwarz gefärbtem Federbusch. Ihre Bewaffnung bestand aus einem über die Schulter gehängten Bogen, einem von Pfeilen überquellenden Köcher, einer Keule und einem edelsteinbesetzten Krummschwert.

Hinter der Herrscherwache folgten die Janitscharen in ihren hellblauen Uniformen und den federbesetzten Spitzhüten; danach kam der Rest des Hofstaats, die Diener, Ersatzpferde und weitere Einheiten der Leibgarde.

Der Abmarsch vollzog sich in nervenaufreibender Stille. Außer dem Hufschlag der Pferde und dem Marschtritt der Fußsoldaten war kein Geräusch zu vernehmen. Das Tamtam und das Gepränge ins Feld ziehender westlicher Armeen fehlte völlig.

Suleiman folgte diesem eindrucksvollen Aufmarsch in voller

Rüstung und Prunkgewändern aus Seide und Brokat. Er trug einen hohen weißen Turban, an dem von einer mit Brillanten und Rubinen besetzten Spange gehalten seine verehrten Reiherfedern wehten.

Wenn der Sultan in den Krieg zog, wurde das heilige grüne Banner des Propheten aus seinem Gewölbe im Palast geholt und aus den schützenden vierzig Lagen Seidentuch gewickelt, in denen es aufbewahrt wurde. Die Muslime trugen das heilige Banner in die Schlacht wie die Kinder Israels die Bundeslade. Das kostbare Banner wehte solange über den vordersten Reihen der Truppen des Sultans, bis der Sieg errungen war. Die Menschen in den Straßen Istanbuls verbeugten sich tief und riefen Segenswünsche im Namen Allahs, während das Banner an ihnen vorübergetragen wurde.

Weitere Reliquien, die von früheren Sultanen bei der Eroberung Mekkas erbeutet worden waren, würden ebenfalls mit ins Feld geführt, so das zweispitzige Schwert Omars. Für einen Muslim bedeutete der Tod unter diesem Banner und Schwert in einem *Dchihad*, einem heiligen Krieg, die Gewähr für den sofortigen Eintritt ins Paradies am Tag des Jüngsten Gerichts. Diese Soldaten kämpften so bedingungslos wie der Prophet gegen die Ungläubigen.

Die Streitkräfte waren vollständig im Ausgangslager versammelt. Alles war an seinem Platz. Die Zeit zum Aufbruch in den Krieg war gekommen.

Im Herrscherzelt lehnte Suleiman sich in den *Diwan* zurück. Wie üblich hatten seine Wachen sich vor und hinter seinem Zelt postiert, in dem die Aghas schweigend darauf warteten, dass der Sultan das Wort an sie richtete.

»Nun denn, alles ist bereit«, sagte Suleiman, als hätte er soeben in Gedanken Bilanz gezogen. »Heute nach dem Frühgebet habe ich Abu-Seoud holen lassen, den *Scheich ul-Islam*, unseren Obersten Lehrer des Islam. Wie vom Koran vorgeschrieben, habe ich ihn gebeten, im Lichte der Vorschriften des Korans zu prüfen, ob unser Krieg ein heiliger Krieg und es damit für gute Muslims eine Pflicht ist, mit uns in diesen Krieg zu ziehen. Abu Seouds *Fetva* hat mir bestätigt, dass unser Krieg gegen die Ungläubigen ein *Dchihad* ist, ein gerechter und heiliger Krieg, und dass Allah in diesem ihm wohlgefälligen Kampf seine Hand über uns halten wird. Wer in diesem Kampf stirbt, wird auf direktem Weg an die Seite des Propheten im Himmel eingehen, Allah lächle auf ihn herab!

Wie ebenfalls im Koran vorgeschrieben, habe ich unseren Feinden das Angebot gemacht, sich zu ergeben, habe jedoch keine Antwort erhalten.

Es ist bei uns Brauch, als Kriegserklärung den feindlichen Gesandten zu ergreifen und ins Verlies zu werfen. Leider haben die Kreuzritter ihren Gesandten vor der Zeit abberufen.«

Die Wesire quittierten den kleinen Scherz des Sultans mit einem Lächeln.

»Piri Pascha, unsere Tradition schreibt vor, dass dir ein neuer prächtiger Hengst aus meinen Stallungen zugewiesen wird. Er trägt einen neuen Sattel aus feinstem Leder und ist aufgeputzt, wie es sich für das Streitross meines Großwesirs gehört. Und soeben wird dir ein neues Krummschwert mit einem mit Rubinen und Smaragden verzierten Griff in dein Quartier gebracht, das, wie ich hoffe, sich bald vom Blut der Kreuzritter röten wird.«

Piri neigte wortlos das Haupt. Sein alter gutmütiger Gaul, der sich auf seine alten Tage so gemütlich reiten ließ, würde ihm fehlen, und sein alter weicher Sattel auch.

»Ferhad Pascha, du sollst für mich noch eine besondere Aufgabe erfüllen, bevor du dich mit deinen Truppen unserem Krieg gegen die Kreuzritter anschließt. Der schiitische Hund Shah Suwar Oghli Ali Bey hat sich in Siwas gegen uns erhoben. Begebe dich sofort nach Persien und zerstöre diese Beleidigung Allahs, diese Bedrohung unserer Autorität. Bring mir seinen Kopf und die Köpfe seiner Kinder. Lass niemand am Leben, der in meinem

Reich und in meinen Gedanken Unruhe stiften könnte, während ich auf Rhodos kämpfe!«

Ferhad Pascha verbeugte sich tief und verließ rückwärts gehend das Zelt.

»Ihr anderen werdet außerhalb der Reichweite der feindlichen Batterien auf Rhodos an Land gehen. Ich bin nämlich sicher, dass sich die Kanoniere des Großmeisters bereits auf uns eingeschossen haben. Sie werden nur selten daneben feuern, wenn wir erst einmal in Schussweite ihrer Kanonen sind. Wir werden ihre Festung mit dem Halbmond des Islam einschließen, von Nord nach Süd, von Küste zu Küste. Wir werden den Fehler meines Urgroßvaters nicht wiederholen, der den Angriff lediglich vom Wasser aus vorgetragen hat. Und vor allem werde ich den Angriff persönlich leiten. Und niemand soll glauben, dass wir diese Insel wieder verlassen, bevor wir nicht unserer Gottespflicht Genüge getan haben!«

Die Aghas verharrten immer noch in Schweigen.

Suleiman wartete auf eine Stellungnahme, doch sie blieb aus. »Unser Schlachtplan ist einfach und wirkungsvoll. Wir werden die Kreuzritter von jedem Nachschub abschneiden und ihre Mauern mit Kanonenfeuer und Minen niederlegen. Unsere Truppen werden durch die von unseren Mineuren und Kanonieren in die Mauern gesprengten Breschen in die Festung eindringen und mit ihren überlegenen Kräften jeden in Stücke hauen, der noch am Leben ist. Es wird keine Gefangenen geben, keine Überlebenden.«

Suleiman schaute in die Runde. Er blickte seinen Generälen nacheinander in die Augen. Die Aghas hielten seinem Blick stand, ohne jedoch etwas zu sagen.

»Begebt euch jetzt zu euren Männern und rüstet für den Aufbruch nach Rhodos. Allah sei mit euch!«

Zwei Tage darauf wurde das Lager wieder abgebrochen. Die Streitmacht des Sultans begann ihren Marsch nach Südwesten durch Kleinasien nach Marmaris, von wo die kurze Überfahrt nach Rhodos erfolgen sollte.

Seite an Seite ritten Suleiman und Ibrahim durch das wellige Hügelland Anatoliens. Hinter ihnen ritten die drei Pagen des Sultans, von denen der eine Suleimans Wasserflasche, der zweite seinen Umhang und der dritte seinen Bogen und den Köcher mit den Pfeilen mit sich führte. Davor und dahinter sicherte die übliche Janitscharen-Leibwache seinen Weg.

»Ibrahim, du bist heute so still. Was geht dir durch den Kopf?«

»Nichts weiter, Herr. Ich dachte nur gerade, wie schade es ist, dass wir dieses Land auf einem Kriegszug durchqueren. Wie herrlich könnte diese Reise sein, wenn wir zum Jagen und Angeln hier wären und uns an diesen herrlichen Flüssen und Seen zur Rast niederlassen könnten.«

»Dazu wird in ein paar Wochen noch Zeit sein, wenn wir die Ungläubigen aus ihrem Hort vertrieben haben und diesen Weg in der anderen Richtung zurücklegen«, sagte Suleiman und nickte. »Allein schon die Existenz dieser glaubenslosen Teufel kränkt mein Empfinden. Sie verfolgen mich bis in meine Träume. Ihre Kreuzzüge zur Eroberung des Heiligen Landes dauern nun schon fünf Jahrhunderte an. Ich will mir gar nicht ausmalen, wie viele muslimische Menschenleben diese Söhne des *Scheitan* ausgelöscht haben. Sie schlachten unsere Männer und Kinder ab, vergewaltigen und quälen unsere Frauen. Ein Menschenleben bedeutet ihnen nichts. Sie sind nichts weiter als Tiere. Wir müssen sie so gleichmütig zertreten, wie man einen Skorpion zertritt. Ein Ende ihrer Untaten wird es erst geben, wenn sie restlos aus unseren Landen vertrieben sind.« Suleiman blickte nach vorn ins Ungewisse. »Ich glaube, wir sollten uns einen Rastplatz für die Nacht suchen«, meinte er. »Unsere Armee ist uns nur einen knappen Tagesmarsch voraus, und ich möchte sie nicht überholen.«

»Ich werde die Janitscharen losschicken, dass sie uns einen passenden Lagerplatz suchen, wo wir die Nacht verbringen können«, sagte Ibrahim. Er spornte sein Pferd an, um den leitenden Offizier der Haushaltswache zu suchen. Suleiman ritt langsam weiter. Er war erleichtert, dass er sich über Ibrahims nächtliche Exkursionen keine Sorgen zu machen brauchte. Er würde vor Ibrahim kein Wort darüber verlieren, zumal er in Gedanken immer noch mit der gewaltigen Aufgabe beschäftigt war, die größte Streitmacht der Erde zu lenken und zu leiten.

Ibrahim saß mit dem Rücken an einen Baum gelehnt, während sein Herr es sich auf den Sitzkissen bequem machte, die auf einem Teppich lagen, der im Gras ausgerollt war. Sie schauten auf den See hinaus und beobachteten das Wechselspiel der Farben im Licht des Spätnachmittags. Im Zelt des kleinen Lagers hatten sie ihre Abendmahlzeit eingenommen und waren dann ein Stückchen hinausgeritten, nur von einer kleinen Eskorte Janitscharen und Bogenschützen begleitet. Die Wächter hatten außerhalb der Hörweite, aber stets in Sichtweite des Sultans und Ibrahims Posten bezogen und den lückenlosen Sicherheitskreis um ihren Herrn geschlossen.

»Ich habe dir und Piri Pascha zugehört, als ihr euch über die angeblichen Vorzüge der Europäer gestritten habt. Was gibt es da überhaupt zu streiten?«

»Herr, ich habe unter ihnen gelebt und bin sogar in Europa geboren. Aber Piri, der außer beim Angriff auf Belgrad nie dort gewesen ist, verachtet die Europäer. Er sagt immer zu mir«, Ibrahim ahmte lachend und sehr treffend die näselnde Sprechweise des Großwesirs nach, »›Sie haben keine Ahnung von Pferdezucht, und wie man Tulpen und Rosen züchtet, wissen sie schon gar nicht‹ – womit er Recht hat. Auch an ihren Städten lässt er kein gutes Haar. Die Häuser in Belgrad seien dunkel und feucht, und die Bewohner hockten am Feuer und gingen nur ans Tageslicht, wenn es unbedingt sein muss. Uns sie würden niemals baden! Ihr Gestank sei unerträglich. Er sagt, sie würden lediglich ihr Inneres mit Wein durchspülen, und auch das kann ich nicht bestreiten. Ihre Städte sind voller Unrat und stinken, und auf den Straßen häufen sich die Exkremente.«

»Aber was gibt es dann zu streiten, wenn das alles stimmt?«

»Um ehrlich zu sein, Herr, ich gebe Piri Pascha in fast allem Recht. Aber es macht mir einfach Spaß, mich mit ihm zu streiten.«

Sie mussten beide lachen. »An den *Ferenghi* muss man vieles verurteilen«, meinte Suleiman schließlich. Er sah Ibrahim an und legte die Hand auf die des Freundes. Ein Augenblick der Stille entstand, der nach Suleimans Empfinden nicht frei von Spannung war. Er zog die Hand zurück, wandte sich aber nicht ab. »Sei unbesorgt, Ibrahim«, sagte er, »für mich bist du kein *Ferenghi*. Als du in die Türkei gekommen bist und den Islam als deinen Glauben angenommen hast, bist du einer von uns geworden. Ich weiß, dass du jeden Tag badest. Du trinkst nur wenig Wein. Manche Dinge, die uns der Koran verbietet, sind Todsünden, andere hingegen ...« Suleiman ließ den Gedanken unvollendet.

Ibrahim wurde von peinlichen Erinnerungen berührt. Die körperliche Beziehung ihrer Jugendtage, der damals keineswegs der Ruch des Verbotenen angehaftet hatte, lastete auf der Freundschaft der mittlerweile erwachsenen Männer. Ibrahim schüttelte den Kopf, als wolle er die Erinnerung an ihre intime Beziehung vertreiben, und wechselte das Thema. »Ich glaube, Piri Pascha ist vor allem über den Konflikt zwischen dem Islam und dem Christentum erbost«, sagte er.

»Welchen der Konflikte meint er?«

»Oh, eine ganze Menge, vielleicht sogar alle. Gestern Abend hat er sich darüber ereifert, dass die Christen sich von ihren Sünden freikaufen können, wenn sie ihrer Kirche Geld geben. Als könne man das Heil der unsterblichen Seele im Basar kaufen!«

»Ist das denn wahr? Können die Christen das?«

»Ja, Herr. Aber ich sage Piri immer, dass unsere Religionen viel mehr Gemeinsamkeiten als Unterschiede aufweisen. Verehren wir nicht beide nur einen Gott? Haben wir nicht die gleichen Propheten? Glauben wir nicht an die gleiche Heilige Schrift? Der heilige Koran schreibt uns vor, wie wir uns zu verhalten haben. Wir sollen nicht töten oder stehlen oder lügen und betrügen. Der Koran ist eine Richtschnur, die uns durchs Leben führt. Aber haben nicht die Christen – ja, auch die Juden! – die gleichen Gesetze, die sie ›Zehn Gebote Gottes‹ nennen? Es sind die gleichen Gesetze, die dem Propheten offenbart wurden und im heiligen Koran aufgezeichnet sind.«

»Ich glaube, ich überlasse diese Debatte lieber dir und Piri. Zurzeit macht mir etwas ganz anderes Kopfzerbrechen. Ich kann innerlich nicht zur Ruhe kommen, auch wenn der Zorn gegen die Kreuzritter von Rhodos mein ganzes Denken beherrscht und alle meine Energien auf den bevorstehenden Kampf gerichtet sind.«

»Was beunruhigt Euch, Herr?«

»Ich habe meinen Haushalt in völligem Durcheinander zurückgelassen, Ibrahim. Ich weiß nicht, was mich bei meiner Rückkehr erwartet.«

Ibrahim kannte die Geschichte, die er nun zu hören bekommen würde, bereits in allen Einzelheiten. Er hatte viele Informanten im Topkapi-Palast, die ihm alles zutrugen. Ihm entging nichts. Während seines Aufstiegs am Sultanshof hatte Ibrahim sich ein Informantennetz aufgebaut, das ihn stets auf dem neuesten Stand der komplizierten Entwicklungen bei Hofe hielt. Doch nun saß er hier im Gras und ließ sich von seinem Freund und Herrn erzählen, was ihn umtrieb.

»Mein Leben mit Gülbhar könnte ich mir schöner nicht vorstellen«, sagte Suleiman. »Du weißt ja, ich bin nicht wie mein Vater und auch nicht wie die Sultane vor ihm. Der Harem diente ihnen zur Befriedigung ihrer Lust, und die *Kadin* war ihnen herzlich egal. Ich aber habe kein Bedürfnis nach vielen Frauen. Vielleicht liegt es daran, dass ich so viele Jahre in der Provinz zugebracht habe, weit fort vom Palast.«

Ibrahim nickte beipflichtend. Es gab für die beiden Männer keine schönere Erinnerung als die Tage in Manisa. So viel Freiheit wie damals würden sie nie wieder genießen.

»Als Gülbhar gefangen wurde, war ich erst achtzehn«, fuhr Suleiman fort. »Ich fühlte mich sofort zu ihr hingezogen. Wegen ihrer Schönheit und ihrer hellen Haut nannte ich sie Gülbhar, die

Frühlingsblume. Ihr Haar, ihr Teint, ihre Augen, alles war so anders als bei den meisten Haremsfrauen, dass sie sofort auffallen musste.

Sie hat mir große Lust bereitet und mir meinen ersten Sohn Mustafa geboren. Nichts macht mir größere Freude als sein lächelndes Gesicht.« Suleiman verstummte und nahm sich ein paar Trauben aus der Schale zu seinen Füßen.

»Herr, ich habe Euch mit Eurem Sohn beobachtet. Niemand kann an Euren Gefühlen zweifeln.«

Suleiman ließ einige Minuten wortlos verstreichen und schaute über das Wasser des Sees, während er seine Trauben verzehrte. Nur seine Augen verrieten seine Unruhe.

Ibrahim wusste genau, was jetzt kam. Er hatte nicht vor, sein Wissen preiszugeben, aber er würde Suleiman im Zweifelsfall auch nicht belügen.

»Nun ist eine andere Frau in mein Leben getreten«, fuhr Suleiman fort. »Sie ist bei einem Vorstoß in Galizien in der Nähe der ukrainischen Grenze in unsere Gefangenschaft geraten. Der ganze Harem wurde sofort auf sie aufmerksam, denn sie steckt voller Schwung und Tatkraft. Ich glaube, sie treibt mehr Unfug, als ihr zusteht. Der Kämmerer für das Bettzeug hat sie *Khürrem* genannt, die Lachende, und dieser Name ist an ihr haften geblieben.«

Ibrahim kannte die ganze Geschichte. Er hatte von dieser jungen Frau sogar außerhalb des Palasts reden hören. Einige Europäer aus den internationalen diplomatischen Kreisen Istanbuls wussten von ihrem aufkeimenden Verhältnis zum Sultan. Man hatte von ihr als *La Russelaine* gesprochen, die Russin, was sich im Lauf der Jahre zu *Roxelana* abschliff. Doch innerhalb der gut bewachten Mauern des Palasts hieß sie stets *Khürrem*, die Lachende.

»Sie war natürlich Christin, Tochter eines orthodoxen Priesters, wie mir berichtet wurde. Aber sie hat so viel Feuer im Leib, dass ich bei ihr gegen alle Vernunft zum Narren werde. Ich muss plötzlich feststellen, dass ich mehr auf meine Lenden höre als auf meinen Verstand. Wäre ich ein Sultan, der die Mädchen des Harems zu Hunderten in sein Bett holt, wäre sie nur eine unter vielen. Sie würde ihr goldenes Kleidchen und ein paar Edelsteine bekommen, und damit wäre die Sache erledigt. Aber für einen Sultan der Osmanen habe ich in dieser Hinsicht nun einmal herzlich wenig Erfahrung. Ich komme mir in meinem eigenen Haushalt hilflos vor.«

Ibrahim hörte kommentarlos zu. Er wusste, dass das Verhältnis zwischen ihm und seinem Herrn abermals in eine neue Phase eingetreten war. Während Suleiman mit der Ausdehnung seines Reiches und der Thronfolge beschäftigt war – sein Sohn Mustafa war der nächste Erbe des Osmanenthrons –, richtete Ibrahim seine Kraft und seine beträchtliche Intelligenz auf die Festigung der eigenen Machtposition. Piri Pascha war zwar der Großwesir, doch Suleiman verließ sich nach wie vor in großem Umfang auf den Rat Ibrahims. Es war das Vermächtnis der gemeinsam in unverbrüchlicher Freundschaft verbrachten Jugend. Während Piri den Titel und die dazugehörigen Befugnisse besaß, besaß Ibrahim das Ohr des Sultans. Und Piri war alt.

Die osmanischen Sultane hatten selten durch eine Heirat oder eine offizielle Zeremonie eine Verbindung zwischen sich und der Gebärerin ihrer Kinder anerkannt. Es gab lediglich gewisse Titel wie *Kadin*, die Erste unter den Mädchen, oder *Hasseki*, die Auserwählte. Die Stellung der *Kadin* war den Launen des Sultans unterworfen, und es gab keinerlei religiöses oder gesetzliches Ritual, das die Verbindung sanktioniert hätte. Auch die Kinder aus solchen Verbindungen waren völlig der Willkür des Sultans unterworfen.

»Sie hat etwas Naives«, unterbrach Suleiman Ibrahims Gedankenstrom, »das mich bezaubert. Aber wenn ich in ihre lächelnden Augen schaue, habe ich immer irgendwie das Gefühl, sie macht sich über mich lustig. Über mich! Den Herrscher des Osmanischen Reiches!« Suleiman lachte laut auf.

Ibrahim lächelte leicht. »Herr, ich habe diese *Khürrem*, von der

Ihr sprecht, schon einmal gesehen. Sie ist zweifellos eine auffallende Erscheinung unter den Mädchen im Harem.«

»Wenn sie aus dem Harem in mein Gemach kommt«, fuhr Suleiman fort, ohne auf Ibrahim zu achten, »hält sie sich sorgfältig an das Annäherungszeremoniell. Der Schwarze Eunuch hat sie gut ausgebildet. Sie weiß, dass sie sich auf der Schwelle niederzuwerfen hat und die Bettdecken mit der Stirn berühren muss, wenn sie sich nähert. Sie kommt gebadet und parfümiert, aber ohne Schmuck, und schlüpft mit dem gebotenen Schweigen anmutig in mein Bett. Aber wenn sie erst einmal darin ist, mein Freund …! Sie macht Dinge mit mir, von denen ich keine Ahnung hatte, von denen ich noch nicht einmal geträumt habe, ja, von denen ich nicht einmal wusste, dass man sie tun kann! Ihre Lippen! Was sie alles mit ihren Lippen anzustellen vermag! Und ihre Zunge! Bei ihr komme ich mir vor wie ein dummer Schüler. Wenn der Afrikaner sie vor Tagesanbruch wieder abgeholt hat, bin ich zu nichts mehr zu gebrauchen, liege bis Mittag im Bett und träume von ihrem nächsten Besuch.«

»Herr, weshalb macht Ihr Euch so viel Gedanken darüber? So etwas kommt im Haushalt eines Sultans immer wieder vor. Schließlich ist Eure Mutter, die *Valide Sultan*, immer noch die Herrin über den Harem. Sie ist eine kluge und tatkräftige Frau. Sie kann unter den Mädchen für Ordnung sorgen!«

»Ganz recht, mein Freund, Hafiz herrscht über den Harem. Aber diese *Khürrem* hat etwas, dass bei mir der Verstand aussetzt. Sie hat mich bereits gebeten, Gülbhar und Mustafa in die Provinz zu schicken, damit sie öfter zu mir kommen kann. Und als ich ins Kriegslager aufbrechen wollte, hat sie mir eröffnet, dass sie ein Kind bekommt. Sie hat mir zwar nicht wie Gülbhar zum Abschied eine Szene gemacht, doch mich bedrängt das Gefühl, die zwei Frauen werden während meiner Abwesenheit aneinander geraten, ohne dass meine Mutter viel dagegen unternehmen kann. Was meinst du dazu? In diesen Dingen hast du doch immer einen guten Rat.«

Jetzt blieb Ibrahim nichts mehr übrig, als Farbe zu bekennen.

»Herr, ich habe Euch mit Eurem Sohn beobachtet und auch mit der Frühlingsblüte. Wenn die Lachende Euch ein Kind gebärt, gar einen Sohn, muss man sich in der Tat große Sorgen machen, dann nämlich bekommt ihr es mit dem Gebot des Brudermords zu tun, das Ihr von Mehmet geerbt habt. Ich möchte mir gar nicht vorstellen, was es für Euch bedeuten würde, den Befehl geben zu müssen, eines Eurer Kinder zu erdrosseln, welches auch immer. Vergebt mir, Herr, wenn ich so offen spreche, aber es steht viel auf dem Spiel. Ihr habt mir verraten, dass diese Frau Euch den Verstand raubt, wenn sie das Bett mit Euch teilt. Aber das Haus Osman darf nicht zum Spielball solcher Leidenschaften werden. Ich sehe in den Augen der *Khürrem* eine Gier – beileibe keinen Plan –, im Palast das Sagen zu bekommen. Nur Ihr könnt das verhindern, denn die *Valide Sultan*, so stark und klug sie auch ist, hat nicht die Mittel dazu. Ich wünsche mir, dass Eure Herrschaft nicht durch Palastintrigen getrübt wird, von denen schon so viele Sultane vor Euch heimgesucht wurden.«

»Dein Wort in Allahs Ohr, mein Freund!«

Ibrahim hatte das Gefühl, er müsse den Sultan auf andere Gedanken bringen. »Aber, Herr, wozu überhaupt neue Paläste und Städte bauen, wo sie doch über kurz oder lang nur noch Ruinen sind?«, sagte er unvermittelt.

»Aber gibt es denn etwas, das von Dauer ist?« Suleiman ging offensichtlich auf Ibrahims Bemühen ein, das unangenehme Thema ad acta zu legen.

»Weisheit ... und die Musik, die ich für Euch spiele.«

Suleiman lächelte und nickte. Er betrachtete die äsenden Tiere. »Und diese Angoraziegen!«, rief er lachend aus. Ibrahim wurde von seinem Lachen angesteckt. Es dauerte Minuten, bis die alten Freunde sich wieder gefasst hatten. Ibrahim sah seinen Gespielen aus Kindertagen an. »Gut gesagt, Herr! So ist es!«

Als Suleiman im Aufbruch zur Küste begriffen war, kam Ferhad Pascha am frühen Morgen des elften Juli unangemeldet ins Lager geritten. Es war einige Wochen, nachdem der Sultan ihn mit seinem Auftrag losgeschickt hatte.

Der kleine Reitertrupp, der sich aus Ferhad Pascha und vier seiner ihm untergebenen Janitscharen zusammensetzte, saß vor der Stellwand aus Teppichen ab und schritt zu Fuß zum *Serail* des Sultans. In der kühlen Morgenluft warteten sie vor dem prächtigen Zeltpavillon. Der Kammerdiener des Sultans tauchte als Erster im Zelteingang auf. Mit erhobener Hand bedeutete er dem Pascha zu bleiben, wo er stand; der Sultan werde sich zu ihm herausbegeben.

Kurze Zeit später kam Suleiman in seinem Reitanzug aus weißer Seide aus dem Zelt und schritt zu den wartenden Besuchern. Als er Ferhad und die Janitscharen erkannte, legte sich ein breites Lächeln auf sein Gesicht. Die Janitscharenleibwache hatte Haltung angenommen, doch auch den Wachsoldaten stand die Begeisterung ins Gesicht geschrieben.

Suleiman trat einen Schritt zurück, um die Gaben zu betrachten, die sein Pascha aus Persien mitgebracht hatte. Das gelegentliche Wiehern eines Pferdes setzte markante Zäsuren in die Morgenstille. Vor Ferhad waren vier eiserne Spieße aufgepflanzt, auf denen mit aufgerissenen Augen und Mündern, von einer Wolke Fliegen umsummt, vier menschliche Köpfe staken. In milchigtrüber Blindheit starrten die schrumpelig gewordenen Augen den Sultan an. Das emsige Summen der Myriaden Fliegen, die um die vier aschgrauen, abgehackten Schädel surrten, bei denen in der Hitze des Sommers bereits die Verwesung eingesetzt hatte, unterstrich die grausige Beschaffenheit von Ferhads Gabe.

»Schah-Suwar Oghli Ali Bey, Herr«, sagte Ferhad mit schwungvoller Geste und einer leichten Verbeugung vor dem ersten Kopf, als gälte es, seinen ehemaligen Träger in aller Form vorzustellen. »Und seine drei Söhne.« Ferhad und seine Janitscharen verbeugten sich tief und fielen im taunassen Gras auf die Knie. »Unserem Sultan stets zu Diensten.«

Suleiman forderte die Männer auf, sich zu erheben, und wies einen Pagen an, die Janitscharen mit ein paar Goldmünzen zu belohnen. »Gebt diesen Männern zu essen«, befahl er.

Er wandte sich an Farhad. »Mein Pascha, komm in mein *Serail*. Du wirst müde und hungrig sein. Lass uns deine Rückkehr mit einem kräftigen Frühstück feiern!«

Ferhad verbeugte sich abermals und folgte dem Sultan ins Zelt.

Der Heerwurm zog die restlichen gut dreihundertfünfzig Kilometer weiter bis zum Einschiffungsort bei Marmaris – bei gutem Wetter gerade noch in Sichtweite des gut sechsunddreißig Kilometer Wasserweg entfernten Rhodos. Nachdem die hunderttausend Mann an Bord der riesigen Armada von dreihundert Schiffen gegangen waren, würde es noch einige Wochen dauern, bis sie sich auf der Insel bis zum letzten Mann wieder ausgeschifft und die Lager aufgeschlagen hatten. Wenn alles an Ort und Stelle war, galt es nur noch, die Ankunft des Sultans Suleiman abzuwarten.

Und die Belagerung von Rhodos konnte beginnen.

7.

Der Sturm zieht auf

Die Insel Rhodos
Juni 1522

Am achten Juni kurz nach Einbruch der Dunkelheit bemerkten die Wachposten auf den italienischen Bastionen im Nordosten Lichter. Ein bestimmtes Muster oder ein Code war nicht auszumachen. Die fernen Lichter schienen sich von der türkischen Küste bei Marmaris an der engsten Stelle zwischen Rhodos und dem kleinasiatischen Festland übers Wasser zu bewegen. Zwischen den Kreuzrittern und Suleimans Armeen lagen nur noch gut sechsunddreißig Kilometer.

Die Lichter wurden sofort dem Großmeister gemeldet. »Schickt drei Galeeren hin«, befahl er, »kampfbereit besetzt mit unseren Rittern. Sie sollen einen Scheinangriff fahren, sich aber auf kein Gefecht einlassen. Es könnte eine Falle sein, um unsere Entschlossenheit zu prüfen. Vielleicht sind es aber auch nur Schiffe von uns, die uns Schwierigkeiten signalisieren wollen.«

Die Palastwachen übermittelten den Befehl, und in Stundenfrist stachen drei Galeeren aus dem Mandraccio nach Nordosten in See. Sie waren noch vor Tagesanbruch wieder zurück, ohne einen Schuss abgefeuert oder sich auf ein Gefecht eingelassen zu haben. Der Kapitän des Aufklärungsgeschwaders lief vom Mandraccio den kleinen Hügel hinauf, betrat durchs Paulustor die befestigte Stadt und wandte sich alsbald nach rechts in die Ritterstraße. Als er an dem imposanten Gemäuer der Unterkünfte der *Langues* entlangeilte, war die schmale gepflasterte Straße noch dunkel und feucht. Nach der Auberge der Provence wandte er sich nach rechts zum Großmeisterpalast, salutierte vor den Wachen und rannte die große Freitreppe im Hof hinauf.

Philippe erwartete ihn schon im Vorzimmer seines Gemachs. Thomas Docwra war bei ihm. Die beiden Männer waren nervös und sichtlich beunruhigt. Vor lauter Eile war der Kapitän völlig außer Atem. Er trug noch die Rüstung, und sein schwarzer Umhang war nass von der salzigen Gischt und dem leichten Regen, der inzwischen eingesetzt hatte. Er verbeugte sich und zog ein zusammengerolltes Pergament aus seinem Umhang hervor, das mit Suleimans *Tugra* versehen war.

Philippe erkannte das Siegel sofort, hatte er es doch bereits auf Suleimans Siegesbrief gesehen. Ohne den Brief geöffnet zu haben, wusste er, dass Suleiman darin weniger Umschweife machen würde, denn der Sultan hatte die förmliche Warnung mit der vom Koran vorgeschriebenen Aufforderung zur kampflosen Übergabe bereits ergehen lassen. Doch diese Frist war längst verstrichen.

Philippe nahm den Brief und machte eine Geste zum Tisch, auf dem Wein und eine späte Mahlzeit aufgetragen waren. »Kapitän, bedient Euch! Ich werde mir inzwischen ansehen, was der Sultan für uns im Ärmel hat.«

»Danke, *Signore*. Diese Botschaft ist uns auf See übergeben worden. Die Galeeren des Sultans haben anderthalb Kilometer vor der Küste Leuchtzeichen eingerichtet, aber bei dem Heidengestank der Galeeren war es ohnehin kein Problem, ihr Geschwader aufzustöbern. Vermutlich hat man uns diese Botschaft auf dem Wasser zugestellt, damit wir nicht sehen, wie viele Streitkräfte sie an Land haben. Aber ich sage Euch, die Zahl der Lagerfeuer ging in die Tausende. *Signore*, das ist keine Kommandotruppe für einen Überfall, das ist eine riesige Invasionsarmee!«

Philippe nickte. Wortlos riss er das weiße Band von der Pergamentrolle, warf es ins Feuer und erbrach das Siegel. Er entrollte das Dokument und las vor:

»Der Sultan. An Villiers de l'Isle Adam, Großmeister von Rhodos, an seine Ritter, an die Bevölkerung. Eure Ungeheuerlichkeiten, die Ihr fortwährend gegen meine Untertanen begeht, und die Beleidigung, die Ihr meiner herrscherlichen Majestät zugefügt habt, zwingen mich, Euch zu befehlen, Eure Insel und Eure Festung unverzüglich in meine Hände zu übergeben. So Ihr Euch dazu bereitfindet, schwöre ich bei Gott, der Himmel und Erde erschaffen hat, bei den viertausend Propheten, die vom Himmel herabgestiegen sind, und bei unserem großen Propheten Mohammed, dass Ihr unbehelligt die Insel verlassen dürft und dass den Einwohnern, die dort bleiben, kein Leid geschieht. Solltet Ihr meinem Befehl nicht unverzüglich gehorchen, werdet Ihr alle das Haupt unter die Klinge meines Schwertes beugen müssen, und die Mauern und Befestigungen von Rhodos werden geschleift bis zum Gras, das zu ihren Füßen wächst.«

Philippe gab das Dokument an Docwra weiter, der es noch einmal langsam durchlas. »Dieser Hurensohn weiß wohl nicht, worauf er sich eingelassen hat«, rief er erbost.

»Er scheint es tatsächlich nicht zu wissen«, meinte Philippe. »Wir werden uns so verhalten, als stünde der Angriff unmittelbar bevor. Wir werden dem Sultan keine Antwort schicken. Damit gewinnen wir möglicherweise ein wenig Zeit, denn wenn wir auf diese ... Unverschämtheit antworten«, er zeigte auf den Brief in Docwras Händen, »schlägt er vielleicht sofort los. Soll er ruhig noch ein bisschen zappeln. Er wird die Verluste seines Urgroßvaters kaum vergessen haben, und wenn er nicht völlig verrückt ist – was ich nicht glaube –, wäre ihm ein leichter Sieg durch eine Kapitulation unsererseits natürlich lieber. Thomas, begebt Euch sofort hinaus ins Land und verkündet draußen auf der Insel das Kriegsrecht. Alle, die noch draußen sind, müssen aufgefordert werden, schleunigst zu uns hereinzukommen. Sämtliche Bestände an Nahrung, Kleidung und Waffen sind mitzubringen. Nichts darf zurückbleiben, das unserem Feind als Verpflegung oder Unterkunft dienen oder ihm sonst wie das Leben erleichtern könnte. Die Ritter müssen noch vor dem Morgengrauen zusammengerufen werden. Wir werden den Plan zur Verteidigung unserer Stadt auf den neuesten Stand bringen. Es könnte dazu kommen, dass wir unsere Festung für viele Monate nicht mehr verlassen können. Daher werde ich persönlich dafür sorgen, dass die Verstärkungen der Befestigungen unverzüglich abgeschlossen werden.«

»*D'accord, Seigneur. Tout de suite.*« Sehr wohl, Herr, sofort. Docwra wandte sich zum Gehen, hielt aber noch einmal inne. »Da ist noch etwas, Herr.«

»Ja?«

»Ein florentinischer Schiffskapitän namens Bartoluzzi weilt zurzeit bei uns. Ich habe mich mit ihm darüber unterhalten, dass uns möglicherweise eine lange Belagerung bevorsteht. Er hat einen durchaus bedenkenswerten Vorschlag gemacht.«

»Und welchen?«

»Nun, er hat die große Zahl von Schiffen gesehen, die in unseren beiden Häfen ein- und auslaufen, und vorgeschlagen, eine Anzahl davon als Brander zu requirieren. Wir sollen sie mit Pulver voll gestopft brennend in die türkische Flotte hineinsegeln lassen und auf diese Weise möglichst viele feindliche Schiffe in Brand setzen, *bevor* die Türken auf unserer Insel an Land gegangen sind. Er hat sich sogar bereit erklärt, mit seinem eigenen Schiff den Angriff zu führen. Wir könnten ihre Nachschublinie schwer treffen und die Zahl der Gegner verringern, die uns später gegenüberstehen.«

»Danke für den Vorschlag, Thomas. Und dankt auch Kapitän Bartoluzzi für sein mutiges Angebot. Ich habe selbst lange darüber nachgedacht, ob wir den Türken schon auf dem Wasser entgegentreten sollten. Unsere Flotte ist ihnen haushoch überlegen, was das seemännische Können angeht. Wir könnten ihnen in einer Seeschlacht fraglos große Verluste zufügen. Aber das Zahlenverhältnis an Männern und Schiffen ist für uns zu ungünstig. Ich befürchte, selbst bei einem Überraschungsangriff würden wir so viele Männer und Schiffe verlieren, dass unsere kleine Streitmacht es nicht verkraften kann.«

Docwra nickte.

»Eine gute Idee, Thomas«, setzte Philippe hinzu, »aber ich glaube, beim Kampf im Schutz der Mauern sind unser begrenztes Aufgebot an Männern und unsere ebenfalls begrenzten Pulvervorräte besser eingesetzt.«

Wieder gab Docwra ihm mit einem Kopfnicken Recht. Er verließ das Vorzimmer und eilte aus dem Palast.

Philippe wandte sich an den Kapitän. »Esst in aller Ruhe fertig. Es kann sehr lange dauern, bis Ihr wieder in Muße eine warme Mahlzeit zu Euch nehmen könnt.«

Doch die Ungeduld des Kapitäns war zu groß. Er schlang den Rest der Mahlzeit herunter, goss den Wein hinterher und rannte mit einer Verbeugung davon.

Zum ersten Mal seit vielen Tagen war Philippe mit sich allein. Das Kommen und Gehen seines Stabes, die Ausarbeitung der Schlachtpläne, die nicht enden wollenden Detailfragen hatten ihm kaum eine ungestörte Minute gelassen. Die plötzliche Leere im Zimmer und die ungewöhnliche Stille drückten ihm unversehens auf die Seele. Er rieb sich die Augen, ließ sich in seinen großen Eichensessel fallen, schob die Papiere beiseite und betrachtete die dunkle, zerfurchte alte Tischplatte aus Eichenholz. Er versuchte die Augen zu schließen und ein wenig zu ruhen, doch der Schlaf kam gegen die Gedankenflut in seinem Hirn nicht an. Wie in fast jeder wachen Stunde des Tages oder der Nacht, in der er nicht bis über beide Ohren in Kriegsvorbereitungen steckte, wanderten seine Gedanken wieder einmal zurück nach Paris, zurück zu seiner Bleibe gegenüber der Île de la Cité.

Er hatte in der Dunkelheit gestanden und die Strebebögen der fast vierhundert Jahre alten, großartigen Kathedrale von Notre Dame betrachtet. Der vom Fluss aufsteigende Nebel hatte die Fundamente des gewaltigen steinernen Baues umwogt, in dessen rückwärtigem Teil ein paar rötlich-gelbe Lichter flackerten. Es war vor ... wie lange war es her? Zehn Monate? *War das möglich? Vor zehn Monaten erst?* An diesem Abend war die Nachricht aus Rhodos gekommen, dass er zum neuen Großmeister gewählt worden war. Die Nacht war still. Nach Mitternacht war Hélène zu ihm gekommen. Wegen der Gefahr, gesehen zu werden, kam sie oft erst spät in der Nacht. Manchmal blieb sie den ganzen nächsten Tag. Sie genoss jeden gemeinsamen Augenblick, als wäre es der letzte. *Zehn Monate soll das her sein?*

Wann würde er Hélène wiedersehen? Wieder in zehn Monaten? Oder in zehn Jahren? Oder überhaupt je? Was machte sie jetzt? Jetzt, in diesem Augenblick? War sie bei einem anderen Mann oder wartete sie auf seine Rückkehr, so unwahrscheinlich das war? Er schaffte es nicht, den Gedanken zu einem guten Ende zu führen. Jedes Mal stellte er sich Hélène – ihren jungen, lieblichen Leib – in den Armen eines anderen Mannes vor, manchmal eines Fremden, manchmal eines seiner Ritter. Dann presste er die Augenlider zusammen, als wollte er den auf ihn einstürmenden Bildern den Zutritt zu seinem Kopf verwehren – was natürlich nicht gelang.

Sein erstes Zusammentreffen mit Hélène war unverfänglich gewesen. Nichts hatte auf Bevorstehendes hingewiesen, nichts hatte ihn gewarnt – es sei denn, die Empfindungen in seiner Brust und das unvertraute Gefühl in seinen Lenden, als er sie das erste Mal sah.

Philippe war an einem Nachmittag Anfang April durch die *Jardins* von Paris spaziert. Der lange Winter war besonders hart gewesen, der Frühlingsbeginn wochenlang grau und nass. Die ersten warmen Sonnenstrahlen hatten die Pariser in Scharen auf die Straße gelockt. Philippe wanderte inmitten von Familien einher, die ihr Tagewerk eine Weile ruhen ließen. Die Pärchen, die gemächlich in der milden Wärme des Tages spazieren gingen, hatten es ihm besonders angetan. Sein Herz wurde schwer bei dem Gedanken, dass ihm durch sein Gelübde die Zweisamkeit für immer verwehrt war. Bei aller Kameradschaft und Achtung, mit der ihn sein Rittertum entschädigte, konnte er dennoch nicht umhin, sich eine gewisse Leere einzugestehen. An Tagen wie diesen konnte er sich von der Sehnsucht nach einer gefühlsmäßigen und körperlichen Verbindung zu einer Frau nicht freimachen.

Philippe war stehen geblieben, um sich zu strecken. Er hatte in den Himmel geblickt und sich das Gesicht von der Sonne wärmen lassen. Als er weitergehen wollte, hatte er Hélène erblickt, die mit untergeschlagenen Beinen am Rande eines Brunnenbeckes kauerte und sich die Zeit damit vertrieb, Steinchen ins Wasser zu werfen und die Wellenmuster zu beobachten. Ein Flechtkorb mit Brot und Obst stand hinter ihr auf dem Boden. Hélène hatte dunkle Augen, die im hellen Sonnenlicht geradezu schwarz wirkten. Langes dunkles Haar fiel ihr in Locken über die Schultern. Sie war schlank und ziemlich groß, wie Philippe feststellen konnte, obwohl sie am Boden kauerte. Er schätzte ihr Alter auf etwa fünfundzwanzig, erfuhr aber später, dass sie schon auf die fünfunddreißig zuging. Philippe wurde hin und her gerissen zwischen dem Verlangen, auf sie zuzugehen und sich vorzustellen und dem Wissen, dass dies angesichts seines ritterliches Keuschheitsgelübdes unschicklich und außerdem ohne jede Zukunftsperspektive war. Oh, wie sehnte er sich nach dem Kontakt mit dieser lieblichen Frau, und sei es nur für ein paar belanglose Worte!

Ohne Philippes Interesse zu bemerken, schaute Hélène weiter gebannt ins Wasser. Wie um sich die ungehörigen Gedanken zu verbieten, schüttelte Philippe heftig den Kopf, als er hinter sich jemand auf dem Kiesweg herbeirennen hörte. Er fuhr herum und sah einen in Lumpen gekleideten Mann in vollem Lauf auf Hélène zustürzen. Philippes Hand fuhr instinktiv zur Waffe – ein Degen, kürzer, leichter und schneller zu führen als das Schlachtschwert, das er im Gefecht führte.

Philippe versuchte dem Mann den Weg zu verstellen. Nur noch ein paar Schritte von der friedlich in Gedanken versunkenen Frau entfernt, bückte der Mann sich im vollen Lauf und streckte den

Arm vor. Philippe dachte, der Fremde wollte die Frau angreifen. Er riss den Degen heraus und stieß ihn mit einem Sprung in den Zwischenraum, um die Frau vor dem Angreifer zu schützen, doch der Mann schnappte sich nur den Korb, schlug flink wie ein Hase einen Haken und flitzte davon. Philippe verlor das Gleichgewicht. Im Fallen stieß er mit der Schulter die ahnungslos am Beckenrand sitzende Frau in den Rücken. Kreischend hieb sie mit dem Ellbogen nach dem vermeintlichen Angreifer und traf ihn quer über dem Nasenrücken. Man hörte deutlich das Nasenbein knacken. Philippes Versuch, mit der freien Linken den Arm der Frau zu packen, damit sie nicht ins Wasser fiel, kam zu spät. Der Schwung ihrer eigenen Bewegung tat ein Übriges, und sie landete bis zur Taille im kalten Wasser. Als sie sich umdrehte, sah sie Philippe auf die aufgeschürfte blutende Rechte gestützt, die noch den Degen hielt, im Kies knien. Mit der Linken bedeckte er das Gesicht. Blut quoll zwischen seinen Fingern hervor und tropfte ihm in den Ärmel. Jetzt bekam sie es wirklich mit der Angst zu tun, denn offenbar war sie von dem Fremden angegriffen worden und hatte ihm obendrein auch noch übel mitgespielt. Um von dem blutenden Ritter Abstand zu gewinnen, watete sie ein paar Schritte tiefer ins Brunnenbecken hinein.

Auf die schmerzende Schwerthand gestützt, rappelte Philippe sich auf. Er schob die Klinge zurück in die Scheide und zog ein Taschentuch hervor, um sich das Blut aus dem Gesicht zu wischen. »Pardon, *Mademoiselle*«, näselte er, wobei ihn der Schmerz in Nase und Hand zusammenzucken ließ, »ich bin untröstlich. Leider ist es mir nicht gelungen, den Dieb aufzuhalten, der Ihnen den Korb gestohlen hat.« Vom Dieb war allerdings weit und breit nichts mehr zu sehen. »Er ist entwischt, fürchte ich. *Je suis désolé.*«

»Dieb?«, fragte Hélène. »Was für ein Dieb?«

Philippe deutete auf die Stelle, wo der Korb gestanden hatte. »Ihr Korb. Ich fürchte, er ist weg. Aber Gott sei Dank ist Ihnen nichts passiert.«

Die beiden schauten sich einen Augenblick verdutzt an. Erst

jetzt begriff Hélène, was geschehen war, und auch Philippe dämmerte, was er angerichtet hatte. Eine verlegene Pause entstand; dann mussten beide lachen. Philippe beugte sich vor und reichte Hélène die Hand. Von den Füßen bis an den Busen durchnässt, der sich jetzt höchst unschicklich abzeichnete, stieg sie aus dem Brunnenbecken und begann erbärmlich zu bibbern. »Auch ich bin untröstlich, *Monsieur le Chevalier*«, sagte sie mit klappernden Zähnen. »Ihre Nase ... Ihre Hand. Es tut mir sehr Leid.«

Philippe hüllte Hélène in seinen Umhang und geleitete sie zu ihrer kleinen Wohnung in der Nähe des Marktes. Während sie sich trockene Sachen anzog, brachte er ein Feuer in Gang, an dem sie sich wärmen konnte, und kochte ihr einen heißen Tee.

So hatte Philippe zu guter Letzt doch die Bekanntschaft dieser jungen Frau gemacht. Von nun an trafen sie sich häufiger, anfangs allerdings im Geheimen. Für gewöhnlich blieben sie in Hélènes Wohnung, doch nach einigen Wochen der Geheimnistuerei, die ihrer Beziehung einen ungüten Stempel aufzudrücken schien, ließen sie sich des Öfteren ungeniert zusammen in den Straßen von Paris sehen. Hélène konnte zwar nie bei offiziellen Anlässen des Johanniterordens in Erscheinung treten, aber sie wollte ihre Zeit ohnehin am liebsten mit Philippe allein verbringen. Über die Zukunft wurde nicht gesprochen.

Jener Frühlingstag, an dem Hélène Philippe das Nasenbein gebrochen und sein Herz erobert hatte, lag jetzt fast drei Jahre zurück, und seine Liebe zu ihr wuchs noch immer mit jedem Tag. *Wo mag sie jetzt sein?*, dachte er.

Philippe merkte, dass er immer noch die Eichenplatte anstarrte. Die Gegenwart nahm ihn wieder gefangen.

Gabriel de Pommerols, Landsmann und Leutnant des Großmeisters, kam atemlos ins Vorzimmer gestürmt. Nach Luft ringend nahm er den Helm ab und verbeugte sich vor Philippe, der ihn mit einer Geste aufforderte, am Tisch Platz zu nehmen. Pommerols legte Umhang, Handschuhe und Schwert ab und ließ sich Philippe gegenüber auf einen Hocker fallen.

»*Seigneur*, bitte noch einen Moment«, keuchte er.

Während Philippe darauf wartete, dass Pommerols zu Atem kam, trat Thomas Sheffield ein. Als Seneschall, der für die inneren Angelegenheiten des Ritterordens, die Justiz und das Zeremoniell zuständig war, hatte er selbstverständlich Zugang zu allen wichtigen Amtsgeschäften des Großmeisters.

Sheffield nickte Pommerols zu und setzte sich neben ihn. »Gabriel, ich habe soeben erfahren, dass Ihr zurückgekommen seid. Wie steht es mit unseren Verstärkungen?«

Philippe hob beschwichtigend die Hand. »Gemach!«, meinte er und gab Pommerols noch einen Augenblick, zu verschnaufen.

»Meine Herren«, sagte Pommerols, der endlich wieder zu Atem gekommen war, »es gibt wenig Erhebendes zu berichten. Wir konnten zwar sämtliche abwesenden Ritter auffordern, sofort herzukommen, aber alles andere war ein Fehlschlag.« Philippe und Sheffield tauschten wortlos einen Blick. Sheffield spielte am Knauf seines Dolchs im Gürtel, während der Großmeister mit gefalteten Händen ruhig am Tisch saß.

»Papst Hadrian will uns weder Geld noch Männer schicken. Er hat auch nicht auf die flehentlichen Bitten unseres Ordensbruders Kardinal Giulio d'Medici reagiert, der den Papst noch nicht einmal mit seinen Tränen zu rühren vermochte. Seine Eminenz hat uns beschieden, er könne derzeit weder Geld noch Truppen entbehren, da er alle Kräfte gegen die Franzosen aufbieten müsse, die ihm bereits auf italienischem Boden das Leben schwer machten.«

»Und was ist mit England? Was sagt man dort?«

»Auch Heinrich von England will von Hilfe für uns nichts wissen. Für seine heimischen Kriegszüge und seinen aufwändigen Lebensstil braucht er selber Geld.« In Erwartung eines tadelnden Wortes von Thomas Sheffield ob des harten Urteils über den englischen Herrscher streifte Pommerols den Seneschall mit einem Blick.

»Ja, leider ist es so«, sagte Sheffield und nickte. Nach all den Jahren fühlte er sich seinen Ordensbrüdern stärker verbunden als seinem König. Er hatte nur wenige Jahre auf englischem Boden verbracht und war seit seinem Eintritt in den Orden überhaupt nicht mehr zu Hause gewesen. »Heinrich erhebt zurzeit Anspruch auf den Besitz vieler unserer Ordensritter und eignet sich unter allerlei Vorwänden deren Ländereien an. In Wirklichkeit geht es ihm nur um die Einkünfte. Außerdem ist er eifersüchtig auf die Machtposition, die wir uns im Ausland aufgebaut haben.«

»Und Frankreich?«, erkundigte Philippe sich nach kurzem Zögern.

»Herr, in Europa herrscht Chaos. Karl, der Kaiser des Heiligen Römischen Reiches Deutscher Nation, macht sich Sorgen um diesen Ketzer Martin Luther, dessen Gefolgschaft von Tag zu Tag größer wird und die Gläubigen der Kirche in zwei Lager spaltet. Karl liegt mit Franz in einem offenen Krieg, und Franz liegt im Krieg mit Italien. Jeder scheut sich, uns Geld oder Soldaten zu schicken. Sie brauchen alles selber. Für uns haben sie nur Gebete und gute Wünsche übrig. Ich glaube, Herr, wir werden das Heil bei uns selber suchen müssen.«

»Und bei Gott. Ich hatte mir ohnehin keine Erfolgschancen ausgerechnet. Es war bloß ein Versuch. Dieses tatenlose Zusehen der Herrscher hat eine lange Geschichte. Als die Türken vor ein paar Jahren Ofen angegriffen haben, hat der ungarische König in ganz Europa um Hilfe gebettelt. Die Herrscher Europas hatten allen Grund zu der Befürchtung, dass die Armeen des Sultans nach dem Fall von Belgrad an ihrer Haustür auftauchen würden, und doch haben sie nichts unternommen. Jetzt zittern sie vor einem türkischen Angriff. Ofen, Wien und Prag werden dem Sultan ebenso sicher in die Hände fallen wie Belgrad. Aber die Könige bekriegen sich gegenseitig, und keiner hilft dem anderen. Nein, wir können von niemandem Hilfe erwarten, außer von uns selbst und Gott, dem Allmächtigen.«

Philippe erhob sich und ging zum Fenster. Er schaute über die Mauern hinaus aufs Meer. Der Himmel war klar, das tiefe Blau nur hier und da mit einem Schönwetterwölkchen getupft. Kleine Schaumkronen zierten die Weite des Meeres; die wehende Gischt war sogar vom Fenster aus zu erkennen. Die unglaubliche Schönheit dieser friedlichen Insel kam ihm in den Sinn, die wogenden Kornfelder und die Rosen, die Berge und die klaren Bäche. Nach zweiundvierzig recht friedlichen Jahren würde sich das Pflaster der Stadt bald wieder mit dem Blut der Kreuzritter und dem der Bürger von Rhodos röten.

Der Großmeister wartete in seinem Privatgemach auf die Ankunft von Antonio Bosio. Bis jetzt hatte sein Adjutant sich mit seinem Erfindungsreichtum und seiner Entschlossenheit den schwierigsten und gefährlichsten Aufträgen gewachsen gezeigt. Wenn Bosio ein Ziel ins Auge gefasst hatte, war er durch nichts mehr davon abzubringen.

Der Großmeister hatte ihn angewiesen, für die bevorstehende Belagerung Wein für mindestens ein Jahr zu beschaffen, der als Getränk, aber auch für medizinische Zwecke benötigt wurde. Bosio war mit einer Galeere ausgelaufen, voll besetzt mit schwer bewaffneten Rittern. Binnen kurzem hatte er fünfzehn Schiffsladungen Wein umdirigiert, die unter venezianischer Flagge für verschiedene Häfen im Mittelmeer bestimmt gewesen waren. Aus Angst, Suleiman könnte sich statt gegen Rhodos gegen Venedig wenden, hatten die Venezianer alles versucht, sich aus einem Konflikt mit der Türkei herauszuhalten.

Nachdem Bosio den Wein und die Schiffe nach Rhodos umgeleitet hatte, nahm er die ausländischen Schiffsbesatzungen als Söldner in Dienst. Außerdem war es ihm trotz der Neutralität der Venezianer gelungen, auf der von Venedig beherrschten Insel Kreta fünfhundert vorzügliche Bogenschützen anzuwerben. Auf Rhodos wurden sie als Weinbergarbeiter und Händler getarnt ausgeschifft und rasch zu einer Streitmacht organisiert.

Kurz darauf ging Bosio am Schiff von Meister Bonaldi längsseits, eines Venezianers, der siebenhundert Fass Wein für Istanbul geladen hatte. Nach kurzer Überzeugungsarbeit bot Bonaldi freiwillig den Wein und seine Dienste an.

Auch weniger bereitwillige Mitstreiter mussten sich ein Gespräch auf hoher See gefallen lassen. Der Genuese Domenico Fornari war mit einer Schiffsladung Getreide von Alexandria nach Istanbul unterwegs. Acht Meilen vor Rhodos enterte Bosio sein Schiff. Nach ein paar für Fornari nicht sehr angenehmen Stunden war jener bereit, für die Kreuzritter tätig zu werden.

In Erwartung Bosios ging Philippe nervös auf und ab. Kurz darauf wurde zweimal kräftig an die Tür gepocht. Bosio erschien auf der Schwelle. Philippe winkte ihn ungeduldig herein. »Antonio, kommt, setzt Euch. Ich habe einen gefährlichen Auftrag für Euch.«

Bosio lächelte, trat an den Tisch und nahm gegenüber von Philippes Lehnstuhl Platz. Philippe blieb stehen. »Ich habe Meldung erhalten, dass Suleiman in seinen bosnischen Ländereien eine große Zahl von Mineuren und Sappeuren angeworben hat. Zweifellos will er sie zusammen mit seiner schweren Artillerie gegen unsere Mauern einsetzen. Wir haben unsere Befestigungen in den letzten Monaten erheblich verstärkt; ich glaube, mit Artilleriefeuer allein sind sie nicht zu durchbrechen. Aber wenn Suleiman genügend Zeit hat, sie zu unterwühlen und zu unterminieren, sieht die Sache anders aus, besonders an schwächeren Abschnitten wie dem der Engländer.«

Bosio hatte schweigend zugehört. Er hatte keine Vorstellung, worauf der Großmeister hinauswollte.

»Es gibt einen Ingenieur aus Bergamo mit Namen Gabriele Tadini da Martinengo«, fuhr Philippe fort. »Schon mal von ihm gehört?«

»O ja, Herr, gewiss.«

»Meine Quellen haben mir berichtet, er sei ein Virtuose in der Kunst, Minen und Gegenminen zu legen. Er steht beim venezianischen Statthalter von Kreta, dem Herzog von Trevisani, als Generalingenieur und Oberst der Infanterie in Diensten.«

»Trevisani wird ihn niemals gehen lassen, Herr. Venedig will sich unbedingt aus diesem Krieg heraushalten. Die Venezianer fürchten Suleimans Streitmacht mehr als die Armeen ihrer feindlichen Nachbarn.«

»O ja, durchaus. Aber nach allem, was ich höre, ist dieser Tadini ein Glücksritter. Meine Quelle lässt mich wissen, dass er sich auf Kreta langweilt. Er ist ein militärisches Genie und ein Draufgänger. Ich nehme an, wenn man es richtig versucht, könnte er sehr wohl dazu gebracht werden, im bevorstehenden Kampf an unserer Seite mitzumischen. Man sagte mir, bei seiner Sehnsucht nach Pulverdampf könnte er leicht umgedreht werden.«

»Und Ihr möchtet, dass ich das besorge?«

»So ist es.«

»Wo hält er sich zurzeit auf?«

»Er ist immer noch auf Kreta, in Candia, nicht weit von der Bucht von Mirabella. Ich habe behutsam anfragen lassen, ob Tadini aus eigenen Kräften herkommen könnte, aber Trevisani hat Wind davon bekommen und Tadini strikt verboten, zu uns überzuwechseln – unter Androhung der Todesstrafe.«

»Dann weiß Tadini also, dass wir ihn haben wollen. Und Euren Worten zufolge ist er geneigt, sich uns anzuschließen. Ich müsste also nur für seinen Transport sorgen?«

»Genau. Aber es ist für alle Beteiligten nicht ungefährlich. Wenn die Wachen des Herzogs Euch erwischen, werdet Ihr hängen. Alle beide.«

»Sie werden uns nicht erwischen, darauf könnt Ihr Gift nehmen, Herr. Wann geht's los?«

»Heute Nacht. Im Mandraccio wartet eine Galeere mit voller Kampfbesatzung. Die meisten Ritter sind schon mit Euch gesegelt. Verpflegung ist an Bord. Hier ist ein von mir gesiegelter Brief an Tadini, in dem ich ihm seine Bezüge und seinen Rang garantiere, sowie jederzeit freien Abzug, falls er uns zu verlassen wünscht.« Philippe reichte Bosio das Dokument.

»Ich komme mit Tadini im Schlepptau wieder zurück. Darauf habt Ihr mein Wort, Herr.«

»Gott schenke Euch beiden eine schnelle Reise.«

In sternklarer Nacht schaukelte Bosios Galeere bei leichtem Wind vor den Klippen der Bucht von Mirabella. Bosio und seine Ritter warteten auf Deck. Die Ruderer hielten das Schiff abfahrbereit an Ort und Stelle. Anker zu werfen hatte man nicht gewagt. Bosio spähte Richtung Candia zur dunklen Küste.

Das Treffen vor drei Tagen war erfolgreich verlaufen. Nachdem die Galeere bei Candia nahe an die Küste herangefahren war, hatte Bosio sich mit einem kleinen Boot an die Küste rudern lassen, wo er verabredungsgemäß schon von zwei alten Freunden erwartet wurde, Scaramosa und Conversalo, denen Bosio rückhaltlos vertrauen konnte. Um Mitternacht hatten sie ihn zu Tadini gebracht. Als Tadini Philippes Brief gelesen hatte, hatte er die Arme um Bosio geschlungen, ihn vom Boden hochgehoben und stürmisch auf beide Wangen geküsst, um sich dann an seine beiden Gefährten zu wenden. »*Et tu due? Son con moi?*«, hatte er auf Italienisch gefragt. Und ihr zwei? Kommt ihr mit?

»Natürlich, Signore«, hatte Scaramosa geantwortet. »Jetzt können wir ohnehin nicht mehr bleiben. *Andiamo!*« Gehen wir!

»Signore Bosio, gebt mir drei Tage, um meine Sachen zu packen und die Flucht vorzubereiten. Auch diese beiden Männer brauchen ein wenig Zeit. Wir müssen uns auch noch eine gute Ausrede überlegen, dass niemand sich zu früh wundert, wenn wir in dieser Nacht nicht in unserem Quartier anzutreffen sind. Auf diese Weise verschaffen wir uns den nötigen Vorsprung, um zu Euch zu stoßen. Wenn wir erst einmal an Bord Eurer Galeere sind, wird uns Eure hervorragende Mannschaft unbehelligt aus diesen Gewässern nach Rhodos bringen – da bin ich sicher!«

Tadini hatte Bosio noch einmal mit unverhohlener Begeisterung in die Arme geschlossen, und Bosio musste sich zwei weitere Wangenküsse gefallen lassen, bis Tadini von ihm abließ. »Wir werden diesen Muslims noch ein paar Tricks beim Minenlegen vorführen, eh? Ich habe eine neue Erfindung gemacht und brenne darauf, sie auszuprobieren. Dem Sultan wird sein kleiner Ausflug noch Leid tun. Er wird sich wünschen, er wäre in Istanbul geblieben, das garantiere ich Euch!«

Philippe erkannte Antonio Bosio schon von weitem an seinem Umriss und der Uniform. Bosio stand auf dem Rammsporn am Bug der Galeere, die auf den Eingang des Mandraccio zuhielt, und winkte der kleinen Gruppe am Kai wild gestikulierend zu. Neben ihm stand der Mann, den Philippe so dringend kennen zu lernen wünschte. Die Galeere legte an, Leinen wurden von der Pier herübergeworfen, italienische und französische Begrüßungsrufe erschallten. Die raue Herzlichkeit griff rasch um sich, und bald war eine stürmische Begrüßung der Waffenbrüder im Gange.

Tadini löste sich aus den Umarmungen der Ritter und ging auf den Großmeister zu. Er ergriff Philipps ausgestreckte Rechte, ließ sich aufs Knie fallen, beugte das Haupt und küsste den Handschuh des Großmeisters. Als er sich erhoben hatte, begann er über das ganze Gesicht zu grinsen. »Gabriele Tadini da Martinego, *Seigneur. À votre service.*«

»*Benvenuto, mio amico*«, gab Philippe in passablem Italienisch zurück.

»*Si, Signore. Con tutto mi cuòre!*« Ja, aus ganzem Herzen.

Philippe wandte sich zu Docwra und den übrigen Rittern. »Lasst uns jetzt ein Ende finden. Wir werden die Ankunft dieser tapferen Männer heute Abend mit einem Bankett in der *Auberge* der Franzosen feiern. Zuvor ist es mir jedoch ein großes Bedürfnis, mit Bruder Tadini in meinen Gemächern ein Gespräch zu führen.« Mit der Bezeichnung »Bruder« hatte Philippe vor den versammelten Rittern zum Ausdruck gebracht, dass sie soeben ein neues Mitglied ihrer Gemeinschaft willkommen geheißen hatten.

Am 26. Juni, dem Fronleichnamsfest, wurde die Vorüberfahrt der ersten Schiffe der Hauptmacht der Türken vor der Stadt Rhodos erwartet. Während die mittsommerliche Morgensonne über die Mauern der Festung emporstieg, flogen plötzlich die Tore des Großmeisterpalasts auf und gaben der Fronleichnamsprozession den Weg frei. In einer goldenen Prunkrüstung, deren Glanz in der Sonne das Hinschauen nahezu unmöglich machte, saß der Großmeister auf einem prächtig aufgezäumten Schlachtross, dessen Muskeln unter dem sorgfältig gestriegelten weißen Fell spielten.

Hinter dem Großmeister ritten – ebenfalls in Prunkrüstungen – die Großpriore. Es waren die ranghöchsten Ritter der acht Landsmannschaften, die gleichzeitig traditionell hohe Ordensämter bekleideten. Docwra war *Turkopilier*, Kommandeur der leichten Reiterei. Sein Ritt durch die Ritterstraße führte ihn an den Herbergen der anderen *Langues* vorbei. An der Herberge der Italiener setzte sich der Großadmiral der Flotte an Docwras Seite, an der Herberge von Frankreich kam der Großhospitalier hinzu, dann der Marschall der Auvergne, der Ordensrapier von Aragon und der Großordensballivus von Deutschland. Die sieben Männer saßen ab und gingen dicht aufgeschlossen über die Loggia, wo sich schon viele Ritter mit Kampfübungen auf den bevorstehenden Belagerungskrieg vorbereiteten.

Mit Fortschreiten des Tages würde es ihnen in den schweren Rüstungen unbehaglich heiß werden, vorerst jedoch boten sie ein eindrucksvolles Schauspiel, das den Bürgern von Rhodos gewaltig Mut machte.

Fünfhundert Ritter zu Fuß in scharlachroten Umhängen mit dem weißen Tatzenkreuz links auf der Brust und auf dem Rücken folgten den Vorstehern ihres Ordens mit Schwert und Schild durch die dicht gedrängte Menge, die in die Stadt geströmt war. In der Stadt wimmelte es von Menschen und Tieren. Fast die gesamte Inselbevölkerung hatte in den Mauern vor den anrückenden Türken Zuflucht gesucht und Haustiere und Futter, Proviant und Haushaltsgerätschaften mitgebracht. Viele Seitenstraßen waren vor lauter Karren und Säcken mit Vorräten unpassierbar. Überall streunten Hunde herum und suchten nach etwas Fressbarem oder dem verlorenem Familienanschluss.

Ungeachtet der drangvollen Enge und der damit verbundenen Unannehmlichkeiten kam der Festtag der Ritterschaft und den Einwohnern wie gerufen, um sich selbst und den Türken zu demonstrieren, dass sie keine Angst hatten.

Als der Großmeister durch die Menge in den Collachio einritt, kündigten Trompetenklänge seine Ankunft an, und Trommeln markierten den Rhythmus des Hufschlags seines Pferdes. Auf ein Zeichen, das in der Ritterstraße ertönte, wurden die obersten Fenster der Herbergen der *Langues* aufgestoßen. Im Morgenlicht der Sonne flatterten Hunderte von Fahnen heraus. Gelbe Lilien auf blauem Grund wallten von der Herberge der Franzosen; goldene, aufgerichtete Löwen von der Herberge der Engländer. Von der Menge bejubelt, zeigten alle *Langues* nacheinander ihre Farben.

Die Ritter marschierten in Länderblöcken in der Prozession. Da sich nur neunzehn englische Ritter auf der Insel befanden, hatte sich ihre kleine Streitmacht den Rittern von Aragon angeschlossen.

Während der gesamten Geschichte des Ordens hatten die Ritter der Provence traditionsgemäß die gefährlichsten Vorposten verteidigt. Auf Rhodos folgten sie dieser Tradition mit der Verteidigung des auf der Spitze der Mole zwischen den beiden Häfen gelegenen St.-Nikolausturms, einer entscheidend wichtigen Bastion. Die Franzosen bildeten mit ihren mehr als zweihundert Mann, die hinter den Bannerträgern marschierten, die größte Kolonne.

Als die Prozession zur Stadt hinausmarschierte, folgte ihr die Masse der Bevölkerung durch die Straßen des Festungsvorfelds in die nähere Umgebung. Beim Gang durchs Tor war allen der Segen der hohen Geistlichkeit zuteil geworden. Der römische Bischof Leonardo Balestrieri und der griechische Erzbischof Clemens hatten in einer Demonstration der Solidarität Schulter an Schulter über den Rittern das Kreuzzeichen geschlagen und Gebete für die Ritter und die Stadt gemurmelt.

Alle konnten die riesige Armada sehen, die ihnen auf der blauen Wasserfläche entgegengesegelt kam. Unter vollen Segeln pflügten Hunderte von Kriegsschiffen in weißer Gischt durchs Wasser. Um die Mittagszeit waren die türkischen Schiffe voll in Sicht. Auf ganz Rhodos gab es keinen mehr, dem angesichts dieser gewaltigen Streitmacht nicht die Besorgnis ins Gesicht geschrieben stand. Den Rittern, den Söldnern und der Stadtmiliz wurde bewusst, wie winzig ihre Zahl sich im Vergleich zu den auf ihre Heimatinsel losgelassenen Massen an Menschen und Material ausnahm.

Als Suleimans Flotte die Landspitze umrundete und nach Südosten auf den Landungsort in der Bucht von Kallitheas zuhielt, dröhnte auf einmal ein ohrenbetäubender Donner. Viele Bürger glaubten, der Angriff habe bereits begonnen, und rannten in Deckung. Pferde scheuten und konnten von ihren Reitern kaum am Durchgehen gehindert werden. Dann trieb der Wind von den Zinnen des St. Nikolausturms am Ende der Mole des Galeerenhafens eine Qualmwolke heran, die aller Blicke auf sich zog. Die Ritter und die Rhodier konnten die Turmbesatzung eine zweite Salve gegen die türkische Flotte abfeuern sehen. Jubel wurde laut, Hüte wurden in die Luft geworfen. Nur wenige bemerkten, dass die Geschosse weit vor den Schiffen ins kabbelige Wasser klatschten. Die Türken hatten sich wohlweislich außer Schussweite gehalten, und auch die Ritter im befestigten Turm wussten, dass sie den Schiffen nichts anhaben konnten. Sie wollten den Türken lediglich einen Vorgeschmack darauf geben, was sie erwartete. Viele türkische Seeleute kannten die Geschichten von den gewaltigen Zerstörungen, die die Kanoniere der Ritter bei der türkischen Flotte im Jahr 1480 angerichtet hatten. Aber statt mit Kanonenkugeln antworteten sie mit einem musikalischen Bombardement. Die Ritter und die Bürger an den Gestaden von Rhodos konnten den wilden Klang von Trompeten und Trommeln, von Bosunpfeifen und Tamburins, von Becken und Pfeifen übers Wasser schallen hören.

Als gälte es, das bedrohliche Bild der türkischen Flotte mit einem unerfreulichen Akzent zu vervollständigen, wehte auf einmal ein entsetzlicher Gestank herüber. Die Leute blickten ratlos suchend nach der Quelle des Abortgestanks um sich; die Ritter allerdings, die schon gegen türkische Galeeren gekämpft hatten, erkannten den Zusammenhang sofort. Die an die Ruder geketteten türkischen Galeerensklaven mussten ihre Ausscheidungen beim Rudern unter sich in die Bilge ihrer Schiffe fallen lassen. Die leichte Seebrise hatte die abscheulichen Ausdünstungen der türkischen Galeeren nach Rhodos getragen.

Ein weiteres Geräusch wehte übers Wasser an die Küste. Inmitten der Trompeten- und Trommelklänge war das rhythmische Knallen der Sklavenpeitsche zu vernehmen, mit der die Galeerenmeister die Rudersklaven bis zur Erschöpfung antrieben.

Auf der Hügelkuppe angekommen hielt Philippe inne. Die Prozession kam zum Stehen. »Nun, dann wären wir also endlich angekommen«, sagte er zu Thomas Docwra, der an seiner rechten Seite ritt. »Ich wüsste nur zu gern, wann wir wieder hier auf diesem Hügel über dem Meer stehen werden.«

»Ich denke bald, Herr, um sie wieder dahin zurücksegeln zu sehen, wo sie hergekommen sind.«

»Ein tapferer Gedanke, Thomas. Wir wollen hoffen, dass der Herrgott keine anderen Pläne mit uns hat.«

Mit diesen Worten riss er sein Pferd herum und führte die Schar seiner Krieger durch das Tor in die Stadt zurück. Unwillkürlich fragte sich jeder in der Menge, wann es wohl möglich sein würde, das Tor wieder in der anderen Richtung zu durchschreiten.

Zweites Buch

Zwei Starke Männer

8.

Die Armee des Sultans

Insel Rhodos
Juli 1522

Nachdem wochenlang Nachschub und Material vom kleinasiatischen Festland herübergeschafft worden war, waren Mitte Juli sämtliche Land- und Seestreitkräfte des Sultans auf rhodischem Boden angekommen. Man hatte beschlossen, als Machtdemonstration die Hauptmasse der osmanischen Armee in einer genau abgestimmten Aktion auf Rhodos an Land gehen zu lassen. Suleiman saß derweil in seinem knapp vierzig Kilometer entfernten Lager bei Marmaris an der kleinasiatischen Küste und wartete ab. Erst wenn seine Armee einsatzbereit war, wollte auch er nach Rhodos übersetzen, damit die Belagerung beginnen konnte.

Die Türken hatten von ihren Spionen erfahren, dass die Ritter die Verteidigung der Insel ausschließlich aus ihrer Festung heraus zu betreiben planten, doch Mustafa Pascha wollte keine Überraschungen riskieren. Er hatte vor, seine Männer und die Ausrüstung volle zehn Kilometer von der Stadt entfernt in der Bucht von Kallitheas an Land zu bringen. Dort hoffte er, vor Überfällen sicher zu sein, solange die Schiffe sich während des Entladens nicht gegen den Beschuss durch einen Kommandotrupp wehren konnten. Seine Befürchtungen erwiesen sich als begründet, denn die

Kreuzritter schickten ungeachtet ihrer generellen Verteidigungstaktik immer wieder kleine Stoßtrupps los, die den Türken das Leben schwer machten.

In Gruppen von zehn oder zwölf Mann verließen die Ritter nach Einbruch der Dunkelheit die Stadt, um sich in den Wallgärten oder im Schutz der zerstörten Gebäude der Vorstadt unbemerkt davonzumachen. Sie hatten natürlich hervorragende Geländekenntnis, während die Türken erst noch lernen mussten, sich zurechtzufinden.

Das erste Stoßtruppunternehmen wurde von Jean de Morelle befehligt. Fünf französische und sechs provencalische Ritter schlüpften zwischen den englischen und provencalischen Bastionen zum Johannestor hinaus. Im Schatten der Mauern bewegten sie sich durch die Gräben, aus denen sie an deren nordwestlichstem Zipfel auftauchten. Dort saßen sie auf und ritten in einem großen Bogen gegen den Uhrzeigersinn bis zur Straße zwischen der Bucht von Kallitheas und dem Hauptvorratsdepot der Türken.

In einem kleinen Wäldchen, das ihnen Deckung bot, teilten sie sich in zwei Gruppen auf. »Pierre«, sagte Jean, »versteck dich mit deinen sechs Leuten hinter den Felsen dort drüben und warte, bis der nächste Trupp Türken kommt. Bleib in Deckung, wenn es mehr als dreißig sind. Sind es aber vor allem Trägersklaven und nur ein paar Wächter, lass sie an dir vorbeiziehen und greif sie dann von hinten an. Sie werden die Straße hinauf flüchten. Zur Seite können sie nicht, wegen der Felsen. Wir warten auf sie und machen sie dann von vorn fertig. Gott sei mit dir.«

»Und mit dir!« Ohne ein weiteres Wort gab Pierre seinen Männern ein Zeichen und ritt mit ihnen Richtung Küste davon. Nach nicht einmal zwanzig Metern hatte die Nacht ihn bereits verschluckt; nur weicher Hufschlag und das gelegentliche Klirren eines Schwerts oder eines Dolches hingen noch kurz in der Nachtluft. Einen Augenblick später waren in der leichten Brise nur das sanfte Rascheln der Blätter und das Zirpen der Grillen zu hören.

Jean ließ je zwei seiner vier Männer rechts und links der Straße gut gedeckt in dem schütteren Wäldchen Aufstellung nehmen.

Das Warten begann.

Die Pferde standen beinahe reglos. Mit einer beschwichtigend klopfenden Hand im Nacken lauschten sie den beruhigenden Worten ihrer Reiter. »*Doucement, mon brave. Doucement.*« Ruhig, mein Braver, ruhig.

Dreißig Minuten verstrichen. Eine große Lücke im scheinbar pausenlosen Betrieb des Tages entstand. »Hoffentlich kommen sie jetzt nicht mit einem großen, schwer bewachten Transport«, flüsterte Jean seinem Kameraden zu, der kaum »*Oui*« geflüstert hatte, als in der Ferne Lärm erklang.

Anfangs vernahm Jean aus der Dunkelheit nur lautes Gebrüll und Geschrei in einer Sprache, die er nicht verstand; dazwischen waren französische Flüche zu vernehmen. Dann hörte er Hufschlag. Gleichzeitig kamen ihm und seinen Kameraden die ersten fliehenden Träger aus der Dunkelheit entgegengestürmt. Die meisten hatten ihre schweren Lasten abgeworfen und rannten, wie nur Menschen in Todesangst rennen können. Andere hatten die Lasten immer noch auf dem Buckel und klammerten sich krampfhaft mit beiden Händen an die um ihre Stirn gelegten Tragriemen.

Alles rannte schnurstracks vor den von hinten herandrängenden Reitern davon. Als der langsamste Träger aus der Dunkelheit auftauchte, wurde er schon von einem Ritter niedergemacht. Geköpfte Körper lagen auf der Straße, schon tot, bevor sie zu Boden gestürzt waren. Verwundete taumelten in der Hoffnung zu fliehen weiter und verbluteten. Einer nach dem anderen wurde von den Rittern niedergeritten, mit dem Schwert niedergemacht, mit der Lanze aufgespießt.

Die Verfolger unter Pierre mussten ihre Pferde zügeln, damit sie nicht über die Leichen, die Verwundeten und die herumliegenden Traglasten stolperten. Für den Sprung über die Hindernisse war es zu dunkel. Der Angriff kam ins Stocken. Was noch fliehen konnte, schöpfte neue Hoffnung, den Verfolgern doch noch zu entkommen.

In diesem Augenblick hörten die Überlebenden einen Ruf durch die Nacht schallen.

»*Allons-y!*«, rief Jean seinem kleinen Trupp zu und gab seinem Pferd die Sporen. Die vier Ritter sprengten auf die Straße und bildeten eine dichte, waffenstarrende Wand. Wie erschrecktes Wild blieben die restlichen Wächter und Träger mitten auf der Straße stehen. Im nächsten Moment wurden sie von den Rittern niedergeritten oder mit dem Schwert erschlagen.

Die Ritter nahmen die Kampfesstätte kurz in Augenschein. Verwundete wurden getötet, mochten sie auf Türkisch um ihr Leben betteln oder auf Arabisch ein Stoßgebet zu Allah schicken. Kein einziger Wächter oder Träger hatte den Angriff überlebt, kein einziger Ritter auch nur einen Kratzer davongetragen.

Als die Schlächterei vorüber war, gab Jean den Befehl, die Waffen aufzusammeln, bevor die Ritter wieder im Gebüsch verschwanden und die Straße still und verlassen zurückblieb.

Jean führte seine Männer den gleichen Weg zurück und über dieselbe verborgene Passage, die sie gekommen waren, wieder in die Festung hinein. Nachdem die Pferde versorgt waren, versammelten sie sich zu einer späten Mahlzeit in der Herberge der Franzosen. Philippe hatte sich in Erwartung von Jeans Rückkehr ebenfalls eingefunden.

»Ein paar Türken weniger auf unserer Insel, Herr!«, verkündete Jean stolz. »Wir haben sie zu ihrem Gott geschickt. Überlebende, die davon erzählen könnten, gibt es nicht.«

»Gut gemacht, Jean«, sagte Philippe. »Hat einer von uns etwas abbekommen?«

»Keiner, Herr. Nicht mal einen Kratzer.«

»Gott sei's gedankt. Wenn nur der Rest des Kampfes auch so einfach wäre! Aber daran hege ich Zweifel.«

Die Worte der Großmeisters ließen die Männer betroffen verstummen. In absehbarer Zeit konnte auch ihnen das Schicksal der

Träger blühen. Stumm beendeten sie ihre Mahlzeit und begaben sich wieder auf ihre Posten. Die Lust zum Feiern war ihnen vergangen.

Suleimans Armee hatte mit dem Übersetzen und Anlanden von Mannschaften und Material eine gewaltige Aufgabe zu bewältigen. Tag und Nacht pendelten die Schiffe zwischen Rhodos und dem Festland hin und her. Unzählige Kanonen, tonnenweise Munition, Pulver und Verpflegung wurden entladen. Mörser wurden an Land gebracht, dazu Schaufeln und Pickel, Bauholz und Zugtiere, Feldküchen und die riesigen kupfernen Kochkessel der Janitscharen. Zelte wurden zum späteren Gebrauch gestapelt, getrocknetes Fleisch und Getreide eingelagert. Reserveartillerie, Schwerter, Spieße, Bogen und Pfeile wurden bereitgestellt, um das Material zu ersetzen, das unvermeidlich bei den bevorstehenden Gefechten verloren gehen würde.

Die schweren Kanonen wurden unverzüglich in Stellung gebracht, die größten Kaliber auf einem Hügel gegenüber den Bastionen von England. Eine weitere Batterie nahm den Turm von Aragon aufs Korn, eine dritte den Turm der Provence. Mustafa Pascha wollte zur Deckung der Verladeaktion von Mannschaften und Material sofort mit dem Beschuss beginnen. Außerdem wollte er den Sultan bei dessen Ankunft stolz die Zerstörungen vorführen, die seine neue Artillerie anrichten konnte. Selim hatte vor seinem Tod bei Tophane auf der anderen Seite des Bosporus eine große Kanonengießerei eingerichtet. Nach den neuesten Erkenntnissen der Technik und der Metallurgie wurden dort gewaltigere und wirkungsvollere Kanonen gegossen, als es je zuvor gegeben hatte. Einige der ganz großen Geschütze wurden beim Abschuss so heiß, dass sie in jeder Stunde nur einmal abgefeuert werden konnten. Die meisten Rohre konnten eine Steinkugel von über zwei Metern Umfang mit großer Treffsicherheit gut anderthalb Kilometer weit verschießen.

Als die ersten Großkanonen das Feuer eröffneten, bekam der

Oberkommandierende einen bitteren Vorgeschmack auf das zu kosten, was ihm noch bevorsteht. Die erste Elitebatterie hatte kaum ihre erste Salve abgefeuert und Mustafa kaum den eigenen Pulverdampf gerochen, als es ihm die Batterien der Kreuzritter schon mit gleicher Münze zurückzahlten.

In den Monaten vor der Belagerung hatten sich die Bürger von Rhodos und auch viele Ritter über die zahllosen Probeschüsse gewundert, die abgefeuert wurden, und das Verfahren für eine unverantwortliche Verschwendung der begrenzten Vorräte gehalten. In Wirklichkeit aber wurde kein einziger Schuss vergeudet. Man hatte die besten Kanoniere abkommandiert, um die geeignetsten Stellungen zu erkunden, von denen aus die Moslems aller Wahrscheinlichkeit nach die Festung unter Beschuss nehmen würden. Man hatte an jedem erdenklichen Punkt und auf jedem erdenklichen Hügel, der als Artilleriestellung in Frage kam, Zielattrappen aus Steinen aufgebaut und sich solange darauf eingeschossen, bis ausnahmslos jedes Ziel auf Anhieb getroffen wurde. Jede erdenkliche türkische Artilleriestellung konnte mit dem ersten Schuss der Kreuzritterbatterien zerstört werden. Die Kreuzritter hatten das Gewicht der Pulverladung und den Abschusswinkel der Kanone vermerkt, dazu einen Korrekturwert für die Windabweichung im Augenblick des Abfeuerns. Den Türken stand ein fast unbegrenzter Nachschub an Pulver und Munition zur Verfügung, während die Kreuzritter mit dem auskommen mussten, was sie eingelagert hatten. Man würde keinen einzigen Schuss vergeuden. Nach jedem Schuss der Kreuzritter hatte der Sultan ein paar Kanoniere und eine Kanone weniger.

Die erste Salve der Türken prallte fast wirkungslos von den auf zwölf Meter Dicke verstärkten Festungsmauern ab. Sie schluckten die Kanonenkugeln ohne erkennbare Beschädigung. Die von Gabriele Tadini befehligten Batterien der Kreuzritter feuerten sofort von den Zinnen zurück. Mit einer einzigen Salve zerstörten sie die drei schwersten Kanonen Mustafas und töteten fast die gesamte Bedienungsmannschaft. Die wenigen Überlebenden rannten in heilloser Flucht davon und blieben erst wieder stehen, als sie sich weit außerhalb des Wirkungsbereichs der feindlichen Kanonen befanden.

Am ersten Abend nach der Ausschiffung hatte Mustafa in seinem Zelt eine Zusammenkunft mit seinen Offizieren.

»Ich bin froh, dass der Sultan nicht Zeuge unserer heutigen Schlappe geworden ist. Drei unserer besten Geschütze haben wir verloren! Im großen Arsenal von Tophane sind sie unter persönlicher Anwesenheit des Sultans gegossen worden, und eine einzige Salve des Gegners hat sie außer Gefecht gesetzt! Die Kreuzritter haben sich auf unsere besten Stellungen bereits eingeschossen. Der Großmeister ist ein Ungläubiger, aber deswegen noch lange kein Geistesschwacher. Von nun an müssen wir uns jeden Schritt sehr gut überlegen. Und auf den Sultan müssen wir ganz besonders aufpassen!«

Quasim Pascha meldete sich.

»Ja, Quasim?«

»Es gibt noch mehr betrübliche Nachrichten. Man hat uns gesagt, die Johanniter würden sich in ihren Mauern verschanzen, und wir müssten den Kampf zu ihnen hineintragen. Aber sie haben unseren Truppen – wie von uns Fachleuten erwartet – mit kleinen Stoßtrupps zugesetzt. Es waren keine wirklichen Gefechte, nur Störangriffe von fünf bis zehn Rittern. Sie sind aus dem Dunkel aufgetaucht, haben unsere Soldaten, die mit dem Ausladen und Einlagern der Versorgungsgüter beschäftigt waren, mit ihren Schwertern niedergemetzelt und sind im Gehölz oder im Felsgewirr wieder verschwunden. Solche Überfälle haben uns schon über einhundert Mann gekostet!«

»Allah möge ihnen gnädig sein.«

»Das ist in der Tat zu wünschen, Mustafa Pascha. Wir müssen Janitscharen zum Schutz der Arbeiter abstellen und vor allem Sipahis, damit die Ritter verfolgt werden können, wenn sie wieder zuschlagen.«

»Das soll geschehen«, meinte Mustafa Pascha.

»Aber es gehen auch Gerüchte über angebliche Meutereien bei unseren Söldnern und den Hilfstruppen um ...«

»Von Meuterei will ich nichts hören«, fiel Mustafa Pascha ihm ins Wort. »Wo es Missstimmung gibt, sollen die Offiziere sich die Rädelsführer kaufen und schleunigst öffentlich abstrafen. Lasst mitten im Lager ein paar Köpfe rollen, dann ist es mit der Meuterei gleich vorbei!«

Die Aghas nickten zustimmend.

»Außerdem sollten wir uns vor Beginn der eigentlichen Belagerung mit unseren Kanonen und unserer Munition nicht mehr auf riskante Spielchen einlassen. Der Sultan hat wiederholt darauf hingewiesen, dass der Angriff erst erfolgen soll, wenn er persönlich hier anwesend ist. Dann können wir mit einem Sperrfeuer aus sechzig bis achtzig Rohren die lächerliche Artillerie der Christen mit einem Schlag lahm legen.«

Wieder nickten die Köpfe der Aghas.

»Wir werden den persönlichen Befehl des Sultans abwarten«, fuhr er fort, »und ihm inzwischen außerhalb des Wirkungsbereichs der gegnerischen Kanonen ein Lager aufschlagen. Es gibt ein verlassenes Landhaus, das die Kreuzritter unzerstört ließen. Wir werden das *Serail* des Sultans direkt daneben aufbauen. Er kann sich dann immer noch entscheiden, ob er in das feste Haus ziehen oder lieber in seinem Zelt bleiben möchte. Zuallererst jedoch werden wir unsere Truppen halbmondförmig um die Stadt herum in Stellung bringen, wie der Sultan es befohlen hat.«

Die Aghas verließen das Zelt und begaben sich zu ihren Einheiten zurück, die immer noch mit dem Ausschiffungsmanöver beschäftigt waren, das erst zwei Wochen später ganz abgeschlossen sein sollte.

Am achtundzwanzigsten Juli 1522, dem vierten Tag des Ramadan, warf Suleimans Schiff in der Bucht von Kallitheas Anker. Er wurde mit einem Tenderboot ans Ufer übergesetzt und dort sofort von einem Bataillon seiner Janitscharenleibgarde umringt, die gleichzeitig mit ihm eingetroffen war. Mustafas Janitscharen warteten weiter oben am Ufer. Der Sultan war ganz in Weiß gekleidet; sein hoher Turban war wie immer mit den Silberreiherfedern geschmückt, die von einer Juwelenspange gehalten wurden. Als er den Fuß auf rhodischen Boden setzte, begann eine Musikkapelle mit Trompeten, Becken und Trommeln zu spielen, und eine Batterie feuerte Salutschüsse ab.

Mustafa Pascha stand in Erwartung seines Sultans in voller Rüstung am Strand. Als er auf Suleiman zuschritt, bildeten die Janitscharen eine Gasse für ihn. Suleiman, dem Ibrahim folgte, kam seinem *Seraskier* – seinem Oberbefehlshaber – entgegen, um ihn zu begrüßen.

»Mustafa, mein Bruder!«, rief er. »Gesund und kampfbereit siehst du aus!« Die beiden Männer schlossen einander herzlich in die Arme.

»Herr, alles läuft wie geplant. Die Truppen sind vollständig an Land gebracht, und unsere Ausrüstung ist bereitgestellt. Heute bringen die Aghas die Truppen in einem Halbmond um die Festung herum in Stellung, wie Ihr es angeordnet habt.«

»Und wo ist mein Großwesir? Wo ist Piri Pascha?«

»Er bereitet Euren Empfang im Lager vor, Herr.«

»Hat es schon Gefechte mit den Kreuzrittern gegeben?«

Mustafa strich sich über den Bart. Suleiman hob die Brauen. Er kannte die nervöse Angewohnheit seines Schwagers nur zu gut und merkte sofort, dass etwas nicht stimmte.

»Herr, die Christen haben sich praktisch nicht aus ihrer Festung gewagt. Die ganze Bevölkerung hat sich zu ihnen hineingeflüchtet. Die Ritter haben unsere Truppen nur mit ein paar kleinen Stoßtruppunternehmen zu stören versucht, aber ein großes Gefecht hat es noch nicht gegeben.«

»Und wie sind diese Scharmützel verlaufen? Wir haben doch hoffentlich eine gute Figur gemacht?«

Mustafa wusste, dass er seinem Herrn nichts vormachen konnte. Sein anfänglicher Überschwang bekam angesichts der wenig erhebenden Wirklichkeit Risse. »Nein, leider nicht. Wir hatten in den ersten paar Tagen fast einhundert Mann Verluste ... die Ritter aber keine.«

Suleiman presste die Lippen aufeinander. Mustafa hätte ihm lieber türkische Voraussiege gemeldet, keine läppischen Überfälle mit unrühmlichen Verlusten. »Das ist leider noch nicht alles, Herr.«

»Ja?«

»Wir haben gleich am ersten Tag an drei für wirksamen Beschuss geeigneten Positionen Kanonen aufgefahren. Aber die Kreuzritter hatten sich zuvor schon auf diese Positionen eingeschossen.«

»Und?«

»Leider wurden unsere Geschütze zerstört, Herr. Bei der ersten Antwortsalve aus der Festung bekamen sie alle einen Volltreffer. Es hat die Kanonen aus den Lafetten gerissen, und die meisten Kanoniere wurden getötet. Ein paar sind davongekommen, aber eins ist klar: Die Festung wird nicht leicht zu knacken sein. Die Kreuzritter sind gute Kämpfer und haben sich bestens vorbereitet. Sie haben ihre Festung geradezu unglaublich verstärkt und ausgebaut.«

Suleiman antwortete nicht. Sein Traum vom schnellen und triumphalen Sieg seiner haushoch überlegenen Streitmacht fiel in sich zusammen, bevor die Schlacht überhaupt begonnen hatte. Um seinem Unmut vor den am Strand versammelten Janitscharen nicht freien Lauf zu lassen, hüllte er sich in düsteres Schweigen.

»Majestät, wir können achtzig großkalibrige Geschütze aufbieten. Sie werden eine verheerende Wirkung entfalten, wenn wir sie alle aufgefahren haben und mit dem Trommelfeuer beginnen. Wir müssen den Kreuzrittern von allen Seiten gleichzeitig einheizen. Sie haben nicht die Mittel, sämtliche Stellungen mit Gegenfeuer zu belegen.«

Suleiman nickte. Er winkte Mustafa, ihm zu folgen, und ging die paar Schritte zu seinem bereitstehenden Pferd. Janitscharen und Sipahis bildeten unverzüglich ihren Schutzwall um den Sultan, und der Zug machte sich auf den Weg zum gut drei Kilometer näher zur Stadt gelegenen Feldlager.

Mustafa ritt an Suleimans Seite, Ibrahim folgte wie immer ein paar Schritt hinter seinem Herrn. Sowohl Ibrahims Rappe wie auch der Braune Suleimans waren nervös und schwer zu zügeln. Nachdem die Rösser so lange untätig in Marmaris gestanden hatten, war die siebenstündige Bootsfahrt auch nicht dazu angetan gewesen, ihren angestauten Tatendurst zu dämpfen. Die Reiter mussten die immer wieder ungebärdig zur Seite ausbrechenden Tiere hart an die Kandare nehmen.

Von der Bucht bis hinauf zur Straße in Richtung der Stadt führte nur ein Trampelpfad. Der Zug musste felsiges Terrain und einige sehr steile Passagen bewältigen, bis dieser Pfad in die Hauptstraße mündete.

»Wie weit liegt unser Lager von der Festung entfernt, Mustafa?«, erkundigte Suleiman sich zerstreut. Es schien vor allem damit beschäftigt, sein Pferd zur Räson zu bringen.

»Gut anderthalb Kilometer westlich der Stadt, Herr, weit außerhalb der Reichweite der christlichen Batterien. Dort gibt es ein Landhaus, das einigermaßen unzerstört geblieben ist. Es liegt am Hang des St.-Stephansberges und bietet einen Ausblick sowohl aufs Meer wie auf die Stadt. Wir haben dort Euer Lager aufgeschlagen und die gröbsten Schäden repariert. Eure Zelte stehen gleich neben dem Landhaus, das die Söhne des *Sheitan* verlassen haben. Aber wir waren der Meinung, Ihr würdet wohl lieber in Eurem eigenen *Serail* wohnen und nicht in dem stinkenden Schweinestall, den die Kreuzritter hinterlassen haben. Herr, sie haben nicht den geringsten Sinn für Sauberkeit. Sie leben hier nicht anders als in ihrem Europa. Überall Berge von Unrat und offene Abortgruben. Heute früh noch hat es in Eurem Lager jämmerlich gestunken, aber unsere Soldaten haben inzwischen das ganze Gelände gründlich gesäubert. Ich bin sicher, so wie es jetzt ist, wird es Euch gefallen.«

Suleiman nickte, doch seine Gedanken kreisten immer noch um die Niederlagen, die seine Truppen bereits zum Auftakt hatten einstecken müssen. Schweigsam saß er auf seinem Pferd, während der Zug bei Koskinou auf die Hauptstraße einbog und nach Norden zum Lager schwenkte.

Piri Pascha wartete in seinem Zelt beim Feldlager des Sultans. Seit seiner Ankunft auf Rhodos hatte er sich nicht wohl gefühlt. Der Aufbau der Kommandozentrale des Sultans hatte ihn diesmal mehr angestrengt als früher. Er war nicht mit dem Herzen dabei. Diese Kreuzritter würden nicht so leicht klein beigeben. Anderen Armeen rutschte beim Aufmarsch der osmanischen Streitkräfte das Herz in die Hose, aber hier, bei den Kreuzrittern auf Rhodos, geschah nichts dergleichen. Ein langer und blutiger Kampf zeichnete sich ab. Zum ersten Mal in seinem langen Dienst für seine Sultane war sich Piri Pascha nicht sicher, wie die Auseinandersetzung enden würde.

Als der Diener die bevorstehende Ankunft des Sultans meldete, warf Piri sich in seine Uniform. Er schnallte das neue edelsteinbesetzte Krummschwert um, das Suleiman ihm in Istanbul verehrt hatte, und rief nach seinem neuen Pferd, das ebenfalls ein Geschenk des Sultans war, auch wenn er sich nach seinem alten vertrauten Gaul sehnte. Das neue Pferd war für den alten Wesir ein bisschen zu temperamentvoll. *Das ist etwas für einen jungen Sipahi*, hatte er gedacht, als er das Pferd zum ersten Mal geritten hatte. *Dein dicker Hintern ist den weichen wiegenden Gang von deinem alten Zossen gewohnt.*

Piri führte das Pferd am Zügel aus dem Lager; dann stieg er auf und trottete die Straße hinunter dem Zug des Sultans entgegen. Als dieser in Sicht kam, holte Piri tief Luft und gab dem Pferd leicht die Sporen. Der Hengst sprintete los. Um einigermaßen Herr der Lage zu bleiben, drückte Piri dem Pferd die Knie in die Flanken und zerrte mit aller Gewalt am Zügel, damit es nicht in gestreckten Galopp fiel. Es gehörte sich nicht, auf den Sultan loszugaloppieren – die Leibwächter konnten es missverstehen. Und schon gar nicht gehörte es sich, wenn der Großwesir des Osmanischen Reiches vor seinem Sultan vom Pferd fiel.

Winkend näherte er sich der Vorhut. Sein blauer Kaftan umflatterte ihn im Wind, und zweimal musste er mit einem schnellen Griff rettend den hohen Turban ergreifen, damit er ihm nicht vom Kopf fiel. *Du wirst allmählich zum Spottbild eines Großwesirs*, dachte er. *Andererseits solltest du froh sein, dass du so alt geworden bist. Nicht vielen Großwesiren war es vergönnt, alt und fett zu werden!*

Suleiman lockerte die Zügel und tippte die Reitstiefel leicht gegen die Flanken des Pferdes. Sofort fiel das Tier in den kurzen Galopp. Suleiman ließ die Leibwache hinter sich und ritt Piri Pascha entgegen, um ihn zu begrüßen. Mustafa und Ibrahim folgten ihm nicht. Sie wussten, dass Suleiman Piri Pascha allein zu begrüßen wünschte – und vielleicht würde er auch einen Teil seines Zorns an dem Alten auslassen, und nicht an ihnen.

Aber davon konnte keine Rede sein. Vielmehr keimte in Suleiman beim Anblick Piri Paschas wieder die Hoffnung auf, die Kreuzritter mit seiner Armee im Handstreich überrennen zu können. Als er den Wesir seines Vaters heranreiten sah, empfand Suleiman geradezu körperlich die Macht Selims und der alten Leibgarde, die sich in jeder Schlacht so hervorragend bewährt hatte. Piri Pascha hatte das richtige Rezept, ganz gewiss.

»Piri Pascha!«, rief er schon von Weitem. »Du siehst großartig aus auf diesem Ross! Es könnte nicht besser zu dir passen!«

Auf stampfenden und immer wieder zur Seite ausbrechenden Pferden strebten die Reiter aufeinander zu. Im Moment der Begegnung tänzelte Suleimans Pferd um die eigene Achse. Piris Hengst wich zur Seite, damit es nicht zum Zusammenprall kam. Nur langsam beruhigten sich die Pferde so weit, dass die Männer zur Begrüßung einander an den ausgestreckten Unterarmen ergreifen konnten.

Piri lächelte. Er bemühte sich wacker, kriegerisch und unternehmungslustig zu erscheinen. »Mein Sultan! Es wärmt mir das Herz, dass Ihr sicher hier angelangt seid. Allah lächelt auf Euch herab! Jetzt können wir endlich damit beginnen, das Schlangengezücht aus Eurem Reich zu vertreiben. Endlich seid Ihr hier! Endlich geht es los!«

Ibrahim war mittlerweile herbeigeritten. Er winkte Piri Pascha zu. »*Salaam Aleikum*, Piri Pascha!«

»*Aleikum salaam*, Ibrahim!«

Suleiman betrachtete Piri Pascha. Während er neben dem alten Wesir einherritt, musste er sich eingestehen, dass der anfängliche Überschwang seine Wahrnehmung getrübt hatte: Piri Pascha war nicht mehr der Mann, als den er ihn vor Belgrad kennen gelernt hatte und der acht Jahre lang an Selims rechter Seite geritten war. Sein Gesicht war teigig geworden und abgezehrt. Trotz seiner Körperfülle wirkte er wie von Hunger und Entbehrung gezeichnet. Tränensäcke hingen unter den glanzlos gewordenen Augen. *Ist das noch der Mann, der dich in deinem Serail in Istanbul begrüßt hat?*, dachte Suleiman. *Kann das der Mann sein, der deine Armee siegreich gegen die Christenhunde führen wird?*

Suleiman spürte, wie ihm die Brust eng wurde. Er drehte sich zu Ibrahim um, der das Nicken trübsinnig erwiderte. Ohne ein Wort zu sagen, hatten die Freunde die Gedanken des anderen erraten.

Der Zug nahm wieder seine bisherige Aufstellung und setzte den Weg zum inzwischen nahen Feldlager des Sultans fort.

Piri ritt dicht an den Sultan heran. »Majestät, auf ein Wort, wenn Ihr gestattet.«

»Selbstverständlich. Schließlich bist du mein Großwesir!« Suleiman war um einen verbindlichen Tonfall bemüht, um seine schmerzliche Betroffenheit vor Piri zu verbergen.

»Majestät, Eure Gegenwart ist mehr denn je erforderlich geworden. Wir müssen ein Problem in den Griff bekommen, bevor es uns aus der Hand gleitet.«

»Und worin besteht das Problem?«

»Es sind die Janitscharen. Dieser Kriegszug passt ihnen überhaupt nicht. Ich fürchte, sie geraten außer Kontrolle, wenn wir nicht sofort etwas unternehmen.«

»Stoßen sie etwa schon die Kochkessel um?«

»Ja, Majestät ... und Schlimmeres.«

»Ein wenig genauer bitte, Piri.«

»Die Janitscharen sind von Anfang an gegen diesen Feldzug gewesen. Sie haben von vornherein gewusst, dass es ein schwieriges und langwieriges Unternehmen würde. Ihr wisst ja, dass sie am liebsten mit Hurrageschrei in eine offene Feldschlacht stürmen, den Feind niedermachen und mit Beute beladen wieder nach Hause ziehen wollen.«

Suleiman nickte.

»Sie haben gemurrt, seit wir auf dieser Insel gelandet sind, wenn nicht schon vorher«, fuhr Piri fort. »Sie trampeln beleidigt durchs Lager, führen unbotmäßige Reden und fluchen. Schlägereien hat es auch schon gegeben.«

»Und was soll ich deiner Meinung nach dagegen tun? Du hast dir doch schon etwas überlegt, oder?«

»Vielleicht darf ich einen Vorschlag machen, Majestät. Ihr seid doch offiziell ein Janitschare im Rang eines Unteroffiziers, einer von ihnen. Ich habe schließlich gesehen, was los war, als Ihr Euch vom Zahlmeister Euren Sold habt auszahlen lassen. Sie wären damals alle bedenkenlos für Euch gestorben.«

»Und?«

»Legt Eure Janitscharenuniform an und begebt Euch unter sie. Macht morgen bei Tagesanbruch einen Truppenappell.«

Suleiman dachte kurz nach. »Warum erst morgen? Bei Tagesanbruch beginnt die Belagerung! Warum nicht sofort?«

»Jetzt sofort?«

»Ja, sicher! Einen besseren Zeitpunkt gibt es nicht. Schick einen Boten voraus ins Lager. Die Janitscharen sollen antreten. Du hast Recht, wir werden der Unzufriedenheit umgehend einen Riegel vorschieben. Die Männer werden vor Kampfeslust brennen, wenn ich mit ihnen fertig bin.«

»Jawohl, Majestät!« Piri schickte einen Leibwächter mit den Anweisungen voraus, um dann am Wegesrand mit dem Sultan zu halten. Eilends wurde ein kleines Zelt aufgeschlagen und die Uniform des Sultans herbeigeschafft. Mit einer hellblauen weiten Tunika und weißen Hosen wurde er von der Dienerschaft als Janitschare eingekleidet. Dazu bekam er einen spitzen eisernen Helm, mit einem Seidentuch umwickelt, an dem der weiße Federschmuck seiner Männer flatterte.

Suleiman saß wieder auf. Ibrahim und Piri Pascha gesellten sich sofort zu ihm. »Lasst uns jetzt meinen unzufriedenen Janitscharen entgegentreten. Ibrahim, bleib mit Piri Pascha an meiner Seite. Noch bevor die Sonne hinter dieser verfluchten Festung versinkt, werden hunderttausend Mann unter Jubelgeschrei darum betteln, in die Schlacht ziehen zu dürfen!«

Das Lager war erreicht. Von der Militärkapelle angeführt, marschierten die Janitscharen dem Sultan entgegen. Der Klang von Trommeln und Becken dröhnte in der Glut des Nachmittags. Trompeten und Pfeifen bliesen ihren Salut, dass es von den Festungsmauern widerhallte. Aus den Lagern aller Waffengattungen kamen jubelnde Soldatenmassen herbeigelaufen und drängten sich mit den Janitscharen und Sipahis um ihren Sultan. Azabs und Bogenschützen, Mineure und Sappeure quollen aus den Zelten, um ihren Sultan zu sehen, Suleiman *Kanuni*, den Prächtigen. Es gab ein gewaltiges Gedränge, als jeder versuchte, Suleimans Steigbügel zu berühren. Überall spielte die Musik und jubelte die Menge. Die Kreuzritter auf den Zinnen hörten das Getöse und glaubten, die Türken seien zum Massenangriff angetreten, wussten sie doch, dass Suleimans Truppen größere Angriffe stets mit dem Klang von Trompeten, Trommeln und Fanfaren eröffneten. Es sollte das letzte Mal sein, dass die Kreuzritter diese Klänge hörten, ohne dafür einen Blutzoll entrichten zu müssen.

Suleimans Parade bewegte sich knapp außer Reichweite der

Kanonen die Verteidigungsanlagen entlang, von Turm zu Turm, Bastion zu Bastion. Angesichts der Wucht der Mauern und der gewaltigen Breite und Tiefe der Festungsgräben haftete dem Heerzug beinahe etwas Spielzeughaftes an. Die türkische Streitmacht wirkte unter den Mauergebirgen geradezu winzig.

Die noch verbliebenen Stunden des Tages ritt Suleiman mit seinem Gefolge von Küste zu Küste den riesigen Halbmond entlang, der die befestigte Stadt gleichsam umklammerte.

Im Morgengrauen des folgenden Tages, des neunundzwanzigsten Juli 1522, begann der Kampf um Rhodos.

9.

Erstes Blutvergießen

Festung der Kreuzritter auf Rhodos
29. Juli 1522

Die Sonne kletterte über den östlichen Horizont des Mittelmeers und tauchte die Brustwehren der italienischen Bastionen in rosafarbenes Licht. Innerhalb von Minuten erhellte sich der ganze Himmel und übergoss die braunen Festungsmauern mit einem rötlichen Schimmer. Schon jetzt lag eine Ahnung der Hitze des kommenden Tages in der Luft. Die Wächter auf den Mauern reckten die steifen Hälse, die sie vom angestrengten Starren in die Düsternis des gegnerischen Lagers bekommen hatten. Die Ablösung durch ihre Kameraden stand bevor. In den *Auberges* warteten ihr Morgenmahl und ein paar willkommene Stunden Schlaf auf sie.

Während die Wachablösung auf den Wällen erschien, ordneten die Ritter der Nachtwache die Uniformen für das Ablösungszeremoniell. Die Wachbataillone nahmen Aufstellung zur Begrüßung des ablösenden Wachoffiziers der jeweiligen *Langue* und zur Übergabe des Tagesbefehls.

In diesem Moment erschütterten Detonationen die Luft. Instinktiv duckten die Ritter sich hinter die Mauern. Der Lärm nahm zu, kam jetzt aus allen Richtungen. Einige Einschläge direkt unterhalb des Wachbataillons ließen das steinerne Mauerwerk unter den Füßen der Ritter erbeben. Hinter die Zinnen geduckt bemühten sich die Offiziere, die Mannschaftsdisziplin zu wahren und gleichzeitig das Ausmaß des Angriffs abzuschätzen.

In kürzester Zeit war klar, dass sämtliche Festungsabschnitte gleichzeitig unter massivem Dauerbeschuss lagen. Ohne dass den Rittern die genaue Zahl bekannt gewesen wäre, bestrichen mehr als sechzig rund um die Stadt in Stellung gebrachte Geschütze des Sultans die Mauern mit einem Trommelfeuer zentnerschwerer Steingeschosse von mehr als zwei Metern Umfang.

Bald lagen die Einschläge immer dichter beieinander. Staub- und Splitterwolken wirbelten auf und wurden an manchen Stellen vom Seewind in die Stadt getragen. Einige Steinkugeln flogen über die Mauern hinweg. Beim Einschlag aufs Kopfsteinpflaster der Stadt spritzten Tausende scharfkantiger Splitter umher. Die Leute rannten in Panik davon, manche in ihre Häuser, andere in die nächste *Auberge*, um in den fest und massiv erbauten Quartieren der Ritter Schutz zu suchen. Ritter liefen herbei, um sich zu melden und auf die verschiedenen Posten einteilen zu lassen.

In der Stadt breitete sich Chaos aus. Tausende furchterfüllter Bürger behinderten das Vorankommen der Ritter und der Bürgermiliz. Zwar hatte man seit Monaten mit diesem Tag gerechnet, doch die Intensität und Dauer des Trommelfeuers überstiegen alles, was man bis dahin gekannt hatte. Kaum einer hatte sich vorstellen können, dass eine solche Armada schwerer Geschütze je auf die Stadt gerichtet werden könnte. Sogar die wenigen Ritter und Bürger, die zweiundvierzig Jahre zuvor die Belagerung durch Suleimans Urgroßvater erlebt hatten, waren über die Feuerkraft dieser gewaltigen neuen Kanonen entsetzt.

Schon wenige Minuten nach Beginn des Trommelfeuers waren die ersten Opfer zu beklagen. Vier Bürger der Stadt Rhodos hatten den Tod gefunden. Es waren weder Ritter, die auf den Wällen kämpften, noch Kanoniere, die das türkische Feuer erwiderten. Es war eine vierköpfige Familie, die in ihrem Häuschen, das ihnen jahrelang Schutz und Geborgenheit gewährt hatte, Zuflucht gesucht hatte: ein alter Mann und eine alte Frau mit ihren zwei Enkeln mitten im jüdischen Viertel. Die Enkelkinder fest an sich geklammert, hatten sie sich auf ihr Bett geflüchtet und gebetet, hatten wie an jedem Tag ihres bisherigen Lebens die Hilfe des einzigen Gottes angerufen. *Sche'ma Israel, Adonoi elohehu. Adonoi echod.* Nachdem sie zuvor Tür und Fenster verriegelt hatten, war eine steinerne Kanonenkugel durchs Dach gekracht und hatte alle vier zermalmt. Die Tür des kleinen Hauses war durch die Steinkugel blockiert, die die Leichen der Familie unter sich begraben hatte.

Nachbarn, die zu Hilfe eilen wollten, fanden jeden Zugang zum Haus versperrt. Hinter dem einzigen Fenster türmte sich der Schutt. Drei Ritter unterbrachen ihren Weg zur Gefechtsstation, doch schon der erste Augenschein machte deutlich, dass in diesem schrecklich zerstörten kleinen Haus niemand überlebt haben konnte, zumal die Kanonenkugel den Innenraum fast zur Gänze ausfüllte. »*Je suis desolé, monsieur. Ils sont déjà certainment morts*«, sagte einer der Ritter zu einem Nachbarn, der um Hilfe bei der Rettung der Eingeschlossenen gebeten hatte: »Es tut mir Leid, mein Herr, aber sie sind gewiss schon tot.«

Die Ritter salutierten und rannten zu ihrer Gefechtsstation weiter. Händeringend und verzweifelt blieben die Nachbarn zurück.

Im Palast des Großmeisters strömten die Führer der *Langues* und ihre Leutnants zusammen. Die Fensterläden waren wegen des Angriffs geschlossen; einige flackernde Kerzen erhellten spärlich den Raum. Die Ritter, die von draußen aus dem hellen Tageslicht hereingeeilt kamen, brauchten eine Weile, bis ihre Augen sich an die schummerige Beleuchtung gewöhnt hatten. Philippe stand an dem großen Eichentisch. Thomas Docwra redete auf ihn ein.

»Die Truppen der Belagerer haben einen großen Halbmond um unsere Mauern gezogen. Wir sind vollständig eingeschlossen, wie nicht anders erwartet. Unsere Spähtrupps versuchen die genaue

Lage ihrer Stellungen und die jeweilige Anzahl der Männer in den einzelnen Lagern auszukundschaften. Wir konnten bislang sechzig Kanonen zählen, die uns aus ungefähr zwanzig um die Stadt verteilten Artilleriestellungen unter Beschuss nehmen. Das schwerste Feuer scheint sich auf die schwächsten Mauerabschnitte zu konzentrieren.«

Philippe hörte es mit Besorgnis, hieß es doch, dass die Muslims über die Stärken und Schwächen der Verteidigungsanlagen im Bilde waren. »Gibt es nennenswerte Beschädigungen?«

»Das lässt sich noch nicht absehen. Die Mauern haben die meisten Kanonenkugeln geschluckt. Manche Kugeln konnten durch das äußere Mauerwerk dringen, sind aber im Erdreich dahinter stecken geblieben. Bislang ist nirgends eine ernst zu nehmende Mauerbresche entstanden.«

Philippes Leutnant John Buck hatte das Gespräch verfolgt. »Der Beschuss dauert erst eine Viertelstunde, Herr, und schon hat die Bastion von England einiges abbekommen. Aber wir erwidern jetzt das Feuer, und ich denke, in der nächsten Stunde werden wir den Batterien des Feindes ganz schön einheizen. Unsere Kanoniere haben sich gut eingeschossen, und die Muslims veranstalten immer noch ein ziemlich ungezieltes Streufeuer. Ich nehme an, dass wir in absehbarer Zeit ihre Kanonen zum großen Teil ausschalten können.«

Gregory de Morgut kam herbeigeeilt. »Herr, wie wir soeben erfahren, hat es die ersten Todesopfer gegeben!« Die Gespräche verstummten, und alle Köpfe drehten sich zu Morgut. »Ich komme gerade aus der *Auberge*, wo mir Ritter berichtet haben, im jüdischen Viertel sei eine große Kanonenkugel in ein Haus eingeschlagen. Volltreffer. Vier Menschen zermalmt. Die Kameraden sagen, es sei eine riesige Kugel gewesen, größer als alles, was wir bisher gesehen haben.«

Philippe sah seine Ritter an. Schweigen herrschte im Raum. D'Amaral und sein Adjutant Blasco Diaz traten ein. Wortlos stellten sie sich an den Kopf des Tisches und warteten.

»Herr Kanzler!«, begrüßte Philippe d'Amaral.

»Herr Großmeister!«, gab d'Amaral knapp zurück.

»Wir werden draußen auf den Bastionen gebraucht«, wandte Philippe sich an alle. »Pläne machen hilft uns jetzt nicht weiter. Die Schlacht hat begonnen, und ich bezweifle, dass ihre Heftigkeit in absehbarer Zeit nachlassen wird. Jeder soll sich zu seinen Männern begeben und sich vergewissern, dass die Söldner und die Miliz die Aufgaben, für die wir sie ausgebildet haben, erwartungsgemäß erfüllen. Andrea, kümmert Euch um das Aufgebot der *Langues* von Kastilien und Aragon und übernehmt ihre Führung. Wir brauchen sämtliche Offiziere an vorderster Front!«

»*D'accord, Seigneur*«, sagte der Kanzler. Er nickte Diaz zu und eilte mit ihm hinaus ins Gefecht.

»Wir müssen zunächst herauszufinden, mit welchem Plan die Muslims die Belagerung angehen wollen«, fuhr Philippe an die Übrigen gewandt fort. »Vor allem aber muss die Bevölkerung ruhig gehalten werden. Alle, die nicht kämpfen, müssen veranlasst werden, in den Häusern zu bleiben und uns nicht im Weg zu stehen.«

Die Ritter verbeugten sich und begaben sich eilends hinaus.

John Buck war im Raum geblieben und trat zum Großmeister, der schon wieder über einen Plan der Verteidigungsanlagen der Stadt brütete.

»Herr?«

Philippe schreckte hoch. »Ja, John?«

»Ich habe einen Mann hergebracht, den Ihr meiner Meinung nach anhören solltet, Herr. Er wartet draußen.«

»Worum geht es?«

»Der Mann heißt Basilios Carpazio und ist ein griechischer Fischer aus Karpathos. Er hat einen Plan, der nützlich für uns sein könnte.«

»Was für einen Plan, John? Was hat er vor?«

»Lasst mich den Mann hereinbringen, Herr. Er wird es Euch selber sagen.«

John Buck ging hinaus und kehrte kurz darauf mit einem kräftigen, vierschrötigen Mann zurück, der wie ein Fischer gekleidet war. Seinen Kleidern entströmte der Geruch von rohem Fisch, die Stiefel waren alt und abgetragen. Er hatte einen dunklen Teint, schwarzes Haar und einen mächtigen schwarzen Schnurrbart. Dunkle Bartstoppeln bedeckten sein Kinn. Seine Augen waren braun, wirkten in der Düsternis des Raums aber ebenfalls schwarz. Er drehte die schwarze Fischermütze unruhig zwischen den Händen.

»*Kalimera, philo moo*«, begrüßte Philippe den Mann auf Griechisch. Guten Morgen, mein Freund. »Was möchtest du mir vorschlagen?«

Der Mann trat von einem Fuß auf den anderen, knautschte seine Mütze noch heftiger und blickte John Buck Hilfe suchend an. John Buck nickte ihm aufmunternd zu. »Na los, sag dem Großmeister, was du vorschlagen möchtest.«

Der Mann schaute wieder Philippe an. »Herr«, begann er nach kurzem Zaudern auf Griechisch, »ich habe viele Jahre vor der türkischen Küste gefischt und hab mich auf den türkischen Märkten herumgetrieben, um meinen Fang zu verkaufen. Deshalb kann ich gut die Sprache der Türken und kenne mich auch mit ihren Sitten aus. Ich könnte mit ein paar von meinen Männern außen um die Insel herumfahren und unterwegs Fische fangen. Mit dem Fang könnte ich dann irgendwo in der Nähe des türkischen Lagers anlegen und die Fische an ihre Marketender verkaufen. Sie haben schon eine richtige kleine Stadt für die Kaufleute aufgebaut. Es sind vor allem Türken, aber auch ein paar andere. Dass ich ein Grieche aus Rhodos bin, wird keiner merken. Ich könnte mich unter die Leute mischen und die Ohren offen halten. Vielleicht kann ich etwas Interessantes für Euch in Erfahrung bringen. Wenn der Fang verkauft ist, segle ich auf dem gleichen Weg zurück, lande irgendwo an der Nordküste und melde mich wieder bei Euch.«

»Wirst du keine Schwierigkeiten mit der Blockade bekommen?«

Basilios lachte. »Nein, Herr. Die Kommandeure der türkischen Flotte haben alle keine Ahnung. Wir schlüpfen jede Nacht hinaus und wieder herein. Unsere kleinen Boote sind praktisch unsichtbar. Wir können den Türken leicht aus dem Weg gehen. Und wenn sie uns doch einmal anhalten, sind wir harmlose unbewaffnete Fischer. Wir stellen keine Bedrohung dar.«

»John, was meinst du?«, sagte Philippe zögernd.

»Ich denke, die Sache ist das Risiko wert. Es ist sehr tapfer von diesen Männern, dass sie sich für ein solches Unternehmen zur Verfügung stellen. Wir sollten es auf einen Versuch ankommen lassen. Gibt es etwas, das Euch besonders interessiert?«

»Ja, allerdings. Vor dem Turm von Aragon haben die Türken mit Erdbewegungen begonnen. Ich wüsste gern, was sie dort im Schilde führen. Kannst du versuchen, mehr darüber herauszubekommen?« Philippe hielt inne. »Wohlan denn, ich danke dir für deinen Mut. Gott sei mit dir.«

»Ich danke Euch, Herr.« Der Mann wandte sich zum Gehen und verließ den Palast.

Jean und Melina verrammelten die beiden kleinen Fenster ihres Hauses mit Brettern. »Ich muss mich beeilen, *Chèrie*«, sagte Jean, als die letzte dicke Bohle festgekeilt war. »Ich bin jetzt schon zu spät dran. Verriegle die Tür hinter mir, und lass niemand herein, den du nicht an der Stimme erkennst. Falls die Einschläge näher an unser Viertel heranrücken, musst du mit den Kindern unter den Eichentisch kriechen. Ich habe ihn an die Brandmauer zum Nachbarhaus gerückt, das ist die stärkste Wand vom ganzen Haus. Auf diese Weise hast du doppelten Schutz.« Er nahm Melina in die Arme und küsste sie, um dann an die Wiege zu treten, in der die beiden Säuglinge friedlich schlummerten, von Lärm und Chaos unbeeindruckt. »Sie sind süß, *n'est-ce-pas?*«

Lächelnd tätschelte Melina seinen Arm und versuchte tapfer, die aufwallenden Tränen zurückzuhalten. Die Sorge um Jean und die beiden Mädchen drückte ihr schwer auf die Seele, doch sie scheute sich, darüber zu sprechen. »Lieber, sei vorsichtig«, sagte sie leise.

Jean legte seinen Brustpanzer an und griff nach seinem Schwert und dem Umhang. Als er sich mit dem Schwert gürten wollte, erschütterte ein Einschlag in nächster Nähe das ganze Haus und brachte ihn und Melina zum Taumeln. Die beiden Säuglinge in der Wiege fingen an zu weinen. Melina eilte herbei, nahm die Zwillinge auf den Arm und setzte sich mit ihnen neben dem Eichentisch auf den Boden, um beim nächsten Einschlag sofort darunter kriechen zu können. »Oh. *Mon Dieu*, Jean, wie soll das noch werden? Das ist doch erst der Anfang!«

Jean kniete sich zu Melina und nahm sie und die Zwillinge schützend in seine mächtigen Arme. »Schlimmer als jetzt wird es nicht werden, Liebes. Die Türken legen es darauf an, gleich zu Anfang möglichst schwere Schäden anzurichten, damit wir es mit der Angst bekommen und aufgeben.«

»Und werden wir das tun?«

»Auf gar keinen Fall! Diese Ungläubigen sind Wilde. Es ist besser, im Kampf gegen sie den Tod zu finden, als ihnen in die Hände zu fallen und versklavt zu werden. Habe ich dir nicht erzählt, was geschieht, wenn sie eine Stadt erobern? Die Männer schlachten sie ab, und die Frauen und Kinder werden versklavt. Der Tod ist viel, viel besser als ein Leben in der Sklaverei der Muslims.«

Vom Bewusstsein ihrer Hilflosigkeit überwältigt, begann Melina, die beiden Kinder auf dem Arm, leise zu weinen. »Wohin sollen wir uns flüchten, wenn du draußen bist und kämpfst?«

»Wenn der Beschuss näher kommt, gehst du mit den Zwillingen ins Hospital zu Doktor Renato. Bei ihm findest du einen sicheren Unterschlupf. Das Hospital ist solide gebaut und durch seine Lage einigermaßen vor Beschuss geschützt. Geh hin und bleib dort. Wenn ich dich hier nicht finde, werde ich dich im Hospital zu finden wissen.« Jean küsste Melina und die Zwillinge noch einmal zum Abschied, stülpte sich den Helm auf den Kopf, warf den Umhang über und ging zur Tür. Er wandte sich noch einmal um. »*Au revoir, Chèrie.* Vergiss nicht, hinter mir die Tür zu verriegeln.«

Der erste Tag der Belagerung war vorbei. Die Dunkelheit brach herein. Seit dem frühen Morgen hatten die Kanonen keinen Augenblick geschwiegen, doch nennenswerten Schaden hatten sie erstaunlicherweise nicht anrichten können. Die meisten türkischen Batterien hatten versucht, Breschen in die Mauern zu schießen, damit die Fußtruppen die Stadt stürmen konnten, doch die zwölf Meter dicken Mauern hatten dem Beschuss fast schadlos standgehalten. Nur wenige Kanonenkugeln und Mörsergeschosse waren auf die Stadt selbst abgefeuert worden. Die einzigen Opfer des Tages war die Familie, die am frühen Morgen im jüdischen Viertel umgekommen war.

Nach Einbruch der Dunkelheit kletterten Basilios Carpazio und seine drei Gefährten in ihr kleines Boot, lösten die Taue und ruderten leise aus dem Galeerenhafen in die Finsternis des nächtlichen Mittelmeers hinaus. Nicolo Ciocchi war Basilios' Maat. Die beiden hatten in den Gewässern um Rhodos seit dreißig Jahren gemeinsam Fischfang betrieben. Nicolo war ein Hüne von einem Mann, über eins achtzig groß und gut zweihundert Pfund schwer. Das jahrelange Einholen von schweren Netzen hatte die beiden hart gemacht. Ein Brüderpaar begleitete sie, Petros und Marcantonio Revallo, neunzehn und einundzwanzig Jahre alt. Die Jungen arbeiteten seit vier Jahren für Basilios und gehörten inzwischen schon fast zur Familie.

Nachdem sie ein Stück aufs Meer hinausgerudert waren, ließen sie sich von der ablandigen Brise treiben. Als sie genügend Abstand von der Küste gewonnen hatten, setzten sie Segel und liefen hart am Wind eine knappe Stunde auf ihre bevorzugten Fischgründe vor der Nordküste der Insel zu. Dort legten sie die Netze aus und fischten wie an jedem anderen Tag, an dem das Wetter es erlaubte.

Einige Stunden vor Morgengrauen holten sie zum letzten Mal

die Netze ein. Das kleine Boot war fast bis zum Rand gefüllt. Nach einer Wende nahmen sie vor dem Wind Kurs auf die Nordspitze von Rhodos, machten einen Bogen um die Stadt und liefen dann südlich der Häfen Richtung Küste. Ein Stück im Süden des Lagers von Piri Pascha legten sie an. Eine kleine Armee von Handwerkern und Händlern hatte hier schon einen Markt aufgebaut, auf dem es hoch herging. Sie kamen aus dem ganzen östlichen Mittelmeerraum, aus der Türkei, Anatolien und Arabien. Sogar Händler aus Ägypten und Persien hatten die lange Reise hierher gemacht. In der Schwärze der dunkelsten Nachtstunde vor dem Morgengrauen hörte man Stimmen aus aller Herren Länder lautstark feilschen.

Soldaten versorgten sich hier außerhalb der Dienststunden mit Essbarem, ließen Kleidung, Werkzeuge und Waffen instand setzen, vertrieben sich die Zeit am Wasser. Man sah Geschützmannschaften, kleine Gruppen von Janitscharen und Sipahis, die ihre Waffen pflegen ließen und die Pferde versorgten.

Die vier Männer luden ihren Fang in Weidenkörbe, schleppten sie nach und nach zum Markt hinauf und setzten sie im Halbkreis ab. Während Marcantonio und Petros bei den Fischen blieben, um sie zu verkaufen, mischten sich Basilios und Nicolo unters Volk. Basilios beherrschte das Türkische ziemlich fließend, Nicolo konnte sich einigermaßen verständlich machen, wenn auch mit starkem griechischem Akzent.

Nachdem sie sich an den Ständen am Strand etwas zum Essen und Trinken gekauft hatten, setzten sie sich zu den Janitscharen und Sipahis an die Tische und hielten die Ohren offen. »Das bringt nichts«, meinte Basilios, nachdem sie ein Stunde lang belanglose Gespräche belauscht hatten. »So erfahren wir keine Einzelheiten. Ich glaube, wir sollten ein paar von den Soldaten überreden, mit uns zu kommen, damit sie dem Großmeister persönlich erzählen können, was die Moslems im Schilde führen.« Er hob die buschigen schwarzen Brauen und zwinkerte Nicolo zu.

Nicolo blinzelte aus dem Augenwinkel zurück, nickte und trank seinen Becher aus.

»Wir müssen sie zu unserem Boot locken«, sagte Basilios. »Ich glaube, es ist weniger auffällig, wenn ich alleine bin. Außerdem sind sie mutiger, wenn sie in der Überzahl sind. Geh inzwischen mit Marcantonio und Petros zum Boot.«

Nicolo machte sich auf den Weg zu den Jungen, während Basilios sich am Ufer unter die Soldaten mischte, die sich dort die Zeit vertrieben. Drei schon etwas angetrunkene Janitscharen saßen auf einem Stein und sprachen dem Wein in ihren Lederflaschen zu. Obwohl den Muslims der Alkohol verboten war, tranken viele im Feld, besonders die muslimischen *Devschirmé*, die ja wie fast alle Janitscharen zwangsbekehrte Christen waren.

Ohne die drei anzuschauen, schob Basilios sich näher an die Männer heran. Er setzte sich mit dem Rücken zu ihnen in den Sand und holte einen langen Dolch aus seinem Gewand. Es war ein neuer Waffentyp, eine rüstungsbrechende Stichwaffe, mit Gold eingelegt und in der Mitte des schmalen Blattes zur Versteifung mit einer Sicke versehen. Die Waffe war wesentlich länger als das Messer, das die Fischer üblicherweise bei sich trugen, aber kürzer als der gebogene *Skimitar*, das Krummschwert der Janitscharen. Dieser Dolch hatte sich als Werkzeug und Waffe schon mehr als einmal von großem Nutzen erwiesen.

Vor sich hin pfeifend machte Basilios sich daran, die Klinge zu polieren. Er vermied es, zu den Männern zu schauen. Sie unterhielten sich über den Krieg, wechselten dann aber das Thema und redeten auf Türkisch über den Dolch. Basilios verstand jedes Wort.

»Das ist aber ein seltsamer Dolch«, hörte Basilios einen von ihnen sagen. Es folgte leises Gemurmel; dann vernahm er die Fußstapfen eines Mannes im Sand. Er war auf das Höchste angespannt und bereit, es auf einen Kampf ankommen zu lassen, falls die Soldaten versuchen sollten, ihm den Dolch gewaltsam wegzunehmen. Aus dem Augenwinkel sah er den Schatten des Janitscharen näher kommen. Dann wurde er auf Griechisch angesprochen.

»Alter, was hast du da?«

Basilios hob noch nicht einmal den Kopf. »Ein Dolch. Ist das für einen Soldaten des Sultans so schwer zu erkennen?« Die Beleidigung in Ton und Haltung war offensichtlich. Man sprach nicht mit einem Janitscharen, ohne ihn anzusehen, und schon gar nicht in diesem Ton.

»Alter, etwas höflicher gefälligst. Du hast einen Janitscharen des Sultans vor dir!«

Basilios drehte den Kopf und stand auf. Er überragte den jungen Soldaten ein ganzes Stück, der sofort einen Schritt zurücktrat und die Hand ans Heft seines Krummschwerts legte. Kein Hahn hätte danach gekräht, hätte er den Fischer auf der Stelle getötet. Eine angebliche Beleidigung seines Sultans wäre Grund genug gewesen.

Basilios neigte den Kopf und nahm die Mütze ab. Er war nicht nur größer als der Soldat, sondern auch fünfzig Pfund an Muskeln schwerer. Die Mütze in den Händen machte er sich absichtlich klein, um weniger bedrohlich zu wirken. »Vergib mir meine Grobheit«, sagte er in unterwürfigem Tonfall, ohne zu den Kameraden des Soldaten hinüberzuschauen. »Ich habe gar nicht gemerkt, wer mich angesprochen hat. Es tut mir Leid.«

Der Janitschare ließ den Schwertgriff los und trat wieder näher. »Also, was für ein Dolch ist das nun? Das ist kein Messer und kein Schwert ... es ist irgendetwas dazwischen. Es ist ein Bastard!«, sagte er verächtlich und lachte. Seine Kameraden lachten mit. Sie lachten Basilios aus, aber der behielt seine ruhige und unterwürfige Haltung bei.

»Die Waffe habe ich mir persönlich anfertigen lassen, Herr. Sie ist im Zweikampf sehr nützlich, wenn man nahe an einen herankommen kann, der mit dem Schwert bewaffnet ist. Auf kurze Entfernung ist ein Schwert nutzlos. Mit meiner Waffe kann ich den Hals des Gegners erreichen, der Gegner jedoch kommt mit seinem Dolch nicht an mich heran. Außerdem geht die Klinge durch jeden Panzer. Seht Ihr die Rinne in der Mitte? Sie macht das Blatt besonders steif.« Er senkte die Stimme. »Die Waffe hat sich schon mehr als einmal als guter Freund erwiesen«, sagte er in verschwörerischem Ton.

»Lass mich mal sehen. Gib her!«

Basilios machte einen Schritt rückwärts, als hätte er Angst, die Waffe aus der Hand zu geben.

»Gib sie mir!«

Er reichte dem Janitscharen die Waffe. Der schien davon beeindruckt und machte ein paar Hiebe in die Luft, bevor er den Dolch seinen Freunden zuwarf.

Basilios hörte die drei auf Türkisch miteinander palavern, ob sie den Alten einfach umbringen und seine Waffe behalten sollten. Er duckte sich noch mehr und machte sich bereit, zuzuschlagen. »Ich habe noch ein paar davon in meinem Boot«, sagte er auf Türkisch. »Ich könnte sie euch sehr günstig verkaufen.«

Jetzt flüsterten die Janitscharen miteinander. Basilios konnte kaum etwas verstehen. Er konnte nicht sagen, ob sie sich entschlossen hatten mitzugehen, um die Dolche zu kaufen, oder ob sie ihn einfach umbringen wollten, um an die Waffen zu kommen.

»Los, gehen wir«, sagte auf einmal der Wortführer der drei. »Zeig uns deine rüstungssprengende Waffen!«

Basilios ging zum Ufer voraus und dann auf dem weichen Kies an der Wasserlinie entlang. Er hoffte, der weiche Untergrund würde ihm im Fall eines Kampfes mehr zustatten kommen als den Janitscharen. Als er sich dem Boot näherte, war von seinen Kameraden nichts zu sehen. Er hoffte, dass sie sich irgendwo im Dunkeln versteckt hielten, konnte aber noch nicht einmal wissen, ob sie überhaupt schon zurückgekommen waren. Als er nur noch einige Schritte vom Boot entfernt war, konnte er davor im Sand einen einsamen Fischkorb stehen sehen. Hatten die Jungen den Korb zurückgebracht, oder hatte er die ganze Zeit schon hier gestanden? Er wusste es nicht. Seine Chancen wurden immer schlechter.

»Hier, meine Herren, bitte sehr!«

Als der Korb auftauchte, waren die drei Janitscharen im Gänsemarsch hinter Basilios hergelaufen. Er wies auf den Korb und trat ein paar Schritt zurück. Falls die Kameraden sich im Boot verbargen, konnten sie von hinten zuschlagen, falls nicht, hatte er immerhin einen kleinen Vorsprung bei der Flucht.

Die Janitscharen beugten sich über den Korb. »Das sind ja stinkende Fische«, riefen sie empört. »Wo sind die Dolche?«

»Hier!«, rief Basilios und zog sein Messer.

Der Anführer der drei begriff sofort. Er riss den Skimitar heraus, machte einen Ausfall nach vorn und hielt Basilios die Spitze der Klinge an die Kehle. Basilios war schachmatt gesetzt. Er konnte weder davonlaufen noch konnte er sich mit seinem kurzen Messer zur Wehr setzen.

Im Boot raschelte es. Die beiden anderen Janitscharen fuhren herum, doch es war zu spät. Die Ruderhölzer krachten gegen ihre Schläfen und streckten sie in den feuchten Sand. Bevor der dritte Mann reagieren konnte, hatte Nicolo ihm mit einem Axthieb den Kopf vom Rumpf getrennt. Das Krummschwert des vornüberfallenden Türken fuhr über Basilios' Schenkel. Der kopflose Rumpf fiel auf die ohnmächtigen Kameraden und besudelte ihre neuen blauen Uniformen mit dem Blut, das das Herz noch fast eine Minute lang aus dem Körper pumpte.

Rückwärts taumelnd griff Basilios sich an den blutenden Oberschenkel. Er riss sich das Halstuch ab und stopfte es in die klaffende Wunde, um das Blut zu stillen. »Schnell!«, rief er, »in das Boot mit den dreien! Wir müssen sofort von hier verschwinden!«

Markantonio und Petros warfen die beiden Bewusstlosen über die Bordwand ins Boot. Nicolo packte den Toten an Kragen und Gürtel und warf ihn ins Heck. Das Krummschwert des Janitscharen als Krücke benutzend, hinkte Basilio ins Boot. Als er die Leine durchhieb, packte er mit der anderen Hand den abgetrennten Kopf an den Haaren und steckte ihn auf den Skimitar.

»Ein Geschenk für den Großmeister«, rief er, während er den

Kopf samt Schwert auf einen Haufen Fische warf und nach dem Ruder griff. Mit vereinten Kräften ruderten die Männer in die schwarze Nacht hinaus. In gebührendem Abstand von der Küste setzten sie im Schutz der Dunkelheit Segel und nahmen Kurs nach Norden, um sich wieder in den Hafen der Stadt zu stehlen.

Nur das eintrocknende Blut im Sand verriet, dass sie hier gewesen waren. Bei Tagesanbruch wusch die auflaufende Flut die letzten Spuren fort.

Melina hatte Angst um ihre kleinen Zwillinge. Das Krachen der Einschläge der Kanonenkugeln und die Schreie der Nachbarn drangen zu ihr herein. Durch den Lärm und die herumfliegenden Steinsplitter in Panik geratene Tiere machten durch ihr Geschrei den Tumult nur noch größer. Melina wurde in ihrem düsteren kleinen Haus immer furchtsamer. Sie bekam Angst, dass sie sterben könnte und die Zwillinge tagelang unversorgt blieben, während Jean die Stadt verteidigte. Sie hatte keine Ahnung, wann er wieder erscheinen würde.

Gegen Mittag heizte die unbarmherzige Julihitze das Häuschen immer mehr auf. Hinter den verrammelten Türen und Fenstern wurde das Atmen allmählich schwer. Melina fächelte den schlafenden Zwillingen Luft zu. Ekaterina und Marie sahen aus wie zwei Püppchen in einem Puppenbett. Sie schliefen sogar auf der gleichen Seite, ein Ärmchen ausgestreckt, das andere abgewinkelt unters Köpfchen gesteckt wie zwei kleine Fechter in der *En-garde*-Position.

Melina konnte kaum glauben, wie viel Glück sie vor zwölf Monaten gehabt hatte, als sie entdeckt hatte, dass sie schwanger war. Zu dieser Zeit hatten sie und Jean bereits auf Dauer in ihrem kleinen Haus zusammengelebt. Weder der Großmeister noch die Ritter aus Jeans *Auberge* hatten ein Wort darüber verloren. Irgendwie war ihr Verhältnis in den Kriegsvorbereitungen untergegangen. Viele Ritter hatten in der Stadt eine Frau. Manche lebten in aller Offenheit mit ihren Frauen zusammen, andere schlichen sich im Schutz der Dunkelheit ins Haus der Geliebten und wieder zurück.

Melina hatte gewusst, dass Jean sich maßlos über das Kind freuen würde. Sie hatten immer noch nicht geheiratet. Angesichts des drohenden Krieges und der damit verbundenen Gefahr für ihr Leben war ihnen damals eine Trauungszeremonie lächerlich erschienen.

Mit Zwillingen hatten sie beide nicht gerechnet. Als die Wehen einsetzten, hatte Jean die jüdische Hebamme des Viertels gerufen und war mit ihr während der ersten Stunden bei Melina geblieben. Doch als sich nach dem ersten Tag und der ersten Nacht keine Fortschritte einstellen wollten, wurde Jean unruhig. »Bleib bei ihr«, sagte er zur Hebamme. »Ich gehe Doktor Renato holen.«

Melina hatte ihn davon abzuhalten versucht, aber er hatte darauf bestanden. Die Hebamme war entsetzt. Kein männlicher Arzt würde es wagen, einer Frau in ihrer schweren Stunde beizustehen. Sie hätte am liebsten protestiert, aber auch sie hatte sich Sorgen um ihre Patientin gemacht. In Wirklichkeit war sie erleichtert, denn am zweiten Tag der Wehen war es ihr nicht unrecht, die Verantwortung mit jemand teilen zu können. Sie wusste, dass Frauen, bei denen die Wehen nach Abgang des Fruchtwassers einen Tag und noch länger andauerten, oft krank wurden und meist kurz darauf an Fieber starben.

Jean eilte die *Calle Ancha* hinunter, die Breite Straße des Judenviertels, lief durch die *Calle de los Ricos* und die *Calle de los Locos*, die Straßen der Reichen und die der Verrückten, bis er am Schluss das Judenviertel verließ und zum *Collachio* eilte, wo er sich nach rechts in die Ritterstraße wandte und hinauf zum Hospital lief. Er nahm immer zwei Stufen der gewaltigen Treppe auf einmal und rannte direkt in den Krankensaal. Renato beugte sich gerade über einen Patienten, dem er am Vortag einen Abszess aufgeschnitten hatte, und wechselte den Verband. Er war überrascht, Jean zu sehen.

»Jean, was gibt's?«

»Dottore, es ist wegen Melina. Sie liegt nun schon einen ganzen Tag lang in den Wehen, aber vom Kopf des Kindes ist noch keine Spur. Die Hebamme weiß auch nicht weiter. Könntet Ihr bitte kommen?«

»*Bien entendu!*« Natürlich! »Wartet einen Augenblick, ich muss noch ein paar Sachen zusammenpacken.«

Renato, der selten das Hospital verließ, war noch nie in dem kleinen Haus im Judenviertel gewesen. Nachdem er seine Tasche mit den Instrumenten geholt hatte, rannte Jean ihm voraus.

»Jean«, keuchte Renato, als sie durch die Straßen eilten, »davon darf aber niemand etwas erfahren!«

»Wieso?«

»Ihr braucht Euch keine Sorgen zu machen, ich werde für Melina alles tun, was ich kann. Aber in diesen verrückten Zeiten gilt es als schweres Verbrechen, wenn ein Mann die Scham einer Gebärenden sieht. Das darf nicht einmal ein Arzt, auch wenn es wider alle Vernunft ist. Noch dieses Jahr hat man deshalb in Hamburg einen Arzt – Doktor Wartt hieß er, glaube ich – auf dem Scheiterhaufen verbrannt. Er hatte einer armen Frau helfen wollen. Sie lag in den Wehen, und er wusste, dass sie sterben musste, wenn er ihr nicht half. Da hat er Frauenkleider angezogen und sich als Hebamme ausgegeben, doch er wurde erwischt. Man hat ihn wegen dieser Tat verbrannt. Ich werde Euch selbstverständlich helfen, aber wir müssen Stillschweigen darüber wahren, und Melinas Hebamme natürlich auch. Zum Glück kenne ich sie. Ich habe ihr schon einmal geholfen. Sie wird uns keine Schwierigkeiten machen.«

»*Merci, Docteur.* Ich weiß, welches Risiko Ihr für uns eingeht. *Merci beaucoup.*«

Melina war ruhig, als sie die Stube betraten. Die Hebamme trat an die Wand zurück. Ohne Notiz von ihr zu nehmen, ging Renato zu Melina und schob die graue Wolldecke und das Laken darunter beiseite. Jean wandte sich ab. Er konnte nicht mit ansehen, wie

Melina von einem anderen Mann so intim betrachtet wurde, selbst wenn dieser Mann sein Freund und Vertrauter Doktor Renato war.

Melina begann zu stöhnen und schrie auf, als eine Presswehe ihren bereits geöffneten Schoß peinigte.

Jean hatte sich in einer Ecke auf den Boden gekauert; der Kopf war ihm auf die verschränkten Arme gesunken. Er schwitzte mehr als Melina. Während der Arzt und die Hebamme sich um seine geliebte Melina bemühten, betete er laut. Die lateinischen Gebete seiner Kindheit und die unvertrauten hebräischen Gebete, die Melina ihn gelehrt hatte, sprudelten abwechselnd aus ihm hervor. Er brauchte jetzt den Beistand Gottes, gleichgültig, wessen Gott es war.

»Halt mir die Lampe«, sagte Renato zu der Hebamme, während er sich die Hände mit einem feuchten Handtuch reinigte. »Näher!«, rief er, »ja, so ist's richtig.« Er legte prüfend die Hand zwischen Melinas Schenkel. Melinas Schreie wurden lauter, doch Renato ließ sich nicht beirren. »Ah, da! Jetzt haben wir das Problem!« Er wandet sich um zu Jean. »Jean, da sind drei kleine Händchen drin, und deshalb muss da irgendwo auch noch ein viertes sein!«, sagte er und lachte. Jean hob den Kopf, doch die Worte des Arztes verfehlten bei ihm, der nur Melinas Schreie hörte, jede Wirkung. Doch mitten in ihren Tränen und Schreien lachte nun auch Melina auf, die begriffen hatte, was der Arzt sagen wollte.

»Zwillinge! Ihr bekommt Zwillinge!« Vorsichtig griff er in Melinas Schoß und zog sachte eine kleine Hand hervor. Dann drehte er mit äußerster Vorsicht mit beiden Händen das Kind, bis sich ein schwarzer Haarschopf zeigte. »Fester!«, ermunterte Renato Melina, als sie wieder presste. »Fester, noch fester!«

Mit einem Aufschrei presste Melina erneut. Der kleine nasse Haarschopf wurde größer, und dann, ganz ohne Vorankündigung, erschienen nacheinander eine Stirn, kleine Öhrchen, ein platt gequetschtes Näschen, und das ganze Kleinkind rutschte heraus. Es war noch so glitschig, dass es Renato fast aus den Händen gerutscht wäre. Ein Mädchen.

»Komm her, Frau!«, sagte er zu der Hebamme. »Nimm mir das Kind ab und halte es, bis ich das andere geholt habe. Mit der Nabelschnur können wir uns jetzt nicht aufhalten. Ich muss schleunigst das andere holen!«

Die Hebamme schlug ein sauberes Tuch um den Säugling und hielt ihn so weit beiseite, wie die Nabelschnur es zuließ. Renato hatte inzwischen in Melinas Schoß einen kleinen Fuß ertastet, an dem er den Säugling drehte, wie den anderen zuvor an seinem Ärmchen, damit das Kind nicht mit den Füßen voran aus dem Mutterleib trat. »Es tut mir Leid, *Querida*, aber es muss sein. Wir riskieren sonst, dass die beiden Nabelschnüre sich verwickeln und das Kleinkind erdrosseln, bevor wir es herausbekommen haben.«

In der Zeit, als Jean im Hospital geholfen hatte, war noch nie eine Frau zur Geburt ins Hospital gekommen. Auf der Insel waren so gut wie alle Geburten Hausgeburten, und Jeans Tätigkeit im Hospital hatte ihm nicht die geringsten Kenntnisse in Geburtshilfe eingetragen. Er stieß immer noch inbrünstige Gebete aus.

»Jetzt noch nicht pressen, Melina«, sagte Renato, »nur hecheln, wie ein Welpe in der Sonnenhitze. Ich muss erst das Köpfchen nach unten gedreht haben, dann kannst du wieder pressen.« Mit geblähten Wangen atmete Melina so schnell sie konnte, um den Pressreflex im Beckenboden niederzukämpfen. Der Schweiß lief ihr von der Stirn und rann ihr in den Nacken. Immer wieder warf sie einen Blick zu Jean hinüber, der zitternd seine Frau und das einsame Kleinkind betrachtete. *Pauvre Jean!*

»Jetzt! Pressen!«, rief Renato auf Griechisch. Den Kopf des Kindes zwischen den Händen, bewegte er ziehend den kleinen Körper sanft hin und her. Zuerst kam die rechte Schulter heraus, dann folgte ganz langsam die linke, bis das ganze Kind in seine Arme glitt. Die Nabelschnüre hatten sich ein paarmal ineinander verfangen. Er legte das Neugeborene auf Melinas Bauch, band geschickt die Nabelschnüre mit einem Stück Sehne je zweimal ab und schnitt sie dann mit einem Messer durch, das er aus seiner Tasche geholt hatte. Die ganze Sache war in noch nicht einmal dreißig Sekunden erledigt.

Die Hebamme bettete die beiden Säuglinge rechts und links neben die Mutter. Sie musste Jean ein paarmal auf die Schulter tippen, bevor er aus seinem Gebetstaumel erwachte und sich von ihr an Melinas Bett ziehen ließ. Er kniete neben Melinas Lager nieder und wollte gerade fragen, ob die Kinder wohlauf seien, als zwei wunderbare Schreie gleichzeitig durch die Stube schallten. Er schlang die Arme um Melina und die neugeborenen Mädchen. Sein Kopf sank auf Melinas Brust, und er brach in Tränen aus.

»Nur noch ein paar Minuten«, sagte Doktor Renato, »im Hospital ist viel zu tun. Sobald die Nachgeburt gekommen ist, überlasse ich Euch der Fürsorge der Hebamme. Ich glaube, es gibt nur einen Mutterkuchen für die beiden Kinder, und das bedeutet, dass sie kaum auseinander zu halten sein werden. Am besten, Ihr sucht euch sofort ein Merkmal, woran ihr sie erkennen könnt, und gebt ihnen auch gleich Namen.«

Wie von Renato vorausgesagt, stieß Melinas Schoß plötzlich einen einzigen Mutterkuchen aus, an dem zwei Nabelschnüre hingen. Ein Schwall von klumpigem Blut folgte der Nachgeburt, schwappte über das Laken und ergoss sich auf den Boden. Jean musste sich abwenden. Die rötlich-wässrige Blutspur wirkte auf ihn wie die Fährte eines tödlich getroffenen Tieres. Der Gedanke, dass Melinas Blut sich auf den Boden ergoss wie das Blut der Männer, die er in der Schlacht getötet hatte, war unerträglich für ihn. Er vergrub den Kopf zwischen Melinas Brüsten, die ihn tröstend in den Armen barg, als wäre er das dritte Kind, indes Renato die Nachgeburt unauffällig in einem Eimer verschwinden ließ.

Der Arzt begann, Melinas Unterbauch zu massieren. Durch die Bauchdecke fühlte er, wie sich unter seinem Griff die überdehnte

Bauchmuskulatur langsam wieder zusammenzog. »Hier, mach weiter, bis die Blutung aufhört!«, rief er der Hebamme zu. Er legte den Neugeborenen die Hände auf die Stirn. »Zwei kleine wunderbare Mädchen! Jean und Melina, auf euch ruht ein Segen! Ich wünsche euch alles Gute und viel Freude.«

»Ich weiß nicht, wie ich Euch danken soll, Doktor! Was Ihr für uns getan habt ...« Wieder wurde Jean von Tränen übermannt.

Renato nahm den großen Ritter in die Arme und drückte ihn. »Jean, ich mache nur meine Arbeit ... übrigens, ich bin schon wieder mit dem Gesetz in Konflikt gekommen.«

»Wie das?«

»Nun, man soll sich nicht anmaßen, der ›Vorsehung‹ ins Werk zu pfuschen, wenn sie dem Kind im Mutterleib eine ungünstige Stellung zugedacht hat. Diese Schwachköpfe halten uns die Bibelstelle in Genesis 3, Vers 16 entgegen: ›Unter Mühen sollst du Kinder gebären‹, und deshalb sollen wir tatenlos zusehen, wie die Kinder bei der Geburt sterben. Aber ich sage dir, Gott hat mir nicht meinen Verstand und das Geschick meiner Hände gegeben, damit ich tatenlos zusehe, wo ich helfen könnte. Wenn dem so wäre – wozu hätte Gott dann der Welt die Ärzte geschenkt? Uns Ärzte gibt es, damit wir eingreifen, damit wir unserem Nächsten helfen, Mann und Frau! Gott segne Euch! Jean, bleibt bei Melina, solange sie Euch braucht. Es gibt genug Ritter, die heute Nacht Euren Platz einnehmen können. *Adieu.*«

Doktor Renato verließ die Stube. Jean und Melina schauderte bei dem Gedanken, dass dem Glück des Augenblicks bald die unerbittliche Realität furchtbarer Kämpfe folgte.

Philippe, Thomas Docwra, John Buck, Antonio Bosio und Gabriel de Pommerols hatten sich um den großen Eichentisch im Kapitelsaal des Großmeisterpalasts versammelt. Die Kanonade hatte den ganzen Tag angedauert, doch bisher hatte keines der Geschosse den Palast getroffen. Die Luft stand hinter den verrammelten Fenstern. Es war heiß und stickig geworden. Der von den

Einschlägen aufgewirbelte Staub kroch durch die Ritzen und verursachte einen Hustenreiz, den die Männer nur schwer unterdrücken konnten. Sie brüteten über dem Plan der Befestigungen und trugen die Stellen ein, die reparaturbedürftig geworden waren. Immer wieder kamen Boten mit Meldungen über neue Schäden, die beseitigt werden mussten.

Kurz vor Einbruch der Dunkelheit, als die Diener gerade die Reste der Mahlzeit abräumten, die die Ritter bei ihrem Kriegsrat verzehrt hatten, kam ein italienischer Ritter mit einer Meldung in den Saal gerannt.

»*Scusi, Signori*«, keuchte er, nach Atem ringend. »Die Fischer sind mit ihrem Fang zurückgekehrt!«

Philippe schaute den in der Tür stehenden Ritter fragend an. »Welche Fischer? Was für ein Fang?«

Der junge Ritter trat einen Schritt beiseite, um Basilios mit seinen drei Gefährten eintreten zu lassen.

Philippe sprang auf. »Allmächtiger Gott!«, entfuhr es ihm.

Grinsend reckte Basilios das Krummschwert mit dem aufgespießten Janitscharenkopf in die Höhe. Marcantonio, Nicolo und Petros folgten ihm. Sie schleppten die beiden Janitscharen hinter sich her, denen die Hände straff auf den Rücken gebunden waren. Die Gefangenen trugen Fußfesseln aus dicken Stricken, die ihnen nur trippelnde kurze Schritte erlaubten. Knebel aus schmutzigen Lappen, mit denen das Boot ausgewischt wurde, steckten zwischen ihren Zähnen. Ihre Uniformen waren feucht, mit Salz und Schlick verschmiert und stanken nach totem Fisch. An der Stelle, wo man ihnen die Riemen über den Schädel gezogen hatte, klebte bei beiden eine Mütze aus eingetrocknetem Blut. Der eine taumelte und konnte kaum geradeaus blicken. Markantonio musste ihn stützen, sonst wäre er vor Benommenheit der Länge nach hingefallen.

»Wen haben wir denn da?«, sagte Philippe, der mittlerweile lächelte. »*Monsieur* Basilios, Euer Fischzug scheint sehr erfolgreich gewesen zu sein.« Er kam um den Tisch herum und trat auf die ramponierten Janitscharen zu. »Ich hoffe, ihr Zustand hindert sie nicht daran, uns etwas zu erzählen.«

»*Signore*, sie sind gerade erst aus ihren Träumen erwacht. Ich glaube, Euer Foltermeister wird bei ihnen mehr Glück haben als wir.«

»Das ist anzunehmen. Antonio, schaff diese Männer hinunter und sieh zu, dass sie uns etwas erzählen. Zögere nicht, sie auf die Folter zu spannen, wenn sie unsere Fragen nicht willig beantworten. Sie werden schon mit der Sprache herausrücken. Für Samthandschuhe haben wir jetzt keine Zeit. *Allez!*«

Bosio verließ mit den drei Fischern, die die Gefangenen hinter sich herzerrten, den Saal. Basilios blieb zurück. »Und was hast du herausbekommen, mein Freund?«, erkundigte sich Philippe.

»Herr, ich habe die Gespräche von einigen Soldaten belauschen können«, sagte Basilios, »aber über die Belagerung und die Streitkräfte wurde kaum gesprochen. Viel habe ich nicht in Erfahrung bringen können, deshalb habe ich mir gedacht, ich bringe Euch lieber diese Männer mit. Aber das wenige, was ich gehört habe, ist vielleicht nicht unwichtig. Die Moral der Türken ist ziemlich weit unten. Die Kavallerie fühlt sich hier aus offensichtlichen Gründen fehl am Platze und ist missgestimmt, dass sie nichts zu kämpfen bekommt. Die Janitscharen machen sich Sorgen, dass es einen langen Kampf geben wird, vielleicht bis in den Winter hinein. Es ist ja klar, dass sie nicht einfach in die Stadt spazieren und uns abschlachten können. Deshalb hängt auch bei ihnen der Haussegen schief. Sie sind für schnelle Kriegszüge – zack-zack rein und ruck-zuck wieder raus, und dann mit den Taschen voll Gold heim nach Istanbul. Sie haben längst begriffen, dass hier wenig zu holen ist. Jetzt murren sie in ihre Trinkbecher und sind übel gelaunt.«

»Ausgezeichnet! Sonst noch etwas?«

»Leider nicht viel. Die Aghas sind enttäuscht über die Wirkungslosigkeit ihrer Artillerie. Außerdem soll es bei einigen Einheiten zu Meutereien gekommen sein, aber das wurde bestritten.

Mit meuternden Einheiten würde der Sultan kurzen Prozess machen und sie sofort durch andere Truppen ersetzen, hieß es. Über Mannschaftsstärken war nichts zu erfahren, auch nichts von der geplanten Taktik, außer der Beschießung, aber das ist ja offensichtlich. Es tut mir Leid, Herr.«

Philippe legte Basilios die Hand auf die Schulter. »Dir braucht nichts Leid zu tun, mein Freund. Du hast deine Sache ausgezeichnet gemacht, besser sogar, als wir zu hoffen wagten. Die beiden Janitscharen werden in ein paar Minuten reden wie ein Wasserfall. Man hat sie ausgebildet, für ihren Sultan zu kämpfen und zu sterben, aber nicht dazu, auf der Folterbank zu liegen und sich langsam in Stücke reißen zu lassen. Sie werden in Kürze den Mund aufmachen. Hab Dank für deine Dienste. Lass dir und deinen Männern etwas zu essen und zu trinken geben und ruht euch aus. Ihr habt Eure Sache sehr gut gemacht.«

Händereibend gesellte Philippe sich wieder zu den Rittern am Tisch. »Meine Herren«, sagte er, »mit Basilios' Hilfe haben wir heute einen Schatz geangelt. Ein tüchtiger Mann, in der Tat.«

Basilios verließ den Saal, während sich die vier Kreuzritter wieder den Zeichnungen der Befestigungsanlagen zuwandten.

Und das Trommelfeuer ging weiter.

Jean stand mit seinen Männern beim Großmeisterpalast auf der Mauer und hielt Ausschau nach Norden, wo das Lager von Bali Agha und seinen Janitscharen allmählich Gestalt annahm. Die weißen Zelte schienen wie Pilze aus dem Boden zu sprießen, perfekt ausgerichtet in Reih und Glied. Das Lager lag knapp außerhalb des Feuerbereichs der Kanonen. Jean konnte das Gewimmel der Gestalten erkennen, die ihre Kampfvorbereitungen trafen. Bald würde er im Handgemenge mit den Männern liegen, die jetzt noch in den Gefilden unter ihm umhereilten.

Doch seine Gedanken schweiften vom bevorstehenden Kampf immer wieder zu Melina und den Zwillingen ab. *Du hättest sie ins Hospital bringen sollen. Renato hätte sich bestimmt um sie ge-*

kümmert. Dieses kleine Haus gewährt ihnen keinen Schutz. Das Hospital hat dicke Wände und ist außerdem von anderen Gebäuden umgeben. Dort wären sie viel sicherer aufgehoben als in dem Häuschen. Oh, verdammt! Hättest du sie doch gleich ins Hospital geschickt!

Er zwang sich, wieder an seine Männer zu denken und versuchte dahinter zu kommen, welches strategische Konzept die Türken verfolgten. Bislang hatten sie nur pausenlos die Kanonen sprechen lassen. Trotz aller Unerbittlichkeit hatte das Trommelfeuer am Ende des ersten Tages an der Festung der Kreuzritter bemerkenswert wenig Schaden angerichtet. Außerdem hatte die tödliche Treffsicherheit der Batterien der Kreuzritter die Kanonen des Sultans dezimiert. Die Kanonen verfeuerten keine Explosivgeschosse, doch die Kugeln richteten allein durch ihre Masse und Wucht gewaltigen Schaden an. Am ersten Tag der Belagerung hatten die Türken die Hälfte ihrer großen Geschütze und viele Hundert bestens ausgebildete Kanoniere verloren. Die türkischen Batterien waren dem Feuer aus der Festung schutzlos ausgeliefert, während die Kreuzritter wohl geschützt hinter dicken Mauern mit weit eingezogenen Schießscharten saßen, die ein breites Schussfeld gewährten.

Nicht alle Ritter waren so gelassen wie Jean. Für viele jüngere Kameraden war es die Feuertaufe. Ihre Ausbildung mit dem Schwerpunkt auf Schwertkampf und Reitkunst hatte sie nicht auf das schreckliche Gefühl vorbereitet, das jeden ergreift, der darauf wartet, dass die nächste gigantische Steinkugel aus dem Himmel auf ihn zugerast kommt. Viele duckten sich ängstlich aneinander geklammert an die Mauern, manche wimmerten und zitterten sogar, ungeachtet des Spotts ihrer Kameraden.

Jean bemerkte drei junge Ritter, die sich unter den überhängenden Balustraden des St.-Paulstores drängten. »Schick mir diese Männer herauf«, sagte er zu einem Knappen. »Sie sollen nicht so dicht beieinander hocken. Wissen sie denn nicht, dass sie auf diese Weise alle drei mit einem einzigen Schuss erledigt werden können?«

Während er sich noch schlüssig zu werden versuchte, ob er Melina und die Kinder holen und ins Hospital bringen sollte, sah er Gabriele Tadini, den Generalmineur, zur Brustwehr heraufklettern. »Gabriele!«, rief er, »hier bin ich!«

Tadini drehte den Kopf, winkte und kam herbei.

»*Bonjour, Jean*«, sagte er. »Der Auftakt war hervorragend, nicht wahr?«

»Ich weiß nicht, was Ihr mit ›hervorragend‹ meint, Gabriele. Wir bekommen einen Treffer nach dem anderen, und ein Ende des Trommelfeuers ist nicht abzusehen.«

»Schon, schon – aber es hat kaum etwas ausrichten können. Die meisten Kugeln werden von den Mauern geschluckt, und die paar, die in der Stadt gelandet sind, haben an den Gebäuden und unter der Bevölkerung so gut wie keinen Schaden angerichtet. Aber wir haben uns wacker geschlagen. Meine Batterien haben mindestens fünfundzwanzig Geschütze zum Schweigen gebracht. Bei unserer Treffsicherheit ist es uns gelungen, die feindlichen Kanonen mit einem geringen Aufwand an Pulver und Munition auszuschalten. Übrigens, habt Ihr schon gehört?«

»Was gehört?«

»Die Geschichte mit den Janitscharen, die der Fischer geschnappt hat. Der eine hat angesichts der Streckbank kalte Füße bekommen und bereitwillig ausgepackt. Vor allem, was die Erdbewegungen betrifft, die vor dem Turm von Aragon im Gange sind. Der Feind will eine gewaltige Rampe für Artilleriestellungen aufschütten. Sie soll noch höher werden als die Mauern, damit sie von dort oben in die Stadt hinunterschießen können.«

»Aber wie soll das gehen? Das Ganze ist doch völlig schutzlos unserem Feuer ausgesetzt. Wie wollen die Türken die Rampe jemals fertig bekommen?«

»Oh, das werden sie, mein Freund. Dem Sultan ist es egal, wie viele Leute es ihn kostet. Wenn er erst einmal seine Kanonen über unseren Mauern in Stellung gebracht hat, kann er uns mit seinem Feuer fertig machen.«

»Und unser Großmeister? Ist ihm das klar?«

»*Bien entendu.* Von ihm habe ich ja meine Weisheiten.«

»Und was will er dagegen unternehmen?«

»Er hält diese Rampe für unsere größte Bedrohung. Er hat eine starke Eingreiftruppe aufgestellt, die den türkischen Arbeitern pausenlos das Leben schwer machen soll, mit Überfällen, Kanonenfeuer, Musketen, sogar mit Armbrüsten und Pfeilen. Wenn *wir* eine Festung angreifen, ziehen wir die Laufgräben im Zickzack, damit die Mineure und Sappeure vor dem Feuer von den Mauern geschützt sind. Aber schaut Euch das an, die graben sich schnurgerade auf uns vor. Das geht natürlich schneller, aber sie werden durch unser Abwehrfeuer gewaltige Verluste erleiden. Wir brauchen immer nur draufzuhalten, auch wenn es sie letzten Endes nur eine Weile aufhalten kann.«

»Ich verstehe, worauf Ihr hinauswollt, Gabriele, aber ich muss unaufhörlich an Melina und meine Zwillinge denken. Ich werde mich jetzt umgehend nach Hause aufmachen, um sie ins Hospital zu bringen.«

»Gute Idee. Aber lasst Euch zuvor noch etwas zeigen. Es liegt ohnehin auf Eurem Weg.«

Jean und Tadini folgten dem Mauerring. Nachdem sie um den Großmeisterpalast herumgegangen waren, passierten sie den Abschnitt von Deutschland und dann den der Auvergne. Von dort ging es weiter nach Süden, über den Abschnitt von Aragon zu dem von England. Sie stellten sich über das St.-Antonstor und blickten zum Lager von Quasim Pascha hinüber.

»Schaut Euch das an«, sagte Tadini und zeigte nach Süden. »Die Türken haben angefangen, sich an die Mauern heranzugraben. Zurzeit sind sie für unsere Arkebusen noch zu weit weg, für unsere Kanonen aber schon zu nah. Aber nicht mehr lang, und wir können von den Türmen und Mauern das Feuer auf sie eröffnen.«

»Das wird ein Blutbad geben. Dort unten finden sie nicht die geringste Deckung.«

»Eben«, meinte Tadini, »genau wie ich es Euch gesagt habe. Sie lassen sich davon täuschen, dass sie bis jetzt noch keinen Beschuss bekommen haben und graben schön immer weiter, ohne an die Deckung zu denken. So kommen sie natürlich schneller voran, als wenn sie im Zickzack graben würden. Aber heute Abend oder morgen in der Frühe werden sie sich so weit herangegraben haben, dass wir ihnen Zunder geben können. Die Gräben werden von Leichen überquellen!«

»Und das habt Ihr mir zeigen wollen?«

»Nein, das ist noch nicht alles. Die Bastion von England ist in einem miserablen Zustand. Dieser König Heinrich von England hat buchstäblich keinen einzigen Ritter und keinen roten Penny geschickt. Ich nehme an, dass die Türken darüber im Bilde sind. Und auch, wenn sie es *nicht* sind: Die *Langue* von England hat nur neunzehn Ritter! Ich fürchte, es konnte den Türken gelingen, hier eine Mauerbresche zu schlagen – und wenn dieser Abschnitt von so wenigen Rittern verteidigt wird, könnte sie *en masse* in die Stadt einbrechen.«

»Könnt Ihr nichts unternehmen, um die Mineure aufzuhalten?«

»Ich werde alles tun, was in meiner Macht steht. Meine Männer bereiten zurzeit schon die Gegenminen und Bohrungen für die Ableitung des Detonationsdrucks vor. Aber man kann nie ausschließen, dass etwas nicht klappt, oder dass wir an anderer Stelle gebunden sind. Sucht Euch ein paar von Euren besten Männern zusammen und bereitet sie auf diese Möglichkeit vor. Ihr wärt dann unsere mobile Eingreiftruppe, die überall auftritt, wo es brennt. Ich werde mir beim Großmeister die Genehmigung holen. Ich bin jedenfalls der Meinung, dass Ihr unbedingt auf diese Möglichkeit vorbereitet sein müsst.«

Jean nickte. »*D'accord.*« Ich auch.

Tadini wandte sich zum Gehen. »*Au revoir, Jean.*«

»*Addio, Gabriele.*« Jean stieg von der Mauer in die Stadt hinunter und rannte zu Melinas Häuschen.

Seit Jean am Morgen durch die Straßen von Rhodos gegangen war, hatte die Lage in der Stadt sich zugespitzt. Die Einwohner von Rhodos waren ernsthaft in Panik geraten. Die meisten waren bei der Belagerung von 1480 noch nicht geboren, und selbst die, die sich noch an die damalige Belagerung erinnern konnten, hatten es nie mit einer Waffentechnik von solcher Zerstörungskraft zu tun gehabt. Die zuvor noch leeren Straßen waren jetzt mit Männern und Frauen überfüllt, die um Hilfe schrien. Auch wenn der Schaden angesichts der Wucht des Angriffs eigentlich unerheblich war, hatten der gewaltige Lärm und die umherfliegenden Trümmer in der ganzen Stadt Angst und Schrecken verbreitet. Ein paar Brandgeschosse waren in der Stadt eingeschlagen und brannten allmählich aus, ohne eines der steinernen Gebäude in Flammen zu setzen, aber die in den Verschlägen eingesperrten Haustiere waren vom Getöse und den Bränden, die auf dem Pflaster flackerten, halb wahnsinnig vor Angst. Brüllend traten sie gegen die Bretter ihrer Gefängnisse.

Die Menschen rannten durch die Straßen und hielten schutzsuchend Ausschau nach festen Gebäuden. Die Ritter von Aragon waren zum Hospital geschickt worden, um den Eingang zu bewachen, nachdem eine kopflos gewordene Menge von Einwohnern versucht hatte, sich gewaltsam den Zugang in den Schutz der dicken Mauern und des stark gefügten Daches zu erzwingen. Um zu verhindern, dass der Krankensaal gestürmt wurde, hatte Renato das Tor verbarrikadieren und die Ritter zu Hilfe rufen müssen.

Auf dem Weg durch das verwinkelte Gewirr der Häuser und Läden hielt Jean drei Ritter von Aragon an. »Schafft die Leute von der Straße! Sie sollen zurück in ihre Häuser, dort sind sie sicherer! Los, los, Bewegung!«, herrschte er sie an, bevor er zu der kleinen Gasse im Judenviertel weiterrannte, wo Melinas Häuschen stand.

Als er um die letzte Ecke bog, sah er entsetzt in genau diesem Moment eine riesige steinerne Kanonenkugel mitten in das Dach einschlagen, das Melinas Haus mit dem Nachbarhaus verband. Das gewaltige Steingeschoss zermalmte die beiden Gebäude. Tausende von Bruchstücken flogen in alle Richtungen. Jean spürte einen stechenden Schmerz. Der Tonsplitter eines Dachziegels hatte ihn an der Stirn getroffen. Instinktiv fuhr seine Hand zum Schutz der Augen nach oben. Als er sie wieder sinken ließ, war sie voll Blut. Er achtete nicht darauf; all seine Sinne waren auf die Zerstörung gerichtet. Die beiden Häuschen waren nur noch ein Haufen Schutt, aus dem die Balken ragten. Das gemeinsame Dach war eingesackt und sah aus wie ein Sattel aus Dachziegeln, der auf die beiden Grundstücke gestülpt war. Schreie gellten aus dem Nachbarhaus, in dem die Wucht des Einschlags sämtliche Zwischenwände zum Einsturz gebracht hatte. Eine Hälfte der Kanonenkugel lag wie eine vom Himmel herabschmetternde Faust mitten auf der tiefsten Stelle des Dachs.

Tränen der Reue in den Augen, rannte Jean die letzten paar Meter zu dem Schutthaufen. Vergebens versuchte er mit fliegenden Händen einen Durchlass ins Innere zu graben. »Melina! Melina!«, rief er. Warum nur hatte er sich von Tadini aufhalten lassen? Warum hatte er Melina und die Zwillinge nicht gleich zu Beginn des Trommelfeuers ausquartiert?

Doch für Reue war es jetzt zu spät. Von der Straße aus kam er nicht durch. Die kleine Gasse fiel ihm ein, die auf der Rückseite zwischen den Häuserzeilen verlief. Er kletterte über die eingestürzte Vorderwand hinauf aufs Dach und schob sich auf den Dachziegeln um die grässliche Halbkugel herum, die ihm fast den Weg versperrte. Das Blut aus der Stirnwunde lief ihm ins rechte Auge und raubte ihm die Sicht. Er wischte es beiseite.

Vor seinem inneren Auge sah er das Bild Melinas und der Kinder, wie sie unter dem Eichentisch zerquetscht wurden. *Warum hast du sie nicht ins Hospital gebracht? Wie konntest du sie allein lassen!* Von Schuldgefühlen gepeinigt, vergrößerte er das von dem Steingeschoss in Dachziegel und Dachbalken gerissene Loch, bis es schließlich – es kam ihm vor, als wären Stunden vergangen – so groß war, dass er seine kräftige Gestalt hindurchzwängen konnte. Doch als er in die Öffnung stieg, passte seine Rüstung nicht hindurch. Während seine Beine schon unter ihm baumelten, entledigte er sich des Schwerts und Brustpanzers. Endlich war er durch und konnte sich die restlichen anderthalb Meter auf den Boden fallen lassen. In den engen Zwischenraum zwischen Decke und Boden geduckt, rief er wieder und wieder Melinas Namen, traf aber nur auf Stille und Staub. Jean musste husten.

Nachdem seine Augen sich an das Zwielicht gewöhnt hatten, konnte er den an die Wand gerückten Eichentisch erkennen. Er war unter der Last der Dachbalken und der Steinkugel zusammengebrochen. Tränen schossen Jean in die Augen, als er am Rand der an den Boden gepressten Platte eine Stoffpuppe hervorlugen sah. Schluchzend kroch er dorthin und versuchte, die Tischkante zu packen. Wieder lief ihm Blut in die Augen und raubte ihm die Sicht. »Melina!«, rief er. »Ekaterina! Marie!« Immer wieder rief er schluchzend ihre Namen. »Was hast du getan!« Er zog und zerrte sich an dem Tisch die Finger blutig, während er vergeblich versuchte, die gewaltige Last anzuheben.

Plötzlich wurde der Raum noch dunkler. Eine Gestalt verdeckte die kleine Öffnung im Dach. Jean fuhr herum und sah gerade noch, wie ein Mann sich dicht hinter ihm auf den Boden fallen ließ. Jean wurde umgestoßen. Zwei starke Arme umschlangen ihn und hielten ihn fest.

»Jean! Jean! *Arrêtez! Arrêtez!*«

Jean versuchte sich zu befreien und nach seinem Dolch zu greifen.

»Sie sind fort, Jean! *Écoutez-moi!* Sie sind fort!«

Endlich erkannte Jean John Buck, Philippes Leutnant und *Turkopilier*, der ihn inzwischen losgelassen hatte und ihm im Staub gegenübersaß. »Sie sind nicht mehr hier! Nun hör doch, *mon ami*, sie sind wohlauf! Melina hat die Kinder ins Hospital gebracht. Sie sind alle bei Renato und in Sicherheit. Er hat mich hergeschickt. Ich soll dich abfangen, damit du dir keine Sorgen machst!«

Die beiden Männer hockten sich einen Moment lang schweigend gegenüber, dann wischte Jean sich die Tränen aus dem staubigen Gesicht und umarmte John Buck. Wortlos standen sie auf und kletterten zurück ans Tageslicht.

Sie waren wieder in einer anderen Welt. Die Luft dröhnte vom Kanonendonner und den Einschlägen der steinernen Kugeln in die Mauern und aufs Pflaster. Steinsplitter flogen umher. Überall rannten Menschen durch die Straßen und suchten sich vor dem Trommelfeuer in Sicherheit zu bringen.

Die Hilfeschreie der Eingeschlossenen im Nebenhaus drangen Jean und John Buck ins Bewusstsein. Jean kehrte um, um Hilfe zu leisten, doch Buck legte ihm die Hand auf die Schulter. »*Va-t-en, Jean. Allez-y!*« Lass gut sein, Jean, mach dich auf den Weg. »Ich werde ein paar Ritter kommen lassen, die diesen Leuten helfen. Geh zum Hospital, Jean, geh zu Melina. Ich komme hier allein zurecht.«

Jean blieb stehen und schloss John Buck in die Arme. Dann rannte er so schnell er konnte durch das Judenviertel zum Hospital, zu seiner Frau und seinen Kindern.

Melina hatte es in der kleinen dunklen Stube nicht mehr aushalten können. Mit den Zwillingen auf dem Arm und so viel Kleidung bepackt, wie sie tragen konnte, hatte sie das Häuschen verlassen und war zum Hospital geeilt. Im Obergeschoss hatte sie Doktor Renato bei seiner Visite angetroffen. »Verzeiht, Doktor, aber ich brauche Eure Hilfe«, hatte sie zu ihm gesagt.

Renato hatte sich umgedreht und erstaunt Melina mit den drei Monate alten Säuglingen auf dem Arm betrachtet. Dann hatte er ihr die Tasche mit den Kleidern abgenommen und auf den Boden gestellt.

»Meine Liebe, was ist?«

»Ach, Doktor Renato, können wir nicht hier bleiben? Die Kanonen und das Getöse machen uns ganz verrückt! Ich habe schreckliche Angst um meine Kinder. Bitte, lasst uns hier bleiben.

Ich könnte Euch helfen, wenn die ersten Verletzten kommen, und gleichzeitig ein Auge auf meine Zwillinge halten.«

»Aber natürlich, Melina. Du bist hier immer willkommen. Bring die Kleinen in die Kammer am Ende des Krankensaals. Sie hat keine Fenster und keine Außenwände. Selbst wenn das Hospital einen direkten Treffer abbekommt, dürfte es dort drinnen sicher sein. Du kannst zu deinen Kindern hineinschauen, so oft du willst. Und deine Hilfe werde ich bald sehr gut brauchen können!«

In der Kammer baute Melina für die Zwillinge aus Decken und weichen Tüchern ein provisorisches Bettchen auf dem Boden. Als Ekaterina und Marie eingeschlafen waren, ging sie hinaus, um Doktor Renato zu helfen. Die Tür ließ sie angelehnt.

In den darauf folgenden Stunden wurde sie von ihrer Arbeit auf der Krankenstation vollkommen in Anspruch genommen. Zwischendurch nahm sie sich gelegentlich ein paar Minuten Zeit, um die Kinder zu füttern und zu versorgen. Sie hatte schnell begriffen, dass die Arbeit im Hospital die einzige Möglichkeit für sie war, in diesen Tagen des Schreckens ihre Kinder in Sicherheit zu wissen und nicht den Verstand zu verlieren.

Als Jean in die Nähe des Hospitals gelangt war, beschleunigte er seine Schritte. Er stürmte die Freitreppe hinauf ins Krankenrevier. Renato war über einen schwer verletzen Bürger gebeugt, dessen Blut auf dem Steinboden bereits eine Pfütze bildete. Jean kniete sich neben den Arzt und half ihm ohne ein weiteres Wort, das übel zugerichtete Bein abzubinden. Der alte Mann war von einem Steinsplitter getroffen worden, als er durch die Straßen lief. Der Splitter war durch Haut und Muskeln gedrungen und hatte unterhalb des Knies Schien- und Wadenbein durchschlagen. Renato blieb nichts anderes übrig, als die vom Kanonenschuss verursachte Amputation medizinisch einwandfrei zu Ende zu bringen, sobald er den Zustand des alten Mannes ausreichend stabilisiert hatte. Renato hatte im ersten Moment gar nicht bemerkt, dass Jean sein Helfer war. Er deutete mit dem Kinn nach hinten auf die Kammer und nickte. Jean blickte über die Schulter auf eine geschlossene Tür.

Renato rief einen anderen Ritter herbei, ihm zu helfen. Jean erhob sich und legte dem Arzt die Hand auf die Schulter. »*Merci, Docteur.*«

Während Jean zögernd den Mittelgang hinunter zur Tür ging, versuchte er, seiner Unruhe Herr zu werden. Vor der Tür blieb er stehen und atmete tief durch. Mit einem stummen Dankgebet trat er ein.

Melina schreckte hoch, als die Tür aufschwang. Sie war beim Säugen der Kinder eingeschlafen. Ekaterina und Marie nuckelten immer noch schmatzend an ihren Brüsten. Jean kniete sich auf das provisorische Lager, strich die Decken glatt und half Melina, es sich bequem zu machen, bevor er sich wortlos neben seiner kleinen Familie ausstreckte und alle drei in die Arme schloss. Er legte die Wange an Melinas Scheitel und sog den vertrauten Duft ihres Haars ein. Tränen füllten seine Augen. Nicht einmal der Schmutz und Staub des Krieges konnten dem Duft und Reiz der Berührung jener Frau, die er liebte, etwas anhaben.

»Wie sieht es draußen aus, *Chérie*?«, erkundigte Melina sich nach einiger Zeit.

»Nicht gut, gar nicht gut. Die türkischen Kanonen feuern ohne Unterlass. Wir haben im Laufe des Tages zwar viele zerstören können, aber die Feinde fahren sofort wieder neue auf. Morgen früh wird dieses Hospital mit Verwundeten überfüllt sein. Und dabei hat der Kampf noch gar nicht richtig angefangen! Falls die türkischen Truppen versuchen, die Stadt im Sturm zu nehmen – und das kommt so sicher wie das Amen in der Kirche –, geht es mit den Verwundeten und Schwerverletzten erst richtig los.«

Die Kinder an sich gedrückt, kuschelte Melina sich noch enger an Jean. Die Säuglinge waren in ihren Armen inzwischen eingeschlafen, aber Melina legte sie dennoch nicht in ihr Bettchen. Sie wollte sie in den Armen halten, solange sie selbst von Jean gehalten wurde. Sie wollte sich an diese winzige Insel des Trostes klammern. So kurz der Augenblick des Friedens und der Wärme auch sein mochte, der ihr in dieser Nacht zuteil wurde – sie wollte ihn dankbar genießen.

10.

Das Ende des Anfangs

Rhodos,
August 1522

Mühsam versuchte Suleiman sich zu beherrschen. Es hatte schreckliche Verluste an Kanonen und hervorragenden Artilleristen gegeben. Er konnte schwerlich die Aghas dafür verantwortlich machen, doch seine Ernüchterung und sein Zorn brauchten ein Ventil. Natürlich hätten die Kreuzritter die Zielscheibe seines Unmuts sein müssen, doch die Aghas standen vor ihm, und folglich bekamen sie all seine Wut zu spüren.

»Ist *das* der Empfang, den ihr mir zugedacht habt? *Damit* wollt ihr mir imponieren? Dass die Kanonen der Christen meine besten Kanoniere niederkartätschen? Die Hälfte meiner besten Geschütze liegt zerschmettert im Sand dieser fluchbeladenen Insel!«

Keiner wagte zu antworten. Nicht einmal Piri Pascha traute sich, dem Sultan in die Augen zu blicken. Auftritte wie dieser waren ihm aus den Tagen Selims bestens bekannt. Kochte Selims Blut auch in den Adern seines Sohnes?

Suleiman stand stocksteif an seinem Tisch. Die geballten Fäuste auf die Platte gestemmt, die Ellbogen an den Körper gepresst, starrte er die Anwesenden der Reihe nach an. Schließlich atmete er ein paarmal tief durch und entspannte sich allmählich. Seine Erregung klang langsam ab. Die harten Muskelstränge am Hals entspannten sich, seine Züge wurden glatt, seine Fäuste öffneten sich. Er trat einen Schritt vom Tisch zurück.

Piri sah sich um, doch die Aghas wichen seinen Blicken aus. Die Generäle des Sultans standen an den Zeltwänden aufgereiht, die Hände vor sich gefaltet, den Blick auf den Teppich gesenkt. Immer noch sagte keiner ein Wort.

»Mir scheint, unsere mächtigen Kanonen bringen den Kreuzrittern bestenfalls Nadelstiche bei! Wir können nicht damit rechnen, dass sie diese Mauern niederlegen. Mustafa, wie weit sind deine Mineure und Sappeure?«

»Das Ausheben der Laufgräben hat begonnen, Majestät. Ich habe die Mineure angewiesen, die Gräben in gerader Linie auf die Mauern voranzutreiben. Das geht schneller. Versetzte Gräben würden länger dauern. Wir haben sehr tief gegraben und die Gräben zum Schutz gegen das Störfeuer von den Mauern und Türmen mit Brettern und Schutzschilden abgedeckt. Ich habe Tausende von Sklaven und sogar Azabs zu den Arbeiten abkommandiert.«

»Und wie kommen sie voran?«

»Sie sind jetzt durch den ersten, den äußeren Wallgraben. Sie müssen noch eine steile Böschung bewältigen und dann durch den inneren Graben. Aber je weiter sie vorankommen, desto mehr sind sie gezieltem Feuer ausgesetzt. Sie müssen ziemlich ungedeckt arbeiten, und unsere Verluste sind, wie ich leider sagen muss, sehr hoch.«

»Wie viele Tote gibt es bis jetzt?«

»In der ersten Woche hatten wir über fünfhundert Tote und Verwundete, Majestät.«

Die Zahl ließ Suleiman zusammenzucken. Er wandte sich ab, trat aber gleich darauf wieder an den Tisch und winkte den Aghas, näher zu kommen. Sie schoben sich vorsichtig heran, bis sie schließlich um die auf dem Tisch ausgebreiteten Schlachtpläne einen dichten Klumpen bildeten. Bali Agha übernahm die Einweisung.

»Der Feind hat seine stärksten Batterien hier«, sagte er und deutete auf die Karte, »auf dem so genannten St.-Nikolausturm auf der Molenspitze zwischen den beiden Häfen. Sie schießen mit tödlicher Genauigkeit und können jedes Zielgebiet bestreichen. Ich habe zwölf unserer besten Geschütze diesem Turm gegenüber auf der anderen Seite des Galeerenhafens am Ufer in Stellung gebracht und den Turm Tag und Nacht beschossen, doch ohne Erfolg, Majestät. Die enorm verstärkten Festungsmauern schlucken unsere Kanonenkugeln wie die Kieselsteine von der Schleuder eines Buben. Während der Tagesstunden können wir höchstens eine Stunde lang feuern, bevor uns das Gegenfeuer zwingt, die Stellung zu wechseln und die Batterien neu einzurichten. Die Nachtangriffe, mit denen wir es versucht haben, waren ebenso erfolglos. Wenn die Johanniter unser Mündungsfeuer und unsere brennenden Lunten sehen, bringen sie uns sofort zum Schweigen.«

»Also?«

»Wir haben diese Taktik deshalb aufgegeben und unsere Batterien zurückverlegt. Unsere größte Stärke liegt in der Kampfkraft unserer Janitscharen. Wir brauchen einfach ein ausreichend großes Loch in der Mauer, damit wir unsere gewaltige Überzahl gegen die paar Kreuzritter ausspielen können.«

»Wo soll diese Bresche geschlagen werden?«

»Wir haben Grund zu der Annahme, dass es in den Abschnitten der Auvergne, von Aragon und von England Schwachstellen gibt ... und zwar hier, Herr, genau gegenüber den Stellungen von Achmed Pascha und Quasim Pascha.« Er zeigte auf die Süd- und die Südwestecke der Festung. »Wir verlegen zurzeit vierzehn unserer schwersten Geschütze in diesen Abschnitt, denn in absehbarer Zeit – längstens einer Woche – wird unsere Erdrampe die Bastionen um mindestens drei bis sechs Meter überragen. Sobald unsere Kanonen oben auf der Rampe ins Stellung gebracht sind, können wir in die Stadt hinunter feuern. Wenn an dieser Stelle oder am noch schwächeren englischen Abschnitt eine Bresche geschlagen wird, steht uns der Weg in die Stadt offen.«

»Sehr gut. Weiter so. Haltet mich über den Fortgang auf dem Laufenden. Ich möchte zugegen sein, wenn die Bastionen fallen und meine Männer in die Stadt eindringen.«

Die Stimmung der Aghas hob sich ein wenig. Mustafa schien es gelungen zu sein, dem Sultan wieder Hoffnung einzuflößen. Rund um den Tisch erhob sich Gemurmel. Die Aghas zeigten auf die Karten und erörterten den Plan. Der Sultan wandte sich wieder an Bali Agha. »Wie groß sind die Ausfälle der Kreuzritter? Wie viele haben wir schon getötet oder gefangen genommen?«

Bali Agha stellte sich vor die Gruppe der Kommandeure und sah Suleiman unerschrocken an. »Keinen, Herr. Meines Wissens wurden keine Ritter gefangen oder getötet. Trupps von fünf bis zehn Mann, manchmal sind es auch bis zu zwanzig, machen Tag und Nacht Ausfälle. Die Ritter mit ihrer hervorragenden Geländekenntnis konnten sich unbemerkt bis an unsere Linien heranschleichen. Überall stehen Mauerreste und zerstörte Häuser, die ihnen als Versteck und als Ausgangspunkt für ihre erfolgreichen Überfälle auf unsere Pioniertrupps dienen. Zum Schutz der Arbeitskommandos in den Gräben und bei den Erdarbeiten habe ich meine Janitscharen abkommandiert. Aber diese Teufel schlagen immer dann zu, sobald die Trupps ohne Eskorte sind. Herr, wir haben Tausende von Mineuren im Einsatz. Ich kann nicht neben jedem einen Janitscharen aufstellen.«

»Wie hoch sind die Verluste?«

»Sie sind hoch, Herr. Bei diesen Ausfällen und nächtlichen Kommandounternehmen dürften mindestens zweihundert Mann getötet worden sein.«

»Zweihundert! Und kein einziger Ritter hat ins Gras beißen müssen?«

»Keiner, Herr. Und ...«

»Was noch?«

»Man hat mir gemeldet, dass drei meiner Janitscharen abgängig sind.«

»Desertiert?«

»O nein, Herr. Es waren ausgezeichnete junge Soldaten, die sich mit Freuden in Eurem Dienst aufgeopfert hätten. Nein, wenn sie verschwunden sind, kann ich nur annehmen, dass sie bei einem Überfall umkamen. Sie hatten dienstfrei und waren zum Markt gegangen, kamen aber nicht mehr zurück.«

»Hat man ihre Leichen gefunden?«

»Noch nicht, Herr.«

»Sie sind bestimmt tot, oder schlimmer noch, in Gefangenschaft geraten. Allah sei ihnen gnädig.« Suleiman rieb sich den Sattel seiner Hakennase. Ibrahim trat zu ihm und flüsterte ihm etwas ins Ohr. Suleiman nickte, ging zum *Diwan* hinüber und setzte sich. Die Aghas hatten den Eindruck, er sei müde und niedergeschlagen.

Dabei hatte die Belagerung gerade erst begonnen.

Der beständige nordwestliche Augustwind hatte dem Mittelmeer bei klarem Himmel Schaumkronen aufgesetzt. Juli und August waren regenfreie Monate mit viel Sonne und mäßigem Wind. Für die Seeleute war diese Schönwetterperiode die Zeit des *Bel Tempo*. Die Luft war von den Winden reingefegt. Lediglich die Höhe des Standorts des Beobachters und sein Sehvermögen setzten der Fernsicht Grenzen.

Cortoglu stand neben dem Steuer seiner Galeere und ließ den Blick übers Meer schweifen. Der berüchtigte Pirat hatte sich der Flotte des Sultans angeschlossen. Wegen seiner Grausamkeit hatten die Türken im Grunde nur Verachtung für ihn übrig, doch sein Einsatz stellte andere Offiziere des Sultans für wichtigere Aufgaben frei. Er hatte für die Seeblockade der Insel zu sorgen, um die Kreuzritter gegebenenfalls von Verstärkung oder Nachschub abzuschneiden.

Knapp außerhalb der Reichweite der Batterien auf dem St.-Nikolausturm fuhr Cortoglus Verband auf und ab und blockierte die beiden Häfen der Stadt. Unter Ruder lief er nach Norden, wendete und segelte vor dem Wind wieder nach Süden. Cortoglu hatte Befehl, jedes Schiff zu entern und zu zerstören, das Rhodos anzulaufen oder zu verlassen versuchte.

Cortoglu, ein fetter und ungestalter Mann mit lang herabhängendem Schnauzer und dichtem Kinnbart, trug seine eigene, keineswegs der militärischen Vorschrift entsprechende Uniform: Pluderhosen, offenes Hemd, hohe schwarze Schaftstiefel, keine Kopfbedeckung. Seine wettergegerbte Haut war nach der jahrelangen Einwirkung von Sonne und Salzwasser dunkel und runzelig geworden. An seiner Seite hing das osmanische Krummschwert, im Gürtel steckte ein juwelenbesetzter Dolch, eine Kriegsgabe des Sultans.

Von hohen Achterdeck seines Flaggschiffs aus wanderte Cortoglus Blick spähend vom Horizont zur Küste. Stunde um Stunde patrouillierte er auf und ab: unter Ruder nach Norden in den Wind, Wende, das dreieckige Lateinsegel setzen und vor dem Wind wieder nach Süden, während die Ruderer Ruhepause hatten. Ab und zu rief er ein Kommando zur Kurskorrektur oder zur Änderung der Schlagzahl der Ruderer, ansonsten verbrachte er den Tag in brütender Stille. Er brannte darauf, dass die Kreuzritter herauskamen und sich zum Kampf stellten, aber diesen Gefallen taten sie ihm nicht.

Unter Deck schufteten die angeketteten Rudersklaven zu sechst nebeneinander nackt auf roh behauenen Ruderbänken von nicht einmal ein Meter zwanzig Breite. Auf moslemischen Schiffen waren die Ruderer fast immer Sklaven. Sie waren mit einem Fuß an die Bodenplanke gekettet, den anderen stemmten sie beim Rudern gegen die Ruderbank vor ihnen. Manchmal hatten sie ein mit Wolle gefülltes dürftiges Sitzkissen aus Sackleinen, meistens aber mussten sie auf den nackten Brettern sitzen. Das Holz war schwarz vom tief eingesickerten Blut der vielen Ruderer, die sich hier im Lauf der Jahre zu Tode geschuftet hatten.

Cortoglu stand mit dem Ersten Offizier neben dem Steuer.

Während die Galeere sich in den Wind drehte, gab er das Kommando zum Rudern. Mit einem Pfiff auf der silbernen Pfeife, die an einer Kette um seinen Hals hing, gab der Erste Offizier den Befehl an die Sklavenmeister unter Deck weiter. Während die Ruder im Gleichklang ins Wasser tauchten, nahm die Galeere allmählich Fahrt auf. Ein Bein gegen die Vorderbank gestemmt, quälten die Sklaven sich an den mächtigen Ruderholmen ab. Mit beiden Armen legten sie sich am derben, von ihrem Blut und Schweiß geschwärzten Griffstück ins Zeug. Unter ihnen schwappten ihre Ausscheidungen mit jeder Bewegung der Galeere hin und her. Auf See konnten sich die übel riechenden Fäkalien über Monate ansammeln, da die Bilge unterwegs nie gereinigt oder ausgewaschen wurde. Auch die Sklaven durften sich nicht waschen oder je ihren Platz an ihrem Riemen verlassen. Die zwanzig Zentimeter Ruderbank waren ihre Welt, bis sie im Dienste des Sultans vor Erschöpfung starben.

Die Schlagzahl wurde erhöht. Bald glitt die Galeere gemächlich mit drei Knoten durchs Wasser. In der Schlacht konnten Cortoglus Galeeren unter Ruder und Segel vor dem Wind kurzzeitig bis zu sechs Knoten erreichen, fast elf Stundenkilometer.

Bei Annäherung an den nördlichen Wendepunkt kam von unten die Meldung, zwei Sklaven seien über ihrem Ruder ohnmächtig zusammengebrochen. Cortoglu befahl, sie wieder an die Arbeit zu peitschen, worauf der Sklavenmeister seine lange Lederpeitsche entrollte und den Rücken der beiden Männer bearbeitete. Nach zehn oder noch mehr Hieben rührten sie sich immer noch nicht. Der zweite Unterdeckoffizier gebot Einhalt und deutete auf die Peitschenmale auf dem Rücken der Gequälten. Sie bluteten nicht. Als der Sklavenmeister die beiden an den Haaren packte und ihnen den Kopf zurückkriss, blickte er in zwei starre Augenpaare ohne jede Feuchtigkeit. Um Platz zu gewinnen, schob er den Riemen beiseite und kettete die restliche Bankbesatzung los. Er ließ die vier lebendigen Sklaven die Leichen ihrer toten Kameraden herauszerren und an Deck hinaufstemmen, wo man sie kurzerhand über Bord warf. Zwei neue Sklaven wurden zum Ersatz aus einem Käfig herbeigeschafft und zusammen mit den anderen an die Ruderbank gekettet.

Als der Tag allmählich heißer wurde, durften zwei überzählige Sklaven nach achtern gehen und Verpflegung holen. Während das Schiff unter Segel südwärts fuhr und die Ruderer pausierten, gingen die beiden durch die Reihen ihrer Schicksalsgenossen und steckten ihnen mit Wein getränkte Brotstücke in den Mund. Das Brot hielt sie notdürftig am Leben, und der Wein half ein wenig, ihre Pein zu betäuben.

Sämtliche Rudersklaven auf den muslimischen Galeeren waren in Gefangenschaft geratene Christen. Gelegentlich kam es auf See zu Sklavenrevolten. Manchmal ergriffen sie die Gelegenheit, die Galeere im Schlachtgetümmel im entscheidenden Moment manövrierunfähig zu machen, indem sie trotz der Peitschenhiebe das Rudern verweigerten, auch wenn ihnen die Ketten jede ernsthafte Meuterei unmöglich machten. Wenn die Galeeren im Hafen neu ausgerüstet wurden, hielt man die Rudersklaven zur Vorbeugung gegen Rebellion und Fluchtversuche in besonders eingerichteten Verliesen.

Auch die Galeeren der Christen hatten manchmal einige Sklaven an den Rudern; die meisten Ruderknechte jedoch waren *Buonavoglie*, Insassen von Schuldgefängnissen, die ihre Schulden abarbeiten mussten. Sie unterschieden sich von den Sklaven durch ihre Haartracht, einen schmalen behaarten Streifen, der von der Stirn bis in den Nacken über den ansonsten kahl rasierten Schädel lief. Da diese Männer schufteten, um wieder ihre Freiheit zu erlangen, waren die Rudermannschaften der Kreuzritter im Gefecht wesentlich effektiver als die der Muslims.

Nach Auswechslung der beiden Rudersklaven nahm Cortoglu seine Patrouille wieder auf. Im schwindenden Licht der Dämmerung tastete er sich langsam näher an die Küste heran. Doch der Wirkungsradius der Batterien auf dem St.-Nikolausturm setzte seinem Einsatzgebiet eine Grenze. Sollte er aus Unachtsamkeit in den Feuerbereich dieser Kanonen geraten, konnte ein einziger Treffer seine Galeere zum Sinken bringen.

Der kleine Verband drehte wieder vor den Wind und nahm Kurs nach Süden. Von Cortoglu unbemerkt tauchte am nördlichen Horizont ein Schatten auf. Im Zwielicht der anbrechenden Nacht näherte sich der Schatten fast unsichtbar der Insel. Auf Cortoglus südwärts pflügenden Galeeren hielt man Ausschau nach Blockadebrechern, die den Hafen zu verlassen versuchten. Niemand achtete darauf, was weit achteraus geschah.

Antonio Bosios Galeere hielt stetig auf den Galeerenhafen zu. Sein schlankes und schnelles Schiff von über siebenunddreißig Metern Länge und nur knapp fünfeinhalb Metern Breite war der Stolz der Ordensflotte. Ein Rammspriet mit einer Rambade darüber – einer Enterplattform, von der aus die Kreuzritter nach dem Rammen auf das feindliche Schiff dringen konnten – ragte viereinhalb Meter über den Bug hinaus. Zwei Kanonen fanden unter der Rambade Platz. Drei Masten trugen große, dreieckige Lateinsegel als Antriebshilfe, wenn die Galeere vor dem Wind lief. Sechsundzwanzig von je vier bis sechs Ruderern bewegte Riemen auf jeder Seite trieben das Schiff voran.

Bei Gefechten setzten die Kreuzritter das so genannte Griechische Feuer ein, eine Mischung aus Salpeter, Schwefelpulver, Harz, Antimon, Terpentin und Pech. Dieses Gemisch entzündete sich, wenn es mit Wasser in Berührung kam: Das Wasser setzte eine heftige chemische Reaktion in Gang. Das Griechische Feuer konnte aus einem Kupferrohr wie ein Flammenwerfer auf den Gegner gerichtet werden. Das entzündete Gemisch war nur sehr schwer zu löschen, da es um sich spritzte und am Körper jener Unglücklichen haften blieb, die in seine Bahn gerieten. Da die Ritter den Flammenrückschlag der Feuerspritzen fürchteten, der das eigene Schiff in Brand setzen konnte, führten sie auf ihren Galeeren das Griechische Feuer in Tongefäßen als eine Art Handgranate mit sich. Die Brandbomben bestanden aus dem brennbaren Chemikaliengemisch, das man mit einer schwefelgetränkten Lunte versehen in Papier einwickelte und in einen Tontopf einsiegelte. Die Kreuzritter verstanden diese Bomben gut gezielt bis zu zwanzig Meter weit zu werfen.

Bosio hatte die kleine türkische Blockadeflotte ausgemacht. Er erkannte die Galeere des Korsaren, an der er sich bereits zu Beginn seiner Mission beim Auslaufen aus Rhodos vorbeigeschlichen hatte. Bosio befand sich auf der Heimreise von Rom und Neapel, wohin der Großmeister ihn geschickt hatte, um Männer, Nachschub und Geld zu erbetteln.

Seine Galeere schob sich allmählich an die langsameren türkischen Fahrzeuge heran. Von zwanzig seiner Ritter in voller Rüstung umgeben stand Bosio neben seinem Steuermann. Sie wagten nur im Flüsterton zu sprechen, denn sie hatten den Wind im Rücken; außerdem konnten Geräusche über einer Wasseroberfläche sehr weit getragen werden. Die Ruderknechte saßen mit eingelegten Riemen einsatzbereit auf ihren Plätzen.

»Ich bringe es nicht fertig, mich wieder in den Hafen zu verdrücken, ohne diesem Hurensohn zu zeigen, was seine Blockade wert ist. Wir sind nicht nur einmal durchgebrochen, nein, gleich zweimal!«, flüsterte Bosio seinem Steuermann zu. »Hör zu, wir halten weiter auf den Hafen. Wenn Cortoglu uns im Dunkeln nicht bemerkt, schleichen wir uns von hinten an ihn heran und schlagen zu. Dann legst du das Ruder hart Steuerbord, und wir fahren in den Hafen ein.« Er wandte sich an den Kapitän. »Haltet die Signallaternen bereit. Die Kette vor der Hafeneinfahrt muss beizeiten offen sein, und wenn wir durch sind, muss sie sofort wieder geschlossen werden. Vergewissert Euch, dass die Signale verstanden worden sind. Ich möchte nicht riskieren, dass uns die Batterien im Nikolausturm für Türken halten!«

»Und Ihr, Guy«, sagte Bosio zu einem seiner Leutnants, »bezieht mit ein paar Mann und unseren Geschenken für Cortoglu auf der Rambade Stellung.« Er deutete auf die Tontöpfe auf dem Deck.

Die Ritter bezogen ihre Gefechtsstationen. Bosio blieb beim

Steuermann, der auf die lange Ruderpinne gelehnt auf die türkischen Galeeren zuhielt. Wie immer bei Einbruch der Nacht schlief der Wind allmählich ein. Die See wurde ruhiger, der Wellengang legte sich. Cortoglus Schiffe machten immer weniger Fahrt, doch er ließ die Ruder nicht in Bewegung setzen. Er hatte es nicht eilig zu wenden und die Etappe nach Norden anzutreten. Blockadebrecher konnten die Dunkelheit nutzen, daher wollte er beide Hafeneinfahrten ganz abgefahren haben. Er sehnte sich nach ein wenig Kampfgetümmel. Dass die Kreuzritter den Kampf verweigerten, ärgerte ihn maßlos.

»Diese Kreuzritter sind Feiglinge. Sie haben genauso viel Angst zu kämpfen wie sich zu waschen«, hatte er vor dem *Reis* Polaq Mustafa Pascha gehöhnt. »Aber früher oder später sind sie dran!«

Als Bosio die Nordspitze des Galeerenhafens passiert hatte, gab er Befehl zu rudern. In rhythmischen Schlägen tauchten die Riemen ins Wasser. Das Schiff lief mit gegeneinander versetzten Dreieckssegeln vor den Wind. Unter Ruder und vollen Segeln verkürzte sich die Distanz zu den türkischen Galeeren rapide. Ohne sich um die anderen Schiffe zu kümmern, fuhr Bosio direkt auf Cortoglus Galeere los, den er an seinem Umriss auf dem Heck erkannte. Das Platschen der Ruder hatte mittlerweile die türkischen Galeeren alarmiert. Sie versuchten sich zu formieren, doch die Verständigung zwischen den einzelnen Einheiten war langwierig. Bevor die türkischen Galeeren reagieren konnten – denn wer hätte mit dem Angriff eines einzelnen Schiffes auf einen überlegenen Schiffsverband gerechnet – hatte Bosio Cortoglu eingeholt. Der alte Korsar hatte keine Chance, sein Schiff zu wenden oder gar in Rammposition zu bringen.

Bosios Rammsporn zielte mitten auf den Achtersteven, auf dem Cortoglu stand und das Warnkommando für den bevorstehenden Rammstoß gab, doch vor dem erwarteten Zusammenprall sahen die Türken Dutzende von Flammenspuren im eleganten Bogen auf ihr Schiff zufliegen.

»Schilde hoch!«, rief Cortoglu seinen Männern zu, der sich einen Angriff mit Brandpfeilen ausgesetzt wähnte. Zu spät erkannte er das gefürchtete Griechische Feuer. Auf dem ganzen Deck zerbarsten die Tontöpfe. Einige seiner Männer, die die Töpfe mit ihren kleinen Lederschilden aufzufangen versucht hatten, standen von Kopf bis Fuß in Flammen gehüllt. Auf der ganzen Galeere züngelten feurige Ringe, Segel fingen Feuer, Männer rannten umher und versuchten zu löschen, andere wälzten sich brennend am Boden. Der Nachtwind wehte die Schreie der Verbrennenden zu den anderen Galeeren hinüber, gefolgt vom Geruch verbrannten Fleisches.

Als Cortoglu Befehle brüllend seine Bewaffneten für das erwartete Entergefecht Aufstellung nehmen ließ, regneten aus dem dunklen Himmel Hunderte von Pfeilen auf die Männer herab. Fünfzig Mann stürzten mit Pfeilwunden auf die Planken; eine Hand voll, die ein Pfeil unglücklich ins Herz oder den Hals getroffen hatte, war sofort tot.

Mit gezogenem Schwert formierte Cortoglu seine Männer neu. Alles stemmte sich gegen den unmittelbar bevorstehenden Rammstoß, als auf Bosios Schiff die Steuerbordruderer plötzlich fünf Schläge aussetzten, während die Ruderer an Backbord sich auf das Kommando der Unterdeckoffiziere ganz besonders ins Zeug legten. Gleichzeitig wurde das Steuerbordsegel schlagartig durchgekait, und das Schiff schwenkte hart aufs Land zu. Im Handumdrehen war von der Galeere, die volle Kraft zum Hafen ruderte, nur noch das Heck zu sehen, während Cortoglus Galeere bewegungslos im Wasser trieb und die Rudersklaven in Erwartung ihrer Befreiung durch die Ritter untätig an den Riemen hockten.

Als die widerstrebenden Sklaven endlich an die Ruder gepeitscht und die türkischen Galeeren wieder gefechtsklar waren, war Bosio unter dem Jubel seiner Mannschaft längst in den Hafen entwischt, und die Kette war wieder vorgelegt. Die Batterie auf dem St.-Nikolausturm feuerte Cortoglus Schiffen als Gutenachtgruß zum Abschluss eine Salve entgegen.

Bosio belobigte seine Ritter und Seeleute, bevor er nach dem Anlegen der Galeere an der steinernen Pier an Land sprang, um den Großmeister zu unterrichten. *Wenn nur die Mission in Rom und Neapel auch so glücklich verlaufen wäre wie das Scharmützel heute Abend*, dachte er, während er in die Stadt und hinauf in die Ritterstraße lief.

Der Großmeister saß an seinem langen Eichentisch und ließ sich von seinen Foltermeistern berichten. »Aus dem älteren der beiden Janitscharen war nichts herauszuholen, Herr, außer anfangs jede Menge Spucke in unsere Gesichter. Zunächst sah es so aus, als hätte er uns viel zu erzählen, denn er hat mächtig geschrien und geheult. Ich dachte, der bricht schon noch zusammen und redet. Aber nach einem Weilchen wurde er ganz still, hat sich nicht mehr gemuckst und nur noch an die Decke gestarrt. Dann war er auf einmal tot, ohne ein einziges Wort zu sagen.«

»Er hat nichts gesagt?«, wunderte sich Philippe. »Gar nichts?«

»Kein Wort, Herr.«

»Und der andere?«

»Da lag der Fall ganz anders. Es brauchte wenig Überredungskunst, und er hat geredet wie ein Wasserfall. Er hat seinen Kameraden schreien gehört und wohl angenommen, wir wüssten ohnehin schon alles. Als er uns den Toten heraustragen sah, war es endgültig um seine Fassung geschehen, und er hat geredet wie ein Buch. Er war gar nicht mehr zu bremsen. Er weiß natürlich nicht alles, er ist ja nur ein Fußsoldat ohne Rang, aber wir haben eine Reihe wichtiger Dinge von ihm erfahren.«

»Zum Beispiel?«

»Zunächst einmal, Ihr hattet Recht mit Eurer Einschätzung der Lage. Sie wollen die Mauern und Bastionen mit ihren Geschützen zusammenhauen. Die Brand- und Mörsergeschosse, mit der die Stadt belegt wird, sollen lediglich die Bevölkerung demoralisieren. Sie planen, den Angriff auf die Mauern mit Minen zu unterstützen. Die schwächsten Bastionen sollen zuerst untergraben werden. Dann wollen sie Löcher hineinsprengen, damit sie große Mengen Fußsoldaten in die Stadt schicken können. Sie wollen uns mit ihrer Übermacht fertig machen.«

»Wo sollen die ersten Unterminierungen stattfinden?«

»Zu diesem Punkt konnte er uns nichts verraten, was wir nicht schon gewusst hätten. Die Türken halten die Mauern von Aragon, England und der Provence für unsere Schwachstellen. Vor allem Aragon. Wie wir wissen, schütten sie gegenüber dem Turm von Aragon eine große Rampe auf. Obendrauf wollen sie ihre Kanonen auffahren. Wenn die Rampe hoch genug wird, können sie von oben in die Stadt hinunterschießen.«

»Ja, das können sie, und das werden sie auch, wenn wir es nicht verhindern.«

»Außerdem wollen sie durch ein Bombardement unserer wichtigsten Türme unsere Schützen zum Schweigen bringen, damit ihre Leute, die die Laufgräben und Minen zu den Mauern vorantreiben, entlastet werden.«

»Damit war zu rechnen, aber jetzt wissen wir es genau. Die Offiziere vor Ort sollen angewiesen werden, das Störfeuer auf die Männer zu verstärken, die an den Minen und Laufgräben schuften. Wir werden diese Arbeiten mit allen Mitteln unterbinden – oder wenigstens erheblich verzögern.«

»Jawohl, Herr. Mehr konnte ich nicht herausbekommen. Was soll mit der Leiche geschehen? Und was mit dem anderen, der noch lebt? Wir haben ja kaum Platz in den Mauern, wo man jemand begraben kann.«

»So ist es. Und Wasser und Nahrung fehlen uns auch. Wartet ein paar Tage, bis die Leiche zu verwesen beginnt, und schießt sie dann mit einem Katapult ins Lager von Bali Aga zurück, wo der Kerl hergekommen ist.«

»Und der andere, Herr?«

»Hmm, eigentlich wäre es am besten, ihn auch zu töten, aber er ist ja fast noch ein Junge ...« Philippe dachte einen Moment nach. »Sucht einen Ort, wo man ihn einsperren kann, ohne ihn Tag und

Nacht bewachen zu müssen. Wir brauchen jeden Mann. Man soll ihm einmal am Tag etwas zu essen und zu trinken bringen. Das wäre im Moment alles. Ich hoffe, wir haben in Zukunft mehr Verwendung für Eure Dienste. *Au revoir.*«

Philippe stand auf den Zinnen des Festungsturms über den Häfen und beobachtete, wie die Galeere anlegte und von den wachhabenden Rittern am Pier vertäut wurde. Selbst im ungewissen Licht der Fackeln erkannte er Antonio Bosios Gestalt, der auf den Landungssteg kletterte und von Bord ging. Ein paar uniformierte Kreuzritter, die Philippe nicht kannte, folgten ihm; dann kam noch ungefähr ein Dutzend Männer mit Schwertern in Zivilkleidung. Die Gruppe mischte sich in die wartende Menge der Kreuzritter.

»Mir scheint, wir können doch noch ein paar zusätzliche Schwerter aufbieten«, sagte er zu seinem Leutnant John Buck, der zu ihm getreten war.

»Ja, schon. Aber ...« John Buck spähte blinzelnd in die Dunkelheit. »Ich habe den Eindruck, sie sind noch arg jung.« Er deutete auf die fünf Ritter hinter Bosio. »Der Letzte da sieht aus wie ein Milchbart.«

»Mag sein, John, aber Ihr und ich haben auch nicht anders ausgesehen, als wir unser Schwert das erste Mal in Blut getaucht haben. Jeder muss irgendwann einmal anfangen.«

John Buck nickte stumm.

Philippe und Buck beobachteten den kleinen Zug auf der steinernen Pier, der sich auf den Weg in die Stadt hinauf machte. Einige Ritter und eine Hand voll Rhodier machten sich daran, die Ladung aus dem Schiff zu holen, vor allem Pulver und Versorgungsgüter für die Stadt, wie Philippe hoffte. Als der kleine Trupp aus dem Blickfeld verschwunden war, stieg Philippe von den Mauern und begab sich wieder zum Palast. Er saß bereits wieder am Schreibtisch und ging endlose Material- und Waffenlisten durch, als es klopfte.

»*Entrez!*«, rief er ohne aufzublicken.

Antonio Bosio kam eilig herein, riss Helm und Handschuhe herunter, warf den Umhang über einen Stuhl und trat vor den Großmeister. »Sire!«, rief er zum Gruß.

Philippe umarmte ihn. »Ihr habt diesem verdammten Cortoglu einen kräftigen Tritt in den Hintern verpasst, wie ich gehört habe!«, rief er aus.

»Ja, allerdings«, sagte Buck lachend. »Ich bedaure nur, dass ich Euch nicht seinen Kopf als Schmuck für unsere Zinnen mitbringen konnte. Aber Ihr habt ja Recht, als *Kapudan* ist er uns nützlicher als jeder andere. Es wäre nicht gut, wenn ihn der Sultan ersetzen müsste.«

»Ja, ja, dieser Trottel ist das Beste, das uns passieren kann«, sagte Philippe. »Und wie ist Eure Reise verlaufen?«

»Leider nicht so gut, Herr. Um es kurz zu machen, Eure Bitten sind auf taube Ohren gestoßen. Es ist mir zwar gelungen, noch vier Ritter aufzutreiben und eine Hand voll Söldner, und ich habe so viel eingekauft, wie ich bezahlen konnte, ein paar Vorräte, etwas Schießpulver, aber das war schon alles. In Rom und Neapel hat man viele einfühlsame Worte für uns gefunden und über unsere missliche Lage ein paar Tränen zerquetscht, um uns dann mit Gebeten und vielen guten Wünschen den Laufpass zu geben. Es tut mir Leid, Herr, aber mehr war nicht zu erreichen.«

»Grämt Euch nicht, Antonio. Wie hätte ein anderer mehr Erfolg haben können, wenn Ihr schon nichts ausrichten konntet? Wir müssen eben mit dem auskommen, was wir haben, und die Fürsten Europas soll der Teufel holen!«

Philippe hatte erwartet, dass Bosio sich jetzt verabschieden würde, doch sein Adjutant blieb stehen und trat von einem Fuß auf den anderen.

»Ist noch etwas, Antonio?«

»Herr, ich habe etwas mitgebracht, von dem Ihr noch nichts wisst. Ihr müsst mir glauben, dass ich mich mit Händen und Füßen gesträubt habe, aber ... es hatte alles keinen Zweck.«

»Wovon sprecht Ihr, Antonio? Kommt zur Sache!«

Bosio ging zur Tür und wechselte mit einem seiner Bediensteten ein paar für Philippe unverständliche Worte. Neugierig trat Philippe vor sein Schreibpult. Als Bosio die Tür freigab, trat ein junger Mann im Schlachtumhang der Johanniter zögernd und ohne den Großmeister anzusehen mit gesenktem Kopf in den Raum. Das Schwert an seiner Seite schleifte beinahe über den Boden.

»Was geht hier vor?«, fragte Philippe verwundert. »Was soll ...?« Er hielt inne, als der junge Ritter den Blick hob und die Haube vom Kopf zog. Welliges schwarzes Haar fiel ihm bis auf die Schultern – Hélènes Schultern! Sie sah Philippe erwartungsvoll an.

Philippes Blick suchte Bosio, der sich wohlweislich schon aus dem Staub gemacht hatte, dann schaute er wieder auf Hélène, die ihre Haube auf den Boden hatte fallen lassen und unschlüssig dastand.

Philippe fand keine Worte. Mit drei langen Schritten war er bei ihr und riss sie wild in seine Arme. Das störende Schwertgehänge schob er beiseite, um sie noch fester an sich zu ziehen. Hélène drückte das Gesicht an Philippes Brust, er barg das seine in ihrem Haar. Der Duft ihres Haars und ihrer Haut ... wie lange das alles her war!

Endlich lösten sie sich voneinander. Philippe trat einen Schritt zurück und blickte in Hélènes schwarze Augen, ohne sie loszulassen, als würde er befürchten, sie könnte ihm wieder abhanden kommen. Er schüttelte ungläubig den Kopf. »Wie hast du das fertig gebracht?«, fragte er lächelnd.

»Die Kreuzritter in Paris hatten gehört, dass du ein Schiff schickst, um Leute zu holen. Ich habe es von einer Frau erfahren, der Frau eines Kreuzritters«, sagte sie und schlug die Augen nieder. »Als ich hörte, dass das Schiff nur bis Rom fährt, habe ich mich mit der Kutsche auf den Weg gemacht.«

»Hélène, das hätte dein Tod sein können! In Frankreich geht es drunter und drüber! So eine Reise ist viel zu gefährlich!«

»Alle haben versucht, mich aufzuhalten, aber wie sonst hätte ich dich jemals wiedersehen sollen? Es gab keine andere Möglichkeit.«

»Antonio hätte dich niemals an Bord unseres Schiffes lassen dürfen. Er weiß doch, wie gefährlich es ist! Er hätte ...«

Hélène legte Philippe den Finger auf den Mund. Er küsste ihn. »Lieber, er kann nichts dafür«, sagte sie. »Ich habe mich hinter seinem Rücken an Bord geschlichen. Es war ganz einfach. Im Trubel des Beladens und der Vorbereitungen der Galeere hat kein Mensch gemerkt, dass da noch ein Ritter Vorräte an Bord getragen hat. Ich habe mich unter der Ladung versteckt und gewartet, bis wir weit draußen auf See waren, dann bin ich zu Antonio gegangen. Er wurde fuchsteufelswild und wollte mich sofort wieder an Land setzen, aber wir waren schon viel zu weit von einem sicheren Hafen entfernt, und zum Umdrehen war es zu spät. Er wusste nicht, was tun, und da hat er mich eben mitfahren lassen.«

»Wo hat er dich für den Rest der Reise untergebracht?«

»In seiner Kabine.«

Philippe zuckte zusammen.

»Keine Angst, Lieber! Antonio hat sich an Deck eingerichtet«, beruhigte ihn Hélène. »Der Arme, das Wetter war schrecklich. Er hat mir selbst meine Mahlzeiten gebracht. Ich glaube, keiner von den Rittern hat etwas gemerkt. Er hat mich in diese Kluft gesteckt und direkt hierher gebracht. Zu dir!«

Philippe lächelte. »Du weißt, wie sehr ich dich liebe, aber du hast dir einen ungünstigen Zeitpunkt ausgesucht. Die Türken stehen vor der Stadt und wollen uns alle abschlachten. Dafür, dass du gekommen bist, liebe ich dich umso mehr, aber ich muss unbedingt eine Möglichkeit finden, dich nach Paris zurückzuschicken.«

Hélène löste sich aus Philippes Griff und trat einen Schritt zurück. »Philippe, ich werde dich nicht verlassen, und darum bleibe ich auf Rhodos.«

»Aber wir können vielleicht nicht mehr lange aushalten. Ich muss dich fortbringen.«

»Ich bleibe hier bei dir, Philippe. Mag sein, dass ich mit diesem Ding hier nicht kämpfen kann«, sie deutete auf das Schwert an ihrer Seite, »aber ich kann mich anders nützlich machen. Ich kann die Verwundeten füttern, oder besser noch, ich kann sie pflegen. In eurem Hospital könnt ihr bestimmt Hilfe brauchen.«

Philippe blickte sie schweigend an. Er holte tief Luft. »Natürlich können wir Hilfe brauchen. Und außerdem machst du sowieso, was du willst. Ich werde dich mit Renato, unserem Arzt, und mit unserer Krankenschwester Melina bekannt machen. Die haben sicher genug Arbeit für dich.«

Hélène warf sich wieder in Philippes Arme und drückte ihn. »Philippe, ich liebe dich«, seufzte sie an seiner Brust.

Philippe atmete ihren vertrauten Duft und schwieg.

Philippe hatte den Kopf auf Hélènes Schoß gelegt. Es wurde allmählich hell. Der Schlachtenlärm hatte gnädigerweise noch nicht eingesetzt. Hélène strich mit den Fingern durch Philippes Haar. Liebevoll zupfte sie an den langen weißen Strähnen. Sie waren beide nackt, erschöpft und glücklich. Es kam ihnen vor, als wären Jahre vergangen – wie in einem anderen Leben –, seit sie sich zum letzten Mal in jenem Zimmer in Paris geliebt hatten. Irgendwie war es in diesem Moment auf Rhodos stiller als in den ruhelosen Straßen von Paris.

»Es wäre schön, dieses Zimmer nie wieder zu verlassen«, sagte Hélène. »Ich könnte ewig hier bleiben.«

Philippe nickte. Sein Kopf ruhte auf ihrem weichen Leib und ihren Schenkeln. »Wenn das nur möglich wäre.« Seine Stimme hatte einen resignierten Unterton, den Hélène bei ihm noch nie vernommen hatte. »Rhodos war einst ein Paradies, unsere Heimat seit mehr als zweihundert Jahren. Wir hätten hier noch glücklicher sein können als in Paris.«

»Du sprichst, als wäre das alles schon Vergangenheit, als hättest du bereits verloren.«

Philippe antwortete nicht. Seine Augen waren geschlossen. Er streckte die Hände aus und liebkoste Hélènes Brüste. Er bemühte sich, so zärtlich wie möglich zu sein, doch unter der Berührung seiner rauen und schwieligen Hände, die stundenlang im Kampf und in Übungen das Schwert geschwungen hatten, zuckte Hélène tapfer lächelnd zusammen. Sie nahm seine Hände fort, küsste sie und legte sie ihm wieder auf den Leib zurück.

Philippe lächelte. »Es tut mir Leid«, sagte er.

»Es braucht dir nicht Leid zu tun. Mit diesen Händen wirst du vielleicht diese armen Leute retten.«

»In dieser Stadt heißt es oft, dass es die Hände des Mannes sind, der diese Stadt in den Untergang treibt.«

»Wie das?«, fragte Hélène ungläubig. »Du und deine Ritter sind die Einzigen, die sich zwischen die Einwohner und die Türken stellen! Wie können sie dir die Schuld geben?«

»Rhodos ist eine griechische Insel. Auch wenn wir schon über zweihundert Jahre hier sind, betrachten sie uns immer noch als *les autres*, die anderen, die Fremdlinge. Sie werden uns nie als die Ihren akzeptieren. Rhodos ist über die Jahrhunderte immer wieder von anderen Völkerschaften besetzt worden, aber die Griechen von Rhodos sind schon allezeit hier gewesen. Wenn wir gehen, werden sie bleiben, und dann wird ein anderer Eroberer über sie herrschen.«

»Du sagst: ›Wenn wir gehen.‹ Ist es denn schon ausgemacht?«

»Nein, noch nicht, vielleicht nicht einmal durch diese Belagerung. Wir hoffen, dass der Sultan mit einer ›Sommerarmee‹ angerückt ist. Wir können nur beten, dass er wie sein Urgroßvater vor vierzig Jahren abrückt und sich nach Istanbul verzieht, falls wir bis zum Winter durchhalten können. Aber vielleicht tut er es nicht. Er scheint entschlossen zu sein, uns den Garaus zu machen.«

»Oh, Liebling ...«, hauchte Hélène. Sie glitt an Philippes Seite, drückte ihre kühle Haut an seinen muskulösen Körper und ließ die Fingerspitzen über die harten, vernarbten Wundmale gleiten, die von seinem langen Kämpferleben kündeten.

Philippe spürte ihre Tränen auf der Haut. Er wusste, weshalb sie weinte, doch seine Kehle war wie zugeschnürt. Er konnte nur an die Gefahren denken, denen sie in den kommenden Monaten ausgesetzt sein würde. Wenn er jetzt etwas sagte, würde er womöglich selbst zu weinen anfangen. So vorsichtig er konnte, streichelte er ihr Haar und ihren Rücken.

»Philippe«, sagte sie nach langer Pause, »meinst du, dass du und deine Ritter Rhodos aufgeben müssen?«

Er antwortete nicht. Er ließ sie los und rollte sich auf den Rücken.

»Ich habe gehört, dass es schon furchtbare Verluste gegeben hat«, fuhr sie fort. »Auf beiden Seiten. Als wir in die Festung hinaufgegangen sind, habe ich von den Mauern herab die Leichenberge sehen können. Und der Geruch ... oh, Philippe ... die vielen Toten, die vielen Verwundeten ... bei Euch und bei den Türken. Kann es das wert sein?«

»Du weißt nicht, was du redest«, sagte er ruhig. »Wir können uns nicht dem Sultan ergeben. Wenn wir das tun, wird das Blutbad umso schlimmer. Er wird die Rhodier versklaven, die Frauen – auch dich – in seinen Harem verschleppen und meine Ritter bis zum letzten Mann über die Klinge springen lassen. Soll ich mich darauf einlassen?« Seine Stimme war lauter geworden. Hélène fröstelte.

»Aber ... wenn du dich ergeben würdest ... einen kampflosen friedlichen Abzug anbietest ... dem Sultan muss doch daran gelegen sein, nicht noch mehr Soldaten zu verlieren. Will er nicht wieder zu Hause sein, bevor der Winter kommt?«

Mit erhobenen Händen signalisierte Philippe, dass er das Thema nicht weiterzuverfolgen wünschte. Seufzend schloss er die Augen, schmiegte sich wieder an sie und nahm sie wortlos in die Arme.

Nachdem sie sich im Frühlicht der Morgendämmerung noch einmal geliebt hatten, fielen sie auf den derben feuchten Laken in Schlaf. Philippe erwachte zuerst. Sacht erhob er sich vom Lager, deckte Hélène mit der groben Wolldecke zu und zog sich an. Er wollte gerade das Zimmer verlassen, da hob Hélène den Kopf aus den Kissen. »Philippe?«, rief sie mit schläfriger Stimme.

Philippe kehrte zum Bett zurück und kniete sich zu ihr. »Guten Morgen, mein Liebling. Bleib noch ein Weilchen liegen. Ich lass dir Kleider und ein Frühstück bringen. Später gehen wir dann ins Hospital. Du hast Recht, im Hospital bist du an der richtigen Stelle. Und es ist zurzeit vermutlich der sicherste Ort auf ganz Rhodos.« Philippe küsste sie und ging.

Hélènes Kopf sank wieder in die Kissen zurück. Ein Lächeln umspielte ihre Lippen. Rasch war sie wieder eingeschlafen.

Die Sonne kroch über den Horizont. Die Kreuzritter standen wachsam auf den Mauern und warteten.

11.

Das Gemetzel

Rhodos
September 1522

Suleiman saß im Schatten des Achterdecks. Unter Riemen und Segel pflügte seine Prunkgaleere durch den leichten Wellengang. Rechts und links von ihm saßen Mustafa und Piri Pascha, während Ibrahim auf dem Deck auf und ab ging. Der Kapitän der Galeere stand neben dem Steuermann und mied den Blick des Sultans.

Am Vorabend war Suleiman gemeldet wurden, dass es mindestens einer Galeere gelungen war, die Blockade zu durchbrechen, was natürlich hieß, dass das Schiff irgendwann zuvor Rhodos unbehelligt verlassen haben musste. Kopfschüttelnd grübelte der Sultan darüber nach, was er mit Cortoglu machen sollte.

»So viel geballte Unfähigkeit kann ich einfach nicht dulden«, hatte er gegrollt. »Gleich zweimal haben uns die Kreuzritter an der Nase herumgeführt. Schon schlimm genug, dass sie beim Auslaufen aus Rhodos unbemerkt durch die Blockade geschlüpft sind. Aber dass sie auch noch bei der Rückkehr ausgerechnet an der Galeere des Oberkommandeurs ihr Mütchen kühlen! Das ist zu viel!«

Ibrahim und Mustafa hatten sich jeden Kommentars enthalten. Den Blick auf den Boden geheftet hatten sie gehofft, dass der Sultan sich nicht zu einer übereilten Handlung hinreißen ließ, zumal er bereits Befehl gegeben hatte, seine Galeere klar zum Auslaufen zu machen. Eine Abteilung von fünfzig Janitscharen hatte er auch schon herbeibeordert.

Ibrahim und Mustafa hatten unter großer Gefahr für ihre eigene Person auf ihn eingeredet.

»Bitte, Majestät, wartet, bis die Nacht vorüber ist. In der Dunkelheit ist es doch viel zu gefährlich«, hatte Ibrahim zu bedenken gegeben.

»Herr, er hat Recht«, hatte Mustafa ihm beigepflichtet. »Wartet bis zum Morgen. Dann ist die Gefahr durch einen Stoßtrupp der Kreuzritter viel geringer, und Ihr habt immer noch Zeit, diesen Narren von einem Piraten zu bestrafen.«

Am Ende hatte der Sultan nachgegeben. Ibrahim und Mustafa waren bis spät in die Nacht bei ihm geblieben. Sie hatten beide das Gefühl gehabt, dass Trost durch seine Freunde für ihn jetzt wichtiger war als der Rat seiner Aghas.

Der Sultan ließ einen Mitternachtsimbiss kommen. Die drei Männer setzten sich auf Sitzkissen zum Mahl. Der Sultan war immer noch erzürnt über die Wirkungslosigkeit seiner Kanonen. Um nicht immer nur über Krieg und ihre Strategie zu reden, nahmen sie wortlos die Mahlzeit ein. Erst als der Nachtisch abgeräumt war, kamen sie wieder zum Thema.

Mustafa ergriff als Erster das Wort. »Herr, wir müssen unserem Angriff einen neuen Schwerpunkt geben. Mit Kanonen allein ist diese Schlacht eindeutig nicht zu gewinnen. Wie wir wissen, liegt es keineswegs am mangelnden Können unserer Artilleristen, dass wir die Festung bisher nicht knacken konnten. Unser Oberkanonier Mehmet ist ein sehr erfahrener Mann. Er hat uns noch nie enttäuscht, und wenn seine Kanonen es diesmal nicht schaffen, liegt es nicht am fehlenden Angriffswillen, sondern an der Stärke der Mauern.«

Suleiman nickte schwach. »Ja, mein Schwager. Du hast ja Recht. Mehmet ist ein großartiger Artillerist, wie auch sein Vater

Topgi Pascha es war. Er entstammt einer Familie sehr begabter Krieger.«

Suleiman wandte sich an Mustafa. »Aber unsere Mineure werden doch bestimmt dafür sorgen, dass ich meine Janitscharen in die Stadt hineinbekomme. Sie sitzen auf Abruf in ihrem Lager und warten darauf, dass es losgeht.«

Ibrahim meldete sich zu Wort. »Ihr Herren, ich bin der Meinung, dass wir das Dauerfeuer nicht abbrechen sollten. Es wird zwar nicht die Festungsmauern brechen, aber es hält die Kreuzritter auf Trab und lenkt sie vom eigentlichen Geschehen ab. Es entlastet unsere Mineure und Sappeure, die schon furchtbare Verluste hinnehmen mussten, obwohl sie erst kurze Zeit an der Arbeit sind. Sie sind dem Büchsenfeuer und den Pfeilen von den Türmen fast schutzlos ausgesetzt.«

»Ja, der schwere Artilleriebeschuss muss auf jeden Fall weitergehen«, meinte Suleiman. Es war für Ibrahim und Mustafa geradezu mit Händen zu greifen, wie seine Gedanken zu seinem alten Thema Cortoglu zurückglitten. »Ich will verdammt sein, wenn ich mir nicht seinen Kopf zum Frühstück hole. Und den des *Kapudan* dazu! Admiral Pilaq hätte sich darum kümmern müssen, dass Cortoglus Blockade auch funktioniert!«

Es wurde eine lange Nacht, in der alle drei sehr wenig Schlaf bekamen. Kaum war die Sonne aufgegangen, rief der Sultan schon seine Dienerschaft. Er ließ sich baden und ankleiden und begab sich zum Morgengebet. Auch Ibrahim und Mustafa kehrten kurz in ihre Zelte zurück, um zu baden, die Kleider zu wechseln und zu beten. Nach einem anschließenden leichten Frühstück ritten sie mit dem Sultan zum provisorischen Hafen in der Bucht von Kallitheas und begaben sich an Bord der wartenden Galeere.

Einige Zeit später ging das Schiff des Sultans an Cortoglus Flaggschiff längsseits. Suleiman hatte seine Visite nicht ankündigen lassen, doch Cortoglu schien sich auf Ärger gefasst gemacht zu haben. Ibrahim sah den Piratenkapitän im Schatten eines Sonnensegels auf dem hohen Achterdeck stehen, neben ihm Pilaq Pascha, den *Kapudan* der Flotte.

Die Schiffe wurden miteinander vertäut, eine Laufplanke hinübergeschoben und gesichert. Sofort eilte ein Voraustrupp von fünfundzwanzig Janitscharen auf Cortoglus Flaggschiff und nahm zwischen Cortoglus Besatzung und ihrem Kapitän Aufstellung. Ibrahim und Mustafa Pascha folgten, zuletzt kam der Sultan, dicht hinter ihm die restlichen fünfundzwanzig Janitscharen. Ein Schutzwall aus Bewaffneten umgab den Sultan, Ibrahim und Mustafa Pascha, die Cortoglu und Pilaq Pascha gegenüberstanden.

Cortoglu trat unbehaglich von einem Fuß auf den anderen. Die finstere Miene des Sultans gefiel ihm gar nicht, und dessen schwer bewaffnete Leibgarde noch weniger. Normalerweise ließ sich der Sultan bei Flottenbesuchen nur von einer kleinen Garde begleiten und vertraute sich ansonsten dem Schutz der Azabs, der Marinesoldaten, und der Seeleute an Bord der Galeeren an. Dieser schwer bewaffnete Auftritt stellte an sich schon einen beleidigenden Affront gegen Cortoglu dar, war er doch ein Garant für die Sicherheit. Der Korsar sollte allerdings schnell bemerken, dass es dem Sultan um weit mehr ging als eine beleidigende Geste.

Der größte Teil der Beschädigungen vom nächtlichen Scharmützel war bereits beseitigt, einige Brandspuren waren allerdings noch zu erkennen. Irgendwie schien immer noch der Geruch von verkohltem Holz und verbranntem Fleisch in der frischen Seeluft zu hängen.

Der Sultan hatte sich frontal vor den beiden Flottenführern aufgebaut. Das Sitzkissen, das beim Sichten seiner Galeere eiligst auf dem Achterdeck für ihn aufgebaut worden war, beachtete er nicht. Cortoglu, der Suleimans bohrendem Blick nicht standhalten konnte, schaute weg. Er ahnte schon, was als Nächstes kommen würde.

»Cortoglu, du bist ein Narr, ein Versager, wie er im Buche steht! Ich hätte auf den Protest meiner Aghas hören sollen, als ich dich zum *Reis* meiner Flotte gemacht habe! Nur diesen beiden Männern hast du es zu verdanken«, er deutete auf Ibrahim und Mustafa, »dass ich nicht schon letzte Nacht reinen Tisch mit dir gemacht habe, denn dann würde dein Kopf jetzt den Bugspriet dieses Schiffes zieren!«

Cortoglu zuckte zusammen.

»Ich werde mich stattdessen damit begnügen, dir vor deiner versammelten Mannschaft die Fußsohlen auspeitschen zu lassen!«

Cortoglu trat plötzlich vor und wollte auftrumpfen, doch ein Blick von Admiral Pilaq, der finster die Stirn runzelte und stocksteif stehen blieb, ließ ihn innehalten. Er schluckte und verlor sichtlich den Mut. Auf ein Kopfnicken Suleimans traten vier Janitscharen vor. Sie packten Cortoglu an den Ellbogen und fesselten ihm mit Lederriemen die Hände stramm auf den Rücken. Cortoglus Marinesoldaten und Matrosen wagten sich nicht zu rühren. Wie angewurzelt verfolgten sie das dramatische Geschehen, das auf dem hohen Achterdeck wie auf einer Bühne seinen Lauf nahm.

Cortoglu zerrte an seinen straffen Fesseln, doch als er Pilaq ungerührt neben den Janitscharen stehen sah, wurde ihm klar, dass seine Bestrafung, so entwürdigend und schmerzhaft sie sein mochte, immer noch besser war als ein qualvoller Tod unter den Händen der Scharfrichter des Sultans.

Nach einem finsteren Seitenblick auf Pilaq nickte Suleiman seinen Janitscharen zu. Zwei Leibwächter traten Cortoglu die Beine weg, der mit einem erschrockenen Japser mit dem Hintern auf die Deckplanken plumpste und die Beine von sich streckte. Die Wächter zogen ihm sofort die Stiefel aus und fesselten seine Fußknöchel an eine zwischen zwei Böcke gelegte Stange, sodass seine Fußsohlen frei in der Luft schwebten.

Die Mannschaft sah, dass ihr *Reis* zu zittern begann. Vor Anstrengung trat ihm der Schweiß auf die Stirn. Er versuchte, die Hände so gut er konnte auf das hölzerne Deck zu stemmen, um nicht auf den Rücken zu fallen und auch noch den letzten Rest von Würde zu verlieren.

Die große Galeere wiegte sich sanft in der leichten Dünung. Kleine Wellen klatschten gegen den hölzernen Rumpf. In der drückenden Hitze unter Deck waren die Ruderslaven auf die Riemen gesunken und schliefen. Was an Deck vorging, war ihrer Welt entrückt. Hätten sie es gewusst, hätten sie gejubelt.

An Deck war nur das Säuseln der leichten Brise in der Takelage zu vernehmen. Cortoglu starrte in die Augen des Sultans. Er bettelte nicht um Gnade, er starrte nur seinen Peiniger an. Wut verdrängte seine Angst, sein Kopf rötete sich, sein Atem ging keuchend. Dann schien ihm seine Lage bewusst zu werden. Sein Körper erschlaffte, und sein Blick wanderte zu den Deckplanken, zur weißen Haut seiner Füße, zu den feinen Härchen auf seinen Zehen. Bloß nicht dem Sultan herausfordernd in die Augen schauen!

Ibrahim betrachtete die Gesichter der Matrosen, in denen sich Schadenfreude zu spiegeln schien. Er wusste, dass diese Männer unter dem Kommando des berüchtigten Piraten furchtbar gelitten hatten. Es war an der Zeit, Cortoglu durch einen fähigeren und geachteteren *Reis* zu ersetzen.

Die Janitscharen standen stocksteif in Habachtstellung. Ihre Federbüsche wehten sanft im Wind. Suleiman nickte dem Hauptmann zu, der dem Mann zu seiner Rechten leise einen Befehl zuflüsterte. Der junge Soldat legte bedächtig die Kopfbedeckung und den Gürtel mit dem Krummschwert ab und reichte sie mit einer Verbeugung einem Kameraden.

Der Hauptmann ließ indessen einen gut zwei Zentimeter dicken Bambusstock von ein Meter achtzig Länge mit einem vom reichlichen Gebrauch dunkel gewordenen Ledergriff zwischen seinen Händen federn.

Der Soldat trat mit einer Verbeugung vor seinen Hauptmann, der ihm den Stock auf geöffneten Handtellern mit einem Kopfnicken überreichte. Er ergriff das Folterinstrument und ließ es zweimal probeweise durch die Luft sausen, während er sich Cortoglu näherte. Einige Seeleute zuckten beim grässlichen Geräusch des Bambusrohrs unwillkürlich zusammen.

Der junge Soldat trat neben die Stange mit Cortoglus gefesselten Füßen. Um Maß zu nehmen, führte er den Rohrstock langsam waagerecht an die Fußsohlen des Delinquenten. Ein flacher Hieb würde beide Fußsohlen zugleich treffen. Cortoglu erstarrte unter der leichten Berührung. Der Soldat sah seinen Hauptmann an, dieser wiederum seinen Sultan.

Suleiman nickte dem Hauptmann zu, dieser dem Soldat. Der Janitschare holte bis weit hinter die Schultern aus. Der Rohrstock zischte durch die Luft. Das platzende Geräusch seines Aufpralls auf die Fußsohlen des Piraten war auf dem ganzen Schiff deutlich zu vernehmen, sofort gefolgt und ausgelöscht von Cortoglus brüllendem Schrei. Sämtliche Beobachter der Strafaktion zuckten unwillkürlich zusammen. Während der Soldat erneut ausholte, sahen alle einen scharlachroten Striemen quer über die Fußsohlen des Delinquenten aufleuchten. In Erwartung des nächsten Hiebs presste Cortoglu vor Schmerzen bebend die Augenlider zusammen.

Wieder pfiff der Stock durch die Luft, wieder gellte Cortoglus Schrei. Die Janitscharen und die Schiffsbesatzung starrten wie gebannt auf die Fußsohlen des Piraten, auf denen sich immer noch nur eine einzige Strieme abzeichnete. Der im tödlichen Gebrauch seines Krummschwerts geübte Janitschare hatte mühelos genau die gleiche Stelle getroffen. Bei den nächsten Hieben erbebte Cortoglus ganzer Körper, doch er war verstummt. Er presste die Lippen aufeinander. Schweiß rann ihm übers Gesicht. Er wagte es nicht, Suleiman anzuschauen, der allein seiner Qual ein Ende machen konnte, um den Sultan nicht durch den Blickkontakt zusätzlich herauszufordern. Er wusste, dass seine Bestrafung jeden Moment enden konnte, aber wenn es dem Sultan beliebte, konnte dies alles ebenso gut lediglich das Vorspiel zu Cortoglus Enthauptung sein.

Die Augenlider krampfhaft zusammengepresst, erwartete er die nächste Schmerzexplosion. Wieder und wieder pfiff der Rohrstock durch die Luft und prallte an genau der gleichen Stelle gegen die Fußsohlen. Schon nach dem dritten Hieb platze die schwielige Haut, nach dem vierten spritzte das Blut auf Deck. Um seine Schreie zu ersticken, biss Cortoglu sich die Unterlippe blutig.

Sogar die Janitscharen mussten beim Fortgang dieser Schinderei den Blick abwenden, und die Seeleute vergaßen den Groll gegen ihren Kapitän. Die schreckliche Brutalität der grausamen Strafaktion setzte allen Beobachtern zu.

Pilaq Pascha wusste, dass er als Nächster an die Reihe kommen würde. Er hatte Mühe, sein Entsetzen zu verbergen, und kämpfte verzweifelt dagegen an, dass er sich vor versammelter Mannschaft in die Hose machte.

Ibrahim konnte schon lange nicht mehr hinsehen. Er schaute hinaus auf die blaugrünen Wasser des Mittelmeers. Er zwang sich, die Hügel in der Ferne zu betrachten und stellte sich vor, wie seine geliebten Falken auf die Hasen und Wildvögel von Rhodos herabstießen.

Mustafa Pascha schaute stur geradeaus. Auch er hatte seine Gedanken auf die Reise geschickt. Er dachte an seine Frau, Suleimans ältere Schwester Ayse, und rief sich ihr Gesicht und das seiner Kinder vor das innere Auge. Bald hörte auch er das Wüten des Rohrstocks nicht mehr.

Nur Suleiman und der junge Soldat, der den Stock schwang, sahen auf Cortoglus bluttriefende Fußsohlen. Suleiman schien bar jeden Gefühls. Cortoglu hatte seine Pflichten verletzt, und dafür erhielt er die entsprechende Strafe. *Er kann froh sein, dass sein Kopf nicht schon am Bugspriet prangt*, dachte Suleiman wieder und wieder.

Nach fünfzig Streichen prallte Cortoglus Oberkörper rückwärts aufs Deck. Eine gnädige Ohnmacht hatte ihn von seinen Qualen erlöst.

Als der verkrampfte Körper des Piraten erschlaffte, sah der

Hauptmann den Sultan an. Auf dessen Nicken befahl er dem Soldaten, von dem gepeinigten Mann abzulassen. Der Soldat trat zurück. Mit einer Verbeugung gab er seinem Hauptmann den Rohrstock zurück. Er wischte sich den Schweiß von der Stirn und ließ sich von seinem Kameraden Kopfbedeckung und Krummschwert zurückreichen.

»Der Kerl hat für sein Versagen bezahlt«, sagte Suleiman und zeigte wegwerfend auf Cortoglu. »Schneidet ihn los und schafft ihn fort. Ich will, dass er mit der nächsten Galeere verschwindet. Wenn mir sein hässliches Gesicht je wieder vor die Augen kommt, wird es seinen sofortigen Tod bedeuten. Sagt ihm das!«

Aller Blicke richteten sich auf Pilaq Pascha. Der *Reis* stand stocksteif in Habachtstellung und hielt die Augen auf den Horizont gerichtet, um den Sultan nicht anzusehen. Er zitterte.

»Pilaq Pascha!«, fuhr der Sultan ihn an. »Cortoglus Pein dürfte dir unter die Haut gegangen sein! Der Tag wird allmählich heiß, und ich muss zurück zum Schlachtfeld. Deshalb werde ich davon absehen, dir die Fußsohlen auspeitschen zu lassen wie diesem elenden Kerl. Du bist des Kommandos über die Flotte enthoben. Geh, wohin du willst, von mir aus nach Istanbul. Aber sieh dich vor, dass du mir nie wieder unter die Augen trittst!«

Pilaq verbeugte sich tief und verharrte in dieser Haltung, bis der Sultan das Schiff verlassen hatte. Als Suleiman auf seiner wartenden Galeere Platz nahm, sah er, wie vier Matrosen den ohnmächtigen Cortoglu vom Achterdeck schleiften.

Ein kleines Stück südlich vom Großmeisterpalast stand hinter dem Mauerabschnitt von Deutschland der Turm der Johanneskirche. Wegen seiner einzigartigen Lage wurde er von den Kreuzrittern als Beobachtungs- und Signalstation für die ganze Stadt benutzt. Durch verschiedene verschlüsselte Glockensignale konnten die Ritter an sämtlichen Gefechtsstationen unverzüglich informiert werden. Jede Truppenbewegung der Türken und jeder Stellungswechsel der türkischen Artillerie war schon wenige Augenblicke nach der Entdeckung allen Verteidigern bekannt. Der rund um die Uhr besetzte Turm war das Herz und die Zentrale der Aufklärungsarbeit der Verteidiger.

Suleiman ruhte. Der morgendliche Ausflug auf das Flaggschiff der Blockadeflotte mit der Bestrafung Cortoglus und der Entlassung Pilaq Paschas hatte ihn viel Kraft gekostet. Er war kein Freund schwerer körperlicher Züchtigungen, die in seinem Reich eine lange Tradition besaßen. Doch er wusste nicht, was sinnvollerweise an deren Stelle zu setzen sei.

Er hatte soeben ein leichtes Mittagsmahl beendet. Ibrahim war bei ihm, der nach dem grausigen Schauspiel auf der Galeere ziemlich wortkarg geworden war. Den größten Teil seines Lebens mit Suleiman hatte er in gemeinsamem Lernen und Spiel verbracht. Nun, da sein Jugendfreund zum Sultan des Osmanischen Reiches geworden war, wurde er täglich unmittelbarer Zeuge der Realität von Suleimans Leben als Befehlshaber. Über die grausamen Folgen eines Krieges zu reden war eine Sache. Eine andere war, dabei zu sein, wenn es jemanden unmittelbar traf. Ibrahim hatte schon oft Geschichten über die Strafaktionen der Sultane gehört, aber heute war er zum ersten Mal Augenzeuge geworden.

»Majestät«, sagte er in Missachtung der geheiligten Regel, dass das Gespräch stets von Suleiman zu eröffnen sei, »die heutige Anstrengung hat Euch viel Kraft gekostet. Wenn Ihr gestattet, möchte ich vorschlagen, dass Ihr den Rest des Tages ruht, während ich in die Lager der Aghas reite, um Euch später über die Fortschritte des Tages zu unterrichten.«

»Vielen Dank. Es tut mir gut, jemanden an meiner Seite zu wissen, der versteht, wie aufreibend es ist, immer kommandieren zu müssen. Aber meine Truppen müssen in mir den Mann sehen, der sämtliche Fäden in der Hand hält. Manchmal ist es schon schwer genug, das Pack überhaupt zum Kämpfen zu bringen. Ich meine nicht die Janitscharen, sondern die Azabs und Sklaven. Sie müssen sich vor mir noch mehr fürchten als vor den Kreuzrittern. Es muss ihnen lieber sein, im Kampf zu fallen, als meinen Zorn auf sich zu laden. Ich werde jetzt ein wenig ruhen, dann sehen wir uns das Kampfgeschehen an.«

Ein Bote erschien am Eingang und wurde von Suleiman hereingewinkt. Er übergab eine Botschaft, verbeugte sich und verschwand wieder rückwärts aus dem Zelt. Suleiman entrollte das Papier und las. Lächelnd winkte er Ibrahim zu sich heran.

»Was steht da zu lesen, Herr?«

»Der Zettel kommt von einem unserer Spione in der Festung. Man hat die Nachricht offenbar vor Morgengrauen um einen Pfeil gewickelt ins Lager von Ayas Agha geschossen. Es scheint, die Kreuzritter unterhalten einen Beobachtungsposten gegenüber dem Lager von Ayas Agha in einem Kirchturm hinter dem Mauerabschnitt der Deutschen. Unsere Kanonen haben gegen diese Mauern bislang so gut wie nichts ausrichten können, aber vielleicht gelingt es uns, den Turm zu zerstören.«

»Soll das unsere erste Station werden?«

»Ja. Ayas Agha soll das Bombardement weiterführen wie bisher, aber Achmed Pascha soll Geschütze zur Verstärkung heranführen. Wir werden dorthin reiten und uns anschauen, was passiert.«

»Ja, Majestät.« Ibrahim setzte den Turban auf und verließ das Zelt. Von dem Gedanken belebt, endlich eine Maßnahme befohlen zu haben, die seinen Krieg gegen die Ungläubigen voranbringen konnte, beendete Suleiman seine Mahlzeit.

Ayas Agha und Achmed Pascha standen hinter einer hohen Mauer in Ayas Aghas Lager. Gemeinsam verfolgten sie, wie zwölf ihrer stärksten Belagerungskanonen vergeblich gegen die Festungsmauern vor ihnen ankämpften.

»Meine Hauptleute haben mir gemeldet, dass der Sultan zu uns unterwegs ist. Er will sich anschauen, wie weit wir vorangekommen sind.«

Achmed wiegte bedenklich den Kopf. »Ich fürchte, die nächsten Anwärter für eine Strafaktion sind wir. Er duldet keine Fehlschläge.«

»Ich weiß gar nicht, was er eigentlich erwartet. Wir haben die besten Geschütze der Welt. Unsere Kanoniere reißen sich ein Bein aus. Aber die Batterien der Kreuzritter haben uns im Visier! Auf jede Salve bekommen wir von den Deutschen postwendend eine Antwort, die mich entweder meine Kanonen oder meine Kanoniere kostet. Mir gehen langsam die fähigen Leute aus, aber die Mauer ist immer noch vollkommen intakt. Hier werden die Janitscharen jedenfalls nicht in die Stadt einbrechen können.«

Die beiden Generäle beobachteten den Schusswechsel. Die türkischen Kanoniere feuerten riesige Steinkugeln mitten auf die Mauern des deutschen Abschnitts. Es gab einen ohrenbetäubenden Einschlag, und die Erschütterung war bis dorthin zu spüren, wo Ayas und Achmed Position bezogen hatten. Doch wenn der Qualm und Staub sich im Wind des Nachmittags verzogen hatten, war zu sehen, dass die Steinkugel allenfalls die Masse des Mauerwerks erhöht hatte – zerstört hatte sie gar nichts. Die florentinischen Festungsbauingenieure, die den St.-Nikolausturm zu einer praktisch unzerstörbaren Bastion ausgebaut hatten, hatten sich in gleicher Weise der restlichen Mauern angenommen.

Plötzlich sah Ayas Agha ein paar Mann seiner Leibgarde aufspringen und Haltung annehmen. Als er sich beiläufig umwandte, konnte er Suleiman und Ibrahim, rechts und links von je zwanzig Janitscharen flankiert, in sein Lager reiten sehen. Er legte Achmed sorgenvoll die Hand auf die Schulter. »Der Sultan. Er ist da.«

Jetzt sah auch Achmed sich um. »Allah sei uns gnädig. Was Suleiman heute zu sehen bekommt, wird ihm nicht gefallen.«

Suleiman und Ibrahim sprengten auf die wartenden Paschas zu. Knapp vor ihnen zügelten sie die Pferde, ohne abzusteigen. Wortlos beobachteten sie die Wirkungslosigkeit einer entfernteren Batterie, die inzwischen ein paar Salven abgefeuert hatte. Plötzlich eröffneten die Batterien der Deutschen das Feuer. Mit einem Krachen, das die Pferde hochsteigen ließ, verschwand die türkische Batterie in einer Wolke aus Qualm und aufspritzenden Grassoden. Steine regneten vom Himmel, Männer brüllten. Tote Kanoniere hingen über den Rand eines Trichters, in dem ein umgestürztes Geschütz mit verbogenem Rohr in der Sonne qualmte. Zwei Verwundete krochen aus dem Krater und wurden von ihren herbeigerannten Kameraden eilig in Sicherheit gezerrt.

Achmed und Ayas Agha sahen ihren Sultan viel sagend an. »Allah sei ihnen gnädig«, sagte Suleiman kopfschüttelnd. Seine Stimme wechselte zum Kommandoton. »Achmed Pascha, bring sämtliche Kanonen, auch die von Ayas Agha, so in Stellung, dass ihr gut über die Mauern in die Stadt hineinfeuern könnt. Quasim Pascha soll mitkommen. Er ist zurzeit unser bester Artillerist. Nehmt den Turm der Johanneskirche beim Großmeisterpalast aufs Korn. Entnehmt die genaue Position der Karte. Der Turm muss zerstört werden. Ich verlange Meldung nach Vollzug!«

Suleiman riss das Pferd herum und nahm die Rundreise durch die Lager wieder auf. Ibrahim wartete noch einen Moment und wandte sich an die beiden Paschas. »Wenn ihr euren Kopf behalten wollt, oder zumindest Eure Fußsohlen, solltet ihr euch peinlich genau an den Befehl des Sultans halten!«

Er gab seinem Pferd die Sporen und sprengte dem Sultan hinterher.

Philippe stand mit Thomas Docwra und John Buck auf dem Balkon des Palasts. Den Blick nach Süden gerichtet, erörterten sie die Aufstellung ihrer Truppen. »Wir sollten jetzt die schwächeren Nationen unterstützen«, meinte Docwra. »Die Türken konnten bislang noch nirgendwo durchbrechen, aber ich befürchte, sie bereiten sich auf einen Großangriff gegen den Abschnitt von England vor.«

John Buck nickte zustimmend. »Er hat Recht, Herr. Der englische Abschnitt ist gefährlich unterbesetzt, und die Muslims ziehen dort immer mehr Feuerkraft zusammen. Wir sollten aus den Rittern der größten Nationen eine bewegliche Reservetruppe bilden, die an jedem Brennpunkt eingesetzt werden kann, wenn Verstärkung nötig ist. Ich befürchte übrigens, dass wir Spione in unserer Stadt haben. Die Türken scheinen über die Stärke unserer Mauern und unsere Truppenverteilungen bestens im Bilde zu sein. Wie sonst könnten sie ihr Feuer und ihre Angriffe auf unsere schwächsten Bastionen konzentrieren?«

Bevor der Großmeister Stellung nehmen konnte, sahen die drei Männer wie zur Bestätigung den Turm von St. Johann in einer Staubwolke zusammenstürzen. Die Dachhaube zerschellte auf dem Trümmerhaufen. Zuvor hatte ein erster Treffer das Mauerwerk erschüttert, danach hatten drei fast gleichzeitige Einschläge dem geschwächten Bauwerk den Rest gegeben. Eine Sekunde nach dem scheinbar lautlosen Zusammenbruch schallte das Getöse des Zerstörungswerks an die Ohren der Männer.

»Herr Jesus!«, rief Docwra aus.

»*Mon Dieu!*«, stieß Philippe hervor.

»*Merde*«, schimpfte John Buck.

»Wie viele Männer waren auf dem Kirchturm postiert?«, wollte Philippe von Docwra wissen.

»Drei.«

»Thomas, lauft hinüber und kümmert Euch um die Überlebenden, falls es welche gegeben hat. Wir können es uns nicht leisten, dass es jetzt schon Verluste gibt! John, baut einen neuen Beobachtungsposten auf. Aber er muss unbedingt geheim bleiben. Keine Glocken- oder Lichtsignale! Läufer sollen die Botschaften überbringen. Für einen Zufallstreffer war dieser Angriff viel zu gut gezielt. Es muss Spione unter uns geben, die den türkischen Schweinen verraten haben, dass wir den Kirchturm als Beobachtungsposten nutzen. Mein Gott, wenn ich herausfinde, wer diese Verräter sind, werden sie nichts zu lachen haben! Ein paar Ritter sollen sich mit der Sache befassen. Sie sollen ermitteln, von wem und auf welchem Weg den Türken Nachrichten zugespielt werden!«

Apella Renato hatte schon drei Tage nicht mehr geschlafen. Die Zahl der Verwundeten wuchs täglich und war kaum noch zu bewältigen. Melina war ein Geschenk Gottes gewesen. Sie arbeitete auf der Krankenstation wie eine Besessene. Kaum dass ihre Kinder gestillt und eingeschlafen waren, war sie schon wieder auf dem Posten. Renato bestand darauf, dass sie wenigstens regelmäßig aß, auch wenn sonst niemand Zeit zum Essen hatte. »Du darfst nicht vom Fleisch fallen, Melina. Wenn deine Milch versiegt, werden deine Kinder sterben. Du musst essen. So viel Zeit muss sein. Ich möchte nicht den Tod deiner Kinder auf dem Gewissen haben, weil ich tatenlos zugesehen habe, wie du dich überarbeitest!«

Melina tat, wie ihr geheißen. Sie stillte die Säuglinge und ruhte sich aus, so oft Renato sie dazu anhielt. Dennoch kümmerte sie sich immer noch um die Verwundeten und Kranken, wenn andere schon längst vor Erschöpfung eingeschlafen waren. Es war, als würde sie in jedem Ritter eine Verkörperung ihres Jean sehen. Sie war sicher, dass irgendwo jemand Buch führte. Jede Seele, die sie dem Doktor zu retten half, vergrößerte auf diesem Konto ihr Guthaben für den Schutz ihres Geliebten.

Als der Sultan die Wucht seines Angriffs vergrößerte, gab es entsprechend mehr Verwundete. Die Zahl der Zivilisten, die zum Hospital kamen, hatte sich verringert, weil die Zivilbevölkerung inzwischen geeignete Schutzräume für sich entdeckt hatte. Dafür hatte die Gefährdung der Ritter zugenommen. Sie trugen nicht nur beim Wachdienst auf den Mauern Verwundungen davon, es gab neuerdings auch Tote und Verwundete bei den kleinen Kommandounternehmen gegen die türkischen Truppen.

Als Melina eines Abends aus ihrem kleinen Unterschlupf in den Krankensaal trat, nachdem sie die Säuglinge gefüttert und sie in dem Nest aus Decken und weichen Tüchern schlafen gelegt hatte, stieß sie fast mit dem Großmeister zusammen.

»*Pardon, Monsieur*«, sagte sie.

»Melina«, sprach Philippe sie an, dem das Unbehagen deutlicher denn je ins Gesicht geschrieben stand, »ich wollte Euch und Doktor Renato ohnehin aufsuchen.«

Melina bemerkte, dass Philippe sich in Begleitung einer jungen Frau befand. Melina schätzte sie ungefähr auf ihr eigenes Alter, zwischen dreißig und fünfunddreißig. Sie trug ein blaues Kleid, das viel zu elegant war, um aus Rhodos zu stammen. Erstaunt stellten die beiden Frauen ihre außerordentliche Ähnlichkeit fest.

Philippe ergriff das Wort. »Melina, darf ich vorstellen, das ist Hélène. Hélène, das ist Melina.«

Die beiden Frauen nickten einander wortlos zu.

Philippe fuhr in einem Tonfall fort, als würde er seinen Truppen Befehle erteilen. »Melina, Hélène wird hier im Hospital bleiben. Ich habe jetzt nicht mehr die Zeit, mich mit unserem Doktor ins Benehmen zu setzen. Bitte zeig ihr, was zu tun ist, und stelle sie Doktor Renato vor. Gott segne euch für alles, was ihr für uns tut!«

Nach einem höflichen Knicks warteten die Frauen, bis der Großmeister gegangen war. Melina ergriff Hélènes Hand. »Ich kann gar nicht sagen, wie froh ich bin, dass du gekommen bist. Wir brauchen Hilfe an allen Ecken und Enden. Die meisten Frauen in der Stadt haben Angst, sich aus dem Schutz ihrer Häuser zu begeben. Wir sind viel zu wenig. Komm, lass uns den Doktor aufsuchen.«

Hélène lief hinter Melina die Treppe in den großen Krankensaal hinunter. »Ich habe aber keine Erfahrung mit der Krankenpflege«, sagte Hélène. »Ich hoffe, dass niemand durch mein Ungeschick zu Schaden kommt.«

»Keine Bange. Ich hatte anfangs auch keine Ahnung. Aber hier lernt man schnell. Ich werde dir helfen, und Doktor Renato ebenfalls.«

Auf der Suche nach Renato drängten sie sich durch die Menge der Verwundeten, die im großen Krankensaal warteten. Am Operationstisch trafen sie auf den Arzt. Er redete auf einen jungen Ritter ein, der Melina als Michael bekannt war. Michael gehörte zur *Langue* von England und war wegen einer schweren Entzündung am linken Arm ins Hospital gekommen. Beim Schärfen seines Schwerts war er mit der Hand abgerutscht und hatte sich eine hässliche Fleischwunde zugezogen. Renato hatte die Ritter wiederholt instruiert, wie man Wunden reinigen sollte, aber der junge Ritter hatte in der Eile nur einen Lappen um die Wunde gewickelt und weitergemacht. Die Hand entzündete sich, und als ein paar Tage darauf rote Striemen von der Hand ausgehend seinen Arm hinaufliefen, hatte er Renato aufgesucht. In der Nacht darauf bekam er Schmerzen im ganzen Arm. In seiner Achselhöhle hatten sich weiche Knoten gebildet. Am Morgen war der Arm so geschwollen, dass Michel keine Faust mehr machen konnte. Er bekam Fieber.

Renato hatte dem jungen Ritter mit sanftem Tadel seine Torheit vorgehalten. »Wie willst du noch Muslims töten, wenn ich dir den Arm abnehmen muss? Wie willst du sie bekämpfen, wenn du mit Blutvergiftung im Grab liegst?«

Michael hatte nur traurig den Kopf geschüttelt. »Vergebt mir, Doktor. Ich hätte auf Euch hören sollen. Aber ich hatte keine Zeit. Die Schiffe der Türken waren schon in Sicht, und ...«

»Schon gut, schon gut. Ich werde sehen, was ich tun kann, aber du musst wissen, dass du sehr krank bist.«

Renato hatte Tag und Nacht die infizierte Hand behandelt, hatte dem Patienten so viel Wein und Opium verabreicht, wie er gerade noch für vertretbar hielt, hatte immer mehr wildes Fleisch weggeschnitten und versucht, die Funktionsfähigkeit der Hand zu erhalten. Am dritten Tag sickerte eine grünes, übel riechendes Sekret aus der Wunde. Nachdem Renato die Wunde ausgewaschen hatte, schien er kurze Zeit die Oberhand über die Infektion gewonnen zu haben.

Am vierten Tag jedoch hatte Michaels Zustand sich dramatisch verschlechtert. Die Infektion hatte auf den ganzen Körper übergegriffen. Michael fiel immer wieder ins Koma, hatte hohes Fieber, konnte nichts mehr bei sich behalten und schlug im Fieberwahn um sich. Er musste ans Bett gefesselt werden.

Renato hatte dem Großmeister mitteilen lassen, dass die Amputation unerlässlich geworden war. Philippe war untröstlich. »Die Moslems sind noch nicht richtig bei uns gelandet«, sagte er zu Docwra, »und schon müssen wir einen unserer tapferen jungen Männer auf die Verlustliste schreiben.«

Renato sprach ruhig auf den jungen Ritter ein und erklärte ihm, dass sein Leben nur zu retten sei, wenn er den brandig gewordenen Arm opfere.

In diesem Augenblick trat Melina neben Renato und tippte ihm auf die Schulter. Matt lächelnd wandte er sich um. Er bemerkte Hélène, die hinter Melina stand. »Ja?«, sagte er und hob die Brauen.

»Doktor, das ist Hélène. Der Großmeister hat sie zu uns gebracht, damit sie uns hilft. Kann sie irgendwo gleich anfangen?«

Renato war nicht anzusehen, ob er erstaunt war oder nicht. Er hatte jetzt nur noch Gedanken für die bevorstehende Operation. »Nun, sie kommt gerade recht«, sagte er. »Meine Liebe, wenn Ihr Euch der Sache gewachsen fühlt, könnt Ihr hier gleich die Wunde auswaschen. Meint Ihr, dass Ihr das schafft?«

Hélène fühlte beim süßlichen Geruch des brandigen Fleisches eine Woge der Übelkeit in sich aufsteigen, doch beim Blick in die schmerzverzerrten Züge des jungen Ritters wurde ihr die eigene Zimperlichkeit bewusst. Was war ihr Unwohlsein gegen seine Schmerzen?

»*Oui, monsieur*, ich bin bereit.«

Während Renato mithilfe von Jean de Morelle, der heute schon einen langen Einsatz hinter sich hatte, seine Instrumente bereitlegte, wurde Michael von ein paar anderen Rittern, die wie alle Ritter regelmäßig Dienst im Hospital machten, auf einen hölzernen Tisch geschoben und mit breiten Lederriemen festgeschnallt.

Hélène musste unwillkürlich die tief ins Holz des Tisches eingesickerten braunen Flecken betrachten. Anders als die dunkle Politur des Holzes besaßen diese Flecken die Farbe des Todes.

Vom Blut der vielen Menschen, die hier auf der Kippe zwischen Leben und Tod gelegen hatten, war auf den Tisch eine zähe Patina entstanden, die niemand mehr abwaschen konnte. Hélène war noch nie Zeugin einer Amputation geworden, aber sie konnte sich vorstellen, was auf diesen tapferen jungen Ritter zukam. Die Brust wurde ihr eng, und ihr Magen wollte revoltieren.

Renato krempelte die Ärmel hoch. Zum Schutz seiner Kleidung legte er eine lange Lederschürze an. Jean de Morelle band ihm die Schürzenbänder zu. Der junge Ritter war am Rande der Bewusstlosigkeit. Alle hofften, er würde in diesem Zustand bleiben, bis das Schlimmste vorüber war. Jean schob ihm für alle Fälle ein lederbezogenes Beißholz zwischen die Zähne. Dann packte er den entzündeten Arm knapp unterhalb der Armbeuge, wo Renato ihn mit einer ledernen Aderpresse abband.

Nach einem letzten prüfenden Blick auf den Instrumententisch ergriff Renato eine dreißig Zentimeter lange glänzende Stahlklinge mit poliertem Holzgriff. Mit einer einzigen geschickten kreisförmigen Bewegung, die keine vier Sekunden dauerte, legte er unter der abgebundenen Stelle rund um den Oberarm im gesunden Gewebe einen Schnitt durch die Haut und das Muskelgewebe.

Mit aufgerissenen Augen verfolgte Hélène den Blutstrom, der sich über den dunkel gefleckten Tisch auf den Boden ergoss. *Mein Gott*, dachte sie, *was für eine Metzelei! Bald werden noch mehr Ritter auf diesem Tisch liegen. Der Boden wird sich rot färben von ihrem Blut.* Sie streifte Renato mit einem Blick. *Und nur dieser Mann wird sie retten können.*

Renato warf das Messer auf den Instrumententisch zurück. Hellrote Fontänen schossen aus den tief liegenden Arterien am Knochen, während ein beständiger dunkelroter Strom aus den durchtrennten Venen floss. Hélène spürte einen Kloß im Hals. Sie bemühte sich, nicht auf den Arm des jungen Mannes zu starren, aber es gelang ihr nicht, den Blick von dem Übelkeit erregenden, furchtbaren Schauspiel zu wenden.

Renato griff nach einem Stapel sauberer Tücher und machte zwei Knäuel daraus, mit denen er an der Schnittstelle den Blutstrom auffing und gleichzeitig das Fleisch nach rechts und links auseinander schob, bis der weiße Knochen zum Vorschein kam. Michael begann sich trotz seines Deliriums vor Schmerzen herumzuwerfen, doch Jean hielt seinen Arm eisern fest.

Renato nahm Hélènes Hände und legte sie auf die Tamponade aus Lappen, deren ursprüngliches Blütenweiß durch die anhaltende Blutung allmählich in Blutrot überging. In einem tranceartigen Zustand ergriff sie folgsam die Tamponade. Mit übermenschlicher Willenskraft zwang sie sich, in diesem kritischen Moment der Operation nicht ohnmächtig zu Boden zu fallen.

In Minutenfrist hatte das Blut die Tücher durchtränkt und tropfte zwischen Hélènes Fingern hindurch auf den Boden, wo seine Farbe sich vom scharlachrot in kastanienbraun verwandelte, während es zwischen Hélènes Füßen zu glänzenden wabbeligen Klümpchen gerann. Ein großer Blutstropfen des Ritters platschte ihr auf den Schuh. Sie konnte sich nicht dazu bringen, den Blick davon zu wenden oder gar den Bluttropfen wegzuschütteln. Ihr war, als käme dies einer Geringschätzung des jungen Ritters gleich, der mittlerweile in eine gnädige Ohnmacht gefallen war.

Renato zog den Knebel der Aderpresse enger. Die Blutung wurde schwächer, hörte jedoch nicht auf. »Das Öl! Öl!«, rief er Jean ungeduldig zu. Jean nahm den kleinen Kupferkessel mit siedendem Öl von dem eisernen Gestell, auf dem er griffbereit auf der Glut stand, und brachte ihn vorsichtig zum Operationstisch.

»Ihr könnt die Tamponade jetzt fortnehmen«, sagte Renato zu Hélène. Sie löste die blutgetränkten Lappen von Michaels Arm und warf sie in einen Holzkübel.

»Schnell, jetzt muss das Öl in die Wunde!«, rief Renato Jean zu. Jean zauderte. Der Mageninhalt drohte ihm hochzukommen. Er schluckte schwer. Schweißperlen traten auf seine Stirn und seine Oberlippe.

»Nun macht schon, verdammt«, herrschte Renato ihn an.

Jean gehorchte. Er neigte den Tiegel und ließ einen Strom siedenden Öls zischend über die blutenden Wundflächen fließen.

Beim gellenden Aufschrei des jungen Ritters hielt jedermann im ganzen Krankensaal erschrocken inne. Alle fuhren herum. Der Gequälte lag mit schmerzverzerrtem Gesicht und geschlossenen Augen mehr tot als lebendig da. Im Vergleich zu dem siedenden Öl war das Schneiden geradezu angenehm gewesen ...

Spritzend und zischend floss das Öl über die Wundflächen. Schlagartig gerann das Blut in den angeschnittenen Gefäßen. Das rote Muskelfleisch wurde braun und zog sich in der Hitze zusammen, als wäre es ein Lebewesen für sich.

Der Geruch des verbrannten Fleischs stieg Hélène in die Nase. Heftig schluckend bekämpfte sie den Brechreiz. Dieser Geruch! Niemals würde sie sich an diesen Geruch gewöhnen können.

Die Blutung war zu einem Rinnsal versiegt. Renato nahm vom Instrumententisch eine fein gezahnte Säge mit dreißig Zentimeter langem und fünf Zentimeter breitem Blatt, das zur Spitze hin schmäler wurde, um das Instrument auch auf beengtem Raum einsetzen zu können.

Mit weniger als zehn Zügen hatte Renato den Knochen durchtrennt. Hélène war auf die andere Seite des Operationstisches getreten. Beim Geräusch der Säge im Knochen verzerrte sie das Gesicht und biss die Zähne zusammen. Unwillkürlich hatte sie die gesunde Hand des jungen Ritters ergriffen und drückte sie nun so fest, dass sie befürchten musste, ihm wehzutun, statt ihn zu trösten. Doch welch ein absurder Gedanke! Als ob sie angesichts dessen, was der Junge auszustehen hatte, seine Lage noch verschlimmern könnte!

Ihre Gesichtsmuskeln entspannten sich, als das Geräusch verstummte. Die Säge wurde klappernd auf den Instrumententisch zurückgeworfen. Als Hélène die Augen aufschlug, sah sie, dass Renato die linke Hand des jungen Ritters in der seinen hielt. Die Rechte hatte er um den Ellbogen des amputierten Arms gelegt. Es sah aus, als wolle er dem jungen Mann, dem er gerade den Arm abgesägt hatte, anerkennend die Hand schütteln.

Renato ließ den Arm in den Eimer mit den blutigen Lappen fallen, bevor er sich wieder dem durchtrennten Knochen zuwandte, aus dessen Höhlung langsam, aber beständig dunkles Blut und samtiges rosa Mark hervorquollen. Er nahm einen Klumpen Bienenwachs vom Beistelltisch, erwärmte ihn über der Öllampe und rollte ihn zwischen den Handflächen zu einer länglichen Kugel, die er als Pfropfen in den hohlen Knochen presste.

Hélène sah ihn etwas Glänzendes aus einer reinlichen Schüssel auf dem Instrumententisch nehmen, das aussah wie das Seidenkäppchen der katholischen Geistlichen. Es war, ohne dass sie es wusste, die Blase eines frisch geschlachteten Schafs. Renato stülpte sie als Wundverband wie eine Haube über den Armstumpf, wo er sie mit Schafssehnen festband. Dann wickelte er den Stumpf in saubere Tücher und befestigte ihn vor Michaels Brust.

Renato stieß einen gewaltigen Seufzer der Erleichterung aus. Er blickte zu Hélène hinüber. »Meine Liebe, ich danke Euch für Eure Hilfe. Schlimmer als das, was Ihr gerade miterlebt hat, kann es nicht mehr kommen – aber Ihr steht ja immer noch auf den Füßen. Ihr seid eine tapfere Frau, das muss man schon sagen. Ihr könnt stolz darauf sein. Michaels Leben befindet sich von jetzt ab in Gottes Hand. Ihr könnt für ihn beten.«

»Danke, Doktor«, hauchte Hélène und glitt ohnmächtig zu Boden.

Zu Beginn der zweiten Augustwoche – der Kampf dauerte nun schon über einen Monat – stellten sich bei den Kreuzrittern schwere Verluste ein. Die türkische Artillerie konzentrierte ihre Angriffe auf die Bastionen Englands und Aragons. Der künstliche Hügel vor den Wällen war inzwischen über die Mauerkrone hinausgewachsen. Mit den obenauf in Stellung gebrachten schweren Geschützen konnten die Türken jetzt in die Stadt hinunterfeuern. Es waren insgesamt vierzehn Kanonen – alles was von der schweren Belagerungsartillerie des Sultans übrig geblieben war. Am Ende der Woche war der englische Abschnitt beträchtlich beschädigt, und in der Mauer des benachbarten Abschnitts von Aragon klaffte ein großes Loch.

Nachts wurden die Mauerbreschen von den Rittern und Bürgern in aller Eile geschlossen, um an folgenden Tag durch das Feuer der Türken wieder aufgerissen zu werden. Beide Seiten mussten furchtbare Verluste hinnehmen, wobei die der Engländer im Verhältnis zu ihrer geringen Zahl außerhalb jeden Verhältnisses lagen. Die mobile Einsatztruppe sprang überall ein, wo es brannte, doch im Fall eines türkischen Großangriffs hätten auch sie die Stellung nicht mehr halten können.

Hélène war mittlerweile Renatos rechte Hand geworden. Melina wurde während der Artillerieoffensive gegen die Mauern von Aragon und England mit der Triage betraut. Während sie die Verwundeten nach dem Grad ihrer Verletzungen einteilte, musste sie die Entscheidung treffen, bei wem die Zuwendung des Arztes Aussicht auf Erfolg versprach. Die düstere Seite dieser Tätigkeit lag in der Einschätzung der Überlebenschancen der Verletzten. Doktor Renato und seine Helfer mussten sich vorrangig mit denjenigen befassen, die sie in absehbarer Zeit wieder auf die Beine bekommen und in die Schlacht zurückschicken konnten. Erst dann konnten sie sich denen zuwenden, die vielleicht überleben, aber so bald nicht wieder kämpfen konnten, falls überhaupt. Der Rest musste einem einsamen Tod überlassen werden.

Melina wusste nicht, wie sie mit der Verantwortung fertig werden sollte. Wenn sie sich nun irrte? Was war, wenn ein Ritter mit ein wenig ärztlicher Zuwendung eben *doch* überlebt hätte?

»Triage ist das Schwierigste, was es gibt«, hatte Renato zu Melina gesagt. »Wenn ich für diese Aufgabe einen Arzt übrig hätte, würde er sie übernehmen. Ich selber kann mich nicht dafür freimachen, also fällt es eben dir zu. Ich weiß, dass du dein Bestes gibst. Vertraue auf Gott, er wird dich bei deiner Entscheidung leiten.«

Melina tat unter Tränen, wie ihr geheißen. Die sterbenden jungen Männer brachten sie zum Weinen. Die Qual der Verwundeten brachte sie zum Weinen. Die tapferen Ritter, die mit frisch verbundenen Wunden und schon wieder blutigen Verbänden ins Schlachtgetümmel zurückgeschickt wurden, brachten sie erst recht zum Weinen. Auf Schritt und Tritt fürchtete sie, das nächste Opfer, das im Korridor auf sie wartete, könnte Jean sein.

Es gab niemand, der den Verwundeten schon auf den Bastionen hätte beistehen können. Sie mussten von ihren Kameraden oder von den Bürgern der Stadt ins Hospital geschafft werden, manchmal noch in voller Rüstung. Melina hielt jedes Mal den Atem an, wenn das Visier hochgeklappt wurde. Jeden Moment rechnete sie angstvoll damit, Jeans Gesicht könnte zum Vorschein kommen. Tag und Nacht fürchtet sie, der schreckliche Augenblick könnte kommen, an dem sie dem Mann, den sie mehr liebte als ihr eigenes Leben, die ärztliche Behandlung verweigern musste. Und bei jedem verwundeten Ritter, der ins Hospital gebracht wurde, musste sie sich zum Vorwurf machen, dass sie durch ihren flehentlichen Wunsch, es möge nicht Jean sein, das Verderben einer anderen armen Seele in Kauf nahm.

»Ich könnte Jean *niemals* abweisen«, hatte sie Renato gestanden.

»Gott wird dich leiten«, hatte er geantwortet. »Vertraue auf Gott!«

Am Abend des massivsten Angriffs war der Kommandeur des Abschnitts von Aragon, Juan de Barbaran, eingeliefert worden. Zwei Ritter hatten sich an dem schweren Mann abgeschleppt, der zudem noch Schwert und Rüstung trug. Sie legten ihn am Eingang zum Krankenrevier nieder. »*Ayudame, Señora.*« Helft mir, Frau!, hatte der Verwundete auf Spanisch gefleht. Melina sah das schrecklich viele Blut, das bereits seinen Umhang tränkte, und die Blutlache auf dem Boden. Ein umherfliegender Steinsplitter hatte ihn am Hals getroffen und zwei große Adern durchtrennt. Der Kommandeur verblutete vor ihren Augen.

Melina hatte seinen Kopf in ihren Schoß gebettet und einen Tuchknebel in die Wunde gepresst. Renato war gekommen, um nachzusehen, was vorging, und den Finger prüfend an Barbans Hals gelegt. Er nahm Melina den Tuchknebel aus der Hand und machte den beiden Rittern ein Zeichen, den Kommandeur wieder hinauszuschaffen. Für Tote hatte Renato in seinem Hospital keinen Platz.

Er hatte Melina an der Hand genommen und fortgezogen. Sie wollte nicht, aber er zog sie hinter sich her zu ihrer Kammer, wo ihre beiden Säuglinge im Schlummer lagen. »*Basta, Cara, Basta!* Für heute ist's genug! Leg dich zu deinen Kindern und schlaf ein wenig. Hélène wird mir helfen. Wir werden eine Zeit lang auch ohne dich zurechtkommen. Gott segne dich.«

Hélène ging unsicheren Schrittes den Mittelgang des großen Krankensaals hinunter. Ihre Hände zitterten vor Müdigkeit. Durch die schmalen Gassen zwischen den Reihen der Leiber der Verletzten, die den Saal inzwischen bis zum letzten Platz ausfüllten, strebte sie zu Melinas Kammer, die inzwischen auch ihr Refugium geworden war.

In den drei Wochen seit Beginn ihrer Arbeit mit Doktor Renato und Melina hatte sie das Hospital nicht verlassen. Jedes Mal, wenn sie sich aufmachen wollte, um Philippe zu sehen, war ihr Vorhaben von einer neuen Woge Verwundeter fortgespült worden. Philippe kam zwar jeden Tag mindestens einmal, um sich über den Krankenstand zu informieren, doch seine Besuche waren kurz, und es gab kaum einen Moment, in dem er und Hélène miteinander allein sein konnten. Anfangs hatte sie geglaubt, er würde sie absichtlich links liegen lassen, vielleicht als Strafe für die Eigenmächtigkeit, mit der sie nach Rhodos gekommen war; dann aber bemerkte sie, dass auch ihm die Arbeit und die Verantwortlichkeiten seines Kommandos allmählich über den Kopf wuchsen und dass das Los der Verwundeten und Sterbenden ihn schwer bedrückte.

Unterwegs machte Hélène einen kurzen Halt, um einem jungen Ritter zu helfen, der sich gerade wieder auf den Weg auf die Bastionen machen wollte. Seine Wunden waren noch nicht verheilt und die Verbände mit getrocknetem Blut verkrustet, gleichwohl zwängte er sich in seine Rüstung und flüchtete aus dem Schutz des Hospitals. Hélène schüttelte traurig den Kopf und fragte sich, ob sie ihn wohl lebendig wiedersehen würde. Kam er mit noch schrecklicheren Wunden zurück? Oder würde er im Gefecht fallen und in eines der wenigen noch unbeschädigten Gebäude geschafft, wo die Leichen bis zu ihrem Begräbnis aufgebahrt wurden?

Vor Melinas Tür blieb sie lauschend stehen. Durch die Kakophonie des Krankenreviers – dem Stöhnen und Schreien, den Geräuschen von Menschen in Qual und Verzweiflung – konnte sie hören, wie Melina ihren Kindern etwas vorsang. Langsam öffnete sie die Tür. Vorsichtig und leise schob sie sich in die kleine Kammer. Die Flamme einer einsamen Kerze in der Ecke auf dem Boden ließ die unsteten Schatten von Melina und den Zwillingen über Decke und Wände tanzen. Das orangefarbene Flackern machte Hélène schwindelig. Rasch kauerte sie sich auf das Stückchen freien Platz, das noch übrig war.

Die beiden Frauen waren sich in den vergangenen Wochen sehr nahe gekommen. Was sie verband, ging über die gemeinsame Sorge für das Wohl der Verwundeten weit hinaus. Beide waren einer von ihrer Religion und ihrer Gesellschaft geächteten Liebe verpflichtet, und das hatte eine Freundschaft hervorgebracht, die tiefer und inniger war als alles, was sie bislang erlebt hatten. Hélène beneidete Melina um das Gottesgeschenk der kleinen Familie mit Jean. Kaum eine Stunde verging, in der sie nicht darüber nachdachte, ob ihr und Philippe je ein solches unschätzbares Geschenk zuteil würde. Manchmal fragte sie sich sogar, ob ihre Liebe diese Belagerung überdauerte.

Melinas Gesang wurde leiser und sanfter, während die Zwillinge noch ein paarmal nuckelten und dann satt an Melinas Brüsten einschliefen. Melina wischte ihnen die Mündchen ab und schloss das Mieder. Sie hielt Marie und Ekaterina in den Armen, als wollte sie die beiden Würmchen vor dem Chaos beschützen, das rund um ihr kleines Refugium im Hospital herum ausgebrochen war. Lächelnd wiegte sie die Zwillinge tiefer in den Schlaf. Es war einer der wenigen Augenblicke ihres Tagesablaufs, an dem sie sich diesen Luxus erlauben konnte.

»Wenn ich euch drei so ansehe«, sagte Hélène, »kann ich wieder hoffen, dass unser Elend eines Tages ein Ende hat.«

»Ich weiß«, sagte Melina. »Ohne diese beiden wäre ich längst verzweifelt. Wie könnte Gott zulassen, dass ihnen in ihrer Unschuld etwas zu Leide getan wird? Ich kann es mir nicht vorstellen.«

Die beiden Frauen saßen still beieinander. Wie konnte falsch sein, was Melina gesagt hatte? Aber wenn es stimmte, war es ein Schlag für jeden religiösen Glaubenssatz, mit dem Hélène aufgewachsen war. Die absurde Vorstellung, diese beiden Engelchen seien mit der Erbsünde behaftet, machte die beiden Frauen ratlos. Hélènes katholische Überzeugungen waren samt und sonders auf den Kopf gestellt worden, seit sie Melina kennen gelernt hatte. Und bei Melina hatte das Judentum längst die christlichen Lehren ihrer Kindheit verdrängt. Keine der beiden Frauen glaubte mehr an die Glaubensgrundsätze, für die die Kreuzritter lebten und in den Kampf zogen; dennoch liebten sie beide einen Mann, der diesen Dogmen gemäß lebte und bereit war, dafür zu sterben.

Die Geräusche des Krankensaals, die in die Stille der Kammer drangen, brachten den beiden Frauen ihre Lage zu Bewusstsein. »Hat der Großmeister schon gesagt, was er tun wird, wenn die Belagerung vorbei ist?« Hélène brachte es immer noch nicht fertig, von ihm als Philippe zu sprechen.

»Du meinst, was uns betrifft?«

»Ja.«

»Nein. Seit ich hier bin, hat er nie darüber gesprochen. Und davor war es auch kein Thema, denn in Paris, so nahe am Sitz seiner Macht und seiner Familie, konnten wir uns ohnehin nie gemeinsam sehen lassen.« Hélène wischte sich eine Träne aus den Augen. Sie zitterte, obwohl es in der Kammer durch die Körperwärme übermäßig warm geworden war. »Und wie steht es mit dir und Jean?«

»Im Moment geht er vollkommen darin auf, uns und die Stadt zu verteidigen. Wir haben uns früher einmal darüber unterhalten, was wir tun würden, wenn der Großmeister uns das Zusammensein verbieten würde, aber wir sind zu keinem Ergebnis gekommen. Ich glaube, jetzt, da Jean Vater geworden ist, würde er wahrscheinlich den Orden verlassen, wenn er sich entscheiden müsste. Aber solange uns die Türken bedrängen und sein Orden im Kampf steht, würde er seine Gelübde niemals lösen.«

Die beiden Frauen dachten das Undenkbare, das wie ein dunkler Schatten über ihnen hing. Hélène verlieh dem Gedanken als erste Ausdruck. »Und wenn es nun nicht gelingt, die Türken zurückzuschlagen? Was dann?«

Melina sah auf die Zwillinge in ihren Armen und drückte sie fester an sich. »Dazu muss es erst einmal kommen. Jetzt möchte ich mir so etwas noch gar nicht vorstellen. Meine beiden Mädchen sollen Sklavinnen des Sultans werden? Sie sollen in einem nichtswürdigen Harem leben? Sollen seine ...?« Kopfschüttelnd schloss sie die Augen und schüttelte den Kopf, als wollte sie einem unerträglichen Bild den Zutritt zu ihrem Hirn verwehren. »Niemals!«, zischte sie. Die Zwillinge schreckten aus dem Schlaf hoch und streckten mit geballten Fäustchen die Ärmchen aus. »Niemals ...«, flüsterte Melina. »Glaubst du, der Großmeister könnte dem Sultan anbieten, die Stadt kampflos zu übergeben?«, fragte sie Hélène.

»Das halte ich für ausgeschlossen. Er ist kein Mann, der aufgibt. Er sieht die Welt nur in zwei Kategorien: Gut und Böse, wir und die anderen. Ich glaube, für ihn ist es ausgemachte Sache, dass bis zum letzten Mann gekämpft wird, auch was die Einwohner der

Stadt angeht. Nein, ich glaube nicht, dass er die Stadt übergeben würde, solange noch ein einziger Mann mit ihm auf den Bastionen stehen und kämpfen kann.«

Hélène legte fröstelnd den Arm um Melinas Schultern und umschlang mit dem anderen die beiden Mädchen. Ihre Köpfe sanken aneinander. Binnen kurzem lagen Groß und Klein im Schlaf.

In den ersten Augustwochen hatten die türkischen Sklaven Tag und Nacht geschuftet, um die Rampe aufzuschütten, von der die Kanonen des Sultans auf die Stadt herunterschießen konnten. Tausende und Abertausende Zentner Erde und Geröll wurden aus der Umgebung der Festung herbeigeschafft. Türkische Festungsbaumeister lenkten die Arbeiten; Janitscharen bewachten und schützten die Männer vor Überfällen der Kreuzritter.

Die riesige Rampe wuchs direkt vor dem Mauerabschnitt Aragons empor. Sie stieg von den türkischen Linien allmählich bis zu einer Höhe an, die die Mauerkronen um fast fünf Meter überragte. Obenauf waren die besten Kanonen des Sultans in Stellung gebracht worden. Riesige Kolonnen von Männern und Zugtieren waren nötig gewesen, um die tonnenschweren Geschütze die Rampe in ihre Stellungen hinaufzuziehen. Dann wurden Tag und Nacht Pulver und Munition hinaufgeschafft. Die riesigen steinernen Geschosse wurden auf hölzernen Schlitten nach oben geschleppt. Ende August, nach fast einem Monat Belagerung, war alles an seinem Platz. Die türkischen Kanoniere konnten das Feuer von oben auf die Kanoniere der Kreuzritter auf den Mauerkronen eröffnen.

Jetzt waren beide Seiten dem Beschuss schutzlos ausgesetzt. Die Kreuzritter konnten nach wie vor die Stellung der türkischen Artillerie einsehen, doch die Türken nun auch die der Kreuzritter auf den Mauern.

Die Ritter der *Langue* von England, die denen von Aragon während der Schlacht um ihre Befestigungen zur Seite standen, mussten einen schrecklichen Blutzoll entrichten. Die meisten wurden getötet, ebenso der Kommandeur und der Oberkanonier von Aragon.

Von Sonnenaufgang bis Sonnenuntergang hämmerten die türkischen Kanonen auf die Mauern und den Turm von Aragon ein. Große Mengen Schutt und Mauerwerk lösten sich von den Befestigungen, stürzten in die Gräben am Fuß der Mauern und füllten sie zum Teil auf. Im Feuerschutz der Kanonen auf der Rampe arbeiteten sich die türkischen Truppen langsam aber sicher näher an die Stadtmauern heran.

Nachts, wenn die türkische Artillerie ihr Ziel nicht ausmachen konnte, warfen die Kreuzritter Sklavenarbeiter in die Breschen, die die Beschädigungen des Tages notdürftig reparierten. Mit Sonnenaufgang trieben die Kanonen der Türken die Arbeiter zurück und droschen wieder pausenlos auf die Mauern ein, bis sich weitere Breschen auftaten.

Gabriele Tadini stand vor dem Großmeister. Es war schon fast Mitternacht. Sie hatten beide in den vergangenen Tagen kaum geschlafen. »Herr, wir haben schlimme Verluste. Bislang konnten die Türken uns wenig anhaben. Aber mit dem heutigen Tag sind sie höchst gefährlich geworden.«

»Hat das Feuer auf die Arbeiterkolonnen an der Rampe denn nichts genützt?«

»Doch, Herr. Wir haben die Ungläubigen in Massen vernichtet. Das Leben seiner Untertanen ist dem Sultan völlig gleichgültig. Er hat Zehntausende in Bereitschaft, mit denen er die Verluste wettmachen kann. Man könnte meinen, er ist darauf aus, unsere Gräben mit Leichen aufzufüllen! Aber es nützt nichts, selbst wenn wir für jeden unserer gefallenen Ritter zwanzig Feinde töten. Für jeden Getöteten wartet Ersatz hinter den Linien.«

»Was sollen wir tun?«

»Ich weiß, dass Ihr ein Gegner weiterer Ausfälle seid. Aber wir müssen ihre Kanonen zum Schweigen bringen. Ich schlage einen berittenen Angriff auf die türkische Artillerie vor. Nach meiner

Meinung dürften die Verluste sich in Grenzen halten, wenn wir mit einem blitzartigen Angriff die Rampe nehmen, die Kanonen aus den Stellungen werfen und uns danach sofort wieder in die Festung zurückziehen.«

»Das könnte gelingen. Wie viele Männer würdet Ihr dazu brauchen?«

»Ich hätte gern das mobile Einsatzkommando und einige Kontingente der größeren *Langues* zu meiner Verfügung. Alles in allem etwa zweihundert Berittene.«

Philippe stieß hörbar die Luft aus. »Gabriele, das ist ein Drittel meiner gesamten Streitmacht!«

»*Seigneur*, ich weiß. Aber hier handelt es sich um einen umfassenden Schlag, der das Schicksal unserer Stadt entscheiden kann! Außerdem hätte ich gern einen Eurer Ritter als meinen leitenden Offizier – Jean de Morelle.«

»*D'accord*«, erklärte Philippe sich einverstanden. Er war immer noch ein wenig skeptisch. »Jean ist der beste Mann. Lasst ihn holen. Er dürfte sich im Hospital aufhalten.«

»Zweifellos«, meinte Tadini und grinste.

Am Abend des neunzehnten August versammelte Tadini das mobile Einsatzkommando und die Kontingente der *Langues* von Frankreich, Deutschland und der Provence zum Angriff. Sie ritten beim Abschnitt von Italien hinaus in das Niemandsland zwischen der Festung und den türkischen Artilleriestellungen. Jean de Morelle ritt neben Tadini.

»Unsere Männer sollen sich möglichst lange in der Nähe der Mauern halten. Ich möchte, dass sie nicht ins Schussfeld unserer Arkebusen geraten, falls wir von den Türken angegriffen werden, bevor wir an ihren Kanonen sind. Allerdings glaube ich nicht, dass sie sich aus ihren Gräben herauswagen.«

»*Oui.*« Jean riss sein Pferd herum und gab den Befehl an die anderen weiter, die in Zweierreihen unter der Mauer entlang ritten. Tadini saß auf einem großen weißen Schlachtross, einem *grand cheval de bataille*. In der Nähe des großen Erdhügels spornte er sein Pferd zum kurzen Galopp. Die Kolonnen der anderen Ritter folgten ihm in einer langen Schlange. Als sie um den Mauerknick zwischen dem Abschnitt von England und Aragon bogen, erhöhte Tadini das Tempo. Die anderen Ritter schlossen dichter auf und jagten hinterher. Jean galoppierte zur Spitze des Zuges, wo er sich neben Tadini setzte. Draußen in den Gräben im Vorfeld hockten mehr als tausend türkische Azabs, die die Rollbahn hinauf zur Rampe bewachten.

Die Kolonnen der zweihundert Mann schwenkten vor den Mauern zum Angriff ein. Die Lanze himmelwärts gerichtet, feuerte Tadini seine Männer an. »*Andiamo!*« Eine kompakte Masse von zweihundert gepanzerten Rittern setzte sich in Bewegung. Steine und Grassoden wurden von den Hufen emporgeschleudert. Donnernd galoppierte der Pulk schnurstracks auf die angstvoll in den Gräben hockenden Türken los.

Sofort wurde es lebendig. Ein Gewimmel übereinander kriechender Leiber drang aus den Gräben, um sich vor dem Ansturm der Ritter in Sicherheit zu bringen. Viele glitten aus und fielen über ihre Kameraden. Die zappelnden Haufen aus Leibern behinderten die Flucht der anderen. Die fluchenden Kommandeure hieben mit der flachen Klinge auf sie ein, ohne indes die allgemeine Flucht aufhalten zu können.

Tadini und seine Ritter ritten die Fliehenden nieder. Der Boden wurde schlüpfrig vom Blut der zertrampelten Azabs. Wer noch rannte, wurde mit der Lanze aufgespießt. Als die Türken hinter die Linie ihrer Artilleriestellung zurückgetrieben waren, ließ Tadini seine Phalanx kehrt machen und die Rampe zu den Belagerungskanonen hinaufpreschen. Die schweren Geschütze zeigten auf die Festung und konnten unmöglich schnell genug gedreht werden, um die Ritter zu bedrohen. Die Wachmannschaft stob auseinander und floh die steile Böschung hinunter. Wer von den türkischen Kanonieren auf Posten geblieben war, wurde von den angreifenden Rittern aufgespießt oder mit dem Schwert in Stücke gehauen.

Die Ritter setzten die hölzernen Geschützlafetten in Brand, die unter dem gewaltigen Gewicht der Kanonenrohre rasch zusammenbrachen. Die Rohre rollten auf den Boden, oft sogar über den Rand der Böschung hinunter, wo sie eine Gasse des Todes in die fliehenden Azabs walzten.

Als die Pulvervorräte der Stellung in die Luft gejagt worden waren – sehr zu Tadinis Leidwesen, denn er wünschte, er hätte das kostbare Schießpulver in die Festung schaffen können – riss er das Pferd herum und sprengte vor seiner kleinen Armee wieder die Rampe hinunter.

Kurz vor deren Ende wuchs plötzlich eine Reihe Azabs aus dem Boden und stellte sich ihm entgegen. Sein Pferd scheute. Beim Versuch, das Tier unter Kontrolle zu bringen, entfiel ihm die Lanze. Als er sie aus dem Sattel aufheben wollte, trat sein Pferd unter der plötzlichen Gewichtsverlagerung unvermutet nach rechts, und Tadini rutschte vom Rücken des Tieres. Der Brustpanzer schützte ihn zwar vor Rippenbrüchen, doch er krachte mit dem vereinten Gewicht seines Körpers und der schweren Rüstung zu Boden.

Der rechte Arm und die Hand waren taub vor Schmerz. Er rollte sich auf die linke Seite, rappelte sich hoch und sah sich sechs Azabs gegenüber, die in Form eines Halbmonds Aufstellung nahmen und langsam näher kamen. Mühsam zerrte Tadini mit der linken Hand das Schwert aus der an seiner linken Seite baumelnden Scheide. Er wog seine Chancen ab. Auf keinen Fall durfte er sich umzingeln lassen. Sein Pferd, das darauf abgerichtet war, zu seinem Reiter zu kommen, stampfte hinter ihm mit den Hufen. Die Augen wachsam auf den Feind gerichtet, machte Tadini ein paar Schritte rückwärts, bis er die Flanke seines nervösen Reittiers im Rücken spürte. Er wusste, dass er es niemals in den Sattel schaffen würde. Beim Aufsteigen allein auf die linke Hand angewiesen, hätten die Azabs ihn längst zerstückelt, bevor er den Fuß richtig im Steigbügel hatte.

Tadini stand hoch aufgerichtet da und blickte dem Offizier der

Azabs ins Auge. Verwegen grinsend hob er mit der Linken das Schwert. Die Spitze zielte zwischen die Augen des Mannes, der vor ihm stand. »Willst du als Erster sterben?«, rief er ihm in perfektem Türkisch zu.

Der Azab-Offizier starrte ihn verdutzt an. Tadinis Schwert zischte ohne Vorwarnung durch die Luft und zeichnete vom linken Ohr des Mannes über seinen Hals bis hinunter zum Kragen seines Umhangs eine rote Linie. Der Mann stierte Tadini ungläubig an. Er wollte etwas sagen, brachte aber keinen Laut hervor. Roter Schaum und rote Luftblasen blubberten aus seinem Mund und der Halswunde. Mit leerem Blick sah er seine Männer an, taumelte und fiel. Noch im Vorwärtsfallen suchte sein Blick Tadini. Im selben Augenblick, als er mit dem Gesicht ins Geröll schlug, fuhr Tadinis Klinge schon dem zweiten Gegner in den Hals und dem dritten durch die Brust.

Die restlichen Azabs formierten sich neu. Wütend drangen sie auf Tadini ein, der sich Deckung suchend an sein Pferd zurückgezogen hatte. Er wusste, dass seine Uhr abgelaufen war; dennoch grinste er den anstürmenden Männern entgegen. Drei hatte er schon getötet, und ein oder zwei andere würde er bestimmt noch mit in den Tod reißen, bevor er unter ihren Klingen starb.

Tief geduckt nahm er Maß. Er wollte als Finte auf die Brust des rechten Mannes vor ihm zielen und dann mit einem rückhändig geführten Streich dem Gegner daneben den Kopf abhauen. Wenn er den einen verfehlte, erwischte er vielleicht den anderen. Er würde sterben – aber zusammen mit einem Feind.

Während er noch das Auge seines Gegenübers fixierte, wurde ihm das Schwert aus der Hand geschlagen. Ein furchtbarer Schmerz schoss durch seinen Arm, und das Schwert klirrte auf den Boden. Tadini blickte auf. Er wollte dem Mann ins Auge blicken, der ihn zu töten versuchte, doch er sah nur etwas Wehendes, Braunes. Die Angreifer prallten zurück. Eine behandschuhte Hand packte Tadini unter der Achsel und riss ihn hoch. Die Kanten der Rüstung schnitten ihm schmerzhaft ins Fleisch. Erst jetzt ging ihm auf, dass der Arm, der ihn gepackt hatte, zu einem Ritter auf einem Pferd gehören musste. Von der Flanke eines Schlachtrosses nur unvollkommen gestützt, flog er durch die Luft und wurde nach ein paar Metern wieder fallen gelassen.

Tadini schlug aufs Gesicht. Er wischte sich Schmutz und Blut aus den Augen und sah sich um. In einer Staubwolke lagen zwei niedergerittene Azabs tot am Boden. Jean de Morelle saß auf seinem sich aufbäumenden Ross und hieb mit dem Schwert nach dem fliehenden dritten Feind. Als auch sein dritter Streich den Rücken des rennenden Azabs verfehlt hatte, ließ Jean von ihm ab und kam zurückgeritten.

Er sprang vom Pferd und trat zu Tadini, der immer noch auf dem Boden saß und sich Steinchen und Schmutz aus Gesicht und Augen klaubte. »Gabriele, alles in Ordnung?«

Tadini nickte und versuchte aufzustehen, doch sein rechter Arm war noch taub und ungelenk vom Sturz. Jean packte ihn am linken Arm und zog ihn hoch. Ohne ein weiteres Wort stapften sie zu ihren Pferden. Jean stemmte Tadini in den Sattel und drückte ihm die Zügel in die Hand, bevor er sich selbst aufs Pferd schwang.

Die beiden Männer sprengten der Schwadron der sich zurückziehenden Kreuzritter hinterher. Tadini galoppierte durch bis zur Spitze, um wieder das Kommando über seine Truppen zu übernehmen. Jean, der Anschluss zu halten versuchte, hörte, wie Tadini ihm etwas zurief, konnte es im Lärm des Musketenfeuers, das mittlerweile zur Deckung des Rückzugs auf den Mauern eingesetzt hatte, aber nicht verstehen.

Vor dem künstlichen Hügel schwenkten sie nach rechts zum Johannestor im Abschnitt der Provence. Die Türken glaubten, die Kreuzritter seien auf der Flucht. Sie fassten wieder Mut, rannten auf ihre Gefechtsstationen und setzten zum Gegenangriff an.

Tadini wandte den Kopf. Er sah, dass seine Männer drauf und dran waren, sich dem Ansturm der Türken entgegenzuwerfen. »Jean, reitet an den Kolonnen entlang und scheucht die Männer in die Festung zurück! Keine Feindberührung suchen!« Unter Schmerzen gab Tadini mit erhobener rechter Hand das Zeichen zum Rückzug. Er wollte auf keinen Fall unnötige Verluste riskieren. Das Ziel des Ausfalls war erreicht, die Kanonen zum Schweigen gebracht, alle Männer wie durch ein Wunder heil davongekommen.

Während der Kommandotrupp an den Bastionen Aragons und Englands vorbei zum Tor sprengte, gerieten die Verfolger in ein mörderisches Kreuzfeuer, das von den Mauern auf sie herabprasselte. Die Musketen der Verteidiger fanden ein leichtes Ziel. Sogar die Bogenschützen griffen ein und verdunkelten den Himmel mit ihren Pfeilen. Als die Kreuzritter in die Festung einritten, lagen die Türken zu Hunderten tot und verwundet im Schutt der Gräben.

Hinter dem Tor setzte Jean sich an die Seite von Tadini. »Was habt Ihr mir vorhin da draußen zugerufen? Ich konnte Euch nicht verstehen.«

»Vorhin? Ich wollte wissen, weshalb Ihr mir die Tour vermasselt habt.«

»Die Tour vermasselt?«

»Ja, ich war im Begriff, drei Türken mit einem Schlag zu köpfen. Sie standen wie die Orgelpfeifen vor mir. Sie dachten, sie hätten mich in der Zange, aber ich hätte die drei mit einem Streich erledigt.«

Jeans Gesicht war vom stürmischen Ritt und der Gefahr gerötet. Sein Puls jagte. Er hatte seinen Gleichmut noch nicht wieder gefunden. Tadini dagegen gab sich kühl und ganz als Herr der Lage.

»Und ich habe geglaubt, ich hätte Euch das Leben gerettet!«, platzte Jean heraus, während sie die Pferde zum Schritt zügelten.

»*Grazie*, aber ich war zu keinem Zeitpunkt wirklich in Gefahr.« Tadini klopfte seinem Ross die Flanken und trabte unter Winken davon, von der Menge bejubelt, um sich an die Spitze des Zuges zu setzen.

Unter dem Jubel ihrer Kameraden und der Einwohner zogen

Tadini und seine Männer durch die Straßen. Man hatte ihren beherzten Einsatz von den Zinnen herab verfolgt. Es war, als hätten die Leute sich eine mitreißende Theatervorstellung angesehen und würden nun den Darstellern den verdienten Applaus spenden. Die Rückkehrer reckten die Schwerter und Lanzen mit den abgehauenen Köpfen der Feinde in die Luft, auf denen manchmal noch der Turban mit den einst so stolzen Reiherfedern saß, die jetzt blutverkrustet traurig herunterhingen. Die Ritter machten sich einen Spaß daraus, die grausigen Souvenirs unters Volk zu werfen. Manche Köpfe gerieten unter die Hufe der darauf ausgleitenden Pferde und wurden zertrampelt, die andern wurden von den Rhodiern aufgelesen und über die Mauern den Türken vor die Füße geschleudert.

In den darauf folgenden Tagen unternahmen die Kreuzritter weitere Ausfälle gegen Piri Pascha vor dem Abschnitt von Italien, gegen Achmed Pascha vor Aragon und gegen Ayas Agha vor Deutschland. Die Ritter hatten nur wenige Tote und Verwundete zu beklagen, während die Türken jedes Mal schwere Verluste erlitten. Nach den Ausfällen kehrten sie mit den Köpfen getöteter Gegner zurück, soweit sie die Feinde nicht gefangen genommen hatten und hinter sich herschleppten. Die Gefangenen kamen auf die Streckbank und wurden so lange gefoltert, bis das letzte bisschen Information aus ihnen herausgepresst war. Dann brachte man sie um, warf sie über die Mauern und ließ die Leichen in der Sommerhitze verrotten.

12.

Der Kampf unter der Erde

Rhodos
September 1522

Anfang September, nach sechs Wochen Belagerung, waren fünf Sechstel des Mauerringes unterminiert. Die türkischen Mineure und Sappeure hatten in unterschiedlichem Winkel fünfzig Stollen zu den Mauern vorgetrieben. Wie Spinnenbeine griffen sie von den Stadtmauern nach allen Seiten aus. Vierundzwanzig Stunden am Tag waren die Männer in den Tunnelgräben am Werk. Tag und Nacht hatten für sie keine Bedeutung mehr, denn sie sahen die Sonne ohnehin nicht.

Tadinis Männer hatten als Gegenmaßnahme auf der Innenseite der Mauern längs der gesamten Stadtbefestigung ebenfalls einen Stollen gegraben, den die türkischen Tunnelbauer anschneiden mussten, sobald sie unter die Mauern vorstießen.

Am Stollen unter den Bastionen der Provence hatten die türkischen Mineure wochenlang gegraben. Anfangs, als sie noch in einem offenen Graben arbeiteten, hatten sie unter dem Dauerfeuer der Kreuzritter gelegen, doch bald hatten sie sich aus Balken, Tierhäuten und darüber geschüttetem Erdreich einen Schutzwall verschafft. Nachdem sie sich näher an die Mauern herangegraben hatten, konnten die Verteidiger die Kanonen nicht mehr steil genug nach unten richten, und der Beschuss aus schweren Waffen hatte aufgehört. Nun konnten die Türken tief in den Stollen arbeiten, ohne Furcht vor feindlichem Beschuss haben zu müssen.

Doch Grund zur Angst gab es immer noch mehr als genug. In den engen Schächten war es heiß. Die Männer schwitzten, konnten nicht aufstehen, konnten sich kaum umdrehen. Im Liegen scharrten sie Erdreich und Steine fort und stopften den Abraum in einen Beutel, der dem Hintermann zugeschoben wurde. Oft arbeiteten sie in völliger Finsternis. Der entsetzliche Gestank ihrer Ausdünstungen und der Staub ihrer eigenen Arbeit raubten ihnen den Atem. Immer wieder kam es zur Panik, wenn trotz der notdürftigen Abstützung mit Brettern, die von Mann zu Mann nach vorne gereicht wurden, ganze Tunnelabschnitte ohne Vorwarnung einbrachen. Die Männer lebten mit der ständigen Angst, lebendig begraben zu werden, sei es durch ein Missgeschick oder durch eine Gegenmine des Gegners.

Wie die Maulwürfe krochen die Mineure durch die dunklen Gänge. Gelegentlich leuchteten sie mit einer Kerze oder einer Öllaterne voraus, meist aber war es einfacher, im Dunkeln nach Gefühl zu graben. Die türkischen Militäringenieure berechneten die Richtung und Entfernung. Manchmal lagen ihre Tunnels genau im Ziel, aber es kam auch vor, dass die Stollen weitab im Gelände endeten und die Sprengladungen irgendwo vor den Mauern detonierten, statt Teile der Befestigungen zu zerstören.

Fast alle Arbeiter waren Sklaven, denen die schwerste und gefährlichste Aufgabe zugeschoben wurde. Wer sich drücken wollte, wurde am Eingang der Löcher von den Offizieren mit der flachen Klinge in die Schächte zurückgeprügelt. Wenn die Mineure mit ihren Gängen unter die Mauern gelangten, wussten sie, dass die Ritter bereits auf Horchposten saßen. Jeden Moment konnte die grauenhafte Druckwelle einer detonierenden Gegenmine heranjagen und das Erdreich über ihnen zum Einsturz bringen. Die Glücklicheren kamen bei der Explosion sofort um. Wer weniger Glück hatte, wurde lebendig begraben und starb einen qualvollen langsamen Erstickungstod. Diesen armen Seelen blieb nur der Trost, dass sie noch um Vergebung ihrer Sünden zu Allah beten konnten.

Der bosnische Sklave Ismail arbeitete sich in der qualvollen Enge des Schachts mit seiner kurzstieligen Hacke langsam voran. Sein Hintermann kannte Ismails Namen nicht, und Ismail nicht den seines Hintermanns. Sie hatten weder Zeit noch Gelegenheit für Freundschaft oder ein paar Worte. Jeder hoffte nur, die nächsten Minuten zu überleben, die nächsten Stunden, die nächste Schicht, um irgendwann wieder ans Tageslicht zu kommen und frische Luft atmen zu dürfen.

Ismail löste aus dem anstehenden Erdreich ein paar Steine, kaum größer als seine Faust, und steckte sie in den Beutel, den er hinter sich herzog. Dann kratzte er die umgebende feuchte Erde heraus und schob sie mit den Händen ebenfalls in den Beutel. Eine Schaufel hatte er nicht, nur die kleine kurzstielige Hacke. War der Beutel gefüllt, verschnürte er ihn mit einem lockeren Knoten und schob ihn hinter sich. Der volle Beutel wurde von Mann zu Mann nach hinten gereicht, ein leerer nach vorn. Ismails Gedanken kreisten um den schrecklichen Tod, der ihn jeden Moment ereilen konnte. Nach jeder Hand voll Erde konnte er von den Erdmassen lebendig begraben oder von einer Explosion zerrissen werden.

Um sich aus der furchtbaren Gegenwart zu lösen, versuchte er, an seine Familie zu denken, an das Leben, bevor die Armee des Sultans ihn zum Sklaven gemacht hatte. Er dachte daran, wie er im warmen Sonnenschein Bosniens bei der Feldarbeit geschwitzt hatte; jetzt aber spürte er den kalten Angstschweiß auf dem ganzen Körper. Seit Wochen hatte er nicht mehr die Wärme der Sonne auf der Haut gefühlt. Manchmal konnte er sich den Duft des frisch gemähten Getreides vergegenwärtigen und den Geschmack des kühlen Wassers, das seine Schwester ihm in einem hölzernen Eimer gebracht hatte. Dann stürzte die Gegenwart mit ihrer Finsternis und dem Schmutz wieder auf ihn ein. Er würde seine Familie nie wiedersehen. Leise weinend scharrte er sich tiefer unter die Mauern der Festung.

Manchmal steckte eine Menschenkette von mehr als zweihundert Mann in einem solchen Schacht, um Steine und Erdreich herauszuschaffen. Und jeder dieser Männer hatte eine Geschichte, eine Vergangenheit wie Ismail.

Vor den Schächten warteten die türkischen Ingenieure, ließen Messungen vornehmen, stellten Berechnungen an, wie weit der Tunnel vorangekommen war und wo er unter den Befestigungen auskommen würde. Mit neuen Messungen und Zahlen wurden die Zeichnungen auf den letzten Stand gebracht, die Kalkulationen verfeinert. Bald würde man die Sappeure in den Schacht schicken können, um die Sprengladung anzubringen.

Aber war »bald« früh genug? War die Sprengladung stark genug? Waren die Zündschnüre lang genug? Würden die Sappeure wieder lebend ans Tageslicht kommen?

Ismail arbeitet sich im Schneckentempo vor, maß sein Vorankommen in Zentimetern. Er stützte den Schacht mit weiteren Brettern ab, die zuvor draußen in freier Natur geschnitten worden waren. Über Kopf klemmte er einen breites Querholz ein und stützte es mit Balken ab, damit nicht andauernd das Erdreich auf ihn rieselte. Mit dem Hackenstiel keilte er die Stützbalken fest. Er arbeitete mit äußerster Sorgfalt, denn blind wie ein Maulwurf musste er stets damit rechnen, die Vollendung seiner Bemühung nicht mehr zu erleben. Dennoch kratzte er weiter, schlug er weiter seine Hacke ins Erdreich und den Schotter, scharrte eine Hand voll Abraum nach der anderen beiseite. Solange er scharrte, war immer noch Hoffnung. Wieder ein Zentimeter mehr. Er scharrte und scharrte.

Nur ein paar Meter von Ismail entfernt, unter der Innenseite der Befestigungen, drängten sich Jean de Morelle mit Tadini und seinen Mineuren in der Düsternis einer kleinen Erdhöhle. Sie lauschten gebannt. Ein paar Kerzen brannten auf dem Boden. Tadini hatte seine Geheimwaffe mitgebracht, einen Rahmen, der wie eine Trommel mit Pergament bespannt war. Kleine Glöckchen waren an Fäden frei beweglich auf das straffe Pergament geklebt, und der Rahmen war fest mit der Vorderwand der Höhle verbunden.

»Könnt Ihr etwas hören, Jean?«, flüstere Tadini Jean de Morelle ins Ohr.

Jean schüttelte den Kopf. Er hörte nur seinen eigenen Atem und sein Herz, das vor Angst, lebendig begraben zu werden, laut pochte. *Wie hält dieser Tadini das nur Tag und Nacht aus? Und es scheint ihm auch noch Spaß zu machen! Der Mann muss verrückt sein. Er grinst sogar, während er auf seine Beute lauert!* Tadini grinste tatsächlich erwartungsfroh. Er wartete auf den Moment, da ihm seine kleinen Glöckchen verrieten, dass es an der Zeit war, die Sprengladung in der Stirnwand des Stollens zu zünden.

Die Ritter saßen in einem Schacht unter den Bastionen der Provence. Auf Tadinis Anweisung hatte man solche Schächte im gesamten Festungsbereich angelegt. Rhodos war wie ein Ameisenbau von Gängen und Horchposten durchzogen. Den Arbeitssklaven auf Seiten der Kreuzritter ging es kaum besser als denen des Sultans. Auch sie quälten sich endlose Stunden in dunklen, gefährlichen Löchern ab, nur dass sie immer wieder Tadinis Gesellschaft bekamen, der ihr Vorankommen begutachtete und seine Geräuschdetektoren installierte.

Tadini legte Jean die Lippen ans Ohr. »Recht so, *Ihr* hört nichts, aber lange bevor unsere Ohren die anderen graben hören, reagieren meine Glöckchen schon auf Erschütterungen! Und das, *mon ami*, verschafft uns die entscheidenden paar Minuten Vorsprung, in denen wir diese Hunde zum Teufel schicken können, bevor sie uns die Hölle heiß machen.«

Tadini kroch ein Stückchen zurück und stemmte eine Ladung Schießpulver in ein Loch in der Stirnwand. Auch die Löcher für den Druckausgleich in der Decke unterzog er einer letzten Prüfung. Jean sah dem Italiener, der inzwischen sein Ordensbruder geworden war, fasziniert zu. Einen Augenblick lang hatte Jean sogar vergessen, wie schwer die staubige Luft ihm auf der Lunge lag. Aus Furcht, dem Gegner seinen Standort zu verraten, unterdrückte er den quälenden Hustenreiz.

»Was verhindert eigentlich, dass wir den Türken die Arbeit abnehmen und unsere eigenen Mauern in die Luft jagen?«, wollte er flüsternd wissen.

Tadini betrachtete lächelnd seinen Schüler. »Seht Ihr die Löcher in der Decke? Das sind Bohrungen, die nach draußen führen. Sie leiten den Druck ab, wenn es hier unten kracht, bei denen und bei uns. Ich habe diese Ausgleichslöcher in der ganzen Stadt graben lassen. Wenn die Türken ihre Ladungen zünden, verpuffen sie nach oben. Der Druck sucht sich wie Wasser den Weg des geringsten Widerstandes und zischt einfach zu den Löchern hinaus. Die Energie wird abgeleitet, und die Mauer bleibt stehen. Ich dagegen arbeite mit gerichteten Ladungen. Wir jagen diese Wand dem Feind horizontal in seinen Tunnel hinein. Die Männer sind erledigt, und ihr Tunnel stürzt ein. Dafür braucht man viel weniger Pulver als für die Mauer. Deswegen ist es so wichtig, dass ich mit meiner Ladung zum Zuge komme, bevor sie die ihre unter die Mauer geschafft haben, sonst könnte ich ihre Ladung mit hochgehen lassen und unsere eigenen Mauern zerschmettern.«

Die Vorstellung von der qualvollen Atemnot der lebendig begrabenen türkischen Mineure legte sich Jean zusätzlich auf die Brust. »Habt Ihr immer schon so gearbeitet, oder ist das eine neue Methode?«, fragte er.

»Das ist ganz neu«, flüsterte Tadini eifrig. Er war begeistert, jemand in seine wahre Passion einweihen zu können. »Früher haben die Mineure die Mauern mit großen Gängen untergraben und mit schweren Balken abgestützt. Nach und nach standen sämtliche Fundamente auf Stelzen. Das waren gewaltige Tunnels und mächtige Hölzer! Anschließend setzte man das Stützwerk in Brand und die Mineure sahen zu, dass sie hinauskamen, bevor sie im Qualm erstickt sind oder lebendig begraben wurden. Wenn alles nach Plan verlief, sind die Stützen weggebrannt und die Mauern zusammengefallen. Damals hatten wir viel mehr Zeit, die Minen aufzuspüren und Gegenminen zu legen.« Jean sah ihn fragend an. »Ja, die alten Minengänge mit ihrem Stützwerk waren riesige Anlagen. Sie mussten ja das ganze Gewicht der Mauern tragen. So etwas zu bauen hat seine Zeit gedauert, und das hat auch uns mehr Zeit gelassen, etwas dagegen zu unternehmen. Jetzt ist unsere Frist sehr kurz bemessen, weil die Mauern mit Schießpulver in die Luft gesprengt werden und sämtliche Stützkonstruktionen entfallen. Deshalb musste ich mir meinen kleinen Detektor einfallen lassen, um die Nase vorn zu behalten. Er verschafft mir genau den kleinen Vorsprung, auf den es ankommt.«

Jean nickte, den Blick noch immer auf Tadinis Erfindung geheftet. Die armen Kerle auf der anderen Seite gingen ihm nicht aus dem Sinn. Ahnten sie, dass nur ein paar Meter weiter der Tod auf sie lauerte?

»*Eh bien*, Jean. Lasst uns warten, während meine Trommel für uns die Ohren aufsperrt«, flüsterte Tadini. Keiner seiner Männer wagte, etwas zu sagen. Alle starrten gebannt auf die Glöckchen und harrten der Dinge.

Tadini rutschte neben Jean, der mit dem Rücken an die Stollenwand gelehnt saß. »Nicht Euer Stil, nicht wahr?«, stellte er fest, ohne den Blick von den Glöckchen zu nehmen.

»Nein, gar nicht, Gabriele, überhaupt nicht. Ich kämpfe lieber oben auf den Mauern, wo ich den Muslims offen gegenüberstehe. Ich will dem Feind ins Auge blicken können, will sehen, wen mein Schwertstreich trifft.«

»Ich bin ganz Eurer Meinung. Jean, auch ich habe auf den Mauern gekämpft und habe mein Schwert eimerweise mit Muslimblut gewaschen. Aber was ich hier mache, ist unverzichtbar. Ich muss diese Löcher graben und dieses Ungeziefer vernichten, bevor es Breschen in unsere Mauern sprengt, die wir mit den Schwertern unserer Ritter nicht mehr stopfen können.«

»Dafür schulden wir Euch alle unseren Dank.«

Tadini nickte stumm. Sein Blick war auf die Glöckchen gerichtet, beschwor sie geradezu, eine winzige Vibration der Erde aufzunehmen und zu bimmeln, doch sie taten ihm nicht den Gefallen. Es herrschte Grabesstille. »Wie geht es Melina und den beiden Engelchen?«, unterbrach er flüsternd das gespannte Schweigen.

»Gut, soweit ich es beurteilen kann. Melina ist sehr stark, aber sie verausgabt sich zu sehr. Ekaterina und Marie geht es ausgezeichnet. Die beiden sind die Einzigen in dieser Stadt, die immer dicker werden!« Jean lachte leise. »Und sie sind auch die Einzigen, denen der Krach und die Explosionen nichts ausmachen, wenn sie schlafen. Es ist erstaunlich. Wenn das hier vorbei ist, wird man sie wohl mit nichts mehr wach bekommen. Aber Melina macht mir Sorgen. Es freut mich, dass sie in Hélène eine so gute Freundin gefunden hat. Sie haben sich in kürzester Zeit bestens verstanden. Hélène kümmert sich oft um die Kleinen, wenn Melina zu beschäftigt ist.« Er verstummte und schien nach den rechten Worten zu suchen. »Melina ist voller Bewunderung für Doktor Renato. *Á la Folie!* Sie berichtet immer wieder, dass er Wunder vollbringt. Er scheint nicht zu rasten und zu ruhen, solange noch ein Patient seine Hilfe braucht, und der Zustrom der Verwundeten reißt nie ab. Er ist offensichtlich hervorragend ausgebildet und scheint mit den neuesten Erkenntnissen der Ärzte in Ost und West vertraut zu sein. Wie ich höre, macht er keinen Unterschied zwischen Christen und Muslims, Juden, Griechen und Türken. Wenn sie seine Hilfe brauchen, sind sie für ihn alle gleich. Für einen Ritter würde das nicht angehen, aber für einen Arzt schon, nehme ich an.«

Tadini hörte Jean zu, ohne den Blick von den Glöckchen zu wenden.

Jean betrachtete ihn. Tadini wollte angeblich Arzt werden, doch der Krieg hatte seinem Schicksal eine andere Wendung gegeben. Eigentlich wusste Jean so gut wie nichts über diesen Mann, außer dass er tapfer bis zur Tollkühnheit war. Nichts schien ihn schrecken zu können. Auf den Mauern hatte er angesichts der größten Gefahr kaltblütig und geschickt seines Amtes gewaltet. Sein Ungestüm, die Verachtung der Gefahr und der Mut, mit denen er dem Feind mit dem Schwert zu Leibe rückte, fanden bei den anderen Rittern höchste Bewunderung. Seine Tollkühnheit beim Angriff auf die Rampe war schon zur Legende geworden. Und auch in den Schächten schien er keine Furcht zu kennen.

Aber wer ist er eigentlich? Er spricht nie von seiner Familie, nie von seiner Vergangenheit. Er redet nur von der Belagerung, den Gefechten, den Gegenminen.

Schweigend saßen sie ein Weilchen nebeneinander. Jean spitzte die Ohren, um die Geräusche des sich herangrabenden Feindes zu hören, jedoch vergeblich. Plötzlich klingelte es ganz leise. Jean sprang so abrupt auf, dass er sich den Kopf an der Decke stieß. Weitere Glöckchen begannen zu bimmeln.

»Raus! Raus!«, zischte Tadini, während er eine Kerze nahm und die Lunte der Sprengladung in der Stirnwand des Tunnels ansteckte. Er schob Jean vor sich her zum Ausgang. »*Vite! Vite! Va-t-en! Va-t-en!* Gleich geht die Ladung hoch, Jean! Dann wird's hier unten ungemütlich für Euch! Und für mich auch!«

Die Männer stürzten Hals über Kopf aus dem Schacht. In dem Moment, als sie ins Freie sprangen, dröhnte eine gewaltige Explosion in ihren Ohren. Tadini hüpfte wie ein Besessener auf und ab. »*Eh bien!*«, rief er, »jetzt gehört auch Ihr zur Zunft der Gegenmineure!«

Ismail war ungefähr drei Meter zurückgekrochen, um die Sappeure vorzulassen, die die Ladungen anbringen sollten, als er ein Glöckchen klingeln hörte. Er hielt inne. Er hatte keinerlei Vorstellung, was dieses Klingeln bedeutete. Kein Türke hatte bis dahin Tadinis Erfindung gesehen oder war in der Lage gewesen, davon zu berichten. Ismail glaubte zuerst, seine Ohren hätten ihm nach all den Explosionen einen Streich gespielt. Aber hier stimmte etwas nicht, auch wenn er nicht wusste, was es war. Nach kurzem Zögern versuchte er sich in der Enge des Stollens umzudrehen, um schneller hinauskriechen zu können.

Warnrufe ausstoßend, kroch er auf den Knien zurück, doch

schon nach wenigen Metern wurde ihm der Weg von einem anderen Mineur versperrt. Die Männer verkeilten sich in der dunklen Enge des Tunnels. Die wenigen Kerzen fielen in dem Durcheinander um.

Es wurde stockfinster. Panikschreie gellten, und der Wirrwarr nahm zu. Eine Öllampe fiel um, ein kleiner Brand flackerte auf, doch in der Enge und der sauerstoffarmen Luft des Schachts bedeutete er eine Katastrophe. Der schwarze Qualm des blakenden Öls füllte die staubgeschwängerte Atmosphäre. Ismail und die anderen Mineure rangen würgend und hustend nach Luft. Die Männer auf Ismails Seite des Feuers krochen wieder zurück in Richtung der Festung und verlegten denen, die sich nach draußen retten wollten, den Weg. Ein Kampf ums Durchkommen entbrannte. Die Luft wurde immer sauerstoffärmer. Panikartig griff die Angst von dem Ersticken um sich. Eine Masse zuckender Leiber verstopfte den Schacht.

Dann fegte die Detonation durch den Stollen. Während auf der Innenseite der Mauern die Explosion durch die Ausgleichsbohrungen harmlos verpuffte, entlud sich ihre volle Kraft waagerecht von den Mauern nach außen in den Schacht der Mineure. Die Männer am Ende des Menschenwurms wurden auf der Stelle getötet, die anderen spürten einen furchtbaren Schlag und wussten Augenblicke später, dass das Schlimmste eingetreten war: Während die Flammen ihr Fleisch versengten, stürzte die Stollendecke auf sie herunter. Manche wurden von dem ungeheuren Gewicht der Erdmassen sofort zerquetscht, die anderen verbrannten und erstickten bei lebendigem Leibe in dem Grab, das sie sich selbst geschaufelt hatten.

Auch Ismail spürte die Detonation. Hitze versengte ihm das Gesicht, und die Druckwelle presste ihm die letzte Luft aus den Lungen. Er versuchte, die Arme frei zu bekommen, um die Augen zu schützen, doch das herabprasselnde Erdreich nagelte sie an seiner Seite fest. Die feuchte schwere Erde umhüllte seinen ganzen Körper. Er wollte schreien, doch die Erde verstopfte ihm den

Mund, bevor er einen Laut herausbrachte. Seine Lungen schrien nach Sauerstoff. Keuchend saugte er fette schwarze Erde in seine Luftröhre.

Ismail sah sich im warmen Sonnenschein auf seinem Feld in den Hügeln Bosniens. Er roch den Duft von frisch gemähtem Heu. Bald würde seine Schwester kommen und ihm das frische kühle Wasser bringen.

Jean schlug sich den Schmutz vom Umhang. Um den Schweiß abzuwischen, fuhr er sich mit der Hand übers Gesicht, worauf sich von seiner linken Wange über die Stirn bis zur rechten Wange ein brauner Streifen hinzog. Tadini griff nach dem Saum von Jeans Umhang. »*Amico*, lasst Euch helfen«, sagte er lachend, wischte Jean den Schmutz aus dem Gesicht und packte ihn bei den Schultern. »Saubere Arbeit, nicht wahr?« Er strahlte und schüttelte Jean. »Legt jetzt eine kleine Pause ein und schaut nach Eurer Frau und den Würmchen. Dann machen wir weiter und jagen noch ein paar Türken in die Luft.«

»Genau das werde ich tun, Gabriele«, sagte Jean und lächelte. »Aber ich glaube, ich werde im Hospital bleiben und *il Dottore* helfen. Er braucht meine Hilfe vermutlich dringender als Ihr.« Die beiden Ritter schüttelten einander die Hand. Jean ging von den Mauern der Provence durchs Judenviertel zum Hospital im *Collachio*. Tadini betrachtete indes prüfend die Festungsmauern, konnte aber keine nennenswerte Beschädigung erkennen. Zufrieden machte er sich auf zu neuen Taten.

Jean war binnen weniger Minuten im Hospital angelangt. Die Straßen waren jetzt weniger belebt als ein paar Stunden zuvor, als er mit Gabriele in den Schacht eingestiegen war. Im Hospital stieg er die breite Treppe hinauf und lief direkt in den Krankensaal, vor dem die Menschen anstanden, um vom Arzt und dessen Helfern versorgt zu werden. Ritter und Bürger drängten sich in den Gängen bis in den letzten Winkel. Manchmal waren Stöhnen oder leises Weinen zu hören, aber die meisten warteten stumm und ergeben, bis sie an die Reihe kamen. Niemand protestierte, als Jean sich nach vorn drängte und unaufgefordert den Krankensaal betrat. Renato, der bis zum Hals in Arbeit steckte, legte gerade auf dem Operationstisch einem Ritter einen Kopfverband an. Der Boden schwamm von Blut. Mehrere Ritter eilten mit Verbandsmaterial für den Arzt umher.

Auf dem Tisch daneben lag ein Ritter aus Jeans eigener *Langue* von Frankreich. Er kannte den Mann seit seinem Eintritt in den Orden. Jetzt lag er auf dem Operationstisch, das Bein mit blutigen Lappen notdürftig verbunden. Beklommen sah Jean einen anderen Ritter einen kleinen Kessel Öl erhitzen, was nur heißen konnte, dass Renato wieder einmal einen tapferen Ritter amputieren musste – nur diesmal war es ein guter Freund.

Renato blickte von seiner Arbeit auf und sah Jean unschlüssig im Saal stehen. Er deutete auf Melinas Kammer, legte den Kopf schief und schloss die Augen. *»Jean, elle se dors.«* Sie schläft.

Durch die Leiber und den Schmutz bahnte Jean sich einen Weg zur hölzernen Tür. Vorsichtig schob er sie auf. Angesichts des friedlichen Bildes, das sich ihm bot, musste er schlucken. Melina kauerte in tiefem Schlaf auf einem provisorischen Lager, Kopf und Rücken mit einem Kissen gegen die Mauer gelehnt. Sie hielt Ekaterina und Marie in den Armen; die Gesichter der drei waren von der Hitze in der kleinen Kammer gerötet. Jean atmete auf. Seine drei Engel waren in Sicherheit. Er setzte sich auf den Boden. Geräuschlos lehnte er das Schwert in eine Ecke, zog die Handschuhe aus und legte die Rüstung ab. Nachdem er eine Wolldecke über Melina gebreitet hatte, legte er sich den zusammengerollten Umhang in den Nacken und ließ sich gegen die Wand sinken. Bald war auch er eingeschlafen.

Die Bastionen der Auvergne hatten unter besonders schwerem Beschuss gelegen. Die meiste Zeit des Tages hatte Suleiman das Feuer auf diesen Bereich konzentriert. Achmed Paschas Geschütze hatten vom frühen Morgen bis zum späten Nachmittag ununterbrochen gedonnert. Bei Einbruch der Nacht waren die gewaltigen Mauern zwar schwer beschädigt, eine Bresche aber tat sich immer noch nicht auf.

»Die Kanonen auf den Wällen dezimieren unsere Mineure«, sagte Achmed Pascha. »Wir müssen sie zum Schweigen bringen, sonst weigern sich die Leute, weiter ihre Schächte zu den Mauern voranzutreiben.«

Mustafa Pascha zwirbelte seinen dicken schwarzen Schnurrbart. Das Zwielicht unterstrich seine düstere Miene.

Achmed schaute zu den Mauern hinauf. »Meine Pioniere liegen unter mörderischem Feuer. Soweit ich sehen kann, haben die Kreuzritter Arkebusen und Luntenschlossmusketen im Einsatz. Die Leute in den Gräben stehen pausenlos im Kugelhagel.«

Mustafa nickte bloß. Plötzlich schlug er sich den Staub von Uniform und Kopfbedeckung und stellte sich in Positur. Als Achmed sich verwundert umschaute, sah er Suleiman im Begleitschutz einer großen Janitscharengarde mit Ibrahim und Piri Pascha auf sich zureiten. Ihre Pferde reagierten nervös auf das Donnern der Kanonen und das Krachen der Handfeuerwaffen. Sie befanden sich zwar außer Schussweite, aber doch nahe genug, um die ganze Wucht der Explosionen ungemindert mitzubekommen.

»*Salaam Aleikum*, Schwager, *Salaam Aleikum*, Achmed Pascha«, grüßte Suleiman.

Mustafa und Achmed verbeugten sich. »*Aleikum Salaam, Majestät*«, sagten sie fast wie aus einem Munde und nickten Piri Pascha und Ibrahim zu. Die Reiter stiegen ab. Drei Pagen traten vor und führte die Pferde beiseite. Suleiman trat zu Mustafa, um sich einen Überblick über das Geschehen zu verschaffen.

Von ihrem erhöhten Standpunkt aus bot sich ihnen ein Blick in die Gräben. Achmed erwartete, dass Mustafa als der Oberkommandierende die Berichterstattung an den Sultan übernahm, doch der *Seraskier* hüllte sich in Schweigen. Schließlich ergriff er das Wort. »Majestät, unsere Gräben und Stollen kommen zwar voran, aber nur unter gewaltigen Opfern. Die Verluste sind hier so hoch wie nirgendwo sonst und zudem weit höher, als wir angenommen hatten. Manchmal waren die Gräben mit Leichen derart verstopft, dass unsere Männer überhaupt nicht mehr durchkommen konnten. Wenn sie Deckung suchten, sind sie im Blut ihrer Brüder ausgerutscht.«

Suleiman hörte schweigend zu. Die Resignation war ihm anzusehen. »Was wird dagegen unternommen?«, fragte er, an Mustafa gewandt.

»Einiges, Majestät. Wir haben für die Arbeiter einen Sichtschutz gebaut – Blenden aus Häuten, die auf Holzrahmen gespannt sind. Sie gewähren zwar keinen wirklichen Schutz, entziehen unsere Männer aber wenigstens den Blicken der Kanoniere und der Schützen auf den Mauern. Leider haben die Verteidiger eine Methode entwickelt, mit der sie genau feststellen können, an welcher Stelle die Schächte unserer Leute enden. Sie haben schon einige unserer Stollen in die Luft gesprengt – ein paar Augenblicke, bevor unsere Sappeure die Ladungen anbringen konnten. Die Stollen sind eingestürzt und haben die Männer lebendig begraben, aber die Festungsmauern stehen immer noch.«

Die fünf Männer standen eine Zeit lang schweigend beieinander und schauten zu den Mauern hinüber. Alles schien darauf zu warten, dass der Sultan das Wort ergriff. »Dann müssen wir weitermachen wie bisher«, sagte Suleiman schließlich und wies mit einem Nicken des Kopfes auf die Stadt. »Wir haben keine andere Wahl. Wir können diese Insel nicht verlassen, bevor die Mauern gefallen und unsere Soldaten in die Stadt eingedrungen sind. So bitter es für uns ist, wir müssen all unsere Leute in die Waagschale werfen, bis eine Bresche geschlagen ist.«

Suleiman wandte sich an Mustafa. »Die Unterminierung an dieser Stelle hier muss fortgesetzt werden. An der Bastion von England soll sie verstärkt werden, ebenso der Beschuss. Hier liegen unsere besten Chancen zum Durchbruch. Unsere Spione haben uns berichtet, dass der Abschnitt von England nicht so stark befestigt ist und nur von schwachen Kräften verteidigt wird. Die Zahl der Männer und Geschütze, die diesen Abschnitt angreifen, muss deshalb erhöht werden. Ich werde kein Nachlassen der Bemühungen dulden. Wir werden den Feind Tag und Nacht beschießen. Er wird keinen Augenblick Ruhe haben. Vielleicht bringt dies die Einwohner der Stadt zum Aufstand, falls es sonst nichts nützt. Es könnte sein, dass die Rhodier dieser Belagerung von innen her eine Ende setzen. Ich kann mir nicht vorstellen, dass sie von den Kreuzrittern begeistert sind. Möglicherweise würden sie lieber unter unserer Herrschaft leben. Seh zu, was sich über die Zustände in der Stadt herausfinden lässt«, sagte er zum Abschluss zu Ibrahim gewandt. Auf ein Zeichen brachten die Pagen die Pferde. Suleiman und Ibrahim stiegen auf und ritten davon, um die Inspektion der Gefechtsstationen fortzusetzen.

Mustafa hieb die Faust in die Handfläche und blickte Achmed finster an. Dieser gab den Blick zurück, sagte aber nichts. Als Mustafa sich zum Gehen wandte, sah er die Mineure im dichter gewordenen Kugelhagel in den Laufgräben zurückfluten. Mit gezogenem Krummschwert stellte er sich ihnen brüllend entgegen und versperrte den Graben auf der ganzen Breite mit seiner massiven Gestalt. Er wütete und schrie, fluchte und spuckte und drosch mit der flachen Klinge auf die Sklaven ein, bis sie noch mehr Angst vor ihm hatten als vor dem Feuer der Kreuzritter. Schließlich waren Zucht und Ordnung wiederhergestellt, die Sklaven in den Gräben und Stollen wieder an der Arbeit. Und der Kugelhagel ging erbarmungslos weiter.

Suleiman hatte die in voller Rüstung unternommene Truppeninspektion beendet. Während Piri Pascha an seiner Seite blieb, ritt Ibrahim voraus, um für die Ankunft des Sultans das Bad und die anschließende Mahlzeit vorbereiten zu lassen. Mustafa, der sich Ibrahim angeschlossen hatte, saß mit ihm im Empfangsraum, wo sie auf das Eintreffen des Sultans warteten.

Sie hatten sich mit einem Rückenkissen gegen die Wand gelehnt. Zum ersten Mal seit Beginn der Belagerung fanden sie etwas Muße. Während Ibrahim sich bereits aus einem Jadebecher labte, legte Mustafa Schwert und Panzer ab. Es war der dreißigste September. Seit vierundsechzig Tagen wurde Rhodos unablässig bestürmt. Die Truppen des Sultans waren müde und enttäuscht, außerdem hatte inzwischen fast jeder Mann einen Kameraden verloren. Die Beseitigung der Gefallenen wurde allmählich zum Problem.

»Mustafa, macht es Euch bequem«, forderte Ibrahim ihn auf. »Manchmal muss man diesen Krieg auch ein Weilchen vergessen können.«

Mustafas Brauen hoben sich, während seine Mundwinkel herabsanken, was seinen Seehundbart hervorhob. »Meine Männer liegen tot und verwundet in den verdammten Gräben! Und da soll ich es mir gemütlich machen?«

»Aber Ihr seid nun mal hier! Wieso seid Ihr dann überhaupt mitgekommen?«

»Ich muss ein paar Worte mit meinem Schwager reden«, sagte er unter Hinweis auf seine persönliche Beziehung zum Sultan.

»Was gibt es Neues von Ayse?«, entgegnete Ibrahim. Ayse war Suleimans Schwester und Mustafas Frau.

»Oh, wie ich unlängst hörte, geht es ihr gut. Vor zwei Wochen ist ein Brief von ihr und meinen beiden Jungen gekommen.«

»Das freut mich. Mich hat soeben auch ein Brief erreicht. Für den Sultan.« Er hielt ein kleines Päckchen hoch. »Suleiman wird sich sehr darüber freuen. Das Siegel seiner Gemahlin Gülbhar ist darauf. Sie kann zwar nicht schreiben, aber ich bin sicher, sie hat alles, was sie bewegt, von einer Sklavin aufschreiben lassen.«

»Hmmm«, machte Mustafa und rutschte tiefer in die Kissen.

Die beiden Männer sagten ein Weilchen gar nichts und naschten von den Häppchen, die im *Serail* aufgetragen worden waren. »Ihr seid doch immer in der Nähe unseres Sultans«, sagte Mustafa nach einer Weile. »Wie soll die Belagerung seiner Meinung nach weitergehen? Bis jetzt läuft alles so miserabel, dass so bald kein Ende abzusehen ist. Will Suleiman sich zurückziehen, wenn der Winter mit seinem schlechten Wetter kommt?«

»Er wird bleiben, bis er sein Ziel erreicht hat.«

Mustafa blieb jeden Kommentar schuldig und starrte Ibrahim ausdruckslos an. Ibrahim spürte in seinem Blick die Geringschätzung, die Mustafa ihm und seiner Rolle im herrscherlichen Haushalt entgegenbrachte. Er lehnte sich abrupt vor. »Ich bin zwar nur ein Sklave des Sultans«, stieß er in geradezu drohendem Tonfall hervor, »aber was ich will, das geschieht. Wenn es mir beliebt, mache ich im Handumdrehen einen Stalljungen zum Pascha. Durch mich werden manche Männer reich, andere arm. Der Sultan geht nicht besser gekleidet als ich. Darüber hinaus bezahlt er mir alles. *Mein* Vermögen kann nur wachsen. Ich habe in großen und in kleinen Dingen seine Vollmacht, und ich gehe damit um, wie es mir beliebt. Ich bin weder Pascha noch *Seraskier*, aber wiegt Euch nicht in dem Irrglauben, dass Ihr mit mir spaßen könnt, Mustafa. Noch stehen wir auf der gleichen Seite, aber lasst Euch nicht von Eurer Geringschätzung meiner Stellung als Haushofmeister den klaren Blick rauben!«

Mustafa blieb völlig unbewegt. Er sagte nichts, und sein Gesicht verriet keine Gemütsregung. Doch das Herz raste in seiner Brust, denn die Drohung in Ibrahims Worten war unüberhörbar. Jeden anderen hätte Mustafa diese Dreistigkeit sofort mit dem Tod büßen lassen, doch an der Ernsthaftigkeit von Ibrahims Worten konnte kein Zweifel bestehen. Bevor es zu einem Wortwechsel kommen konnte, erschien ein Diener und übermittelte Ibrahim in Zeichensprache eine Botschaft. Seine Fähigkeit, sich in der Zeichensprache des Sultans zu verständigen, war ein weiterer Beleg für seine herausgehobene Stellung.

»Der Sultan ist eingetroffen«, sagte er, als der Page wieder verschwunden war. Die beiden Männer erhoben sich und erwarteten stehend den Sultan.

Kurz darauf erschien Suleiman mit seiner Janitscharengarde und drei Pagen im Gefolge. Die Janitscharen bezogen vor der Tür

Stellung, während die drei Pagen dem Sultan aus seiner Rüstung und in ein bequemes weißes Seidengewand halfen, bevor sie sich zurückzogen.

Suleiman bedeutete Ibrahim und Mustafa mit einer Geste, Platz zu nehmen. Die drei Männer ließen sich in dem üppigen Berg aus Kissen nieder. Frische Speisen und Getränke wurden aufgetragen und in völliger Stille serviert.

Als die Dienerschaft verschwunden war, ergriff Suleiman das Wort. »Meine Herren, wenn man einen gewissen Punkt überschritten hat, kann man nicht mehr zurück. Die Geschichte hat uns das immer wieder gelehrt. Auch jetzt stehen wir an einem solchen Wendepunkt. Wir werden diese Insel erst verlassen, wenn alle Kreuzritter getötet sind und die Stadt unter meiner Herrschaft steht!« Ibrahim und Mustafa sagten nichts darauf. Suleimans Ausführungen waren keine Frage, die einer Antwort bedurft hätte, sondern ein Befehl des Herrschers, dem Folge zu leisten war.

Suleiman verharrte einen Moment in nachdenklichem Schweigen. Dann erhob er sich und forderte Ibrahim und Mustafa mit einer Geste auf, ihm zu folgen. »Zeit zum Gebet, meine Freunde! Lasst uns Allah Gehorsam und Unterwerfung geloben. Lasst uns darum beten, dass Er den bevorstehenden Teil unseres Kampfes mit seinem Lächeln bedenkt.«

13.

Die Bresche

Rhodos,
September 1522

Philippe saß mit seinen Offizieren an dem großen Eichentisch. Sie hatten ihre Spätmahlzeit beendet und zogen Bilanz über die bisherigen Beschädigungen der Festung.

Tadini ergriff das Wort. »Herr, ich habe die Wälle verstärkt, so gut es ging. Die Schützen auf den Mauern wurden angewiesen, die Türken in den Laufgräben, die ihnen als Deckung dienen, unter Feuer zu nehmen.«

»Wie kann ihnen das gelingen?«

»Ich habe meine besten Scharfschützen auf den Türmen und Dächern postiert, von denen man die Laufgräben einsehen kann. Ihre Musketen sind mit einem neuen Visier ausgerüstet, das ihnen schnelles und genaues Zielen ungemein erleichtert. Wenn die Mineure in den Laufgräben unter den Tierhäuten hervorkriechen, die sie neuerdings als Sichtschutz einsetzen, sind sie von der plötzlichen Helligkeit geblendet und orientierungslos. In diesem Moment nehmen meine Männer sie aufs Korn und knallen sie ab wie die Hasen. Außerdem habe ich gemischte Batterien aus schweren und leichten Geschützen gebildet, die ebenfalls die Laufgräben bestreichen. Solange unsere Ritter bei ihren Stoßtruppunternehmen dicht unter den Mauern bleiben, können unsere Schützen das Flankenfeuer bedenkenlos aufrechterhalten, ohne befürchten zu müssen, die eigenen Leute zu treffen. Unsere Reiter jedoch dürfen auf keinen Fall in der Hitze des Gefechts die Verfolgung der Angreifer aufnehmen, denn sie würden schneller in unser eigenes Feuer geraten, als wir es einstellen können.«

»Sorgt dafür, dass ein entsprechender Befehl herausgegeben wird«, sagte Philippe zu John Buck. »Er muss allen *Langues* zugestellt werden.«

»Die Mineure arbeiten unablässig weiter. Der Feind lässt seine Leute zu Tausenden im Boden wühlen. Nach meiner Einschätzung ist inzwischen fast jeder Fußbreit unter unseren Mauern mit Schächten und Tunneln unterminiert. Der Feind hat bereits einige Minen zur Explosion gebracht, allerdings ohne große Wirkung. Durch meine Ausgleichsbohrungen sind die Explosionen fast immer wirkungslos verpufft. Außerdem wurden meine Alarmglöckchen mit bestem Erfolg von uns eingesetzt. Es ist uns gelungen, unsere Ladungen in die Löcher des Gegners zu jagen und die Mineure zu erledigen, bevor sie ihre Sprengladungen anbringen konnten. Aber das ist natürlich ein äußerst gefährliches Unterfangen. Bislang hatten wir nur einen Unfall. Unter den Mauern der Provence scheint etwas schief gegangen zu sein. Es hat eine große Explosion gegeben, bei der nicht nur die gegnerischen Mineure, sondern auch meine Männer ums Leben gekommen sind. Ich kann nicht sagen, ob die Türken eine Frühzündung hatten, oder ob unsere Männer mit ihrer Sprengladung unbeabsichtigt auch das türkische Pulver haben hochgehen lassen. Jedenfalls sind alle umgekommen. Aber solche Dinge passieren nun einmal.«

»Wie lange können wir die Minen der Türken noch unschädlich machen? Wann werden sie uns eine Bresche in die Mauern sprengen?«, wollte Philippe wissen.

Tadini hob die Schultern. »Das vermag ich nicht zu sagen, *Seigneur*. Es kann jederzeit dazu kommen. Wenn die Türken genügend Mineure einsetzen und ausreichend viele Stollen graben, werden sie irgendwann Erfolg haben *müssen*. Ich kann es nur verzögern und hoffen, dass unsere Ritter den Türken den Weg in die Stadt verlegen, wenn es dazu kommt. Solange es den Türken nicht gelingt, an mehreren Stellen gleichzeitig bedeutende Breschen in unsere Mauern zu schlagen, sondern höchstens an ein oder zwei Punkten, können wir die Löcher mit unseren Männern wieder verstopfen. Sie können uns zwar Tausende von Bewaffneten entgegenwerfen, aber die können sich nicht alle gleichzeitig durch eine schmale Bresche zwängen, und die türkische Kavallerie ist in diesem Fall ohnehin nutzlos. Meine Schützen werden versuchen, die Angreifer von den Mauern herab festzunageln und zu vernichten, bevor sie die Bresche überhaupt erreichen. Ich denke, wir können guten Mutes sein.«

»Michael, möchtet Ihr dazu etwas sagen?«, sprach Philippe den Befehlshaber der Galeeren an.

Michael d'Argillemont saß mit seinen Mannschaften hinter der Sperrkette des Hafens fest und hatte wenig zu tun. Er verfolgte die Kämpfe von der Stadt aus und hielt ansonsten seine Mannschaften einsatzbereit, falls der Großmeister den Befehl zu einem Marineunternehmen geben sollte. »Herr, ich kann nur immer wieder hervorheben, welches Glück wir haben, dass Gabriele auf unserer Seite kämpft. Gott sei uns gnädig, wäre er als Muslim auf die Welt gekommen!«

Die ganze Runde lachte. Tadini nickte d'Argillemont geschmeichelt zu.

Gabriel de Pommerols, Philippes Leutnant und sein enger Freund, hob die Hand. »Herr, können wir mit Verstärkung rechnen? Die Lage läuft doch auf ein rein rechnerisches Problem hinaus: Wenn wir hundert oder tausend Türken töten, töten sie vielleicht fünfundzwanzig von uns. Wir töten, sie töten, aber auf lange Sicht müssen sie die Oberhand gewinnen. Wir haben nur die eine Hoffnung, dass sie unsere Entschlossenheit begreifen und es müde werden, ihre Leute abschlachten zu lassen, bevor sie uns allen das Lebenslicht ausgeblasen haben.«

»Sehr richtig, Gabriel. Ihr habt wie immer die Sache auf den Punkt gebracht«, sagte Philippe. »Nein, ich rechne nicht mit Unterstützung. Europa hat Farbe bekannt: Man will uns nicht zu Hilfe kommen. Ich erwarte daher keinen Entsatz oder Nachschub. Unser Sieg bei der letzten Belagerung hat in Europa möglicherweise zu der Vorstellung geführt, wir seien unbesiegbar.«

»Es hat vierzig Jahre gedauert, bis wir uns von unserem Sieg erholt hatten!«, warf Henry Mansell ein.

»Ja«, sagte Philippe, »bei dieser Belagerung war ich zwar noch ein Knabe und zum Kämpfen zu jung, aber angesichts des Trümmerfelds von Rhodos habe ich mich damals gefragt, wer eigentlich der Sieger war.«

»Herr«, fuhr Mansell fort, »ich habe Euer Banner all die Jahre getragen, und es ist nie in den Staub gefallen. Und solange noch ein Funken Leben in meiner Brust glüht, wird es auch nie in den Staub getreten werden!«

Mansell war Philippes Bannerträger. Er stand bei jedem Gefecht an Philippes Seite, die eichene Fahnenstange in der Hand, von deren Spitze das Seidenbanner mit dem Kreuzigungsmotiv flatterte, das dem Großmeister Pierre d'Aubusson 1480 nach dessen Sieg über Suleimans Urgroßvater verliehen worden war.

»Solange Ihr zu meiner Linken steht, Mansell, steht Gott zu meiner Rechten! Doch nun ist es Zeit für den Vespergottesdienst. Ihr Herren, kommt mit mir zur Kirche unserer Glorreichen Frau und lasst uns gemeinsam für ein glorreiches Ende unseres Kampfes beten.«

Die Ritter verließen den Großmeisterpalast und folgten Philippe in die Kirche. Der Gottesdienst wurde vom römischen Bischof Balestrieri gehalten. Von ihren Kettenpanzern und der Rüstung ein wenig behindert, knieten die Ritter sich zum Gebet. Solange Gefechte im Gange waren, legten sie die Rüstung niemals ab. Das Schwert hing an ihrer Seite, der Helm ruhte links von ihrem Knie auf dem Boden. Piken und Hellebarden lagen für den Bedarfsfall griffbereit auf dem Kirchenboden.

Gemeinsam beugten sie das Haupt zum Gebet.

Während die Ritter beteten, lauerten auf der anderen Seite der Mauer die Türken. Unter den Tierhäuten krochen sie unsichtbar durch die Gräben. In vorderster Linie warteten die Azabs und die Janitscharen, weiter hinten lauerte, von den Mauern aus unsichtbar, die Reiterei und sehnte sich danach, durch eine größere Bresche hinter den Fußtruppen in die Stadt zu sprengen. Die Paschas führten ihre Männer persönlich an, allen voran Mustafa Pascha in voller Rüstung. In der Hitze des Spätsommers rann ihm der Schweiß von der Stirn. Die Männer in den Bataillonen wagten kaum zu atmen, geschweige denn zu sprechen. Bleiern kroch die Zeit voran, während die türkische Angriffsmacht auf ihre Chance wartete.

Tief in den Schächten wurden die Sprengladungen angebracht. Nach den vielen schrecklichen Todesfällen waren die Männer inzwischen vorsichtig geworden. Sie hatten die Ladungen in absoluter Stille und mit größter Vorsicht platziert. Keine Vibration hatte die Alarmglöckchen zum Klingeln gebracht. Die Sappeure verzogen sich aus dem Stollen. Nachdem der letzte Mann sich mühsam im Stollen umgedreht hatte, setzte er die Lunte in Brand. Wie eine fliehende Krabbe kroch er nach draußen, so schnell er konnte, während der Zündfunke der gewaltigen Sprengladung entgegenzischte.

Fast drei Wochen hatte es gedauert, den Stollen zu graben und die Ladung anzubringen. Tag und Nacht hatten die Mineure bei der Arbeit pausenlos damit gerechnet, von einer von Tadinis Gegenmineuren ausgelösten Explosion zerrissen oder lebendig begraben zu werden. Sie kannten zwar nicht den Namen ihres Gegenspielers, aber hinter den Mauern der Söhne des *Scheitan* war ein Mann am Werk, der ihre Kameraden zu Tausenden in den Tod gerissen hatte.

Jetzt hatten sie ihre Arbeit getan. In zwei Minuten würde in den gewaltigen Mauern der Festung eine Lücke klaffen – wenn die Ladung groß genug bemessen war, wenn sie nicht harmlos durch die Ausgleichsschächte verpuffte, wenn die Gegenmineure sie nicht noch im letzten Moment mit einer Gegenladung neutralisierten und – die größte Ungewissheit von allen – wenn die Berechnungen richtig gewesen waren und die Sprengladung genau an der richtigen Stelle saß.

Balestrieri las die Messe. Kaum einer der Ritter konnte sich im Gefechtslärm, der von draußen hereindrang, und den Schreien der Verwundeten auf den lateinischen Singsang der Liturgie konzentrieren.

Philippe kniete in der ersten Reihe. Mansell, der das heilige Banner in einem Ständer abgestellt hatte, kniete neben ihm. Die restlichen Ritter füllten die Reihen hinter ihnen. Als Balestrieri im stillen Gebet den goldenen Kelch zur heiligen Wandlung emporhob, erbebte die Kirche in ihren Fundamenten. Der Bischof stürzte auf die Knie, konnte sich aber noch an der Kante des Altars fangen. Mörtel rieselte aus den Fugen des massiven Mauerwerks. Die Luft füllte sich schlagartig mit Staub. Den Rittern klingelten die Ohren von dem gewaltigen Donner, der durchs Kirchenschiff schallte.

»Eine Mine!«, schrien einige Ritter. Mansell riss das Banner aus dem Ständer und rannte hinter Philippe her, der bereits aufgesprungen war und sich den Helm über die graue Mähne auf den Kopf stülpte. Sein großes Schwert schlug klappernd gegen die Bänke, während er aus der Kirche stürmte, gefolgt von den anderen Rittern, um nachzusehen, woher die Explosion gekommen war.

Tadini fluchte. Er wusste nur zu genau, was geschehen war. Von der Piazza hatten die Ritter einen guten Ausblick auf den Rest der Stadt. Im Süden verdunkelten Rauch und Staub den Horizont. Die Explosion hatte eindeutig unter der Bastion von England stattgefunden. Der Klang von Trompeten und Trommeln, Flöten und Becken schallte durch das Chaos herüber – der unvermeidliche Auftakt eines türkischen Angriffs.

Die Straßen waren voller Menschen, die in wirrer Panik umherrannten. Die Ritter drängten sich durch die kopflose Menge. Aus Häusern und Tavernen stießen immer mehr Ritter zu ihnen und schlossen sich ihnen an. Als sie die Bastion von England erreicht hatten, klaffte von Staub und Qualm umweht mittendrin eine riesige Lücke. Vor der über neun Meter breiten Mauerbresche waren die türkischen Truppen angetreten. Zum ersten Mal seit ihrer Landung auf Rhodos wollten sie sich den direkten Weg in die Stadt erzwingen.

Die Türken hatten beim Donnern der Detonation den Boden unter ihren Füßen beben gefühlt. Die Janitscharen und Azabs in den vorderen Reihen waren vorübergehend taub vom Lärm. Einige ganz vorn postierte Männer waren von der Erschütterung zu Boden gegangen. Der Staub und der Pulverqualm hingen einige Minuten lang in der Luft und verbargen den Schaden, den die Mine angerichtet hatte, vor den Blicken der Männer.

Mustafa Pascha, Bali Agha, Achmed Agha und Quasim Agha standen abwartend inmitten ihrer Truppen. Als der Staub sich gelegt hatte, tat sich vor den Augen der Aghas eine gewaltige Bresche in der Bastion von England auf. Das Jubelgeschrei der auf den Angriffsbefehl wartenden Soldaten erfüllte die Luft.

»*Allahu akbar!*«, rief Mustafa und reckte das Krummschwert in die Luft. Gott ist groß! Bei seinem Anblick und dem Klang seiner Stimme erhoben sich die türkischen Truppen wie ein Mann und stürmten auf die Bresche los. Die Ritter auf den Mauern hatten den Eindruck, die Erde hätte sich verflüssigt und schwappte ihnen entgegen.

Janitscharen und Azabs führten mit geschwungenen Krummschwertern den Sturmangriff an. Bogenschützen stürmten an den Flanken mit nach vorn, die Arkebusiers schlossen sich an.

Von einer kleinen Anhöhe aus, knapp außerhalb der Schussweite der Scharfschützen, verfolgte der Sultan den Angriff. Vom Rücken seines unruhigen Pferdes schaute er unbewegt auf das Getümmel der sich anbahnenden Schlacht herab. Hinter ihm wehte das heilige grüne Banner des Propheten, das wie immer als Glücksbringer in die Schlacht getragen worden war.

Die Trompeten der Militärkapelle des Sultans schmetterten Angriffssignale, die Trommeln dröhnten laut durch den Kanonendonner, der den Angriff vorbereitete, und der sprühende Klang der berühmten türkischen Becken schien alles fast noch zu übertönen. Im Lärm des Angriffs, der Musik, dem Kanonendonner und dem Geschrei gingen sämtliche Befehle unter, doch Befehle oder besondere Anweisungen waren ohnehin nicht mehr nötig.

Die türkischen Soldaten erklommen den ersten Wall und stürmten hinunter in den ersten Graben. Als sie auf der anderen Seite wieder aus dem Graben auftauchten, schlug ihnen das Sperrfeuer der Handfeuerwaffen und der kleineren Kanonen entgegen, deren Rohre tief genug abgesenkt werden konnten, um Nahziele zu erfassen.

Das Gemetzel begann.

Von der linken Flanke feuerten die Franzosen aus den Bastionen der Provence mit Arkebusen und Musketen, die mit dem neuen Visier tödlicher waren als je zuvor. Die Türken wurden reihenweise niedergemäht. Die Geschosse der leichten Artillerie fegten Gassen in die Angreifer, in denen sie zu Dutzenden starben. Von der rechten Flanke ließen die spanischen Verteidiger der Bastion von Aragon ihr Musketenfeuer herabhageln. Hunderte von Pfeilgarben schwirrten durch die Luft und stürzten sich wie Hornissenschwärme auf die rennenden Türken. Binnen kurzem war das Vorfeld der Mauern mit Leichen übersät, der Grund der Gräben mit getöteten Männern vollständig ausgefüllt. Aus den Einschüssen der von den Musketen Niedergestreckten quoll noch das Blut. Pfeile ragten wie kleine Wimpel aus den Leibern.

Tote und Verwundete lagen wirr durcheinander. Ihre Leiber wurden zu Trittsteinen für die vorrückenden Kameraden. Es war unmöglich, den Verwundeten Hilfe zu leisten oder sie fortzuschaffen. Beim Überwinden der Gräben glitten die türkischen Soldaten auf den vom Blut schlüpfrig gewordenen Leibern aus. Der Angriff auf die Bresche geriet ins Stocken. Die Sipahis saßen ohne Möglichkeit zum Eingreifen abseits auf ihren Pferden.

Das Störfeuer der türkischen Kanonen auf die Mauern brachte die Bogenschützen und die Musketiere immer wieder aus dem Takt. Die Aghas trieben ihre Männer voran, auch wenn die Verteidiger unablässig große Lücken in die vorrückenden Reihen rissen. Vom unerbittlichen Feuer unbeeindruckt klommen die tapferen Soldaten des Sultans die steile Böschung hinauf zu den Mauern.

Je mehr sie sich der Bastion von England näherten, desto tödlicher wurde der Beschuss. Mit jedem Schritt voran boten die Soldaten den Schützen über ihnen auf den Mauern ein besseres Ziel. Und eine neue Plage brach über die vorderste Linie der Angreifer herein. Aus Kupferrohren regnete das gefürchtete Griechische Feuer von den Zinnen auf sie herab und verwandelte Männer in lebendige Fackeln, die unter furchtbaren Schreien qualvoll verbrannten.

Aber die türkischen Kämpfer rückten immer noch vor. Sie stolperten über die Leiber ihrer Toten und Verwundeten voran, nur von dem einen Gedanken beseelt, endlich die Zitadelle der Ritter zu erstürmen und den Feind im Kampf Mann gegen Mann niederzumachen. Nach Wochen des Wartens durfte die Armee des Sultans endlich losschlagen, um ihren Blutdurst zu stillen.

Die ersten Janitscharen ließen das Vorfeld der Mauern hinter sich und kletterten durch den Schutt zur Bresche hinauf. In der Mauerlücke, die von Weitem so groß ausgesehen hatte, war Platz für höchstens fünfzehn bis zwanzig Mann. Die ersten Türken, die immer noch unter Beschuss den Schuttberg hinaufgekrochen waren, erhoben sich und spähten vorsichtig durch die Öffnung. Weitere Kameraden rückten nach, bis zwei Dutzend Mann dem Feind von Angesicht zu Angesicht gegenüberstanden.

Im verwehenden Staub und Rauch bot sich ihnen ein Anblick, der ihnen das Blut in den Adern gefrieren ließ. Zum ersten Mal seit ihrer Landung auf dieser fluchbeladenen Insel starrten die Janitscharen dem Teufel ins Antlitz. Vor ihnen standen fünfzig Ritter in voller Rüstung. Sie trugen alle den gleichen scharlachroten Umhang mit dem weißen achtzackigen Kreuz auf der linken Brust, den gleichen stählernen Topfhelm mit heruntergelassenem Visier, hinter dessen waagerechtem Sehschlitz die Türken das furchtlose Auge des Gegners erahnten. Die Ritter hielten die blanken Schwerter beinahe lässig in der Hand, als wären die Krummschwerter der Janitscharen für sie nur Spielzeug. Schulter an Schulter standen sie wie eine eiserne Wand. Unverrückbar. Tödlich.

Während das Gemetzel vor den Mauern weitertobte, standen sich die beiden Schlachtreihen eine halbe Minute oder noch länger gegenüber. Ein Mann in der Mitte der ehernen Phalanx zog die Augen aller Türken auf sich. Ein weißer Bart quoll unter seinem Helm hervor, und langes weißes Haar floss ihm über die Schultern. Mit einem Kampfschrei riss der Alte sein Schwert hoch. Mit furchtbarem Kriegsgebrüll stürmten die Ritter los.

Die Türken zögerten einen Augenblick. Dann erschallte ihr Kampfschrei »*Allahu akbar!*«, und die Feinde prallten im ersten tödlichen Handgemenge aufeinander.

Die Ritter deckten sich gegenseitig die Flanke. Die Streiche der türkischen Krummschwerter prallten wirkungslos an ihrem Panzer ab. Nur die Gelenke der Gliedmaßen und der Hals boten ein wirksames Ziel. Die wenigen Augenblicke, bis die Türken begriffen hatten, wo sie ihre Schwerthiebe platzieren mussten, kostete viele das Leben. Die Toten und Verwundeten beengten den Raum in der Bresche zusätzlich, doch die Ritter verstanden diesen Pfropf aus Leibern zu ihrem Vorteil zu nutzen. Unter allen Umständen mussten sie einen massiven Durchbruch der Türken verhindern.

In den Wallgräben wurden die Türken nach wie vor vom Abwehrfeuer dezimiert. Der Schwung des Angriffs nahm ab. Schreiend und prügelnd versuchten die Offiziere, den Druck auf die Festung aufrechtzuerhalten. Von Minute zu Minute wurde das Vorankommen schwieriger. Leichenberge verstopften buchstäblich den Weg. Beim Durchqueren der Gräben glitt die Soldaten in den Blutlachen aus und stürzten auf die Leiber ihrer gefallenen Kameraden. Manche wurden regelrecht zu Tode getrampelt. Der Schrecken des Blutbads forderte seinen Tribut. Viele Türken verließ der Mut. Als die Mine detoniert war, hatte alles so einfach ausgesehen. Das Tor zum Sieg lag offen vor ihnen, sie mussten nur noch hindurchschreiten. Und jetzt lagen sie zuckend in ihrem eigenen Blut, verbrannt und niedergemetzelt, bevor sie überhaupt eine Chance gehabt hatten zu kämpfen.

Während die Hauptmasse der Türken noch in schwerem Abwehrfeuer von den Mauern das Niemandsland der Festungsgräben zu überwinden trachtete, metzelten die Ritter die ersten Janitscharen nieder, die in die Stadt einzudringen versuchten. Die Phalanx der gepanzerten Ritter rückte vor wie ein Mann. Ihre Schwerter mähten eine blutige Gasse in den Gegner. Unter dem Druck der Abwehr mussten die Janitscharen in die Bresche zurückweichen.

Wenn das Schwert der Ritter einen Körpertreffer landete, gab es für das Opfer wenig Hoffnung auf Überleben. Der Schwung mächtiger Arme, von jahrelanger Übung mit dem schweren Schwert gestählt, verlieh der scharfen Klinge eine verheerende Durchschlagskraft. Abgehackte Arme und Beine fielen zu Boden, und während die Schlacht weitertobte, waren die Getroffenen binnen kurzer Zeit verblutet. Der Angriff der Ritter nagelte die Janitscharen und die Azabs, die ihnen beigesprungen waren, im schmalen Durchlass der Bresche fest. Ein heilloses Durcheinander entstand.

Wutschnaubend beobachtete Mustafa Pascha die Blockade, die in der Bresche entstanden war. Ungeachtet des Kugel- und Pfeilhagels von den Mauern trieb er seine Männer voran. Plötzlich erschien auf dem Wallgraben der *Buntschuk* des Sultans, das Banner mit den acht schwarzen Pferdeschwänzen. Das Gebimmel der Glöckchen ging im Getümmel unter, doch der Anblick der acht Pferdeschweife und des goldenen Halbmonds verlieh den Angreifern neuen Mut. Wieder stürmten sie vorwärts.

Mustafa wurde von seinen Soldaten mitgerissen. Die Wucht des neuen Ansturms im Rücken hatten auch jene, die vor dem Kugelhagel zurückweichen wollten, keine andere Wahl, als weiter voranzustürmen.

Wieder und wieder versuchten die Türken ihre Massen in die Stadt zu zwängen, doch die Abwehrstrategie der Kreuzritter funktionierte nur zu gut. Die von ihnen in die Bresche zurückgetriebene erste Woge der Angreifer bildete mit ihren Leibern einen Stöpsel im engen Flaschenhals des Zugangs in die Stadt.

In der ersten Reihe der Ritter hieb Gabriele Tadini wie ein Berserker um sich. Er schäumte vor Wut, dass die Türken die Frechheit gehabt hatten, *ihm* ein Schnippchen zu schlagen und in *seine* Mauern ein Loch zu sprengen. Er hatte hier auf den Trümmern eine persönliche Rechnung zu begleichen.

An Tadinis Seite focht Flottenchef Michel d'Argillemont, der das Gefecht als willkommene Abwechslung vom untätigen Leben an Bord seiner beengten Galeeren betrachtete. Weit ausholend schwang er das Schwert gegen den Feind. Als er zu einem besonders gewaltigen Hieb ausholte, hätte er mit der Spitze des Schwerts beinahe Tadini erwischt.

»Hoppla!«, rief Tadini, »*dort* ist der Feind!« Als er grinsend nach rechts zu Michel hinüberblickte, sah er ihn auf die Knie sinken. Ein Türke versuchte Michel den Garaus zu machen. Immer noch mit dem grimmigen Grinsen unter dem Helm sprang Tadini vor und spaltete dem Janitscharen mit einem einzigen Hieb seines scharfen Schwerts den Schädel bis hinab zur Brust.

Ein anderer Ritter schloss die Lücke in der Reihe und schirmte Tadini und Michel vor weiteren Angriffen ab. Als Tadini Michel an seinem Umhang auf die Füße gezerrt hatte, konnte er in den Schlitz seines Visiers blicken. »*Dio mio!*«, rief er aus. Ein Armbrustbolzen hatte Michel am linken inneren Augenwinkel getroffen und war durch die linke Schläfe wieder herausgedrungen. Die Spitze ragte links ein wenig aus dem Helm.

Tadini zerrte Michel nach hinten und ließ ihn auf den Boden sinken. Der Verwundete dämmerte sichtlich weg.

»Könnt Ihr noch gehen?«, rief Tadini, doch Michel reagierte nicht. »Hört Ihr mich? Könnt Ihr gehen?«, schrie Tadini noch einmal. Als wieder jede Reaktion ausblieb, steckte er das Schwert in die Scheide, zog sich den Bewusstlosen auf den Rücken und nahm ihn Huckepack. Durch das Kaufmannsviertel, den *Collachio* und die Ritterstraße eilte er zum Hospital, so schnell die schwere Last es erlaubte.

Renato kümmerte sich bereits um die ersten Verwundeten. Er reagierte nicht auf Tadinis Zuruf. Tadini legte Michel vorsichtig auf einen freien Operationstisch und rief nach Melina, die soeben einem Verwundeten einen Kopfverband angelegt hatte.

Tadini und Melina kannten sich gut. Auf der Suche nach Jean, mit dem er sich angefreundet hatte, war Tadini oft ins Hospital gekommen und so manche Nacht dageblieben, um zu helfen. Er mochte Melina sehr gern und hatte sie und Jean stets mit Anspielungen auf das kaum noch gewahrte Geheimnis ihrer kleinen Familie geneckt.

Melina kam herbeigelaufen. »Gabriele, wen habt Ihr uns da gebracht?« Tadini hatte den Kopf des Verwundeten inzwischen vorsichtig vom Helm befreit. »Oh, lieber Gott! Doch nicht Michel!«, rief Melina aus, als sie das gefiederte Bolzenende aus dem Auge ragen sah. Ihre Hand flog an den Mund, doch es gelang ihr nicht, einen Schreckensschrei zu unterdrücken. »Lieber Gott!«, rief sie noch einmal. Dann legte sie Tadini die Hand auf den Arm. »Ihr könnt auf Euren Posten zurück«, sagte sie. »Ich hole sofort Doktor Renato, er wird sich um Michel kümmern.«

Tadini tätschelte ihre Hand und eilte zurück ins Gefecht.

Mit brennenden Augen hieb Philippe auf die Feinde ein. Seine achtundfünfzig Jahre machten ihn zum ältesten Kämpfer seiner Truppe, doch seine Kraft strafte sein Alter Lügen. Jahre des Kampfes und der Übung hatten ihn körperlich so auf der Höhe gehalten, dass er es mit jedem Jüngeren aufnehmen konnte. An diesem Nachmittag trieben seine starken Arme Dutzenden unglücklicher Türken die Schwertklinge in den Leib.

Knapp außerhalb des Radius von Philippes mächtigen Schwertstreichen stand Henry Mansell mit dem Banner des Gekreuzigten halb links hinter ihm und deckte ihm den Rücken. Die hölzerne Fahnenstange war mit einer scharfen Bronzespitze gekrönt und konnte zur Verteidigung des Großmeisters nötigenfalls als Lanze eingesetzt werden. Mansell hielt das Banner in der Linken, in der Rechten das gezückte Schwert. Die Jahre als Bannerträger hatten seinen Schultern und Armen gewaltige Kraft verliehen. Mühelos konnte er bei Paraden und in der Schlacht das Banner wehen lassen und gleichzeitig die schwere Waffe schwingen.

Philippe rückte mit seinen Waffenbrüdern einen weiteren Fußbreit gegen die anbrandende Flut der Türken vor. Einer der Angreifer tauchte unter Philippes ausholendem Schwert durch und versuchte mit seinem Krummschwert einen Hieb an der ungeschützten Stelle zwischen Helm und Brustpanzer anzubringen. Philippe parierte den Streich mit der durch den Panzerhandschuh geschützten Hand. Er hieb dem Janitscharen den Schwertknauf auf den Helm. Der Mann taumelte zurück. Bevor er an einen zweiten Angriff denken konnte, zog Philippe ihm mit einem gewaltigen Rundschlag das inzwischen schartige, bluttriefende Schwert vom rechten Schlüsselbein schräg über die Brust bis zur linken Armbeuge.

Im Rückwärtsfallen starrte der Mann in die kalten Augen hinter dem Schlitz des Visiers; dann fiel er wie eine von einem zornigen Kind zerfetzte Gliederpuppe in sich zusammen.

Philippe rückte noch ein Fußbreit vor und ging in Angriffsstellung.

Mustafa spürte, wie der Angriff seiner Krieger erlahmte und schließlich stecken blieb. Die Masse der Leiber behinderte den eigenen Vorwärtsdrang. Brüllend verfluchte Mustafa seine Männer als Feiglinge und versuchte sie mit den Streichen seiner flachen Klinge voranzuprügeln, doch nichts half.

Die Schlacht tobte zwei Stunden weiter. Immer wieder versuchte Mustafa vergeblich zur Kampflinie vorzudringen. Tränen der Enttäuschung strömten ihm übers Gesicht. In der Bresche konnte er einen hühnenhaften Ritter mit grauem Bart und langem weißem Haar erkennen. Obwohl er Philippe de l'Isle Adam weder kennen gelernt noch überhaupt je gesehen hatte, wusste er, dass der Mann, neben dem das gewaltige Banner des gekreuzigten Christus in der Luft wehte, der berüchtigte Großmeister sein musste. *Wie töricht von den Kreuzrittern*, dachte er. *Sie lassen zu, dass der eigene Führer sich in vorderster Reihe der Verletzung oder gar dem Tode aussetzt.* Niemals würde er seinen Sultan ein solches Risiko eingehen lassen!

Mustafa prügelte sich mit den Fäusten eine Gasse nach vorn. Er musste diesem alten Mann entgegentreten und ihn auf der Bastion in Stücke hauen. Nichts würde ihn aufhalten können. Ohne ihren Führer musste der Widerstand der Kreuzritter zusammenbrechen. Und dann würden sie sich samt ihrer Festung dem Sultan ergeben.

Seit zwei Stunden stand Philippe ohne Unterlass seinen Mann. Seine Muskeln schmerzten, der Flüssigkeitsverlust und die dauernde Anstrengung zehrten an seinen Kräften. Aber er ließ nicht locker, und sein Plan ging auf. Die Ritter verstopften den Durchlass in den Mauern mit ihren Schwertern und den gepanzerten

Körpern. Die Angriff der Moslems verlor an Schwung und kam ins Stocken.

Philippe hatte beim Kämpfen immer wieder in das Meer der Soldaten jenseits der Bresche geblickt, um die Wucht und Entschlossenheit des gegnerischen Angriffs abzuschätzen. Nun sah er, wie die Gräben sich allmählich mit den Leichen der von den Schützen auf den Mauern niedergemähten Angreifer füllten. Für jeden Mann, den Philippe an diesem Tag verloren hatte, lagen Hunderte von toten und verwundeten Türken herum. Philippes Blick blieb auf der Gestalt eines Mannes mit einem großen schwarzen Schnauzbart ruhen, der als Einziger mit geschwungenem Krummschwert gegen den Strom der allmählich regellos zurückflutenden Massen anzukommen versuchte. Das Gebrüll des Mannes ging im allgemeinen Schlachtenlärm unter. Philippe sah, wie der Mann sich schreiend und fluchend rücksichtslos nach vorn durchkämpfte. Den Turban hatte er bereits eingebüßt; seine Uniform war mit Blut und Schmutz besudelt. Als er in die Bresche stürmte, trat Philippe vor, um sich dem Angriff entgegenzustellen. Ihre Blicke trafen sich und bohrten sich für den Bruchteil einer Sekunde ineinander.

In diesem Moment drängten die Kreuzritter wie eine schwertschwingende gepanzerte Walze nach vorn. Selbst Philippe war nach dem stundenlangem Kampf von der Gewalt des Angriffs überrascht. Es war, als wollten sie jetzt, in diesem Moment, die Sache ein für alle Mal zu Ende bringen. Die Wucht der Attacke trieb die vorderste Linie der Türken die Böschung der Bresche hinunter. Panik brach aus und griff bis tief in die türkischen Reihen um sich. Die Männer fluteten von den Mauern zurück, glitten über Tote und Verwundete stolpernd Hals über Kopf die steilen Böschungen der Gräben hinunter.

Mustafa sah sich in den zurückflutenden Massen eingekeilt. Mit dem Krummschwert fuchtelnd versuchte er freizukommen, um dem Großmeister ans Leder zu gehen, doch er steckte hilflos fest. Im allgemeinen Zurückfluten wurde er wieder nach hinten getragen, manchmal sogar von den eigenen Füßen gehoben. Er hieb auf seine Männer ein, doch es war zwecklos. Fluchend sah er sich der Gestalt seines Feindes immer weiter entrückt.

Die Kreuzritter beobachteten reglos die Flucht der Truppen des Sultans. Sie jubelten nicht, reckten nicht in Siegerpose die Schwerter in die Luft. Die Eisenmänner wirkten wie ein Bestandteil der steinernen Mauern. Die gewöhnlichen Soldaten fragten sich bei diesem Furcht erregenden Anblick, ob eine Vertreibung der Kreuzritter aus ihrer Festung überhaupt möglich war.

Die stummen Ritter hoben den Blick von den Gräben. Soweit ihr Auge in der hereinbrechenden Dunkelheit reichte, sahen sie Zehntausende frischer Soldaten des Sultans, die darauf warteten, den Sturm auf die Stadt fortzusetzen. Unzählige schienen bereitzustehen, um jene zu ersetzen, die von den Rittern beim ersten Angriff getötet worden waren.

Philippe wandte sich Mansell zu. Er wollte ihn beauftragen, die Reparatur der beschädigten Mauer zu überwachen. Philippe sah das Banner ein paar Schritt hinter sich sanft im Abendwind wehen, doch der Bannerträger war nicht Henry Mansell, sondern ein anderer Ritter aus der *Langue* von Frankreich. Henry Mansell lag auf dem Boden. Ein Pfeil ragte aus seiner Brust. Ein Ordensbruder hielt Henry in den Armen, während ein anderer versuchte, den Pfeil herauszuziehen, der sich im Blech des Brustpanzers verklemmt hatte. Philippe kniete sich zu seinem langjährigen Freund. »Henry, o Henry«, sagte er leise und streichelte ihm die Wange.

»Herr, es tut mir Leid«, sagte der Ritter, der Mansell in den Armen hielt. »Er ist tot.«

Philippe berührte Henry Mansells Stirn, dann seine Brust, die linke und die rechte Schulter. »*In nomine patris, filii et spiritu sancti, Amen*«, sagte er, während er das Kreuzzeichen über seinem gefallenen Kameraden schlug. »*Au revoir, Henri, mon cher vieux ami.*«

Philippe erhob sich und machte sich auf den langen Weg zurück in den Palast. Seinen Rittern, die ihn beobachteten, kam er älter und kleiner vor als sonst. Seine Schultern waren herabgesunken, sein Haupt leicht gebeugt. Der federnde Schritt und die stolze Haltung waren ihm abhanden gekommen. Und das, dachten sie, nach einem siegreichen Tag.

Vom Rücken seines Pferdes aus hatte Suleiman in der Abenddämmerung inmitten seiner halbmondförmig aufgezogenen Janitscharenleibgarde schweigend den Angriff und die ruhmlose Heimkehr des grünen Banners des Propheten beobachtet. Ibrahim war an seiner Seite.

Suleiman verfolgte das Zurückfluten seiner Truppen aus dem mühsam gewonnenen Terrain der Wälle und Gräben. Die Toten und Verwundeten blieben meist achtlos liegen. Hier und da sah man einen Soldaten, der einen Kameraden mit sich schleppte oder einem Verwundeten zu den eigenen Linien zurückhalf. Doch das allgemeine Bild, das sich dem Sultan bot, war das einer zerschlagenen Armee, die waidwund aus dem verfluchten Grab zu entkommen suchte, das ihr der Feind zum Schutz seiner Zitadelle gegraben hatte.

Das Sperrfeuer verebbte, als der letzte Türke außer Schussweite war. Die dezimierten Truppen erreichten die eigenen Linien. Nach dem stundenlangen Lärm und Getöse trat eine unheimliche Stille ein, in der Suleimans feines Gehör das Klappern der Waffen gegen die Rüstungen und das Rascheln der Uniformen seiner in die Lager einmarschierenden Leute wahrnehmen konnte. Der Geruch von Pulverdampf und verbranntem Fleisch wehte ihm in die Nase. Suleiman sah in die Gesichter. Die hoffnungsfrohe Kampfeswut der ersten Angriffswelle war verebbt und einer seltsamen Gleichmut gewichen. Wo Suleiman Schmerz und Enttäuschung erwartet hätte, blickte er in völlige Leere.

Nach einem tiefen Atemzug schaute Suleiman an Ibrahim vorbei nach Westen zu seinem Lager auf dem St.-Stephansberg und wendete sein Pferd. Er hielt sich vor Augen, wie tapfer seine Armee gekämpft hatte, wie viele junge Leben dieser Tag gekostet hatte und welch schmerzlichen Tribut die Kreuzritter seinen Leuten abverlangt hatten. Welchen Preis würden er und seine Armee noch zu zahlen haben, um diese fluchbeladene Insel zu erobern?

Ibrahim, der Suleiman folgte, ließ seinen Meister mit seinen Gedanken allein.

Als die Dunkelheit sich über das Niemandsland zwischen den beiden Armeen gesenkt hatte, begannen die Soldaten beider Seiten, sich um ihre Verwundeten zu kümmern und ihre Toten zu bestatten. Die Türken hatten mehr als zweitausend tapfere Männer verloren, bei den Kreuzrittern waren es Henry Mansell und der Kommandeur Gabriel de Pommerols. Michel d'Argillemont verstarb an seiner schweren Verletzung, ohne das Bewusstsein wiedererlangt zu haben. Wie viele Söldner und rhodische Milizionäre getötet oder verwundet wurden, hat niemand vermerkt.

Stundenlang schallten die Hilfeschreie der verwundeten Türken aus den Gräben. Kurz nach Mitternacht schickte Philippe eine Abteilung seiner Ritter los. Die Männer sollten sich der Verletzung der primitivsten Grundregel des Kriegshandwerks schuldig machen. Sie streiften durch das Niemandsland und bohrten den Verwundeten gleichmütig das Schwert und den Spieß in die Brust. Sie kannten keine Gnade. Unter dem gnädigen Mantel der Dunkelheit tobte in aller Stille ein grausames Gemetzel. Keiner wurde verschont. Gefangene wurden nicht gemacht.

Nach vollbrachter Tat zogen die Ritter sich in der Morgendämmerung durch das Johannestor in die Stadt zurück. Sie begaben sich in ihre *Auberges*, schnallten die blutverkrusteten Mordwaffen ab, zogen saubere Umhänge mit dem weißen Johanniterkreuz über und begaben sich zur Morgenandacht in die Kapelle.

14.

Kriegsrat

Rhodos
September 1522

Suleiman saß schweigend in dem Zelt. Ungeachtet der Sommersonne zeichnete Blässe sein Gesicht, hatte er sich doch meistens unter dem Dach seines Beobachtungspavillons aufgehalten. Wie sein Idol, der Perserkönig Xerxes bei der Schlacht von Salamis vor zweitausend Jahren, hatte Suleiman sich auf einem Hang westlich der Stadt eine überdachte Tribüne mit einem Thron bauen lassen, von wo er, von den Wesiren und Ratgebern umgeben, den Fortgang der Schlacht aus sicherer Entfernung beobachten konnte. Und wie vor ihm Xerxes musste Suleiman mit blutendem Herzen dem Massaker zusehen, das sich vor seinen Augen abspielte.

Nach mehr als acht Wochen Belagerung füllten die Leichen seiner Soldaten die Gräben vor den südlichen Bastionen der Festung fast bis zum Rand. Myriaden von Fliegen schwärmten über die verwesenden Leichen, deren unerträglicher Verwesungsgeruch die heiße Luft des Spätsommers schwängerte. Statt einer kühlenden Meeresbrise wehte den Türken ein Übelkeit erregender Gestank ins Gesicht. Alsbald griffen im Lager und im Tross der Marketender Krankheiten um sich.

Und immer noch hatte kein einziger Türke den Fuß in die belagerte Stadt gesetzt.

Seufzend blickte Suleiman in seinem Zelt in die Runde. Die Dienerschaft hatte sich zurückgezogen. Suleiman ließ noch ein paar Augenblicke verstreichen, bevor er den *Diwan* eröffnete. Seine kommandierenden Offiziere Piri Pascha, Bali Agha, Achmed Agha, Ayas Agha und Quasim Pascha saßen unbewegt und ausdruckslos im Halbkreis um ihn. Ibrahim saß zu Suleimans Rechten den Generälen gegenüber, von denen einige bereits insgeheim Mutmaßungen über seine Position anstellten. Keiner sagte ein Wort.

Suleiman seinerseits fragte sich, wer von diesen Männern ihm wohl am besten zu dienen bereit sei. Piri Pascha war immer noch sein Großwesir, doch seiner mangelnden Kriegsbegeisterung wegen war sein Stern eindeutig im Sinken. Ibrahim war nun schon fast ein Jahrzehnt lang sein treuer Freund und Diener gewesen, doch seinem weiteren Aufstieg stand der massive Widerstand des Hofes entgegen. Und wie sah es mit den anderen Aghas aus? Sie waren auf Macht und Reichtümer aus und bekämpften sich gegenseitig wie eifersüchtige Kinder. Mochten sie auch heute noch dem Sultan in Treue dienen – was würde geschehen, wenn sie plötzlich ihre Machtposition bedroht glaubten?

Außer Suleiman und Ibrahim starrten alle auf das Teppichmuster vor ihren Füßen. Ibrahim betrachtete die Gesichter der Aghas. *Was geht wohl in ihren Köpfen vor?*, dachte er. *Jeder von ihnen hat es auf deine Stellung abgesehen, neidet dir deine Nähe zum Ohr und Herzen des Sultans. Jeder von ihnen würde dich bedenkenlos umbringen, hätte er die Gelegenheit dazu. Das heißt, Piri wohl nicht, aber die anderen ...*

»Wir stehen jetzt schon seit über zwei Monaten auf dieser verfluchten Insel«, hob Suleiman an. »Meine Soldaten liegen zu Tausenden tot in den Gräben und auf dem Feld und verrotten. Ich kann sie nicht einmal würdig bestatten oder ihre armen Seelen der Gnade Allahs anempfehlen lassen. Und wir sitzen hier und sind der Vertreibung dieser Söhne des *Scheitan* aus unserem Reich keinen Schritt näher gekommen. Piri Pascha, was sagst du dazu?«

Piri blickte auf, als hätte ihn die Aufforderung, seine Meinung zu äußern, überrascht. Er hatte längst jene beeindruckende Aura eingebüßt, an die Suleiman sich noch aus der Regierungszeit seines Vaters Selim erinnerte. Neben Suleiman saß ein bleicher gebeugter Mann mit leerem Gesicht, dem die Wampe über die Leibbinde quoll. Wenn er redete, kam er oft vom Thema ab, gab halb fertige Sätze und halb gare Gedanken von sich. »Majestät!«, sagte er, nachdem er sich zusammengerissen hatte, »ich bete darum, dass Allah die Seelen unserer Toten zu sich nehmen möge, denn sie sind im *Dschihad* gefallen, in dem heiligen Kampf, den wir gegen ...«

»Sprich nicht von den Toten, mein Großwesir«, fiel Suleiman ihm ins Wort. »Ich möchte deine Meinung über unseren Kampf gegen die Kreuzritter hören. Dir als dem höchsten Offizier meines Reiches steht das Recht zu, als Erster das Wort zu ergreifen.«

»Vergebt, Herr«, sagte Piri schnell und runzelte nachdenklich die Stirn. »Ich befürchte, wir haben uns mit einem Gegner angelegt, der bereit ist, diese Insel bis zum letzten Mann, zur letzten Frau und zum letzten Kind zu verteidigen. Ich bezweifle, dass er sich jemals ergeben wird. Wir werden innerhalb und außerhalb der Mauern jeden töten müssen. Restlos jeden. Bei dem Preis, den wir bislang dafür bezahlen mussten, frage ich mich allerdings, ob es die Sache wert ist. Wenn es so weitergeht, werden wir mit einem jämmerlichen Rest der Armee, mit der wir aufgebrochen sind, wieder nach Istanbul zurückkehren.«

»Piri Pascha, ich danke dir«, sagte Suleiman seufzend. »Wie immer siehst du die Dinge in einem sehr klaren Licht.« Er wandte sich dem Mann zu, der ihm links gegenübersaß. »Bali Agha?«, sagte er.

Bali Agha, Kommandeur der Janitscharen, setzte sich kerzengerade hin. »Majestät, wir sollten unsere Taktik noch einmal überdenken«, sagte er. »Darf ich mich dazu äußern?« Suleiman nickte. »Die Strategie des Unterminierens der Mauern«, fuhr er fort, »scheint sich nur unter größten Opfern aufrechterhalten zu lassen. Es hat uns viele Wochen und Hunderte, wenn nicht Tausende von Menschenleben gekostet, die Bresche in die Bastion von England zu sprengen. Die Kreuzritter haben sie mit ihrer disziplinierten Abwehr sogleich wieder geschlossen und unsere Armee unter geringen eigenen Verlusten zurückgetrieben. Und nun sitzen wir nach acht langen Wochen immer noch hier und sind der Eroberung keinen Schritt näher gekommen.

Seit der Schlacht um die Bastion von England, Majestät, haben wir es immer wieder auf die gleiche Weise versucht. Fünf Tage darauf konnten wir eine Bresche in die Mauern der Provence sprengen und wurden wieder unter großen Verlusten für uns und mit geringen Verlusten bei den Kreuzrittern zurückgeschlagen. Meine Janitscharen haben unter dem Griechischen Feuer und dem Kugelhagel von den Mauern einen gewaltigen Blutzoll entrichtet. Zwei Tage später geschah das Gleiche im englischen Abschnitt, dann in dem von Aragon und vor der Bastion der Provence. Es ist immer dasselbe. Und es darf nicht unerwähnt bleiben, dass sich Mustafa Pascha und seine Männer tapfer – nein, todesmutig ist das richtige Wort! – geschlagen haben. Aber es hat uns keinen erwähnenswerten Schritt vorangebracht. Ein Wechsel der Strategie ist mehr als überfällig!«

Achmed Agha erhob sich, um das Wort zu ergreifen, doch Bali Agha hatte sich so sehr in Fahrt geredet, dass er aufsprang und Achmed Agha das Wort abschnitt. »Majestät, nicht umsonst werden die Janitscharen die Söhne des Sultans genannt. Sie würden *alles* für Euch tun. Euer Urgroßvater hat einmal gesagt ›Der Leib eines Janitscharen ist der Trittstein, auf dem seine Brüder die Bresche erstürmen.‹ Diese Männer werden mit ihren Leibern die Gräben bis zum Überquellen füllen, und ihre Leiber und die ihrer Brüder *werden* die Trittsteine sein, auf denen unsere Männer in die Stadt einbrechen, um die fluchbeladenen *Kuffar* zu töten. Herr, gebt uns die Möglichkeit, und wir werden unseren Auftrag erfüllen!«

Achmeds Begeisterung verbreitete sich im Zelt. Suleimans trübe Mine hatte sich verflüchtigt. Er wandte sich an Achmed Agha. »Und wie können wir dafür sorgen, dass die Söhne des Sultans in die Stadt eindringen, wie ich als dein Sultan und Bali Agha es wünschen?«

»Indem wir unsere Überzahl zu unserem Vorteil nutzen, Majestät. Wir müssen die Stadt massiv angreifen und mit einem Gewaltakt erobern. Mit einem Generalangriff, an allen Fronten zugleich. Wir müssen aufhören, uns immer nur durch eine einzige Bresche den Zugang zur Stadt erzwingen zu wollen. Ich schlage einen Generalangriff vor, vorbereitet durch ein einwöchiges Trommelfeuer aus allen unseren Rohren. Wir werden sie Tag und Nacht auf Trab halten. Sie werden keine Minute Schlaf bekommen. Und dann erfolgt unser Generalangriff auf den gesamten, dem Land zugewandten südlichen Festungsbereich. Aragon! Italien! England! Provence! Die Kreuzritter werden nicht genügend Verteidiger aufbringen können, um sämtliche Löcher gleichzeitig zu stopfen. Wir werden in die Stadt einbrechen und wild durch ihre Straßen stürmen! Bevor der Tag zu Ende geht, werden die Söhne des Sultans die Festung beherrschen!«

Die Aghas redeten vor Begeisterung wild durcheinander. Suleiman lächelte. Zum ersten Mal seit Wochen schien er wieder von Siegesgewissheit durchdrungen. Selbst der passive Ibrahim konnte sich der Atmosphäre nicht entziehen und quittierte beifällig nickend den neuen Plan.

Mit einem Wink gab Suleiman den Aghas zu verstehen, dass sie sich wieder ihren Aufgaben widmen und den Angriffsplan ausarbeiten sollten.

Der Dauerbeschuss hatte innerhalb der Mauern der Stadt verhältnismäßig wenig Schaden angerichtet. An den Kriegslärm hatten sich die Menschen gewöhnt, doch die Lebensbedingungen wurden zusehends schlechter.

Innerhalb der Stadtmauern gab es keinen Platz, an dem man die Toten beerdigen konnte. Die Verwesung der unbeerdigten

Leichen setzte ein. Man hatte sie zwar mit ungelöschtem Kalk bedeckt, doch der Geruch des Todes und der Verwesung zog durch die ganze Stadt. Zudem wehte die nächtliche Brise den Leichengeruch der zu Tausenden in den Gräbern verrottenden Türken in die Festung. Die Einwohner hielten sich bei ihren Wegen durch die Stadt mit Kampferöl getränkte Tücher vors Gesicht.

Die Abortgruben flossen über, verschmutzte Abwässer verunreinigten die Häuser. Sauberes Trinkwasser wurde knapp. Im Juni hatten die Kreuzritter die Brunnen vor der Stadt vergiftet, um sie für die Türken nutzlos zu machen. Als der niederschlagslose Sommer in den Herbst überging, begannen auch in der Festung die Brunnen zu versiegen.

Anfang August gingen die frischen Nahrungsmittel aus. Nach einer längeren Periode der kargen Ernährung mit Trockenkost und laffem, pappigem Brot war es mit der Selbstbeherrschung schnell zu Ende. Viele wurden krank. Das Hospital, wo man den Bürgern in der Vergangenheit stets bereitwillig geholfen hatte, war jetzt mit Verwundeten überbelegt. Die vielen Menschen, die an fiebrigen Durchfällen und Austrocknung litten, mussten draußen auf den Treppen oder im Hof warten, bis eine Kampfpause eintrat, in der auch sie ärztliche Hilfe und Medizin bekommen konnten.

Mit der steigenden Zahl der Verwundeten stieg auch die Arbeitsbelastung der Ritter, die sich der Krankenpflege widmeten. Renato, Melina und Hélène hatten aschgraue Gesichter und dunkle Ringe unter den Augen, nachdem sie wochenlang kaum noch zum Schlafen gekommen waren. Renato versorgte mit zitternden Händen die endlose Reihe der Verwundeten, die vorn zu ihm hereingetragen wurden. Am anderen Ende der Krankenstation trugen die helfenden Ritter jeden Morgen diejenigen hinaus, die die Nacht nicht überlebt hatten. Aber für die hinausgeschafften Leichen war kein Platz zu finden. Niemand wollte einen zusätzlichen Berg verwesender Leiber neben seinem Haus auftürmen lassen, doch eine Lösung des Problems hatte auch keiner anzubieten.

Überall in der Stadt flammte die Unzufriedenheit auf. Bürgerkomitees wurden beim Großmeister vorstellig und baten, ihre Stadt dem Feind zu übergeben. Ende September war die Moral auf den tiefsten Punkt seit Beginn der Belagerung gesunken. Die Verluste der Türken überstiegen zwar die der Kreuzritter und der Rhodier um das Zehn- bis Zwanzigfache, aber das war ein geringer Trost. Das Leben in der Stadt war zur Hölle geworden. Allmählich dämmerte allen, dass es erst Frieden geben konnte, wenn die Kreuzritter die Stadt übergeben und endgültig abziehen würden. Erst dann würde wieder ein normales Leben auf ihrer paradiesischen Insel einkehren können. Lediglich der Herrscher würden wieder einmal wechseln, aber darüber regte sich auf den Griechischen Inseln und besonders auf Rhodos längst keiner mehr auf.

Philippe Villiers de L'Isle Adam saß im oberen Sitzungssaal des Großmeisterpalasts. Wegen der Hitze und des türkischen Trommelfeuers waren die Fenster geschlossen. Es war stickig im Saal, und der allgegenwärtige Gestank, der in der Luft, in den Kleidern der Ritter und sogar in der Wandtäfelung hing, ließ sich ohnehin nicht aussperren.

Philippe war von der Anstrengung schwer gezeichnet. Er war mit seinen Männern zu jeder neuen Bresche geeilt und hatte an buchstäblich jeder Schlacht und jedem Gefecht in vorderster Linie teilgenommen. Seit dem Tod von Henry Mansell hatte Joachim de Cluys aus der französischen *Langue* sein Banner getragen. Die große Fahne mit Christus am Kreuz war für die Muslims inzwischen ein vertrauter Anblick. Sie verriet ihnen, wo der Führer der Kreuzritter stand, der Mann, den zu töten das oberste Ziel aller Moslems darstellte. Die Türken sahen in Philippe den Inbegriff der Entschlossenheit und Kühnheit der Kreuzritter. Für die Muslims war er der irdische Vertreter des Teufels. Auch wenn sie ihn dafür bewunderten, dass er an der Seite seiner Ritter kämpfte, war es für sie selbstverständlich, dass ihr Sultan Suleiman sich stets nur hinter den Linien aufhielt, wo er sicher war. Für einen Türken war es undenkbar, den Schatten Gottes auf Erden einer Gefahr auszusetzen.

Nachdem das Banner des Gekreuzigten Philippes Gegenwart stets offen anzeigte, hatte die Tatsache, dass er aus so vielen Gefechten unverletzt hervorgegangen war, bei den Muslims das Gerücht aufkommen lassen, sein Banner habe die Kraft, ihn vor Schaden zu bewahren. Letzten Endes, glaubten sie, tobte auf Rhodos ein Zweikampf zwischen dem Glauben an die Macht Allahs und des Propheten und dem Glauben an die Macht Christi.

Während Philippe darauf wartete, dass die Offiziere sich vollständig versammelten, wanderten seine Gedanken zu Hélène. Einerseits war er froh darüber, dass sie in diesen furchtbaren Zeiten seine Nähe gesucht hatte, andererseits beunruhigte ihn die unmittelbare Bedrohung, in der sie nicht weniger schwebte als er selbst.

»Herr, jetzt sind alle anwesend.« Tadini hatte ihn angesprochen.

Philippe fuhr aus seinen Gedanken hoch. Seine übliche Gelassenheit war der Anspannung zum Opfer gefallen. Er befand sich fast stets an der Grenze seiner Belastbarkeit, zumal er selten mehr als täglich ein bis zwei Stunden Schlaf fand. Er hüstelte, als fühlte er sich ertappt. »Meine Herren«, hob er an, »wir haben nur wenig Zeit. Wir werden auf den Mauern dringend gebraucht. Lasst uns also sofort die nächsten Einsatzpläne besprechen, damit wir unverzüglich auf unsere Gefechtsstationen zurückkehren können. Gabriele, was habt Ihr zu berichten?«

»Herr, die Türken haben ihre Bemühungen zur Unterminierung der Mauern keineswegs verringert. Je mehr Mineure wir töten, desto mehr Männer schicken sie gegen uns. Ich habe das Gefühl, aus jedem getöteten türkischen Mineur sprießen zehn neue hervor. Sie sind einfach überall. Mehr als fünf Sechstel des Mauerrings sind unterhöhlt, vom Gegner und von uns. Täglich jagen wir zwei bis drei von ihren Schächten in die Luft – samt einem Haufen ihrer Leute. Manchmal sind es Hunderte. Die von den Türken gezündeten Minen sind, *gráce à Dieu*, zumeist ohne großen Schaden durch unsere Schächte in die Luft verpufft.

Gestern sind die Janitscharen zu einem Angriff auf die Bastion von Italien angetreten. Offensichtlich haben sie sich zu nahe an eine Mine herangewagt. Bei der Explosion waren über zweihundert von ihnen sofort tot.

Die türkische Artillerie hat ihre Aktivitäten verstärkt und bestreicht pausenlos den südlichen Abschnitt. Es könnte ein Ablenkungsmanöver eines Angriffs auf den West- oder Nordsektor sein, aber auch der Auftakt zu einem Generalangriff auf unsere Stadt.« Philippe nickte. »Mehr kann ich dazu nicht sagen«, fuhr Tadini fort. »Leider haben wie keinerlei Erkenntnisse aus dem türkischen Lager.« Tadini hielt inne. »Herr, dürfen wir auf Hilfe aus Europa hoffen?«

»Ich halte es für klug, alle unsere Planungen darauf abzustellen, dass keine Hilfe kommt. Meine Hilfegesuche wurden überall abschlägig beschieden, eine Antwort steht allerdings noch aus. Von Thomas Newport, der sich um die Hilfe der Ritter im Reich König Heinrichs bemüht, habe ich noch nichts gehört. Wenn er Erfolg hat, können wir mit hundert oder mehr Rittern rechnen. Wenn nicht ...« Philippe hob die Schultern.

»Ich danke Euch, Herr«, sagte Tadini und setzte sich.

»John Buck?«

»Herr, ich kann dem, was Gabriele gesagt hat, nur wenig hinzufügen. Ich glaube, nachdem die Türken die Vergeblichkeit massierter Angriffe auf eine einzelne Bresche eingesehen haben, könnten sie jetzt auf den Gedanken kommen, unsere Kräfte durch simultane Angriffe auf eine Mehrzahl von Breschen aufzusplittern. Im Übrigen mussten wir die Verfolgung der türkischen Rückzüge aufgeben. Mustafa Pascha hat neben den Gräben Schützenlöcher ausheben und mit Arkebusiers und Musketieren bemannen lassen, die den Rückzug seiner Leute decken. Die Verfolgung ist für uns zu gefährlich geworden.«

Tadini schaltete sich ein. »Herr, Jacques de Bourbon lässt um Nachsicht bitten. Da er nun nicht mehr dem Feind nachsetzen und dessen Rückzug in eine heillose Flucht verwandeln könne, habe er seit dem Angriff auf die Bastion von England leider keine türkischen Feldstandarten mehr erbeuten können. Er ist untröstlich.«

John Buck setzte seine Ausführungen fort. »Wir fügen den Türken nach wie vor schwerste Verluste zu. Ich schätze, da draußen liegen über dreitausend Gefallene. Gleichwohl erleiden wir selber strategisch bedeutsame Verluste, die wir uns nicht leisten können. Guyot de Marseille war unser bester Artillerist, aber er ist so schwer verwundet worden, dass er nicht mehr am Kampfgeschehen teilnehmen kann. Euer Bannerträger Joachim de Cluys hat das Auge, an dem er gestern im Abschnitt der Provence verwundet worden ist, endgültig eingebüßt. Er will zwar ohne Rücksicht auf Verluste wieder ins Gefecht, doch er ist zu stark behindert, um Euch noch den Rücken decken zu können. Und dass Prejean de Bidoux überlebt hat, grenzt an ein Wunder.« De Bidoux war der Prior der *Langue* der Provence. Er hatte den Stützpunkt auf der Insel Kos erfolgreich verteidigen können, obwohl man ihm damals das Pferd unter dem Sattel weggeschossen hatte. »Gestern hat ihm ein Krummschwert das Gesicht buchstäblich von einem Ohr zum anderen aufgeschlitzt, aber er ist noch am Leben und besteht darauf, sofort aus dem Hospital entlassen zu werden, damit er wieder kämpfen kann.«

»Wunder hin oder her, vergesst nicht das Geschick unserer Ärzte!«, gab Philippe zu bedenken. Er wartete einen Moment lang auf weitere Wortmeldungen. Als keine kamen, erhob er sich, beugte sich vor und stützte sich schwer mit den Fäusten auf den Tisch. »Noch etwas, meine Herren. Mir sind letzthin Gerüchte von einem Aufruhr der Bevölkerung zu Ohren gekommen. Wir müssen also auf der Hut sein. Jede diesbezügliche Aktivität ist mir sofort zu melden. Ich werde entsprechend darauf reagieren, und zwar mit aller Härte. An Verrätern in unserer Mitte muss ein Exempel statuiert werden. Die Bevölkerung muss uns mehr fürchten als die Türken!«

Während die Kreuzritter auf Rhodos ihre Verluste und ihre Möglichkeiten überschlugen, war Thomas Newports Hilfeaufruf, ohne dass sie es wussten, außerordentlich erfolgreich gewesen. Zu ebendem Zeitpunkt, als Philippe auf Rhodos seine Konferenz hielt, stachen mehr als einhundert Ritter in England in See. Doch Philippes Glück war nur von kurzer Dauer. Nach einigen Tagen auf See geriet Newports Schiff im Golf von Biskaya in einen furchtbaren Sturm. Es zerschellte an einem Felsenriff und sank mit Mann und Maus.

Als Jean lange nach Einbruch der Dunkelheit ins Hospital kam, war Melina in dem überfüllten Krankensaal damit beschäftigt, Verbände zu wechseln und Wunden mit Salzwasser auszuwaschen. Alle hundert Betten waren mit Soldaten und Bürgern der Stadt belegt, und auch auf dem Fußboden war kaum noch ein Plätzchen frei. Einfache Decken mussten als Lager für die Verwundeten dienen. Wie die Speichen eines Rades lehnten die Patienten mit dem Rücken rings um die großen steinernen Säulen, die die hohe Gewölbedecke trugen. Der süßliche Fäulnisgeruch von Eiter und brandigem Fleisch lag schwer in der Luft.

Auf Melinas Zuruf ging Jean durch den frei gehaltenen Mittelgang zu Melina und kniete sich neben sie.

»Wie geht es dir?«, erkundigte er sich.

»Gut, Jean, und unseren Mädchen auch. Sie saugen jedes Mal an mir, als wäre es ihre letzte Mahlzeit. Ich glaube, sie werden regelrecht fett! Hélène ist ein Geschenk Gottes. Sie ist inzwischen so beherzt wie sonst niemand und gönnt sich keinen Augenblick Ruhe.«

Sie drückte Jean sauberes Verbandsmaterial in die Hand. »Halt das mal für mich. Wir können uns unterhalten, während ich diesen amputierten Mann verbinde.«

Jean betrachtete den sauberen Armstumpf und hob die Brauen. »Wann habt ihr ihn amputiert?«

»Vor drei Tagen.« Melina wusste, welche Frage als nächste kommen würde. Sie sah Jean erwartungsvoll an.

»Aber wie kann das sein? Die Wunde ist ja absolut sauber und ohne Verbrennungen. Das heilt ja wunderbar.«

»Erstaunlich, nicht wahr? Vor drei Tagen ist uns das Öl ausgegangen. Doktor Renato wusste vor Sorge nicht mehr aus noch ein. Aber was hätte er tun sollen? Da hat er eben aus Weidenöl und Terpentin eine Salbe angerührt und auf die Wunde aufgetragen, und weiter nichts.«

»Aber wie hat er die Blutung gestillt?«

»Mit Kompressen. Wir haben den Arm mit einem engen Druckverband abgeschnürt. Das war zwar auch sehr unangenehm, aber bei weitem nicht so schmerzhaft wie das siedende Öl.«

»Und der Verband mit einer Schafsblase?«

»Die Schafsblasen sind uns ausgegangen. Es gibt ja ohnehin keine Schafe mehr in der Stadt. Wir mussten saubere Tücher nehmen. Doktor Renato hatte die größten Bedenken. Er war sicher, dass sich der Stumpf ohne Kauterisierung von den Schießpulverresten und dem Schmutz entzünden würde, und der arme Mann wäre am nächsten Morgen tot. Aber beim Verbandwechsel konnte ich sehen, dass die Wunde sauberer war und besser aussah, als wenn wir Öl hineingegossen hätten. Renato wollte es gar nicht glauben. Wir behandeln alle Wunden von jetzt ab nur noch mit Weidenöl und Terpentin, und ich wasche sie täglich mit Salzwasser aus, mehr nicht. Zu etwas anderem reichen unsere Mittel ohnehin nicht mehr. Aber es ist ganz erstaunlich. Als ich Renato von der sauberen Wunde erzählt habe, hat er einen französischen Arzt zitiert. Paré heißt er, glaube ich, Amboise Paré: ›*Je le pansay, Dieu le guarit.*‹«

»›Ich lege den Verband an, Gott heilt‹«, übersetzte Jean. »Erstaunlich!« Jeans Blick glitt suchend durch den Saal. »Wo ist Renato überhaupt? Es ist das erste Mal, dass er nicht hier ist. Hat er sich endlich mal zum Schlafen hingelegt?«

»Nein. Er hat mir gesagt, ich soll hier weitermachen, während er Patienten in der Stadt besucht. Er ist jetzt schon seit ein paar Stunden fort und müsste eigentlich längst wieder hier sein.«

»Ach so.« Jean gab Melina einen Kuss und stand auf, um zu gehen. »Ich werde im Palast gebraucht. Der Großmeister hat mich rufen lassen, und ich habe ausrichten lassen, dass ich mich sofort auf den Weg mache.« Er küsste Melina noch einmal, diesmal ausgiebig auf den Mund. »Gib den Mädchen einen Kuss von mir«, sagte er. »Ich komme wieder, sobald ich kann.«

Melina streichelte Jean den Nacken. Er wandte sich um und ging den Mittelgang hinunter zum Ausgang.

Bebend vor Zorn stand Philippe hinter seinem Schreibtisch. Seine Augen funkelten. Die Ritter hatten ihren Großmeister noch nie so wütend gesehen. Seine Faust war reflexhaft zum Schwert gefahren und presste sich um den Griff, dass die Knöchel weiß hervortraten. Er war sprachlos vor Schock, Zorn und Empörung.

Vor ihm standen drei junge Ritter. Der Ausdruck in den Augen des Großmeisters flößte ihnen Angst ein. Sie hatten keine Ahnung, was als Nächstes kommen würde. Was sollten sie tun, wenn der Großmeister das Schwert zog? Sie hatten ihn kämpfen sehen. Man berichtete Wunderdinge über die Kraft, das Geschick und die Schnelligkeit dieses Grauhaarigen, der ihr Großvater hätte sein können.

Sie ließen den Mann in dem schwarzen Kapuzenumhang fahren, den sie in die Mitte genommen hatten. Er stürzte zu Boden, unfähig, seinen Fall mit den straff auf den Rücken gefesselten Händen zu dämpfen. Wegen der strammen Fesseln hatte er das Gefühl in den Händen ohnehin schon längst verloren. Er schlug mit dem Gesicht auf die kalten Steinplatten. Mit einem vernehmlichen Knacken brach sein Nasenbein. Ein Blutfaden rann aus seinem linken Nasenloch und schlängelte sich um seinen Mundwinkel. Sein linkes Unterlid begann von dem Bluterguss im Gewebe der Bruchstelle anzuschwellen. In wenigen Minuten würde er ein zugeschwollenes Auge und ein prächtiges Veilchen haben.

»Das kann doch nicht wahr sein! Ausgerechnet Ihr! All diese Jahre! Nun sagt schon, dass es nicht stimmt, dass es ein Missverständnis war!«

Philippe hielt den pergamentenen Zettel in der rechten Hand und den Armbrustbolzen in der linken. »Das ist Türkisch. Ich kann kein Türkisch. Was steht da drauf?«

Der Mann erhob sich unter offensichtlichen Schmerzen mühsam in den Kniestand. Die auf den Rücken gefesselten Hände machten es ihm zusätzlich schwer. Die Ritter hatten ihn weder geschlagen noch beschimpft. Nachdem sie den Mann dabei ertappt hatten, wie er mit der Armbrust eine Botschaft ins türkische Lager schoss, hatten sie ihn überwältigt und unverzüglich zum Großmeister gebracht. Sie waren nicht weniger schockiert als Philippe.

»Sprecht! Was steht hier?«

Außer blubbernden Atemgeräuschen aus dem linken Nasenloch gab der Gefangene keinen Ton von sich. Er presste die Lippen zusammen, als befürchte er, dem Strom der Worte keinen Einhalt mehr gebieten zu können, sobald er den Mund zum Sprechen geöffnet hatte.

»Bringt mir einen Ritter, der Türkisch kann, aber schnell!«, sagte Philippe zu den drei Rittern. »In der *Langue* von Frankreich gibt es ein paar.«

»Nicht nötig«, sagte der Gefangene leise. Seine Stimme war vollkommen ausdruckslos. Ohne Angst und Furcht, ohne Wut und Zorn.

»Was ist?«

»Ich habe ›nicht nötig‹ gesagt. Ich kann Türkisch. Ich werde Euch sagen, was dort steht.«

Philippe reichte das Pergament einem Ritter. »Gib's ihm«, sagte er.

»Nicht nötig«, wiederholte der Gefangene. »Ich habe es selbst geschrieben.«

»Das auch noch! Also, sprecht!«

Zum ersten Mal, seit man ihn hereingeschleppt hatte, sah der Gefangene Philippe in die Augen. »Beunruhigt Euch nicht, Herr«, sagte er. »Die Zeit der Lügen ist nun vorbei. Bin ich nicht schon so gut wie tot?«

Philippe ließ sich in seinen Sessel sinken. Er vermochte nicht zu sagen, was er eigentlich fühlte. Er empfand Trauer und Wut, Verzweiflung und Enttäuschung, und vor allem war er fassungslos, wie sehr dieser Mann ihn und seine Brüder zu täuschen vermocht hatte. Er gab den Rittern ein Zeichen. Zwei von ihnen packten den Mann an den Ellbogen und zerrten ihn auf die Füße, um ihn sogleich rückwärts auf einen hölzernen Stuhl zu stoßen, auf dem er wegen der gefesselten Hände merkwürdig nach rechts verdreht zusammensackte. Philippe scheuchte die drei Ritter hinaus.

»So, nun sprecht!«, sagte er, als er mit dem Gefangenen allein war.

Jean zog von einer Bastion zur anderen und fragte nach Doktor Renato. Er machte sich allmählich Sorgen um ihn. Vielleicht hatte der Arzt sich übernommen und lag nun selbst krank oder sterbend irgendwo auf der Straße. Zudem war es stockdunkel geworden, und es war nicht auszuschließen, dass sich ein türkischer Spähtrupp im Schutz der Nacht in die Stadt geschlichen hatte.

Nach einer Stunde vergeblicher Suche kehrte Jean tief besorgt ins Hospital zurück. Er stürmte die Treppe hinauf in Melinas kleines Refugium. Sie saß auf dem Boden und stillte die Zwillinge. An jeder Brust nuckelten ein winziges rosa Lippenpaar. Trotz ihrer Erschöpfung und den dunklen Ringen unter den Augen kam sie Jean so schön vor wie an jenem ersten Tag, als er sie auf dem

Markt gesehen hatte. In der Düsternis des Hospitals wirkte sie auf Jean wie von der rhodischen Sonne beschienen. Sie blickte auf und sah Jean strahlend an. »Dafür hat Gott uns Frauen zwei Brüste gegeben, *n'est-ce pas?*«

Jean lachte. »Dann ist es wohl besser, wir lassen es mit zweien gut sein!«, sagte er scherzend und deutete auf die beiden Säuglinge.

Melina bettete die Zwillinge, die inzwischen fest eingeschlafen waren, links neben sich in ihr Nestchen und deckte sie zu. Lächelnd genoss sie den Anblick, der sie, wenn auch nur für kurze Zeit, aus der Hölle erlöste, in der zu leben sie gezwungen war.

Jean wurde wieder ernst. »Ich habe den Doktor überall gesucht. Ich mache mir große Sorgen, dass ihm etwas zugestoßen sein könnte. Ist er vielleicht zurückgekommen, während ich fort war?«

»Nein, bestimmt nicht, ich werde aber zur Sicherheit Hélène fragen. Ich bin gerade erst zum Stillen hierher in die Kammer gekommen, nachdem ich den ganzen Abend im Revier gewesen bin. Was könnte denn mit Renato sein?«

»Keine Ahnung, aber ich befürchte, er liegt vielleicht irgendwo krank auf der Straße und braucht Hilfe, wie so viele andere auch.«

»Was willst du tun?«

»Ich gehe jetzt zum Großmeister und lasse mir einen Suchtrupp genehmigen. Es könnte gut sein, dass Renato uns braucht – und bei Gott, wir brauchen ihn bestimmt.« Mit diesen Worten eilte Jean hinaus.

Melina deckte die Kinder behutsam zu und ging wieder an die Arbeit.

Philippe wartete darauf, dass der Gefangene zu sprechen anhob. Schließlich hob der Mann den Kopf und starrte Philippe an. Die Blutung aus seiner Nase hatte aufgehört. Geronnenes Blut verkrustete sein Gesicht. Er atmete durch den Mund. Sein linkes Auge war vollständig in einer prallen violetten Geschwulst verschwunden. Nachdem er tief Luft geholt und sie mit einem langen Seufzer wieder ausgestoßen hatte, sagte er:

»Die Botschaft lautete wie folgt: ›An Piri Pascha, Großwesir. Die Zustände in der Stadt verschlimmern sich. Es gibt wenig zu essen und das Trinkwasser wird knapp. Die Kreuzritter werden nicht mehr lange durchhalten können. Ich habe von Euren Spionen gehört, dass Ihr vielleicht den Kampf aufgeben und nach Istanbul zurückkehren wollt. Das wäre ein großer Fehler. Die Festung kann nicht mehr lange gehalten werden.‹«

»Und?«

»Nichts weiter, Herr, das ist alles.«

Philippe platzte der Kragen. Er sprang auf und schleuderte dem Gefangenen einen zinnernen Wasserkrug an den Kopf. Das Gefäß prallte hinter der Schläfe vom Schädel ab und hinterließ eine Platzwunde, aus der dem Gefangenen das Blut ins Ohr troff. Die beiden Männer starrten sich noch in spannungsgeladener Stille an, als die drei Ritter zur Tür hereinstürmten, vom Scheppern der Kanne auf dem Steinboden alarmiert, unmittelbar gefolgt von einem schwitzenden Jean de Morelle.

»Mein Gott, was macht Ihr denn hier?«, stieß Jean atemlos hervor, als er den Gefangenen erblickte. »Ich habe Euch überall gesucht!«

Renato wandte den Kopf. Mit dem noch intakten Auge sah er Jean an, der erst jetzt die Handfesseln und das Blut im Gesicht des Arztes bemerkte. Jean prallte zurück. »Was ... was hat das zu bedeuten? Warum ist unser Doktor ... was ist los?«, stammelte er und blickte Philippe an.

»Schaut ihn Euch nur gut an, Jean! Dieser Mann, dem Ihr vertraut habt – dem *wir* vertraut haben! –, hat uns an die Türken verraten!«

John Buck und Thomas Docwra kamen gleichzeitig ins Zimmer. Kurz darauf erschienen auch Tadini, Andrea d'Amaral, dessen Knappe Blasco Diaz und schließlich Thomas Sheffield. Alle starrten ungläubig auf die Szene. Renato versuchte sie anzuschauen, senkte aber den Blick auf den Boden. Er konnte den Männern, die er verraten hatte, nicht mehr in die Augen sehen. Seine langjährigen Freunde hatten jetzt über sein Schicksal zu entscheiden, und wie diese Entscheidung ausfallen würde, war wenig zweifelhaft.

Philippe forderte die Ritter mit einer Handbewegung auf, um den Tisch herum Platz zu nehmen. Langsam, ohne Renato aus den Augen zu lassen, traten sie zu ihren Stühlen. Als alle saßen, hielt Philippe den Armbrustbolzen und das Pergament in die Höhe. »Unsere Wachen haben Doktor Renato auf den Mauern der Bastion von Italien gestellt, als er im Begriff war, diese Nachricht mit seiner Armbrust in das Lager von Piri Pascha zu schießen.«

Gemurmel erhob sich. »Ich habe zwar noch keine Gelegenheit gehabt«, fuhr Philippe fort, »mich selbst über den Inhalt der Botschaft zu vergewissern, aber nach Renatos eigener Aussage hat er dem Feind über den Zustand in unserer Stadt berichtet. Er hat dem Sultan geschrieben, dass wir am Ende seien und dass der Sultan seinen Krieg gegen uns verstärken müsse. Wir könnten nicht mehr lange aushalten.«

»Herr, ich kann ein wenig Türkisch lesen«, schaltete Thomas Docwra sich ein. »Gebt mir die Nachricht. Ich will sehen, ob ich sie bestätigen kann.«

Er las schweigend den Zettel, den Philippe ihm gereicht hatte. »Ja, Herr, so steht es in der Nachricht«, sagte er.

»Ich zweifle nicht daran, dass Renato die Wahrheit sagt«, meinte Philippe. »Die Wahrheit kann ihm jetzt nicht mehr schaden, und mit Lügen würde er nichts gewinnen. Doch wie bestimmt jeder von uns würde auch ich gern wissen, warum dieser Mann, der einst unser Freund und Verbündeter war, unser tüchtiger und bemühter Arzt und manchmal sogar unser Retter, warum ausgerechnet er uns verraten hat. Er wird es uns hier und jetzt erzählen, und wenn nicht hier, dann auf der Folterbank. Er *wird* reden!«

Stille herrschte im Raum. Renatos Kopf hing bis auf seine Brust herunter. Minuten vergingen. Dann hob er den Kopf ein wenig, und ohne jemand anzuschauen, begann er mit bebender Stimme leise zu sprechen.

»Lauter, du verdammter Hund!«, brüllte Philippe wütend. Er war in tiefster Seele gekränkt.

Renato richtete sich auf und blickte dem Großmeister geradewegs in die Augen. Alle schauten ihn an. Renato räusperte sich und begann noch einmal, seine Geschichte in einfachen und schlichten Worten und mit klarer, sachlicher Stimme zu erzählen. Sein Bericht, den er ohne Unterbrechung zu Ende brachte, beantwortete sämtliche Fragen, die unausgesprochen im Raum hingen.

»Ich wurde als Sohn eines jüdischen Arztes in Spanien geboren. Die Inquisition hat uns von dort verjagt. Bei der Vertreibung sind alle meine Verwandten und Freunde umgekommen. Ich konnte als Einziger nach Portugal fliehen. Dann hat Eure Kirche auch den portugiesischen König gezwungen, uns aus dem Land zu weisen. Wir sind nach Nordafrika geflohen und von dort nach Istanbul. Die europäische Christenheit hat sämtliche Juden aus ihrer Heimat vertrieben. Kein Jude sollte zur angeblichen Unzierde des Landes zurückbleiben. Die osmanischen Sultane waren die Einzigen, die uns aufgenommen haben. Für das Gesetz der Muslims sind wir Schutzbefohlene, *Dhimmis*, ein Volk des Buches, dem Gott die Heilige Schrift gegeben hat, die gleiche Heilige Schrift, die Er auch den Christen und den Muslims offenbart hat. Ich habe in Istanbul inmitten der anderen Juden dieser Stadt gelebt. Schon mein Vater hatte mich die Heilkunst gelehrt. Im jüdischen Viertel von Istanbul habe ich mein Studium wieder aufgenommen und bin Arzt geworden. Anschließend habe ich meinen Beruf einige Jahre in Istanbul ausgeübt.«

Renato blickte in die schweigende Runde der Ritter und dann zu Philippe, doch keiner reagierte.

»Eines Tages«, fuhr er fort, »wurde ich in den Palast befohlen, in die Residenz des Sultans Selim. Außer mir waren noch viele andere jüdische Ärzte dort. Ich dachte, man hätte mich geholt, um jemand aus dem Haushalt des Sultans zu behandeln, aber man brachte mich zum Sultan persönlich, nur mich allein. Bis auf die Wachen vor der Tür war niemand außer uns beiden anwesend. Selim hat zu mir gesagt, es sei ein Geheimtreffen. Es würde mich den Kopf kosten, das Geheimnis zu verraten. Ich habe es ihm sofort geglaubt. Er sagte, er bereite sich darauf vor, Rhodos zurückzuerobern. Er habe die Absicht, die christlichen Johanniter-Kreuzritter aus seinem Reich zu vertreiben. Er sprach von euch als Piraten. Über Jahrhunderte hättet Ihr in seinem Reich unschuldige Muslims abgeschlachtet. Es gäbe für die Muslims keine Sicherheit, solange Ihr nicht vom Antlitz der Erde verschwunden wärt. Er hat mir geschildert, dass er den Christen und Juden, wie vom Koran vorgeschrieben, in seinem Reich einen sicheren Platz gewährt habe, an dem sie in Frieden leben und ungestört ihrer Religion nachgehen könnten, aber ihr Christen hättet eure Privilegien missbraucht und bei jeder sich bietenden Gelegenheit Muslims umgebracht. Ihr würdet Muslims zu euren Sklaven machen und seine Leute abschlachten. Und wie ihr mit *meinem* Volk umgesprungen seid, war mir ja bestens bekannt.«

Renatos Stimme wurde brüchig. Seine Kehle war spröde und trocken, und die Worte kamen immer mühsamer über seine Lippen. Philippe und die Runde der Ritter saßen da und hörten ohne jede Gemütsregung zu.

»Selim sagte zu mir, er erwarte von mir einen Dienst, den ich ihm und seinem Reich erweisen solle. Ich sollte das Christentum annehmen, nach Rhodos gehen und mich dort im Dienst der Kreuzritter und Bürger am Hospital anstellen lassen. Ich sollte den Kreuzrittern und den Einwohnern der Stadt als tüchtiger Arzt und loyaler Bürger dienen. Gleichzeitig sollte ich regelmäßig Informationen über den Ausbau und Zustand der Festung sammeln und an Selim übermitteln. Das habe ich getan. Jeden Monat kam ein Kurier als Patient getarnt zu mir ins Hospital. Die Personen wechselten, aber sie trugen immer dieselben Beschwerden vor, woran ich sie als Selims Kuriere erkennen konnte. Auf die Warnung Selims habe ich die Nachrichten immer nur mündlich weitergegeben, niemals schriftlich. Solange ich den Kurier sorgfältig identifizieren und nichts dem Papier anvertrauen würde, betrachtete er das Risiko als relativ klein.

Das ist acht Jahre so gegangen, bis zum vergangenen Juni, als die Informationen nicht mehr durch Kuriere übermittelt werden konnten. Ich habe sie stattdessen auf einen Zettel geschrieben und mit meiner Armbrust ins türkische Lager geschossen. Ich war es auch, der den Türken gesagt hat, sie sollten ihr Mörserfeuer in die Stadt einstellen, es sei wirkungslos. Oft hätten mich unsere Wachen ... *eure* Wachen ... um ein Haar erwischt. Heute Nacht war es dann so weit. Mehr habe ich nicht zu sagen.«

Schweigen. Schließlich ergriff Philippe langsam und eindringlich das Wort. »Hat sich Euer Verrat auch auf meine verwundeten Ritter ausgewirkt? Habt Ihr sie sterben lassen, obwohl Ihr sie hättet am Leben erhalten können?«

Renato sprang empört auf. Sein Stuhl fiel um. »Niemals!«, schrie er und sackte taumelnd auf die Knie. »Ich habe jedem Menschen, ob Muslim, Jude oder Christ, die gleiche Behandlung angedeihen lassen! Welchen Glauben jemand hat, ist für mich ohne Belang. Beten wir nicht alle zu dem gleichen Gott? Ich bete zu Jahwe, ihr nennt ihn den dreieinigen Gott, die Muslims nennen ihn Allah. Eine ganze Reihe von Propheten haben wir gemeinsam. Wir haben die gleichen sittlichen Normen. Ihr richtet euch genauso wie ich nach den zehn Geboten, den *gleichen* Geboten des *gleichen* Gottes! Die Muslims befolgen die Vorschriften des Korans, und auch die unterscheiden sich kaum von unseren Zehn Geboten. Und doch töten wir einander! Weshalb? Wegen ein paar Worten, die jeder ein bisschen anders auslegt!«

Tadini trat vor und stellte den Stuhl wieder ordentlich hin. Er legte Renato begütigend die Hand auf die Schulter und half ihm, sich zu setzen. Renato sank auf den Stuhl. »Nein, Herr!«, protestierte er, »ich mag ein Verräter sein, aber ich bin immer noch Arzt! Wie könnte ich mich gegen meinen Berufseid versündigen? Niemals!«

Die Ritter starrten Renato unbehaglich an. Seine geißelnden Worte hatten sie betroffen gemacht. Insbesondere Jean hatte die Rolle der Kreuzritter auf Rhodos schon seit langem mit Gewissensbissen betrachtet. Stundenlang hatte er mit Melina die schlimmen Themen Sklaverei und Piraterie erörtert.

Immer noch wollte sich niemand äußern. »Ihr kennt mich seit acht Jahren«, ergriff Renato zum Schluss das Wort. »In dieser Zeit bin ich meinen Verpflichtungen so gewissenhaft nachgekommen wie jeder Ordensritter den seinen. Dessen ungeachtet bin ich mit Selim und seinem Sohn Suleiman der Ansicht, dass dem Interesse des Friedens mit eurem Abschied aus diesen Gewässern am besten gedient wäre. Ich habe nichts zu bereuen. Ich glaube, eure baldige Kapitulation würde mehr Menschenleben retten, als ich es durch meine Loyalität zu eurem Orden gekonnt hätte.« Er blickte Philippe noch einmal direkt in die Augen. »Mehr habe ich nicht zu sagen.«

Philippe schaute in die Runde. »Meine Herren«, sagte er, »für ein förmliches Kriegsgerichtsverfahren fehlt uns die Zeit. Auch würde es uns keine neuen Erkenntnisse bringen. Als Großmeister des Ordens werde ich deshalb jetzt sofort höchstrichterlich das Urteil fällen. Einwände mögen vorgetragen werden, bevor wir diesen Raum verlassen.« Er stand auf und schaute Renato an. »Der Gefangene möge sich erheben!« Von Jean unterstützt quälte Renato sich hoch.

»Ihr habt gestanden, des Verbrechens des Hochverrats schuldig zu sein. Mildernde Umstände sind nicht erkennbar. Ihr habt Eure Waffenbrüder verraten. Für dieses Verbrechen werdet Ihr die üblichen Konsequenzen zu tragen haben. Morgen bei Tagesanbruch werdet Ihr gehenkt, gestreckt und geviertailt. Eure sterblichen Überreste werden nicht in geweihter Erde bestattet. Wir werden sie mit dem Katapult ins Lager der Muslims schleudern, damit unsere Feinde sehen, wie es Verrätern und Spionen ergeht. Sie mögen damit anfangen, was sie wollen. Es steht Euch frei, ein letztes Wort zu sprechen.«

Ohne auf das Angebot des Großmeisters einzugehen, starrte Renato Philippe ins Gesicht.

»Niemand wird mit dem Gefangenen sprechen. Jegliche Annehmlichkeit soll ihm vorenthalten werden. Es soll ihm weder Nahrung noch Wasser gewährt werden. John Buck, Ihr seid für die Durchführung der Hinrichtung verantwortlich. Bevor man den Gefangenen wegsperrt, soll er dem Inquisitor übergeben werden. Wir werden sehen, ob die Folterbank ihm Geheimnisse zu entlocken vermag, die er uns vorenthalten hat.«

Die Starrheit von Philippes Blick und Haltung schien etwas nachzulassen. »Man schicke dem Gefangenen einen Priester, damit er sich von der Last seiner Sünden befreien kann. Er hat sich zum Christentum bekehrt und acht Jahre lang das Leben eines Christen geführt. Wir werden ihm den geringen Trost zukommen lassen, seine Sünden bekennen zu dürfen, auch wenn ich bezweifle, dass er dereinst der ewigen Verdammnis entgehen wird.«

Philippe stürmte hinaus, als müsse er sich von der Last der furchtbaren Ereignisse dieser Nacht befreien.

Er ging den langen hallenden Korridor zu seinen Gemächern hinunter. Als er die Tür hinter sich verriegelte, spürte er, dass er in der Dunkelheit nicht alleine war. Die Hand am Heft seines Schwerts, tastete er sich zum Schlafzimmer vor. Auch hier gab es kein Licht. Als er geräuschlos durch die Tür schlüpfte, bewegte sich etwas.

»Philippe? *Chèrie*, bist du es?«, hörte er Hélènes schläfrige Stimme. Sie nahm eine Kerze und entzündete die Lampe neben dem Bett. Philippe ließ die Faust vom Schwertknauf sinken. Er setzte sich auf die Bettkante und nahm Hélènes Kopf in seine großen Hände. Sie wollte ihn küssen, doch er ergriff ihre Handgelenke, legte ihre Arme um sich und schloss sie in die Arme.

»Philippe, was ist?«, fragte sie.

»Nie hätte ich gedacht, dass so etwas möglich ist!«

»Was ist denn?«

»Es geht um Renato.«

»Gütiger Gott! Ist ihm etwas zugestoßen?« Hélène war ganz aufgeregt.

»Viel schlimmer! Er ist ein Spion! Er hat uns an die Türken verraten!«

Hélène schnappte nach Luft. An Philippe geklammert ließ sie sich die Geschichte erzählen. Philippe wusste, dass Renatos Bemerkungen zum Schicksal der Juden nur allzu berechtigt waren, doch für Philippe hatte es nichts anderes als die bedingungslose Loyalität zu seiner Bruderschaft gegeben, seit er in jungen Jahren in den Orden aufgenommen worden war. Es schien, als könnte er nach Renatos Bekenntnis zu seinem Verrat erst recht nichts von dessen Argumenten an sich heranlassen. Ein Bruch der Treue zu seiner bedrängten Bruderschaft auf Rhodos war durch nichts zu rechtfertigen.

Aber nicht der Vorgang an sich, sondern die Rolle seiner Bruderschaft bei seiner Entstehung bedrückte Philippe am meisten.

Von den Ereignissen der Nacht bis ins Innerste aufgewühlt betrat Jean kurz vor der Morgendämmerung das Hospital. Als Melina ihn den Mittelgang herunterkommen sah, bemerkte sie den verstörten Ausdruck auf seinem Gesicht. Sie unterbrach ihre Arbeit und lief ihm entgegen. »Jean, was ist mit dir? Was ist passiert?«

Jean schloss Melina in die Arme und drückte sie an sich. Wortlos führte er sie in ihre Kammer. Er schloss die Tür. Die Zwillinge schliefen in ihrem Nestchen. Er nahm Melina in die Arme und erzählte ihr die Geschichte von Renato.

»Das kann ich nicht glauben! Das ist unmöglich!« Melina versuchte Jean empört von sich zu stoßen.

Jean hielt sie fest. »Es tut mir Leid, aber das ist die Wahrheit. Er hat es selbst zugegeben. Ich war dabei.«

»Man hat ihn gewiss gefoltert. Da gibt jeder alles zu!«

»Nein, er hat alles aus freien Stücken gestanden. Alle haben es gehört. Erst als das Urteil gesprochen war, ist er auf die Folterbank gekommen.«

»Oh, großer Gott! Wie sollen wir nur ohne ihn zurechtkommen?« Melina barg ihr Gesicht an Jeans Brust, der sie noch enger an sich drückte.

»Du und ich scheinen die Einzigen zu sein, die sich diese Frage stellen«, sagte Jean. »Sie sind alle so entsetzt über den Verrat, dass sich keiner mehr Rechenschaft darüber gibt, was wir an Renato haben. Sie wollen nur ihre Rache. Sie wollen ihn hängen sehen!«

»Von jetzt ab sieht es für die Ritter nicht mehr besonders rosig aus. Sag, Jean, stimmen die Gerüchte?«

»Welche Gerüchte?«

»Dass wir praktisch am Ende sind. Ist der Kampf wirklich schon so gut wie verloren?«

Jean dachte nach. »Wir haben immer noch eine beträchtliche Kampfkraft«, sagte er schließlich. »Unsere Vorräte gehen zwar schneller zur Neige, als wir gedacht haben, aber es gibt immer noch Hoffnung, dass wir Verstärkung bekommen.«

»Und wenn nicht?«

»Vielleicht entschließt der Sultan sich zum Abzug, wenn der Winter einsetzt. Der Regen und die Kälte könnten ihn vertreiben.«

»Und wenn er nicht abzieht, was dann?«, fragte Melina.

»Die Möglichkeit, dass die Türken uns überrennen, besteht immer. Letzte Woche sind sie beinahe durchgebrochen. Das kann jederzeit wieder geschehen. Sie sind uns hundert zu eins überlegen! Aber ich werde jedenfalls kämpfen bis zum Tod, um dich zu verteidigen.«

»Das weiß ich doch, Jean. Ich zweifle ja auch nicht an *dir*. Aber du bist schließlich nur einer von vielen. Was geschieht, wenn die Muslims die Stadt überrennen? Was wird aus unseren Zwillingen?«

»Melina, schau mir in die Augen. Ich habe dich noch nie belogen, und ich werde dir auch jetzt reinen Wein einschenken. In der Vergangenheit haben die Türken stets alles abgeschlachtet, was Waffen trägt, und die Frauen und Kinder zu Sklaven gemacht. Sie werden unsere beiden Mädchen wahrscheinlich in die Türkei verschleppen und als Muslims aufziehen. Man wird sie zu Sklavinnen machen, vielleicht sogar in den Harem stecken. Alles ist möglich. Kann der Tod schlimmer sein? Ich weiß nicht. *Meine* Pflicht ist es jedenfalls, bei der Verteidigung der Stadt zu sterben, wenn es sein muss, und *deine* besteht darin, zu leben und alles zu tun, damit die Mädchen nicht den Türken in die Hände fallen. *Alles*, verstehst du?«

»Ja! Aber könnten wir nicht fliehen, bevor es zu Ende geht? Wir könnten in der Nacht irgendwie durchschlüpfen. Ich kenne diese Insel. Wir könnten uns in den Wäldern verstecken oder uns nach Lindos durchschlagen. Dort wären wir sicher, bis alles vorbei ist.«

Jean erwiderte nichts. Melina hatte auch gar nicht damit gerechnet. Sie wusste, dass er seinen Posten niemals aufgeben, niemals seine Waffenbrüder im Stich lassen würde. Sie sank an seine Brust und schloss die Augen. Gegen ihren Willen fiel sie in seinen Armen in Schlaf. Als sie erwachte, drang das erste Frühlicht in den Krankensaal. Die Tür ihres Refugiums stand einen Spalt offen.

Jean war fort.

Apella Renato lag auf dem nackten Steinboden. Die klamme Feuchtigkeit kroch in seine Kleider. Er zitterte vor Kälte, als der Mönch seine Zelle betrat und sich zu ihm auf den kalten Stein kniete.

»Doktor, möchtet Ihr mir Eure Sünden beichten?«, fragte der Mönch sanft.

»Pater, ich habe mein Bekenntnis vor den Kreuzrittern abgelegt. Ich bin sicher, dass Gott meine Beichte gehört hat.«

»Möchtet Ihr nicht, dass ich mich durch meine Fürsprache bei Gott für Euch verwende?«

»Pater, habt Nachsicht, aber ich werde selbst mit Gott sprechen«, brachte Renato mühsam hervor. Seine Kehle war ausgedörrt, Krämpfe und Fieberschauer schüttelten seinen gemarterten Körper. »Gott verurteilt nicht, was ich getan habe, Ihr jedoch müsst es, wie ich weiß. Ich bereue nichts von dem, was ich getan habe, nicht ein Jota. Als Arzt habe ich allen Kindern Gottes gewissenhaft gedient – den Christen, den Muslims, den Juden, den Hindus. Auch den Gottlosen, den Sklaven und den Herren, den Rittern und den Knechten, den Griechen und den Türken.« Sein ausgetrockneter Mund und die ausgedörrte Kehle machten seine Worte fast unverständlich. »Allen Kindern Gottes, die Hilfe suchend zu mir gekommen sind, habe ich geholfen ... wie Gott es mich gelehrt hat. Wenn mir etwas Leid tut, dann nur, dass Gott mir keinen Sohn geschenkt hat, den ich die Heilkunst lehren konnte.« Ein Krampf schüttelte ihn. Renato schloss die Augen.

»Aber Gott erwartet Eure Reue. Bedenkt Eure Worte mit Sorgfalt, denn Gott hört alles, und Ihr habt nur noch wenig Zeit.«

Renato konnte nur noch flüstern. »Pater, ich danke Euch. Würdet Ihr bei mir knien und beten, während ich still mit Gott spreche?«

Der Mönch hob ratlos die Schultern. Er sah Renato an, nahm dessen Hand in die seine und senkte das Haupt. Mit der freien Hand schlug er ein großes Kreuz über Renato und sich selbst. Dann beteten die beiden Männer still zum selben Gott.

Als die Sonne sich über der Weite des schaumgekrönten Meeres erhob, wurde Doktor Apella Renato von einer Eskorte von acht Bewaffneten aus der Gefängniszelle auf die Straßen des *Collachio* gezerrt. Da er mit den auf der Folterbank ausgerenkten Gliedern kaum noch auf eigenen Füßen stehen konnte, wurde er von den Wachen zur Hinrichtungsstätte mehr geschleppt als geführt. Bei jedem qualvollen, schleppenden Schritt knickten die Beine unter ihm ein. Obwohl an diesem Tag die Verteidiger jeden Mann dringend auf den Mauern brauchten, hatte der Großmeister die starke Eskorte antreten lassen, um zu verhindern, dass der Doktor womöglich der Lynchjustiz der empörten Massen zum Opfer fiel, bevor er nach allen Regeln des Gesetzes hingerichtet werden konnte.

Doch die Befürchtungen des Großmeisters sollten sich als wenig berechtigt erweisen. Die Kunde von Renatos Verrat hatte sich wie ein Lauffeuer verbreitet. Bei Tagesanbruch wusste praktisch jeder Einwohner der Stadt davon, doch auf den Straßen machte sich seltsamerweise vor allem ein Gefühl der Trauer breit. In der ganzen Stadt gab es kaum jemand, der Apella Renato nicht gekannt hätte, als Arzt und als Freund. Die Menschen säumten dicht gedrängt die Straßen zur Hinrichtungsstätte, doch es kam zu keinerlei Ausschreitungen. Ein paar Bürger kehrten dem vorbeitaumelnden Arzt den Rücken zu, aber die meisten betrachteten mitleidig und vor allem ratlos jenen Mann, dem sie ihre Achtung und ihr Vertrauen geschenkt hatten. Hatten sie bereits akzeptiert, dass er sich mit den Muslims eingelassen hatte? Konnte es noch schlimmer kommen, als es jetzt schon war? Konnte eine neue Fremdherrschaft drückender sein als die vorige?

Die letzten paar Meter zum Galgen wurde Renato wie eine Marionette geschleift. Die Beine schleppten hinter ihm her. Sein Kopf war herabgesunken. Der Scharfrichter packte ihn unter den Armen und zerrte ihn die Stufen zum Galgen empor, wo er ihm einen schwarzen Sack über den Kopf stülpte und mit einer lockeren Schlaufe um den Hals festband.

Der dichte Stoff des Sacks ließ nur wenig Luft durch. Renato wurde das Atmen schwer. In seiner dunkel gewordenen Welt sprach Apella Renato, Arzt von Rhodos, still seine letzten Worte. Weder die Menge noch der Scharfrichter konnten ihn hören. »*Schema Israel, Adonoi Eloheynu, Adonoi Echod.*« Höre Israel, der Ewige, unser Gott, ist einzig. Dann, ohne abzusetzen, betete er auf Arabisch weiter. »Es gibt keinen Gott außer Gott, und Mohammed ist sein Prophet.«

Ein Strick legte sich um seinen Hals. Ruckartig wurde er in die Höhe gerissen. Die Schlinge zog sich zu und schnürte ihm die Luft vollends ab. Er konnte nicht einmal mehr flüstern, aber die

Worte hafteten noch in seinem Kopf. Sie klangen in seinen Ohren und tanzten vor seinen Augen. *Vater, vergib mir, denn ich habe gesündigt ... Höre Israel, der Ewige, unser Gott ... es gibt keinen Gott, außer Gott ... Vater, vergib ...*

Als Renatos Welt schwarz wurde, stürzte er auf den Boden. Man hatte ihn vom Strick abgeschnitten. Er polterte als menschliches Bündel auf die hölzerne Plattform. Der Scharfrichter drehte ihn auf den Rücken und breitete seine Gliedmaßen aus. Luft strömte in Renatos Lungen, sein Herz pumpte frisches Blut in sein Gehirn. Die Schwärze wich, seine Lippen formten wieder die Worte: *Höre, Israel, der Herr unser Gott ...*

An Handgelenke und Knöchel des betenden Mannes wurden Lederriemen geschnallt, die Riemen mit Ösen an Ketten befestigt, die Ketten in das Zuggeschirr von vier Pferden eingehängt. Vier Peitschen knallten, vier Pferde sprengten in vier verschiedene Richtungen los. Die vier Stränge strafften sich mit einem gewaltigen Ruck. Renatos gefolterter Leib schnellte in die Luft. Wieder und wieder gellte sein entsetzlicher Schrei, während sich die mächtigen Tiere unter der Peitsche ihrer Fuhrleute kraftvoll ins Geschirr legten.

Und dann war Stille.

Man dirigierte die Pferde ein paar Schritte zurück. Renatos gemarterter Leib sank auf das steinerne Pflaster. Die Riemen wurden durchgeschnitten, die Pferde fortgeführt. Der Scharfrichter zog sein frisch geschärftes Schwert. In weniger als vier Minuten hatte er dem Urteil des Großmeisters gemäß den Körper des Delinquenten in vier Teile zerhackt. Acht Sklaven schafften die Leichenteile zu den Mauern und warfen sie in die Höhlung des Schleuderarms eines Katapults. Als die Sklaven zurückgetreten waren, hieb der Scharfrichter mit dem Schwert, dessen Klinge noch von Renatos Blut troff, das straff gespannte Halteseil des Wurfmechanismus durch. Der mächtige Wurfarm schnellte hoch. Als er nach einer halben Umdrehung gegen den seilumwundenen Fangbalken prallte, schleuderte er Apella Renatos sterbliche

Überreste aus der Festung, in der der jüdische Arzt fast eine Dekade lang gelebt und gearbeitet hatte.

So kehrte Apella Renato zu guter Letzt zu seinen türkischen Freunden zurück.

15.

Das Schwert des Islam

Rhodos
23. September 1522

Im Frühlicht des Tages saß Suleiman auf seinem Pferd. Er ließ es im Trott gehen. Das Licht der soeben aufgegangenen Sonne schimmerte auf dem schaumigen Meer. Mit dem Herannahen des Herbstes hatten die Winde aufgefrischt; ein Wetterwechsel lag in der Luft. An Suleimans rechter Seite ritt Ibrahim, zu seiner Linken Doktor Moses Hamon, der königliche Leibarzt, der erst seit kurzem an diesen morgendlichen Ausritten teilnahm. Das Privileg, auf einem Pferd zu reiten, war Juden im Osmanischen Reich an sich vorenthalten, doch Suleiman hatte für seinen Leibarzt diese Vorschrift außer Kraft gesetzt. Hamon war in den ersten Monaten der Belagerung sehr beschäftigt gewesen. Die eiserne Gesundheit seines Sultans hatte ihn anfangs zur Untätigkeit verdammt, aber dann war er in die Lazarettzelte gegangen. Plötzlich steckte er mitten in der Versorgung von Verwundeten und der Anleitung von Ärzten und Helfern. Inzwischen begab er sich außer zur täglichen Visite im Lazarett nicht mehr aus dem Sicherheitsbereich von Suleimans Lagerresidenz hinaus. Suleiman behandelte seinen Arzt wie einen wertvollen Besitz und sorgte dafür, dass er fast so streng bewacht wurde wie der Sultan selbst.

»Doktor, Ihr braucht ein bisschen Ablenkung. Ich glaube, dieser Inspektionsritt wird Euch Freude machen.«

»Gewiss, Majestät. Ich brenne darauf, unsere Stellungen und die Befestigungen der Stadt aus der Nähe zu sehen.«

Während sie nach Osten ritten, wurde der Kanonendonner lauter. Eine Unterhaltung war nur noch schreiend möglich. Als sie am Außenbezirk von Piri Paschas Lager ankamen, spürte Hamon den Erdboden unter den Hufen seines Pferdes erzittern, wenn die gewaltigen Kanonenkugeln aus den riesigen Bronzerohren donnerten und in die hoch aufragenden Mauern einschlugen. Zwei Tage zuvor hatten Piri Paschas Truppen nach einem massiven Trommelfeuer, das die Mauern schwer beschädigt hatte, einen wütenden Angriff gegen die Bastionen Italiens vorgetragen. Gleichzeitig war Mustafa Pascha, von Bali Aghas Janitscharen unterstützt, gegen die Abschnitte der Provence, Englands und Aragons vorgerückt. Sie konnten die Kreuzritter zurückdrängen und einige ihrer Feldzeichen erobern.

Doch die Verteidiger hatten sich wieder gefangen und alles in den Kampf geworfen, was sie an mörderischem Teufelszeug besaßen. Die Azabs verbrannten reihenweise im Griechischen Feuer, das aus Kupferohren auf sie herabspie. Siedendes Pech und Öl wurde von den Schanzen heruntergegossen und verursachte schlimmste Verbrennungen, und wieder einmal füllten sich die Gräben unter den wohlgezielten Salven der Arkebusen und Musketen mit Toten und Verwundeten.

Sogar die Armbrustschützen streckten an diesem Tag die Türken zu Hunderten nieder. Das Spannen der Armbrüste war zwar zeitaufwändig, doch die Waffe war wesentlich einfacher zu handhaben als der Langbogen. Ihre infolge der versetzten Schwanzbefiederung rotierenden Bolzen mit der stählernen Spitze waren zielsicher und von großer Durchschlagskraft. Ein solcher Bolzen hatte dreihundert Jahre zuvor König Richard Löwenherz die tödliche Verletzung beigebracht.

Am Ende des Tages hatten die Türken an die zweihundert Söldner und ein Dutzend Ritter getötet, aber wieder einmal hatten sie unter Zurücklassung von über zweitausend Toten den Rückzug antreten müssen.

Piri Paschas Feldwachen meldeten das Nahen des Sultans. Piri Pascha ritt vor sein Lager, um ihn zu begrüßen. Suleimans Leibgarde machte Halt und nahm wie immer um ihn herum Aufstellung. Ein Leibpage führte Suleimans Pferd beiseite, ein anderer gürtete den Sultan mit dem berühmten Schwert der Osmanen.

»*Salaam Aleichum*, Doktor Hamon«, sagte Piri, nachdem er den Sultan in aller Form begrüßt hatte.

»*Aleichum Salaam*, Piri Pascha!«

»Wie schön, Euch wieder einmal zu sehen. Wollt Ihr mit unserem Sultan das Lager inspizieren?«

»Falls Ihr es gestattet, Großwesir«, gab Hamon mit einer Verbeugung zurück.

Während sie ins Lager gingen, lächelte Piri seinem Freund zu, der ihm während Selims langer Krankheit zur Seite gestanden war. »Es sei Euch alles gestattet, was Ihr wünscht«, sagte er und eilte hinter dem Sultan her, der bereits zur Front des Lagers schritt.

»Nun, wie ist die Lage?«, wandte Suleiman sich an Piri.

»Schwierig, Herr, sehr schwierig. Das Gefecht vor zwei Tagen war äußerst verlustreich, sowohl was die Mannschaftsverluste als auch die Kampfmoral angeht. Die Männer sind aufmüpfig geworden. Gegen die Rädelsführer musste hart durchgegriffen werden. Aber heute früh ist etwas sehr Merkwürdiges geschehen.«

»Ach ja?«

»Im ersten Licht des Tages haben mir die Kreuzritter mit dem Katapult etwas ins Lager geschossen. Ich hätte einen verwesenden Tierkadaver erwartet, wie sie das manchmal tun, in der Hoffnung, dass sich unter meinen Truppen Seuchen ausbreiten. Wir verbrennen solche Geschenke natürlich sofort und machen sie unschädlich. Heute aber haben sie uns den Leichnam eines Mannes geschickt. Er war keineswegs schon in Verwesung übergegangen, sondern ganz frisch, sogar noch warm. Der Mann ist zuvor geviertelt worden. Ich weiß nicht, welchen Reim ich mir darauf machen soll«. Er deutete auf eine kleine Ansammlung von Soldaten. »Da liegt er.«

Suleiman schritt auf die Versammlung zu, Ibrahim und Hamon folgten ihm. Die Wachen bahnten ihm eine Gasse, rechts und links beugten sich die Häupter vor dem vorüberschreitenden Sultan. Alles schwieg, bis auf den Kanonendonner, der auch für den Sultan nicht verstummte.

Suleiman und Piri traten in den Mittelpunkt der Menschenansammlung. Ibrahim baute sich neben dem Sultan auf. Schließlich hatte sich auch Hamon zu der verwüsteten Leiche vorgekämpft, die auf dem Boden lag.

Ein Soldat hatte aus den Leichenteilen einen halbwegs vollständigen Körper zusammengesetzt. Die Bekleidung war übel zerfetzt. Der Kopf der Leiche hing oben an der rechten Hälfte des Torsos. Ein schrecklicher Anblick wie dieser war vielen vertraut, denn diese grausame Art der Hinrichtung war keineswegs unüblich.

Während alle noch schweigend auf die Leiche starrten, gab Hamon plötzlich einen unterdrückten Aufschrei von sich. Suleiman und Ibrahim fuhren herum. Hamon hatte die Hand vor den Mund geschlagen. Die Farbe war aus seinem Gesicht gewichen. Er blickte auf zu Suleiman. »Ich kenne diesen Mann. Ich bin sicher, ich kenne ihn!«

»Wer ist es?«, wollte Suleiman wissen.

»Er ist ... er war Arzt. Ich habe ihn in Istanbul kennen gelernt, vor vielleicht zehn, fünfzehn Jahren. Er heißt Apella Renato.«

»Und weiter?«

»Er hatte eine Arztpraxis im Judenviertel. Mein Vater hat ihn auch gekannt. Ich glaube, sie haben sogar gelegentlich am Hof des Herrschers zusammengearbeitet. Vor ungefähr zehn Jahren ist er plötzlich verschwunden. Er hatte keine Familie, deshalb hat es einige Zeit gedauert, bis es sich herumgesprochen hatte. Wenn einer von uns – von uns Juden – verschwindet, hält man in den Gemeinden der ganzen Welt nach ihm Ausschau, aber wir haben nie wieder etwas von ihm gehört. Es gab zwar ein paar Gerüchte, aber nichts Genaues. Könnt Ihr Euch vorstellen, wie er dorthin gekommen ist?« Hamon deutete auf die befestigte Stadt.

Suleiman sah Piri Pascha mit gewölbten Brauen fragend an.

»Majestät, glaubt Ihr ...«, sagte Piri überrascht.

»Es wäre durchaus möglich. Wer sonst hätte verdient, gestreckt, geviertelt und in unser Lager katapultiert zu werden?«

Hamons Blick wanderte zwischen Suleiman und Piri hin und her. »Ihr Herren ...?«

Suleiman zögerte. »Mein Vater hat zu der Zeit, als dieser Mann verschwunden ist, von dem Ihr gesprochen habt, den Kreuzrittern einen Spion ins Nest gesetzt«, sagte er schließlich. »Er hat uns all die Jahre bis weit in diese Belagerung hinein regelmäßig Informationen zukommen lassen. Es scheint mir plausibel, dass dieser Mann hier vor uns liegt. Was, wenn nicht Hochverrat, hätte diese Art der Hinrichtung zur Folge gehabt?«

Hamon kniete sich neben der Leiche in den Sand. Er hob prüfend das Kinn des Toten ein wenig an. »Er ist zuerst gehenkt worden. Hier am Hals sind die Druckstellen der Schlinge zu sehen. Die anderen schweren Blutergüsse und Zerrungen«, Hamon deutete auf den Torso und die Gliedmaßen, »deuten darauf hin, dass der arme Mann bei lebendigem Leib geviertelt wurde. Mein Gott, welch eine Grausamkeit!«

Suleiman wandte sich zum Gehen. Wortlos schlossen Piri und Ibrahim sich ihm an. Hamon, der noch neben der Leiche kniete, blickte zu Suleiman auf. »Majestät?«

Suleiman hielt inne und wandte sich um. Hamon sah ihn mit einem bittenden Ausdruck an. »Majestät, dieser Mann hat für uns gearbeitet, für die muslimische Armee und ihren Sultan. Er war Arzt und Jude. Ich fühle mich verpflichtet, ihm für seine Dienste ein würdiges Begräbnis auszurichten. Für seine Qual hat er doch gewiss Besseres verdient, als auf fremder Erde den Raben zum Fraß vorgeworfen zu werden.«

Suleiman deutete seufzend auf die von den Leichen türkischer Soldaten überquellenden Gräben. »Doktor, ich verstehe Eure Gefühle, aber wir haben weder die Zeit noch die Möglichkeit, jeden Soldaten zu begraben, der im Dienst für unsere Sache den Tod findet. Doch in Würdigung der Dienste, die Ihr und Eure Familie den Sultanen geleistet habt, werde ich Euch gestatten, ein angemessenes Totengebet zu sprechen und den Leichnam in Tücher gewickelt in einem schlichten Grab beizusetzen. Ihr könnt sofort damit beginnen. Ich überlasse Euch ein paar Janitscharen, die Euch helfen und zum *Serail* zurückeskortieren werden, wenn Ihr alles wunschgemäß besorgt habt.« Er wechselte ein paar Worte mit Piri Pascha, worauf dieser fünf Janitscharen abkommandierte, bevor Suleiman, Ibrahim und Piri durch die Gasse der Soldaten zu ihren Pferden zurückgingen. Hamon verharrte mit gebeugtem Haupt, bis der Sultan sich endgültig entfernt hatte.

Suleiman ritt zu seinem Pavillon auf dem St.-Stephansberg zurück. Der Verlauf der Belagerung, die er begonnen hatte, bedrückte ihn zutiefst. Er versuchte den Preis an jungen Menschenleben, den seine ihm ergebene Armee für die Eroberung dieser vergleichsweise kleinen Inselfestung zu entrichten hatte, gegen den Gewinn für sein Reich abzuwägen. *Das ist die Bürde des Herrschers*, dachte er. *Sie wird dir dein Lebtag lang auf der Seele liegen.*

Hamon ließ indes den zerstückelten Leichnam in saubere weiße Tücher wickeln. Während die Soldaten eine flache Grube aushoben, stand er neben der irdischen Hülle des Verstorbenen und blickte gen Südosten in Richtung Jerusalem übers Meer. Begleitet vom Donner der Kanonen stand er auf bebender Erde und begann, für Renato das *Kaddisch* zu sprechen, das Totengebet.

»*Yis-gadal v'yis-kadasch sch'mey raba, b'alma di v'ra hirutei* ...« Gepriesen und geheiligt sei der Name Gottes in der Welt, die Er geschaffen hat nach Seinem Willen ...

Er ließ den Leichnam in das kleine Grab betten. Als symbolische Geste streute er eine Hand voll Erde auf den weiß verhüllten Toten, bevor die Soldaten das Grab zuschaufelten.

Hamon blieb noch einen Augenblick vor dem frischen Grab stehen. »Leb wohl, Apella«, sagte er. Den Blick auf den Horizont gerichtet betete er noch einmal: »*Schema Israel, Adonoy eloheynu, Adonoi echod.*«

23. September 1522

Philippe hatte eine Kommandeursversammlung zur Besprechung der strategischen Lage einberufen. Um den langen Eichentisch herum saßen die Piliers, die Führungsoffiziere der einzelnen *Langues*. Sogar Andrea d'Amaral war pünktlich zu dieser wichtigen Sitzung erschienen. Die Helfer und Knappen standen hinter ihren Herren und umgaben als zweiter Kreis den Tisch.

Mit abgespanntem Gesichtsausdruck eröffnete Philippe die Sitzung. Dunkle Tränensäcke hingen unter seinen Augen. Das graue Haar und der weiße Vollbart, die einst seine vornehmen und lebendigen Züge unterstrichen hatten, ließen ihn jetzt umso älter aussehen. Er saß auf einem ledergepolsterten Stuhl mit hoher Rückenlehne. »Meine Herren«, sagte er und lehnt sich auf den aufgestützten Ellbogen vor, »wir haben Grund zu der Annahme, dass die Türken einen Großangriff vorbereiten. Sie scheinen ihre Taktik jetzt zu ändern und mit massiven Kräften an mehreren Fronten gleichzeitig angreifen zu wollen.« Er schaute seinen Seneschall Thomas Sheffield an und erteilte ihm das Wort.

Thomas Sheffield, Kommandeur des Großmeisterpalasts, erhob sich. »Meine Herren, in den türkischen Linien herrscht eine bislang nie gesehene Betriebsamkeit. Wir beobachten Truppenbewegungen und Umgruppierungen der Artillerie. Unsere Spähtrupps haben eine allgemeine Verlegung der Mannschaften von den nördlichen und westlichen Abschnitten zum südlichen und südöstlichen Festungsbereich der Stadt gemeldet. Wir konnten in den Gartenanlagen vor den Gräben nächtliche Bewegungen in südlicher Richtung beobachten. Obwohl die Türken die Bewegungen zu tarnen versuchen, konnten wir feststellen, dass sie ihre Truppen vor den Abschnitten von Aragon, England, der Provence und Italiens konzentrieren. Es dürfte feststehen, dass der Sultan einen Generalangriff befohlen hat, dem wir unsererseits mit der entsprechenden Strategie begegnen müssen. Falls die Türken mit ihren Kanonen und Minen mehrere Löcher in unsere Front reißen sollten, reicht unsere Mannschaftsstärke nicht aus, um sämtliche Löcher gleichzeitig zu stopfen.«

Sheffield nahm wieder Platz. John Buck erhob sich. »Wenn wir einen Generalangriff zurückschlagen wollen, müssen wir auf unsere Beweglichkeit setzen. Unser System von Beobachtern und Meldern muss perfekt funktionieren, damit wir jederzeit an gefährdeten Abschnitten zusätzliche Leute zum Einsatz bringen können. Wenn den Türken, an welcher Stelle auch immer, ein Durchbruch gelingt, werden sie wie eine Flutwelle in unsere Stadt schwappen. Wir werden sie nicht nur vor uns haben, sondern auch im Rücken. Mit der verbliebenen Zahl an Rittern und Söldnern können wir uns keinesfalls gegen eine solche Übermacht halten. Es ist deshalb unbedingt erforderlich, dass wir jede Bresche sofort schließen und jeden Sturmangriff sofort abfangen.« John Buck vergewisserte sich mit einem Seitenblick, ob Philippe einen Kommentar abzugeben wünschte, doch der reagierte nicht.

»Meine Herren«, fuhr er fort, »wir stehen wahrscheinlich vor der entscheidenden Schlacht dieser Belagerung. Ich habe erfahren, dass im Lager des Sultans große Unzufriedenheit herrscht. Seine Soldaten sind angesichts ihrer gefallenen Kameraden, die zu Tausenden tot und ohne würdige Bestattung in den Gräben unserer Festung verkommen, sehr unzufrieden und betrübt. Das kann uns nur gelegen kommen. Wenn es uns gelingt, den Generalangriff zurückzuschlagen und die Türken wieder einmal unter möglichst geringen eigenen Verlusten in ein Massensterben rennen zu lassen, könnte das den großen Umschwung bedeuten. Suleimans Urgroßvater hat vor vierzig Jahren seinen Angriff kurz vor Eintritt der Schlechtwetterperiode beendet, und ich nehme an, dass Suleiman nicht anders reagiert. Das Wetter schlägt bald um und wird sich sehr verschlechtern. Wenn der Generalangriff kommt, müssen wir dem Feind deshalb mit einem überzeugenden Sieg den Mut abkaufen. Ich zähle dabei auf Tadinis Leute und die nie dagewesene Genauigkeit, mit der sie von den Mauern herab den Tod in die türkischen Reihen zu senden verstehen. Das Sperrfeuer darf erst nachlassen, wenn die Türken sich im Rückzug befinden und wir den Flüchtenden ordentlich Beine machen. Noch Fragen?«

Es gab keine Fragen. Die ernsten Gesichter der Kreuzritter ließen erkennen, dass sie sich ihrer kritischen Lage sehr wohl bewusst waren. Die bevorstehende Schlacht würde so oder so die letzte der gesamten Belagerung sein.

Auf ein Zeichen Philippes erhoben sich die Ritter und verließen den Großmeisterpalast, um zu ihren *Langues* zurückzukehren und ihren Leute die entsprechenden Befehle zu erteilen.

Philippe blieb allein zurück. Er betrachtete die Lagepläne und die Pläne für die Einteilung seiner Männer. Als die Nacht hereinbrach, konnte jedermann in der Stadt das geschäftige Treiben der Truppen und das Rumoren der Kriegsmaschinerie des Sultans hören. Mit dem Morgengrauen würde wieder ein Tag in der Hölle anbrechen.

24. September 1522

Die Belagerung ging jetzt in die neunte Woche. Die Stimme des Muezzins erschallte in der morgendlichen Stille kurz vor dem ersten Frühlicht. Während die Krieger des Islam ihre Gebetsteppiche im Gras ausrollten und die Gesichter nach Südosten wandten, nach Mekka, brach schon wieder das Trommelfeuer des Sultans in die Stille. Begleitet vom Donner der Kanonen und dem Beben der

Erde erflehten die Rechtgläubigen Allahs Beistand und Schutz beim bevorstehenden Angriff auf die Zitadelle der Ungläubigen.

Flankiert von Ibrahim und Hamon, saß der Sultan auf seiner erhöhten Tribüne. Hamon hatte bescheiden das Ende von Suleimans und Ibrahims Gebet abgewartet. Sämtliche Aghas standen schon im Feld, um ihre Männer anzuführen und die Angriffswellen zu koordinieren. An diesem Morgen war der gesamte südliche Festungsgürtel zum Ziel der Artillerie erklärt worden, die von überall hier zusammengezogen worden war. Wie von den Kreuzrittern vorhergesehen, nahmen die Kanonen die Bastionen und Mauern der Festungsabschnitte von Aragon, England, der Provence und Italien unter Beschuss. Die Mauern und Türme des italienischen Abschnitts lagen bereits größtenteils in Trümmern, doch die hohen und steilen Schuttwälle brauchten nur wenig Verteidigung.

In den ersten Stunden des Tages verging sowohl Angreifern als Verteidigern vor lauter Getöse und Pulverdampf buchstäblich Hören und Sehen. Staub und Rauch verdunkelten das Schlachtfeld. Die Kreuzritter konnten kaum ausmachen, aus welcher Richtung der Angriff überhaupt kam. Das Trommelfeuer der Stein- und Eisengeschosse tobte ohne Unterlass gegen die Mauern der Stadt.

Die Verteidiger antworteten mit ihren Batterien. Die in die Ziele bereits eingemessenen Rohre feuerten wie stets äußerst wirkungsvoll, aber die Kanoniere mussten mit ihrem Pulver und ihrer Munition geizen, während die Batterien der Türken auf unbegrenzte Mengen an Kanonen, Schießpulver und Munition zurückgreifen konnten, die von schier endlosen Schiffskonvois unermüdlich herbeigeschafft wurden.

Trotz der massiven Verstärkungen der Befestigungsanlagen der Stadt gewannen die Kanonen des Sultans allmählich die Oberhand über die Verteidigungswerke, auch wenn die Kreuzritter die Mauern immer wieder mit Material instand setzen konnten, das aus dem Trümmerschutt gewonnen wurde.

Mit Befriedigung konnte Suleiman beobachten, wie die Mauern der Stadt allmählich unter der vereinten Einwirkung von Minen und Artilleriebeschuss bröckelten. Den Verteidigern von Rhodos würde bald die Stunde schlagen! Als der auffrischende Morgenwind den Staubvorhang ein wenig lüftete, konnte Suleiman ganze Mauerabschnitte und Verteidigungswerke in sich zusammenstürzen sehen. Er ließ sein Augenmerk nicht von den Bastionen von Aragon. Der Abschnitt Italiens lag zwar bereits in Trümmern, aber vor dem Abschnitt Aragons war die erste massive Angriffswelle seiner Janitscharen angetreten. Unter Führung ihres *Seraskiers* Bali Agha sollte die Elitetruppe in die Stadt einbrechen und der kleinen Ritterarmee der Verteidiger den Garaus machen. Das war Suleimans Plan, und Allah würde dafür sorgen, dass er Wirklichkeit wurde.

»Behaltet die Mauern dort im Auge«, sagte Suleiman und zeigte auf die Mauern Aragons zu seiner Linken. »Es ist zwar noch nicht zu merken – und ich hoffe, die Ritter haben es auch nicht gemerkt –, aber auf diesen Mauern liegt der stärkste Beschuss. Hier werden wir die erste Bresche schlagen. Wenn das Geschützfeuer endet und der Rauch sich verzogen hat, wird sich eine Woge blauer Uniformen in diese Bresche ergießen. Meine Männer werden erst wieder zurückkehren, wenn ihre Uniformen vom Blut der Ritter gerötet sind.«

Ibrahim und Hamon spähten angestrengt in die vom Sultan gewiesene Richtung, aber noch war alles von Qualm und Staub verhüllt. Dann frischte der Wind auf. Das Artilleriefeuer riss ab. Die zuvor graue Leere wurde von Bali Aghas Sturmtruppen gefüllt. Selbst aus der großen Entfernung konnten die Beobachter den »Wütenden Löwen« ausmachen, der das Krummschwert schwingend seine Truppen zum Angriff trieb. Begleitet von Trommelschlag, Beckenklang und Trompetenschall wehte der tausendkehlige Ruf *Allahu akbar* ans Ohr des Sultans auf seinem Thron.

Die Kreuzritter konnten erst mit einigen Minuten Verzögerung reagieren. Während die Janitscharen schon über die Leichen ihrer

Brüder in den Gräben und den Schutt der Mauern kletterten, alarmierten die Ritter ihre mobilen Einsatzkräfte. Schnell kamen Hunderte von Rittern und Söldnern den wenigen Verteidigern vor Ort zu Hilfe geeilt und formierten sich am Verteidigungsabschnitt Aragons. Vom prächtigen Aufmarsch der Ritter in ihren Schlachtumhängen mitgerissen, griffen die Männer der rhodischen Bevölkerung nach allem, was halbwegs als Waffe taugte, und schlossen sich den Rittern an. Die Bevölkerung der Stadt hielt die Ritter, die bislang einen Angriff nach dem anderen zurückgeschlagen hatten, inzwischen für unbesiegbar. Der Gestank der in den Gräben verrottenden Leichen schien ihr Vertrauen in die Kreuzritter nur zu festigen.

Frauen eilten mit Munition und Pulver beladen auf die Bastionen. Sie erfrischten die Ritter mit Wasser und halfen, die Verwundeten zu bergen. Während die Geschosse der türkischen Artillerie in die Stadt hagelten, unterstützte die wie zu neuem Leben erwachte Bevölkerung unter Missachtung der Gefahr tatkräftig ihre Verteidiger.

An der Spitze seiner geliebten Janitscharen stürmte Mustafa Pascha gegen die zertrümmerten Mauern vor. Als sie sich näherten, taten sich vor ihnen frisch gezogene Wallgräben und Palisaden auf, die Tadini den Angreifern in den Weg gelegt hatte. Inzwischen waren auch die herbeigeeilten Bogen- und Scharfschützen auf den angrenzenden Mauern in Stellung gegangen und ließen ihr mörderisches Kreuzfeuer herabhageln. Die Verluste unter den Angreifern waren grauenhaft. Niemand konnte innehalten, um einem Kameraden zu helfen. Die Kommandeure hatten jedem Mann eingebläut, seine einzige Pflicht bestehe darin, in die Stadt einzudringen und so viele Christen wie möglich abzuschlachten. Mustafas und Bali Aghas Männer mussten die Legende wahr machen und die Leiber ihrer gefallenen Brüder buchstäblich als Trittsteine in die kurz zuvor von ihrer Artillerie geöffnete Bresche benutzen.

Vier Janitscharen der Vorhut hatten die Bresche erreicht und ihre Feldstandarten aufgepflanzt, darunter auch den vierschwänzigen *Buntschuk* von Bali Agha. Doch die *Buntschuks* flatterten nur kurze Zeit im Wind, dann wurden sie von den vorrückenden Rittern umgehauen und niedergetrampelt.

Das Handgemenge entbrannte. Rasch hatten die Ritter sich zu ihrer stählernen Mauer formiert, unverrückbar wie eh und je. Die Janitscharen blieben bei aller Tapferkeit von dieser Unerbittlichkeit nicht unbeeindruckt. Noch nie zuvor waren sie auf einen Feind von solcher Entschlossenheit getroffen, der noch dazu so hervorragende Nahkämpfer besaß. Sie hatten ihre Kampferfahrungen vor allem in offener Feldschlacht gesammelt, wo die gegnerischen Truppen oft schon bei ihrem Anblick auseinander stoben. Mit einem derart selbstbewussten Gegner hatte sie es noch nie zu tun bekommen.

Der Angriff geriet ins Stocken, worauf Bali Agha mit wilder Wut reagierte. Er brüllte seine Männer an, beschimpfte sie, fuchtelte schwitzend mit dem Krummschwert in der Luft – alles vergeblich. Durch das Abwehrfeuer wurden mehr seiner Soldaten getötet, als die Mauern erreichten.

Denjenigen, die es bis zu den Mauern geschafft hatten, gelang es nicht, weiter vorzurücken. Die Ritter hatten ihre Phalanx aufgebaut und schlugen jeden Angriff mit ihren mächtigen Schwertern, den Streitäxten oder Lanzen zurück. Als wäre dieses Gemetzel nicht schon genug, eröffneten jetzt auch noch von links die Kanonen auf dem spanischen Turm das Feuer auf Bali Aghas Truppen.

Suleiman verfolgte den geballten Ansturm. Von seinem Beobachtungspunkt aus konnte er immer wieder große Truppenabteilungen vorstoßen und alsbald unter der mörderischen Abwehr der Kreuzritter und dem Sperrfeuer von den Mauern zurückfluten sehen. Nach zwei Stunden dauerndem Hin und Her sah er seine Janitscharen die demolierten Bastionen Aragons in einem letzten gewaltigen Aufbäumen bestürmen.

Der Großmeister war in jeder Bresche anzutreffen, stand auf jeder Brustwehr. Die Türken hatten den Eindruck, ein Dutzend grauhaariger Hünen und eine Dutzend Banner des Gekreuzigten würden ihnen auf den Bastionen entgegentreten. Doch es war immer nur derselbe Philippe, der stets dorthin geeilt war, wo die Schlacht am grimmigsten tobte, um seinen Männern mit dem Schwert und seinem Zuspruch den Rücken zu stärken. Nach pausenlosem Einsatz traf er am Ende des Vormittags am Abschnitt Aragons ein, wo die Abwehr von Bali Aghas massivem Angriff noch voll im Gange war.

»Jean!«, rief er Jean de Morelle zu, der im wilden Handgemenge die Bastion verteidigte.

»Wir haben diese Stellung heute schon öfter verloren und wieder genommen, als ich zählen kann!«, rief Jean zurück. »Aber die Türken werfen immer mehr Leute in die Bresche. Ich weiß nicht, ob wir sie noch lange halten können!«

»Haltet aus, Jean! Egal was es kostet, haltet die Stellung! Ich helfe euch, so gut ich kann. Ich schicke Jacques de Bourbon zu einem Überraschungsangriff in den Rücken der Türken. Das spaltet ihre Kräfte!«

»Aber wie ...?« Jean konnte den Satz nicht vollenden. Er wurde unvermutet von zwei Janitscharen gleichzeitig angegriffen. Sein mächtiger Schwerthieb durchtrennte den Schwertarm des einen, und den Schwung des Hiebs ausnutzend, hämmerte er dem anderen Gegner, der vorgeprellt war, den Schwertknauf mitten ins Gesicht. Während der Mann zu Boden ging, versetzte Jean dem Türken einen Stich in den Hals, der diesen auf der Stelle tötete. Als Jean sich nach dem Großmeister umschaute, war der bereits wieder verschwunden. Jean atmete tief durch und hieb sich eine Gasse zu seinen Kampfesbrüdern, die sich Schulter an Schulter dem Feind entgegenstemmten.

Jacques de Bourbon arbeitete sich durch einen Stollen direkt unter dem Turm von Spanien voran, der an die Bastionen der Auvergne grenzte. Die Türken hatten den Turm vor einer knappen Stunde eingenommen. Auf Geheiß des Großmeisters sollte er von Jacques zurückerobert werden. »Nehmt Euch eine Schar Eurer besten Männer und schlüpft durch einen von Tadinis Stollen aus der Stadt. Greift die Türken im Rücken an und kämpft Euch in die Stadt zurück!«

Eine gute Viertelstunde schon krochen Jacques und seine Männer nun hustend und würgend durch Dunkelheit und Staub. Sie spürten das Beben der Mauern unter dem anhaltenden Feuer der türkischen Kanonen, das weitere Mauerbreschen öffnen sollte. Das Gegenfeuer der Kreuzritter hatte viele türkische Batterien ausschalten können, doch Jacques wäre es lieber gewesen, seine Kameraden würden das Feuer einstellen, bevor die zusätzlichen Erschütterungen ihrer Abschüsse den Schacht zum Einsturz brachten. Auf halber Strecke bebte die Erde um ihn herum stärker als je zuvor. Ein riesiges Steingeschoss der Türken war in die Mauer über ihm eingeschlagen.

»Vorwärts! *Vite, vite!*«, rief er seinen Leuten zu, während ringsum die Wände bröckelten. Gestein und Erde regneten auf die Männer herab, die gebückt durch die Schwärze des Tunnels eilten. Manche stolperten über herabgefallene Steinbrocken und stürzten. Ihre Fackeln erloschen. Eine Hand am Schwertknauf, die andere schützend vor dem Kopf ausgestreckt, hetzten sie wie blinde Bewohner der Unterwelt durch den Orkus der Schächte. Nach weiteren zehn Minuten erblickten sie stolpernd und nach Luft ringend weit vor sich den grauen Lichtschimmer des getarnten Stollenausgangs. Kurz darauf stiegen Jacques und seine Männer hinauf aufs Schlachtfeld, um sich von hinten bis zu den eigenen Reihen durchzuhauen.

Melina wusste nicht mehr, wo ihr der Kopf stand. Sie rannte durch den stickigen Krankensaal und versuchte überall zugleich zu sein. Ihre Säuglinge schrien in der Kammer, doch sie hatte einfach keine Zeit, sich um die Kleinen zu kümmern. Seit der Hinrichtung Doktor Renatos gab es keinen mehr, der so zügig und beharrlich arbeiten konnte. Seine Anleitung und seine Tatkraft fehlten an allen Ecken und Enden. Während die Ärzte und ihre Helfer gebraucht wurden wie nie zuvor, war die Stimmung im Hospital auf einen Tiefpunkt gesunken. Die verbliebenen Ärzte und ihre Helfer brachen unter der Arbeitslast zusammen. Viele Verwundete starben, weil man sich einfach nicht um sie kümmern konnte. Oft wurden sie erst gar nicht mehr ins Hospital gebracht; die meisten Toten blieben liegen, wo sie im Kampf gefallen waren. Dennoch fanden sich scharenweise Soldaten und Zivilisten auf der Krankenstation ein und brauchten unverzüglich Hilfe, die ihnen aber nur allzu oft nicht gewährt werden konnte. Viele lagen auf den breiten Treppenaufgängen zum Krankensaal, wo sie von erschöpften und überlasteten Helfern, die es nicht mehr bis hinauf in den Krankensaal geschafft hatten, liegen gelassen worden waren. Manch einer starb einsam und verlassen auf der Treppe.

Melina arbeitete nach besten Kräften, doch sie hatte Angst um Jean. Sie wusste, dass der Großmeister ihn immer dort einsetzte, wo es am meisten brannte, und Jean war in den vielen Stunden seit Beginn der Schlacht pausenlos im Einsatz. In der Hoffnung, Jean würde hereingelaufen kommen, um sich bei ihr zu melden, huschte Melinas Blick immer wieder zum Eingang, während sie gleichzeitig befürchtete, man würde Jean verwundet oder gar ... Sie konnte den Gedanken nicht zu Ende führen. Ihr Verstand weigerte sich, die Möglichkeit auch nur in Betracht zu ziehen, dass ihr Geliebter den Tod finden könnte.

Am Nachmittag hatte er sich immer noch nicht gemeldet. Melina fragte jene Verwundeten aus, die noch ansprechbar waren. Sie erfuhr, dass Jean bei den Bastionen von Aragon kämpfte, wo die Schlacht am wildesten tobte, was keineswegs zu ihrer Beruhigung beitrug, aber immerhin war er kämpfend gesehen worden, und das hieß, dass er noch lebte.

Schließlich aber hielt sie es nicht mehr aus. Als der Druckverband, den sie einem Söldner angelegt hatte, die Blutung seiner verwundeten Hand hinlänglich gestoppt hatte, griff sie nach einem trockenen Brotkanten und einer Lederflasche mit Wasser und lief die Treppen des Hospitals hinunter. Sie rannte durch die Ritterstraße und hinaus aus dem *Collachio*. Durch den Schutt der zerstörten Häuser lief sie zu den Bastionen von Aragon. Als sie um die letzte Ecke gebogen und die hölzerne Leiter zu den Bastionen hinaufgestiegen war, wollte sie ihren Augen nicht trauen. Die einst so trutzige Wehranlage war kaum mehr als eine Ruine. Auf den zerbröckelten Mauern bemühten sich die Ritter in einem wüsten Handgemenge ineinander verkeilter Leiber die einbrechende Flut der Türken zurückzudrängen und die Bresche zu schließen.

Melina kletterte die mit den Überresten der Schlacht übersäten Mauerquader hinauf. Überall lagen Leichen und abgehauene Gliedmaßen. Melina wusste kaum, wohin sie treten sollte. Die Ritter gewannen allmählich die Oberhand über die Janitscharen, die keinen Zentimeter Boden preisgeben wollten, auch wenn in der hereinbrechenden Dämmerung ihre Waffenbrüder weiter hinten bereits den Rückzug antraten. Die Sonne war hinter den Westwerken der Befestigung untergegangen. Wie säbelschwingende Scherenschnitte hoben sich die verbissen und bis zuletzt angreifenden Janitscharen vor dem blutroten Abendhimmel ab. Es war unbegreiflich, mit welcher Erbitterung der Kampf nach so vielen Stunden noch tobte. Aber auf beiden Seiten wollte keiner auch nur ein Handbreit vom hart erkämpften Boden preisgeben.

Melina hielt sich in Deckung, so gut sie konnte, und begann die Suche nach Jean. Sie war entschlossen, ihn zu finden – tot oder lebendig, kämpfend oder verwundet auf dem Boden. Sie kroch die Schuttberge hinauf und hinunter, bis sie nach vielen gefährlichen und bangen Minuten das Banner des Großmeisters im schwindenden Licht flattern sah. Nun wusste sie, dass Jean nicht mehr fern sein konnte.

Eilig arbeitete sie sich schneller heran – und dann sah sie ihn. Seine unverwechselbare, vertraute Gestalt stand im gnadenlosen

Kampfgetümmel um den schwer bedrängten Großmeister zu seiner Rechten. Jean parierte einen Schwerthieb gegen Philippes Flanke, der den Streich nicht einmal hatte kommen sehen.

Melina wusste augenblicklich, dass Jean in großer Gefahr schwebte. Unbegreiflicherweise führte er das Schwert mit der Linken. Dann sah sie die schwere Verwundung seiner rechten Hand und bemerkte, wie unbeholfen Jean sich verteidigte, als zwei blau uniformierte Janitscharen auf ihn eindrangen. Vergeblich versuchte er, den Angriff mit links zu parieren. Während der eine Türke die Klinge in Jeans ungeschützte Halsbeuge hieb, traf der Streich des anderen Jeans schützend vorgestreckten Arm. Melina sah Jean langsam zu Boden sinken.

Sie wusste sofort, dass er tödlich getroffen war, zumal die Janitscharen unverzüglich von ihm abließen und sich einem neuen Ziel zuwandten.

Sie schrie nicht auf. Sie stürzte nicht zu ihm. Sie stand nur da und starrte mit weit aufgerissenen Augen auf ihren niedergestreckten Geliebten, den Vater ihrer Zwillinge. Als sie aus ihrer Erstarrung erwachte, ging sie ungeachtet des Kampfgetümmels langsam auf ihn zu. Blut spritzte aus seinem Hals und dem Arm, der nahezu abgetrennt war. Melina kniete sich in die Blutlache, hob Jeans Visier und sah ihm in die Augen. Erkennen lag in seinem Blick, und der Schatten eines Lächelns huschte über sein Gesicht. Er wollte etwas sagen, doch aus seinem Mund trat nur roter Schaum. Melina versuchte, seinen Blick festzuhalten, doch das Licht in seinen Augen erlosch. Mit Daumen und Ringfinger streifte sie über seine Lider und schloss ihm die Augen.

Sie beugte sich über Jean und küsste seine Lippen. Sie waren noch heiß und nass von der vorangegangenen körperlichen Anstrengung. Melina löste die Finger seiner geballten linken Faust vom Schwertknauf und nahm die Waffe an sich. Sie stand auf. Ihre Augen waren trocken, ihr Gesicht ausdruckslos, ihr langes graues Gewand nass von Jeans Blut.

Sie wandte dem Gefecht auf den Mauern den Rücken und stieg

langsam die hölzerne Leiter hinunter. Ohne ihre Umwelt zu bemerken, wandelte sie durch die Ruinen der Stadt. Das schwere Schwert zog sie klirrend und scheppernd neben sich her. All ihre Gedanken galten dem Geliebten, der tot auf den Mauern lag. Als Melina in den *Collachio* einbog, wurde ihr Schritt schneller, bis sie zu guter Letzt mit wehendem Haar ins Hospital rannte. Die Freitreppe hinauf stürmte sie direkt in den großen Krankensaal. Hélène blickte von ihrer Arbeit auf. Melina nickte ihr zu und verschwand wortlos in ihrer kleinen Kammer. Die Zwillinge erwachten. Melina lehnte das Schwert in die Ecke, nahm die Kinder auf den Arm und ließ den Tränen freien Lauf. Sie öffnete das Mieder und legte sich die Zwillinge an die von der Milch geschwollenen Brüste.

Sie sank zurück an die Mauer und schloss die Augen, während ihre Milch über die Lippen der Kinder floss. Das Gefühl des harten kalten Steins in ihrem Rücken ließ sie wieder an Jean denken, der auf den harten kalten Quadern der vom Trommelfeuer zertrümmerten Bollwerke lag. Während Melina die Zwillinge säugte, erlebte sie in ihrer Erinnerung jeden Tag ihres gemeinsamen Lebens mit Jean noch einmal. Wie sie sich auf dem Markt getroffen hatten. Wie er täglich in der Hoffnung, sie zu treffen, an ihrem Haus vorbeigegangen war. Der Ausflug nach Pataloudes ... Sie versuchte sich jeden Tag, jeden Moment ihres kurzen gemeinsamen Lebens ins Gedächtnis zu rufen. Sie erinnerte sich, wie sie sich in dieser kleinen Kammer das letzte Mal geliebt hatten und fragte sich, ob vielleicht wieder ein kleiner Engel unter ihrem Herzen keimte.

Als sie die Augen öffnete, waren die beiden Mädchen fest eingeschlafen. Melina hatte jedes Gefühl für die Zeit verloren. Wie lange mochte sie geträumt haben?

Sie wischte die Milch von den Mündchen der Kinder, legte sie zärtlich in ihr Bettchen und deckte sie sorgsam zu. Dann schnürte sie ihr Mieder, beugte sich über die Zwillinge und küsste sie noch einmal.

Sie schob den Riegel vor die Tür. Sie konnte sich nicht erinnern, jemals ihre Kammer von innen verriegelt zu haben. Sie setzte sich neben den schlafenden Zwillingen auf den Boden, nahm das Kopfkissen von ihrem eigenen Lager und breitete es sanft über die Zwillinge. Dann presste sie es ihnen aufs Gesicht.

Nach einiger Zeit, sie wusste nicht wie lange, nahm sie das Kissen fort, um die Kinder darauf zu betten. Sie nahm Jeans sauberen weißen Umhang vom Pflock in der Eichentür, an den er ihn zu hängen pflegte, und deckte die kleinen Leichen zu.

Melina entriegelte die Tür. Sie nahm Jeans Schwert an sich, ging hinaus und schloss sorgfältig die Tür hinter sich. Sie wollte die Geräusche des Krankensaales, die von Schmerz und Tod kündeten, von ihren kleinen Engeln fern halten. Unbemerkt von Hélène und den anderen geschäftigen Helfern verließ sie das Hospital. Langsam ging sie die Ritterstraße hinunter und hinaus aus dem *Collachio*.

Abermals stieg Melina über die Leiter zum Schlachtgetümmel auf den Bastionen hinauf. Blicklos ging sie zwischen den in Zweikämpfe verwickelten Rittern hindurch. Wieder kniete sie neben Jean nieder. Sie löste die Lederriemen seines Brustpanzers und schnallte ihn sich selbst um den Leib. Dann stülpte sie sich seinen Helm auf den Kopf. Er war ihr viel zu groß, doch ihr volles Haar füllte den Hohlraum und hielt den Helm sicher an Ort und Stelle. Sie klappte das stählerne Visier herunter, an dem noch der Atem ihres toten Geliebten haftete. Sie erhob sich. Das blanke Schwert mit gesenkter Spitze vor sich haltend, sprach sie im Angesicht des Gekreuzigten auf dem Kriegsbanner lateinisch und hebräisch das Totengebet für ihren gefallenen Geliebten.

Mit dem Mut der Verzweiflung schwang sie das Schwert hoch über den Kopf. Wie eine Furie ging sie auf die völlig überraschten Janitscharen los. Einem Racheengel gleich fuhr ihre kleine Gestalt in den Feind. Bevor die Türken begriffen hatten, was über sie gekommen war, lagen drei am Boden hingestreckt.

In das Blut ihres Geliebten und seiner Mörder gebadet, drang Melina auf den nächsten Türken ein und holte mit dem Schwert aus, als im Sehschlitz ihres Visiers ein Krummschwert erschien, das geisterhaft in der Luft zu schweben schien. Im nächsten Augenblick fuhr ihr die Klinge in die Halsbeuge. Das schwere Ritterschwert entglitt ihrer Hand. Im Fallen rutschte der Helm von ihrem Kopf und klapperte über die Steine. Ungläubig sahen die Janitscharen die schwarze Lockenpracht hervorquellen, die das Gesicht der Stürzenden umrahmte. Sie taumelte zurück und sank auf den Körper des Geliebten, der in der herabsinkenden Dämmerung erkaltete.

Die Janitscharen prallten zurück. Das Entsetzen packte sie. Was war das für ein Feind, bei dem sogar die Weiber an der Seite ihrer Männer bis in den Tod fochten? Die letzten Kämpfer gaben die Böschungen der Breschen den Rittern preis und ordneten sich in den Rückzug von Bali Aghas Sturmtruppen ein. Das Zwielicht wich der Dunkelheit. Gnädig bedeckte der Mantel der Nacht die Massen der Erschlagenen auf und vor den Mauern von Rhodos.

16.

Der Atem der Könige

Rhodos
25. September 1522

Die Aghas waren in Suleimans Zelt angetreten. Mustafa Pascha stand mit gebeugtem Haupt vor dem Sultan. Er hatte nicht die Zeit gehabt, sich umzukleiden. Sein Gesicht trug noch eine rotbraune Schmutzkruste, eine Mischung aus Blut und dem braunen Staub von Rhodos. Ein Diener brachte ihm ein feuchtes Handtuch, mit dem er sich eilends Gesicht und Hände wischte. Am Zustand seiner Uniform hatte er nur wenig verbessern können, ohne den Sultan länger warten zu lassen, als ratsam war.

Die Aghas waren zum Sultan befohlen worden, kaum dass sie aus der Schlacht ins Lager zurückgekehrt waren. Kuriere hatten Mustafa Pascha, Piri Pascha, Achmed Agha, Ayas Agha und Quasim Pascha aus ihren *Serails* herbeigerufen. Die Generäle hatten alles liegen und stehen lassen und waren zum Zelt des Sultans geeilt. Auch Ayas Agha war aus Zeitmangel in der Uniform erschienen, die er in der Schlacht getragen hatte und an der noch das frische Blut der Feinde und der eigenen Leute klebte.

Suleiman saß auf seinem erhöhten Thron, Ibrahim stand neben ihm. Auf Geheiß der Leibwächter mussten die Aghas stehen bleiben. Das war kein gutes Zeichen: Normalerweise durften die Generäle und Ratgeber auf einem *Diwan* sitzen.

Die Aghas hielten den Blick auf den golddurchwirkten Teppich gesenkt, um ja nicht aufzufallen, doch mit dieser Taktik kamen sie nicht weit.

Den Blick auf Mustafa Pascha fixiert, begann Suleiman leise: »Du hast mich verraten, lieber Schwager. Oder vielmehr: Du hast dich gründlich verrechnet, und dieser Fehler hat Tausende meiner Soldaten das Leben gekostet. Du hast mir einen baldigen und mühelosen Sieg über die Söhne des *Scheitan* versprochen!« Suleiman sprach jetzt lauter und schneller. »Du hast mir versprochen, dass die Köpfe der Kreuzritter die Zinnen der Mauern ihrer Festung zieren werden! Stattdessen verfaulen *meine* Männer in den Gräben! Stattdessen füllen *unsere* Leichen und *unser* Blut die Gräben bis zum Rand!« Suleimans Zornesader schwoll. Ibrahim schloss die Augen, denn er wusste, was jetzt kam. »Du bist zum Verräter an deinem Sultan geworden! Du bist ein Feigling und Lügner! Du bist ...«, Suleiman geriet ins Stocken, »... du bist ... hiermit als Verräter zum Tode verurteilt!« Er winkte die Janitscharenwächter vom Eingang herbei. »Schafft ihn fort und schließt ihn bis zum Morgengrauen in Ketten! Vorher kann ich mich nicht um seine Hinrichtung kümmern!«

Aus dem Augenwinkel riskierte Ibrahim einen Blick zu Suleiman. Er wagte nicht, seine Bestürzung über diese himmelschreiende Ungerechtigkeit zu zeigen. Mustafa Pascha war ein völlig furchtloser Soldat, der seinem Sultan stets ohne einen Gedanken an die eigene Sicherheit gedient hatte. Nicht nur, dass er mit Suleimans ältester Schwester verheiratet war, er war außerdem sein Leben lang in enger Freundschaft mit Suleiman verbunden gewesen. Ibrahim traute seinen Ohren nicht, und den Aghas erging es nicht anders.

Die Janitscharen stürmten herbei und umringten den Delinquenten. Ihre Eile war unnötig, da Mustafa sich weder bewegte noch protestierte. Er löste sein Schwert aus der Leibbinde und reichte es den Janitscharen. Das Haupt immer noch gebeugt, ließ er sich schweigend von den Wächtern abführen.

Bis auf das schwere Atmen des Sultans herrschte Totenstille im Zelt. Er zerrte ein seidenes Taschentuch aus dem Ärmel seines Kaftans, wischte sich ein paar Speichelbläschen aus dem Mundwinkel und stopfte das Tuch wieder zurück. Die Aghas verharrten in Schweigen. Jeder fragte sich, welcher Kopf wohl als nächster rollen würde.

Das Blut Selims strömt in den Adern unseres Sultans!, dachte Bali Agha. *Allah sei uns gnädig.*

Suleiman brütete schweigend vor sich hin. Sein Zorn war trotz des so grausam und willkürlich gegen Mustafa verhängten Todesurteils noch immer nicht verraucht. Nun nahm er Ayas Agha aufs Korn, der bei den Angriffen auf die Bastionen der Auvergne und Deutschlands an diesem Tag die größten Verluste hatte hinnehmen müssen.

Doch bevor der Sultan sprechen konnte, trat Piri Pascha vor. Die Janitscharen wurden wachsam. Als Piri noch einen Schritt näher trat, legte ein besonders junger Kämpfer, der Suleiman am nächsten stand, die Hand an den Knauf seines Krummschwerts. Piri sah ihn an, hob die Braue und schwenkte den Finger tadelnd wie vor einem unartigen Kind. Der junge Krieger zog die Hand vom Schwert, nahm Haltung an und starrte stur nach vorn ins Ungewisse. Piri trat noch einen Schritt vor. Er stand jetzt weit vor den anderen Aghas, keine zwei Meter mehr vom Sultan entfernt.

»Majestät, erlaubt mir einige wenige Worte.« Piri kniete nieder und drückte die Stirn auf den Boden, wo er unbeweglich verharrte, bis er Suleimans widerwillige Stimme vernahm.

»Wenn es denn sein muss.«

Piri erhob sich gemessen und würdevoll. Den Blick fest auf den Sultan gerichtet, wählte er seine Worte mit Sorgfalt und Bedacht, als er nun ein Plädoyer für seinen alten Freund Mustafa begann. Unverkennbare Entschlossenheit lag in seinem Tonfall. Er sprach mit der Stimme, mit der er im Schlachtgetümmel seinem Pferd zuredete, begütigend, doch fest und entschieden.

»Majestät, jeder im Osmanischen Reich kennt Suleiman als *Kanuni*, den Gesetzgeber. Ihr habt die Gerechtigkeit zu einem Teil Eurer Herrschaft gemacht. Die Menschen wissen, dass sie jederzeit zum *Diwan* Eures Reiches kommen können, wo ihnen Gehör gewährt wird, stets nach Recht und Gesetz.«

Piris Tonfall wurde noch sachlicher. »Euer *Seraskier*, Euer Schwager, Euer alter Freund Mustafa Pascha hat mit allem Mut und aller Tapferkeit gekämpft, die ihm zu Gebote standen. Wenn er einem Irrtum unterlag, dann in der Einschätzung der Hartnäckigkeit und des Mutes der Kreuzritter. Aber das tut der Tapferkeit Mustafas und seiner Männer in keiner Weise Abbruch. Seit zwei Monaten kämpfen und sterben sie nun schon für Euch. Mustafa hat bei jedem Angriff, bei jeder Schlacht in vorderster Linie gestanden. Stets ist er der Erste, der in die Bresche stürmt und der Letzte, der das Schlachtfeld räumt. Warum wohl ist er in blutiger Uniform vor Euch erschienen? Weil er noch gekämpft hat, als Euer Befehl ihn herbeirief! Er hat weitergekämpft, obwohl die Schlacht verloren war und wir alle das Schlachtfeld schon geräumt hatten.«

Suleiman starrte seinen Großwesir an. Seine Miene verriet keinerlei Gemütsbewegung. Piri fuhr unbeirrt fort: »Diesen tapferen Mann dem Tod zu überantworten, weil er die Schlacht verloren hat, ist eine Ungerechtigkeit, die dem *Kanuni*, dem gerechtesten Sultan der Osmanen, nicht gut ansteht!«

Er hatte die Worte kaum ausgesprochen, da wusste Piri Pascha auch schon, dass er zu weit gegangen war. Bevor er seinen Fehler bereuen konnte, brüllte Suleiman ihn bereits an.

»Ungerechtigkeit? Du wagst es, *mir* Ungerechtigkeit vorzuwerfen? Wache! Schafft mir diesen Mann aus den Augen! Er soll Mustafa Pascha in seiner Zelle Gesellschaft leisten und morgen in der Frühe mit ihm zusammen sterben!«

Die Aghas schnappten nach Luft. Ihre Köpfe fuhren hoch, ihre Blicke suchten Suleimans Gesicht. Auch Ibrahim starrte ihn unverwandt an. *Piri Pascha? Er lässt Piri Pascha über die*

Klinge springen? Dann ist heute keiner mehr vor ihm sicher, dachte er.

Piri blieb völlig ruhig. Er hatte acht Jahre mit Selim überlebt, was sollte ihn jetzt noch schrecken? *Du lebst jetzt schon zehn Jahre länger, als du erwartet hast. Was hast du denn gesagt, wenn nicht die Wahrheit? Wenn du jetzt sterben musst, hast du deinem Sultan wenigstens zuvor noch einen guten Dienst erwiesen*, dachte er, während er abgeführt wurde. *Wer auf der Welt kann das von sich behaupten?*

Suleiman nahm wieder die Aghas aufs Korn. »Achmed Agha!«

Achmed Agha trat in Erwartung des Todesurteils nach vorn.

»Du bist ab sofort *Seraskier* meiner gesamten Armee. Ich ernenne dich hiermit zum Oberkommandeur. Wag es ja nicht, mich zu enttäuschen!« Suleiman unterstrich die Drohung, die in seinen Worten lag, mit einem eindringlichen Blick seiner stechenden schwarzen Augen.

»Jawohl, Majestät, ich danke Euch«, war alles, was Achmed Agha zu erwidern wusste. Er war in Gedanken bereits damit beschäftigt, die Scharte der unrühmlichen Niederlage auszuwetzen. Wie sollte er der Erwartung seines Sultans gerecht werden? Wie das eigene Leben erhalten, da es doch auf der Hand lag, dass die Strafe für das Versagen der Tod war, entweder auf dem Schlachtfeld oder aus der Hand des Sultans! War es überhaupt möglich, die Kreuzritter zu besiegen? Und wie konnte es sein, dass die nach Zehntausenden zählende Streitmacht des Sultans die paar Hundert Kreuzritter nicht bezwang?

Mit einer Verbeugung trat Achmed rückwärts an seinen Platz zurück. Wieder hing bedrückende Stille im Raum.

»Ayas Agha!«

Ayas trat mit niedergeschlagenem Blick vor. Sein Schicksal stand für ihn jenseits allen Zweifels fest. Seine Armee hatte im Kampf um die Bastionen der Auvergne und Deutschlands die höchsten Verluste des Tages hingenommen. Er würde mit dem Leben dafür bezahlen müssen.

»Ich werde mir noch überlegen, womit ich dich für dein Versagen als General bestrafe. Bis ich meine Entscheidung getroffen habe, wirst du in Ketten gelegt. Schafft ihn fort!«

Jetzt waren nur noch Ibrahim, Bali Agha, Quasim und Achmed Pascha im Raum. Den vier Männern war die kaum merkliche Veränderung im Gebaren des Sultans nicht entgangen. Es schien, als hätte die Verurteilung Piri Paschas seinem Zorn die Spitze gebrochen. Er wirkte ein bisschen ruhiger. Die flammende Zornesröte seines Gesichts war ein wenig verblasst. Sein Atem ging weniger heftig, und die größte Spannung im Raum war verflogen. Mit den Todesurteilen schien es sein Bewenden zu haben – die verschonten Aghas schienen sich wieder dem Belagerungskrieg zuwenden zu können.

Aber wie und womit? Der Sultan hatte sich selbst seiner erfahrensten und tapfersten Generäle beraubt. Wie würde ihre Entfernung aus Amt und Würden bei den ohnehin schon demoralisierten Truppen ankommen?

Bali Agha, Suleimans »Wütender Löwe«, trat vor und bat mit Blicken um Beachtung. Auf Suleimans Nicken kniete der Agha vor dem Thron nieder und zog gemessen das Krummschwert aus der Scheide. Die Leibwachen zu beiden Seiten des Sultans stürzten vor und bauten sich mit blanker Waffe zwischen Bali Agha und dem Sultan auf, die Spitze ihrer Krummschwerter nur Zentimeter von Bali Aghas Kehle entfernt.

Bali Agha tat, als wären sie Luft. Auf einen Wink des Sultans traten die Janitscharen zurück. Bali Aga legte sein Krummschwert auf geöffneten Händen dem Sultan zu Füßen, dann presste er die Stirn auf den Boden und bot seinem Herrscher den Nacken.

»Majestät, nehmt meinen Kopf hier und jetzt, mit meinem eigenen Schwert, wenn es sein muss! Doch als Euer ergebener Diener über all die Jahre, als Führer Eurer Janitscharengarde, der Söhne des Sultans, darf ich nicht mit der Wahrheit hinter dem Berg halten. Ob mein Kopf unter dem Beil Eures Scharfrichters rollt oder mein Leichnam eines Tages zusammen mit meinen Brüdern in den

Festungsgräben von Rhodos liegt – komme es wie es wolle! Aber ich flehe Euch an, Majestät, lasst ab von Eurem schrecklichen Vorhaben! Seid der *Kanuni*! Mustafa Pascha, Piri Pascha und Ayas Agha sind die besten Männer, die wir haben. Sie sind Euch ergeben. Sie sind mutig und unerschrocken und jederzeit bereit, im Dienste der Sache Eurer Majestät zu sterben.

Ihr Tod wird den Kreuzritten – Allah verfluche sie – nur allzu gut in die Pläne passen. Wenn ihr Großmeister vom Tod der drei Generäle hört, wird er in Jubel ausbrechen und die Botschaft feiern. Und das mit gutem Grund. Denn wir werden unsere fähigsten Anführer getötet haben – Eure getreuesten Diener, Majestät. Was die Kreuzritter mit ihren Schwertern nicht geschafft haben, werden wir selbst für sie erledigen!«

Suleiman sagte kein Wort. Ibrahim betrachtete voll Bewunderung den tapferen Mann, der mit entblößtem Nacken vor dem Sultan kniete.

Quasim Pascha, ein weiterer verdienstvoller Offizier, trat vor und bat um Erlaubnis zu sprechen. Suleiman nickte.

»Majestät, Bali Agha hat aus seinem Herzen keine Mördergrube gemacht, auch wenn er damit seinen Kopf riskiert. Ich bin beschämt, dass ich jetzt erst den Mund aufzumachen wage. Ich stimme Bali Agha aus vollem Herzen zu, und sei es auch nur aus dem Grund, dass Ihr nicht den Kreuzrittern in die Hände arbeiten solltet. Rhodos wird eines Tages fallen, Herr, so oder so. Aber wir werden dazu jede Hilfe brauchen, die Allah und sein Prophet – der Sonnenschein erwärme sein Grab – uns zukommen lassen. Wenn unsere Aghas in Ketten liegen, könnte sogar Allah die Lust verlieren, uns in unserem *Dchihad* zur Seite zu stehen.«

Mit gebeugtem Haupt begab Quasim sich rückwärts auf seinen Platz. Auch Bali Agha erhob sich wieder. Er steckte das Schwert in die Scheide zurück und trat ebenfalls rückwärts an seinen Platz neben Quasim. Suleiman sah Achmed Agha an.

»Und du, mein neuer *Sereskier*?«

»Majestät, besser als Bali Agha und Quasim hätte ich es nicht ausdrücken können. Ich bin ein schmählicher Feigling, der geschwiegen hat, als seine Waffenbrüder dem Tod überantwortet wurden. Ich flehe Euch an, seid gnädig, wie Allah gnädig ist. Seid gerecht, wie Allah gerecht ist. Spielt nicht den *Kuffar* in die Hände. Eure Aghas haben Euch ausgezeichnete Dienste geleistet. Nie hat ein Sultan treuere Diener gehabt. Setzt sie wieder in ihre Ämter ein. Ich bin nicht darauf erpicht, Oberkommandierender zu werden. Mit Freuden werde ich zu meinen Truppen zurückkehren und mein bisheriges Amt wieder aufnehmen.«

»Begebt Euch auf Eure Posten und überlegt Euch einen Plan für den nächsten Angriff!«, sagte Suleiman knapp, ohne auf die Bitten der verblüfften Aghas einzugehen. Sie hätten sich nicht gewundert, ebenfalls in den Kerker geworfen zu werden, aber damit, einfach übergangen zu werden, hatten sie nicht gerechnet. Mit Verbeugungen zogen sie sich rückwärts aus dem Zelt zurück.

Als sie fort waren, entließ Suleiman auch die Leibwächter. Er winkte Ibrahim zu sich und schritt mit ihm hinaus in die Kühle der Nacht.

Sie spazierten zu einer nach Norden sich öffnenden freien Stelle über dem Meer, weit weg von den Mauern von Rhodos. Das Gras wurde allmählich braun. Unter ihnen schäumten und gischteten die Wellen. Der Herbst lieferte einen ersten Vorgeschmack auf den Winter. Der frische Seewind wehte den Leichengestank nach Rodos hinein, weg von dem Landvorsprung, auf dem sie standen. Im Windschatten eines großen Baumes setzten sie sich vertraulich nieder und blickten aufs Meer hinaus. Ibrahim sann darüber nach, wann sie wohl das letzte Mal die Festung und den Krieg nicht mehr vor Augen gehabt hatten. In alter Freundschaft saßen sie beieinander und genossen die frische Luft. Eine lange Zeit, die ihnen vorkam wie Stunden, sprach keiner ein Wort.

»Was soll ich jetzt tun?«, sagte Suleiman schließlich. Seine Enttäuschung hatte sich gelegt, sein Zorn war verraucht.

Zum Morgengebet der Gläubigen verließen Suleiman und Ibrahim den Ort ihrer besinnlichen Nachtwache über dem Wasser. Seite an Seite knieten sie gen Mekka gewandt auf dem Gebetsteppich. Nach Beendigung des Gebets schritt Suleiman zu seinem Zelt, nahm auf dem *Diwan* Platz und lehnte sich zurück. »So, und jetzt sind ein paar Entscheidungen fällig. Da wäre zunächst Mustafa.«

Für Ibrahim stand fest, was er dem Sultan zu sagen hatte. Er durfte sich nicht hinter ihrer alten Freundschaft verstecken. Wenn er es je zu höheren Ehren bringen wollte als zum Jugendfreund des Sultans, durfte er mit seiner Meinung nicht hinter dem Berg halten.

»Majestät, ich denke, Ihr kennt die Wahrheit. Mustafa ist der mutigste Eurer Aghas – und das ist das Mindeste, was man über ihn sagen kann. Wenn es sein müsste, würde er als einziger Mann auf dem Schlachtfeld den Feind angreifen. Wenn ihm etwas vorzuwerfen ist, dann allenfalls sein Ehrgeiz und seine verfrühte Überzeugung, er könne die Schlacht gewinnen. Aber ist das ein todeswürdiges Verbrechen?« Ibrahim breitete fragend die Arme aus.

»Du hast Recht«, sagte Suleiman, »es ist kein Kapitalverbrechen. Aber nachdem ich ihn nun einmal zum Tode verurteilt habe, wird ihm vermutlich ein Teil seines Kampfesmuts und seiner Verlässlichkeit abhanden gekommen sein. Ich werde ihn degradieren. Übrigens, damit ist die Sache noch lange nicht ausgestanden«, fügte er hinzu und lachte auf. »Er ist schließlich immer noch mein Schwager. Meine Schwester wird mir das nicht so leicht durchgehen lassen. Aber was soll nun aus ihm werden?«

»Vielleicht könnt Ihr ihn fern von hier zum Statthalter machen? Versetzt ihn irgendwohin, wo ihr ihn längere Zeit nicht sehen müsst.«

»Hmmm ... Ägypten? Das ist eine unruhige Gegend, da wird er alle Hände voll zu tun bekommen. Außerdem wäre es keine wirkliche Demütigung. Er soll noch ein bisschen in seiner Zelle schmoren und dann in aller Stille sein neues Amt antreten. Ich will keine Treuebekundungen seiner Truppen. Er wird sang- und klanglos in der Versenkung verschwinden, und ein neuer Agha wird seine Stelle einnehmen.«

»Ich werde mich darum kümmern. Und Piri Pascha?«

»Natürlich werde ich Piri Pascha nicht hinrichten lassen. Er soll sofort freigelassen werden und sein altes Amt wieder antreten. Er wird mir meinen Zorn nicht nachtragen. Jemand, der Selim überlebt hat, muss ein dickes Fell haben.«

»Ja, Majestät, ich werde mich auch darum kümmern. Und Ayas Agha?«

Suleiman wedelte mit der Hand. »Freilassen. Er soll sich wieder zu seinen Truppen begeben.«

Ibrahim wartete mit gebeugtem Haupt. Suleiman war offensichtlich noch mit irgendetwas beschäftigt.

»Ich glaube, die Kreuzritter unterschätzen meine Entschlossenheit, hier zu bleiben und zu kämpfen, bis ich mein Ziel erreicht habe. Wenn sie meinen, dass ich einen Rückzieher mache, haben sie sich getäuscht.« Suleiman ging eine Weile nachdenklich auf und ab. »Meine Baumeister sollen einen prächtigen Steinpavillon für mich bauen. Der Bauplatz soll von der Festung aus gut auszumachen sein. Ich möchte, dass die Kreuzritter und meine eigenen Truppen sehen können, dass ich mir ein Quartier auf Dauer einrichte. Lass überall verkünden, dass ich nicht von hier zu weichen gedenke, bis alle Kreuzritter tot sind und die Insel mir gehört! Lass Truppen aus Anatolien und Syrien nach Rhodos verlegen. Sie sollen in unserer Schlacht mitkämpfen, hier bei uns!«

»So wird es geschehen, Herr.«

Als Ibrahim nach Erledigung seiner Aufträge zur Mittagszeit wiederkam, winkte Suleiman ihn zu sich auf den *Diwan* und ließ von den Dienern eine Mahlzeit auftragen. Die zwanglose Atmosphäre ließ erkennen, dass Suleiman bei Ibrahim Rat suchen wollte.

»Nachdem meinen Aghas eben noch das Jüngste Gericht bevorstand«, sagte Suleiman, »sind sie im nächsten Moment wieder in Amt und Würden eingesetzt, als ob nichts geschehen wäre.«

Ibrahim ließ sich mit der Antwort Zeit. »Nicht ganz, Majestät«, sagte er schließlich. »Euer Flüstern kann einen Mann über die Schwelle des Todes stoßen, ein zweites Flüstern holt ihn wieder zurück. Gestern Abend hatten drei Männer ihr Leben verwirkt, heute Vormittag wurde es ihnen wieder geschenkt. Auch Bali Agha und Quasim Pascha haben gestern Abend ihr Leben riskiert. Majestät, der Atem der Könige ist mächtig.«

Suleiman nickte gemessen, erwiderte aber nichts.

»Nein, Majestät«, fuhr Ibrahim fort, »ich glaube nicht, dass alles wieder so ist, als wäre nichts geschehen. Zumindest für diese fünf Männer ist nichts mehr wie zuvor.«

17.

Der letzte Verräter

Rhodos
Oktober 1522

11. Oktober

Die Breschen in den Mauern von Italien, der Provence, Englands und Aragons waren inzwischen so groß, dass die Verteidiger zum Aufbau eines zweiten Sicherheitsgürtels *innerhalb* der Mauern gezwungen waren. Die Stadt war nun offen. Wo die Türken noch keine Breschen geschlagen hatten, hatten ihre Mineure die Stollen vollständig unter den Mauern hindurchgetrieben.

Der Massendurchbruch der Janitscharen durch die großen Mauerlücken war nur deshalb ausgeblieben, weil die Türme und die hohen Bastionen noch standen. Das mörderische Sperrfeuer der Kreuzritter aus diesen Stellungen schuf einen Todesvorhang, in dem die eindringenden Truppen immer wieder hängen blieben.

Als die Belagerungsschlacht in eine neue Phase eintrat, trieb Achmed Agha seine Truppen in die Gräben und Stollen. Die Kanonen der Auvergne bremsten den Ansturm. Die Schützen auf dem Johannestor feuerten in die Gräben. Die Mineure waren zwar durch die Sichtblenden aus aufgespannten Tierhäuten ein wenig geschützt, was dem Gemetzel aber wenig Abbruch tat. Die Leichen füllten die Gräben fast ebenso schnell, wie die Kameraden der Gefallenen sie nach hinten schaffen oder über den Rand hinauswerfen konnten. Dennoch kam der Angriff nicht zum Stehen.

Achmed Agha trieb seine Azabs gnadenlos voran. Für jede Hundertschaft, die gefallen war, ließ er eine neue anrücken. Es war, als würde eine riesige Armee von Ameisen über einen Leckerbissen herfallen. Im Gegensatz zu den Johannitern schien der Sultan über unermessliche Reserven zu verfügen.

Tadini war mittlerweile stets an vorderster Front anzutreffen. Er schien überall gleichzeitig zu sein. Pausenlos organisierte er Arbeitseinsätze von Freien und Sklaven zur Instandsetzung der beschädigten Mauern. Vielfach konnte das Baumaterial aus dem Schutt gewonnen werden, aber er ließ auch weniger bedeutsame Festungsteile einreißen, um besonders gefährdete Abschnitte mit den Quadern zu schließen.

Nachdem die Türken immer breitere Breschen geöffnet hatten, baute Tadini um diese Breschen herum eine starke innere Mauerlinie auf, von der aus die Kreuzritter die Breschen verteidigen konnten. Im aufgegebenen Gelände errichteten die Türken eigene Brustwehren, um sich den Zugang zur Stadt zu erzwingen.

An den Bastionen von England tobte ein erbitterter Kampf. Seit Stunden eilte Tadini von einem gefährdeten Mauerabschnitt zum andern, gab Befehle und stemmte sich mit den Rittern der einbrechenden Flut der Türken entgegen.

Am späten Vormittag verlor der türkische Vorstoß an Schwung. Ein Massenrückzug schien sich anzukündigen. Die Verteidiger auf der inneren Mauerlinie spähten durch die Schießscharten und erörterten den nächsten Zug. Das Auge an ein steinernes Guckloch gebettet beobachtete Tadini das Geschehen im Vorfeld, wo sich die Mehrzahl der Türken unter dem stärker werdenden Abwehrfeuer aus den Türmen hinter die Breschen zurückzog.

Plötzlich ruckte Tadinis Kopf jäh nach hinten. Beim Zurückprallen riss er einen hinter ihm stehenden Ritter mit zu Boden, während er ohnmächtig zusammensank. Blut strömte aus seiner rechten Augenhöhle und einer Schläfenwunde vor dem rechten Ohr.

Auf der gegenüberliegenden türkischen Schanze hatte ein Scharfschütze seine weit tragende Waffe auf einen Gabelstock gestützt abgefeuert und Tadini getroffen. Die Kugel war an der Nasenwurzel ins rechte Auge gedrungen und an der Schläfe wieder ausgetreten. Wie durch ein Wunder hatte sie das Gehirn verfehlt. In jenen Tagen, als ein entzündeter Finger binnen weniger Tage zum Tod führen konnte, hatten Tadinis Waffenbrüder wenig Grund zu der Hoffnung, dass er seine furchtbare Verletzung überleben würde. Tadinis Tapferkeit und Kriegskunst würden ihnen bitter fehlen.

Der Verletzte wurde schleunigst ins Hospital geschafft. Von Hélène und den wenigen noch vorhandenen Ärzten leidlich versorgt, lag er in seinem Bett und konnte dem Großmeister nicht mehr helfen, während ringsum die Schlacht wilder tobte als je zuvor.

27. Oktober, *Mauerabschnitt der Auvergne*

Der Mann schnellte die hölzerne Leiter hinauf und huschte geduckt über den Wehrgang zu den Zinnen. Er sah die Feuer im türkischen Lager und konnte sogar einzelne Gestalten vor den Zelten erkennen. *Wie sauber und ordentlich das Lager aussieht*, dachte er. *Wie gut es nach so vielen Monaten des Krieges, des Sterbens und des schlechten Wetters noch in Schuss ist!* Er hielt die Armbrust in der Rechten, das Geschoss bereits mit der Nut in die Sehne eingelegt, den starken Abzugshebel noch gesichert. Er holte tief Luft und machte sich zum Schuss bereit. Während die Luft langsam aus seinen Lungen strömte, erhöhte er allmählich den Druck auf den Abzugshebel, um den Bolzen ins Lager von Ayas Agha fliegen zu lassen.

Ein unerwarteter gewaltiger Hieb presste ihm den letzten Rest Atemluft aus den Lungen. Er krachte mit der linken Schulter gegen das steinerne Mauerwerk, verlor den Halt und schlug mit dem Kopf auf die steinernen Platten des Wehrgangs. Sterne tanzten vor seinen Augen. Zwei behandschuhte Hände pressten die Waffe fest gegen seinen Leib.

Er wehrte sich nicht mehr. Als der riesige Ritter um Hilfe rief, wusste er, dass alles vorbei war. Der Mann, der aus Gott weiß welchem Grund ausgerechnet hier auf der Mauer gestanden hatte, drückte ihn mit seinem Gewicht bis zur Ankunft der anderen Ritter wie einen Plattfisch auf den Boden.

Die drei Ritter erstarrten, als der Lichtschein ihrer Laterne auf das Gesicht des Gefangenen fiel. Der Mann im schwarzen Umhang sank schicksalsergeben in sich zusammen.

Der Ritter mit der Laterne rang fassungslos nach Luft. »Gnädiger Gott!«, stieß er hervor.

Als die Ritter den Gefangenen in den Hof des Großmeisterpalasts stießen, war sein Umhang zerfetzt und beschmutzt, sein Gesicht vom Sturz in die Mauer übel zerschrammt und seine Hände von den straffen Lederfesseln völlig taub. Nachdem er auf der Freitreppe mehrere Male gestolpert war, hob man ihn kurzerhand hoch und trug ihn die letzten sechs Stufen hinauf.

Ohne anzuklopfen stürmten die Ritter in die Kapitelsitzung des Großmeisters. Sie stießen den Gefangenen so grob vor sich her, dass er mit Stirn und der rechten Schulter auf die Steinplatten schlug.

Philippe sprang auf und betrachtete fassungslos die Bescherung. Er beugte sich in der Hüfte vor, um sich zu vergewissern, dass er sich beim Blick in das Gesicht des Gefangenen nicht getäuscht hatte. Kopfschüttelnd kehrte er hinter den Tisch zurück.

Vom rasselnden Atem des Gefangenen abgesehen herrschte Totenstille im Raum. Man reichte dem Großmeister das zerknitterte Pergament. Er hielt es ins Licht einer Kerze. Sein Blick glitt über das Schriftstück. Je weiter er las, desto mehr weiteten sich seine

Augen. Nach jedem Satz hob er den Blick zum Gefangenen, um ihn dann wieder auf das Pergament zu senken. Als er geendet hatte, warf er das Blatt auf den Schreibtisch und starrte vor sich hin.

Schließlich wandte er sich an den Gefangenen. Seine Stimme war beherrscht und kalt. »Ihr schuldet mir eine Erklärung. Wer hat das geschrieben?«

Der Gefangene hob langsam den Kopf. Seine Augen suchten den Blick des Großmeisters.

»Nun?«, beharrte Philippe und wedelte mit dem Schriftstück.

Stille.

»Also gut. Schafft ihn nach unten. Die Folterbank wird ihn schon gesprächig machen.«

Philippe schob das Pergament Antonio Bosio zu, der es schweigend las. Bosio wollte es wieder zurückreichen, doch Philippe winkte ab. »Berichtet den Herrn unseres Konvents, was da steht. Dann kommt alle nach unten zu mir«, sagte er und schritt aus dem Saal.

Bosio setzte sich. Er blickte in die Runde der Ritter, die alle noch standen.

»Die Nachricht ist an Ayas Agha adressiert. Die Handschrift des Verfassers ist unverkennbar.« Er drehte den Anwesenden das Blatt zu. Manch einer schnappte ungläubig nach Luft.

»Hier steht, dass die Nachricht unverzüglich dem Sultan zugestellt werden soll«, fuhr Bosio fort. »Er soll die Belagerung auf keinen Fall abbrechen, sondern den Druck verstärken. Unsere Moral sei auf dem Tiefpunkt, unsere Streitkräfte uneins. Die Bevölkerung befinde sich am Rande der Rebellion. Der Schreiber sagt, wir hätten nicht mehr die Kraft, einem zweiten Großangriff zu widerstehen. Außerdem seien unsere Pulver- und Munitionsvorräte nahezu erschöpft. Er meint, der Großmeister würde auf jedes halbwegs annehmbare Kapitulationsangebot des Sultans eingehen.«

Die Ritter warteten schweigend, ob es noch mehr zu hören gab, doch Bosio legte das Pergament kommentarlos vor dem Platz des

Großmeisters auf den Tisch zurück. Er deutete mit dem Kopf zur Tür, worauf die Ritter sich geschlossen nach unten aufmachten, in die Folterkammer, wo man den Gefangenen schon auf die Streckbank gespannt hatte.

Die Oberen des Ritterordens hatten sich an den feuchten Wänden der fensterlosen Folterkammer aufgereiht. Ein paar Kerzen in Haltern an der Wand warfen flackerndes Licht auf den einzigen Gegenstand im Raum: die Folterbank.

Der Schweiß und das Blut der Gefolterten hatten überall im roh behauenen Holz dunkle Flecken hinterlassen. An einem Ende des Gestells war eine große Speichenspindel angebracht, in deren gezahnte Achse eine eiserne Sperrklinke griff.

Die Gliedmaßen des Gefangenen, der vor Kälte zitternd mit nacktem Oberkörper auf dem Folterinstrument lag, waren an Händen und Füßen mit Lederriemen an ein drehbares Querholz gefesselt. Sein Körper war wie ein flaches umgekehrtes V brutal über ein Kantholz gespannt, das ihm in der Mitte des Foltertisches von unten ins Kreuz ragte.

Ungeachtet der Kälte rann dem Gefolterten der Schweiß in Strömen vom Körper. Als nach der ersten Woge des Schmerzes allmählich seine Sinne wiederkehrten, versuchte er ringsum in die Gesichter der Zeugen seiner Qual zu blicken. Mann für Mann, Name für Name kehrten die Personen in seine Erinnerung zurück, bis sein Blick an der Gestalt am Fuß der Folterbank hängen blieb. Er verlor sich in den Augen des Großmeisters.

Philippe starrte den Gefangenen unverwandt an. »Wer hat die Nachricht geschrieben?«, fragte er bedächtig.

Keine Antwort.

Ohne den Blick vom Gefangenen zu wenden, nickte Philippe dem Folterknecht am Speichenrad zu. Während der vierschrötige Mann sich ins Zeug legte und die Spindel ein paar Rastenschläge weiter drehte, wurde der Leib des Gefolterten mit gnadenloser Gewalt auseinander gezerrt. Die Riemen an Handgelenken und

Knöcheln gruben sich noch tiefer ins Fleisch, das Kantholz presste sich brutal in sein Rückgrat. Der Schmerz baute sich zu immer neuen, schrecklichen Höhepunkten auf.

Der Gefolterte schrie gellend. Speichel blubberte gurgelnd in seinem Mund, doch er verweigerte immer noch die erwartete Auskunft.

»Wer hat die Nachricht geschrieben?«, wiederholte Philippe beinahe flüsternd.

Wieder keine Antwort. Erneut nickte Philippe dem Folterknecht zu, wieder drehte sich das Rad und zerrte den Leib des Gequälten um ein weiteres auseinander, bis die Sperrklinke gnädig einrastete.

Einige jüngere Ritter hatten die Augen abwenden müssen und sahen auf ihre Füße. Sie hatten die Streckbank noch nie in Aktion erlebt. Die Brutalität der Wirklichkeit war bei weitem furchtbarer als in den Episoden, die man sich in den *Auberges* im Plauderton bei Tisch erzählte.

Wieder gellte der Schrei und hallte von den kahlen Wänden wider, doch diesmal wurde er von unverständlichen gurgelnden Lauten untermalt. Auf Philippes Zeichen ließ der Folterknecht die Spannung des Foltergeschirrs um ein paar Zentimeter nach. Das Gurgeln ging in verständliche Laute über.

»Wer hat die Nachricht geschrieben?«

Der Gefangene leckte sich die trockenen Lippen. Die Zunge in seinem ausgedörrten Mund war wie Sandpapier. Mit schwacher Stimme stieß er stöhnend drei Wörter hervor. Philippe und die anderen Ritter beugten sich lauschend vor. Leise und stockend gab Blasco Diaz den Namen noch einmal preis.

Er wurde von den Fesseln abgeschnitten. Blut quoll unter den Ledermanschetten hervor, die immer noch um seine Hand- und Fußgelenke geschnallt waren. Die Wachen zerrten den Helfer und Knappen des Kanzlers Andrea d'Amaral vom Strecktisch und schleppten ihn in ein Verlies.

Philippe und sein Konvent kehrten in den Kapitelsaal zurück. Schweigend saßen sie um den großen Tisch und warteten auf die Ankunft d'Amarals.

Vier Ritter waren zur *Auberge* von Kastilien geeilt, wo d'Amaral bekanntermaßen nächtigte. Wie die meisten Ritter hatte er ein eigenes Domizil gehabt, doch sein Haus war schon bald der Beschießung zum Opfer gefallen. Fast während der gesamten Belagerung hatte er in einem der klosterzellenartigen Gelasse in der *Auberge* von Kastilien gehaust.

Die Ritter platzten durch den Eingang der *Auberge* und stürmten die Treppe zur Wohnzelle des Kanzlers hinauf. Die Tür war nicht verriegelt. Die Ritter stießen mit dem Fuß d'Amarals Dolch und Schwert beiseite. Vier Mann warfen sich auf den Schlafenden. D'Amarals verschlafene Gegenwehr blieb zwecklos. Im Handumdrehen hatte man ihn überwältigt und die Hände auf den Rücken gefesselt.

Zur Überraschung der Ritter hatte d'Amaral die Gegenwehr sofort eingestellt, als er erkannt hatte, wer seine nächtlichen Besucher waren. Sie zogen ihm die Stiefel an, stellten ihn auf die Füße und marschierten mit dem Gefangenen unverzüglich zum Großmeisterpalast. Da die Ritter seit Beginn der Belagerung stets in ihren Kleidern schliefen, blieb es d'Amaral wenigstens erspart, sich in entwürdigender Weise im Nachthemd durch die Straßen schleppen lassen zu müssen.

Philippe und seine Ritterrunde saßen unbewegt um den Tisch, als d'Amaral in den Saal gestoßen und derb zu dem harten Stuhl gezerrt wurde, den man auf halbem Weg zwischen Tisch und Tür für ihn aufgestellt hatte. D'Amaral blieb davor stehen und starrte dem Großmeister fast eine Minute lang unversöhnlich in die Augen. Philippe hielt dem Blick gelassen stand. »Löst dem Kanzler die Fesseln«, sagte er schließlich.

Die Wachen zögerten. Sie schienen die Anordnung für leichtsinnig zu halten.

»Ich habe gesagt, ihr sollt dem Kanzler die Fesseln lösen!«, wiederholte Philippe.

Ein Wächter trat eilfertig hinzu, um die Bänder durchzuschneiden. Den Blick weiterhin starr auf den Großmeister gerichtet, streifte d'Amaral die ledernen Schlingen von den Handgelenken und massierte bedächtig seine Handgelenke. Er ließ sich gemessen auf dem Stuhl nieder, das Haupt stolz erhoben, den Rücken kerzengerade, die Füße fest auf dem Boden.

In dem leisen und sachlichen Tonfall, in dem er auch mit Blasco Diaz gesprochen hatte, kam Philippe ohne Umschweife zur Sache. »Wir haben Euren Helfer und Knappen Blasco Diaz heute Abend bei dem Versuch ertappt, diese Nachricht in das Lager der Türken zu schießen.« Philippe schob das Pergament über den Tisch. Er hatte es umgedreht, damit d'Amaral die Schrift lesen konnte, doch ohne auch nur einen Blick auf das Schreiben zu werfen, starrte er Philippe weiterhin unverwandt in die Augen. »Diaz hat gestanden, den Türken viele derartige Nachrichten zugespielt zu haben«, fuhr Philippe fort, »und zwar auf Euren Befehl, nachdem Ihr die Botschaften eigenhändig verfasst hattet.« D'Amaral ließ immer noch jegliche Reaktion vermissen. Die Ritter blickten unbehaglich drein und schauten immer wieder von Philippe zu d'Amaral.

»Ihr steht hiermit unter der Anklage des Hochverrats. Nach erfolgter Beweisaufnahme wird zum frühesten Termin das Militärgericht zusammentreten.« D'Amaral blieb nach wie vor stumm.

»Inzwischen werdet Ihr im St.-Nikolausturm inhaftiert. Herr Kanzler, überlegt Euch gut, was Ihr zu Eurer Verteidigung vorbringt, denn wenn man Euch für schuldig befindet, werdet Ihr hängen, dessen könnt Ihr gewiss sein!«

Philippe wartete volle zwei Minuten auf eine Antwort, während d'Amaral ihm ein Duell mit Blicken lieferte. Die Feindseligkeit zwischen den Männern war mit Händen zu greifen. Als d'Amarals Antwort ausblieb, winkte Philippe den Wachen. Zwei Mann traten vor, neue Lederfesseln in der Hand. Philippe schüttelte abwehrend den Kopf. Die Wachen versuchten d'Amaral an den Ellbogen zu packen, um ihn abzuführen, doch er war bereits aufgestanden und auf dem Weg zur Tür. Schnell schlossen die Wächter zu dem Kanzler auf, der hoheitsvoll zum Saal hinaus und die Freitreppe des Großmeisterpalasts hinunterschritt.

Seit vielen Wochen war Philippe zum ersten Mal allein im Stabsquartier des Großmeisterpalasts. Es war spät. Sein Leben war nur noch ein endloses Einerlei von Schlachtplänen und Gefechten. D'Amarals Verrat hatte ihn zutiefst aufgewühlt. So vieles war unaufgeklärt und unverständlich geblieben. Seit Jahrzehnten hatte er d'Amaral gekannt. Sie hatten gemeinsam gekämpft, hatten das Leben von Waffenbrüdern geführt. Ungeachtet aller Eifersucht und Feindseligkeit überstieg es Philippes Begriffsvermögen, wie d'Amarals Hass sich zu solcher Maßlosigkeit aufbauen konnte, dass er den ganzen Orden verriet.

D'Amarals Schuld stand zweifelsfrei fest. Die Beweislage beim Prozess war eindeutig und erdrückend gewesen. D'Amaral war ein Hochverräter – und dafür musste er sterben.

Philippe war todmüde, fand aber dennoch keinen Schlaf. Er hatte sich gerade an sein Pult gesetzt, um einen Brief an seine Familie in Paris zu schreiben – auch wenn Gott allein wusste, wann wieder ein Schiff mit Post von Rhodos abging –, als es leise an der Tür klopfte. Er blickte auf und sah Hélène kopfschüttelnd und händeringend in die Stube kommen.

»Oh, Philippe, die ganze Stadt spricht schon davon!«, rief sie aus. »Ich kann noch gar nicht glauben, dass d'Amaral so etwas getan hat!«

»Und doch ist es wahr. Andrea war und ist ein Verräter! Er hat schon seit geraumer Zeit für die Türken Spionage betrieben und ihnen Nachrichten zugespielt. Und er hat einen Teil unseres Kriegsmaterials vor uns versteckt! Es ist unglaublich, aber wahr.« Philippe winkte Hélène zu sich heran.

Beim Näherkommen stolperte sie beinahe über den ausgefransten Saum ihres zerschlissenen Gewandes. Sie schloss Philippe in ihre Arme, die kaum um seinen mächtigen Brustkasten reichten, und atmete den Geruch von Krieg und Tod, die seinem nur notdürftig gereinigten Umhang entströmten. Ihr Blick glitt zu seinem Schwert und seinem Dolch, seinem Helm und seiner Rüstung, die säuberlich geordnet zur Abwehr des nächsten Angriffs bereit lagen. *Wie weit sind wir doch von Paris entfernt*, dachte sie. *Ob wir die Stadt jemals wiedersehen?*

Philippe ergriff Hélène an den Armen und hielt sie ein Stück von sich ab, um sie zu betrachten. Wie er selbst hatte auch sie sich ein gnadenloses Arbeitspensum auferlegt. Ihr bemitleidenswerter Zustand brachte ihn anfangs zum Lächeln, dann aber überkam ihn unsägliche Traurigkeit. Er musste an die vielen jungen Kreuzritter denken, die unter seinem Befehl den Tod gefunden hatten, an Jean und Melina und ihre kleinen Zwillinge, an seinen ergebenen Freund Henry Mansell und an all die Familien, die ihre tapferen jungen Männer nie wiedersehen würden.

Hélène sah Philippes Augen wässrig werden. Sie zog ihn an sich. Sein Körper begann zu beben, und er schluchzte. Hélène nahm ihn bei der Hand und zog ihn fort von seinem mit Schlachtplänen bedeckten Schreibtisch und hinaus aus dem waffenstarrenden Stabsquartier. Sie führte ihn in sein Schlafgemach, schob ihn mit sanftem Druck zum Bett und sorgte dafür, dass er sich ausstreckte. Nachdem sie ihm die Stiefel ausgezogen hatte, legte sie sich zu ihm und nahm ihn in die Arme.

Eine Stunde verstrich, in der beide kein Wort sprachen. Philippe war zwischendurch kurz eingeschlummert, Hélène jedoch war wach geblieben. Ihr Kopf schwirrte von den vielen Fragen, auf die sie von Philippe eine Antwort zu erhalten hoffte.

»Philippe«, sagte sie schließlich, als er sie im Dämmerlicht anblickte, »du musst dich endlich mit dem Gedanken anfreunden, diese Insel dem Sultan zu übergeben.«

Sie spürte, wie Philippe neben ihr erstarrte. Er holte tief Luft und ließ den Atem langsam wieder entweichen. Als er sprach, vernahm sie eine Stimme, die sie bei Philippe noch nie gehört hatte – bar jeder Autorität und Befehlsgewalt. Sie hatte das Gefühl, jemand zuzuhören, der ein Selbstgespräch führte.

»Wir haben immer noch die Kontrolle über die Stadt. Wir halten immer noch die Mauern. Unser Gegner kann von seiner ganzen Militärmaschinerie nur die Kanonen und die Janitscharen gegen uns ins Feld führen – und noch ein paar Sappeure für die Maulwurfsarbeit. Seine Reiterei ist zur Untätigkeit verdammt, weil sie gegen unsere Mauern und Gräben nutzlos ist.

Meine Männer sind müde und erschöpft, aber so ist es bei einer Belagerung nun mal. Ein Belagerung ist ein Abnutzungskrieg. Unsere Chance liegt darin, einfach immer nur bis zum nächsten Tag durchzuhalten – immer nur bis zum nächsten Tag. Das Wetter wird bald schlechter. Wenn Suleimans Mannschaften es erst mit der Nässe und den Seuchen zu tun bekommen, wird ihnen das Lachen noch gründlicher vergehen als bisher. Ein Blick in unsere Festungsgräben genügt, und man weiß, was der Feind durchmacht.«

»Aber Philippe«, wandte Hélène ein, »müssen unsere Leute denn noch mehr erdulden? Das Hospital ist überfüllt, wir haben keinen vernünftigen Arzt mehr, und die Bevölkerung lebt in Angst und Not. Auch wir ersticken in Leichenbergen, nicht nur die Türken. Können wir nicht von hier fortgehen und woanders eine neue Heimat finden? Dein Orden hat schon so oft anderswohin ziehen müssen. Wäre es nicht besser, die Flucht zu ergreifen, solange die meisten deiner Männer noch am Leben sind?«

Philippe blieb ihr die Antwort schuldig. Er starrte an ihr vorbei ins Leere. Hélène hatte ihr Feuer in ihrem Plädoyer für die Menschen der Insel verbraucht. Kraftlos sank sie in die Kissen zurück. Sie wusste nicht, wie Philippe sich verhalten würde. Seine Ritter jedenfalls würden alles tun, was er von ihnen verlangte, davon war sie überzeugt. Niemals würden sie ihr Treuegelübde brechen.

Als Philippe erwachte, war es immer noch dunkel. Hélène war fort, die Kerze neben dem Bett blakte. Er stand auf und zog die Stiefel an; dann ging er zur Kommode und sprengte sich ein paar Tropfen des kostbaren Trinkwassers ins Gesicht. Seit Wochen schon hatte niemand mehr ein Bad nehmen können. Philippe hätte am liebsten seine Haut gewechselt wie ein schmutziges Hemd.

Mit einer frischen Kerze bewaffnet ging er in seine Kanzlei. Das abschließende Gespräch mit dem Mann, den er zum Tode verurteilt hatte und dessen Hinrichtung er beiwohnen musste, war immer noch nicht geführt. Er rieb sich die Augen und fuhr sich mit den Fingern durch das verfilzte weiße Haar. Schließlich holte ihn die Erschöpfung wieder ein. Sein Kopf sank auf den Eichentisch. Abermals fiel er in tiefen Schlaf.

Philippe saß in d'Amarals Festungszelle im St.-Nikolausturm auf der Molenspitze zwischen den Häfen. Seine Geschütze konnten beide Häfen bestreichen und nach Westen fast bis ins Lager der Janitscharen feuern.

In einem vergeblichen Versuch, sich der klammen Kälte zu erwehren, zog Philippe seinen Mantel straffer um den Körper. Es roch nach Urin und Schweiß. Das Verlies war gerade groß genug, um einer hölzernen Pritsche und einem Stuhl Platz zu bieten. Auf einem Zinnteller neben der Pritsche stand unberührt eine karge Mahlzeit. Der Wächter hatte eine Kerze auf den Boden gestellt, damit Philippe sich in der Finsternis orientieren konnte.

Vor mehr als einer Stunde hatte man Philippe unterrichtet, dass der Kanzler wieder bei Bewusstsein sei, doch als Philippe in der Turmfestung ankam, war d'Amaral erneut in einen Dämmerzustand geglitten. Seitdem saß Philippe in der unwirtlichen Zelle.

D'Amaral regte sich. Er langte nach dem Wasserkrug, doch sein ausgekugelter Arm wollte ihm nicht gehorchen. Der Krug fiel um, das Wasser ergoss sich über den Boden. Als man d'Amaral von der Folterbank gezogen hatte, waren seine Gliedmaßen so schrecklich verletzt, dass er sie kaum mehr benutzen konnte. Es war der Preis für sein beharrliches Schweigen.

Philippe ließ neues Wasser kommen. Er nahm dem Wärter den Krug ab, kniete sich neben d'Amaral auf den Boden und hielt ihm den Krug an die aufgesprungenen Lippen. D'Amaral trank zu hastig. Er verschluckte sich und musste husten. Der größte Teil des Wassers tropfte auf Philippes Mantel. Philippe wischte die Tropfen mit dem Taschentuch ab und hielt d'Amaral den Krug erneut an die Lippen. »Sachte, sachte, Andrea«, sagte er, »nicht so hastig. Ihr werdet noch ersticken!«

D'Amaral öffnete die Augen, trank und starrte Philippe über den Rand des Kruges an. »Ja«, sagte er mit raspelnder Stimme, »und zwar schon bald.«

Philippe stellte den Krug ab und setzte sich wieder. »Andrea, wir kennen uns nun schon seit über vierzig Jahren«, sagte er. »Ihr seid für den Orden in die Schlacht gezogen, habt zu Wasser und zu Lande an meiner Seite gefochten. Was hat Euch dazu gebracht, Eure Brüder zu verraten? Dass die Wahl zum Großmeister mich und nicht Euch getroffen hat, kann doch nicht der Grund gewesen sein. Es hat schon vor Euch bei jeder Wahl einen Verlierer gegeben, aber bis jetzt hat sich noch keiner dazu hinreißen lassen, deswegen den Orden zu verraten oder dem Gelübde untreu zu werden, das er vor Gott dem Allmächtigen abgelegt hat.«

Andrea starrte Philippe schweigend an.

»Andrea, wir sind jetzt ganz unter uns. Diaz ist tot. Er wurde heute früh gehängt, und während wir uns hier unterhalten, baumelt sein gevierteilter Leib schon auf den Zinnen. Sprecht mit mir, es könnte die letzte Gelegenheit sein. Sagt mir, warum Ihr es getan habt.«

D'Amaral starrte an die Decke. Er fuhr sich mit der Zunge über die rissigen Lippen. »Wir sind bei der Schlacht von Laiazzo aneinander geraten«, begann er mit leiser, heiserer Stimme, »und es stimmt, dass ich der Meinung war, es stünde mir zu, Großmeister von Rhodos zu werden. Ihr Franzosen habt dieses Amt schon viel zu lange inne. Ja, ich war wütend, ich war gekränkt. Aber ich bin ein erwachsener Mann. Für mich sind solche Enttäuschungen noch lange kein Grund, Verrat zu begehen. Als man mich sagen hörte, Ihr würdet der letzte Großmeister von Rhodos sein, hatte ich nicht etwa Verrat im Sinn. Ich habe unverblümt meine Meinung gesagt. Die Osmanen sind für uns zu stark geworden. Wir sitzen hier mit einer kleinen Besatzungsmacht auf einer kleinen Insel. Wir können nicht erwarten, ewig hier zu bleiben. Der Sultan ist entschlossen, uns den Garaus zu machen – und das wird er! Unsere Kreuzzüge sind gescheitert. Der Sultan wird mit jedem Tag reicher und mächtiger.«

D'Amaral hielt erschöpft inne und bat mit einer Geste um Wasser. Philippe griff nach dem Krug, gab seinem Waffenkameraden zu trinken, setzte sich wieder und wartete, dass d'Amaral fortfuhr. »Suleiman hat inzwischen ganz Ägypten und Teile Europas unter seiner Kontrolle. Wir dagegen haben jeden Rückhalt in Europa verloren. Es ist nur noch eine Frage der Zeit. Der Papst ignoriert uns, die Spanier und Franzosen sind viel zu sehr damit beschäftigt, sich gegenseitig abzuschlachten, als dass sie uns helfen könnten, und Italien kann sich noch nicht einmal selbst regieren und erstickt in Bürgerkriegen. Und was unsere alte Freundin Venedig angeht ...«

Philippe wusste sehr wohl, dass alles, was d'Amaral sagte, seine Richtigkeit hatte; dennoch kam eine Kapitulation der Kreuzritter vor den Muslims für ihn nicht in Frage. Der Orden war nun schon seit mehr als zweihundert Jahren auf Rhodos. Er hatte im Jahre 1480 Mehmet den Eroberer zurückgeschlagen, und seinem Urenkel würde es nicht anders ergehen.

»Andrea, was würdet Ihr denn tun? Die Muslims werden jede lebende Seele auf dieser Insel abschlachten – beileibe nicht nur uns Ritter, auch die Söldner und die Zivilbevölkerung. Und wen sie verschonen, werden sie zum Sklaven machen. Die Männer werden sich auf stinkenden osmanischen Galeeren zu Tode rudern, die Frauen werden sich als Huren in Harems wieder finden. Ist es das, was wir

Jesus gelobt haben? Wollen wir unser Ordensgelübde, die Menschen zu schützen und zu heilen, so in die Tat umsetzen?«

D'Amaral wurde von Weinkrämpfen geschüttelt. Er schloss die Augen, bis er wieder sprechen konnte. »Philippe, Ihr habt nicht begriffen, wie Euer Gegner wirklich ist. Eure tiefe Verachtung der Muslims verzerrt Eure Wahrnehmung. Mit Eurer Sturheit habt Ihr unsägliches Leid über Eure Kreuzritter und die Menschen von Rhodos gebracht.« Philippe wollte protestieren, doch d'Amaral ließ sich nicht unterbrechen. »Philippe, was treibt Euch um? Das Pflichtgefühl vor Gott und Jesus und gegenüber dem Orden? Ist es nicht vielmehr Euer sündhaftes Leben in Paris und Euer gebrochenes Keuschheitsgelübde?«

Philippe saß stocksteif auf seinem Stuhl. Seine Faust krampfte sich um den Knauf seines Schwerts, bis ihn die Hand schmerzte. Doch er sagte kein Wort.

»Hat der Sultan uns denn nicht eine ehrenvolle Übergabe angeboten?«, fuhr d'Amaral fort. »Hat er uns nicht sogar freigestellt, das Christentum zu behalten? Hätten wir dem Gemetzel nicht längst ein Ende machen und friedlich Seite an Seite mit den Muslims leben können?«

»Wie könnt Ihr diesem Ungläubigen vertrauen, nachdem Ihr gesehen habt, wie unsere Ordensbrüder abgeschlachtet wurden? Ihr wisst, was in Jerusalem geschehen ist, im Krak des Chevaliers, in Akkon. Bis zum letzten Mann haben die Muslims alles niedergemacht, nachdem sie in die Stadt eingedrungen waren. Ihre Versprechungen waren Lügen, nichts als Lügen. Nur der Gnade Gottes haben wir es zu verdanken, dass einige Ritter dieses Massaker überlebt haben, und mit ihnen unser Orden.«

»Das ist Jahrhunderte her, Philippe! Schaut Euch doch Istanbul an, wie es heute ist. Juden und Christen leben dort friedlich mit den Muslims zusammen. Was ist gewonnen, wenn Ihr all jene opfert, die in Rhodos noch am Leben sind? Wozu? Das Ende ist doch längst ausgemacht ...« D'Amarals Stimme ging in einem Hustenanfall unter.

Nachdem Philippe ihm widerwillig noch einmal zu trinken gegeben hatte, hieb er sich mit der Faust in die geöffnete Hand. »Es ist *nicht* ausgemacht und noch *nicht* vorbei!«, rief er. »Jesus wird uns unser Banner vorantragen! Wir werden die Ungläubigen von unserer Heimaterde vertreiben!«

D'Amaral schloss die Augen. Philippe baute sich vor ihm auf. »Andrea, Euer Verrat ist noch schändlicher als der des Judas, denn *seine* Missetat hatte letztlich die Erlösung der Menschheit zur Folge. Aber *Eure* Missetat kann bedeuten, dass der Orden Rhodos opfern muss!«

D'Amaral schlug die zerfetzten Reste seines Waffenrocks auseinander. Seine narbige Brust kam zum Vorschein. »Seht Ihr meine Wunden, Philippe? Schaut Euch an, was ich meinem Orden in vierzig Jahren geopfert habe.«

Philippe blickte auf die zahllosen, über die nackte Brust verteilten knotigen Wundmale. D'Amaral fuhr sich mit der Zunge über die rissigen Lippen und rang nach Atem. Seine Stimme war nur noch ein krächzendes Flüstern. »Soll ich etwa lügen und meine Ehre beschmutzen, nur um meine alten Knochen vor der Qual der Folterbank zu retten?«

Philippe drehte sich auf dem Absatz um. Wortlos stürmte er aus dem Verlies.

Richter Fontanus stand im Türrahmen von d'Amarals Zelle. Man hatte d'Amaral sämtliche Ehrenzeichen vom Waffenrock gerissen und ihn in derbe Gefängniskleidung gesteckt. Zwei Wächter halfen ihm auf einen Stuhl, da er nicht mehr aus eigener Kraft stehen konnte. Auch seine Arme hingen schlaff herab. Er starrte den Richter herausfordernd an.

Fontanus ergriff das Wort. »Das Militärgericht des Johanniterordens hat Euch des Hochverrats für schuldig befunden. Ihr habt es abgelehnt, etwas zu Eurer Verteidigung oder zur Milderung Eurer Strafe vorzubringen. Ihr habt die Tröstungen der Heiligen Römischen Kirche durch einen Priester ausgeschlagen. Falls Ihr keine weitere Aussage zu machen habt, ist es meine Pflicht, den sofortigen Vollzug Eurer Hinrichtung anzuordnen.«

D'Amaral starrte Fontanus immer noch in die Augen, ohne etwas zu sagen.

»So sei es. Ihr werdet am Halse aufgehängt, bis der Tod eintritt. Eure sterblichen Überreste werden auf den Mauern der Stadt zur Schau gestellt. Gott der Allmächtige sei Eurer Seele gnädig.«

Zwei Wächter traten vor und schleppten den zerbrochenen Körper des einst so mächtigen Großkanzlers aus der Zelle zum Galgen. Vor zweihundert Kreuzrittern und Söldnern, die zur Hinrichtung angetreten waren, wurde Andrea d'Amaral gehängt. Als das Leben aus ihm gewichen war, wurde sein Leib geviertelt, die Teile aufgespießt und auf den Mauern öffentlich zur Schau gestellt. Man ließ sie den Raben zum Fraß einige Tage hängen. Dann schoss man das wenige, das von Andrea d'Amaral noch übrig war, mit einem Katapult ins Lager der Türken.

18.

Schulter an Schulter

**Rhodos,
November 1522**

Seit Mitte Oktober hatte das Wetter sich ständig verschlechtert. Im November wehte der vorherrschende Nordostwind nasskalt und böig vom türkischen Festland herüber. Wenn der Regen aufhörte, dann selten so lange, dass die Soldaten des Sultans sich trocknen konnten, bevor sie im nächsten Moment wieder triefnass wurden. Die Feuer in Gang zu halten wurde aus Mangel an geeignetem und vor allem trockenem Feuerholz ebenfalls schwierig.

Die Festungsgräben um die Stadt herum waren voll gelaufen und hatten sich mit einem wässrigen Brei aus Schlamm und Verwesungsprodukten gefüllt, was ein Durchqueren praktisch unmöglich machte. Die Leichen der Gefallenen lagen aufgebläht und stinkend im Regen. Versuche, sie zu bestatten, waren schon im Ansatz gescheitert. Die Gräber hatten sich mit Schlamm und Wasser gefüllt, bevor man die Toten hineinbetten konnte.

Seuchen grassierten im Lager. Die Ärzte kämpften bis zur Erschöpfung einen aussichtslosen Kampf gegen Krankheiten, deren Ursachen sie noch nicht einmal kannten und gegen die sie mit ihren Mitteln ohnehin machtlos gewesen wären. Aus Überdruss luden beide Seiten von Zeit zu Zeit ihre ekelhaftesten Kadaver auf

Katapulte und schleuderten sie ins gegnerische Lager, in der Hoffnung, dem Feind auszehrende tödliche Krankheiten in den Pelz zu setzen.

Wenn der Regen ein paar Stunden aufhörte – manchmal sogar einen ganzen Tag – und die Stimmung der Armee des Sultans sich aus ihrem Tief zu erholen begann, brach gleich darauf wieder ein plötzlicher Sturm oder Hagelschlag los, der die Zelte umriss und die Küchenfeuer verlöschen ließ. Einzig das Quartier des Sultans war warm und trocken, denn man hatte sein *Serail* in einen steinernen Pavillon verlegt, den die Ritter bei ihrem Rückzug in die Stadt zu zerstören versäumt hatten.

Der Sultan verließ das Lager noch vor Sonnenaufgang. Es war feucht und kühl, aber die Luft war still. Der winterliche Ostwind war in den letzten beiden Tagen ausgeblieben. Als die Sonne im Osten über den Horizont stieg, schien sich besseres Wetter anzukündigen.

Ibrahim hatte Suleiman zugeredet, sich eine Pause zu gönnen. Nach über drei Monaten ununterbrochener Kämpfe war der Sultan zunehmend mürrischer und verschlossener geworden. Die seelische Belastung war ihm deutlich anzusehen. Schwere dunkle Tränensäcke hingen unter seinen Augen, und seine Haut war blass und fahl. Nachdem Suleiman die im Zorn verhängten Todesurteile gegen seinen Großwesir und die Aghas aufgehoben hatte, war ihm ein unmittelbarer Umgang mit diesen Männern kaum noch möglich. Sein Wutausbruch hatte eine Kluft zwischen ihm und seinen tüchtigsten Führern entstehen lassen. Suleiman wusste nicht, ob sich das Verhältnis jemals wieder in normale Bahnen zurückführen ließ. Wie so viele andere Herrscher der Geschichte hatte er den Rückzug in die Isolation und Einsamkeit angetreten und sich mit Ibrahim in seinem neuen *Serail* eingeschlossen, wo er außer seinen stummen Dienern selten jemand anders zu Gesicht bekam. Vom Lauf der Dinge offenbar unbeeindruckt, hatte Ibrahim seinen unerschütterlichen Gleichmut bewahrt.

Die beiden Freunde ließen das Lager hinter sich und ritten nach

Nordwesten zur Küste. Als das Meer in Sicht gekommen war, machten sie Halt und schauten nach Norden, wo sich die Wellen an der Küste brachen. Nach und nach verdrängte die Sonne die Nebel. Zum ersten Mal seit Wochen spürten sie die wärmenden Strahlen auf der Haut. Suleiman legte seinem Hengst die Hand auf den sonnengewärmten Nacken. Er spürte das Spiel der Muskeln unter dem braunen Fell des Tieres, spürte seine Kraft.

Auf der Küstenstraße ritten sie in langsamem Schritt den ganzen Vormittag nach Südwesten. Nach ungefähr fünfzehn Kilometern wandten sie sich landeinwärts nach Süden und nahmen den steilen Anstieg zum Filerimos-Berg in Angriff. Seit den Zeiten der Phönizier hatte fast jede Eroberungsarmee den knapp dreihundert Meter hohen Berg als strategischen Beobachtungspunkt genutzt.

Die Leibgarde aus Janitscharen und Sipahis ritt in zwei Säulen vor und hinter dem Sultan. Als der Gipfel näher rückte, traten die antiken Ruinen des Tempels der Athena Ialysia aus dem Gipfeldunst. Ein Teil der Fundamente war noch intakt und der Standort vieler Säulen an ihren schön bearbeiteten Basen zu erkennen.

»Wir haben uns einen guten Tag für unser Kommen ausgesucht, nicht wahr, Majestät?«, sagte Ibrahim, als sie ins Ruinenfeld einritten.

»Ja. Hier – das muss das Kloster sein, das die Kreuzritter erbaut haben.«

»Gewiss, Majestät.«

Nach einer gemächlichen Runde durch die antike Stadt machten sie am Nordrand des Gipfelplateaus mit seinem herrlichen Ausblick aufs Meer Halt und stiegen ab. Zwei Pagen eilten herbei und übernahmen die Pferde, während andere Diener einen Frühstückstisch aufschlugen und Sitzgelegenheiten herbeischafften. Heiße Getränke wurden serviert, kalte Platten vor dem Sultan aufgebaut. Die Dienerschaft zog sich alsbald zurück, und Ibrahim war mit Suleiman allein.

»Majestät, die vergangenen Wochen haben mich beunruhigt.

Ihr wart sehr einsilbig und verschlossen. Ich fürchte, die Last des Oberkommandos hat einen höheren Tribut von Euch gefordert als bei jedem anderen Kriegszug, den ich an Eurer Seite erlebt habe. Selbst vor Belgrad hattet Ihr nicht mit so ungünstigen Bedingungen zu kämpfen und so schwierige Entscheidungen zu fällen.«

Suleiman nickte, den Blick aufs Meer gerichtet. »Ja, so ist es. Die Sache mit den Aghas war besonders heikel. Ich weiß nicht, wie es sich in Zukunft auswirken wird. Ich hatte keine andere Wahl, als Mustafa Pascha zu entmachten. Er hat es noch nicht verwunden. An seiner Tapferkeit besteht kein Zweifel, aber man kann nicht mehr so mit ihm rechnen wie früher. Indem ich ihn nach Ägypten geschickt und seinen Befehlsabschnitt an Quasim Pascha übergeben habe, konnten jedenfalls alle Beteiligten das Gesicht wahren – und vielleicht erspart mir das die Notwendigkeit, eine weitere Schlacht zu schlagen, wenn wir wieder in Istanbul sind«, setzte er lachend hinzu.

Ibrahim stimmte nervös in das Lachen ein. »Was gibt es Neues von unseren Spitzeln in der Stadt? Ist das Ende näher gerückt?«, erkundigte er sich.

»Von unseren Informanten an hoher Stelle hören wir nichts mehr, trotzdem schwirren täglich immer mehr Nachrichten per Bolzenschuss in unser Lager. Sie liegen herum wie Abfall. Unsere Wachen brauchen sie nur aufzulesen. Unsere Spione sind zwar verstummt, aber jetzt betätigen sich die normalen Bürger als Verräter. Es herrscht Mangel an allem. Krankheit und Seuchen regieren überall, teilen sie mit. Sie flehen uns an, die Stadt einzunehmen und sie aus dieser Hölle zu erlösen. Die Stadt sei ein einziger Trümmerhaufen. Es gäbe kaum noch Nahrung, Pulver und Munition, und die Bürgerschaft befinde sich am Rande des Aufruhrs. Offensichtlich hat es schon einige Hinrichtungen gegeben. Ich vermute, dass darunter auch Spione gewesen sind, denen man auf die Schliche gekommen ist. Ayas Agha jedenfalls hat von seinem wichtigsten Spitzel schon seit Tagen keine Nachrichten mehr erhalten. Aber wir werden so lange hier bleiben, bis die Sache ausgestanden ist, und wenn wir jeden Kreuzritter in dieser verdammten Stadt einzeln massakrieren müssen! Ihre Spießgesellen in Europa werden ihnen nicht zu Hilfe kommen. Das Winterwetter macht nicht nur meinen Leuten das Leben schwer, es unterbindet auch jeden Schiffsverkehr von und nach Europa. Nein, Ibrahim, ich werde nicht weichen, bis auf den Mauern der Stadt mein *Buntschuk* weht – *Inch' Allah!*«

»Ich verstehe nicht, warum der Großmeister sich so stur verhält«, sagte Ibrahim. »Er scheint zu glauben, es wäre für seine Untertanen besser, im Kampf gegen Euch zu fallen, als sich Euch zu ergeben. Dabei habt Ihr ihm doch in Eurer Botschaft Gnade zugesichert, wenn er sich ergibt. Ihr seid ihm auf die großzügigste Weise entgegengekommen, doch er reagiert mit Verachtung.«

»Er wird mit seinem Blut für seinen Hochmut büßen. Gnade seinen Untertanen!«

Während der Sultan und Ibrahim den Fortgang der Belagerung besprachen, wühlten sich die türkischen Sappeure ungeachtet der mit Schlamm und Leichen gefüllten Gräben weiter wie die Maulwürfe unter die Verteidigungsanlagen der Stadt.

Gabriele Tadini erholte sich auf seinem Krankenlager im Hospital allmählich von seiner schrecklichen Verletzung. Seine Ordensbrüder schworen heilige Eide, Tadinis Rettung sei das alleinige Werk Gottes. Tadini, der ein Auge und einen Teil seines Schädels eingebüßt hatte, dirigierte seine Leute vom Krankenlager aus. Ein paarmal jeden Tag fanden seine Offiziere sich bei ihm ein, um die Lage und das Vorgehen mit ihm zu besprechen. Die Ärzte hatten ihre liebe Not, Tadini am Verlassen des Bettes zu hindern. Er wäre am liebsten sofort zu seinen Männern geeilt, um ihnen beim gefahrvollen Anlegen der Gegenminen mit Rat und Tat zur Seite zu stehen. Lediglich Philippes persönlichem Einschreiten war es zu verdanken, dass Tadini weiterhin das Bett hütete. »Wenn Ihr mir nicht gehorcht, lasse ich Euch unverzüglich mit der nächsten Galeere nach Kreta zurückexpedieren, Gabriele!«, hatte er gebrüllt. »Und Ihr wisst, dass Ihr den venezianischen Statthalter noch mehr zu fürchten habt als die Türken! Bei Gott, wir *brauchen* Eure Meisterschaft! Tot nützt Ihr uns überhaupt nichts. Also hört auf Eure Ärzte. *Sie* haben Euch durchgebracht, und *sie* werden Euch sagen, wann Ihr das Hospital verlassen könnt.«

Tadini sank in die Kissen zurück und tat beleidigt. Allerdings hielt er sich in der Folgezeit mit Fluchtversuchen aus dem Hospital etwas zurück.

Mitte November ließ Philippe Fra Nicholas Fairfax von der *Langue* Englands zu sich kommen. »Nicholas, ich habe einen Auftrag für Euch. Unsere Suche nach Verstärkung hat erste Früchte getragen, aber ich brauche noch mehr Männer und Nachschub, wenn wir den Türken weiterhin Widerstand leisten wollen. Setzt Euch.«

Fairfax nahm Philippe gegenüber Platz. »Letzte Woche sind zwei Brigantinen aus Anatolien hier eingetroffen«, fuhr Philippe fort, »aus der Festung St. Peter auf Bodrum. Sie hatten zwölf Ritter und hundert Söldner an Bord, dazu Nahrungsmittel, Pulver und Munition. Es war zwar nicht viel, aber wir können es dringend gebrauchen. Auch aus Lindos sind zwei Barken mit zwölf Rittern und Vorräten eingetroffen.«

Fairfax nickte und hörte schweigend zu.

»Nehmt Euch ein paar Männer – so viel Ihr braucht, um Euer Schiff zu verteidigen – und durchbrecht die Blockade. Bei diesem scheußlichen Wetter sollte das nicht allzu schwierig sein. Segelt nach Kreta. Bei Candia warten eine Karacke und eine Barke auf Euch. Sie sind mit Nachschub voll beladen. Bringt sie her und geht an Land, wo immer es Euch gelingt, vorzugsweise natürlich in unseren Häfen, aber schafft unter allen Umständen die Güter her. Setzt Euch mit Fra Emeric Depreaulx in Verbindung und sendet ihn nach Neapel. Er soll dort noch einmal für uns vorstellig werden. Ich schicke eine kleine Galeere nach Kos. Unsere dortige

Garnison soll die Stellung räumen und sich hier zur Verteidigung der Stadt einfinden.«

Philippe sah Fairfax eindringlich an. »Nicholas, das ist unsere letzte Chance. Wenn ich keinen Nachschub an Männern und Material bekomme, werden die Türken uns den Hals umdrehen. Sie können auf unbegrenzte Mengen an Verpflegung und Waffen zurückgreifen und kümmern sich nicht darum, wie viele ihrer Leute bei der Belagerung sterben. Wir werden nicht klein beigeben, aber wir haben nur noch diese eine Chance.«

»Herr, ich werde alles zu Eurer Zufriedenheit erledigen. Falls es irgendwo Männer und Waffen für uns gibt, werde ich sie beschaffen!«

»Gott sei mit Euch, Nicholas.«

»Und mit Euch, Herr.«

In den beiden letzten Novemberwochen ließ Suleiman zweimal zum Generalangriff auf die Stadt blasen, wobei die Aghas höchstselbst an der Spitze ihrer Truppen anzutreten hatten. Jeder verfügbare Mann wurde in den Angriff geworfen. Die erste Attacke begann gegen die Verteidigungsabschnitte Englands und Italiens. Quasim und Piri Pascha trieben ihre Männer durch die Gräben und die beschädigten Mauern hinauf. Der Schlamm und die Leichen stellten ein kaum überwindbares Hindernis dar, doch die riesige Masse der Angreifer wälzte sich darüber hinweg, wie immer von Trommelschlag, Beckenklang und Trompetenschall begleitet. Mit geschwungenem Krummschwert kämpften die Aghas sich mit ihren Azabs in den folgenden Tagen Mal für Mal durch die Breschen. Hunderte türkischer Soldaten drangen bis in die Stadt selbst vor. In sämtlichen Straßen und Gassen wurde gekämpft. Die Ritter jagten von einem Brennpunkt zum anderen und verstärkten die Reihen ihrer Brüder, wo es am nötigsten war; Söldner und Bürgermilizen warfen sich dem Ansturm entgegen und halfen nach Kräften.

Jeden Abend, wenn die Dunkelheit sich über das Schlachtfeld

senkte, sahen die Türken sich wieder in die Gräben zurückgetrieben. Stolpernd und ausgleitend, mussten sie sich unter den Salven der Feuerwaffen und den Pfeilgarben der Bogenschützen zurückziehen, die aus den verbliebenen Festungstürmen auf sie hagelten. Wenn der Vorhang der Dunkelheit gefallen war, war die Stadt noch einmal für eine Nacht gerettet.

Wieder einmal hatte Suleimans seine Aghas einbestellt, und wieder einmal wurden ihm die Ereignisse des Tages berichtet. Die Aghas sprachen offen und ohne Umschweife. Die Türken hatten sich wacker geschlagen, doch die Kreuzritter nicht minder. Die Stadt gehörte immer noch dem Orden der Johanniter.

»Majestät«, sagte Bali Agha, »mit jedem Gefecht kommen wir dem Sieg einen Schritt näher. Es ist zwar bitter, dass wir Abend für Abend wieder aus der Stadt vertrieben werden, aber jeden Tag kämpfen wir uns weiter in die Stadt vor. Und während die Kreuzritter ihre Verluste nicht ersetzen können – wir können es! Wir brauchen nicht an Pulver und Munition zu sparen, den Rittern aber geht beides aus. Ihre Batterien feuern zwar noch, doch mir ist aufgefallen, dass sie wesentlich seltener schießen als zuvor. Ich glaube, sie müssen mit ihren wenigen Vorräten sehr haushalten. Wenn wir weiterhin Druck ausüben, ist der Tag nicht fern, an dem die Ritter keinen Mann auf den Breschen und nichts mehr in ihren Magazinen haben, womit sie uns entgegentreten könnten.«

Suleiman antwortete nicht. Piri ergriff nach einer Verbeugung das Wort. »Majestät, Bali hat Recht. Wenn wir unsere Angriffe in dieser Heftigkeit fortsetzen und nicht ablassen, werden wir, *Inch' Allah*, in der Schlacht um Rhodos siegen!«

Die anderen Aghas äußerten sich ähnlich. Alle waren sich einig, dass der Druck nicht nachlassen dürfe, sollte die Belagerung mit einem türkischen Sieg enden. Von einer Rückkehr nach Istanbul war – wenigstens unter den Anführern – keine Rede mehr. Falls nötig, würden die Sipahis, die Janitscharen und die Azabs den ganzen Winter auf Rhodos ausharren.

»Wohlan denn, bereitet Eure Lager auf den Winter vor. Benachrichtigt meine Flotte, sie soll Anker lichten und außer Sichtweite dieser Insel vor der anatolischen Küste meine weiteren Befehle abwarten. Unsere Truppen sollen die Schiffe davonsegeln sehen, damit sie wissen, dass ihre Transporter schon ins Winterquartier gezogen sind. Macht den Leuten klar, dass wir erst abziehen, wenn die Stadt uns gehört, und wenn wir jeden ihrer Bewohner einzeln abschlachten müssen! Sorgt dafür, dass jeder das weiß!«

30. November

Nicholas Roberts stand an der Seite des Großmeisters auf den Zinnen. Philippe starrte auf das Schauspiel hinunter, das sich vor ihm entfaltete. Trotz Zwielicht und Nieselregen konnte er Zehntausende türkischer Soldaten gegen jede Mauer und jede Bastion der Stadt vorrücken sehen. Wie üblich hatten Trompeten und Trommeln den Angriff angekündigt. Die Bewohner von Rhodos hatten die martialischen Klänge als Auftakt zu einem Tag des Todes fürchten gelernt.

Philippe sah Nicholas fragend an. »Sind die Ritter auf ihren Posten?«

»Ja, Herr. Alle Mann, die wir haben. Ich habe ihnen Befehl erteilt, die offenen Breschen zu verteidigen. Die Söldner werden ihnen dabei helfen. Aus den wenigen rhodischen Bürgern, die noch auf unserer Seite kämpfen, haben wir kleine, unabhängige Kampfgruppen gebildet, die sich ihren Gegner nach eigenem Gutdünken suchen sollen. Ich fürchte, es werden viele Türken in der Stadt auftauchen und unsere Kräfte spalten. Wir können uns nicht mehr wie früher hinstellen und lediglich die Breschen verteidigen.«

»Ich weiß, Nicholas, ich weiß.« Roberts hatte den Großmeisters noch nie so traurig und resigniert sprechen hören. Es klang für ihn, als hätte Philippe alle Hoffnung aufgegeben, und nur seine Tapferkeit – manche sprachen auch von Sturheit – hielt ihn noch aufrecht.

Die Trommeln und Trompeten wurden leiser und gingen schließlich im Gebrüll der heranstürmenden Truppen unter. An allen Seiten zugleich fluteten die Türken durch die Gräben und erklommen die Erdböschungen der Mauern. Gleichzeitig tauchten die Azabs in die Laufgräben und Stollen ab und wühlten sich in die Stadt. An sämtlichen Fronten wurde gekämpft, niemand kam auch nur einen Augenblick zur Ruhe.

In den vorangegangenen Gefechten hatten die türkischen Aghas gelernt, dass sie den Kreuzrittern nicht den Luxus zugestehen durften, nur eine einzige Stelle verteidigen zu müssen. Wenn sie sich den Weg in die Stadt erzwingen wollten, mussten sie ihre überlegene Zahl in die Waagschale werfen. Und das taten sie.

Fast den ganzen Vormittag kämpfte Philippe mit unglaublicher Kraft Schulter an Schulter mit seinen Männern. Wie immer hieb er sich mit gewaltigen Streichen seiner schweren Waffe unermüdlich durch die anstürmenden Türken, dennoch musste er sich wiederholt mit seinen Rittern auf eine günstigere Verteidigungslinie zurückziehen. Bald tobte der Kampf ein ganzes Stück hinter den Mauern, und die türkischen Soldaten standen sowohl vor wie hinter den Verteidigern.

Gegen Nachmittag flauten die Kämpfe ein wenig ab. Erschöpfung, Hunger und Durst machten beiden Seiten zu schaffen. Als es dunkel wurde, war es den Kreuzrittern unbegreiflicherweise wieder einmal gelungen, die Türken aus der Stadt zu werfen. Es war, als hätten die Johanniter nur das eine Ziel vor Augen: bis zum Einbruch der Dunkelheit durchzuhalten. Wer den Abend erlebte, konnte morgen noch einmal den Kampf aufnehmen. Der jeweilige Abend schien der Endpunkt sämtlicher Überlegungen zu sein.

Die Nacht sank herab. Die letzten Kämpfer des Sultans zogen sich ins Niemandsland zurück. Über fünftausend tapfere junge Türken waren gefallen und lagen tot auf und neben ihren Brüdern in den Gräben. Hunderte von Kreuzrittern, Söldnern und Bürgern von Rhodos hatten ebenfalls den Tod gefunden.

In den Lagern wurde es still. Abermals berieten sich die Führer beider Parteien über das Schicksal jener, die noch lebten.

19.

Der Anfang vom Ende

Rhodos
Dezember 1522

Gabriele Tadini erwachte vor dem Morgengrauen. Es war der erste Dezember. Die Belagerung zog sich schon vier Monate hin, und ein Ende war noch nicht abzusehen. Der Wind trieb eiskalten Regen gegen die Fensterläden des Hospitals, die in ihren massiven eisernen Scharnieren klapperten. Um die rasch schwindenden Vorräte zu schonen, ließ man nur wenige flackernde Öllampen die ganze Nacht hindurch brennen. Der schwache gelbliche Schimmer vermochte den weitläufigen Krankensaal nur spärlich zu beleuchten. Die hohe Gewölbedecke blieb wie ein samtener Nachthimmel im Dunkeln.

Die meisten Patienten schliefen. Ärzte und Helfer hatten sich zu einer kleinen Ruhepause zurückgezogen, bevor der Trubel des kommenden Tages einsetzte. Die Luft im Saal war zum Schneiden. Wegen der andauernden Kälte und Nässe wie auch wegen des Dauerbeschusses hatte man Türen und Fenster tagelang geschlossen halten müssen. Der Geruch der eiternden Wunden und üblen Ausdünstungen attackierte die Nase; es war eine Mischung, an die sich die wenigsten Pfleger und Patienten zu gewöhnen vermochten.

Tadini setzte sich auf der Kante seiner Bettstelle auf. Er musste eine Pause einlegen, um das Gleichgewicht zu finden. Die Welt mit nur einem Auge zu betrachten war sehr gewöhnungsbedürftig. Zur Erweiterung des Sehfelds schwenkte er den Kopf unablässig nach rechts.

Er wickelte den Kopfverband von seinen Schläfen ab. In den sechs Wochen hatte die Wunde sich völlig geschlossen und mit Haut bedeckt. Er warf die nutzlos gewordenen, verschmutzten Bandagen in die Ecke und holte einen handtellergroßen braunen Lederflicken mit dünnen Lederbändern hervor, der auf eine Weise abgerundet war, dass er sich dem Schwung der Stirn und der rechten Wange anpasste.

Das Gewebe des rechten Auges war fast vollständig verschwunden. Nachdem sich die nutzlos gewordene Augenhöhle anfangs immer wieder mit Wundsekret gefüllt hatte, war ein fasriges Narbengewebe entstanden, das sich in den letzten beiden Wochen zu einer berührungsempfindlichen grauen Masse verfestigt hatte.

Tadini stülpte im Dunkeln die Augenklappe über die leere Augenhöhle, die er zuvor mit einer Tamponade ausgepolstert hatte, die aus einem sauberen seidenen Taschentuch gefertigt war, und verknotete die Bänder hinter dem Kopf. Nachdem er den festen Sitz der Augenklappe durch heftiges Schütteln des Kopfes geprüft hatte, nickte er zufrieden.

Er packte den Bettpfosten und stellte sich auf. Sein Gleichgewichtsgefühl hatte gelitten; allerdings konnte er nicht sagen, ob es an seinem eingeschränkten Sehfeld lag oder möglicherweise an einer Verletzung des Gehirns durch die Musketenkugel. Aber er war standfest genug, um sich anzuziehen.

Der Großmeister hatte Tadini den jungen französischen Ritter Jean Parisot de la Valette zugewiesen, der sich um ihn kümmern sollte, bis er wieder gesund war. Valette war Tag und Nacht um ihn herum gewesen und oft auch als Kurier zwischen dem Hospital und den Bastionen hin- und hergeeilt, um Lageberichte zu liefern und Tadinis Befehle zu übermitteln.

Da Tadini zu Recht einen empörten Aufstand der Ärzte befürchtete, hatte er sich das Schlachtgewand und sein Schwert während der Nacht unauffällig von Valette ins Hospital bringen und unter dem Bett verstecken lassen. Valette war von dieser Aufgabe wenig begeistert, zumal der Großmeister unerbittlich darauf bestanden hatte, dass Tadini das Hospital nur mit Genehmigung der Ärzte verlassen dürfe.

In der Stille, die nur gelegentlich von einem Schnarchen oder Husten unterbrochen wurde, legte Tadini seine Rüstung an und gürtete sich mit seinem Schwert, das Valette auf das Sorgfältigste geschärft hatte. Zuletzt stülpte er sich den Helm auf den Kopf. Ungeduldig nach Valette Ausschau haltend schritt er aus dem Krankensaal. Am oberen Ende der breiten Steintreppe hielt er inne. Der Wind trieb den eisigen Regen durch sein geöffnetes Visier. Er spürte die erfrischende Nässe auf seiner Haut und sog die saubere kühle Luft in vollen Zügen in seine Lungen. *Soldaten des Sultans, seht euch vor!*, dachte er. *Hütet euch vor mir und geht mir aus dem Weg! Tadini ist wieder da!*

Tief über die Schlachtpläne des kommenden Tages gebeugt, saß Philippe am Tisch. Gegen den Schmerz, der sich zwischen seinen Schulterblättern ausbreitete und bis in den Nacken strahlte, wendete er langsam den Hals hin und her. Nichts schien die Verkrampfung lösen zu können, die sich dort während der monatelangen Kämpfe eingenistet hatte. Er hatte das Gefühl, von der Zwietracht, die ihn umgab, auseinander gerissen zu werden. Die Bürger der Stadt standen am Rande einer offenen Rebellion. Konnte es noch schlimmer kommen, als es jetzt schon war? Konnte das Regime des Sultans ein noch härteres Los darstellen als die Seuchen, der Hunger und der tägliche Tod, von denen die Stadt gnadenlos heimgesucht wurde? Sogar Hélène hatte Philippes eisernen Durchhaltewillen mit Vorbehalten aufgenommen. Andererseits musste Philippe sich eingestehen, dass seine Entschlossenheit nicht zuletzt von seinem Wunsch diktiert war, Hélène zu schützen.

Die meisten Johanniter folgten Philippes Befehlen prompt und ohne jeden Widerspruch, doch es blieb ihm nicht verborgen, dass der Funke in ihren Augen jeden Tag ein wenig schwächer glomm, wenn sie auf ihre Gefechtsstationen geschickt wurden. Sie kämpften wie die Löwen, doch das Zahlenverhältnis ließ ihnen keine Chance. Einige hatten das Thema einer ehrenvollen Kapitulation aufs Tapet zu bringen versucht, doch Philippe hatte sie angedonnert und wütend sämtlichen Spekulationen über eine Kapitulation vor den Moslems den Boden entzogen. Ein ehrenvoller Tod sei der Schande, vor den Ungläubigen klein beizugeben, bei weitem vorzuziehen. »Mir jedenfalls ist der Tod im Dienste Christi lieber, als ein Leben unter dem Joch der Muslims«, hatte er ihnen vorgehalten.

Er griff nach einem trockenen Brotkanten. Das bedenkliche Flackern der Öllampen erinnerte ihn daran, dass er sie schon längst hätte auffüllen müssen, damit sein Stabsquartier nicht in Dunkelheit versank. *Dein Palast scheint unter dem Schutz Gottes zu stehen*, dachte er. *Trotz all der Zerstörung, die diese schöne Stadt heimgesucht hat, hat nicht eine einzige Kanonenkugel den Weg zum Palast des Großmeisters gefunden.*

Während er noch über den wunderbaren Schutz durch die Hand Gottes nachdachte, hörte er, wie die Tür geöffnet wurde. Ein Ritter trat ein paar Schritte in den Saal, blieb stehen und wartete auf die Aufforderung, zu sprechen. Philippe schloss die Augen. Welche schlimme Nachricht mochte dieser Besucher wohl überbringen?

»Ja?«, sagte er müde und hob den Blick. »Bei allen Heiligen!«, rief er dann aus und griff sich ans Herz. Nach einer Schrecksekunde sprang er aus seinem Sessel auf. Mit ausgestreckten Armen eilte er um den großen Tisch herum, nahm Tadinis Schultern zwischen seine Pranken und schüttelte ihn. Dann riss er ihn in eine Umarmung, die dem armen Tadini beinahe die Luft abschnürte.

»*Figlio mio*«, murmelte er, ohne Tadini loszulassen. »Mein

Sohn, mein Sohn ...« Er trat einen Schritt zurück und betrachtete den genesenen Ritter. Tränen rollten ihm über die Wangen. Er streckte die rechte Hand aus, als wolle er die Augenklappe berühren, zog sie aber wieder zurück wie ein unartiges Kind.

Tadini lächelte. Seine Zähne blitzten unter seinem Schnurrbart. »Habt Ihr etwa geglaubt, ein lächerlicher Kopfschuss könnte mich aufhalten, Herr?«, sagte er und lachte.

Philippe wischte sich die Tränen aus den Augen. »Nein, mein Sohn«, sagte er. »Ihr lasst Euch von so einer Kleinigkeit nicht aufhalten. Da muss sich der Feind schon etwas Besseres einfallen lassen, damit Ihr ihm nicht wieder an die Gurgel geht!«

Philippe forderte Tadini auf, sich zu setzen. Tadini hatte noch nicht richtig Platz genommen, da erklärte er Philippe schon seinen neuen Plan.

Die Wächter auf dem Johannestor spähten in das ungewisse Licht. In der Ferne bewegte sich etwas auf sie zu, doch es hatte weder Fanfaren noch martialische Musik gegeben, was einen Großangriff unwahrscheinlich machte. Auch waren keine größeren Truppenbewegungen zu erkennen. Während die Minuten verstrichen, näherte ein Mann sich aufrecht den Festungsgräben.

Der wachhabende Offizier ließ seine Musketiere auf den Mann anlegen, aber noch nicht feuern. Der Mann arbeitete sich über die Leichen der Gefallenen voran. Zweimal stürzte er, wobei er gänzlich im Graben verschwand. Bei diesen plötzlichen Bewegungen hätten die Musketiere jedes Mal beinahe abgedrückt, lediglich die allgemeine Notlage hielt sie davon ab, für einen einzelnen Mann ihr Pulver zu vergeuden.

Jetzt war auch zu erkennen, dass der Mann eine weiße Fahne trug. Als er aus der Deckung heraustrat und über freies Gelände zum Tor marschierte, befahl der wachhabende Offizier seinen Leuten, die Flintenläufe zu senken.

Am Tor angekommen steckte der Mann seine Emissärsfahne in den Boden und schaute zu den Wachen hinauf. Er wartete offensichtlich darauf, dass man ihn anrief und ihm das Tor öffnete.

»Ich bin Girolamo Monile aus Genua«, rief er, als nichts dergleichen geschah, »Emissär des Sultans Suleiman. Ich bin gekommen, einen Waffenstillstand anzubieten.«

Die Wachen reagierten nicht. Ein Johanniter kam herbeigelaufen. »Wer ist dieser Mann?«, fragte er den Wachhabenden.

»Er sagt, er heißt Girolamo Monile, ein Genuese. Der Sultan habe ihn geschickt.«

Der Johanniter lehnte sich über die Brüstung. »Was habt Ihr uns mitzuteilen?«

»Der Sultan hat mir aufgetragen, Euch ein Angebot zu machen. Wenn Ihr die Stadt unverzüglich übergebt, wird das Leben sämtlicher Einwohner verschont, egal ob Kreuzritter, Söldner oder Bürger. Es ist Euch freigestellt, in Frieden hier zu bleiben oder in Frieden abzuziehen. Das Gemetzel wird vorbei sein, der Krieg ein Ende haben.« Er hielt inne und schaute besorgt herauf. Man sah ihm an, dass er jetzt nicht mehr für den Sultan sprach. »Ich flehe Euch an, rettet Euer Leben und das der Bürger!«

Der Johanniter schaute auf den Unterhändler hinunter, der sich auf seinen Fahnenstock stützte. Der junge Ritter hatte Philippes Wutanfall miterlebt, als von Kapitulation die Rede gewesen war, von kampfloser Übergabe. Nein! Diese Stadt würde sich niemals den Muslims ergeben, und wenn alle auf diesen verfluchten Mauern eingerissen werden mussten.

Der Johanniterritter hob stolz das Kinn. Ohne den Mann unten vor dem Tor eines weiteren Blicks zu würdigen, wedelte er ihn mit seiner behandschuhten Hand fort.

Hélène verknotete die letzte Lage des Verbandes, den sie dem verwundeten Ritter auf dem Operationstisch angelegt hatte. Das Verbandsmaterial wurden inzwischen aus den gewaschenen Bandagen der Toten gewonnen. Hélène legte dem Verwundeten prüfend die Hand auf die fieberheiße Stirn. »Mehr kann ich im Moment nicht tun. Ich schaue später bei Euch vorbei«, sagte sie und winkte ein paar Helfern, die den Verletzten in ein Bett schaffen sollten, damit der Platz für den nächsten Patienten frei wurde.

Mit unterdrücktem Gähnen streckte sie den Rücken und rieb sich die Augen. Ein plötzlicher Schwindel überkam sie. Haltsuchend taumelte sie zu einer der großen steinernen Säulen, die das Dachgewölbe trugen. Nachdem sie sich wieder gefangen hatte, tappte sie zu einer der Wandnischen, setzte sich auf den Boden und stützte den Rücken gegen die Wand.

Ihr plötzlicher Kräfteschwund gab ihr zu denken. Hoffentlich hatte sie sich nicht bei einem der vielen Patienten etwas eingefangen, die mit Gott weiß welchen fiebrigen Krankheiten, die zurzeit in der Stadt wüteten, im Hospital lagen. Doch sie hatte kein Fieber und auch nicht den gefürchteten Ausschlag an Händen und Füßen wie die Opfer des Typhus. *Nein*, dachte sie, *du hast einfach zu viel von dir verlangt*. Beim Nachrechnen fiel ihr auf, dass sie schon drei Tage und Nächte ununterbrochen auf den Beinen war. Ihre letzte halbwegs vernünftige Mahlzeit war das Frühstück am Tag zuvor gewesen. *Kein Wunder, dass du dich so elend fühlst*, dachte sie.

Hélène hatte den Verlust von Melina, Jean und den kleinen Zwillingen noch nicht verwunden. Melinas Gesellschaft ging ihr besonders schmerzlich ab. Unter dem Druck der Belagerung und der Frage, wie ihr Leben an der Seite ihrer Ritter weitergehen sollte, waren die beiden Frauen sich sehr schnell nahe gekommen. Kaum eine Unterhaltung, in der sie einander nicht ihre Träume und Befürchtungen anvertraut hatten. Für Hélène war Melina wie eine Schwester gewesen, die sie nun sehnsüchtig vermisste.

Außer Philippe gab es auf der ganzen Insel niemand, mit dem sie etwas verband oder den sie um Rat hätte fragen können. In der drangvollen Enge der Festung war sie einsamer als je zuvor.

Sie rappelte sich auf und holte sich ihren Umhang, der nahe bei Melinas ehemaliger Kammer an der Wand hing. Jedes Mal, wenn sie an der Kammer vorbeikam und an Melina und Jean, an Ekaterina und Marie dachte, stiegen ihr Tränen in die Augen. In der kurzen Zeit ihres gemeinsamen Lebens waren sie ihr ans Herz gewachsen, als gehörten sie zu ihrer Familie, und als wären die Zwillinge ihre eigenen Kinder. Sie hatte die Kammer nie wieder betreten.

Als sie sich auf den Weg zum Großmeisterpalast machen wollte, wurde ihr wieder schwindelig, doch da ihr inzwischen klar war, dass Hunger und Schlafmangel die Ursache sein mussten, ging sie zuerst nach unten in die Hospitalküche, wo die inzwischen mehr als frugalen Mahlzeiten für Patienten und Personal zubereitet wurden. Sie dachte an Philippe. *Es geht ihm bestimmt nicht besser als dir*, dachte sie. *Er nimmt sich ja nie die Zeit, etwas zu essen oder sich auszuruhen. Er ist bestimmt schon genauso geschwächt wie du. Wenn seine Offiziere Recht haben, ist er immer der Letzte, der vom Kampfplatz weicht, und dann setzt er sich noch hin und brütet die ganze Nacht über dem Schlachtplan für den kommenden Tag.*

Hélène drängte sich durch die Schlange der Hilfskräfte, die an der Essensausgabe warteten. »Macht mir etwas für den Großmeister zurecht«, rief sie einem der Köche zu.

Schlagartig wurde es totenstill. Alle Köpfe fuhren herum, doch Hélène kümmerte es nicht. Sollten doch alle wissen, wer sie war. »Und auch etwas zu trinken, aber schnell!«

Der Koch wickelte Brot und getrocknetes Fleisch in ein Tuch und reichte Hélène das Bündel zusammen mit einer Weinkaraffe, in der eine undefinierbare Flüssigkeit schwappte.

Hélène warf sich den Umhang über die Schultern, lief zur Ritterstraße hinüber und zum Großmeisterpalast hinauf, um Philippe zu suchen, damit er zusammen mit ihr etwas Brot und Fleisch zu sich nahm. Anschließend wollte sie sich ein paar Stunden mit ihm hinlegen. Kein Mensch hatte etwas davon, wenn sie erschöpft oder krank zusammenbrach, und bei Philippe war es genauso.

Schwitzend und außer Atem langte sie im Großmeisterpalast an. Noch während sie die Treppe hinaufrannte, ließ sie den Umhang von den Schultern gleiten. Unangemeldet lief sie in Philippes Sitzungszimmer. Sie hatte erwartet, ihn über Karten gebeugt oder in einer Lagebesprechung mit seinen Offizieren anzutreffen, doch der Saal war leer. Sie legte ihr Bündel auf dem Schreibpult ab, stellte die Karaffe daneben und ging in Philippes Schlafzimmer. Noch in Rüstung und Stiefeln saß Philippe auf der Bettkante, den Kopf in den Händen vergraben. Lediglich das Schwertgehänge hatte er abgeschnallt und neben dem Bett auf den Boden gelegt.

Als Hélène zu ihm trat, hob er den Blick. Er wollte aufstehen, um sie zu begrüßen, doch Hélène legte ihm mit sanftem Druck die Hand auf die Schulter und setzte sich zu ihm aufs Bett. »Du lieber Gott, Philippe, du siehst furchtbar aus!«

Philippe fuhr sich geistesabwesend mit der schwieligen Hand über Bart und Wangen. »So sieht ein Gesicht nach hundert Tagen Krieg eben aus«, sagte er und lächelte. Hélène war von seiner gespielten Leichtigkeit gerührt, doch sie sah die Blässe in seinem Gesicht, die teigige Haut, die Falten, die zuvor nicht da gewesen waren.

»Du musst dich ausruhen, Philippe, und etwas in den Magen bekommen musst du auch. Ich habe uns einen Happen mitgebracht. Lass uns zusammen essen, dann legen wir uns ein paar Stunden hin. Wenn wir so weitermachen, sind wir beide bald nichts mehr wert.«

Sie wartete auf seinen unvermeidlichen Widerspruch, auf das männliche Gehabe, das ihr so vertraut war, doch er nickte nur, erhob sich kommentarlos vom Bett, nahm sie an der Hand und zog sie heftig in die Arme, ohne sie zu küssen, bevor er nach draußen in seine Arbeitsstube ging. Sie sah ihm hinterher. Seine ungewohnte Reaktion beunruhigte sie mehr, als hätte er die Mahlzeit ausgeschlagen und wäre zu seinen Männern auf die Bastionen gestürmt.

Hélène folgte Philippe. Sie öffnete das Bündel mit dem Brot und dem Fleisch. Philippe ging zu einem Wandbrett. Er nahm eine halb volle Flasche Wein herunter und füllte zwei goldene Pokale, ohne die von Hélène mitgebrachte Karaffe eines Blickes zu würdigen, und reichte einen davon Hélène. »Auf Paris. Auf Rhodos. Auf uns!«, sagte er.

Endlich löste sich Hélènes Anspannung. »Auf unser Wohl!«, trank sie ihm zu.

Als sie getrunken hatten, setzten sie sich nebeneinander an den alten abgenutzten Eichentisch. Philippe schob die Karten und die Pläne beiseite, brach das Brot in zwei Stücke, gab die eine Hälfte Hélène und nahm sich die andere, ohne das Trockenfleisch zu beachten. Genüsslich kauend verzehrte er den Brocken, als wäre es eine frisch gebackene Köstlichkeit aus der besten *boulangerie* von Paris.

»Du hast Recht«, sagte er. »Ich bin sehr müde.«

»Wir müssen uns beide ein wenig ausruhen. Es muss auch einmal ein Weilchen ohne uns gehen. Kein Mensch kann ewig so weitermachen. Oh, Philippe, ich mache mir große Sorgen um dich, wenn du draußen auf den Mauern stehst. Bei jedem Verwundeten, der bei uns eingeliefert wird, packt mich die Angst, du könntest es sein.«

»Hör zu, Liebes. Bei diesem Kampf ... bei jedem Kampf besteht immer die Möglichkeit, dass ich zu Tode komme. Einmal schlecht pariert, einmal eine Finte nicht erkannt, plötzlich kommt ein Hieb aus dem Nichts, und ... du weißt, dass man immer mit so etwas rechnen muss.«

Als Hélène ihr Brot gegessen und noch einen Schluck Wein getrunken hatte, nahm sie Philippes Hand und führte ihn ins Schlafzimmer. »Komm, wir müssen ein bisschen ruhen. Und ich kann besser schlafen, wenn ich dich bei mir spüre.«

Sie legten das Obergewand ab und krochen unter die Bettdecke, wo es deutlich nach ihr und Philippe roch, viel stärker, als sie es in Erinnerung hatte. Es war schon lange her, dass auf Rhodos jemand oder etwas in den Genuss einer Wäsche gekommen war.

Aneinander geschmiegt kuschelten sie sich unter die Decken. »Philippe«, flüsterte Hélène, »ist es nicht an der Zeit, mit dem Sultan über ein Ende der Belagerung zu verhandeln? Müssen noch mehr Menschen sterben, bis dieser Krieg ein Ende hat?«

»Alles zu seiner Zeit, Hélène. Wir werden verhandeln, aber alles zu seiner Zeit.«

Bevor sie antworten konnte, lag ihr Geliebter im tiefsten Schlaf. Sie hörte die vertrauten Schnarchlaute. *Das kann warten bis morgen*, dachte sie. *Ich werde vor Sonnenaufgang mit ihm darüber reden.*

»Ich liebe dich«, flüsterte sie.

Hélène erwachte. Ein Lichtstrahl der Morgensonne kitzelte sie durch einen Spalt der Fensterläden im Gesicht. Es musste schon einige Zeit nach Sonnenaufgang sein. Erschrocken griff sie neben sich, aber Philippe war nicht mehr da. Er hatte sie offensichtlich sorgfältig zugedeckt und ihr das Kopfkissen zurechtgerückt.

»Philippe!«, rief sie in der Hoffnung, er sei noch nebenan, doch es kam keine Antwort. Im Licht, das durch die Ritzen drang, erkannte sie, dass seine Rüstung und sein Schwert ebenfalls fort waren.

Sie zog sich eilig an und steckte sich ein paar Brotreste in den Mund, bevor sie aus Philippes Gemächern hinaus und die Palasttreppe hinunter lief. Nachdem sie den Innenhof verlassen hatte, nahm sie den vertrauten Weg die Ritterstraße hinunter, die sich mit kampfbereiten Rittern, Söldnern und Milizionären füllte.

Die Kanonade war immer noch Tag und Nacht im Gange. Überall in der Stadt behinderten gewaltige Schuttberge das Durchkommen. Die Leute arbeiteten sich in Gruppen voran, wobei ihr Weg mehr von den Schuttmassen bestimmt wurde als von ihrem Ziel. Die Türken feuerten gelegentlich auch jetzt noch in die Stadt, allerdings mehr wegen der demoralisierenden Wirkung auf die Einwohner als wegen der Zerstörung bestimmter Ziele. Das Hauptziel der Beschießung waren nach wie vor die Festungsmauern.

In der Nähe des Hospitals stieß Hélène auf eine kleine Menschenansammlung, die sich um die Trümmer eines kleinen Hauses geschart hatte. Das aufgeregte Durcheinander der Stimmen wurde vom Weinen und Wehklagen einer griechischen Frau übertönt. Hélène drängte sich nach vorn. Auf einem Steinhaufen saß eine in Lumpen gehüllte Frau von ungefähr dreißig Jahren, die ein vielleicht dreijähriges Mädchen an sich drückte. Von der Stirn des Kindes rann Blut; sein rechtes Ärmchen stand am Ellbogen in einem grotesken Winkel ab. Das Mädchen an die Brust gepresst, wiegte die Frau sich unter schrecklichen Klagelauten hin und her, während gleichzeitig alles aufgeregt durcheinander rief.

Hélène streckte die Arme nach dem Mädchen aus. Sie versuchte der Mutter begreiflich zu machen, dass das Kind ins Hospital gehörte. »Bitte gebt mir das Kind, *Madame*, ich bin auf dem Weg zum Hospital.« Doch die Frau schrie nur noch lauter und drückte das Mädchen noch fester an sich.

Als Hélène es auf Griechisch versuchen wollte, klappte hinter der Menschenmenge eine Tür. Ein Ritter der *Langue* von Aragon trat auf die Straße. Ärgerlich schubste er die Leute beiseite, die ihm den Weg zu seinem Sammelpunkt versperrten. Hélène packte ihn am Ärmel. »*Ayuda me, Señor*«, bat sie ihn auf Spanisch. Der Ritter wollte sie abschütteln, erkannte dann aber die Geliebte des Großmeisters. Mit einer knappen Verbeugung blieb er stehen. »*Si, Señorita?*«

»Ich brauche Eure Hilfe. Wir müssen dieses Mädchen ins Hospital schaffen, bevor es zu spät ist. Wenn wir nichts unternehmen, kann es jeden Moment sterben.«

Ohne ein weiteres Wort trat der Ritter zu der Frau und legte ihr die Hand auf die Schulter. Nachdem er ihr etwas ins Ohr geflüstert hatte, ließ sie sich widerstandslos das Kind abnehmen. Mit den Worten »*Grazias Señora, vaya con Dios*«, nahm er das Mädchen auf den Arm und eilte mit Hélène zum Hospital.

»Was habt Ihr zu der Frau gesagt?«, wollte Hélène atemlos wissen, während sie über Schutt und Steine eilten.

»Ich habe zu ihr gesagt, wenn sie uns das Kind gibt, wird Gott es gesund machen. Vielleicht hat sie auch geglaubt, wir bringen es in eine Kirche. Auf jeden Fall hat sie mir das Mädchen gegeben, und nur darauf kommt es an.«

Lächelnd wollte Hélène etwas entgegnen. Sie hatte den Mund noch nicht geöffnet, da schlug die Kanonenkugel ein. Weder sie noch der Ritter hatten den Abschuss bemerkt. Es war nur einer der vielen Paukenschläge in einer Kakophonie der Zerstörung gewesen.

Die Steinkugel schlug genau dort ein, wo sich der Ritter mit dem Kind befunden hatte. Sie waren augenblicklich tot. In einer Kaskade scharfkantiger Steinsplitter, die jeden niedermähten, der in der Nähe stand, zerplatzte das Geschoss an der Mauer einer *Auberge*. Zusammen mit Dutzenden von Toten und Verwundeten wurde Hélène mit dem Rücken gegen die Trümmer geschleudert. Ein großes Stück der Steinkugel, fast die Hälfte ihrer Masse, lag auf ihren Beinen und presste sie auf den Boden. Seltsamerweise spürte sie in ihren zerschmetterten Beinen keinen Schmerz, nur eine Kälte, die von unten nach oben kroch.

Einige Splitter waren ihr in die Brust gedrungen. Ihr Atem ging mühsam und flach, aber da die äußeren Verletzungen nur geringfügig waren, verunzierte nur wenig Blut ihre Kleidung.

Ihre Gedanken glitten zurück zu jener Nacht, die sie mit Philippe verbracht hatte. Sie war froh, dass sie ihm etwas zu essen gebracht und die Nacht in seinen Armen gelegen hatte. Wenn er doch nur die Stadt den Türken übergab und dem Sterben ein Ende machte! Sie dachte an Paris, an den Tag, als er sich am Brunnen das Nasenbein gebrochen hatte und an die heimlichen Nächte in ihrem oder seinem Zimmer. Sie lächelte, während ihr gleichzeitig die Tränen über die Wangen rollten.

Dann wogte eine angenehme Wärme durch ihren ganzen Körper und verdrängte die Kälte. Sie sah Philippe durch das offene Visier auf sie herabschauen. Sein scharlachroter Umhang war so makellos sauber wie am Tag ihrer ersten Begegnung. Der Blick seiner Augen war klar und ruhig, das Schwert schimmerte in seiner

Hand. Er warf ihr eine Kusshand zu, dann drehte er sich um und schritt eilig davon.

Philippe verschwand aus ihrem Blick. Hélène schloss die Augen und ließ ihn gehen.

Ohne anzuklopfen trat Antonio Bosio in Philippes Kanzlei. Der Großmeister saß am Schreibpult, sein Kopf war auf einen Stapel Karten und Pläne der Festung gesunken, auf denen seine verschränkten Arme lagen. Er schlief. Als Bosio zu Philippe trat, fuhr er hoch und rieb sich den Schlaf aus den roten Augen.

»Antonio«, sagte er, die Zunge noch schwer vom Schlaf, »wie spät ist es?«

»Großmeister ...«

Philippe sah Bosio an, in dessen verwitterten Zügen sich Schmerz spiegelte. »Antonio, was ist? Ist schon wieder einer unserer Offiziere gefallen? Lieber Gott, bloß das nicht ...«

Als Philippe Anstalten machte, sich zu erheben, trat Bosio rasch um den Tisch herum zu ihm und legte ihm die Hand auf die Schulter. Mit sanfter Gewalt drückte er den Großmeister in den Sessel zurück – ein geradezu unerhörter Vorgang, der gegen jede Ordenshierarchie verstieß. Bosio schaute Philippe an.

In diesem Moment des Körper- und Blickkontakts hatte Philippe begriffen. Er vergrub das Gesicht in den Händen und sank im Sessel zusammen. Sein Atem ging rasselnd, und er bebte am ganzen Körper. Nach kurzer Zeit wich das krampfhafte Bemühen einer dumpfen Ergebenheit. Er verkroch sich noch tiefer im Sessel; seine ehedem gewaltige Brust war eingesunken und kraftlos.

»Wie, Antonio? Und wann?«

Bosio ließ die Hand fest auf Philippes Schulter ruhen, der die Berührung nicht als ungehörig, sondern als tröstlich empfand. »In der vergangenen Stunde, Herr. Es war eine Kanonenkugel. Sie wollte mit einem Ritter von Aragon ein verletztes Kind ins Hospital bringen.«

»Wer war der Ritter?«

»Man weiß es nicht genau, Herr«, sagte Bosio zögernd. »Die Kanonenkugel ... es war eine von den größten ... Wir konnten nicht mehr feststellen, wer es war, nur dass er das Schlachtgewand von Aragon trug.«

Philippe schloss die Augen, als wolle er die auf ihn einstürmenden Bilder seiner schönen Hélène, seiner zerschmetterten Hélène, von sich fern halten. Er dachte an ihre letzten gemeinsamen Stunden, und wie besorgt sie um ihn gewesen war, wie sie ihm zu essen gebracht, ihn liebkost und wieder einmal zu überzeugen versucht hatte, die Schlacht zu beenden und Rhodos kampflos zu übergeben. Hatte er sie zum Abschied geküsst? Hatte er ihr gesagt, wie sehr er sie liebt? Er wusste es nicht mehr, und das machte das hohle Gefühl in seiner Brust noch unerträglicher.

»Antonio, ich muss zu ihr, ich muss sie sehen«, sagte er fast unhörbar und versuchte wieder, sich zu erheben, doch Bosio hielt ihn unverrückbar fest. Philippe setzte sich schwächlich gegen den Übergriff seines langjährigen Adjutanten zur Wehr, gab den Widerstand aber rasch auf.

»Bitte, Herr, behaltet sie so in Erinnerung, wie Ihr sie das letzte Mal gesehen habt«, redete Bosio ihm freundlich und sanft zu. »Ich werde dafür sorgen, dass sie ein schönes christliches Begräbnis bekommt. Ich werde es an nichts fehlen lassen. Wenn alles vorbereitet ist, werde ich Euch zur Kapelle rufen, wo der Bischof die Totenfeier für Hélène, den Ritter und das kleine Mädchen halten wird. Lasst mich das machen, ich bitte Euch, als Euer Diener und Freund.«

Tadini stand am Johannestor auf den Mauern. Nach einer neuerlichen Verwundung, die er sich bei einem Gefecht in einem der Stollen zugezogen hatte, humpelte er jetzt an einer behelfsmäßigen Krücke, die ihm einer seiner Männer aus der Stütze eines eingestürzten Stollens gezimmert hatte. Sein Knie war mit zahllosen Lagen blutiger Verbände bandagiert. Sooft das Blut durchsickerte, hatte Tadini einfach immer wieder eine neue Lage darum gewickelt, anstatt den Verband zu wechseln. Doch der Wust von Bandagen störte ihn nicht weiter. Er konnte das Knie ohnehin nicht beugen.

Sein persönlicher Adjutant Valette und die Dienst habenden Torwächter standen an seiner Seite. Man hatte erfahren, dass der Unterhändler wieder vorstellig werden wollte. Tadini wollte das Ereignis nicht verpassen.

Valette sah den Mann zuerst. Monile arbeitete sich durch die Gräben mit derselben weißen Unterhändlerfahne in der Hand heran. Wieder nahmen die Musketiere ihn aufs Korn, und wieder kam der Befehl, die Waffe im Anschlag zu halten.

Tadini wartete ab, bis Monile durch den Schlamm gestapft und über die Leichen geklettert war. Als der Genuese schließlich seine weiße Fahne in den weichen Boden rammte und zu den Zinnen heraufschaute, rief Tadini ihn auf Italienisch an. »*Buon giorno, Signore Monile!*« Die Begrüßung in seiner Landessprache schien Monile zu überraschen. »Ist heute nicht ein herrlicher Tag für einen kleinen Landspaziergang?«, spottete Tadini.

Monile konnte sich nicht vorstellen, wer dieser Verrückte mit der Augenklappe und dem dicken blutigen Knieverband war. »*Signore*, ich habe einen Brief des Sultans für den Großmeister Philippe Villiers de l'Isle Adam«, rief er.

Tadini grinste zu ihm hinunter. »Nehmt Euren Brief und bringt in dem Sultan zurück!« Er wandte sich an den Musketier, der neben ihm stand. »Mach ihm Beine, aber tu ihm nicht weh«, zischte er. Ein Schuss knallte. Monile machte einen Satz nach hinten, als die Bleikugel vor seinen Füßen in den weichen Untergrund fuhr. Er raffte seine weiße Fahne an sich und verzog sich schneller, als er gekommen war. Die Kreuzritter und Wachen schauten ihm hinterher, bis er in den türkischen Linien verschwunden war.

Tadini drehte sich um und humpelte in Richtung Palast davon. »*Grazie!*«, rief er dem Musketier im Vorübergehen zu und grinste.

Suleiman saß in seinem neu erbauten, gemauerten *Serail*. Ibrahim und sämtliche Aghas waren bei ihm. Ein gemütliches Feuer hatte die klamme Kälte vertrieben und verbreitete Behaglichkeit im Raum. Piri Pascha fühlte sich seit Wochen zum ersten Mal wohl, nachdem seine Arthritis bei dem nasskalten Wetter jede Bewegung zur Qual gemacht hatte. Selbst Quasim Pascha und Bali Agha, die beiden unverwüstlichsten Generäle, hatten eingeräumt, unerwartet unter allerlei Zipperlein zu leiden.

Piri gab einen Lagebericht der vergangenen Tage. »Majestät, man hat unseren Unterhändlern nicht einmal das Tor geöffnet. Der Genuese Monile hat Euer Angebot übermittelt, wurde aber nicht eingelassen. Als er zum zweiten Mal vor dem Tor stand, hat man sogar auf ihn geschossen. Ich bin sicher, man wollte ihn nur demütigen, aber ich glaube nicht, dass er sich noch einmal aufmachen wird.«

Suleiman trommelte mit den Fingern auf die gepolsterte Armlehne seines Sessels. »Wer meinen Unterhändler beleidigt, beleidigt mich! Und ich kann nicht zulassen, dass man mich beleidigt!«

»Gewiss, Majestät.«

»Und was ist mit dem Albaner? Hat man wenigstens ihn empfangen?«

»Er ist eben erst ins Lager zurückgekehrt, Majestät. Aber man hat auch ihn abblitzen lassen, bevor er seine Botschaft übermitteln konnte.«

Die Aghas saßen schweigend. Sie waren froh, dass sich der Sultan mit dem Scheitern der diplomatischen und nicht der militärischen Bemühungen befasste.

Suleiman beugte sich vor und stützte den Ellbogen aufs Knie. Das Kinn in die geöffnete Handfläche gelegt, trommelte er gedankenverloren mit den Fingerspitzen gegen seine Oberlippe. »Muss ich denn jeden Mann, jede Frau und jedes Kind auf dieser verfluchten Insel abschlachten lassen, um sie von diesen Kreuzrittern zu befreien? Muss das Blut in den Gräben schäumen und das Feuer die Stadt bis auf die Grundmauern verzehren? Habe ich mich nicht an Allahs Gebot gehalten? Führe ich diesen Krieg denn nicht nach den Vorschriften des Koran? Befolge ich denn nicht das Wort des Propheten, dessen Seele Allah auf ewig segnen möge? Was soll ich denn sonst noch tun?«

Keiner der Aghas hob den Blick zum Sultan. Keiner drängte sich nach dem Privileg, einen Rat geben zu dürfen. Piri zog sich unter Verbeugungen zurück und setzte sich.

Suleiman sah auf und lehnte sich in seinem Thronsessel zurück. Forschend blickte er in die Gesichter der Aghas. »Es wird keinen weiteren Großangriff mehr geben. Wenn man bedenkt, was dabei herausgekommen ist, waren die Verluste viel zu hoch. Achmed Agha – Eure Mineure und Sappeure sollen die Mauern aber weiterhin unterwühlen. Wir sollten wenigstens dafür sorgen, dass die Stadt unseren Feinden unter den Füßen zerbröckelt. Auch das Bombardement wird weitergeführt. Ich will, dass unsere Kanonen die Stadt und ihre Mauern und Türme pausenlos beschießen. Den Kreuzrittern darf kein Augenblick der Ruhe gegönnt werden. Sie sollen sich nicht schlafen legen können ohne die ständige Angst, dass ihnen eine Kanonenkugel in die Träume platzt. Ich will, dass die Bevölkerung von Rhodos sich gegen die Johanniter erhebt und von ihnen verlangt, sich zu ergeben. Ich will, dass die Einwohner die Tore öffnen und uns als ihre Befreier begrüßen, nicht als Eroberer.«

Die Aghas nahmen den Willen des Sultans mit beifälligem Gemurmel zur Kenntnis. Unter Verbeugungen zogen sie sich rückwärts aus dem Raum zurück.

Der Großmeister saß im Kapitelsaal des Palasts. Mit ihm hatten sich die Würdenträger und die Vorsteher der einzelnen *Langues* versammelt, ebenso der griechische Bischof Clement und der römische Bischof Balestrieri. Tadini stand mit einigen Großkreuzträgern an der Wand.

Als die Versammlung vollständig war, eröffnete Philippe mit mehreren Hammerschlägen die Sitzung. Er hatte sich lange gesträubt, eine Vollversammlung der Ritterschaft einzuberufen. Er könne nicht so viele Offiziere gleichzeitig auf dem Schlachtfeld entbehren, hatte er erklärt; in Wirklichkeit aber hatte er Angst davor, sich anhören zu müssen, was er längst wusste.

Bischof Balestrieri deutete eine Verbeugung an. Philippe erteilte ihm mit einem Kopfnicken das Wort. Der Bischof erhob sich von seinem Platz und trat in die Mitte der versammelten Runde. Als ein Mann, der es gewohnt war, zu einem großen Zuhörerkreis zu sprechen, suchte er zunächst den Blickkontakt mit jedem in der Runde herzustellen.

»Herr«, sagte er dann zu Philippe gewandt, »liebe bewaffnete Brüder. Die Zeit ist gekommen, da ich für die Bürger von Rhodos das Wort ergreifen muss. In den vergangenen fünf Monaten haben wir den Bürgern viel abverlangt, und sie haben eine Bereitwilligkeit gezeigt, die alle Erwartungen übertroffen hat. Sie haben an der Seite der Ritter gekämpft und sind an ihrer Seite gestorben. Sie haben unermessliches Leid auf sich genommen, haben Väter, Mütter und Kinder verloren. Wir sind eine Gemeinde, und auf dieser Insel gibt es inzwischen keinen mehr, der nicht schon von der kalten Hand des Todes berührt worden ist.«

Balestrieri hielt inne, damit seine Worte auf die Ritter einwirken konnten. »Gestern sind Bischof Clement und ich von einer Abordnung der Bürger aufgesucht worden. Die Leute haben angesichts der auf den Zinnen aufgespießten Leichenteile große Angst, man könnte ihnen verräterische Absichten unterstellen. Aber sie haben noch mehr Angst vor dem, was über sie hereinbricht, falls die Armeen des Sultans beim nächsten Großangriff den Zugang zur Stadt erzwingen sollten. Sie haben vernommen, dass Gesandte des Sultans uns eine ehrenvolle Kapitulation angeboten haben. Die Leute klagen, den Johannitern sei die Ehre ihres Ordens wichtiger als das Leben der Bürger. Auch wenn bislang noch keine Rede davon war, so befürchte ich doch, dass die Bürgerschaft den Abschluss eines Separatfriedens mit dem Sultan in Betracht zieht.«

Im Saal war es totenstill geworden. Philippe stieg die Zornesröte ins Gesicht. Er beherrschte sich zwar, aber sprach Balestrieri nicht von offener Rebellion? Gefährliche Reden waren das! Einige Ritter blickten unbehaglich drein.

»Herr, Euer Orden ist seit mehr als zweihundert Jahren auf dieser Insel«, fuhr Balestrieri fort. »Ihr seid diesen Menschen tief verbunden. Ihr Schicksal ist das Eure. Diese Menschen haben Euch in diesem Kampf weit über jedes normale Maß hinaus ihre Ergebenheit bewiesen. Herr, verlangt nicht von ihnen, in einem Kampf zu verbluten, der nicht gewonnen werden kann. Diese Menschen sind keine Ritter. Verlangt nicht von *ihnen*, für *Eure* Ehre den Kopf hinzuhalten.«

Tadini löste sich von seinem Platz an der Wand. Er versuchte ohne den Krückstock auszukommen, den er sich inzwischen statt der provisorischen Krücke zugelegt hatte. Aber die Wunde war noch zu frisch, das Knie noch nicht gefestigt. Schon nach zwei Schritten geriet er ins Strauchein. Nur das rasche Eingreifen des jungen la Valette verhinderte einen Sturz. Kaum dass er wieder sicheren Stand gewonnen hatte, entriss er seinem Helfer den Ellbogen. Philippe deutete auf einen leeren Stuhl in der Runde, doch Tadini lehnte ab. Auf den Krückstock gestützt richtete er von außen her seine Worte an den Kreis der Versammelten.

»Herr, vergebt mir meine Worte, doch es muss gesagt sein, denn Ihr habt ein Recht darauf, dass ein Euch ergebener Ritter die Wahrheit spricht.« Er blickte in die Runde; dann kehrte sein Blick zu Philippe zurück. »Der Feind ist schon in unserer Stadt. Heute sind es noch Wenige, aber die Zahl wächst mit jedem Tag. Sie kommen *über* der Erde, und sie kommen *unter* der Erde durch die Schächte. Sie haben jede Mauertasche, jede Zurückverlegung der Befestigung bereits untertunnelt. Wenn Ihr es verlangt, werde ich an Eurer Seite bis zum letzten Atemzug kämpfen. Aber für die Entscheidung, die Ihr zu treffen habt, müsst Ihr wissen, dass es für unsere Stadt keine ... *salvezza* ...«, auf der Suche nach dem richtigen Wort schnippte er mit den Fingern, »... keine Rettung mehr gibt.« Achselzuckend schlug er die Augen nieder und machte sich humpelnd auf den Weg zurück zu seinem Platz an der Wand.

Philippe wartete, bis Tadini saß, bevor er das Wort ergriff. »*Mes frères. Mes amis. Mes Chevaliers. Mes citoyens.* Brüder, Freunde, Ritter und Bürger, ich habe eure Worte vernommen, und eure Worte sind wahr. Aber ich habe bei Gott dem Allmächtigen ein heiliges Gelübde abgelegt, die Ehre und den Standort des Ordens bis zu meinem Tode zu verteidigen – und ihr alle, die ihr hier seid, habt das gleiche Gelübde abgelegt. So wie wir Ritter nach diesem Gelübde leben, haben wir auch geschworen, im Dienste Christi zu sterben. Die Heiligen Väter hier unter uns«, er wies mit dem Kopf auf Balestrieri und Clement, »haben ebenfalls ein Gelübde abgelegt, das zwar anders in der Form ist, in seinem Gehalt jedoch auf das Gleiche hinausläuft. Ich bin bereit, für unsere Heimat, in der wir seit zweihundert Jahren leben, bis zum letzten Blutstropfen weiterzukämpfen. Besser ehrenvoll in der Schlacht zu sterben, als vor den Ungläubigen zu kapitulieren und als ihre Sklaven zu leben.«

»Hört, hört!«, riefen ein paar Ritter und sprangen auf.

Philippe hob die Hand. »Ich werde alle anführen, die bereit sind, mir noch einmal auf die Bastionen zu folgen. Und wenn nur wir Ritter bis zum Ende kämpfen, so sei's drum! Der Teufel soll die Rhodier holen, wenn sie lieber Sklaven des Sultans sein wollen!«

In Erwartung der Reaktion lehnte der Großmeister sich im Sessel zurück. Im Grunde seines Herzens hoffte er auf eine überwältigende Zustimmung seiner Ritter. Am liebsten wäre er sofort mit seinen Brüdern aus dem Palast gestürmt, um die Sache in einer letzten glorreichen Schlacht auf den Mauern von Rhodos ein für alle Mal zu Ende zu bringen. Was gab es nach Hélènes Tod für ihn noch zu verlieren?

Außer dem Rascheln des schweren Stoffs der Umhänge war kein Laut zu hören. Die Ritter flüsterten miteinander. Aber von dem von Philippe ersehnten Ruf zu den Waffen konnte keine Rede sein. Nach längerer Pause erhob sich Fra Lopes de Pas aus der *Langue* von Aragon und bat ums Wort.

Er trat in die Mitte des Saales und wartete, bis Philippe ihm seine ganze Aufmerksamkeit geschenkt hatte, bevor er auf Spanisch zu sprechen begann. Doch schon nach ein paar Worten begann er auf Französisch noch einmal von vorn. »*Mon Seigneur, mes amis, Chevaliers de St. Jean*«, sagte er förmlich. »Alles, was wir heute Morgen hier gehört haben, ist richtig. Es waren Worte ohne Falschheit. Unsere Chance auf einen Sieg über den Feind ist dahin. Aber wenn das Ende schon nahe ist, wenn wir uns schon geschlagen geben müssen, sollten wir den Sieg unseres Feindes nicht durch unseren Tod noch glanzvoller machen. Wenn alle Hoffnungen zerschlagen sind, beugt sich der Weise der Notwendigkeit. Darin liegt nichts Unehrenhaftes. Die spartanischen Mütter sagten zu ihren Söhnen: ›Komm mit deinem Schild zurück oder auf deinem Schild‹, und Sparta ist untergegangen. So lobenswert unser Tod auch sein mag, auf lange Sicht wird er unserem heiligen Glauben mehr schaden als die Kapitulation. Denn wenn wir überleben, um den Kampf erneut aufzunehmen, haben wir die Möglichkeit, zu siegen und unser Eigen zurückzugewinnen. Aber diese Möglichkeit haben wir nicht, wenn wir alle tot auf diesen zertrümmerten Mauern liegen.«

Philippe starrte de Pas mit trübem Blick an. Der Glanz war aus seinen Augen gewichen. Während die Ritter die Worte des Spaniers auf sich einwirken ließen, gab es Unruhe vor der Tür. Um nachzusehen, rissen die Wachen die schweren eichenen Türflügel auf. Durch das plötzliche Öffnen der Tür des Gleichgewichts beraubt, stürmte ein gestikulierender Haufen von zwölf in Lumpen gekleideten Männern schreiend in den Saal. Vom eigenen Geschrei peinlich berührt, drängten sie sich in der Mitte des Saales zusammen. Den zerknautschten Hut in der Hand, trat einer von ihnen nach vorn und blickte sich unsicher um. Als er bemerkte, dass der Großmeister ihn auffordernd anschaute, versuchte er eine respektvolle Haltung anzunehmen und begann – offensichtlich den Tränen nahe –, mit erstickter Stimme zu sprechen.

»Herr«, jammerte er und verbeugte sich tief, »wir sind ... also, unsere Nachbarn haben uns hergeschickt. Wir ... wir haben vernommen, dass Ihr zusammengekommen seid, um über das Schicksal unserer Stadt zu beraten ... und dass der Sultan Unterhändler geschickt hat wegen der Kapitulation ... wegen *Eurer* Kapitulation. Die Leute haben Angst, Herr, dass Ihr nicht darauf eingeht. Wir haben nichts mehr zu essen, und manche sind schon verhungert. Die Bürgerwehr ist zerschlagen, Euer Ritterheer ist zusammengehauen, und Hilfe von außen ist nicht in Sicht. Wir haben kein Schießpulver mehr, keine Munition und kaum noch Wasser. Die Toten liegen überall in den Straßen. Überall gibt es Seuchen, überall ist Tod ...«

Die Schicksalsgefährten des Mannes erwachten aus ihrer Lethargie und stärkten ihrem Sprecher den Rücken. Händeringend, jammernd und weinend redeten sie durcheinander. Immer wieder drangen dieselben Worte an Philippes Ohr. »Nichts mehr zu essen ... keine Soldaten mehr ... alle tot ... es ist aus und vorbei ... alles ist aus ...«

Philippe betrachtete die jammervolle Abordnung der Bürger und ließ den Blick dann über die Versammlung der Ritter schweifen.

Atemlose Stille breitete sich aus. De Pas und Tadini mussten den Blick vom Großmeister wenden. Sie konnten es nicht ertragen, diesen Furcht erregenden Krieger auf verlorenem Posten kämpfen zu sehen.

Philippe sank in seinen Sessel zurück und fuhr sich mit einer fahrigen Geste übers Gesicht, riss sich dann aber zusammen und nahm seine gewohnte straffe Haltung an.

»*D'accord.* So sei es denn«, sagte er mit kaum hörbarer Stimme.

20.

Der Waffenstillstand

Rhodos
Dezember 1522

Die Aghas hatten sich in Suleimans *Serail* versammelt, froh darüber, wieder einmal wettergeschützt im Warmen sitzen zu dürfen. Seit der Sultan von seinen Spitzeln erfahren hatte, dass die Rhodier an der Schwelle einer Rebellion standen, war die Stimmung nicht mehr so gedrückt. Nach allem, was er wusste, stand der Großmeister unter einem gewaltigen Druck, die Kämpfe einzustellen und zu kapitulieren.

»Piri Pascha, was wissen wir sonst noch über die Zustände in der Festung?«

Piri erhob sich von seinem *Diwan*. »Majestät, die Stadt liegt in Trümmern, die Bevölkerung hungert. Die Kreuzritter sind nur noch so wenige an der Zahl, dass sie nicht mehr genügend Leute in die Breschen werfen können, um unsere Angriffe zurückzuschlagen. Bei unseren Vorstößen gelingt es immer mehr von unseren Männern, in die Stadt einzudringen. Aber«, er breitete in einer ratlosen Geste die Arme aus, »der entscheidende große Durchbruch ist uns immer noch nicht gelungen. Ich bin zwar überzeugt, dass wir letzten Endes siegen, wenn wir den Druck aufrechterhalten, aber der Preis dafür wird hoch sein.«

Suleiman wandte sich nickend an Achmed Agha, der Mustafa

Pascha als *Seraskier* abgelöst hatte. »Und wie sieht es mit unseren Truppen aus? Wie ist die Lage?«

»Majestät«, antworte Achmed mit einer tiefen Verbeugung, »bei uns ist die Lage bei weitem nicht so schlecht wie bei den Johannitern. Unsere Leute haben wenigstens genügend Wasser und Verpflegung, und die Unterkünfte sind inzwischen soweit verstärkt, dass sie den Männern ausreichenden Schutz vor der Witterung bieten. Verglichen mit der Armee, die vor vier Monaten in der Bucht von Kallithea an Land gegangen ist, muss man allerdings große Abstriche machen. Die Leute sind kampfesmüde und enttäuscht. Jeder Mann hat inzwischen durch Tod, Verwundung oder Krankheit mehrere Kameraden verloren. Seuchen breiten sich im Lager aus. Die Ärzte sind vollkommen überlastet. Die Söhne des *Scheitan* haben uns verseuchte, von Fliegenschwärmen umschwirrte Leichen ins Lager geschossen, damit wir uns anstecken. Der Gestank ist unerträglich. Wir haben es ihnen mit gleicher Münze heimgezahlt, aber ich glaube nicht, dass sich für die Kreuzritter damit etwas verschlechtert hat. In unserem Lager jedenfalls haben wir mit dem Schlamm, der Kälte und dem grässlichen Gestank der unbestatteten Gefallenen schwer zu kämpfen. Sogar das Heimweh – viele Soldaten sind ja noch halbe Kinder – macht uns zu schaffen. Aber die Männer werden für Euch kämpfen, solange Ihr es für erforderlich haltet.

Die Sklaven bereiten uns mehr Probleme. Sie nutzen jede Gelegenheit zur Flucht und sind nur noch mit den Hieben der flachen Klinge unserer Krummschwerter voranzutreiben. Aber es ist das alte Lied mit den Sklaven. Majestät, je schneller das hier vorbei ist, desto besser ist es.« Achmed Agha wollte zu seinem *Diwan* zurücktreten, zögerte jedoch.

»Ja, Achmed? Gibt es noch etwas?«

»Majestät, diese Äußerung steht mir eigentlich nicht zu, doch im Interesse meiner Männer darf ich damit nicht hinter dem Berg halten. Die Janitscharen – die Söhne des Sultans – sind die ergebensten Soldaten der Welt. Jeder von ihnen würde sich für Euch tausend Mal in Stücke hauen lassen. Aber es wäre ein Segen Allahs, wenn Ihr erreichen könntet, dass die Kreuzritter sich ergeben und die *yeni cheri* keine weiteren Verluste hinnehmen müssen.« Mit einer Verbeugung begab er sich an seinen Platz.

Suleiman schien die Aghas der Reihe nach befragen zu wollen, besann sich dann aber eines anderen und richtete sich in seinem hohen Lehnstuhl auf. »Wir werden den Kreuzrittern noch eine letzte Chance gewähren«, sagte er zu den versammelten Aghas. »Achmed Agha, lass deinen Neffen holen. Er soll sich hier mit dem offiziellen Dolmetscher einfinden. Diesen Narren aus Genua werde ich nicht noch einmal schicken. Ich will mich auf keine Missverständnisse mehr einlassen, wenn ich den Kreuzrittern mein Ultimatum unterbreite. Ich werde meine Botschaft jetzt von *meinen* Leuten überbringen lassen, und zwar mündlich und schriftlich. Lass auf dem Turm jener Kirche, die hinter unseren Linien liegt, zum Zeichen der Waffenruhe eine weiße Fahne hissen.

Und das sind die Bedingungen, die dein Neffe den Kreuzrittern bekannt machen soll: Sie müssen sich *sofort* ergeben. Ich werde keine Verzögerung dulden. Es steht ihnen frei, auf Rhodos zu bleiben und unter dem Islam in Frieden zu leben, gleichgültig, ob sie sich zum Islam bekehren oder ihre Religion behalten, oder ungehindert unter Mitnahme aller persönlichen Habe abziehen. Dasselbe gilt für die Bürger. Auch sie können bleiben oder mit ihrer Habe fortziehen, den Islam annehmen oder ihre alte Religion behalten.« Suleiman hielt inne und überlegte, ob er alle Bedingungen genannt hatte. »Aber eines sollen sie wissen: Wenn sie sich diesen Bedingungen nicht unverzüglich und willig fügen, werde ich jeden Mann, jede Frau und jedes Kind auf dieser Insel niedermachen lassen. Und jetzt geh!«

In der Frühe des zehnten Dezember schauten die Wachen auf dem Johannesturm zu den türkischen Linien hinüber. Im Frühdunst bot sich ihren Augen ein neues Detail in der Landschaft.

In der morgendlichen Brise wehte auf dem Turm der vor den Festungsmauern gelegenen Kirche zu Unserer Gnädigen Frau eine große weiße Fahne. Man benachrichtigte den Großmeister, der sofort Tadini und Prejan de Bidoux rufen ließ. Die beiden Ritter meldeten sich binnen Minuten im Palast und bestätigten, dass der Sultan auf der Kirche eine weiße Waffenstillstandsfahne gehisst hatte.

Tadini und Bidoux erschraken über das Aussehen des Großmeisters. Er steckte zwar in einer einigermaßen ordentlichen Uniform, doch unter seinen blutunterlaufenen Augen hingen dicke, dunkellila Tränensäcke. Seine Stimme war brüchig geworden, ihre gebieterische Kraft dahin. »Guten Morgen, Gabriele und Prejan. Wie sieht es aus?«

Tadini ergriff als Erster das Wort. »Herr, die Lage ist eindeutig. Der Sultan lässt seine Kanonen schweigen. Nichts bewegt sich in den türkischen Linien. Keine Trompeten, keine Trommeln. Nichts deutet auf einen Angriff hin. Ich nehme an, der Sultan will uns seine Botschafter schicken. Wir brauchen nur mit dem Hissen einer weißen Fahne zu antworten.«

Philippe nickte bedächtig. »Das sollten wir unbedingt tun«, sagte er, ohne den Blick zu heben. »Lasst auf dem Johannesturm eine weiße Fahne aufziehen. Wir wollen sehen, was der Sultan von uns möchte.«

Mit einer Verbeugung machten Tadini und Bidoux sich auf den Weg. Sie verließen den *Collachio* und gingen quer durch die Stadt und das jüdische Viertel zum Johannesturm. Bidoux hatte sich eine zusammengefaltete weiße Fahne unter den Arm geklemmt. Auf Schritt und Tritt kamen sie an Toten und Sterbenden vorbei. Manche Gassen waren von aufgedunsenen Tierkadavern versperrt und mussten umgangen werden. Kaum ein Haus war unbeschädigt geblieben. Hier und da brannte ein Feuer; als Brennmaterial diente das geborstene Holz der zerstörten Stadt. Rinnsale von Exkrementen suchten sich einen Weg durch die Straßen hinunter zu den Mauern, vor denen sie sich stauten, bis sie sich durch einen Mauerriss in die Festungsgräben entleeren konnten. Bidoux schüttelte betroffen den Kopf über die verheerenden Zustände. »Wir sind am Ende, mein Freund!«, sagte er.

Tadini antwortete nicht. Er fürchtete, beim Versuch einer Antwort in Tränen auszubrechen. Am südlichen Mauergürtel angelangt, stiegen sie schnell zum Johannesturm hinauf und ließen die weiße Fahne aufziehen. Dann stellten sie sich auf die Brustwehr und warteten.

Achmed Aghas Neffe und der Dolmetscher warteten inmitten der Truppen. Als die weiße Fahne auf dem Turm wehte, zogen sie gemeinsam los. Nachdem sie die eigenen Linien hinter sich gelassen hatten, machten sie sich daran, durch die Festungsgräben zu klettern. Angesichts der Zustände vor den Mauern packte sie das Entsetzen. Keiner der beiden hatte je zuvor ein solches Massengrab aus nächster Nähe gesehen. Sie wussten kaum, wohin sie den Fuß setzen sollten, ohne auf einen getöteten türkischen Soldaten oder Sklaven zu treten. Sich gegenseitig stützend arbeiteten sie sich durch die von Leichen überquellenden Gräben.

Am Tor angekommen, rief der Dolmetscher die beiden Männer auf den Zinnen an. Auf einen Wink Tadinis wurden die Emissäre eingelassen, wo er ihnen mit Bidoux im Torweg entgegentrat.

Achmeds Neffe wiederholte das Ultimatum des Sultans Wort für Wort, wobei der Dolmetscher jeden Satz sorgfältig ins Französische übersetzte. Dann übergab er Tadini ein mit der *Tugra* des Sultans gesiegeltes Pergament, in dem die Kapitulationsbedingungen in Türkisch und Französisch niedergelegt waren. Die Emissäre verbeugten sich und traten zum Tor hinaus den Rückweg an.

Bidoux und Tadini sahen ihnen nach. Diesmal sparte Tadini sich jegliche verächtliche Bemerkung oder Geste.

11. Dezember 1522

Es war der einhundertdreißigste Tag der Belagerung. Am Befestigungsabschnitt von Aragon schritten zwei Männer in schwarzen Talaren zur Stadt hinaus. Nachdem sie die Gräben überwunden hatten, gingen sie auf die türkischen Linien zu, hinter denen der Pavillon von Achmed Agha lag.

Sie wurden von vier Janitscharen angehalten und nach Waffen durchsucht. Zu beiden Seiten von einem Wächter eskortiert, brachte man sie in Achmed Aghas Zelt. Der General ließ die beiden Männer zwei Stunden warten, während er sich in seine Paradeuniform warf und den federgekrönten Turban aufsetzte. Nachdem er in aller Ruhe sein Frühstück eingenommen hatte, ließ er die beiden Männer rufen.

Die schwarz gewandeten Männer wurden hereingeführt. Für den unwahrscheinlichen Fall eines heimtückischen Angriffs nahmen die Janitscharen rechts und links Aufstellung. Der Dolmetscher trat auch hinzu. »Wer seid ihr, die ihr Achmed Agha eine Nachricht bringt?«, eröffnete Achmed Agha das Gespräch.

Der Größere der beiden trat vor. »Ich bin Antonio de Grollée, Richter am Gericht von Rhodos.«

»Ja, ich sehe, dass Ihr nicht den Umhang der Kreuzritter tragt. Und wer ist dieser Mann bei Euch?«

»*Je m'appelle* Roberto Peruzzi«, sagte der andere auf Französisch und trat ebenfalls vor. »Auch ich bin Richter am rhodischen Gericht.«

Der Dolmetscher übersetzte und fügte für Achmed Agha hinzu, dass der Mann nicht in seiner Muttersprache rede. Achmed quittierte das feine Gehör seines Dolmetschers mit einem Lächeln. »Ihr möchtet mir etwas mitteilen?«

»Wir haben Sultan Suleiman Khan eine Botschaft des Großmeisters Philippe Villiers de L'Isle Adam zu überbringen«, antwortete Grollée. »Der Großmeister bittet um eine dreitägige

Verlängerung des Waffenstillstands, um die Übergabe der Stadt vorzubereiten und die Einzelheiten des Ablaufs festzulegen.«

»Gewiss. Man wird Euch zum Sultan persönlich führen, dass Ihr ihm Eure Botschaft überbringt.«

Achmed erhob sich. Von den Wachen begleitet führte er die Emissäre ein kleines Stück hinter das Zelt, wo Pferde bereitstanden. Als alle aufgesessen waren, setzte sich die kleine Prozession, von berittenen Sipahis eskortiert, durch das Lager in Bewegung. Der Dolmetscher und die Janitscharengarde folgten zu Fuß.

Die beiden Unterhändler staunten über den guten Zustand des Lagers. Er war zwar himmelweit von der üblichen Ordnung und Sauberkeit eines Janitscharenfeldlagers entfernt, aber im Vergleich zu den Zuständen in der Stadt war er geradezu paradiesisch. Aus den riesigen Kochtöpfen zog ihnen der Duft von frisch gekochten Mahlzeiten in die Nase; vor allem aber verblüffte sie die nach so viel Tod und Zerstörung immer noch unvorstellbar große Mannschaftsstärke der türkischen Truppen. *Was ein Glück, dass wir uns zur Kapitulation entschlossen haben*, dachte Peruzzi. *Alles andere hätte unseren sicheren Tod bedeutet.*

Nach einem kurzen Ritt hügelan nach Westen erreichten sie das Lager des Sultans am Abhang des St.-Stephansberges. Suleimans Leibgarde nahm sie unverzüglich in Empfang. Sie wurden zum *Serail* des Sultans gebracht. Achmed und sein Dolmetscher, die den Abgesandten der Stadt vorangingen, führten sie hinein. Suleiman saß rechts von Ibrahim und Piri Pascha flankiert auf seinem Thron. Achmed verbeugte sich tief. Suleiman winkte ihn zu sich.

»Wer sind diese Männer, die dort an der Tür stehen? Was für eine Botschaft bringen sie uns?«, fragte Suleiman leise, der im Bilde sein wollte, bevor die Verhandlung begann.

»Es sind zwei Richter des Gerichts von Rhodos. Der Großmeister hielt sie vermutlich für glaubwürdiger als eine Gesandtschaft von Kreuzrittern. Wie auch immer, der Großmeister bittet um einen dreitägigen Waffenstillstand, um die Übergabe der Stadt vorzubereiten und ihren Ablauf festzulegen.«

Nach kurzem Überlegen forderte Suleiman Achmed Agha mit einer Handbewegung auf, beiseite zu treten. Auf sein Nicken führten die Leibwächter die Abgesandten vor den Thron, wo sie stehen blieben, die Hände vor dem Talar verschränkt. Nach einem Hieb der Janitscharenwächter in die Kniekehlen fielen sie unfreiwillig auf die Knie. Gleichmütig verharrten sie in dieser Haltung, fragten sich aber doch, ob der Sultan zur Demonstration seiner Macht ihnen etwa den sofortigen Tod zugedacht hatte. Schließlich wurden sie vom Dolmetscher angewiesen, die Stirn auf den Boden zu pressen und sich zu erheben.

Die beiden Männer verbeugten sich, verweigerten aber die Geste der Demut. Der Sultan mochte seinen Stolz haben – sie aber auch. Sie erhoben sich und warteten auf die Aufforderung zu sprechen.

»*Salaam Aleichum*, willkommen in meinem Lager«, sprach der Sultan sie in unerwartet freundlichem Tonfall an. »Welche Botschaft bringt Ihr mir von Eurem Großmeister Philippe Villiers de L'Isle Adam?«

Grollée sah dem Sultan forschend in die Augen und trat einen kleinen Schritt vor. Er hatte von diesem Mann schon viel gehört, aber nun, da er ihm persönlich gegenüberstand, war er mehr als überrascht. Die Macht des Osmanischen Reiches und seiner Armee hatte in ihm das Bild eines Herrschers von hühnenhafter Statur, mit tiefer Stentorstimme und pechschwarzem Bart entstehen lassen. Stattdessen sah er sich einem zartgliedrigen Mann gegenüber, der in geradezu feminine Seidenbrokatgewänder mit Goldstickereien gekleidet war und einen hohen weißen Turban mit goldener Krone und bestickte Pantoffeln trug. Grollée sah sich verstohlen um. Wo er ein nüchternes Militärlager erwartet hatte, herrschte eine Prachtentfaltung, die ihn zum Staunen brachte. Dass er sich offenbar einem ganz anderen Mann als erwartet gegenübersah, verunsicherte ihn. Er räusperte sich. »Der Großmeister wünscht Euch einen guten Tag und Wohlergehen auf allen Wegen«, sagte er ein wenig befangen.

Suleiman hatte mit einem unerfreulichen und zähen Vorspiel gerechnet und sich darauf eingestellt, mit einem sofortigen Angriff auf die Stadt zu antworten. Er hatte Grollée keine Sekunde aus dem Blick seiner schwarzen Augen gelassen. Offenbar war er mit dem vom Abgesandten angeschlagenen Ton sehr zufrieden. Er vergewisserte sich beim Dolmetscher, ob es Schwierigkeiten mit der Übersetzung gäbe.

»Nein, Majestät, nicht im Geringsten.«

»Sehr gut. Sag dem Abgesandten, ich gewähre einen dreitägigen Waffenstillstand zur Vorbereitung der Übergabe der Stadt.«

Grollée und Peruzzi waren überrascht, dass der Sultan sofort auf die Bitte eingegangen war. »Aber es dürfen in dieser Zeit keinerlei Ausbesserungsarbeiten an den Verteidigungsanlagen der Stadt vorgenommen werden«, fuhr Suleiman fort, »und es dürfen auch keine Kanonen oder andere Waffen in Stellung gebracht werden. Bei der geringsten Verletzung dieser Vereinbarungen werde ich unverzüglich mit einem Großangriff antworten, der erst abgebrochen wird, wenn jedes lebende Wesen innerhalb der Mauern zu Tode gebracht wurde!«

Die Abgesandten verbeugten sich.

Suleiman hatte sich zu Achmed gewandt und deutete auf Peruzzi. »Schick diesen Mann mit meiner Antwort zurück«, sagte er. »Den anderen behalte als Geisel hier.«

Achmed verbeugte sich und instruierte den Dolmetscher, der vor die Abgesandten trat. »Die Janitscharen werden Euch vor die Mauern der Stadt zurückbegleiten«, sagte er zu Peruzzi. »Und Ihr«, er deutete auf Grollée, »werdet als Achmed Aghas Gast hier bleiben, bis die Übergabe stattgefunden hat.«

Grollée zuckte zusammen. Er war jetzt eine Geisel, auch wenn es ihm in noch so freundlichen Worten eröffnet worden war. Er hegte keinen Zweifel daran, dass die erste Angriffswelle des Sultans seinen Kopf auf einem Spieß vor sich hertragen würde, wenn bei der Kapitulation etwas schief ging.

Grollée und Peruzzi nickten einander zu und wurden von den

Janitscharen rückwärts gehend aus dem *Serail* geführt. Nachdem Achmed Agha den Janitscharen draußen Befehl erteilt hatte, Peruzzi zur Stadt zurückzueskortieren, bedeutete er Grollée lächelnd, aufs Pferd zu steigen. Inmitten der Sipahigarde ritt er mit seinem »Gast« zu seinem Pavillon zurück.

Antoine de Grollée war bestürzt. Warum wurde er von Achmed Agha zu Pferd zu dessen Pavillon zurückgeleitet, noch dazu unter dem wachsamen Auge der Sipahis? *Wieso lassen dich die Türken so scharf bewachen, wenn du von ihnen nichts zu befürchten hast?*, fragte er sich.

Als sie ins Truppenlager einritten, dirigierte Achmed Agha ihn sofort zu seinem Zelt und komplimentierte ihn unter Entschuldigungen hinein. »Ich muss jetzt meine Truppen und die Stellungen inspizieren. Es wird etwa eine Stunde dauern, aber ich komme so bald wie möglich zurück«, sagte er und war verschwunden.

Grollée war nur kurze Zeit allein im Zelt. Er ging unschlüssig auf und ab, da er nicht wusste, ob es ihm gestattet war, sich zu setzen. Bevor er zu einer Entscheidung kam, erschien ein Diener mit einem Brokatkaftan und sauberer Unterkleidung auf dem Arm, die er auf einem niedrigen Tischchen ablegte. Durch Gesten gab er Grollée zu verstehen, er möge sich seiner Sachen entledigen und die sauberen Kleidungsstücke anziehen. Die verschlissenen Stiefel wurden gegen bequeme Pantoffeln ausgetauscht. Ein Tablett mit einer kleinen Mahlzeit und Wein wurden ihm vorgesetzt.

Grollée wusch sich Gesicht und Hände, bevor er sich in seinen neuen Kleidern auf dem *Diwan* niederließ. Nachdem er sich in den letzten Wochen von trockenem Brot und Wasser ernährt hatte, lief ihm vom Duft der Speisen das Wasser im Mund zusammen. Er sprach der Mahlzeit zu, ließ die Hälfte davon aber unberührt, da er nicht wusste, ob sie für seinen Gastgeber bestimmt war. Das Warten wurde ihm zur Qual.

Nach etwa einer Stunde erschien Achmed Agha im Zelt. Er ließ den Dolmetscher kommen. »Ah«, sagte er zu Grollée, »wie ich sehe, haben meine Diener sich bereits um Euch gekümmert.« Als wäre es die Idee der Dienerschaft gewesen, die Geisel neu einzukleiden und zu bewirten! »Sehr schön. Esst ruhig auf. Das war nur eine kleine Vorspeise für Euch. Wir werden richtig zu Abend speisen, wenn es dunkel wird.«

Grollée konnte sein plötzliches Glück kaum begreifen. Er verzehrte den Rest und dazu noch alle Süßigkeiten sowie das Obst auf dem Tischchen und spülte mit einem tüchtigen Schluck Wein nach. Achmed Agha legte indessen in einem Seitengelass die Uniform ab und erschien wieder – wie sein Gast in Kaftan und Unterkleidern gewandet – im Hauptzelt. »Nun«, sagte er jovial, »mit ein wenig Glück ist diese Belagerung noch vor Eurem Weihnachtsfest beendet, und vor unserem Neujahrsfest befinden sich vielleicht schon einige von uns auf dem Heimweg. *Inch' Allah*, das Sterben und Töten ist hoffentlich vorbei!«

Grollée hörte Achmed interessiert zu. Der Agha schien den christlichen Kalender und die Feiertage gut zu kennen. Wollte er die Entschlossenheit der Kreuzritter prüfen? Wohl kaum, zumal der Waffenstillstand bereits eingeräumt war.

»Unsere Truppen und unsere Bevölkerung haben furchtbar gelitten«, bekannte Grollée auf Französisch. »Es war ein gewaltiger Opfergang.«

»In der Tat«, pflichtete Achmed Agha ihm bei. »Beide Armeen haben gelitten. Wir mussten in den vergangenen Monaten sehr verschwenderisch mit Menschenleben umgehen. Nach Schätzung meiner Offiziere haben wir fast sechzigtausend Tote und noch einmal fünfzigtausend verwundete oder mit dem Tod ringende Soldaten. Das sind mehr als einhunderttausend Mann Verluste in nur vier Monaten!«

»*Mon Dieu!*«, rief Grollée verblüfft. »Mehr als einhunderttausend Mann Verluste! Kaum zu glauben. Nicht, dass ich Euer Wort anzweifle«, setzte er vorsichtig hinzu, »aber so viele Menschenleben! Andererseits braucht man ja nur in die Festungsgräben zu schauen, um zu wissen, dass es stimmt.« Er schaute unbehaglich drein. »Weshalb ist es dem Sultan eigentlich so wichtig, uns zu vernichten? Warum hat er seine Männer zu Tausenden dafür geopfert?«

»Wir sind hier«, antwortete Achmed, »weil der Sultan – wie sein Vater und sein Großvater und sein Urgroßvater – die Johanniter als Unruheherd in einem ansonsten friedlichen osmanischen Gewässer betrachtet. Es kann Euch nicht entgangen sein, dass Ihr ringsum auf Hunderte von Meilen von osmanischem Hoheitsgebiet umgeben seid. Uns unterstehen Handel, Gesetz, alles – bis auf die kleine Insel Rhodos.«

Achmed machte eine Pause, genehmigte sich eine Süßigkeit und fuhr fort: »Die Kreuzritter haben sich allein auf dieser Insel seit zweihundert Jahren als Piraten betätigt. Seit vierhundert Jahren sind sie von den osmanischen Sultanen von einer Festung zur anderen gejagt worden. Sultan Suleiman ist entschlossen, sein Reich ein für alle Mal von dieser Geißel zu befreien. Was mich angeht, bin ich sehr überrascht, dass er euch eine ehrenvolle Kapitulation angeboten hat. Bis gestern hätte ich jeden Eid darauf geschworen, dass er nicht ruhen wird, bis der Letzte von euch über die Klinge gesprungen ist. Wieso er auf einmal anderen Sinnes geworden ist, hat er mir nicht gesagt. Aber wenn euer Großmeister so schlau ist, wie seine Johanniter glauben, sollte er schleunigst und ohne Hintergedanken kapitulieren. Der Sultan könnte es sich genauso gut auch wieder anders überlegen.«

Grollée zog den Kaftan straffer um seine Schultern. Trotz der behaglichen Wärme, die das Kohlebecken im Zelt verbreitete, begann er zu frösteln.

21.

Von Angesicht zu Angesicht

Rhodos
Weihnachten 1522

In einen neuen scharlachroten Schlachtumhang mit dem weißen achtspitzigen Tatzenkreuz gehüllt ritt Philippe zum Johannestor hinaus. Er saß auf einem Schimmel, der mit einer goldenen Prunkschabracke geschmückt war, und trug keinen Helm, wohl aber das Schwert an der linken Seite. Mit einer Eskorte von acht Großkreuzrittern vor und hinter sich ritt er den Pfad entlang, den man für ihn durch die Gräben und das Niemandsland geräumt hatte. Er wandte sich gen Westen zum St.-Stephansberg. Ein Schutzwall aus Janitscharen und Sipahis säumte seinen Weg. Philippe hielt sich mit hoch erhobenem Kopf kerzengerade im Sattel, auch wenn er sich im nasskalten Wetter gern vor dem kalten Wind in seinen Mantel verkrochen hätte.

Die türkischen Soldaten am Wegesrand starrten der hügelan reitenden Gestalt hinterher. War das der Mann, der das Gemetzel, dem ihre Kameraden zu Tausenden zum Opfer gefallen waren, hundertfünfundvierzig Tage lang dirigiert hatte? Und jetzt war er auf dem Weg zu einer Zusammenkunft mit ihrem Sultan Suleiman?

Suleiman und Ibrahim saßen in Suleimans *Serail* und wärmten sich an einem Kohlebecken. Sie befanden sich alleine im Raum.

Diener und Wachen warteten wie immer sprungbereit vor der Tür.

»Er befindet sich also auf dem Weg?«, erkundigte sich Suleiman.

»Ja, Majestät«, antwortete Ibrahim. »Die Boten berichten, dass er in der nächsten halben Stunde eintreffen wird. Sein Zug bewegt sich schon die Flanke des Hügels hinauf.«

»Dir als meinem Freund kann ich es ja gestehen«, sagte Suleiman, »aber ich hätte nie mit einem solch entschlossenen Widerstand der Kreuzritter gerechnet. Ich wusste zwar, dass meine Kavallerie in einem Belagerungskrieg ziemlich nutzlos sein würde. Als der Winter kam, hätte ich die Männer und Pferde ebenso gut heimschicken können. Aber die Azabs und die Janitscharen! Stell dir nur vor, in welchen Massen ich sie in den Kampf geworfen habe!« Suleiman schüttelte ungläubig den Kopf. »Niemand konnte mit einem solchen Abwehrkampf rechnen, auch wenn die Kreuzritter die beste Festung der Welt haben. Ich war sicher, meine Kanonen und Mineure würden die Mauern binnen weniger Tage in einen Schutthaufen verwandeln. Ganz erstaunlich.«

Um den Monolog des Sultans nicht zu stören, enthielt Ibrahim sich jeder Äußerung.

»Ich glaube, der Großmeister hätte bis zum letzten Mann gekämpft. Seinen Glauben und seine Piraterie muss ich zwar verurteilen, aber seine Tapferkeit muss ich bewundern.«

»Wie werden wir den Großmeister empfangen, Majestät?«

»So würdig und ehrenvoll wie jedes andere Staatsoberhaupt. Wir könnten ihn natürlich ein wenig warten lassen. Ein paar Stunden vielleicht ...«

Philippe übergab dem Diener des Sultans sein Pferd und wies seine Ritter an, vor dem *Serail* zu warten. »Ich bin hier in Sicherheit. Der Sultan würde niemals einen Wortbruch begehen, indem er mein freies Geleit verletzt.«

Philippe wurde in eine Art Foyer vor Suleimans Empfangssaal

gebracht. Der Raum war durch ein Kohlebecken, das die ganze Nacht gebrannt hatte, angenehm gewärmt. Philippe schüttelte sich, als wollte er die Kälte abwerfen. Als er seinen Umhang zurückschlug, bemerkte er, dass der Saum vom Ritt durch das feuchte Gelände mit Schlamm bespritzt war.

Nachdem er eine Stunde an ein und derselben Stelle gesessen hatte, wurden seine Glieder allmählich steif. Seine Knie und Oberschenkel waren das Reiten nicht mehr gewöhnt. Er bewegte sich unruhig, gestattete sich aber nicht, aufzustehen und seine Ungeduld zu zeigen, indem er auf und ab ging. Nach längerer Zeit erschien ein Diener. Er brachte ein langes weißes Gewand, sagte ein paar türkische Worte und machte dazu eine einladende Geste. Auch wenn Philippe ihn nicht verstehen konnte, begriff er, dass das Gewand ein Geschenk des Sultans war.

Philippe stand auf, um das Geschenk entgegenzunehmen, doch der Diener hielt es zurück. Erst nachdem ein weiterer Diener erschienen war und Philippe den verunreinigten Umhang abgenommen hatte, schlug der erste Diener das Gewand in voller Länge auseinander. Philippe war von dessen Pracht tief beeindruckt: Es war ein Kaftan aus Goldbrokat mit wattierter Fütterung. Der Diener war hinter Philippe getreten und half ihm hinein. Als der Kaftan sich wärmend um seine breiten Schultern legte, staunte Philippe über die ausgezeichnete Passform. Wie konnten die Schneider des Sultans seine Maße so genau erraten haben? Der Gedanke hatte etwas Beunruhigendes. Außerdem hatte man den Kaftan vorgewärmt, damit der Großmeister nicht in ein kaltes Seidengewand schlüpfen musste – was wohl bedeutete, dass der Sultan *immer* vorgewärmte Gewänder anziehen konnte.

Philippe nickte dem Diener dankend zu; dann war er wieder allein. Kurz darauf wurden ihm Pantoffeln gebracht; seine schweren verschmutzen Stiefel zog man ihm aus. Als die erste Stunde verstrichen war, setzte man ihm ein Tablett mit Speisen und Wein vor. Er hatte das Gefühl, sich in einem Luxusgefängnis zu befinden. Am liebsten hätte er aus seiner Empörung über diese Art kaiserlicher Überheblichkeit keinen Hehl gemacht und wäre stehenden Fußes gegangen. Was ihm am unangenehmsten aufstieß, war der Umstand, dass der Sultan ihn in diese unmögliche Situation gebracht hatte: Suleiman versuchte, ihn mit den Verlockungen des Überflusses und der Behaglichkeit zu ködern. Da saß er nun, seines Schlachtumhangs und der Kriegerstiefel beraubt, in einem seidenen Hausmantel und Pantoffeln vor einem warmen Feuer und genoss obendrein noch den Komfort, den er seit Anfang der Belagerung nicht mehr gekannt hatte. Das Ganze war im Grunde eine einzige Beleidigung.

Nachdem die zweite Stunde vergangen war, trat ein Page ein und winkte. Philippe stand auf und folgte ihm in das innere Gelass.

Der Sultan saß auf seinem Thron. Ibrahim stand davor und verbeugte sich vor dem Großmeister. »*Bonjour, Seigneur. Bienvenue. Je vous en prie* ...« Er wies auf einen *Diwan*, der vor dem Thron aufgestellt war, und trat beiseite. Endlich konnte Philippe den Sultan betrachten, der ihn schon die ganze Zeit schweigend beobachtet hatte. Der Herrscher trug einen Kaftan aus Goldbrokat sowie Pantoffeln, doch Philippe bemerkte sogleich, dass die Kleidungsstücke um eine kleine, aber entscheidende Nuance sorgsamer gearbeitet waren als die, die man ihm geschenkt hatte – die Nähte waren noch feiner, die Fütterung noch prachtvoller.

Der Thron aus dunklem Holz, auf dem Suleiman saß, war mit kunstvollen Schnitzereien versehen und mit Seidenbrokat gepolstert. Der Raum war über und über mit Seidenteppichen belegt. Sitzkissen lagen an den Wänden. Nach den vielen Monaten im Feld war nirgends auch nur ein Stäubchen zu sehen.

Philippe blickte in Suleimans dunkle Augen. Diese Augen und Suleimans berühmte Adlernase zogen seine ganze Aufmerksamkeit auf sich. Philippe bemerkte, dass er sich in den Monaten der Belagerung kein Bild von seinem Gegner gemacht, geschweige denn eines gesehen hatte. Er war verwirrt, denn während er Suleimans Gesicht betrachtete, verflüchtigten sich sämtliche vorgefassten Meinungen.

Philippe trat an den für ihn bereitgestellten *Diwan* und setzte sich. Sofort zeigte sich, dass die Platzierung des Sitzmöbels einem sorgfältigen Plan entsprach, denn Philippe musste den Kopf weit in den Nacken legen, wollte er dem Sultan bei der Verhandlung in die Augen blicken.

Ibrahim setzte sich neben den Sultan auf einige Sitzkissen. Auch er saß etwas höher als der Großmeister. Philippe sah sich nach einem Dolmetscher um, doch niemand war zu sehen. Außer ihm selbst und den beiden anderen Männern war niemand im Raum. Da Philippe kein Türkisch sprach, musste er wohl oder übel darauf warten, dass der Sultan das Wort ergriff.

Die beiden Armeeführer sahen einander unverwandt an. Auch Ibrahims Blick ruhte auf dem Großmeister, der jedoch in keiner Weise darauf reagierte.

Schließlich brach Suleiman das angespannte Schweigen. »Philippe Villiers de l'Isle Adam, ich heiße Euch willkommen in meinem *Serail*«, begann er auf Türkisch. Philippe hätte sich am liebsten umgeschaut, wo der Dolmetscher blieb, aber er mochte den Blick nicht von Suleiman wenden. Da begann Ibrahim in fast akzentfreiem Französisch die Worte des Sultans zu übersetzen.

Philippe verbeugte sich. »Majestät, es ist mir eine Ehre, bei Euch zu sein«, erwiderte er. »Ich danke Euch für Eure Gastfreundschaft und das großzügige Geschenk.«

»Ich bedaure, dass wir uns unter den gegebenen Umständen treffen müssen. Zu anderen Zeiten hätten wir vielleicht als Bundesgenossen gemeinsam in den Kampf ziehen können, doch Allah und sein Prophet Mohammed haben es anders gewollt, der Segen ruhe auf Ihm.«

Mangels einer passenden Antwort konnte Philippe nur nicken. Suleiman fuhr fort zu sprechen. Ibrahims Übersetzung erfolgte in einem nahezu perfekten Französisch mit dem gleichen Sprachfluss und den gleichen Betonungen, die der Sultan vorgegeben hatte. »Ich möchte Euch mein Mitgefühl aussprechen, nachdem so viele Eurer Ritter und so viele Menschen aus der Bevölkerung den Tod gefunden haben. Die Belagerung war eine tragische Geschichte, die unendlich viele junge Leute das Leben gekostet hat.«

»*C'est vrai*, Majestät. Ich kann nur hoffen, dass das Töten nunmehr ein Ende hat, auch wenn ich weiß, dass das Sterben noch einige Zeit anhalten wird.«

Suleiman nickte. »Ja, aber dies ist nun einmal das Schicksal aller Fürsten und Anführer. Früher oder später gehen ihre Reiche zugrunde, ihre Städte veröden, ihre Untertanen sterben. Niemand außer Allah währt ewig. Eure Männer haben einen großen, wenn auch vergeblichen Kampf geführt. Es war unvermeidlich, dass wir am Ende die Oberhand behielten. Niemals wird jemand Euren Kampfesmut oder Eure Hingabe bezweifeln. Meine Aufhebung der Belagerung kann Eurer Ehre keinen Abbruch tun.«

»Ich danke Euch.«

»Aber wir wollen uns jetzt mit den Realitäten dieses Friedensschlusses befassen. Dies sind die Kapitulationsbedingungen im Einzelnen:

Ihr sendet mir fünfundzwanzig Ritter – darunter Männer von hohem Rang, ich denke an Großkreuzträger –, die als meine Geiseln hier verbleiben werden, bis die Übergabe der Stadt und Eure Einschiffung abgeschlossen sind. Ich versichere Euch, dass die Geiseln nicht weniger höflich und respektvoll behandelt werden, als Euer Fra Antoine de Grollée, der sich derzeit in Achmed Aghas Obhut befindet. Außerdem werdet Ihr fünfundzwanzig Geiseln aus angesehenen rhodischen Familien stellen. Auch sie stehen unter dem Schutz meines Ehrenworts.«

Philippe blieb stumm und hielt den Blick unverwandt auf Suleiman geheftet, auch wenn Ibrahim der Sprecher war.

»Zur Garantie von Ruhe und Ordnung und zur Gewährleistung eines friedvollen Ablaufs des Abzugs werde ich eine kleine Abteilung von vierhundert Janitscharen in die Stadt verlegen.«

Philippe versuchte, sich ein Lächeln zu verkneifen. Vierhundert Janitscharen – eine »kleine Abteilung«!

»Meine Armee wird ihren Belagerungsring auf anderthalb Kilometer Abstand von den Mauern zurückziehen«, fuhr Suleiman fort. »Sie wird dort warten, bis Euer Abzug abgeschlossen ist. Ich verbürge mich mit meinem persönlichen Ehrenwort für die Sicherheit und das Wohlergehen der Kreuzritter und der Bürger. Den Rittern des Johanniterordens wird ein sicherer und ehrenvoller Abzug gewährt. Wenn Eure Flotte der Aufgabe nicht gewachsen ist, werde ich Euch hochseetüchtige Schiffe zur Verfügung stellen, die Euch nach Kreta bringen. Ihr habt für Euren Abzug von jetzt an gerechnet eine Frist von zwölf Tagen.«

Suleiman legte eine Pause ein, damit Ibrahim dolmetschen und Philippe die Einzelheiten zur Kenntnis nehmen konnte, bevor er fortfuhr. »Leben und Eigentum der Bürger sind durch mein Ehrenwort in jeder Hinsicht geschützt. Sie mögen in ihre Häuser zurückkehren und sie behalten. Zum Wiederaufbau der Stadt und zur Förderung von Handel und Gewerbe werde ich in den kommenden fünf Jahren keine Steuern erheben. Den Bürgern steht es frei, mit Euch abzuziehen oder hier zu bleiben, den Islam anzunehmen oder die alte Religion zu behalten. Wer bleibt und später anderen Sinnes wird, soll innerhalb der nächsten drei Jahre unter Mitnahme all seiner Habe und Besitztümer fortziehen dürfen.«

Suleiman lehnte sich im Thronsessel zurück und faltete die Hände. Philippe sah darin das Zeichen, dass die Kapitulationsbedingungen geklärt waren. »Majestät, Eure Bedingungen sind mehr als gerecht«, sagte er und beugte sich vor. »Ihr habt mir und meinem Orden unsere Ehre gelassen, die wir höher schätzen als alles – selbst das Leben. Ich bin sicher, dass die Bürger von Rhodos von Euren Soldaten nichts zu befürchten haben. Euer Ehrenwort ist für mich über jeden Zweifel erhaben. Ich möchte am heutigen Abend zum letzten Mal vor unserem Abschied in unserer Kirche die Christmette feiern. Es wäre mir eine Ehre, Euch zwei

Tage danach am Fest Johannes des Täufers im Großmeisterpalast empfangen zu dürfen.«

Als Ibrahim das Angebot des Großmeisters zu Ende übersetzt hatte, schaute Suleiman seinen Freund an. Weder ihm noch Ibrahim war die Ironie des Einladungstermins entgangen.

»Die Ehre ist ganz auf meiner Seite«, ließ Suleiman durch Ibrahim sagen.

Bei der Rückkehr in den Vorraum fand Philippe seinen Mantel gereinigt, gebügelt – und vorgewärmt vor. Seine Stiefel waren geputzt, einen kleinen Riss hatte man ausgebessert. Als er sie anzog, musste er lächeln. Auch die Stiefel waren angewärmt.

Am Fest des Heiligen Johannes des Täufers stiegen Suleiman und Ibrahim auf ihre Rösser und ritten prächtig gewandet mit einer Eskorte von einhundert Janitscharen und Sipahis in die Stadt hinunter. Während sie das offene Gelände vor der Stadt durchquerten, fanden sich auf den Mauern die Bürger ein, um das Kommen des Sultans zu beobachten. Seit Philippes Besuch bei Suleiman hatte man den Durchgang durch die Festungsgräben erweitert und befestigt, aber der Geruch des Todes hing immer noch in der Luft und würde auf Monate nicht weichen. Ohne den Kopf zu wenden, ritten Suleiman und Ibrahim an den Leichen ihrer Soldaten vorüber.

Am Johannestor angelangt, gab Suleiman seiner Eskorte das Zeichen zum Halten. »Die Wache soll zurückbleiben.«

Ibrahim blickte Suleiman unsicher an, doch Suleimans Entschlossenheit war unübersehbar. Ibrahim ritt zum kommandierenden Wachoffizier. »Bleibt mit den Wachen zurück. Wartet an unseren Linien auf uns.« Er sah sich vergewissernd nach Suleiman um.

»Meine Sicherheit ist durch das Ehrenwort des Großmeisters des Johanniterordens garantiert«, sagte Suleiman so laut, dass alle Umstehenden es hören konnten. »Es gibt mir mehr Sicherheit, als sämtliche Armeen der Welt es könnten.«

Suleiman gab seinem Pferd die Sporen und ritt durchs Tor, gefolgt von Ibrahim. In der Stadt angelangt, stieg er ab und reichte die Zügel einem wartenden Johanniter. Die Straßen waren von neugierigen Bürgern gesäumt, die in der feuchten Kühle des Vormittags stundenlang ausgeharrt hatten, um einen Blick auf den sagenumwobenen Führer der Osmanen zu erhaschen – jenen Mann, von dessen Willen ihr zukünftiges Leben abhing. Die Kreuzritter mochten Rhodos aufgeben und sich mit ihrem Orden irgendwo anders niederlassen, doch der überwiegenden Mehrheit der Bewohner von Rhodos stand das Leben unter moslemischer Herrschaft schon in wenigen Tagen bevor.

Eine Eskorte hochrangiger Großkreuzritter stand unmittelbar hinter dem Tor bereit. Vielen älteren kampferprobten Rittern kam der Sultan wie ein halber Jüngling vor. Suleiman trug einen einfachen weißen Kaftan mit Goldbesatz. Sein schlanker Körperbau und sein jugendliches Gesicht ließen nicht vermuten, welch ungeheure Macht dieser Sechsundzwanzigjährige verkörperte. Ibrahim als Dolmetscher an seiner Seite, schritt Suleiman durch die Reihen der Ritter. Einen der Männer aus der *Langue* von Frankreich sprach er schließlich an. »Ich bin gekommen, Euren Großmeister zu besuchen«, sagte er. »Ich möchte wissen, wie es ihm geht.« Der Ritter war von der Zwanglosigkeit des legendären Sultans so überrascht, dass er ihn offenen Mundes anstarrte.

Tadini, der den Vorfall mitbekommen hatte, grinste. Zusammen mit Prejan de Bidoux führte er den Zug der Ritter an, die mit Helm, Kettenhemd und voller Rüstung, das Schwert in der Scheide, aber die Hand griffbereit am Heft, hinter ihm her marschierten und den Eroberer schützten, wie es ihnen ihre Ehre gebot. Als sie die Ritterstraße erreichten, mussten die Menschenmengen von den Söldnern und den hundertfünfzig Rittern, die überlebt hatten, in Schach gehalten werden. Am Großmeisterpalast angekommen, übernahmen zwei Jungritter Suleimans und Ibrahims Pferde, um die Tiere in den Hof zu führen, während Suleiman und

Ibrahim von Tadini zur großen Freitreppe geleitet wurden, die sie gemeinsam erstiegen.

Philippe erwartete Suleiman im Kapitelsaal. Er erhob sich, um Suleiman zu begrüßen und zu einem großen Eichensessel zu führen. Ibrahim blieb zusammen mit den Rittern wartend am Eingang zurück. Als Philippe das Wort ergriff, trat er einige Schritte näher und begann zu übersetzen. Philippe hatte einen eigenen Dolmetscher bestellt, doch nachdem die Unterhaltung mit Suleiman auf dem St.-Stephansberg so erfolgreich verlaufen war, forderte er Ibrahim auf, fortzufahren.

»Sultan Suleiman Khan, es ist mir eine große Ehre, Euch in meinem Palast empfangen zu dürfen. Mit Eurem Kommen erweist Ihr uns eine hohe Auszeichnung.«

Ibrahim übersetzte ins Türkische. Suleiman nickte gefällig. »Bitte gestattet mir, Euch als Unterpfand unserer Hochachtung ein armseliges Geschenk zu überreichen«, fuhr Philippe fort. Auf sein Zeichen eilte ein Ritter mit einem schön geschnitzten Holzkästchen herbei. Er kniete vor dem Sultan nieder und öffnete das Kästchen, das innen mit rotem Samt ausgeschlagen war und vier goldene Trinkbecher enthielt. Suleiman nahm einen heraus, hielt ihn prüfend in die Höhe und drehte ihn in den Händen, um ihn dann auch von Ibrahim begutachten zu lassen. »Eure Großzügigkeit nehme ich mit dem größten Vergnügen entgegen«, sagte er und lächelte anerkennend.

»Wir fügen uns in vollem Umfang Euren Kapitulationsbedingungen«, fuhr Philippe fort. »Unsere Vorbereitungen zum Verlassen der Insel sind im Gange. Meine Ritter und ich werden am Morgen des ersten Januar in See stechen. Die Söldner und einige Bürger werden mit uns reisen. Man hat mir versichert, dass der Besetzung der Stadt durch Eure Truppen auch dann kein Widerstand entgegengesetzt werden wird, wenn der Orden die Insel verlassen hat. Majestät, Ihr habt Gnade walten lassen – was einen großen Mann mehr auszeichnet, als eine Eroberung es könnte.«

Nach einer Stunde des Austauschs protokollarischer Höflichkeiten und gegenseitiger Komplimente war für Suleiman und Ibrahim die Zeit zum Aufbruch gekommen. Als der Sultan sich erhob, verbeugte sich Philippe.

Dann fiel er vor Suleiman aufs Knie, ergriff seine Hand, küsste sie und legte die Stirn an den Ärmelaufschlag des Sultans.

Suleiman und Ibrahim schritten die große Freitreppe in den Hof hinunter und stiegen auf die bereitstehenden Pferde. Wieder setzte sich unter Tadinis und Bidoux' Kommando die Prozession in Bewegung, diesmal zurück zum Johannestor. Am Tor bildeten die Kreuzritter für den Sultan ein Spalier und salutierten, während Suleiman und Ibrahim durch ihre Reihen zum Tor hinaus und zu den türkischen Linien zurückritten.

22.

Vom Ende der Welt

Rhodos
Weihnachten bis Neujahr 1523

Die türkischen Linien wurden um gut anderthalb Kilometer zurückverlegt und die Militärlager des Sultans wieder in ihren üblichen reinlichen und disziplinierten Zustand versetzt, während die Kreuzritter ihren Abzug vorbereiteten. Die Soldaten konnten sich erholen, die Ärzte ihren Rückstand in der Versorgung der Verwundeten aufarbeiten. Trotz des nach wie vor nasskalten Wetters stieg die Moral in Suleimans Truppe von Tag zu Tag.

Unter Führung von Achmed Agha wurde eine Abteilung von vierhundert Janitscharen in die Stadt geschickt. Die Johanniter beobachteten von ihren Stellungen aus den Einzug der Besatzungstruppe, die als geschlossener Block von Kriegern mit sauber gewaschenen Uniformen und glänzenden Waffen durch die Tore einmarschierten. Auf ihren Helmen wehten die Reiherfedern, und ihre blauen Wämser schimmerten im Frühlicht. Der Einmarsch vollzog sich schweigend und ohne jegliches Befehlsgebrüll der Offiziere. Die jungen Soldaten bezogen an den strategisch wichtigen Punkten der Stadt Posten, allerdings unter Ausschluss der Ritterstraße und des Großmeisterpalasts. Die übliche Plünderung der Stadt durch die siegreichen Truppen war untersagt.

Gleichwohl stieg einigen Soldaten das berauschende Gefühl des Sieges zu Kopf. Bezeichnenderweise waren es die jüngsten und frischesten Kontingente der Janitscharen, die den ausdrücklichen Befehl missachteten. Ein soeben aus Syrien eingetroffenes Janitscharenbataillon hatte die Kämpfe gänzlich verpasst und war enttäuscht, dass sie nicht die Gelegenheit bekommen hatten, sich mit den angeblich unbesiegbaren Kreuzrittern zu messen. Sie hatten sich in ihrer Fantasie mit bluttriefenden Krummschwertern die Phalanx der Ritter niedermachen sehen, jene undurchdringliche Barriere aus Eisenmännern, an der hundertfünfundvierzig Tage lang Welle um Welle ihrer anstürmenden Kameraden gescheitert war. Die von den Leichen der Gefallenen überquellenden Festungsgräben hätten die Grünschnäbel eigentlich eines Besseren belehren müssen.

Beim Einmarsch in die Stadt zogen die stürmischsten Neuankömmlinge sofort zu den Kirchen und entweihten alles, was nach Christentum aussah. Sie zerstörten Ikonen und schnitten aus den frommen Gemälden die Gesichter von Christus und der Jungfrau Maria heraus. Zum Schutz ihrer Heiligtümer herbeigeeilte Bürger wurden derb beiseite gestoßen, manche sogar mit Hieben der bislang noch nicht mit Blut befleckten Krummschwerter schwer verwundet. Einige Frauen wurden misshandelt und vergewaltigt, ein alter Mann wurde von einer zerstörten Festungsmauer in den Schutt des Grabens hinuntergestoßen. Wohnungen wurden gestürmt, den Bewohnern die Nahrungsmittel entwendet. Einige Bürger wurden gezwungen, sich auszuziehen; dann jagte man sie nackt durch die nasskalten Straßen.

Eine Abordnung christlicher Bürger wurde bei Achmed Agha vorstellig und beklagte sich bitter über den Vandalismus und die Ausschreitungen der Janitscharen in der Stadt. Stünden die Bürger denn nicht unter dem Schutz des Sultans Suleiman? Könne man sich denn nicht auf das Wort des Herrschers des Osmanischen Reiches verlassen?

Achmed schäumte. Er entsandte sofort einige Offiziere mit

kampferprobten Janitscharen, die den Ausschreitungen und Plünderungen Einhalt gebieten sollten. Die Missetäter wurden ihm vorgeführt und streng verwarnt. Auf ihre Untaten angesprochen, verteidigten sie sich mit dem Argument, sie hätten als gute Muslims gehandelt. »Verbietet der Koran denn nicht das Aufstellen menschlicher Abbilder in einer Moschee?«, machten sie geltend. Die Kirchen würden ja ohnehin binnen kurzem in Moscheen umgewandelt. War es deshalb nicht geradezu ihre Pflicht, die Bilder dieses Jesus von Nazareth und alle anderen Heiligenbildnisse zu zerstören? Doch man befahl ihnen, die gestohlenen Gegenstände zurückzuerstatten, und schickte sie aus der Stadt zu den eigenen Linien zurück.

Suleiman stand vor seinem Pavillon am Hang des St.-Stephansberges und beobachtete das Treiben der Johanniter, die ihren Abzug vorbereiteten. Es kam ihm so vor, als würden Ameisen ihren Bau auseinander nehmen.

Ein Bote erschien und händigte Suleiman eine schriftliche Meldung über die Ausschreitungen der neu eingetroffenen Janitscharen aus. Suleiman war maßlos erzürnt. »Habe ich mich nicht mit meinem Ehrenwort verbürgt? Gnade dem, der meine Ehre beschmutzt!« Rasch verfasste er einen Befehl und ließ ihn unverzüglich Achmed Agha zustellen. Auf jedem Ungehorsam stand ab sofort die Todesstrafe.

Suleiman schaute in das schwindende Licht. Als die Dunkelheit sich über die Insel legte, traten die wenigen Feuer in der Stadt deutlich hervor. Ritter rafften im flackernden Schein ihre Habseligkeiten zusammen, Bürger versammelten ihre Familien für die Flucht um sich. Der Lichtschein aus dem Großmeisterpalast beherrschte die Nordwestecke der Stadt. Hinter den erleuchteten Fenstern eilten Gestalten hin und her, die so schnell auftauchten, wie sie wieder verschwanden. Einer diese Schatten musste Philippe sein, dachte Suleiman.

Er ging zurück in sein *Serail*. Eine unerklärliche Traurigkeit überkam ihn. Das Hochgefühl des Sieges über die Johanniter hatte sich verflüchtigt. Ein merkwürdiges Gefühl der Verbundenheit mit dem vormaligen Feind war an seine Stelle getreten. Zum ersten Mal seit seiner Ankunft auf Rhodos glaubte er zu verstehen, was den Großmeister angetrieben hatte.

Im Großmeisterpalast waren die Kreuzritter damit beschäftigt, ihre Besitztümer zu bergen. Suleiman hatte ihnen gestattet, ihre Schwerter, Lanzen, Hellebarden, Handfeuerwaffen und die spärlichen Reste von Schießpulver und Munition mitzunehmen. Die Kanonen hatten in ihren Stellungen auf den Mauern zu verbleiben, allerdings durften die Schiffe zur Verteidigung gegen Piraten ihre Artillerie behalten.

Philippe befahl, die heiligen Reliquien zur Bestandsaufnahme und zum Verpacken in sein Quartier zu schaffen. »Gabriele, sorgt dafür, dass diese Schätze wohl behütet werden«, sagte er zu Tadini. »Den Ungläubigen bedeuten sie nichts. Haben sie nicht schon damit begonnen, unsere Kirchen zu schänden? Wer weiß, was ihnen noch alles einfällt, wenn wir fort sind.«

»Gewiss, Herr, es wird geschehen.«

William Weston erstellte ein Verzeichnis der Schätze und legte dem Großmeister die Liste vor. »Die heiligen Reliquien vom Kreuze Christi sind bereits verpackt, Herr. Ebenso der heilige Dorn aus der Dornenkrone unseres Herrn und der Leichnam der heiligen Euphemia. In diesen Minuten werden die rechte Hand Johannes des Täufers eingepackt und die heilige Ikone unserer lieben Frau von Filerimos. Alles andere ist schon sicher verstaut.«

»Sehr gut, William. Lasst die Reliquien keinen Augenblick aus den Augen, bis wir uns in unserer neuen Heimat niedergelassen haben, auch wenn Jesus allein weiß, wo das sein mag.«

1. Januar 1523

Am Spätnachmittag dieses Tages, kurz vor Einbruch der Dunkelheit, stieß die Leibgarde des Großmeisters das Hafentor auf. Philippe, der jetzt den für Friedenszeiten bestimmten schwarzen Umhang trug, führte auf seinem Schlachtross barhäuptig in gemessenem Schritt den Zug der Ritter an. Sein schütteres weißes Haar wehte im frischen Januarwind. Gabriele Tadini da Martinengo, die abgewetzte lederne Augenklappe immer noch auf dem rechten Auge, ritt an seiner Seite. Dicht dahinter ritt Antonio Bosio.

Die Ritter folgten ihnen in Zweierreihen; sie hatten nichts bei sich als ihren persönlichen Besitz an Waffen. William Weston erwartete sie mit einer Wache von fünfzig Rittern an den Schiffen – vier Galeeren und einige Transportschiffe. Die gesamte Habe und alle wertvollen Besitztümer waren sicher verstaut. Die kostbarsten Stücke, allen voran die heiligen Reliquien, ruhten tief im Laderaum des Flaggschiffs, der Karacke *Sancta Maria* – dem Schiff, auf dem Philippe nur sechzehn Monate zuvor von Marseille in seine neue Heimat Rhodos gereist war. Die Söldner und einige Bürger folgten dem Zug, der sich durch das Vorfeld der Stadt zum Hafen hinunterschlängelte.

Philippe bemühte sich mit aller Kraft, Haltung zu wahren, denn auf dem Weg hinunter zum Hafen wurde ihm die Brust eng. Er konnte die Tränen kaum noch zurückhalten. Nach zweihundertjähriger Herrschaft und einem Kampf von hundertfünfundvierzig Tagen musste sein Orden die Insel räumen und die sterblichen Überreste von Hunderten von Waffenbrüdern im Stich lassen.

Später, als die Nacht sich wie ein Schleier aus der Takelage des Schiffes herabzusenken schien, schaute Philippe vom Heck des Schiffes auf Rhodos zurück. In die Dunkelheit blinzelnd konnte er gerade noch die hügelige Silhouette der Insel vor dem sternenübersäten Horizont ausmachen. Die frische winterliche Brise, die ihn und seine Ritter rasch von ihrer Inselheimat forttrug, pfiff ihm durch die Gewänder. Angesichts der Weiten des Mittelmeeres und des Sternenhimmels fragte er sich, wo auf Erden er und seine Ritter landen würden. Und wieder dachte er – wie beinahe unablässig, seit er sich mit der Unabwendbarkeit der Niederlage abgefunden hatte – an Hélène.

Mit einem tiefen Seufzer zog er den schwarzen Umhang straffer um sich. Er lehnte sich über die Reling, um ein letztes Mal nach Rhodos zurückzuschauen. Doch wo sich zuvor noch die Silhouetten der Berge abgezeichnet hatten, senkten sich jetzt die Sterne bis zu jener Linie hinunter, wo das Firmament den Horizont berührte.

EPILOG

»Nichts ward je so gründlich verloren.«

Kurz nach dem Fall von Rhodos gelangte die Kunde zu Karl dem Fünften, dem neu gewählten Kaiser des Heiligen Römischen Reiches Deutscher Nation. Als er von der Niederlage der Johanniter erfuhr, sagte er mit Tränen in den Augen: »Nichts auf dieser Welt ward je so gründlich verloren wie Rhodos.«

Bei der Abfahrt der Kreuzritter soll Suleiman zu Ibrahim gesagt haben: »Es bricht mir das Herz, diesen alten Mann aus seiner langjährigen Heimat vertrieben zu sehen.«

Am zweiten Januar 1523 hielt Suleiman einen muslimischen Gottesdienst in der neuen Moschee von Rhodos, der ehemaligen Ordenskirche Sankt Johannes der Kreuzritter, in der sich die Rechtgläubigen mit ihrem Sultan zum Gebet versammelt hatten, nachdem die Götzenbilder der Christen entfernt worden waren.

Auf Befehl Suleimans blieben mehr als tausend Janitscharen auf der Insel, um Ruhe und Ordnung zu gewährleisten. Am sechsten Januar begann er die Heimreise mit der Überfahrt nach Marmaris in Kleinasien, um von dort nach Istanbul weiterzuziehen, wo ihm ein triumphaler Empfang bereitet wurde.

Von der erfolgreichen Vertreibung der Johanniter aus dem zweihundert Jahre lang von ihnen beherrschten Rhodos zu neuen Taten inspiriert, machte Suleiman sich daran, sein gewaltiges Reich zu erweitern und zu festigen. Ungeachtet seines teuer erkauften historischen Sieges, sollte Suleiman mit den Johannitern noch ein weiteres Mal die Klingen kreuzen.

Philippe und seine vertriebenen Ritter segelten von Rhodos nach Kreta. Im Hafen von Khaniá warteten sie das Abflauen der schlimmen Winterstürme ab, pflegten ihre verwundeten Kameraden gesund und rüsteten die Schiffe neu. Als das Wetter es zuließ, stachen sie nach Messina am östlichen Zipfel Siziliens in See. Bei der Ankunft brach auf den Schiffen die Pest aus, und der Orden musste sich einige Wochen in Quarantäne begeben. Schließlich wurde Philippe vom Papst eingeladen, mit seiner kleinen Flotte nach Civitaveccia in der Nähe von Rom zu segeln. Giulio de Medici war im November 1523 als Clemens der Siebte zum Papst gewählt worden. Der neue Papst, selbst einstiger Ritter eines Hospitaliterordens, hatte Erbarmen mit der misslichen Lage der Johanniter.

In den Wirren der Religionskriege, die um ihn herum ausgebrochen waren, verfolgte Philippe beharrlich das Ziel, eine neue Heimat für seinen Johanniterorden zu finden. In den darauf folgenden Jahren zog er von einem Königshof Europas zum anderen, um Lebensmittel und Waffen zu erbetteln. Auf der Suche nach einer Bleibe wanderten seine Ritter von Stadt zu Stadt. Antonio unternahm sogar eine geheime Mission nach Rhodos, um die Möglichkeit einer Rückeroberung des Inselparadieses zu erkunden. Aber das Vorhaben war aussichtslos.

Im Jahre 1530 wurde Karl der Fünfte zum Kaiser gekrönt. Philippe und sein Orden richteten eine Bittschrift um Überlassung der Insel Malta als neue Heimat ihres Ordens an Karl. Malta war zwar kaum mehr als ein felsiges Eiland, besaß aber zwei ausgezeichnete natürliche Häfen. Philippe hatte die günstige strategische Lage Maltas im Mittelmeer sofort erkannt. Von hier aus konnten seine Ritter abermals dem Schiffsverkehr zwischen Afrika, Kleinasien und Europa auflauern. Karl der Fünfte ging auf Philippes Bitte ein, jedoch mit der Bedingung, dass die Kreuzritter in Tripolis, an der afrikanischen Küste gegenüber Malta, eine Garnison errichteten. Von diesen beiden Stützpunkten aus konnten die Kreuzritter den gesamten regionalen Schiffsverkehr kontrollieren und zugleich Kaiser Karl vor Angriffen auf seine Ländereien auf Sizilien und in Italien schützen.

Ab 1530 belegte man die Johanniter mit dem Namen Malteserorden. Es sollte noch Jahrzehnte dauern, bis sie ihre Hoffnung auf eine Rückkehr nach Rhodos endgültig begruben. Sie wussten es damals noch nicht, doch mit ihrem Erzfeind Suleiman stand ihnen eine weitere Begegnung bevor.

Viele Christen waren auf ihrer Inselheimat geblieben und lebten unter der großzügigen osmanischen Herrschaft mit den Muslims zusammen. Nach anfänglichen Gewaltausbrüchen und Ausschreitungen kehrte allmählich Friede auf der Insel ein. Nach einiger Zeit zogen etwa dreitausend rhodische Christen den Kreuzrittern nach Malta nach.

Auch nach dem Tod des Großmeisters Philippe Villiers de l'Isle Adam auf Malta im Jahre 1534 machten die Kreuzritter den das Mittelmeer befahrenden osmanischen Seeleuten das Leben schwer. Suleiman, der sich gewünscht hatte, nie wieder etwas von Rhodos zu hören, bedauerte im Nachhinein sein großzügiges Verhalten und führte seine Armeen abermals gegen die Kreuzritter, diesmal gegen Großmeister Jean Parisot de la Valette.

Im Jahr 1565 standen sich auf Malta erneut zwei starke Männer von den entgegengesetzten Enden der Welt Aug in Aug gegenüber.

Dichtung und Wahrheit

Als eifriger Leser historischer Romane interessiert es mich stets, wo der Autor die Grenzlinie zwischen Dichtung und historischer Wahrheit gezogen hat.

Die Handlung dieses Romans ist frei erfunden. Ich habe mich jedoch auf umfangreiche zeitgenössische und historische Dokumente gestützt, die ich zwanzig Jahren lang gesammelt habe, um das Zeitgeschehen und den Charakter der handelnden Personen so treffend wie möglich zu zeichnen.

Wir können nicht wissen, was Menschen, die nun schon fast fünfhundert Jahre tot sind, gedacht und empfunden haben; dennoch lässt sich aus zeitgenössischen Briefen und Berichten ein einigermaßen zutreffender Einblick in ihr Leben und ihre Gedankenwelt gewinnen.

Hélène ist eine Gestalt, die ausschließlich in der Einbildungskraft des Autors existiert. Es gibt keinen Beleg, dass Philippe Villiers de l'Isle Adam je vom Keuschheitsgelübde seines Ordens abgewichen ist.

Melina, Jean und ihre beiden Zwillingsmädchen sind Gestalten der Legende. Auf Rhodos gibt es eine umfangreiche Folklore über eine Frau, die miterleben musste, wie ihr Ritter auf den Bastionen von Rhodos niedergemacht wurde, worauf sie ihre Kinder getötet, sich selbst in den Kampf gestürzt und ihrerseits den Tod durch die Janitscharen gefunden hat. Es heißt, die Türken hätten sich zurückgezogen, nachdem sie sahen, dass eine Frau in der Rüstung eines Ritters gekämpft hatte.

Der Fischer Basilios ist historisch verbürgt, seine drei Gefährten jedoch nicht.

Alle anderen Personen haben tatsächlich existiert. Sollte es Abweichungen zwischen ihrer Biografie und meiner Darstellung geben, gehen sie allein auf mein Konto.

GLOSSAR

(Wortursprünge: a = Arabisch; t = Türkisch; f = Französisch; mf = mittelfranzösisch; e = Englisch; me = Mittelenglisch; g = Griechisch; i = Italienisch; s = Spanisch)

Agha: t., General, hoher Offizier, ähnlich einem Pascha
Aigrette: f., dekorativer Federschmuck aus langen weißen Reiherfedern, wird üblicherweise als Kopfputz verwendet
Allah: a., Gott
Arkebuse: mf., kleinkalibrige Schusswaffe mit langem Lauf und Steinschloss
Asper: t., Silbermünze von geringem Wert
Ayyub: a., Ayyub Al-Ansari (auch Eyyub Al-Enseri). Gefährte und Bannerträger des Propheten Mohammed. Auch Name eines Stadtteils von Istanbul, wo sein Grabmal steht
Beglerbeg: t., Provinzstatthalter und/oder General der feudalen Reitertruppen
Buntschuk: t., Feldstandarte aus einer unterschiedlichen Zahl von Pferdeschwänzen, die an einem Querholz befestigt sind. Der Buntschuk des Sultans ist der ranghöchste und weist acht schwarze Pferdeschwänze auf
Chorbaji: t., Suppenküche, Titel eines Janitscharenoffiziers
Collachio: i., Wohnviertel der Kreuzritter mit den Ordensbauten
Derwisch: t., muslimischer Mönch, der ein Armuts-, Genügsamkeits- und Keuschheitsgelübde abgelegt hat
Devschirmé: t., Aushebung von nicht-muslimischen (vorwiegend christlichen) Knaben für den Dienst des Sultans. Nach ri-

goroser Auslese und intensiver Ausbildung gelangen sie oft in den hohen Militär- und Staatsdienst

Dhimmis: t., »schutzbefohlene Völker«, Bezeichnung für Juden und Christen als »Völker des Buches« (der Bibel). Der Koran schreibt der muslimischen Gesellschaft den Schutz dieser Völkerschaften vor

Diwan: t., Osmanischer Staatsrat, nach der türkischen Bezeichnung für die niedrige gepolsterte Sitzgelegenheit, auf der die Mitglieder dieses Rates Platz nehmen

Dschihad: a., wörtlich »Kampf«, oft im Sinn von »heiliger Krieg« benutzt

Ferengi: t., die »Franken«, herabsetzende Bezeichnung für Europäer und Ausländer im Allgemeinen

Fetva: a., vom obersten islamischen Lehrer einer islamischen Glaubensgemeinschaft, dem Scheich-ul-Islam, getroffene Grundsatzentscheidung in Glaubens- und Gesetzesfragen

Firman, auch Ferman: t., Erlass des Sultans

Großwesir: t., höchster ziviler und militärischer Ratgeber des Sultans. Der höchste im Devschirmé-System erreichbare Rang

Gülbhar: t., wörtlich »Frühlingsblume«, Name von Suleimans Favoritin

Harem: a., der abgetrennte Teil eines muslimischen Palasts, der den Frauen vorbehalten ist. Wörtlich »unverletzbarer Bereich«

Ixarette: Von Suleiman und den Stummen des Palastes benutzte Zeichensprache für die Verständigung mit dem Dienstpersonal

Janitscharen: t., Elitetruppen. Verballhornung des türkischen »yeni cheri« (»junge Soldaten«)

Kadin: t., wörtlich »erstes Mädchen«, Bezeichnung für die jeweilige Favoritin des Sultans. Die Sultane haben sehr selten die Mutter ihrer Kinder im herkömmlichen Sinne geheiratet

Kapudan: t., Flottenadmiral

Karawanserei: t., Raststation für Karawanen

Khürrem: t., wörtlich »die Lachende«, Name von Suleimans zeitweiliger Favoritin

Kelim: t., Teppich oder Wandbehang mit kurzem Flor
Kohl: t., aus Holzkohle gewonnener Lidschatten
Kubbealti: t., Versammlungsraum des Staatsrats, davon abgeleitet auch Bezeichnung für den Staatsrat insgesamt (siehe: Diwan)
Kuffar: t., Ungläubige, Fremde
Langue: f., wörtlich »Zunge«, Einteilung der Ritter des Johanniterordens nach ihrer nationalen Herkunft
Loggia: i., seitlich offene Säulenarkade
Mameluken: (ägyptisch), kriegerischer Orden, der von 1254 bis 1811 über Ägypten herrschte
Mufti: t., letzte Autorität des muslimischen Rechts und der muslimischen Institutionen
Odaliske: f., weibliche Sklavin, meist Bewohnerin des Harems
Osmanen: t., im vierzehnten Jahrhundert vom Stammesfürsten Osman gegründete Herrscherdynastie. Erreichte im sechzehnten Jahrhundert unter Suleiman dem Prächtigen den Höhepunkt ihrer Macht
Pascha: t., Bezeichnung für hochrangige türkische zivile und militärische Staatsdiener, Agha
Pilier: f., hochrangiger Offizier einer Langue
Rambade: f., hölzerne Plattform über dem Bug einer Galeere, von der aus das gegnerische Schiff nach dem Rammen geentert wird
Reis: t., Marineoberkommandeur
Sappeure: f., Soldaten für den Bau von Laufgräben, Stollen mit Sprengladungen u. Ä., Pioniere
Selim: Suleimans Vater, mit den Beinamen »Yavuz« (der Grausame) und »Beschützer der Rechtgläubigen«
Seneschall: me., Offizier des Johanniterordens, zuständig für innere Angelegenheiten, Justiz und Zeremoniell
Serail: t., Haus oder Unterkunft (Zelt, Pavillon etc.)
Scheich-ul-Islam: a., »Ältester des Islam«. Der Mufti von Istanbul, Führer und religiöse Autorität der Gemeinschaft der Muslims

Scheitan: a., von »Asch-Schaytan«. Satan, Teufel
Schiiten: a., Mitglieder einer Glaubensrichtung des Islam, die Mohammeds Vetter Ali, den vierten Kalifen, für den wahren Nachfolger des Propheten hält
Sipahi (oder Spahi): t., Soldat der schweren Reiterei, kann Berufssoldat sein oder auch zu den Gefolgsleuten der Feudalherren gehören
Valide Sultan: t., die Mutter eines Sultans
Tugra: t., offizielles Amtssiegel des Sultans
Turcopilier: t., Oberkommandeur der leichten Kavallerie
Wesir: t., hoher Beamter einer muslimischen Monarchie, Minister (siehe Großwesir)

BIBLIOGRAFIE

Abdalati, H., »Islam in Focus«, Islamic Teaching Center, 1975.

Angel, M. D., »The Jews of Rhodos«, New York, Sepher-Hermon Press, 1978.

Atil, E., Hrsg., »Turkish Art«, Washington, D. C., Smithsonian Press, 1980.

Ati, E., »The Age of Süleyman the Magnificient«, New York, Abrams, 1987.

Bradford, Ernle, »The Shield and the Sword«, New York, Dutton, 1973.

Foster, C. T. und Daniell, F. H. B., »Life and Letters of Ogier Ghiselin de Busbecq«, Bd. I, London, C. Keagan Paul & Co., 1881.

Foster, E. S., »The Turkish Letters of Oghier de Busbecq, Imperial Ambassador at Constantinople 1554–1562«, Oxford, 1968.

Friedenwald, H., »The Jews and Medicine«, 2 Bde., Baltimore, Johns Hopkins Press, 1994.

Gordon, B. L., »Medieval and Renaissance Medicine«, New York, Philosophical Library, 1959.

Guilmartin, J. F. Jr., »Gunpowder and Galleys«, Cambridge, Cambridge University Press, 1974.

Halman, T. S., »Süleyman, the Magnificient Poet«, Istanbul, Dost Publications, 1987.

Heyd, Uriel, »Moses Hamon, Chief Jewish Physician to Sultan Süleyman the Magnificient«, Oriens, Bd. 16, S. 152-170, Dez. 1963.

Irving, T. B., (Übersetzer), »The Qur'an«, Brattleboro, Amana Books, 1985.

Kunt, M. & Woodhead, C., »Süleyman the Magnificient and his Age«, London, Longman, 1995.

Mansel, P., »Constantinople«, New York, St. Martin's Press, 1996.

McCarty, J., »The Ottoman Turks«, London, Longman 1997.

Meijer, F., »A History of Seafaring in the Classical World«, New York, St. Martin's Press, 1986.

Merriman, Roger Bigelow, »Suleiman the Magnificient«, Harvard, Cambridge, 1944.

Pallis, A., »In the Days of the Janissaries«, Hutchenson & Co., 1951.

Phibbs, W. E., »Muhammed and Jesus«, Continuum, New York, Phibbs, 1995.

Porter, R., »The Greatest Benefit to Mankind«, New York, W. W. Norton & Co., 1997.

Riley Smith, Jonathan (Hrsg.), »Oxford Illustrated History of the Crusades«, Oxford Press, 1995.

Shaw, Stanford J., »The Jews of the Ottoman Empire and the Turkish Republic«, New York University Press, 1991.

Sherif, F., »A Guide to the Contents of the Qur'an«, London, Ithaca Press, 1985.

Sire, H. J. A., »The Knights of Malta«, New Haven, Yale University Press, 1994.

Wheatcroft, Andrew, »The Ottomans«, New York, Viking, 1993.

DANKSAGUNGEN

Die Idee zu diesem Buch entstand, als ich im August 1982 mit meiner Tochter Katie auf den Festungsmauern von Rhodos eine Multimediashow genoss. Ganz besonders bei Katie und meiner Familie möchte ich mich bedanken, dass sie sich in den zwei Jahrzehnten, die ich mich in Überlegungen zum Thema und in die Recherche vergraben hatte, meine Ideen und Entwürfe für einen Roman angehört haben.

Auch dem Verleger Jerry Groß möchte ich danken, der mir unschätzbare Hilfestellungen bei der Gestaltung und Verbesserung meines Textes gegeben und für mich die Rolle des väterlichen Ratgebers gespielt hat.

Mein Dank geht auch an den Geschäftsführer von Sourcebooks, Hillel Black, der ebenfalls auf den Bastionen von Rhodos gestanden hat, allerdings achtzehn Jahre später und mit seinem Sohn, und sich die gleiche Geschichte von Suleiman und den Rittern der Johanniter angehört hat. Er hat mein erstes Manuskript gelesen und darin das Buch zu sehen vermocht, das dank seiner Hilfe entstanden ist. Danke für die Redaktionsarbeit und die Privatstunden in Sachen Schriftstellerei!

Und schließlich danke ich Peter Lynch von Sourcebooks für seine Geduld und Taylor Poole dafür, dass er mich in die künstlerische Gestaltung des Buches eingebunden hat.

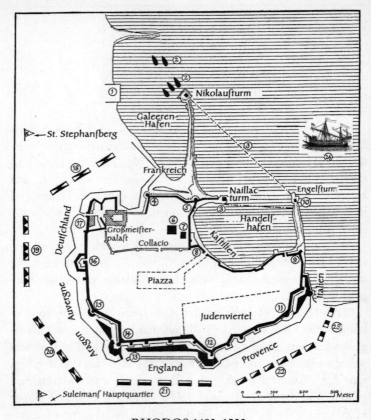

RHODOS 1480–1522

Legende:
1. Türkische Batterien (1480)
2. Blockadeschiffe (1522)
3. Kettensperre (1522)
4. St. Petrus-Tor
5. St. Paulus-Tor
6. Hospital
7. »Auberge« von England
8. Hafentor
9. Mühlentor
10. Mühlen- oder Engelsturm
11. Turm von Italien
12. Johannesturm
13. Johannestor
14. Marienturm
15. Turm von Aragon
16. St. Georgs-Turm
17. Amboise-Tor
18. Janitscharen unter Bali Agaha
19. Ayas Agha
20. Achmed Pascha
21. Quasim Pascha
22. Mustafa Pascha
23. Piri Pascha
24. Cortulglu

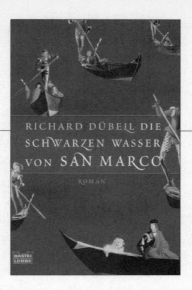

Ein farbenprächtiger historischer Kriminalroman vor der Kulisse Venedigs

Venedig 1478: Aus den trüben Wassern der Lagune wird vor den Augen des deutschen Händlers Peter Bernward die Leiche eines Kindes geborgen. Bald darauf kommen zwei weitere Kinder ums Leben – Gassenjungen, die als Zeugen gesucht wurden. Wussten sie zu viel? Bernward beschließt, den wenigen Hinweisen nachzugehen. Dabei dringt er tief in das Räderwerk der Macht vor, mit der Venedig seit 400 Jahren den Handel in Europa kontrolliert – und gerät in ein Netz aus Verbrechen und Intrigen, das die dunkle Seite der Stadt offenbart ...

ISBN 3-404-15102-X

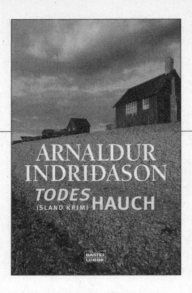

Zum besten
nordeuropäischen Kriminalroman 2003 gekürt

In einer Baugrube am Stadtrand von Reykjavík werden menschliche Knochen gefunden. Wer ist der Tote, der hier verscharrt wurde? Wurde er lebendig begraben? Erlendur und seine Kollegen von der Kripo Reykjavík werden mit grausamen Details konfrontiert. Stück für Stück rollen sie Ereignisse aus der Vergangenheit auf und bringen Licht in eine menschliche Tragödie, die bis in die Gegenwart hineinreicht. Während Erlendur mit Schrecknissen früherer Zeiten beschäftigt ist, kämpft seine Tochter Eva Lind auf der Intensivstation um ihr Leben ...

ISBN 3-404-15103-8

Hexenjagd in England – Keine Frau ist mehr sicher

England um 1645: Elizabeth ist eine wohlhabende Kaufmannsfrau in Framenham, liebevoll von allen »Kräutermutter« genannt. Bis in dem kleinen Städtchen die erste Frau angeklagt wird, eine Hexe zu sein. Bald gerät auch Elizabeth wegen ihrer Heilkünste und ihrer roten Haare in Verdacht ...

ISBN 3-404-15112-7

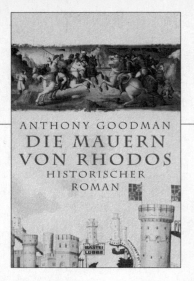

»Ein kraftvolles Epos und eine Sternstunde des Historischen Romans.« Newsweek

A.D. 1522: Der 25jährige Suleiman der Prächtige regiert mit eiserner Hand das Osmanischen Reich. Um seine Macht und seinen Einfluss zu steigern, beschließt er, die Insel Rhodos zu erobern – die Heimat des Johanniterordens seit 1310. Fortan belagern 100.000 türkische Krieger das griechische Eiland. Im Innern der bedrängten Stadt bereiten sich 500 Ritter unter der Führung des legendären Großmeisters Philippe de L'Isle Adam darauf vor, der Übermacht zu trotzen. Es wird ein Kampf auf Leben und Tod, ein Kampf, der vor dem Hintergrund des »Kampfs der Kulturen« ungebrochene Aktualität besitzt.

ISBN 3-404-15108-9